BASTEI LÜBBE

SYLVIAN HAMILTON

DAS BANNER DES KÖNIGS

Aus dem Englischen
von Werner Siebenhaar

BASTEI LÜBBE

BASTEI LÜBBE TASCHENBUCH
Band 14687

1. Auflage: März 2002

Bastei Lübbe Taschenbücher ist ein Imprint der Verlagsgruppe Lübbe

Deutsche Erstveröffentlichung
Titel der englischen Originalausgabe: THE PENDRAGON BANNER

Umschlaggestaltung: Guido Klütsch, Köln
Titelillustration: Archiv für Kunst & Geschichte, Berlin
Satz: KCS GmbH, Buchholz/Hamburg
Druck und Verarbeitung: Elsnerdruck, Berlin
Printed in Germany
ISBN: 3-404-14687-5

PROLOG

Es war mitten im Winter, und der eisige Wind blies schneidend von Osten. Sein Heulen übertönte den Gesang der Mönche und Nonnen, die in der Kirche fröstelten. Die Kerzenflammen flackerten heftig im Luftzug und warfen seltsame Schatten. Wenn es doch nur schneien würde!, flehten stumm die Bauern und Knechte, die zusammengekauert um ihre Feuer hockten. Schnee würde der Kälte die Schärfe nehmen. Doch wenngleich sich schmutzig gelbe Wolkenberge türmten, ließ der Schneefall noch immer auf sich warten, sodass nichts den steinharten Boden und die schroffen schwarzen Umrisse der blattlosen Bäume weicher werden ließ.

Seit Wochen hatte das Eis sich mit jedem Tag ausgeweitet und war dicker geworden, bis die Insel Avallon keine Insel mehr war, denn die Leute konnten nun trockenen Fußes zur Küste hinübergehen, statt ihre Prahme zur Mole des Klosters zu staken.

Man schrieb das Jahr 565 unseres Herrn.

In einer steinernen Zelle, auf einer engen, harten Bettstatt, lag eine alte Frau, deren Sterben sich qualvoll dahinzog.

Dreißig Jahre lang hatte sie innerhalb dieser Wände gelebt, und die Welt draußen hatte diese Frau vergessen, nur ihren Namen nicht.

An ihren Namen würden die Menschen sich stets erinnern.

Ihr Beichtvater, ein Turm von einem Mann, betete, und

zwei Nonnen wischten den Todesschweiß vom Gesicht der Frau und rieben ihre kalten Hände.

Sie war sich der Anwesenheit der anderen gar nicht bewusst. Hinter ihren zuckenden Lidern war sie wieder jung, die Braut von Artus, dem Kriegsherrn, der sich König nannte. In ihrem Traum saß er wieder mit seinen Hauptleuten Bedwyr, Cei, Drustan und Gawain im Rittersaal. Die Frau konnte sie sehen und sogar riechen – Leder, Eisen, Schweiß und Blut.

Sie erwachte mit hämmerndem Herzen aus diesem Traum und blickte ängstlich auf die Gestalten in ihrer Kammer. Ihre Finger zupften an der rauen Decke, und ihre aufgesprungenen Lippen bewegten sich.

»Wer ist da?«

»Liebe ehrwürdige Mutter«, sagte Schwester Berenice zärtlich, »seid unbesorgt. Wir sind hier, und auch der Herrgott.«

Natürlich war Gott bei ihnen. Gott war überall, auch in Camlodd ... Camlodd! Die alte Frau versank wieder in ihren Traum, ritt wieder auf schlammigen Wegen zwischen den Ständen von Händlern hindurch, an denen kleine braune Schweine vor den Beinen der Vorübergehenden grunzend im Boden wühlten. Sie nahm wieder den Gestank von Mist, Gerbemitteln, ranzigem Fett, saurer Milch und Rauch wahr und hörte noch einmal den Schlachtenlärm – wiehernde Pferde, brüllende Männer, jammernde Frauen und die schrillen Schreie von Kindern.

Doch das Bollwerk Camlodd gab es nicht mehr; es war schon vor langer Zeit so gründlich zerstört worden, dass niemand mehr mit Gewissheit sagen konnte, wo es einst gestanden hatte, oder behaupten konnte: »Hier war der Saal von Artus und dort Gweniveres Frauengemach.« Camlodd war zu einer Legende geworden.

In Wirklichkeit war es nie mehr gewesen als ein kläglicher Haufen von Hütten und Ställen, die sich um die Halle von Artus drängten. Auf Palisadenpfosten steckten die abgeschlagenen Köpfe von Feinden – Schädel von Kriegern und Königen –, die verwesten und verschrumpelten, bis sie irgendwann zu Boden fielen und von Knaben mit den Füßen umhergetreten wurden.

Camlodd gab es nicht mehr und auch nicht Artus und seine Hauptleute Cei, Bedwyr, Gawain, Gwalchmai und Medrawt.

Medrawt … manchmal, wenn der Schutzschild aus Gebeten und Buße, den die alte Frau um sich errichtet hatte, in unbewachten Momenten gesenkt war, oder wenn der Schlaf sie übermannte, hörte sie seine körperlose Stimme ihren Namen rufen.

Dreißig Jahre lang hatte sie ihr sündiges Fleisch, ihren Körper kasteit, der sich so sehr nach Medrawt sehnte, hatte ihre Haut mit der Geißel aufgerissen, hatte das härene Hemd getragen und auf blutigen Knien für die Seelen all jener gebetet, die ihrer Lust wegen gestorben waren. Nur für Medrawt betete sie nicht.

Sie spürte irgendetwas Feuchtes im Gesicht. Tränen. Schwester Gruach weinte. Gwenivere berührte die Hand der jungen Nonne. »Meine Tochter …«

Die Nonnen waren ihre einzigen Kinder, denn Gwenivere war unfruchtbar gewesen und kinderlos geblieben. Hätte sie Artus einen Sohn geschenkt, wäre die Geschichte womöglich anders verlaufen. Tausende könnten noch leben, Camlodd selbst würde vielleicht noch stehen. Doch es war nicht ihre Schuld.

Als jungfräuliche Braut war sie in Artus' Bett gekommen, und zehn Jahre später als Jungfer zu Medrawt.

Medrawt …

»Noch hier, alte Frau? Noch nicht tot? Ich warte auf Euch.«

»Herr Jesus, schütze mich ...«

Pater Magnus beugte sich herunter und hielt ein Ohr an die Lippen der Alten, um die schwachen Worte zu verstehen.

»Das Banner«, flüsterte Gwenivere. »Bringt es mir.«

Der Pater nahm es vom Altar herunter, Avallons Schatz, in seinem kostbaren Behältnis aus granatrot verkrustetem Gold – das Kriegsbanner des Artus mit dem Drachen darauf. Und was noch kostbarer war: In die Doppellagen aus schwerer Seide war eine unschätzbar wertvolle Reliquie eingenäht – ein Leinentuch mit Flecken vom Blute Christi.

Ehrerbietig legte Magnus die Reliquie in Gweniveres Hände. In diesem Moment verstummte der leise Gesang. Schreie und das Klirren von Waffen ertönten.

Nonnen und Priester starrten sich in plötzlichem Entsetzen an. Sie wussten, was es war. Sie hörten es nicht zum ersten Mal.

»Plünderer!«

»Gott erbarme sich unser!«

Berenice schlug die Tür zu und lehnte sich dagegen, denn einen Riegel gab es nicht.

Magnus beugte sich über die sterbende Frau und berührte ihre Lider und Lippen mit seinem Kruzifix und heiligem Öl.

Auf dem Gang hörte man Rufe und das Trampeln von Füßen. Ein Axtschlag spaltete die Tür. Wuchtige Schläge sprengten die Scharniere. Die Tür fiel nach innen und begrub Berenice unter sich. Die Plünderer, ein Albtraum aus grobschlächtigen, grinsenden Gesichtern, blitzenden Schwertern und blutigen Äxten, stürmten in das kleine Gemach.

»Tut ihr nichts an!«, rief Magnus und stellte sich mit ausgebreiteten Armen zwischen den Tod und die Sterbende. »Sie ist eine heilige Frau und war eine große Königin!«

Doch binnen Sekunden war die Zelle verwüstet, der Priester an die Wand gespießt, der Körper der sterbenden alten Frau zu Boden gezerrt, wo er mit Tritten traktiert wurde. Gruach warf sich über Gwenivere, doch man ergriff sie und riss ihr brutal die Kleider vom Leib, sodass ihr Wert als Sklavin oder Bettgenossin fachmännisch abgeschätzt werden konnte: jugendlich, schön, und Jungfrau – wert, sie zu behalten.

Der Anführer der Plünderer riss die Reliquientruhe aus den Händen der sterbenden Frau und lachte vor Freude über dessen Gewicht und kostbares Aussehen. Der schlichte Silberring am geschwollenen Finger der alten Frau war dagegen ein klägliches Ding, doch Borri ließ sich nichts entgehen, nicht einmal Tand wie diesen. Er schnitt der Alten den Finger ab.

Gwenivere starb.

Borri öffnete den Reliquienschrein und sah das eingerollte Stück Stoff darin.

»Was ist das?«

»Ein Schatz des Kreuzgottes«, sagte ein Knecht, einer der Küchenhelfer des Klosters und Kumpan der Plünderer, denn er hatte sie an der Hintertür eingelassen. »Sie haben ihn auf den Altar gelegt. Ein mächtiger Talisman. Magisch.«

»Magisch?« Borri schüttelte die schwere Seide aus, wobei der scharlachrote gestickte Drache sich bewegte, als würde er atmen. »Welchen Zauber wirkt er denn?«

Der Knecht fragte die vor Furcht zitternde Gruach und wandte sich dann triumphierend wieder Borri zu. »Vor langer Zeit, sagt sie, wurde ihr Gott ermordet. In der Nacht, bevor er starb, betete er in einem Garten. Er hatte Angst«, fügte er verächtlich hinzu. »Und sein Angstschweiß wurde zu Blut.«

»Götter fürchten nichts«, sagte Borri. »Aber ich habe gehört, dass dieser Gott am Kreuz ein weibischer Kerl ist, der sich vor Blut und Kampf ängstigt.«

Der Knecht nickte. »Das ist wohl wahr, Herr. Einer der Diener dieses Gottes, *Yosif* genannt, wischte das Blut mit einem Leinenlappen auf. Die Christen legen Wert auf solches Zeug. Da drin«, er zeigte auf den Wimpel, »ist ein Stück von dem Leinenlappen eingenäht.« Wieder redete er auf die junge Nonne ein, lauschte ihren Antworten und fuhr fort: »*Yosif* kam in unser Land, und dieser Talisman brachte ihm großen Wohlstand. Aber das ist schon lange her. Später ließ Artus Pendragon – derjenige, den man den Bären nannte – das Tuch in seinen Wimpel einnähen, damit ihm der Sieg in der Schlacht gewährt würde.«

Borri schnaufte verächtlich. »Er wurde besiegt.«

»Weil er den Talisman verlor und damit auch sein Glück. Der Sohn seiner Schwester, Medrawt hieß er, hat ihn damals gestohlen. Später töteten Artur und Medrawt sich gegenseitig im Kampf. Danach wurde der Talisman hierher gebracht. Er hat große Macht, sagt diese Frau.«

»Ich werde ihn behalten«, sprach Borri nach einigem Überlegen. »Er soll mir, meiner Sippe und meinen Freunden Glück bringen.«

Gruach ergriff seinen Arm und sagte irgendetwas Unverständliches. Borri schüttelte die Hand der jungen Frau ab und fragte den Knecht: »Was sagt sie?«

»Sie möchte, dass jemand die alte Frau begräbt. Sie sagt, die Alte wäre einst Königin dieses Landes gewesen.«

»Zünde das Haus an«, befahl Borri. »Wir werden uns nicht die Mühe machen, Löcher für ihre Kadaver zu graben.«

»Die Alte war die Frau von Artus, sagt das Mädchen.«

Unbehagliches Schweigen setzte ein. Artus war seit dreißig Jahren tot, doch sein Ruhm war noch sehr lebendig.

Borri verzog das Gesicht. »Es wäre nicht klug, einen solchen Geist zu beleidigen. Gut, wir werden seine alte Frau begraben.«

Sie beerdigten Gwenivere im winterlich kahlen Obstgarten, hoben die große Altarplatte von ihrer Auflage und legten sie aufs Grab.

Dann setzten sie das Kloster in Brand, nahmen ihre Gefangenen und ihre Beute und zogen zur nächsten Siedlung weiter, zur nächsten reichen Kirche.

Eine blutige Spur der Zerstörung führte die Plünderer schließlich zurück zu ihren Schiffen, die im Fluss Sabrina lagen. Zwei Nächte zuvor waren sie von dort landeinwärts nach Avallon marschiert und hatten eine Fährte aus Tod und Verderben gezogen. Die Bande stieß auf keinen Widerstand, denn im Winter fürchtete niemand Räuber, die von der See her kamen. Eine Wahrsagerin hatte Borri geraten, übers Meer zu fahren, denn er könne große Schätze erobern. Die Prophezeiung hatte sich bewahrheitet. Als die Plünderer sich schließlich auf den Weg zum Fluss machten, füllte ihre Beute drei große Wagen.

Zwei ihrer Schiffe versanken auf dem Rückweg, nicht aber Borris Schiff, auf dem sich der Talisman befand, dem so das Schicksal erspart blieb, auf dem Meeresgrund zu enden. In Borris Heim erhielt er einen Ehrenplatz; zugleich jedoch besänftigte Borri seinen Gott Odin durch ein Blutopfer.

Schließlich brauchte ein Mann jeden Gott, den er kriegen konnte.

1

Es begann wie an jedem Besuchstag. Niemand konnte auch nur ahnen, dass die Abtei heute ihren kostbarsten Besitz verlieren sollte.

Seit dem Morgengrauen waren Pilger eingetroffen. Sie lachten, schwatzten, sangen und jubelten – die einen betrunken, andere weinend. Einige stützten andere, denen es noch schlechter erging als ihnen selbst. Bis zum Mittag war die Schlange der Wartenden recht lang geworden – vielleicht hundert Pilger. Manche brachten Nahrungsmittel mit, andere fasteten. Ein paar schienen gesund zu sein, aber die meisten litten an schrecklichen Gebrechen: Hasenscharten, steifen Hälsen, Klumpfüßen, Kröpfen, Pocken, Grind. Einigen fehlten Gliedmaßen, oder sie waren blind, taub, stumm, gelähmt, verwachsen oder geisteskrank.

Manche gingen mit normalen Schritten, andere humpelten, benutzten Krücken oder krochen gar über den Boden. Einige rollten mit paddelnden Handbewegungen auf kleinen Karren voran oder bewegten sich mithilfe von Stützgestellen; andere wurden geführt, geschoben, gezogen oder getragen. Da waren die Hoffnungsvollen und die Hoffnungslosen, die Jungen und die Alten, die Lebenden und die Sterbenden und gelegentlich auch – getragen von Freunden oder Verwandten – die bereits Toten.

Die großen Türen der Kirche öffneten sich, und die Schlange schob sich vor. Es wurden jeweils nur eine Hand voll Pilger eingelassen. Bruder Harold, der hagere Küster, musterte sie prüfend, gebot ihnen Schweigen und ermahnte sie, sich sittsam zu benehmen; die Strenge Harolds bläute jedem noch so übermütigen Pilgersmann die heilige Gottesfurcht ein. Die Brüder hatten die zügellosen Umtriebe mancher Pilger an anderen Reliquienschreinen gesehen und wollten so etwas hier nicht dulden. Pilger, die zu sehr dem Bier oder Wein zugesprochen hatten, wurden schon an der Tür wieder fortgeschickt, und jeder, der sich im Innern der Kirche ungehörig aufführte, wurde umgehend vom stämmigen Bruder Simon am Schlafittchen gepackt und nach draußen befördert.

Nachdem man die Hoffnungsvollen dieser Art inspiziert, aussortiert, belehrt, zurechtgewiesen, abgestaubt und zu einer halbwegs ordentlichen Erscheinung aufpoliert hatte, waren die meisten ziemlich kleinlaut. Als man sie niederzuknien hieß, brachten sie nur noch schüchterne, unruhige Freudenlaute hervor, als die Reliquie – die Hand des heiligen Derfel – vor ihre begierigen Augen gehalten wurde. Danach krochen sie wie gezüchtigte Kinder aus der Kirche, während das nächste Häuflein eingelassen wurde.

Die Hand Derfels hatte in der Vergangenheit bemerkenswert viele Wunder bewirkt, wie überliefert war, doch in den letzten Jahren war ihr Ruf verblasst. Die Moden kommen und gehen, bei Heiligen wie bei der Kleidung, und der heilige Derfel war nicht mehr so beliebt wie einst. Zurzeit stand Becket hoch im Kurs. Vor fünfzig Jahre wären tausend oder mehr Pilger herbeigeströmt, doch aus der Flut war ein Rinnsal geworden. Dennoch kamen einige Pilger zweimal im Jahr zu den Besichtigungstagen, wenn die Reliquie vom Mittag bis zur Abenddämmerung auf dem Altar lag.

Sonderlich eindrucksvoll war sie nicht. Ihr ursprüngliches Behältnis, ein mit Juwelen besetzter, mit Gold und Silber beschlagener Kasten in der Form einer Hand, war verkauft worden, denn mit dem Rückgang der Opfergaben litt die Priorei mehr und mehr unter drückender Armut. Wenn die Hand nicht zur Besichtigung auf dem Altar lag, wurde sie nunmehr in einem schlichten Holzkasten aufbewahrt.

Die Priorei war von ihrer Reliquie zunehmend enttäuscht. Statt sie dem üblichen Ritual gemäß mit Gebeten und Gesängen bei Sonnenuntergang sorgfältig wegzuschließen, eilten die Brüder häufiger zu ihrer Abendmahlzeit und ließen die Hand achtlos auf dem Altar liegen – manchmal die ganze Nacht hindurch bis zum Tagesanbruch.

Dort lag sie dann – braun, klauengleich, mumifiziert. Den meisten Pilgern wurde lediglich erlaubt, die Bänder aus verblichener purpurner Seide zu berühren, die um den Stumpf des Handgelenks gebunden waren. Zu diesem Zweck hingen die Bänder über die Kante des Altars herunter. Ihre Enden waren geschwärzt und ausgefranst von der Berührung unzähliger Finger, von Küssen und Tränen. Den Bemitleidenswertesten unter den Pilgern jedoch wurde die Vergünstigung zuteil, von der Reliquienhand berührt zu werden.

Draußen hatte ein modisch gewandeter Mann die Menschenschlange beobachtet. Feine Kleidung spannte sich um seinen dicken Bauch, und die federgeschmückte Mütze, die so tief in die Stirn gezogen war, dass sie sein feistes Gesicht beschattete, konnte die von den Pocken hinterlassenen, hässlichen roten Krater und Furchen nicht verbergen. Erst am Abend reihte der Mann sich in die Schlange ein, als die Menge sich allmählich auflöste. Die Besucher aus dem Ort machten sich auf den Weg zu ihren Häusern, während die Reisenden sich zur Pilgerherberge oder interessanteren Lokalitäten begaben, um dort die Nacht zu verbringen. Kleine Gruppen waren bereits losmarschiert, um noch vor Einbruch der Nacht in andere Städte oder Dörfer zu gelangen.

Der dicke Stutzer gab einem Jungen eine Münze, damit dieser sein Pferd hielt, und stellte sich ans Ende der Schlange.

In der Kirche war es feucht und bitterkalt. Die Kerzen waren heruntergebrannt. Das feurige Licht der untergehenden Sonne strahlte durch kleine Scheiben aus kostbarem farbigem Glas in der Mitte des Westfensters und warf Regenbogen auf den Steinfußboden. Während die Pilger zum Altar schlurften – einige rutschten auf den Knien –, wurden ihre Haut und die Kleidung vom einfallenden Licht violett und smaragdgrün, rubinrot und bernsteingelb getönt. Ein kleines Kind hockte auf dem Boden und tätschelte die strahlend bunten Steinfliesen, wobei es über das Spiel der Farben auf seinen kleinen, schorfbedeckten Händen lachte. Seine Mutter zog es auf die Füße und zischte laut: »Lass die dummen Mönche nicht sehen, wie du hier herumalberst!« Bruder Harold blickte finster zu der Frau herüber. Das zur Mutter erhobene, rotzverschmierte Gesicht des Kindes, das nun rot und grün getönt wurde, war von einer Hasenscharte entstellt.

Dies war die letzte Gruppe, und die Wächtermönche, die bis auf die Knochen durchgefroren waren und mit den kalten Füßen stampften, gähnten und kratzten sich, rieben sich die Finger und bliesen ihren warmen Atem darauf. Mit den Gedanken waren sie schon beim Abendbrot.

Die Pilger wurden ihrer Spenden entledigt – meist Viertel- oder Halbpennys –, bevor sie wieder nach draußen schlurften. Der dicke Stutzer kam als Letzter.

Als er das Knie vor dem Altar beugte, schaute er über die Schulter. Die Mönche waren schon dabei, durch die Tür in den Gang zu verschwinden, der zu den Arkaden, zum Waschhaus und ins Refektorium führte. Die Tür schloss sich quietschend hinter ihnen, und der Stutzer hörte, wie der Schlüssel von außen gedreht wurde.

Nur ein Mönch blieb noch in der Kirche, um die Reliquie wieder in ihren Kasten zu legen und die verbliebenen Pilger hinauszuscheuchen. Der Stutzer war auch hier der Letzte, dicht gefolgt von der hageren Gestalt Bruder Harolds, der sich bereitmachte, die großen Kirchentüren zu schließen.

Der Stutzer hakte eine Reiseflasche von seinem Gürtel und reichte sie zusammen mit einer Münze dem Knaben, der mit seinem Pferd draußen wartete.

»Brrr!«, machte er fröstelnd. »Kalt, nischt? Lass die Flasch füllen. Wein, keine Biiier, und beeil disch!«

Ein Franzmann, dachte Bruder Harold mit sofortiger angelsächsischer Abneigung. Der Junge reichte dem Dicken die Zügel und lief zur nächsten Schenke. Dann gab der »Franzmann« dem Bruder Harold, der auf mehr gehofft hatte, zwei Pennys, tastete nach seinen Handschuhen am Gürtel und stellte fest, dass sie nicht mehr da waren. Darauf wandte er sich wieder den Kirchentüren zu, die Harold halb offen gelassen hatte, als er dem Pilger rasch gefolgt war, um die Spende zu kassieren.

»*Sangdieu! Mes gants!* Isch 'ab vergessen die Andschuh. Altet bitte meine Ferd!«

Bevor der Mönch protestieren konnte, hatte der »Franzmann« ihm auch schon die Zügel in die Hand gedrückt und war wieder in die Kirche gestürmt. Das Pferd stampfte mit den Hufen und schnaubte. Harold beäugte das Tier misstrauisch und hielt sich am Zügel fest. Nach wenigen Augenblicken tauchte der »Franzmann« wieder auf, streifte sich einen kunstvoll bestickten Handschuh mit Quaste über und behielt den anderen in der Hand.

»*Merci, mon frère*«, dankte er dem Mönch, hievte sich in den Sattel und ritt im Trab zur Herberge, von wo ihm der Knabe bereits mit der Reiseflasche entgegenkam.

Nachdem Bruder Harold die Türen verschlossen hatte –

nicht ahnend, dass er sich bald im Geiste ewig ohrfeigen würde –, eilte er zum Aufwärmhaus neben der Kirche. Zwei Pennys, dachte er mürrisch. Der fette Kerl ist nicht bloß ein Franzmann, er ist obendrein ein elender Geizhals.

Der fette »Franzmann« ritt derweil gemächlich nach Süden. Nachdem er etwa eine Meile zurückgelegt hatte, nahm er die unbequemen Wachskugeln aus dem Mund, mit denen er seine Pausbacken vorgetäuscht hatte, und warf sie in die Sträucher. Unter seinen gepolsterten Kleidungsstücken war er weder dick, noch war er ein »Franzmann«: Er war Sir Richard Straccan, seines Zeichens ehemaliger englischer Kreuzfahrer und nun Käufer, Verkäufer und – nicht zum ersten Mal – Dieb kostbarer Reliquien.

Fünf Meilen vor Cheringham bog er von der Landstraße ab und trieb seinen Gaul, den er in einem Mietstall ausgeliehen hatte, zu einem widerwilligen Galopp über unebenes Gelände zum Belmarie Wood. Dann stieg er ab und führte das Pferd auf immer engeren Wegen durch den Wald, bis er zu der Lichtung kam, auf der sein Gefährte Hawkan Bane saß und gemütlich Würste über einem kleinen Feuer briet. Zwei mit Fußfesseln versehene Pferde wieherten leise zur Begrüßung, während Bane sich erhob.

»Ihr seid spät dran«, sagte er. »Noch ein bisschen länger, und ich hätte alles ganz allein gefuttert. Wie ist es gelaufen?«

»Ich muss erst mal eine Wurst essen«, erwiderte Straccan und hob den Spieß von den Flammen.

»Passt auf!«, warnte Bane. »Sie sind ...«

»Au!«

»... heiß. Hat's Schwierigkeiten gegeben?«

»So weit nicht, aber es wäre besser, wenn wir ein paar Meilen mehr hinter uns bringen, solange der Mond scheint, und uns dieser Mähre hier entledigen. Jemand könnte sie wiedererkennen.«

Ihn selbst jedoch würde kaum jemand wiedererkennen. Er wischte sich die hässlichen Pockennarben aus Mehl und Farbe aus dem Gesicht und verschlang sechs Würste, bevor er die Franzosenkleidung ablegte und seine eigenen Reithosen, Hemd und Wams anlegte. Dann knüllte er Federmütze, Handschuhe und die gepolsterten Kleidungsstücke zu einem Bündel zusammen und warf es in ein Brombeergestrüpp.

Anschließend wickelte er die Reliquie ganz vorsichtig zuerst in ein Stück Seide und dann in Schafwolle. Bane verstaute sie in einer Ledertasche, die Straccan an seinen Gürtel schnallte. Sie packten die Utensilien ihres kleinen Lagers zusammen, traten das Feuer aus und verwischten sorgfältig sämtliche Spuren.

Der Mond stand genau über ihnen, als sie in die ausgetretene, matschige Watling Street einbogen. Sie hofften, am übernächsten Tag Bromfield zu erreichen, wenn nichts dazwischenkam.

Der Prior und die Gemeinde von Bromfield würden sehr erfreut und nicht wenig erstaunt sein. Die Hand, diese kostbare Reliquie, war ihnen vor siebzig Jahren gestohlen worden, als die Heerscharen der Kaiserin Maud die Priorei verwüstet und die Kirche verbrannt hatten. Einige Jahre später hatte der Dieb, als er im Sterben lag, seinen erbeuteten Schatz der Abtei von Cheringham vermacht, in der Hoffnung, sich mithilfe der Gebete der Cheringham-Mönche am heiligen Petrus vorbeimogeln zu können.

Über die Jahre hinweg waren höfliche Bitten der Benediktiner von Bromfield um die Rückgabe des Schatzes nur mit Verachtung, Beleidigungen und sogar Schlägen der Prämonstratenser von Cheringham beantwortet worden. Straccan den Auftrag zu erteilen, die Reliquie zurückzustehlen, war ein letzter Akt der Verzweiflung gewesen. Die Brüder von Bromfield rechneten gar nicht mehr damit, die heilige Hand je wieder zu sehen.

Das würde sie aber nicht daran hindern, den Preis herunterzuschrauben.

2

Die Dunkelheit hatte sich auf die Stadt Ludlow gesenkt. Fahle Lichtstrahlen sickerten um die Ränder schlecht abdeckender Fensterläden aus Fell, doch als der Mond zwischen den Wolken hervorschlüpfte, waren für einen Augenblick Mauern, Türen, Hundehütten und Misthaufen zu erkennen. In gewissen Straßen der Stadt herrschte jedoch noch Betrieb, da die verbrecherische Bruderschaft der Diebe, Einbrecher und Totschläger sich für ihren Arbeitsbeginn fertig machte. Als sich zwei Reiter und ein Packpferd näherten, verschwanden dunkle Schatten in noch dunklere Ecken. Reiter mit Schwertern waren nicht die Opfer, nach denen es ihnen gelüstete.

»Hört Ihr das?«, zischte Bane und zog die Zügel an. »Da drüben!«

Sie hielten an.

»Dort!«

Das Geräusch, ein Stöhnen, kam von der Kehrichtrinne in der Mitte der Straße. Straccan lenkte sein Pferd langsam dorthin und hielt, als er ein langes Bündel sah.

Bane zog sein Schwert. »Passt auf!«

Straccan stieg ab und stieß das Bündel mit dem Fuß an. Es drehte sich schwerfällig um – ein menschlicher Körper. Das Mondlicht schien auf ein blasses Gesicht und den dunklen, feuchten Glanz von Blut, doch der Mann atmete, und die Ader an seinem Hals pochte kräftig.

»Wir sollten ihn mitnehmen«, sagte Straccan. »Jesus, der ist ja durch und durch nass!«

»Und er stinkt!«, bemerkte Bane.

»Ist nicht zu ändern.« Straccan ergriff den Mann beim Wams, hievte ihn auf seinen Sattel und führte sein Pferd die steile Straße zur Burg hinauf.

»Der Bursche wurde überfallen«, meinte Straccan, als der Wundarzt der Burg in den Schlafsaal eilte, gefolgt von seinem Lehrling. »Sein Kopf blutet noch.«

Der Wundarzt beugte sich über den bewusstlosen Mann, drückte das blutverschmierte Haar beiseite, um sich die blutende Wunde anschauen zu können, und hob die geschlossenen Augenlider des Mannes. Dann schnüffelte er an seinem Mund. »Hat nicht getrunken«, bemerkte er. »Überrascht mich, dass sie ihm die Kleidung am Körper ließen. Haben Euch wohl kommen gehört. Na, wollen ihn mal ausziehen und uns den Schaden ansehen.«

»Seine Schuhe haben sie aber genommen«, sagte Bane, als er und der Wundarzt den besinnungslosen Mann seiner Kleider entledigten. Ein Strumpf war grob gestopft worden.

Der Wundarzt strich geschickt mit den Händen über Rippen, Bauch und Glieder des Patienten.

»Hmm. Viele blaue Flecke. Sieht so aus, als wäre er etliche Male getreten worden. Aber es ist nichts gebrochen. Doch er hat ein paar blaue Stellen über der Leber. Kann tödlich sein – oder auch nicht. Das Herz schlägt kräftig. Wahrscheinlich kommt er durch. Aber man kann da nie sicher sein«, fügte er eilig hinzu, um sich abzusichern. »Innere Verletzungen kann man nicht nicht so schnell erkennen. Die Wunde muss geätzt werden.«

Er stellte seine Tasche auf das Bett, nahm ein Ätzeisen heraus und reichte es dem Lehrling, der es in die Glut der Kohlenpfanne stieß und dann an seiner Nase zupfte, während er wartete.

»Seine Geldbörse haben sie auch genommen, nicht wahr?«, erkundigte sich der Wundarzt.

»Die Geldtasche und alles, was er sonst noch hatte.«

»Es war sein Glück, dass Ihr zufällig dort vorbeikamt. Sonst hätten sie ihn wohl auch noch umgebracht, könnte ich mir vorstellen.« Der Wundarzt schnippte mit den Fingern, worauf der Lehrling aufsprang und ihm das kirschrot glühende Ätzeisen reichte. Der Wundarzt spuckte auf das Eisen, lauschte zufrieden dem Zischen und legte das Eisen dann auf die Wunde. Bane verzog das Gesicht. Der Patient stieß ein lautes Stöhnen aus, und der durchdringende Gestank von verbrannter Haut und Haaren stieg auf. »Zwei, drei, vier, fünf«, zählte der Wundarzt, nahm das Eisen dann fort und inspizierte die Wunde. »Es hat die Blutung gestoppt«, sagte er zufrieden.

Straccan nahm ein paar Münzen aus seiner Geldtasche und gab sie dem Wundarzt.

»Danke, werter Herr«, sagte der. »Er müsste bald wieder zur Besinnung kommen. Es könnte Fieber auftreten. Gibt es häufig nach einer Ätzung. Wenn's so kommt, werde ich ihn zur Ader lassen.« Er nahm seine Tasche und ging hinaus, gefolgt von dem Lehrling, der verärgert dreinschaute, weil er kein Trinkgeld bekommen hatte.

Bane hing das Lederwams an einen Haken über dem Kopfende des Bettes und legte den Rest der nassen, blutigen Kleidung über die Trocknungsstange beim Feuer. Dabei suchte er in den Taschen des Mannes.

»Aha!« Im Hemd, links innen, war eine kleine Tasche, grob, aber fest eingenäht. Banes forschender Finger angelte etwas heraus: ein glänzendes kleines Büschel – eine dunkle Haarlocke, die mit einem Stück blauer Wolle zusammengebunden war. Von der Geliebten, der Ehefrau, der Tochter?

»Schaut Euch das einmal an.«

»Und das hier«, erwiderte Straccan, den Gürtel des Mannes in den Händen. Das Futter war sauber und sorgsam aufgeschlitzt, um für ein paar Münzen und andere kleine Dinge von Wert Platz zu schaffen. »Ein Stück Pergament.« Er glättete es und hielt es vor das Kerzenlicht. »Lateinisch«, sagte er dann überrascht. »*Cymbium* und noch was. *Cymbium Vulstani sum.*«

»Was bedeutet das?«

»*Ich bin Wulstans Trinkschale.* Hört sich wie eine Inschrift an.«

»Dann ist das wohl sein Name: Wulstan.«

Sie blickten auf das bewusstlose, verletzliche Gesicht des Mannes auf dem schmalen Bett. Es war jung und anziehend, mit markantem Kinn, gerader Nase und dunklen, lockigen Haaren. Ein Bartschatten lag auf den Wagen, und auf dem Kinn war eine kleine halbmondförmige Narbe zu sehen. Am Feuer waren durch das ständige Tropfen der Kleider kleine Pfützen auf den Fliesen entstanden.

»Ich frage mich, wie der so nass geworden ist«, sagte Straccan. »Der hatte ja keinen trockenen Faden mehr am Leib.«

»Vielleicht ist er in den Fluss gefallen«, meinte Bane.

»Kann sein.« Straccan gähnte breit und nahm seine Satteltaschen auf. »Das werden wir erfahren, wenn er aufwacht. Werdet Ihr hier schlafen und ihn im Auge behalten? Wenn er zu sich kommt, wird er nicht wissen, wo er sich befindet. Also dann, bis morgen früh.«

Er ging aus dem Schlafgemach und fand das kleine Zimmer, das er sich mit zwei anderen reisenden Rittern teilen musste. Die beiden schnarchten um die Wette. Straccan machte sich auf eine unruhige Nacht gefasst, schlüpfte unter die Decken von zweifelhafter Sauberkeit und legte den Kopf auf seine Satteltaschen. Es war ein geschäftiger Tag gewesen. Er hatte die Reliquie beim Kloster Bromfield abgeliefert und von den Mönchen sein Honorar bekommen – wenn auch nicht ganz kampflos. Aber sein schwer verdientes Silber war jetzt sicher bei den Templern. Er schloss die Augen.

Als der Schlaf nicht kommen wollte, dachte Straccan an die Locke in der Geheimtasche des jungen Fremden. Höchstwahrscheinlich eine Geliebte. Der Glückliche! Seine Hand schloss sich um den Talisman, den Janiva ihm gegeben hatte – die Frau, die er heiraten wollte – und den er an einer Lederschnur um den Hals trug.

Im letzten Sommer hatte er Sir Guy, Herr des Ritterguts Shawl, der in gewisser Weise Janivas Vormund war, erzählt, dass er sie heiraten wollte.

»Dann wünsche ich Euch viel Glück, meine Junge«, hatte der alte Mann keuchend hervorgestoßen. »Wann ist denn die Hochzeit?«

»Ach«, antwortete Straccan und fing einen viel sagenden Blick von Lady Alienor auf, »sobald sie Ja sagt. Habe ich also Eure Erlaubnis?«

»Wenn Ihr sie braucht, dann sag ich Ja. Aber sie ist eine freie Frau und …«

»Eigenwillig«, fügte Lady Alienor hinzu.

»Schwer zufrieden zu stellen, wollte ich eigentlich sagen«, sprach Sir Guy. »Sie wollte unseren Sohn nicht heiraten, wie Ihr wohl wisst. Wenn Ihr sie doch dazu bringen könnt, sich einen Mann zu nehmen, gebe ich ihr eine große Silbermünze zur Aussteuer. Ich werde auch ihr Haus und das Land zurückkaufen, und ihr beide erhaltet meinen Segen. Ich wäre froh, sie verheiratet zu sehen, bevor ich sterbe.«

Und nun war er tot, der gütige alte Mann. Die verwitwete Lady Alienor wohnte noch auf Shawl, doch das Rittergut gehörte nun ihrem Sohn Roger. Jenem Roger, der vor noch gar nicht so langer Zeit seine Pflegeschwester heiraten wollte.

Mit geschlossenen Augen beschwor Straccan das Abbild Janivas herauf: das ovale Gesicht, die glatte, sonnengeküsste Haut, die goldbraunen Augen, die lockenden Lippen, das rotbraune Haar. Im letzten Sommer, als er sie gefragt hatte, hatte sie abgelehnt – aus Gründen, die ihr gerechtfertigt erschienen, nicht aber ihm. Sie hatte ihre Meinung noch immer nicht geändert, als Straccan zuletzt mit ihr zusammengekommen war, zu Ostern. Aber er hatte damals nicht aufgegeben und würde es niemals tun, obwohl ihre letzte Begegnung nicht sonderlich erfreulich verlaufen war.

Warum, wusste er eigentlich immer noch nicht. Janiva war doch froh, wenn er kam! Aber irgendwie schien er nie die richtigen Worte zu finden, und sie ließ ihn bei jeder Gelegenheit abblitzen. Er würde sie zu sehr drängen, meinte sie. Außerdem sei die vor kurzem verwitwete Lady Alienor krank und brauche ihre Hilfe. Wie könne er nur zu solch einer Zeit von Heirat reden? Ihr Platz sei hier.

Jedes unbeholfene Wort, das Straccan von sich gab, machte alles nur noch schlimmer, und am Ende waren sie in Unfrieden auseinander gegangen – Janiva in Tränen, er verärgert.

Dabei durfte er es nicht bewenden lassen! Jetzt, wo der Bromfield-Auftrag ausgeführt war, konnte er doch zurückkommen. Schon morgen würde er sich auf den Weg machen.

3

Es war warm in der Vorratskammer von Shawl, und der feine, aromatische Staub von Kräutern schwebte in den Sonnenstrahlen, welche durch die schmalen Fenster fielen. Dies war schon immer Janivas Lieblingsplatz gewesen, mit dem sie ihre ersten Erinnerungen verknüpfte: wie ihre Mutter und Lady Alienor in diesem Raum miteinander schwatzten und lachten, Kräuterstaub an den Händen und süße Gerüche an den Ärmeln und Schürzen – zwei junge Frauen, die eine unfrei, die andere adlig, Mutter und Pflegemutter, vereint in ihren Bemühungen um den Sohn, den sie sich teilten und liebten: Roger, Janivas Pflegebruder.

Als Säuglinge und später als Kleinkinder teilten sie sich die gleiche Wiege, tranken aus den gleichen Brüsten, spielten zusammen, zankten sich, vertrugen sich wieder und liebten einander, bis Roger im Alter von sieben Jahren fortging, um seine Erziehung zum Landedelmann und die Ausbildung zum Ritter zu beginnen. Zu gegebener Zeit würden seine Eltern eine Frau für ihn auswählen, ein Mädchen von edler Geburt, mit Rittergut und Geld.

Es war zehn Jahre später, als Roger die Katze zwischen die Tauben warf, indem er verkündete, er wolle seine Pflegeschwester heiraten.

Seine Eltern waren so sehr in ihr einziges Kind vernarrt, dass sie es wider alle Vernunft erlaubt hätten, doch zu ihrer Erleichterung (und ihrem Erstaunen) lehnte Janiva ab. Bevor

Roger sich recht besinnen konnte, wurde auch schon eine angemessene Ehe für ihn arrangiert. Die Braut, Richildis, war die Erbin von drei Rittergütern. Die Hochzeit hatte letzten Sommer stattgefunden.

Seitdem war das junge Paar unterwegs gewesen, um die Rittergüter der Mitgift zu besichtigen; nun aber erwartete man sie jeden Tag in Shawl zurück. Sorgen kommen nie allein, und so gab es denn auch kurz nach Sir Guys Tod schlechte Nachrichten: Rogers Cousin hatte sein Anrecht auf Shawl geltend gemacht, war zurzeit sogar beim König, dessen Gunst er besaß, sodass er in diesem Streitfall wahrscheinlich den Sieg davontragen würde. Roger würde das Rittergut Shawl bis über die Schmerzgrenze hinaus ausquetschen müssen, um die Gelder aufzutreiben, die zur Anfechtung des Anspruchs notwendig waren.

»... Huflattich«, beendete Alienor ihre Erzählung.

Janiva schaute sie verständnislos an.

Lady Alienor lachte. »Dachte ich's mir doch! Du warst meilenweit weg. Ich sagte, dass wir bei all diesem Husten fast keinen Huflattich mehr haben.«

»Es ist aber reichlich Weißer Andorn da, und mit ein wenig Honig in heißem Wasser ist der genauso gut. Was habt Ihr denn, Mylady?«, fragte sie darauf, weil Alienor sie lächelnd anschaute.

Sie sieht krank aus, dachte Janiva mit plötzlicher Besorgnis. Der Kummer um ihren Gatten und die Angst um die Erbschaft ihres Sohnes hatte die Lady von Shawl altern lassen. Ihr rundes fröhliches Gesicht war eingefallen, das Fleisch auf ihren kräftigen Knochen dünn geworden, und sie sah zehn Jahre älter aus als letzten Sommer.

»Ich möchte wetten, dass du an deinen Liebsten gedacht hast«, sagte Alienor. »Und erzähl mir nicht, dass er nicht dein Liebster ist, denn er will dich heiraten. Mein Gemahl hat letztes Jahr Erkundigungen angestellt, ganz diskret, versteht sich. Dein Straccan ist eine gute Partie.«

»Madame …«

»Er steht sich auch gut mit dem König, und das ist nützlich, solange es anhält. Er hat einen schönen Besitz – unbelastet, sagte mein Lord – und nur eine Tochter. Also wird dein Sohn ohne Widerstände erben können, und das ist ein Glücksfall. Die Söhne von ersten Ehefrauen bedeuten zumeist Ärger.«

Halb lachend, halb verärgert erwiderte Janiva: »Madame, ich habe aber Nein zu ihm gesagt!«

»So? Er kommt aber immer wieder, nicht wahr? Und du kannst deine Meinung ja noch ändern. Gar nicht mal schlecht«, fügte sie mit einem Nicken hinzu, »mit einem Nein anzufangen.«

»Ich hab es aber so gemeint!«

»Wirklich?«

Alienor warf ihr einen verschmitzten Blick zu. Janiva fühlte, wie sie errötete. Hatte sie es wirklich so gemeint? Zuerst war sie sich dessen ziemlich sicher gewesen. Aber jetzt?

»Du solltest an die Zukunft denken«, sagte Alienor und streichelte Janivas Hand. »Du bist noch jung.« Sie schaute Janiva liebevoll an. »Oder willst du hier als einsame alte Frau enden?«

Alt? Daran hatte sie nie gedacht. Die Jugend schien sich vor ihr auszudehnen, ein ewiges Jetzt, unverändert vom Lauf der Jahre. Einsam? Bevor Straccan kam, war sie zufrieden gewesen, selbstgenügsam, ein in sich vollkommenes Wesen. Diese Vollkommenheit war jetzt verschwunden. Es nutzte nichts, etwas anderes zu behaupten. Ihr Leben ging weiter wie immer. Sie war geschäftig und nützlich, hier und in ihrem eigenen Heim, unter Menschen, die sie ihr Leben lang kannte.

Nichts hatte sich verändert.

Und doch war alles anders.

»Es ist überhaupt nicht so, wie ich gedacht hatte«, erklärte sie und war überrascht, sich diese Worte sagen zu hören.

»Was denn? Die Liebe?« Alienor lächelte, und der trübe, müde Ausdruck verschwand für kurze Zeit aus ihrem Gesicht. »Gott segne dich, Mädchen. Die Liebe ist niemals so, wie man denkt.«

4

Der König war am Abend zuvor in Bristol eingetroffen, mehrere Stunden vor seinen Gepäckwagen und mit nur einer Hand voll von Begleitern. Die meisten Lords und Hauptleute, die man aufgefordert hatte, ihn an diesem Ort zu treffen, waren bereits erschienen; die anderen würden noch am gleichen Tag eintreffen – wenn sie wussten, was gut für sie war.

Es war noch nicht ganz fünf Uhr morgens, als der Kurier aus Dublin ins königliche Schlafgemach eingelassen wurde, doch der König war schon seit drei Uhr auf, und das Zimmer war voller Leute – Ritter des königlichen Hofstaats, Edelmänner und Pagen, Hauptleute und Wächter, Diener, Schreiber, Bittsteller und Stellungssuchende. Der König und seine Hauptleute standen um das Bett herum, auf dem eine große Landkarte von Irland ausgebreitet lag. Drei Ecken dieser Karte waren mit kleinen Behältern beschwert, die vierte mit dem königlichen Pisspott aus Messing.

Farbige Vierecke auf der Karte bezeichneten die Besitztümer der angloirischen Lords. Des Königs linke Hand ruhte auf William Marshals ausgedehnter Gutsfläche, die in blauer Farbe markiert war, während er mit dem rechten Zeigefinger auf den gelben Fleck der Lords de Lacy, Hugh und Walter deutete. Andere Besitztümer waren grün, dunkelrot, braun, grau und rosa gefärbt. Es war nicht mehr genug Zeit gewesen, um eine neue Landkarte zu fertigen, sodass die Güter des abtrünnigen Lord William de Breos – angemessen in Blutrot – alle anderen ausstachen, bis auf die von William Marshal.

Der König nahm den Brief und brach das Siegel. Während er las, führten seine Hauptleute ihre Gespräche fort, deuteten hier und da auf die Landkarte, schüttelten die Köpfe oder nickten zustimmend, wenn sie ihre Meinung kundtaten. Als sie Johns Ausruf hörten, drehten sie sich erwartungsvoll um.

»Kilkenny«, rief der König. »Breos ist in Kilkenny – oder war es zumindest, als dieser Brief geschrieben wurde. Nun, meine Freunde, jetzt wissen wir, wohin wir marschieren werden. Von Crook gehen wir nach Kilkenny.« Er beugte sich über die Landkarte und verfolgte mit der Spitze seines Dolchs die Route von Crook über Newbridge und Thomastown, bis er Kilkenny erreichte. »Da«, sagte er und stieß den Stahl bis zum Heft durch Landkarte, Kartendeckel, Decken und Federbett.

Seine Hauptleute tauschten verstohlene Blicke aus, in denen heimliche Befriedigung lag. Breos hatte sie viel zu lange beherrscht, bis er über seine eigene Arroganz und Narrheit gestolpert war. Das geschah ihm recht! Wenn es darum ging, nach seinen Hacken zu schnappen, würden sie sich gegenseitig übertrumpfen, und jeder würde dankbar dafür sein, dass nicht er das Ziel von Johns Rachefeldzug war.

»Er wird wissen, dass wir kommen«, meinte de Breauté.

»Umso besser.« D'Athée grinste. »Er wird davonlaufen, und das gibt noch mehr Spaß.«

»Nicht für Euch, Gerard«, sagte der König. »Tut mir Leid, alter Knabe, aber ich wünsche Euch hier. Ja, er wird davonlaufen. Zurück nach Wales, nehme ich an, zu meinem Schwiegersohn Llywelyn. Und dort wird er versuchen, die Waliser gegen mich aufzuwiegeln. Da wird er aber kein Glück haben. Eines Tages wird Llywelyn selbst wohl den Aufstand proben, aber jetzt noch nicht. Er ist noch nicht bereit. Er wird

Breos Gastfreundschaft gewähren, ihm aber kein Geld geben – und das braucht der arme William. Es gibt nur eine Möglichkeit, wie er an Geld herankommen kann. Er wird seine Ritter und auf ihn eingeschworene Männer zusammenrufen und eine Plündertruppe aufstellen – keine große, aber groß genug, um störend zu sein. Das ist dann Eure Aufgabe, Gerard. Ihr könnt hundert Männer haben. Ich werde ihn aus Irland hinausjagen, und Ihr werdet ihn stellen.«

»Das werde ich, Majestät.«

Der König entließ die anderen und las den Brief noch einmal, bevor er ihn zusammenknüllte und in die Kohlenpfanne warf, wo er sich krümmte wie etwas Lebendiges, bis er sich in eine rauchende Flamme verwandelte.

Er starrte in die glühenden Holzkohlen und überlegte.

Breos würde viel Geld brauchen, um die königliche Gunst wiederzuerlangen – was wohl eine vergebliche Hoffnung war – und die riesigen Summen zu zahlen, die er dem König schuldete, um wenigstens einige seiner früheren Besitztümer zurückzubekommen und das Erbteil seiner Söhne zu sichern. Eine Plündertruppe im Grenzland, die für einige Zeit ungehindert operierte, könnte reiche Städte und Abteien ausrauben, Geld von Reisenden erpressen und wohlhabende Gefangene machen, um Lösegeld zu fordern. Wenn er auf diese Weise einen Monat sein Unwesen trieb, hatte Breos eine gute Chance, mehr als genug Geld zur Bezahlung seiner Schulden aufzutreiben.

Ich werde ihn gewähren lassen, dachte der König. Auch ich kann das Geld gebrauchen, weiß Gott. Deshalb werde ich ihn an der langen Leine lassen, bevor ich ihn hänge. Ich werde d'Athée die Anweisung erteilen, ein wenig mit dem Säbel zu rasseln, sich aber zurückzuhalten, bis ich den Befehl zum Angriff gebe. Schließlich geht es ja nur um Wales.

Doch in dem Brief kam noch eine andere Sache zur Sprache – und von der hatte der König seinen Hauptleuten nichts erzählt. Breos hatte seine Frau und Söhne zu deren Schutz zu seinem Schwiegersohn Walter de Lacy in Meath geschickt, war in Kilkenny aber nicht ohne weibliche Gesellschaft. Eine andere Frau war zu ihm gekommen – Johns frühere Geliebte, die Hexe Julitta de Beauris.

Der König beobachtete, wie das Pergament sich in der Kohlenpfanne krümmte, und lächelte. Es würde ihm großes Vergnügen bereiten, wieder mit Lady Julitta zusammenzutreffen. Es war gerade ein Jahr her, dass ihre und ihres Gatten Verwicklung in eine Verschwörung gegen den König ans Licht gekommen war. Der Gatte hatte mit seinem Leben bezahlt, doch Julitta war es irgendwie gelungen, in die Bretagne zu entkommen. Jetzt hatte sie sich auf Gedeih und Verderb mit Breos verbunden. Warum?

Er würde es schnell genug erfahren.

John beobachtete, wie die letzten Fetzen des Briefes schwarz wurden, sich kräuselten und als graue Ascheteile auf die Holzkohlen fielen.

So würde auch Julitta brennen, wenn man sie ihm ausgeliefert hatte.

5

Ein Hahn krähte auf dem Misthaufen – eitel, geil und stolz. Um vier Uhr morgens war es in den Ställen, dem Wirtschaftsgebäude und auf dem Hof der Burg Ludlow schon geschäftig: Knechte versorgten die Pferde und schleppten Futter und Wasser herbei; Knaben schaufelten Mist; frühe Reisende riefen nach ihren Pferden; Küchenmägde eilten vom und zum Brunnen; Krieger wechselten die Wache; Hunde bellten, und Hennen kratzten in Stroh und Dreck. Die großen Tore standen offen; die Kühe waren schon gemolken und auf die Weide geführt, und der tägliche Strom von Händlern ergoss sich über die Zugbrücke in den Burghof – mit Obst und Gemüse, Butter, Speck, Käse, Hühnern, Enten, Gänsen, Spanferkeln und allem, das die Köche der Burg kaufen könnten.

Bane fand Straccan im Stall. »Unsere ersoffene Ratte fragt nach Euch.« Er zog einen Apfel aus seinem Ärmel, biss von ihm ab und hielt den Rest dem Hengst Zingiber hin. Dieser nahm ihn mit den Lippen von Banes Handfläche, kaute ihn geräuschvoll und nestelte mit der Schnauze an Banes Ärmel, in der Hoffnung auf mehr.

Straccan schaute von dem Huf auf, den er gerade untersuchte. »Ist er wieder auf dem Posten?«

»Ist ein bisschen still. Ich glaube, der Kopf tut ihm weh.« Bane langte nach der Feile in Straccans Hand. »Er ist im Schlafsaal. Ich werde das hier fertig machen.«

Goldenes und rosa Licht fiel auf die Türme und färbte sie für ein paar Augenblicke mit stillem Glanz – bis der Hahn eine entrüstete Henne mit dem Schnabel am Hals packte, sie bestieg, bis jemand zu schimpfen begann und einen Stein nach dem gackernden Paar warf.

Der Mann saß auf der Bettkante in seinen noch nicht völlig getrockneten, schmutzigen Kleidungsstücken, ohne Schuhe, bleich und ziemlich ängstlich dreinschauend. Er stand auf, als Straccan hereinkam.

»Guten Morgen, Sir.«

»Wie fühlt Ihr Euch?«

»Mein Kopf schmerzt, aber – Sir, Mister Bane sagte, Ihr braucht mich hier. Ihr habt mich gerettet. Vielen Dank.«

Anständiges Benehmen. Wer immer der Mann auch sein mochte, er war an Höflichkeit gewöhnt, und sein Englisch besaß einen schwachen Waliser Akzent. »Wer hat Euch überfallen?«

»Ich weiß es nicht – ich – Herr ...« Er setzte sich abrupt wieder, als hätten seine Beine den Dienst versagt.

»Was ist denn?«

»Etwas stimmt nicht. Ich weiß nichts mehr! Wer bin ich? Was tue ich hier? Ich weiß *gar nichts!*« Er legte das Gesicht in die Hände und wandte sich ab, am ganzen Körper zitternd.

Straccan zog sich mit dem Fuß einen Schemel heran und setzte sich ebenfalls. »Ihr habt also Euer Gedächtnis verloren.«

Der Mann nickte kläglich.

»Ich habe da ein paar Leute kennen gelernt, denen es auch so erging, nachdem sie einen schweren Schlag auf den Kopf bekommen hatten. Aber nach ein paar Tagen kam die Erinnerung wieder.«

Der Mann schaute ihn hoffnungsvoll an. »Wirklich, Sir? Ich werde dann wieder alles wissen?«

»Ich werde Euch noch einmal vom Wundarzt untersuchen lassen.«

Als der Wundarzt kam, tastete er vorsichtig den Schädel des Mannes ab, blickte ihm in die Augen und ließ ihn nach links und rechts, nach oben und unten schauen. Dann zuckte er mit den Achseln. »Nun, Herr, ich könnte Euch sagen, dass er sein Gedächtnis morgen, nächste Woche oder nie wiedererlangen wird, aber um die Wahrheit zu sagen, ich weiß es genauso wenig wie Ihr. Ich würde aber sagen, dass er im Laufe der Zeit sein Gedächtnis wiederfindet. Zuerst stückweise, höchstwahrscheinlich, und dann, eines Tages ...«, er schnippte mit den Fingern, »wird es wieder da sein, als wäre es nie verloren gegangen. Sein Schädel ist nicht gebrochen. Es braucht halt seine Zeit.«

Nachdem der Wundarzt gegangen war, sagte Straccan: »Dann wollen wir doch mal sehen, was wir *jetzt schon* über Euch wissen, ja?«

»Was meint Ihr damit, Herr?«

»Zuerst nur einfache Dinge. Ihr seid kein Mönch oder Schreiber – keine Tonsur. Ihr seid auch kein Bettler. Eure Kleider sind aus ordentlichem Stoff, nicht teuer, ein bisschen abgetragen, aber nicht schäbig. Sie passen Euch, sodass sie Eure eigenen sind, und nicht von anderen abgelegt. Ihr seid zu alt, um ein Lehrling zu sein, sodass ihr wahrscheinlich bei jemandem angestellt seid. Ihr seid nicht verheiratet ...«

Der Mann blickte überrascht auf. »Woher wisst Ihr das denn?«

»Eine Frau hätte den Strumpf besser gestopft.«

»Oh.« Er blickte auf seinen Fuß hinunter, als hätte er ihn nie zuvor gesehen. »Na, so was!«

Straccan erwärmte sich zusehends für seine Schlussfolgerungen. »Bis vor kurzem – als man Euch überfiel, nehme ich an – habt Ihr einen Ring getragen.«

»Wirklich?« Er schaute auf den blassen Hautstreifen an seinem Mittelfinger und rieb ihn. »Ja, stimmt.«

»Ihr seht wie … na, sagen wir mal, wie zwanzig aus, und wir müssen Euch mit irgendeinem Namen anreden, bis Ihr Euch daran erinnert, wie Ihr heißt. Was hättet Ihr denn gern als Namen?«

Der Mann runzelte die Stirn. »Ich weiß nicht.«

»William? Henry?«

»Also …«

»Nicht? Wie wär's mit David? Oder Wulstan? Zwei mächtige Heilige zur Auswahl.« Beim letzten Namen war kein Anzeichen der Erinnerung auf dem Gesicht des Mannes zu erkennen. Straccan seufzte. Es war den Versuch wert gewesen. »Ich selbst würde Wulstan vorziehen«, meinte er. »Wollen wir Euch also vorläufig so nennen.«

»In Ordnung, Herr.«

»Ihr hattet zwei Dinge bei Euch«, fuhr Straccan fort. »Dies hier«, er holte das Stück Pergamentpapier hervor, »und in Eurer linken Tasche noch etwas anderes.«

Wulstan fand die Locke und schaute sie verständnislos an. Auch die Worte auf dem Pergamentstück erinnerten ihn an nichts.

Straccan lachte. »Macht Euch nichts daraus, Bursche. Es ist nicht alles verloren. Ihr erinnert Euch doch wenigstens an den Unterschied zwischen links und rechts.«

6

Leprakranke durften Kirchen nicht betreten – natürlich nicht –, und die meisten von ihnen kümmerte das auch gar nicht mehr. Gott hatte sie verlassen, und deshalb konnte er ihnen gestohlen bleiben.

An diesem feuchten Morgen jedoch ließ einer dieser Verfluchten seine Krücke, Glocke und sein Bündel Habseligkeiten am Fuß der Stufen liegen und kletterte mühsam zu einer Öffnung in der Mauer hinauf, von wo er in die Kirche spähen konnte. Strähnen weißen Haares hingen feucht an seinen Schultern, aber er war nicht alt. Nur schon so gut wie tot.

Nicht alle Leichen wurden dezent in der Erde vergraben. In den Siechenhäusern im ganzen Land atmeten Menschen, die eigentlich schon tot waren. Offiziell, rechtlich, waren sie auch tot, obwohl sie sich noch bewegten, sprachen und manchmal auch lachten (aber häufiger fluchten), träumten, litten und verzweifelten. Von ihren Häusern, Familien, Gemeinden ausgestoßen, waren sie für Gott so abscheulich wie für die Menschheit. Sie wurden gezwungen, ihrem eigenen Begräbnis beizuwohnen – der feierlichen Messe der Toten, der symbolischen Beerdigung mit ausgehobenem Grab und einem Litaneien schnatternden Priester. Dann wurden sie hinausgejagt, oft mit Steinwürfen, während der Priester und die Angehörigen, selbstgefällig in ihrer körperlichen Unversehrtheit, nach Hause zu ihrem Schinken und Bier, zu den warmen Betten und warmen Bettgenossen gingen.

Leprakranke mussten entweder auf den Straßen betteln oder das furchtbare Heim der lebenden Toten aufsuchen – das Siechenhaus. So schrecklich war die hoffnungslose Endgültigkeit seiner Mauern, dass viele, sogar die Alten und Schwachen, lieber das Betteln auf sich nahmen, ständig umherzogen, hungerten, froren und mit klingender Glocke oder rasselnder Almosenschale um milde Gaben baten. Man machte einen Bogen um sie und verabscheute sie, während sie um Mitleid flehten, um Gnade beteten – und auf den endgültigen Tod warteten.

Der Aussätzige sah niemanden innerhalb seines begrenzten Sichtfelds in der kleinen Kirche, doch wie immer brannten Kerzen auf dem Altar, und durch die Maueröffnung konnte er das heilige Kreuz sehen. Es war verschleiert, natürlich. Da sich ganz England unter dem Interdikt befand, durfte das Antlitz Christi nicht angeschaut werden, bis der Papst seinen Bann aufhob. Aber das Tuch war ein Stück abgerutscht, und eine nageldurchbohrte Hand streckte sich nach dem Aussätzigen aus. Seine eigene rechte Hand, durch den Verband behindert, machte das Zeichen des Kreuzes auf seiner Brust.

In seiner einstigen Zelle in Schottland hatte ein Kruzifix über dem Bett gehangen. Er hätte diesen vertrauten Gegenstand sehr gern mitgenommen, aber man erlaubte ihm nur, seine Krücke, Almosenschale, Glocke und Wasserflasche an sich zu nehmen. Zusätzlich zu den Kleidungsstücken, die er trug, befanden sich in seinem Bündel ein Paar Unterhosen zum Wechseln, saubere Verbände und ein wenig Nahrung. Um seinen Hals, unter dem kratzenden Hospizhemd, trug er seine Geldbörse und ein kleines Kreuz aus Olivenholz, das aus Jerusalem stammte – Gott und Mammon an einer einzigen Lederschnur.

»Kamerad«, flüsterte er durch das Gitter dem hölzernen Christus zu. »Verleihe mir die Kraft, weiterzumachen. Es gibt für mich noch Arbeit zu verrichten.«

Seine Hände drückten den zusammengerollten Brief in einer Innentasche seines Hemds. Er kannte die darauf geschriebenen Worte auswendig. Dieser Brief hatte mehr als ein halbes Jahr gebraucht, zu ihm zu finden. Zuerst war der Brief den langen Weg von Wales zum Siechenhaus in Sainte Colombe in der Normandie geschickt worden, das der Mann schon vor geraumer Zeit verlassen hatte. Dort hatte der Brief dann gelegen, bis ein Reisender überredet werden konnte, ihn zurück über den Ärmelkanal mitzunehmen. Sainte Colombe war zu arm, um jemanden für diesen Dienst bezahlen zu können, aber schließlich erklärte sich ein Pilger einverstanden, ihn mitzunehmen, wenn die Mönche für ihn beteten. Doch auf der Reise wurde er krank; offenbar hatten die Gebete nicht ausgereicht, ihn bei guter Gesundheit zu halten. So wurde der Brief bis Weihnachten zurückgehalten. Danach kam er sozusagen ruckweise voran – immer wenn jemand sich bereit erklärte, ihn mitzunehmen –, bis er endlich Schottland erreichte und unmittelbar vor Ostern in die Hände von Garnier im Siechenhaus außerhalb Stirlings kam.

»Von Sulien of Cwm Cuddfan an Garnier den Aussätzigen, mit herzlichem Gruß und im Vertrauen an Gott und Seine Gnade, dass Ihr noch lebt. Ich bitte Euch im Hinblick auf unsere alte Freundschaft zu dieser unserer Gemeinde zu kommen und die Aufgabe des Aufsehers des Siechenhauses und hier die Betreuung der Körper und Seelen unserer Aussätzigen zu übernehmen.«

Sein alter Freund hatte Garnier nach all den Verzögerungen wahrscheinlich längst aufgegeben, aber der Brief gab ihm einen neuen Lebenssinn, und mit Gottes Hilfe würde er ans Ziel kommen. Er hatte sich von dem Siechenhaus bei Stirling verabschiedet, und der Medikus hatte ihm eine unschuldig aussehende Flasche gegeben, die den brennbaren Whisky enthielt, der normalerweise für Reisende durch Schneegebiete reserviert war – und dann auch nur, wenn sie sich schon vor des Todes Pforte befanden. Der Medikus machte den Whisky selbst, nach einem alten Familienrezept. Das starke Gebräu hätte sogar ein Pferd umgehauen.

Garnier starrte den verschleierten Kopf des Christus an, der unter seiner Dornenkrone gebeugt war. »Kamerad, du trugst dein Kreuz. Hilf mir nun, das meine zu tragen. Es ist ein beschwerlicher Weg.«

Mehr als dreihundert Meilen hatte er schon zurückgelegt. Ein sehr beschwerlicher Weg für einen Toten.

»Kamerad, ich wäre froh über deine Gesellschaft, wenn du nicht zu beschäftigt bist.«

Vorsichtig stieg er die feuchten Stufen hinunter, schlang sich den Trageriemen seines Bündels unter dem Umhang über die Schulter und vergewisserte sich, dass seine Maske fest saß, bevor er Glocke und Krücke aufnahm. Den Kopf gegen den Wind geneigt, überquerte er den Friedhof. Der Pförtner, der sich zum Aufwärmen in sein kleines Wächterhaus zurückgezogen hatte, kroch käfergleich daraus hervor, verfluchte das Wetter und die Aussätzigen und zog das schwere Tor noch einmal auf, gerade so weit, dass Garnier sich hindurchquetschen konnte.

Garnier schaute auf die Landstraße, die vor ihm lag. An ihrer Seite, wie dicke Perlen an einer Schnur aufgereiht, waren ein paar niedrige Reetdachhütten zu sehen, jede mit ihrem Stück Land, Hühnern, einer oder zwei Ziegen und einem dösenden Schwein. Diese Behausungen scharten sich am Fuß des Abhangs zu einem kleinen Dorf zusammen, und hier und da schimmerte Licht durch die schlecht abdichtenden Fensterläden. Garnier machte sich auf den Weg den Abhang hinunter, durch Furchen und Kehricht und an Pfützen vorbei.

Zu dieser frühen Stunde waren nur wenige Leute wach, und sie beachteten ihn nicht. Ein Hund knurrte und sprang auf ihn zu, doch ein Stoß mit der Krücke ließ ihn seine Meinung ändern. Ein Kind, das aus einer Tür kam, sah die große, vermummte Figur dahinhumpeln, schrie jubelnd auf und schaute sich nach etwas zum Werfen um. Da lag Hundekot. Das waren Wurfgeschosse, die für beide Seiten zufrieden stellend waren – dem Knaben machte es die Freude, damit schmeißen zu können, und seinem Ziel verschaffte es die Erleichterung, dass es keine Steine waren.

Die Straße führte Garnier in südlicher Richtung nach Shrewsbury, wo es ein Hospiz für seinesgleichen gab. Dort würde er einen oder zwei Tage ausruhen. Mehr als die Hälfte seines Spießrutenlaufs hatte er schon hinter sich, aber das Schwerste stand ihm noch bevor – die Waliser Mark, das gefährliche Gebiet, das unter dem Namen Mörderland bekannt war.

7

Wie die meisten Reisenden nahm Straccan Briefe und Nachrichten mit, um sie an bestimmten Orten abzugeben, wo man sie abholen würde – darunter Briefe für Enelard de Cigony, einem der Söldner-Hauptleute, denen der König traute und der nach dem hastigen Weggang des vorherigen Burgvogts William de Breos vorläufiger Polizeivorsteher sowie Kommandant der Burg Ludlow war.

Cigony begrüßte Straccan mit einem gewaltigen Nieser, warf die Briefe seinem Schreiber zu und lud seinen Besucher ein, das Frühstück mit ihm zu teilen. Dabei ließ er ihm einen Bericht über die Umtriebe der Gesetzlosen in letzter Zeit zuteil werden.

»Die Ganoven sind so dicht gesät wie Flöhe in einem Hurenbett«, sagte er. »Eines muss man Breos ja lassen ...«, er hielt inne, sodass Straccan ihn erwartungsvoll anschaute, doch der Polizeivorsteher und Burgkommandant erlitt erneut einen schweren Niesanfall. »Haaat*schiii!*«

»Das ist ja eine böse Erkältung, die Ihr da habt, Mylord.«

Cigony wischte sich die Nase mit einem Leinentuch ab. »Verdammt komische Sache. Ich kriege das in jedem verflixten Jahr ungefähr zur gleichen Zeit, und dann geht es den ganzen verflixten Sommer so! Meine Frau hat schon jedes Gegenmittel versucht, das sie sich ausdenken konnte, aber nichts hatte Erfolg. Wo war ich stehen geblieben? Ach ja – die Gesetzlosen. Breos hat sie mit straffer Hand geführt. Aber die kennen *mich* noch nicht! Denken, sie haben es mit einem Weichling zu tun. Ha! Die werden sich noch wundern! In dieser Woche haben wir dreiundvierzig zusammengetrieben – und das ist erst der Anfang. Ich habe zwei neue Alaunt-Hunde, prächtige Viecher, so tapfer wie Löwen. Die können es gar nicht erwarten, auf das Packzeug loszugehen. Wenn ich mit denen fertig bin, wird der Wald so sicher sein wie ein Nonnengarten.« Ein weiteres Niesen hing in der Luft, kam dann aber doch nicht zum Ausbruch. Er wischte sich die Augen und schob das Taschentuch unter seinen Ärmel.

Straccan erzählte seinerseits die Geschichte von dem Mann, der das Gedächtnis verloren hatte.

»Yves de Pontgarron«, sagte Cigony, als Straccan geendet hatte. »Ihr kennt ihn ja – derjenige, der bei Mirebeau ein Auge lassen musste. Furzt wie eine Trompete! Der verlor auch sein Gedächtnis, nachdem sein Helm auf dem Turnierplatz gespalten wurde. Hatsch*iii!* Der Teufel soll's holen! Das war in Chinon, im Jahre 98. Hat seine Erinnerungen zwar wiederbekommen, wurde dann aber bösartig. Fing an, seine Frau zu schlagen. Aber die war schließlich Waliserin, muss man berücksichtigen. Sie riss aus. Heikle Angelegenheit, großer Skandal. Und wie war's mit Auberi d'Umfraville – erinnert Ihr Euch an die alte Vogelscheuche?«

Straccan kramte in seinem Gedächtnis und fand dort ein frohgemutes Halunkengesicht, das schon so manches abbekommen hatte.

»Keine Zähne? Gebrochene Nase?«

»Ja, das ist der Bursche! Der verlor auch sein Gedächtnis und den Verstand noch dazu. Seine Frau hatte ihm nämlich den Kochpott auf den Schädel gehauen, als sie ihn mit der Amme ihres Sohnes erwischte. Armes Schwein. Hat das Gedächtnis nach einer Weile zurückbekommen, war aber nie mehr der Alte. Muss ein toller Schlag mit dem Pott gewesen sein«, bemerkte der Kommandant anerkennend, einen seltsam sehnsüchtigen Ausdruck in den Augen. »Prächtige Frau, die Konstanze, prächtig …«

Die Zeit verging angenehm, begleitet von Cigonys dröhnendem Niesen. Straccan vertraute dem Kommandanten seine Besorgnis an, was den Mann betraf, den er Wulstan nannte. »Meine Geschäfte sind erledigt, aber ich möchte ihn nicht hier allein lassen.«

»Der Bursche ist doch nicht Euer Problem, alter Knabe.«

»Nein.« Straccan schwieg und dachte sechs Jahre zurück, wie er zum ersten Male mit Bane zusammengetroffen war, und wie der darauf bestanden hatte, dass Straccan die Verantwortung für ihn übernahm, nachdem er ihm das Leben rettete. Jetzt hatte er mit Wulstan wieder einen Mann, um den er sich kümmern musste.

»Also, ich kann da nur eines tun«, bot Cigony an. »Ich werde mit Prior Anselm reden. Die Mönche werden sich seiner annehmen, bis er seine Sinne wieder beisammenhat. In der Zwischenzeit werde ich Erkundigungen anstellen lassen, ob jemand ihn kennt.«

»Danke, Mylord.« Straccan stand auf, um zu gehen, da er bemerkt hatte, dass die adligen Mitarbeiter des Polizeivorstehers ungeduldig an der Tür standen. »Ich darf Euch nicht länger aufhalten.«

»Da habt Ihr Recht! Ich muss Verbrecher fangen. Wollt Ihr nicht mitkommen? Ich kann Euch viel Kurzweil versprechen.«

Straccan lehnte das Angebot ab und verabschiedete sich. Als er die Tür hinter sich schloss, hörte er wieder ein Niesen. Die Gesetzlosen haben gute Aussichten, ungeschoren davonzukommen, dachte er. Sie würden den Kommandanten schon auf eine Meile hören.

Es nieselte, als Straccan den Innenhof der Burg überquerte. Im Stall standen die Pferde gesattelt bereit, doch von Bane war nichts zu sehen. Wahrscheinlich holte er ihre Reisebündel. Zingiber wieherte zur Begrüßung. Straccan streichelte die samtweiche Nase des Hengstes und rieb dem Tier die Ohren. Dann bückte er sich, um den Huf zu untersuchen, um den Bane sich gekümmert hatte; dann auch die drei anderen Hufe. Es war alles in Ordnung. Zingiber schnaubte ungeduldig. Er roch den Regen und wollte hinaus.

»Sir Richard Straccan?«

Er drehte sich um und sah einen Mann in der königlichen Livree auf dem Heuboden. Es war ein stämmiger junger Bursche mit blonden Haaren, vorstehendem Kinn und aufmerksamen, klugen blauen Augen. Ein Schwert, dessen abgenutzter Ledergriff und Scheide von reichlichem Gebrauch zeugten, hing griffbereit an seiner Hüfte. Er war ein berufsmäßiger Kämpfer, das sah man gleich.

»Ja, ich bin Straccan. Und wer seid Ihr?«

»Bruno von Köln. Ich komme vom König. Er gebietet Euch, zu ihm nach Bristol zu kommen.«

Verflucht und zugenäht! »Jetzt gleich?«

»Joo, ich soll Euch dorthin begleiten – mit Eurem Diener Bone«, erwiderte der Mann mit deutschem Akzent.

»Bane«, verbesserte ihn Straccan. »Was will der König denn von Bane?«

»Nun, der König sagte, er muss ebenfalls kommen«, erwiderte der Mann achselzuckend. »Ich weiß nicht, warum. Aber ich sehe, dass Ihr schon zum Losritt bereit seid. Also verlieren wir keine Zeit. Wo ist denn dieser Bane?«

Wütend, den deutschen Söldner auf den Fersen, ging Straccan in den Saal zurück. Auch dort war kein Bane – aber auf einer Bank an der Wand, mit einem sauberen Hemd und Reithosen, die Straccan als seine eigenen erkannte, saß Wulstan und schaute verloren drein.

»Moment, bitte«, sagte Straccan. Als er zu Wulstan eilen wollte, ergriff der Deutsche ihn am Arm.

»Keiner darf erfahren, dass Ihr zum König kommen sollt.«

Gefolgt vom Hauptmann von Köln, durchquerte Straccan den Saal und setzte sich neben Wulstan auf die Bank. »Wie geht es Euch, Wulstan?«

Der junge Mann schaute mit einem scheuen Lächeln auf. »Recht gut. Danke, mein Herr. Mein Kopf heilt.« Dabei berührte er behutsam die versengte Stelle auf seinem Scheitel.

»Habt Ihr schon Frühstück bekommen?«

»Mir ist nicht nach Essen zumute. Ich denke immerfort, dass ich irgendwo sein oder irgendetwas machen sollte. Vielleicht ist jemand besorgt, weil ich noch nicht gekommen bin.«

»Nur Geduld. Es dauert noch eine Weile, dann ist Euer Gedächtnis wieder da.« Er schaute auf. Der Söldner stand nahe hinter ihm und hörte aufmerksam zu. »Ich muss Ludlow heute verlassen. Werdet Ihr zurechtkommen?«

Enttäuschung legte sich auf Wulstans Züge. »Oh, ich – natürlich. Ihr wart sehr gütig zu mir, Sir. Meister Bane gab mir diese Kleider. Er konnte sogar Schuhe auftreiben, die mir passen. Wenn – wenn ich wieder ich selbst bin, werde ich's Euch irgendwie vergelten.«

»Darum sorgt Euch mal nicht. Ihr könnt in der Priorei unterkommen, bis Ihr Euer Gedächtnis wieder gefunden habt oder bis jemand kommt, der nach Euch sucht. Der Polizeivorsteher hat versprochen, sich um alles zu kümmern. Ich werde Euch wieder aufsuchen, wenn ich zurückkomme.« Wann immer das sein wird, dachte er finster.

Wulstan schaute auf den Tisch hinunter. »Ihr seid ein guter Mensch, Sir, Euch so um mich zu kümmern.«

Straccan klopfte ihm auf die Schulter. »Nur Mut, Bursche. Es mag seltsam sein, nicht zu wissen, wer man ist, aber es ist allemal besser, als tot zu sein.«

Bane war auch nicht im Schlafsaal oder in Straccans enger Schlafzelle. Mit einem Seufzer, den Deutschen immer noch auf den Fersen, ging Straccan zur Küche. Dort hätte er zuerst suchen sollen.

»Da müsst Ihr Euch irren«, meinte Bane, während er Brot und Käse in der sich schon ausbeulenden Tasche verstaute. »Reicht mir doch mal den Schinken rüber, ja? Der König kann doch *mich* nicht wollen! Er weiß doch gar nicht mal, dass ich existiere! Was kann er da schon von mir wollen?«

»Ich weiß es nicht! *Der* da ...«, dabei wies Straccan mit einer Kopfbewegung auf Bruno, dessen Ausdruck leichter Belustigung zu Verärgerung wechselte, »will es nicht sagen. Habt Ihr Eure Sachen schon gepackt?«

»'türlich. Wollte gerade noch etwas Extraproviant für die Reise besorgen.« Er starrte den Deutschen an. »Ich hoffe, der hat seinen eigenen mitgebracht. Also werden wir Frau Janiva jetzt nicht sehen.«

»Nein«, bestätigte Straccan düster, »das werden wir nicht!«

8

Der König hatte schon vor drei Tagen Bristol verlassen.

»Das macht nichts«, meinte Hauptmann von Köln ruhig. »Wir werden ihm folgen.«

»Und wohin?«

»Sein Heer segelt von Cross-on-Sea nach Irland.«

»O Gott!«

Bruno lächelte. »Keine Sorge, Sir Richard. Wir werden den König morgen oder übermorgen eingeholt haben.«

»Und wo?«

»Vielleicht in Neath. Wenn nicht, dann in Cardiff.«

Straccan stöhnte.

»Seht es doch mal so, Sir Richard – besser in Cardiff als in Waterford, nicht wahr?«

»Meint Ihr das im Ernst? Doch nicht Irland!«

»Ihr wollt also nicht gern zum König reiten?«, bemerkte der Deutsche.

»Habt Ihr das auch schon gemerkt?«

Bruno grinste.

»Nein«, fügte Straccan reuevoll hinzu, »das ist es nicht. Ich habe nur gerade andere Pläne gehabt.«

»Die eine Dame mit einschließen«, stellte der Deutsche mit einem mitfühlenden Nicken fest.

»Ja.« O Gott, ja. Was würde sie nun von ihm denken? Er hatte doch gesagt, dass er zurückkäme. Jetzt wusste nur Gott, wann das der Fall war.

»Nun, je schneller wir reiten, desto eher könnt Ihr zurück.«

Das Wetter, die Landstraße und Straccans Stimmung wurden von Stunde zu Stunde schlechter.

Zwei Tage später, in einer tropfenden Waliser Morgendämmerung acht Meilen vor Cardiff, holten sie das Ende des königlichen Wagenzuges ein und zogen langsam und platschend an ihm vorbei.

Die Wagen, große wie kleine, und die Knechte und Beamten des königlichen Haushalts zogen sich über drei Meilen hin, auf Kriechgeschwindigkeit reduziert durch die schweren Gefährte, welche die Straße zu einer Lehmgrube kneteten und alle paar Meter bis zu den Achsen einsanken. Seit Bristol hatte es ohne Unterlass geregnet, und die Eskorte von Rittern, Lanzenträgern und Bogenschützen, die bis auf die Haut durchnässt war, fluchte vor sich hin, während sie sich durch den klebrigen Morast quälte.

An der Spitze des Zuges befanden sich des Königs Falken und Hunde, kostbare Kreaturen, die behutsam transportiert wurden. Dann kamen die rumpelnden Gepäckwagen mit Bettgestellen, Bettzeug, Truhen voller Gehänge und Drapierungen, dem Pomp des königlichen Schlafzimmers, des Königs Stühle, Kissen, Nachttopf, Livreeschrank, Badewanne und alle wesentlichen Gegenstände. Darauf folgte die Garderobe – des Königs Kleider, in Truhen gefaltet. In Schichten waren Gartenraute und Flohkraut dazwischengelegt; die Sachen selbst waren mit Stücken teurer Ambra bestreut, um die kostbaren Stoffe duftig zu halten. Irgendwo – sicher zwischen den königlichen Hemden, Unterhosen, Roben und Tuniken – lagen des Königs Bücher und Juwelen, so gut versteckt, dass nur des Königs Kammerdiener wusste, wo er sie finden konnte.

Zwei lange Karren waren für den Transport der königlichen Kapelle erforderlich – des Altars, der Kerzenständer und

Kerzen, der Priestergewänder und des Heiligsten. Köche und Küchen rasselten und klirrten mit herunterhängenden Töpfen und Pfannen dahin, mit eingewickelten, kräftig riechenden Schinken und Speckseiten, Fässern mit Trockenfisch und getrocknetem Obst, Salz und der wertvollen Gewürztruhe – alles umgeben von bis an die Zähne bewaffneten Kriegern zur Verteidigung der königlichen Mahlzeiten.

Die Landarbeiter auf den Feldern hielten inne, richteten sich auf und starrten herüber. Einige winkten, andere machten derbe Gesten, und wenn die lärmende, langsame, schier endlose Prozession ein Dorf erreichte, liefen kleine Kinder schreiend mit, und knochige Hunde hielten inne, sich zu kratzen, um den bunten, ratternden, quietschenden Zug anzubellen.

Der Lärm war unglaublich. Als sie vorbei waren und der Zug sich längst außer Sicht befand, konnte Straccan noch immer die Geräusche von Rufen, Geklapper und rumpelnden Rädern vernehmen. Es hörte sich an wie eine entfernte Schlacht.

»Nicht zu kurz schneiden!«, sagte der König.

Der Barbier hatte soeben den königlichen Bart getrimmt. Es war jetzt mehr Grau darin als vor einem Jahr, doch des Königs Haare waren fast noch so rot wie eh und je. Der Barbier wandte sich nach hinten, um die Locken am königlichen Nacken zu ordnen. Ein Hündchen mit Haaren von fast der gleichen Farbe schlummerte in hingebungsvoller Haltung auf des Königs Schoß. Johns Finger kreiselten zärtlich über dem rosafarbenen Bauch des Tieres. Neben seinem Stuhl schlief in einem Korb eine rötliche, langhaarige Hündin und der Rest ihres Wurfs, schnarchend und zuckend in wohliger Sicherheit.

Als Straccan das letzte Mal zum König zitiert worden war, hatte man ihn vier Tage warten lassen, bevor John die Zeit gefunden hatte, sich mit ihm zu beschäftigen. Diesmal führte ihn Bruno von Köln geradewegs zum königlichen Söller, ohne einen einzigen Bissen Frühstück oder eine Gelegenheit, sich zu waschen.

Es war angenehm in dem Gemach. Duftkerzen und eine Kohlenpfanne heiterten den unbarmherzig trostlosen Morgen ein wenig auf. Es waren nur zwei Schreiber und zwei Diener anwesend, und in einer Ecke spielte ein Waliser Minnesänger leise auf seiner Harfe.

»Wird mein Haar auf dem Scheitel dünner?«, wollte der König wissen.

Einer der Schreiber antwortete hastig: »Das Haar Eurer Majestät ist so dicht wie eh und je.« Über die königliche Schädeldecke hinweg warf ihm der Barbier einen ironischen Blick zu und kniff ein Auge zu: Ganz schön geschwindelt, mein Lieber! Der Schreiber starrte kalt zurück.

Draußen peitschte der Regen an die Fensterläden, doch im Gemach waren nur das Murmeln der Harfensaiten und das beruhigende *Schnipp-Schnapp* der Barbierschere zu vernehmen, die um das königliche Haupt herumgeführt wurde.

»Ich sah einmal meinen Vater, wie er auf einem umgedrehten Eimer im Hof saß und ein Stalljunge ihm die Haare schnitt«, sagte John plötzlich. »Das war in Chinon. Hatte kein Gespür für Würde, mein Vater. Aber niemand hat es je gewagt, mit *ihm* so umzuspringen wie mit mir!«

Der Barbier gab einen mitfühlenden Laut von sich.

»Aber auch er konnte nicht ewig leben«, fuhr John fort. »Ah, Straccan, da seid Ihr ja! Habt Ihr sein Grab gesehen?«

»König Henrys Grab, Mylord? Ja. Sehr schön.«

»Alle sind da, alle, in Fontevrault. Vater, Mutter, mein glorreicher Bruder. Alle sehr würdig, friedlich und ruhig. Ach, das ist doch eigentlich zum Lachen. Ich kann mich nicht entsinnen, dass sie lebendig jemals ruhig waren! Immerzu brüllten sie sich gegenseitig an. Auch meine Brüder. Henry pflegte jeden anzuschreien. Geoffrey brüllte bei jeder Kleinigkeit. Und was Richard angeht, nun, Ihr wisst ja, wie er war. Wenn ich an meine Brüder denke, sehe ich sie jedes Mal mit purpurroten, zornigen Gesichtern vor mir! Als ich klein war, dachte ich sogar, das sei die normale Gesichtsfarbe von Erwachsenen.« Er knabberte an einem Stückchen loser Haut an der Seite seine Daumens und zog daran, bis er sich schmerzend ins Fleisch riss.

»Ich habe meinen Vater so rasend vor Wut gesehen, dass er sich auf dem Fußboden wälzte und in die Binsen biss.« Er stieß mit dem Fuß nach den Wesen unter ihm. »Und die da wurden auch nicht so liebevoll und sauber gehalten wie meine. Ein paar Monate alt, und sie waren voller Hundescheiße. Kein Wunder, dass sie uns die Teufelsbrut nennen! Glaubt Ihr an Geister?«

Überrascht erwiderte Straccan: »Ich weiß nicht, Mylord. Hab nie einen gesehen.«

»So? Euer Glück. Die sind doch überall. Deshalb wird man mich nicht in Fontevrault unter der Erde finden, wenn meine Zeit gekommen ist. Stellt Euch mal das Gezänk vor, wenn keiner mehr da ist, der mich hören kann.«

Der Barbier beendete seine Arbeit und wurde davongewinkt. John legte das Hündchen in die Mitte seiner Geschwister, worauf die Hündin mit dem Schwanz wedelte und liebevoll des Königs Finger ableckte. Als er sich eine Hand voll Datteln aus einer Silberschale nahm, stürmte ein Page nach vorn und hielt ihm eine parfümierte Serviette hin. Der König wischte sich die klebrigen Finger daran ab und wandte sich Straccan zu.

»Ich danke Euch, dass Ihr gekommen seid, Sir Richard. Ihr

hattet eine nasse Reise, nicht wahr? Das ist nun mal Wales. Ich weiß nicht, warum ich mich überhaupt noch darum kümmere. Wie ich sehe, habt Ihr auch Euren Mann mitgebracht.«

Bane verlagerte unbehaglich das Gewicht von einem Fuß auf den anderen, als sich des Königs Blick auf ihn richtete.

»Wie Ihr es befohlen habt, Majestät.«

»Befohlen habt?« John blickte ihn erstaunt an. »So, habe ich das befohlen? Kann mir nicht vorstellen, warum.«

Ich mir sehr wohl, dachte Straccan. Du wolltest doch nicht, dass irgendjemand erfuhr, dass du mich holen ließest. Dein Hauptmann hielt uns doch immer zusammen, sodass Bane es keinem erzählen konnte. Warum eigentlich? Was geht hier vor?

Der Harfenspieler legte eine Pause ein, um eine Saite anzuziehen, und in dieser plötzlichen Stille knurrte Banes Magen laut. Straccan hatte ihn nie zuvor erröten sehen.

Der König lachte. »Vergebt mir, Meister Bane! Ihr seid beide völlig durchgeweicht und hattet heute Morgen noch keine Gelegenheit, etwas in den Magen zu bekommen. Bruno, führe sie zum Badehaus und gib ihnen trockene Kleidung. Ich werde später mit Euch reden, Straccan, wenn Ihr was gegessen habt.«

»Er kennt meinen Namen«, murmelte Bane beklommen, während sie Bruno durch den Saal folgten. »Wie kann er denn meinen Namen wissen?«

»Darüber macht Euch mal keine Gedanken«, meinte Bruno, der mitgehört hatte. »Der König möchte alles über jeden wissen, mit dem er zusammenkommt. Er will wissen, wo Ihr geboren wurdet, wer Euer Vater war ...«

»Ha! Dann weiß er mehr als meine Mutter«, brummte Bane.

Als Straccan zurückkehrte, verlor der König keine Zeit.

»Reliquien sind doch Euer Geschäft, Straccan. Habt Ihr von dem Pendragonbanner gehört?«

»Natürlich, Majestät. Es gehörte Uther Pendragon und nach ihm Artus, seinem Sohn. Aber seit dem Tod von König Artus ist es verschollen, so wie der Gral. Mehr weiß ich nicht darüber.«

»Zum Glück hat Wace etwas mehr darüber erfahren«, sagte der König und krümmte den Zeigefinger in Richtung eines der Sekretäre. »Kommt einmal her, Robert, und erzählt uns davon. Setzt Euch, Straccan, und hört zu.«

Robert Wace trat heran. Er brachte einen übermächtigen Veilchenduft und einen Ausdruck unterdrückten Eifers mit. Er schaute auf seine Notiztafel und räusperte sich feierlich.

»Das Banner gehörte in der Tat König Artus. In den Schriften des Nennius wird es als ein Schwalbenschwanzwimpel aus weißer Seide geschildert, bestickt mit einem scharlachroten Drachen. Der heilige Abt Gildas schrieb, dass dieses Banner Artus in all seinen Schlachten vorangetragen wurde und dass er nicht besiegt werden konnte, solange er es hatte, denn eingenäht darin ...«, hier schaute Straccan neugierig auf, weil die Stimme des Sekretärs zu zittern begann, »war ein Leinen-t-t-tuch mit dem heiligen B-b-blut unseres Herrn Jesus C-C-Christus.« Darauf bekreuzigte er sich, was auch Straccan und einen Moment später der König tat.

»Es kann keine bedeutendere, kostbarere Reliquie geben!«, stieß Wace erregt hervor. »Nur die Dornenkrone könnte dem gleichkommen!«

Der König hatte eine Orange aus einer Silberschale genommen und pellte sie nun ab, wobei er sich Stücke des Fruchtfleisches in den Mund steckte, während Wace fortfuhr.

»Der heilige Joseph, der Arithmetiker, brachte diese Reliquie nach Glastonbury, wo sie viele Jahre lang aufbewahrt wurde, bis Uther sie kirchenschänderisch vom Altar riss und mitnahm. Als Artus König geworden war, hatte er das kostbare Objekt in sein Kriegsbanner einnähen lassen und wurde nie besiegt, bis der Verräter Mordred das Banner stahl und Artus in seiner letzten Schlacht schlug. Danach weiß keiner, was daraus geworden ist.«

»Vielleicht bis jetzt.« Der König lehnte sich in seinem Sessel zurück und erzählte die Geschichte weiter, wobei des Harfners Saiten eine angemessene Begleitung lieferten.

»Zu Ostern«, begann John, »starb eine Frau im Hospital von Cwm Cuddfan, in Wales. Sie war eine dänische Dame mit Namen Ragnhild. Sie war zehn Jahre zuvor nach England gekommen, um einen englischen Lord zu heiraten, und als Teil ihrer Mitgift brachte sie eine Reliquie mit, die in ihrer Familie hunderte von Jahren verehrt worden war – das Pendragonbanner.

Doch es gab einen Sturm. Das Brautschiff sank in der Severn-See, und alle an Bord außer Ragnhild und Hallgerd, ihre Dienerin, ertranken. Sie wurden zu einer Priorei der Bußfertigen Schwestern in der Nähe von Avonmouth gebracht. Der Flussaufseher sandte mir Nachricht von dem Schiffbruch und den Maiden, und *ich* benachrichtigte meinerseits Ragnhilds Vater im Land der Dänen, um ihn wissen zu lassen, dass seine Tochter noch lebt. Doch als er sie sicher an Bord gebracht hatte – wie er glaubte –, hatte sich der Vater gegen den dänischen König Valdemar erhoben, und er und alle seine Angehörigen wurden hingerichtet. Also hatte die dänische Dame weder Heim noch Familie; alle ihre Besitztümer waren mit dem Schiff untergegangen, und der Mann, den sie heiraten sollte, zog ihr eine wohlhabendere Braut vor.«

»Was ist denn aus ihr geworden?«, fragte Straccan.

Der König zuckte mit den Achseln. »Das war damals eine schlechte Zeit. Ich hatte woanders zu tun, denn ich war ja gerade erst König geworden. Es gab Schwierigkeiten in der Bretagne – da gibt es immer Schwierigkeiten – und eine Rebellion in Poitou. Eins kam zum anderen, und so vergaß ich die dänischen Jungfern. Leider hielten sie sich für Gefangene in dem Kloster und liefen davon.« John spreizte die Hände in einer beredten Geste der Hilflosigkeit.

»In jenem Jahre gab es einen harten Winter: Sie gerieten in einen Schneesturm. Irgendwo fanden sie notdürftigen Schutz, doch ohne Nahrung und Feuer …« Er seufzte. »Männer auf der Wolfsjagd fanden sie schließlich, aber da war die Dienerin schon tot. Ragnhild jedoch überlebte. Als ich davon hörte, versuchte ich, den Schaden in Grenzen zu halten, so gut es ging – mit einer Mitgift und einem Ehemann. Als sie krank wurde, brachte man sie zu Cwm Cuddfan, Suliens Hospital. Dort erzählte sie ihm von dem Banner, bevor sie starb.«

Der König hielt kurz inne. Straccan wartete gespannt.

»Als das Schiff aufgelaufen war, fürchteten die beiden schon, was kommen würde. Ragnhild war die Tochter eines großen Herrn. Wenn sie gerettet würde, könnte man sie als Geisel zur Erpressung von Lösegeld nehmen oder sie zu einer erniedrigenden Heirat zwingen. So was kommt vor. Also streifte Ragnhild ihre Ringe ab, und Hallgerd steckte sie sich auf die Finger. Bis sie in Sicherheit wären, würde die Dame vorgeben, die Dienerin zu sein. Wenn sie in ehrliche Hände fallen und an ihren Verlobten ausgeliefert würden, könnten sie immer noch die Wahrheit beichten.

Als das Schiff unter ihnen versank, nahm Ragnhild das Banner aus ihrer Mitgifttruhe, schlang es sich um den Hals unter ihrem Mantel und band ihren Gürtel um sich und Hallgerd, damit sie nicht getrennt würden und die Macht der Reliquie sie beide rettete. Und so war es ja dann auch.

Doch als sie sich als Gefangene wieder fanden, wie sie glaubten, und erfuhren, dass Ragnhild mittellos war, ohne Familie und Heim und von ihrem Verlobten abgewiesen, hielten sie die Täuschung bis zum Ende aufrecht. Die im Schnee gestorbene Dienerin war Lady Ragnhild, und diejenige, die überlebte …«

»War angeblich die Dienerin«, vervollständigte Straccan.

»Ja. Ganz wie in einer Ballade, nicht wahr? So traurig. Ich muss Madoc kommen lassen, damit er das in Musik umsetzt.«

»Habt Ihr mich deshalb kommen lassen, Mylord – das Banner für Euch zu holen?«

König John zog die Brauen hoch. »Ihr seid doch der Fachmann. Ich möchte mich allerdings wegen der Eile entschuldigen. Ich habe nämlich gerade erst von dieser Sache erfahren, müsst Ihr wissen.«

Straccan runzelte die Stirn. »Wie habt Ihr das eigentlich nach all dieser Zeit erfahren können?«

»Das geht Euch nichts an.«

»Ich glaube doch, Majestät. Ihr seid vielleicht nicht der Einzige, der davon weiß. Deshalb geht es mich auch etwas an.«

John lächelte. »Ihr müsst eben zuerst an die Reliquie kommen, nicht wahr?«

»Ist denn noch ein anderer hinter ihr her?«

»Da wäre ich nicht überrascht. So etwas spricht sich herum. Es ist also keine Zeit zu verlieren. Es wäre ganz und gar unerträglich – politisch gesehen, Ihr versteht –, würde diese Reliquie etwa in die Hände der Bretonen fallen und ein Sammelpunkt für Verräter werden. Es gibt überall Verräter.« John hielt inne, und sein Blick wurde kalt. »Straccan«, überlegte er laut. »Welch eigenartiger Name – aber natürlich war es einmal *Estraccan*, nicht wahr? Es ist ein bretonischer Name, oder irre ich mich da?«

Straccan bekam ein unangenehmes Gefühl im Magen. »Der Vater meines Großvaters kam zur Zeit des Roten William von der Bretagne herüber. Das war vor mehr als hundert Jahren.

Ich habe jetzt keine Verwandten mehr dort und keine Treuepflicht.« Kühn fügte er hinzu: »Als Ihr von Verrätern spracht, Mylord, habt Ihr da an *mich* gedacht?«

John stand auf, ging ans Fenster, schob den Fensterladen zur Seite und schaute mit finsterer Miene in den Regen hinaus. »Nein … nein, natürlich nicht. Himmel Herrgott, was für ein Klima! Aber da wir gerade bei Verrätern sind – kennt Ihr William de Breos?«

»Ich habe von ihm gehört.«

»Wer nicht?«, bemerkte der König bitter. »Er ist zurzeit in Irland und schmiedet verräterische Pläne, aber ich werde ihn verjagen, dass er zurück nach Wales flieht, wo er noch Freunde hat. Irgendwie fühle ich, dass es nicht lange dauern wird, bevor auch er nach diesem Ding sucht. Ihr könntet ihm begegnen, und obwohl Ihr *ihn* nicht kennt, bin ich sicher, dass Ihr seine Begleitung erkennen werdet.«

»Und wer ist das, Majestät?«

»Eine alte Bekannte von Euch – und auch von mir: Julitta de Beauris.« Er bemerkte, wie sich Straccans Gesichtsausdruck veränderte. »Ich sehe, dass Ihr Euch an die Lady erinnert.«

Der Schock hatte Straccans Gesicht für einen Augenblick eingefroren, doch im gleichen Moment flammte auch ein Funke der Rache in ihm auf. »Glaubt Ihr, dass ich sie vergessen könnte? Diese Höllenhexe hatte meine Tochter entführt! Sie hat sogar versucht, sie zu ermorden!«

»Also wäre es eine Gelegenheit für Euch, eine alte Rechnung zu begleichen«, sagte der König zufrieden. »Ich bin sicher, Ihr werdet Euch etwas Passendes einfallen lassen. Nur muss sie noch leben, wenn Ihr mit ihr fertig seid.« Er grinste wölfisch. »Dann nämlich bin *ich* an der Reihe.«

»Wo …«, Straccans Stimme brach, und er räusperte sich, »ist sie denn?«

»Noch in Irland, aber nicht mehr lange. William wird bestimmt nach dem Banner suchen. Also seht zu, dass *Ihr* es vor ihm findet.«

»Und wo ist das Banner jetzt, Mylord?«

John schaute ihn nachdenklich an. »Das ist ein interessantes Problem, Straccan. Ihr müsst wissen, dass Ragnhild es versteckte, aber wo, hat sie niemals jemandem anvertraut.«

9

Janiva füllte ihre Hellsehschale mit Wasser, machte das Kreuzzeichen darüber und legte die hohlen Hände an die rauen Seiten der Schale. Sie machte ihr Hirn frei von den kleinen Begebenheiten des Tages, atmete tief durch, starrte ins Wasser und wartete.

Da war ihr Spiegelbild: das ovale, von rostbraunem Haar eingerahmte Gesicht mit Zöpfen, die mit grüner Wolle zusammengebunden waren. Einen Moment lang schaute sie in ihre eigenen braunen Augen; es war, als ob sie in eine tiefe, helle Quelle hineinstarrte. Tief unten war ein Gewirr von Bewegungen. Da waren farbige Schimmer, und dann begannen Bilder aufzusteigen – klein und hell schwammen sie herauf; eines nach dem anderen kam zur Oberfläche, wo jedes vom nächsten gebrochen und zerstreut wurde.

Wieder einmal, wie nun schon seit Wochen, sah sie … Feuer, und sich selbst in dessen Mitte.

Rinnsale von Flammen leckten an ihren bloßen Füßen und schlängelten sich um ihren Körper … Ihr Kleid fing Feuer und war im Nu verschwunden, sodass sie nackt in den Flammen stand. Ihre ausgestreckten Hände versuchten, das Feuer wegzustoßen. Ihre Haare loderten in einer flammenden Aureole um ihren Kopf herum …

Dann war das Bild verschwunden. Nur noch das Wasser in der Schale war zu sehen.

Doch als sie wieder das Kreuzzeichen über dem Wasser

machte, war es ihr, als würde jemand sich an ihren Arm hängen, um dies zu verhindern.

»Gesegnete Mutter, schütze mich!« Sogar ihre Zunge schien vor Schreck steif zu sein, sodass sie die Worte kaum formen konnte. Vor innerer Kälte erschauernd, blieb sie eine Weile sitzen, bevor sie die Schale in den Garten trug, wo sie das Wasser auf die Erde goss.

Einen Augenblick vermeinte sie, grüne Lichtschimmer wahrzunehmen, wie den Glanz von grünen Augen durch das spritzende Wasser – doch es waren nur nasse Blätter, die glänzten.

Ihre Hand zuckte, und die Schale, die ihrer Mutter gehört hatte und die sie mehr schätzte als alles, was sie besaß, glitt ihr aus den Fingern, fiel auf einen Stein und zerschmetterte.

»O nein!« Sie beugte sich hinunter, berührte die Scherben, nahm eine nach der anderen auf und ließ sie dann wieder fallen. Leise sagte sie: »Es tut mir so Leid!«

Es war nur eine schlichte, schwarz glasierte Schale gewesen, doch Janiva hatte sie wie einen Schatz gehütet. Dass sie zerbrach, betrachtete sie als ein böses Omen. Noch eine schlimme Sache, denn seit dem plötzlichen Tod von Sir Guy war nichts mehr gut gelaufen in Shawl. Lady Alienor kränkelte, obwohl sie es leugnete. Die Knochen an den Wangen, Händen und Handgelenken traten scharf hervor, und ihre Kleider hingen lose um ihren Körper, sodass sie enger genäht werden mussten. Hin und wieder musste sie nach Atem ringen, und dann nahmen ihre Lippen und Wangen eine bläuliche Farbe an. Janiva wusste, dass dies ein schlechtes Zeichen war: ein Anzeichen für ein schwaches Herz.

Und dann war da Richard. Was erwartete er denn von ihr? Im vergangenen Jahr hatte sie abgelehnt, ihn zu heiraten. Zu Ostern hatte er sie wieder gefragt, und wieder hatte sie ihn wenig höflich abgewiesen, weil ihre Trauer um Sir Guy noch zu stark war und die Sorge um Lady Alienor an ihr nagte. Seit dem Tod ihrer Mutter waren die beiden wie Eltern für sie gewesen. War das der Grund, dass sie so schroff zu Richard gewesen war? Weil sie seine Gegenwart als ein Eindringen in ihren Kummer und ihre Besorgnis betrachtete? Oder lag es daran, dass ihr verräterischer Körper nichts so sehr gewünscht hatte, als in seine Arme zu fallen und von ihm gehalten und getröstet zu werden? Und wenn es sich so verhalten hätte – wäre das denn wirklich so schlecht gewesen?

Aber nun war es zu spät, sich darüber zu grämen. Er war nicht mehr zurückgekommen. Warum also war sie so betrübt? Hatte sie es nicht so gewollt?

Tränen stiegen ihr in die Augen. *»Absit omen«*, murmelte sie und machte sich daran, die Scherben vorsichtig mit kalten, noch immer zitternden Fingern aufzunehmen.

Beim Geräusch heranpreschender Hufen stand Janiva auf, die Scherben in den hohlen Händen. Es waren zwei Reiter, Fremde: eine prächtig gekleidete Frau, recht klein, rundlich und blond, die von einem Knaben begleitet wurde. Der Zelter der Frau schnaubte erschreckt über Janivas plötzliches Auftauchen und brach zur Seite aus, bis seine Reiterin durch brutales Anziehen der Kandare die Herrschaft über ihn zurückgewann.

»Verflucht noch mal!«, rief sie verärgert. »Ihr habt mein Pferd erschreckt!«

»Das tut mir Leid«, erwiderte Janiva. »Wollt Ihr etwas von mir?«

Die Frau – nein, sie war erst ein Mädchen von nicht mehr als vierzehn Jahren – starrte sie an. Ihre vorstehenden blauen Augen blickten unfreundlich. Sie schnippte mit den Fingern, worauf ihr Begleiter von seinem Pony glitt und zu ihr eilte, um ihr beim Absteigen zu helfen. Zu Janivas Überraschung schritt die Fremde geradewegs in die Kate hinein und schaute sich neugierig um. Janiva folgte ihr. Ein Topf hing über dem Herdfeuer, und das Mädchen schaute schnüffelnd hinein.

»Na, so was, Ihr esst ja gut. Es ist sogar Fleisch darin«, bemerkte sie ungläubig. »Wo ist denn Euer Gatte?«

Mit plötzlicher Bestürzung begriff Janiva, dass dies Richildis sein musste, die Frau ihres Pflegebruders.

»Ich bin nicht verheiratet, Madame«, antwortete sie.

Richildis ging in dem Raum umher und betastete verschiedene Gegenstände. Sie nahm die Spindel auf, setzte sie wieder ab, berührte die hölzernen Kochlöffel und hob sogar den Trennvorhang auf und starrte auf das zweite Bett.

»Wer schläft dann dort?«, wollte sie mit hochgezogenen Augenbrauen wissen.

»Die Kranken. Wenn ich jemanden pflege.« Janiva hob den Topf auf einen höheren Haken, weiter von den Flammen entfernt.

»Ihr seid Heilerin?«

»Ich habe ein wenig Talent zum Heilen«, sagte Janiva.

»Verkauft Ihr auch Liebestränke?«

Janiva konnte ein Lachen nicht unterdrücken. »Nein. Ich mache Heilmittel für Kranke.« Sie hörte ein weiteres Pferd und eine Männerstimme draußen, welcher der Knabe antwortete. Ihr Pflegebruder erschien in der Tür.

»Da bist du ja«, sagte Roger zu seiner Frau. »Ich habe schon nach dir gesucht. Du darfst nicht so schnell galoppieren, du könntest dich dabei verletzen. Guten Tag, Janiva.« Strahlend nahm er ihre Hand.

Richildis schaute von ihrem Gatten auf Janiva und errötete.

»Ich freue mich, dass ihr euch getroffen habt«, fuhr Roger fort, typisch unachtsam für einen Mann, denn er bemerkte die betretene Stimmung der beiden Frauen nicht. »Ich wollte dich ja hierher führen, Liebling, aber du bist so schnell vorausgeritten, dass ich dich aus den Augen verlor.«

Richildis zog ein mürrisches Gesicht. »Warum wolltest du mich denn hierher bringen? Müssen wir denn alle deine Leibeigenen besuchen?«

Roger erwiderte: »Janiva ist meine Schwester – meine Pflegeschwester.«

Richildis fing sich schnell, und ihre Stirn glättete sich. »Ach so«, meinte sie, ging zur Tür, ohne Janiva eines Blickes zu würdigen, und sagte über die Schulter: »Nun, Frau, Ihr seid immer noch unverheiratet? Dann müssen wir einen Mann für Euch finden.«

»Ihr seid zu gütig, Madame«, antwortete Janiva. »Aber ich fühle mich ohne Mann recht wohl.«

Richildis legte eine besitzanzeigende Hand auf den Arm ihres Gatten. »Es gibt doch bestimmt einen von deinen Dienern, der sie heiraten will?«

Roger schaute verlegen drein.

»Meine Schwester tut, was ihr gefällt«, sagte er nun schärfer, nahm seine Frau beim Ellbogen und zog sie aus dem Haus. »Rede nicht mehr davon«, zischte er ihr ins verärgerte Gesicht. »Janiva ist eine freie Frau. Entschuldige dich bei ihr!«

Des Mädchens Gesicht lief purpurrot an, aber sie wandte sich gehorsam Janiva zu.

»Ich bitte um Verzeihung, Frau. Mein Lord tadelt mich.«

Bevor Janiva etwas erwidern konnte, war Rogers Frau schon in den Sattel geklettert und trieb die Sporen in die Seiten ihres Pferdes. Das Tier wieherte schrill und galoppierte davon, dass die Hufe Blätter und Erdklumpen aufwirbelten, während der Diener hinter ihr herstürmte.

Roger sprang auf sein eigenes Pferd und jagte ihnen nach, wobei er den Kopf zu Janiva zurückwandte und rief: »Wir machen ein Fest! Ich sehe dich dann dort!«

»Oh, Roger«, sagte Janiva kläglich und blickte auf seinen Rücken, der sich rasch entfernte. »Warum hast du eine solche Affäre daraus gemacht? Du hättest lachend darüber hinweggehen sollen. Jetzt wird sie mich immer verabscheuen.«

Und gleich darauf kam ihr ein Gedanke, der sie frösteln ließ:

Sie ist doch jetzt die Herrin hier.

10

Mir gefällt das nicht«, sagte Bane, als sie aus Cardiff hinausritten. Schon am Stadttor waren ihre Mäntel durchnässt und schwer. »Warum wir? Er schickt doch ’ne ganze Arme gegen den Lord de Breos aus.«

»Der will Julitta«, erwiderte Straccan. »Sie hat ihn lächerlich gemacht und mich auch. Er wird keine Ruhe geben, bis er sie in seine Gewalt bekommt.« Und ich auch nicht, dachte er.

»Was ist eigentlich mit dieser Bannergeschichte? Meint Ihr, dass sie wahr ist – oder nur ein Köder für Breos?«

»Das weiß Gott allein!« Straccan hatte auch schon darüber nachgedacht, hatte sich die Geschichte immer wieder durch den Kopf gehen lassen, und das Ergebnis war nichts als unbeantwortbare Fragen.

Es war eine großartige Geschichte, und Teile davon – der Untergang des Schiffes, die geretteten Mädchen – mussten wahr sein. Aber das Pendragonbanner? Konnte die Reliquie der dänischen Braut wirklich das Schlachtenbanner von König Artus sein, das seit siebenhundert Jahren unauffindbar war? Oder war die ganze Sache eine spannende Erfindung, ein Köder, wie Bane sagte, für Lord William? Warum würde es Breos eigentlich haben wollen? Was war Julittas Anteil an alldem? Und warum hatte der König ihm plötzlich seine bretonischen Vorfahren vorgehalten und von Verrat geredet? Wenn das als Warnung gelten sollte, hatte es bei Straccan Erfolg gehabt! Er hatte seine Befehle, das Banner schnellstmöglich zu finden – und bei Gott, er würde es versuchen.

In Johns Diensten durfte es Misserfolg nicht geben.

»Werden wir erst nach Shawl reiten?«, fragte Bane.

»Zuerst nach Ludlow, denn ich habe kein Geld mehr. Ihr müsst allein nach Shawl und Janiva erzählen, was geschehen ist.«

»Wie sind denn die Aussichten, das Banner zu finden?«

»Gering!« Aber so gering sie auch sein mochten, der König hatte ihm befohlen, dieses Banner zu beschaffen. Auch wenn die ganze Sache nicht mehr als die Fieberfantasien einer sterbenden Frau war, hatte er keine Wahl: Es war ein königlicher Befehl, dem er gehorchen musste.

Was wusste er bislang? Herzlich wenig. Die schiffbrüchigen Jungfern waren zu einer Priorei der Bußfertigen Schwestern in der Nähe von Avonmouth gebracht worden. Der Flussaufseher, Maurice de Lacy, hatte den König benachrichtigt, da Wracks und alle anderen Funde von Wert in den Gewässern königliches Eigentum darstellten. Wenn es eine Reliquie gab, hatte Ragnhild sie irgendwie verbergen können – und Ragnhild war gestorben, ohne das Versteck irgendeinem Menschen anzuvertrauen.

Also gut, dachte er. Nehmen wir mal an, es ist wahr. Wo könnte sie die Reliquie versteckt haben? Irgendwo in der Priorei erschien am wahrscheinlichsten. Dort würde er anfangen müssen. Aber nein. Die Mädchen waren ja weggelaufen. Ragnhild würde sie bestimmt mitgenommen haben. Sie hatten sich bei ihrer Flucht im Wald verirrt, und wenn sie die Reliquie irgendwo dort versteckt hatten, war sie für immer verloren.

Je mehr er darüber nachdachte, umso hoffnungsloser erschien ihm seine Aufgabe.

In den nächsten beiden Tagen hörte der Regen nicht auf;

es gab einen Dauerguss in Caerleon und einen verdammten Wolkenbruch in Whitecastle. Normalerweise hätte der Regen dann aufhören müssen – aber nein, es schüttete weiter aus einem bleiernen Himmel. Überflutete Straßen behinderten ihr Vorwärtskommen, undurchdringliche Furten und weggeschwemmte Brücken zwangen sie zu meilenweiten Umwegen, sodass ihr Elend und ihre Sorgen wuchsen. Aber es sollte noch schlimmer kommen. Am Nachmittag des zweiten Tages verteilten sich massive Gewitterwolken, die sich im Westen zusammengeballt hatten, und jagten auf sie zu. Sie wurden immer dunkler, bis das Unwetter sie mit wildem Gebrüll erreichte.

Blitze zerrissen den Himmel, rollender Donner ließ die Erde erbeben. Binnen kürzester Zeit fiel der Regen so heftig, dass es kaum möglich war, die Hand vor Augen zu sehen, und mit solcher Wucht, dass Gras und Pflanzen platt gedrückt wurden. Wasser sammelte sich und lief in kleinen Bächen jeden Abhang hinunter, schäumend und sirupbraun; es füllte Gräben und Rinnen bis zum Überfluten. Jetzt waren das Blitzen und Donnern direkt über ihnen. Ohrenbetäubendes Krachen und jäh aufflammendes Licht zerrissen den Himmel.

Bane, der mit seinem Pferd durchs Wasser platschte, rief irgendetwas, doch der Wind trug seine Worte davon. Dann zeigte er auf etwas. Straccan wischte sich den Regen aus den Augen und sah einen Unterstand aus geborstenen Mauern und dem Teil eines Daches – eine verlassene Kapelle.

Sie trieben die Pferde an und gelangten mit Mühe und Not einen steilen Abhang hinauf, durch ein Dickicht aus Dornbüschen und Nesseln. Die geborstenen Bodenplatten der Kapelle waren dick von smaragdgrünem Moos überwachsen, und Efeu bedeckte die Wände. Ebereschen waren durch den Boden gebrochen.

Plötzlich gesellte sich an diesem Zufluchtsort ein Hase zu

ihnen. Er kauerte sich zitternd zu Straccans Füßen, mit angeklatschtem, durchnässten Fell. Die blau schimmernden Augen waren dunkel und ruhig. Das Tier vermied jede Bewegung.

Flattergeräusche waren zu hören, und Straccan erkannte, dass die Zweige der niedrigen Ebereschen voller Vögel waren – Vögel aller Arten: Finken, Rotkehlchen, Spatzen und Stare, Meisen und Amseln, Heckenbraunellen und sogar eine Eule. Sie saßen dort in Reihen wie fedrige Früchte, bewegten gelegentlich die Flügel, plusterten die Brust auf und zirpten leise. Ihre glänzenden dunklen Augen schimmerten wie kleine Perlen, und Straccan konnte das Kratzen der kleinen Krallen vernehmen, wenn sie ihren Griff an den Zweigen verlagerten.

Das ständige Prasseln des Regens ging weiter. Bane war eingeschlafen und schnarchte. Straccan schaute verwundert auf die Geschöpfe um ihn herum und wünschte, dass Janiva das sehen könnte.

Der Regen trommelte unerbittlich auf das Schutzdach, und der Donner rollte noch immer, nun aber weiter weg. Zingiber schnaubte, worauf der Hase eine gespannte Haltung annahm, sich dann aber beruhigte. Straccan schaute sich wieder an ihrem Zufluchtsort um und staunte. Dann lehnte er den Kopf zurück an die Wand und schloss die Augen.

Christus, Herr der Gnade, wache über meine Tochter.

Gilla ... sie war in Sicherheit, Gott sei Dank, im Kloster von Holystone, wo die Nonnen sich seit dem Tod ihrer Mutter vor acht Jahren ihrer angenommen hatten. Straccan lächelte bei der Erinnerung an seinen letzten Besuch dort, als sie ein Essen im Garten der Priorei veranstaltet hatten und dabei Gillas Heimkehr zum Ende des Jahres planten. Sie wurde im November zwölf. Es war also an der Zeit, an ihre Zukunft zu denken ... doch Straccan schob diesen Gedanken von sich. Nicht jetzt. Er würde sie nur zu bald verlieren – an einen Ehemann oder an das Kloster.

Und Christus, Herr der Gnade, bewahre Janiva vor Übel!

Janiva … er konnte jetzt nicht zu ihr reiten. Er war sicher, dass John überall Spitzel und Späher hatte, die jede seiner Bewegungen beobachteten. Wenn sie beide Ludlow erreichten, würde er Bane mit einem Brief zu Janiva schicken. Darin würde er ihr erklären, dass er sie liebte, dass ein Befehl des Königs – unerwartet und unwillkommen – es ihm unmöglich machte, zu ihr zu kommen, dass es ihm sehr Leid tat und dass er sie so rasch wie möglich aufsuchen würde.

Christus, in Deiner Gnade …

Er schlief ein.

11

Brücken mussten ständig instand gesetzt werden. Sie rissen und brachen auseinander; Regenwasser drang ins Holz, das dann vom Frost gespalten wurde. Lücken wurden mit Brettern überbrückt, die verfaulten und hinunterfielen oder unter dem Gewicht schwerer Wagen brachen. Flüsse schwollen an und schwemmten Bäume davon, die an die Pfeiler schlugen und oft die Bögen darüber zerfetzten. Stürme wirbelten Bretter und Bohlen davon, die von Wagenrädern und Pferdehufen verschlissen wurden oder sogar Löcher darin hinterließen. Manchmal wurde jeder Wagen, der über die Brücke ratterte, vom Platschen fallender Steine begleitet.

So grenzte es an ein Wunder, dass die Brücke über den Wye bei Clasbring in Anbetracht ihres Alters (viele Brücken stammten noch aus der Römerzeit), der Wetterunbilden und des missmutigen Widerwillens der Brückenzollnutznießer, etwas für ihren Unterhalt herauszurücken, so lange hielt. Die Brücke über den Wye unterstand der Verantwortlichkeit des Bischofs, der die lästige Angelegenheit der Reparaturen seit Jahren mit einem Achselzucken abtat. Deshalb hatte der Sturm der letzten Nacht ihr den Rest gegeben.

Zwei Leute hatten das Pech gehabt, gerade auf der Brücke zu sein, als die Flutwelle sie erreichte. Eine mehrere Fuß hohe Wand schmutzigen Wassers, in dem dicke Trümmerstücke trieben, schoss dröhnend den Fluss hinunter, stieß mit gewaltiger Wucht an die alte Brücke und riss einen ganzen Endbogen mit sich, zusammen mit dem Brückenzöllner in seiner Hütte und dem Hausierer mit seinem Packmaultier, der soeben für die Überquerung bezahlt hatte. Fast zur gleichen Zeit krachte ein mächtiger Baumstamm an den Pfeiler am anderen Ende, sodass dieser im wirbelnden Wasser verschwand, als wäre er aus Sand gewesen. Der Mittelbogen hielt einen Moment länger stand; dann neigte auch er sich und kippte um, sodass nur noch die beiden Mittelpfeiler – ungefähr vier Meter voneinander entfernt – aus den reißenden Fluten ragten. Auf einem dieser Pfeiler befanden sich zwei andere Reisende: eine junge Frau mit einem schwarzen Zelter und ein Aussätziger mit Krücke und Glocke.

Der Aussätzige kauerte unter dem Bauch des Pferdes und hielt sich die verbundenen Hände auf die Ohren – oder auf die Stellen, wo er mal welche gehabt hatte; die Augen hatte er geschlossen, und sein lippenloser Mund hinter der Maske murmelte Gebete.

Das Mädchen, kreidebleich vor Schreck, hielt den Kopf des Pferdes und band ihren Schleier über die Augen des Tieres. Es zitterte, stand aber stockstill. Voller Entsetzen schaute das Mädchen auf den Leprakranken; doch ihre Panik wurde bald von Mitleid und Erstaunen darüber verdrängt, dass das Leben für einen vom Schicksal so schrecklich Gequälten noch so teuer war. Sie fragte sich, wie lange ihre zitternde Zinne der Sicherheit den ständigen Stößen von Baumstämmen und purzelnden Steinen noch standhalten würde.

»Fürchtet Euch nicht«, sagte sie zu der jammervollen Gestalt und versuchte dabei, das Beben ihrer Stimme zu unterdrücken. »Bestimmt wird jemand uns sehen, sodass wir gerettet werden.«

Unter der Maske bildeten sich Fältchen in den Winkeln der wimpernlosen blauen Augen, als der Mann sie anschaute. Sie hatte das Gefühl, dass er sie anlächelte.

»Gott segne Euch, meine Dame, aber ich fürchte mich nicht«, sagte er heiser. »Ich bete für Eure Sicherheit und für die Seelen des glücklosen Hausierers und des Brückenzöllners.«

Es war jetzt schon so dunkel, dass die herannahende Nacht sich kaum bemerkbar machen konnte. Blitzschläge beleuchteten das fremdartige Bild: Pferd, Mädchen, Aussätziger, alle waren so reglos wie Steine auf dem Pfeiler.

Straccan erwachte durch ungewohnte Stille und den Geruch von Feuer. Der Regen hatte aufgehört. Die Tiere des Waldes waren verschwunden – und ebenfalls Bane. Nasse Zweige ließen Schauer von Tropfen auf ihn fallen, als er sich aus dem Unterstand zwängte. Die Pferde standen gesattelt da. Bane hatte ein kleines Feuer mit einem Topf Bier darüber angezündet und war mit der Zubereitung von Toast beschäftigt, indem er Stücke von einem Brotlaib hackte, den er aus der königlichen Küche in Cardiff besorgt hatte. Das Brot hielt er an einem langen Stock ins Feuer; neben ihm lag bereits ein Haufen verbrannter Stücke.

»Als Ihr in meine Dienste tratet«, sagte Straccan, wobei er die geschwärzten Krusten argwöhnisch beäugte, »habt Ihr gesagt, Ihr könnt kochen. Habt der Wahrheit wohl ein wenig nachgeholfen?«

»Die Stücke brauchen doch nur ein wenig abgekratzt zu werden«, entgegnete Bane, ergriff ein Messer und ließ den Worten die Tat folgen. »So!«

Straccan inspizierte den verkohlten Brocken.

»Na ja, ich glaube, ich habe schon Schlimmeres heruntergeschlungen.«

Sie nahmen das Frühstück zu sich – Toastbrocken, in heißes Bier getunkt – und betrachteten dabei die vom Gewitter angerichteten Schäden. Der steinige Weg, der sie hierher geführt hatte, war unter einem Strom braunen Wassers verschwunden. Das Gewitter hatte die Hügelhänge in Wasserfälle verwandelt, die Felsen und Steine lösten und Sträucher mit kurzen Wurzeln und Heidekraut zu ineinander verflochtenen Haufen ausschwemmten, die manchmal zu hoch waren, um hinübersteigen zu können. Ertrunkene Kaninchen, Maulwürfe und Igel lagen umher, und auf einem kleinen Erdhügel war ein zerzauster und knurrender Dachs gestrandet.

Sie gingen zu Fuß, führten die Pferde an den Zügeln und suchten ihren Weg vorsichtig zwischen herabgestürzten Felsbrocken und Barrieren von Buschwerk, an schäumenden Bächen entlang, wo gestern noch keine gewesen waren, und wateten schenkeltief durch braune Fluten.

Nach einer wilden, angsterfüllten Nacht ließ die Morgendämmerung erkennen, dass der angeschwollene Fluss übers Ufer getreten war und das Land auf dieser Seite überschwemmt hatte. Sturm und Regen waren im Laufe der Nacht verebbt, doch es wehte immer noch eine steife Brise. Die gestrandeten Reisenden waren halb tot vor Nässe und Kälte. Der Aussätzige dachte sehnsüchtig an die Flasche in seiner Tasche. Jetzt hätte er wirklich ein paar Schluck gebrauchen können, aber da die junge Frau nicht daran teilhaben konnte, musste er sich dessen enthalten.

Hin und wieder erklang ein Dröhnen, wenn irgendetwas gegen die Pfeiler stieß – doch so unglaublich es war, sie standen immer noch, und um sie herum hatte sich eine ineinander verschlungene Masse aus Wurzeln, Baumstämmen, abgebrochenen Zweigen, Büschen und anderem Treibgut angesammelt, darunter die voll gesogenen Kadaver ertrunkener Schafe, ein zerschmettertes Boot und Teile von Reetdächern.

Sie befanden sich praktisch auf einer kleinen Steininsel inmitten von Zerstörung, und so weit das Auge blicken konnte, war kein Anzeichen einer Behausung oder eines Menschen zu erblicken.

Als der Morgen voranschritt, fing die Treibgutmasse weitere Trümmer auf, sodass die Kraft des Wassers, das seinen Weg um diese Barriere herum fand, indem es sich auf das gegenüberliegende Ufer ergoss, beträchtlich verringert wurde. Flaches Flutwasser bedeckte nun das Land auf jener Seite, aus dem Bäume, Büsche und kleine Hügel ragten, und ein paar überlebende Schafe drängten sich jammervoll blökend auf schlammigen Inselchen.

Der Leprakranke grunzte und langte nach hinten über den Pferderücken nach dem Umhang des Mädchens. Als er dabei ihren Kopf hob, sah sie ein großes, flaches Boot, das um die Kurve und an einer Gruppe tropfender Weiden vorbeigerudert wurde. Der Ruderer hielt sein Gefährt bei der Treibgutmasse an, stützte sich daran, um das Boot ruhig zu halten, und rief zu ihnen hinauf:

»Ich mache das nicht nur aus reiner Nächstenliebe, müsst Ihr wissen!«

»Wie viel?«, rief die junge Frau zurück.

»Ein Shilling.«

Sie schnappte nach Luft. Das war eine absurde Summe. »Das ist doch viel zu viel!«

»Denkt an die Geldentwertung. Es herrscht doch das Interdikt, wie Ihr wisst.«

»Aber ich habe nur neun Pennys.«

»Das reicht auch«, erwiderte er und schaute lüstern zu ihr hinauf. »Weil Ihr es seid. Springt herunter.«

»Die anderen auch.«

»Was?«

»Ja, mein Pferd und dieser Mann«, antwortete sie unbeirrt.

»Zum Teufel noch mal! Ihr werdet das Pferd nie da reinkriegen!«

»Wir werden es schaffen, wenn Ihr helft.«

»Na ja … vielleicht. Aber ich nehme *das da* nicht mit!« Er wies auf den Aussätzigen.

»Wenn Ihr das Geld wollt, müsst Ihr uns alle nehmen.«

»Steckt Euch Euer Geld sonst wohin«, fauchte der Ruderer. »Ich werde doch nicht schmutzige Aussätzige in meinem Boot aufnehmen! Wenn die Nacht anbricht, werdet Ihr ein anderes Liedchen singen!« Und damit stieß er sich langsam ab, um die Hindernisse herum, und ließ sein Boot um die Kurve hinter den Weiden treiben.

Das Mädchen brach in Tränen aus, wischte sich dann aber Augen und Nase mit ihrem nassen Umhang ab und begegnete dem wimpernlosen Blick des Aussätzigen über den Pferderücken hinweg.

»Gott wird Euch belohnen, gute Frau«, krächzte er.

Wieder wischte sie sich die Nase an ihrem Umhang.

»Dann wollen wir hoffen, dass er uns noch ein Boot schickt.«

»Wer seid Ihr denn, gute Frau?«

»Alis of Devilstone.«

»Mein Name war Garnier.«

Während des kalten, grauen Tages nahm die Flut ab, bis der Fluss nicht mehr die Ufer überschwemmte, sondern – immer noch schnell und lehmig – wieder zwischen ihnen dahinzog und dabei ab und zu einen weiteren Busch oder ein totes Schaf und einmal einen ertrunkenen Mann der Barrikade hinzufügte. Die Abenddämmerung zog herauf, und der leichte Nebel verdichtete sich, als sie das Boot mit dem Ruderer zurückkommen sahen. So dicht hing der Nebel über dem Wasser, dass das Boot auf einer Wolke heranzuschweben schien. Der Bootsmann machte sich nicht mehr die Mühe, bis zu dem Pfeiler zu kommen, sondern hielt sich an einem Stück Treibgut am Ufer fest und brüllte zu ihnen hinüber: »Na, habt Ihr Eure Meinung geändert?«

»Nein!«

»Dann verreckt!«, rief er und ließ sich wieder den Fluss hinuntertreiben. In diesem Moment kamen zwei Reiter, einer hinter dem anderen, durch die überflutete Wiese um die Flussbiegung und ins Schilf am Ufer geplatscht. Sie zogen die Zügel an und starrten erst auf den Pfeiler und die Lebewesen darauf, dann auf das Boot am anderen Ufer.

»Fährmann!«, rief der erste Reiter.

»Shilling!«, rief der Bootsmann zurück. »Und zwar jeder!«

Der Reiter schnaubte, halb belustigt, halb zornig, und winkte das Boot herüber. Das breite, ungefüge Fahrzeug zog schwerfällig durchs Wasser, stieß ans Schilf, und der erste Reiter führte sein misstrauisches, aber gehorsames Pferd hinein.

Die auf dem Pfeiler beobachteten, wie das Boot an ihnen vorbeizog und der Reiter sein Pferd auf der anderen Seite das steile Ufer hinaufführte, während das Boot zurückfuhr, den anderen Reiter holte und auch ihn am entfernten Ufer absetzte. Dann sahen sie, wie der erste Reiter vom Ufer wieder ins Boot sprang. Sie hörten ein überraschtes Kreischen, worauf ein Handgemenge folgte. Schließlich wurde das Boot in ihre Richtung gerudert; als es näher kam, erkannten sie, dass der erste Reiter sein Schwert gezogen hatte und dessen Spitze langsam zwischen Brust und Kehle des Bootsmanns schwanken ließ, als wäre er unschlüssig, was er als Erstes durchbohren wollte.

Das Boot stieß in den Treibguthaufen hinein, und ihr Retter machte es an einer vorstehenden Wurzel fest.

»Steig da hoch und hilf ihnen herunter«, befahl er und versetzte dem Bootsmann einen Stoß.

Jammernd und fluchend kletterte der Mann über das

schwankende Gewirr von Zweigen und Trümmern. Seine Nase blutete, und Blut seiner aufgeschlagenen Oberlippe lief ihm übers Kinn.

Es war nicht leicht, das Pferd ins Boot zu bringen, so verängstigt, steif und unbeholfen, wie es war, aber das Mädchen sprang hinein, wobei sie die ausgestreckten Hände des Bootsmannes verächtlich mied; auch der Leprakranke glitt ohne Hilfe in das Gefährt. Als der Bootsmann sich anschickte zu springen, löste der Fremde das Tau von der Wurzel, sodass das Boot vom Pfeiler wegtrieb. Der Bootsmann fiel mit lautem Klatschen in die Fluten, tauchte wieder auf, griff nach den Zweigen des verflochtenen Gestrüpps und fluchte abscheulich. Der Fremde ergriff die Ruder und schwang das Boot dem Ufer zu.

»Am Morgen werden Leute kommen«, rief er dem Bootsmann zu. »Eher hast du es nicht verdient!« Zu seinen neuen Gefährten gewandt, fuhr er dann fort: »Gleich hinter dem Hügel ist ein Dorf. Dort gibt es Essen und Betten, und wir können uns trocknen.«

Alis fragte ihn: »Wer seid Ihr?«

»Mein Name ist Straccan.«

Das Boot gelangte ans Ufer. Straccan vertäute es und half Alis hinaus. Bane zog sie aufs schlüpfrige Ufer. Der Aussätzige konnte sich selbst recht gut helfen, indem er sein Krücke in die nasse Erde stieß und sich daran hinaufzog. Sie schauten zurück auf die Ruine der Brücke. Auf dem Pfeiler, der sich als Schattenriss gegen das letzte Licht das Abends abhob, sprang eine kleine Gestalt auf und ab und schwenkte die Arme. Ihr Heulen war schwach über das ständige Rauschen des Wassers zu hören.

12

Janiva hatte ihr bestes Kleid angelegt, ein tapferes Gesicht aufgesetzt und ihren Platz an einem der Tische beim Podium eingenommen. Dieses Festmahl, das erste seit dem Tod von Sir Guy, war eine Gelegenheit für jene Freunde und Nachbarn, die an der Hochzeit letzten Sommer nicht teilgenommen hatten, das junge Paar zu sehen, ihm Geschenke zu bringen und Sir Roger Glück zu wünschen, bevor er in einigen Tagen seinen Fall dem König vortragen würde.

Sir Guys Tod hatte das Rittergut viel gekostet. Sir Roger musste die königliche Gunst gewinnen, wollte er sein Erbteil behalten. Das bedeutete, des Königs Aufmerksamkeit zu erregen, indem er teure Landsknechte zur Teilnahme am irischen Feldzug schickte und auch sonst beträchtliche Geldsummen opferte, um sich des Königs Wohlwollen zu versichern.

Um den neuen Gutsherrn standesgemäß auszustatten, war das Rittergut mit einer Gemeindehypothek belastet und einige kleine Teile verkauft worden. Auf die eine oder andere Weise bekam Shawl die Geldknappheit zu spüren, doch Lady Alienor hatte ihr Bestes getan, die Gäste zufrieden zu stellen. Ein Gang nach dem anderen wurde zur nicht sonderlich melodischen Begleitung durch eine Kapelle aufgetragen, und sogar berufsmäßige Artisten und Gaukler traten auf.

Diese waren jetzt außer Atem, ruhten sich aus, tranken

Bier und schlichen einer nach dem anderen in die Küche, um dort ihr Glück bei den Mägden zu versuchen. Die Musiker pfiffen und quietschten immer noch, obwohl sie schon zu viel getrunken hatten, um noch zu wissen oder sich darum zu kümmern, was sie überhaupt spielten. Aber das machte nun nichts mehr aus, denn das Festmahl hatte bereits Stunden gedauert, und die meisten Teilnehmer waren ebenfalls schon zu betrunken, als dass sie auf die Musik geachtet hätten.

Mehrere Damen hatten sich hinter die Kotzvorhänge zurückgezogen, die von ihren Dienern hochgehalten wurden. Zwei der männlichen Gäste schliefen fest, einer mit dem Gesicht in seinem Pudding. Unter dem Tisch knurrten sich Hunde über Knochen und andere Abfälle an. Lady Alienor hantierte verstohlen mit beiden Händen an den Seitenschnüren ihres Kleides, um sich mehr Luft zu verschaffen, doch die verflixten Schnüre hatten sich verknotet, sodass Alienor sie nicht lockern konnte.

Das jung verheiratete Paar saß Seite an Seite. Neben Richildis hatte Kaplan Benet Finacre Platz genommen, ein dünner, blasser Mann, der für kerzenbeleuchtete Zellen und dunkle Ecken wie geschaffen war. Ein Ring aschfarbener Haare umgab seine Tonsur; die nackte Haut auf seinem Haupt zeigte keinerlei Anzeichen von Wetterbräune. Er und Richildis hatten die Köpfe zusammengesteckt, um sich in dem allgemeinen Lärm verständigen zu können; von Zeit zu Zeit blickte der Geistliche zu Janiva hinüber, als wäre sie das Thema ihres Gesprächs.

Richildis war protzig herausgeputzt. An ihren dicklichen Fingern steckten so viele Ringe, dass sie die Hände zwecks Nahrungsaufnahme nicht biegen konnte und deshalb wie ein Jungvogel gehorsam den Mund öffnete, damit ihr Gatte die Leckerbissen hineinstopfte. Roger war bereits sehr betrunken und verfehlte den Mund mehrere Male, wobei Soßen und Fett an Richildis' Gewand hinunterliefen.

Von ihrem Platz am Podium konnte Janiva sehen, dass der Schweiß wie Blasen auf der Stirn der jungen Ehefrau stand und das Fleisch um die Lippen herum blutleer wirkte. Als Richildis dann die Augen so nach hinten rollte, dass das Weiße erschien, und ohnmächtig vom Stuhl zu Boden glitt, war Janiva schon bei ihr, noch bevor Roger seine Beine unter dem Tisch hervorziehen und aufstehen konnte.

Frauen drängten sich um sie und stießen Finacre mit den Ellbogen aus dem Weg. Janiva lockerte die enge Verschnürung an Hals und Brüsten des Mädchens und wischte den Schweiß mit Richildis' eigenem Schleier ab. Rot glänzende Gesichter umringten sie und beugten sich über das Mädchen am Boden. Sie atmeten den Geruch von Essen, Wein und Erbrochenem aus und erzeugten so viel Hitze, dass man ein Ei hätte braten können. Erschrecktes Murmeln erhob sich.

»Roger«, sagte Janiva scharf, »bring sie raus hier. Hol jemanden, um sie ins Bett zu tragen. Lass sie in ihrem Hemd liegen, und wasch ihr Gesicht mit kaltem Wasser ab.«

Ihr Pflegebruder kniete bei seiner Frau und tätschelte nutzlos ihre schlaffe Hand.

»Roger!« Diesmal brachte ihre Stimme einen Hauch von Nüchternheit in sein Hirn zurück, sodass er seinen offenen Mund zuklappte, aufstand und Befehle brüllte.

»Geht zurück«, rief Janiva und stand ihrerseits auf. »Lasst ihr mehr Luft zum Atmen.« Gehorsam wichen die Umstehenden ein Stück nach hinten, gerade so viel, dass Lady Alienor sich hindurchzwängen konnte.

Alienor ergriff Janivas Schulter. »Was ist denn mit ihr?«

»Ach, das ist schon in Ordnung«, erwiderte Janiva rasch, da sie die Angst in Alienors Augen sah. »Es ist nur das Baby.«

Richildis' Lider flatterten, und ihre Augen richteten sich auf Janiva. Mit einem schwachen Schluchzen klammerte sie sich an den Arm ihres Gatten, als dieser sich über sie beugte, um sie hochzuheben.

»Lass diese Hexe ja nicht in meine Nähe kommen«, stieß sie hervor.

Rot angelaufene, begierige Gesichter starrten Janiva an. Augen blinzelten, als sie sich abwandte. Alienor und die anderen Frauen führten Richildis stützend zur Treppe. Roger watschelte nutzlos hinter ihnen her. Familie und Gäste drängten sich am Fuß der Treppe zusammen und verbreiteten die gute Nachricht von Mund zu Mund.

»Ein Erbe!«

»Schon schwanger!«

»Gut gemacht – der gute alte Rodgy!«

Janiva stieg vom Podium hinunter und schritt schnell aus dem Saal. Benet Finacre, der den Frauen folgte, hielt bei der Treppe an und schaute ihr nach.

In ihrer Kate zündete sie das Herdfeuer an. Die trockenen kleinen Zweige flammten auf und warfen ihren gebückten Schatten an die Wand – bucklig, schwarz …

Hexe!

Sie schob weitere trockene Zweige in die Flammen, bis das Feuer beständig brannte; dann hielt sie ihre zitternden Hände an die Wärme und spreizte die Finger, sodass es aussah, als wären sie von Flammen eingefasst. Schließlich faltete sie die Hände, bis das Zittern aufhörte. Draußen rief eine Eule; eine andere, weiter weg, antwortete. Eine Füchsin kläffte, und ein sterbendes Kaninchen schrie auf. Sie zitterte.

Hexe.

Es war nur ein Wort. In den alten Zeiten ein gutes Wort; denn es bedeutete *die Weise*. Jetzt aber benutzten nur noch wenige den Namen auf diese alte Art, als Ausdruck des Respekts und des Vertrauens. Jetzt wurde *Hexe* immer mehr als Schimpfwort benutzt, das man mit Furcht aussprach.

Das war der Grund, den sie Straccan genannt hatte, als sie seinen Heiratsantrag ablehnte. *Es wird Euch zum Nachteil gereichen, eine Frau zu haben, die von den Leuten eine Hexe geschimpft wird.* Das stimmte, aber war da nicht noch eine andere Wahrheit? Bestand der tiefere Grund nicht darin, dass sie Angst hatte, sich jemandem auszuliefern? Sich mit Herz, Geist und Körper einem anderen Wesen zu überlassen?

Die kostbare Zeit, die sie gebraucht hatte, um zu lernen und ihre Kraft wachsen zu lassen, bis sie viel mehr war als nur eine Dorfwahrsagerin, wäre verschwendet, wenn sie Ehefrau, Geliebte und Mutter würde ...

Ihre eigene Mutter hatte ihr gesagt, dass die Weisen in der Einsamkeit stark würden, so wie Gottes heilige Einsiedler, fern von den Ablenkungen menschlicher Liebe. Die Kraft würde dünn ausgewalzt, wenn der Geist zwischen Liebe und Lernen geteilt werden müsse. Schon jetzt besaß sie nicht mehr die zielbewusste Hingabe an ihren Beruf und die Fertigkeiten, die sie eingesetzt hatte, als wären sie ihr angeboren. Ihr Herz und Geist wurden in zwei Richtungen hin und her gerissen, sodass sie aus dem Gleichgewicht gekommen waren.

Für einen Mann ist es natürlich einfacher, dachte sie bitter. Weise Männer können heiraten. Mit einer liebenden Frau haben sie immer noch die Zeit, die sie brauchen, um ihrer Kunst nachzugehen.

Ihre Mutter, die als Leibeigene geboren und Teil des lebenden Inventars des Gutes gewesen war, hatte keine Wahl gehabt – sie heiratete und gebar auf Anweisung ihres Herrn. Aber Janiva war eine freie Frau und konnte deshalb wählen: spirituelle Kraft – oder Liebe? Beides konnte man nicht haben.

Der erschreckende Verdacht, dem zu stellen sie sich gefürchtet und den sie deshalb von sich geschoben hatte, wallte in ihr auf und überflutete sie. Sie konnte es nicht länger leugnen: Ihre spirituellen Kräfte nahmen ab.

In die Zukunft oder über die Entfernungen hinwegzusehen, diese einfachste ihrer Fähigkeiten, brachte ihr jetzt nur noch schaurige Visionen vom Feuertod. Die Zaubersprüche, die sie über ihren Heilmitteln sprach, um sie mit Energie zur Verstärkung ihrer Heilkraft zu laden, wirkten nicht mehr. Wenn sie die Kranken oder Verletzten des Gutes pflegte, fühlte sie nicht mehr wie bisher ein Glühen wie von kaltem Feuer, das aus ihren Händen in den kranken oder verletzten Körper des Patienten strömte.

Sie verlor ihre Magie. Sie fühlte sich von einem unerträglichen Gefühl des Verlusts und der Verzweiflung bedrückt. Den Tränen nahe, ballte sie die Hände, bis die Nägel ins Fleisch der Handflächen drangen und der scharfe Schmerz ihre Gedanken wieder klar werden ließ.

Sie hatte gedacht, ihr ganzes Leben hier zu verbringen (wenn sie auch nicht glaubte, alt zu werden): hier, wo sie jeden kannte und alle als Freunde ansah. Würden die Menschen sie aber noch zu ihren Freunden zählen, wo Richildis sie eine *Hexe* genannt hatte?

Warum verabscheute Richildis sie so? Konnte sie erfahren haben, dass Roger sie hatte heiraten wollen – sie, seine Pflegeschwester – und sich nur bereit erklärte, Richildis zur Frau zu nehmen, als er sich widerwillig davon überzeugt hatte, dass Janiva ihn niemals heiraten würde? War es Eifersucht, die Richildis trieb?

Ich muss das Beste daraus machen, dachte Janiva. Wenn sie hier ist, werde ich ihr aus dem Weg gehen. Ich brauche mich nicht wegen der Gehässigkeit eines in Ohnmacht gefallenen Mädchens aufzuregen.

Straccan die Antwort zu geben, die er wünschte, würde bedeuten, Shawl zu verlassen, ihr Heim, ihre Arbeit, Lady Alienor und all die Leute, die sie kannte und schätzte. Er würde sie aber auch von Richildis und ihrer Boshaftigkeit fortbringen. Doch ihres Pflegebruders und auch Richildis' wegen konnte sie nicht gehen, ohne wenigstens zu versuchen, Richildis' bösen Willen zu besänftigen.

Das Feuer loderte nicht mehr so stark und gab keine Wärme mehr ab. Janiva fröstelte.

Nie war ihr in den Sinn gekommen, dass sie in ihrem eigenen Heim nicht sicher wäre.

13

Die Jagd auf Gesetzlose war ein willkommener Zeitvertreib mit dem doppelten Vorteil von Vergnügen und Profit, denn es war eine Belohnung auf den Kopf eines Gesetzlosen ausgesetzt, ob tot oder lebendig, wie bei Wölfen. Außerdem gab es keine Schonzeit.

Die Jagdpartie versammelte sich im Innenhof der Burg Ludlow, wo die Pferde stampften, schnaubten, und ihr Dung sofort aufgeschaufelt wurde. Jagdhunde zerrten an den Leinen und jaulten vor Eifer. Freunde des Polizeivorstehers, Diener und Mitläufer warteten darauf, dass Cigony sich zu ihnen gesellte, indem sie die Zeit damit totschlugen, den Ruf der einzelnen Verbrecher zu vergleichen und ihre Chance auf ein Entkommen.

Nachdem er Alis in der Obhut von Cigonys Ehefrau gelassen hatte – der Aussätzige war zum Siechenhaus außerhalb der Stadt gegangen –, stieß Straccan auf der Treppe auf den Polizeivorsteher und Burgkommandanten.

»Ich möchte Euch nicht zurückhalten, Mylord. Ich hätte nur gern gewusst, ob es Neuigkeiten über Wulstan gibt.«

»Wer?« Das Aussehen des Polizeivorstehers hatte sich nicht zu seinen Gunsten verändert. Seine Nase war rot, und seine Augen tränten.

»Ich meine den Mann, der sein Gedächtnis verloren hat, Mylord.«

»Ach, der. O ja, über den gibt es allerdings Neuigkeiten!«

Cigony lehnte sich aus dem Fenster und brüllte: »Moment noch, Ihr da. Es wird nicht lange dauern!« Als er sich Straccan wieder zuwandte, ergriff ihn einer seiner Niesanfälle gänzlich unvorbereitet, ließ ihn schwanken und sich an die Wand lehnen. »O Gott!« Er wischte sich die Nase ab. »Euer Mann ist wohl ein schlechter Kerl. Er sitzt im Gefängnis.«

»Was hat er denn verbrochen?«

»Mord und Diebstahl.«

Die Witwe des Ermordeten war nach Ludlow gekommen, um das Verbrechen zu melden, und der Leichenbeschauer war mit ihr zurückgefahren, um die Leiche ihres Ehemanns zu untersuchen und den Mörder aufzustöbern. Der Verdacht wies auf den einzigen Mann hin, der sich aus dem Rittergut entfernt hatte – Wulstan.

»Wer *ist* Wulstan denn nun eigentlich, Mylord?«

»Sein wirklicher Name ist Havloc, Verwalter eines kleinen Pisspott-Gutes im Grenzgebiet. Hat seinen Herrn umgebracht.« Cigony schnippte verärgert mit den Fingern. »Was war noch sein Name? Ach ja – Drogo!«

»Hat Wul… ich meine, Havloc denn sein Gedächtnis wiedergefunden?«

»Keine Spur.«

»Was soll er denn gestohlen haben?«

»Einen goldenen Becher, den er verkaufen sollte.«

Ein Becher … Da war doch was mit einem Becher gewesen. Was war es noch? Natürlich – das Stück Pergament in der Hand des Bewusstlosen. Darauf stand *Cymbium Vulstani sum* – Ich bin der Becher des Wulstan.

»Mylord«, sagte Straccan eindringlich. »Wer kann mir mehr über diese Beschuldigung berichten?«

»Fragt den Leichenbeschauer. Der weiß alles darüber.«

Cigony holte eine Hand voll Werg aus seiner Tasche und

schnäuzte sich damit. Es klang wie ein Jagdhorn, sodass die Hunde unten im Innenhof der Burg erwartungsvoll die Köpfe hoben und bellten.

»Ich danke Euch, mein Herr. Jetzt will ich Euch nicht länger aufhalten, aber darf ich Euch sprechen, wenn Ihr zurück seid?«

»Nehmt heute die Abendmahlzeit mit mir ein.« Mit diesen Worten eilte Cigony nach unten. Rufe und Lachen stiegen zu seiner Begrüßung auf, und als Straccan durchs Fenster schaute, sah er, wie die Jäger auf ihren Pferden durch das Tor ritten.

»Was gibt's?«, fragte Bane, als Straccan ihn im Saal fand.

»Ärger.«

»Der König?«

»Nein, Wulstan.«

»Was hat er denn getan?«

»Mord.«

Der Leichenbeschauer war in einen anderen Ort gerufen worden und hatte seinen Schreiber mitgenommen. In einer kleinen, dunklen Stube fand er einen missmutig über ein Pergament gebeugten Gendarmen vor, der seinen Federkiel wie einen Dolch in der Hand hielt und jeden Buchstaben sowohl mit der Zunge als auch mit der Feder formte. Er schaute auf, dankbar für jede Unterbrechung.

»Womit kann ich Euch dienlich sein, Sir?«

»Ihr habt doch einen Gefangenen mit Namen Havloc.«

»Das stimmt. Darf ich um Euren Namen bitten, Sir?«

»Ich bin Richard Straccan. Wessen ist er denn beschuldigt?«

»Mord. Und schlimmer noch, Treuebruch. Denn es war sein Herr, den er getötet hat – Drogo of Devilstone.«

»Devilstone?« Das war doch, von wo das Mädchen auf der

Brücke hergekommen war – Alis of Devilstone. Was hatte sie damit zu tun?

Der Gendarm sprach weiter: »Hinzu kommt Diebstahl. Interessante Sache, das. Ziemliches Problem für die Richter. Soll er für den Mord in kochendes Wasser getaucht oder für den Diebstahl gehängt werden? Beides geht ja nicht, jedenfalls nicht gleichzeitig. Also, der alte Polizeivorsteher – das war Lord William de Breos«, fuhr er geschwätzig fort, »hätte bestimmt gesagt: ›Taucht ihn in kochendes Wasser.‹ Der liebte so was nämlich, der Lord William. Aber der neue Polizeivorsteher ...« Er saugte nachdenklich an seinen Zähnen. »Nun, wer weiß. Wir müssen warten.«

»Wer hat ihn denn beschuldigt?«

»Der Leichenbeschauer natürlich.«

»Wann wurde Drogo getötet?«

»Er verschwand, als Havloc vor zwei Wochen Devilstone verließ, aber es dauerte eine Weile, bis man die Leiche fand.«

»Und wo war das?«

»Im Wald, kaum eine Meile von seinem Gutshaus.«

»Wie kam er denn zu Tode?«

»Schwer zu sagen, Sir. Das Gesicht war schwarz und stark geschwollen.« Er schnaubte. »Und die Krähen hatten sich schon an ihm zu schaffen gemacht. Ein Auge war ausgehackt.«

»Warum hat der Leichenbeschauer gerade Havloc beschuldigt?«

»Sein Ring wurde in der Nähe der Leiche gefunden. Und er hatte sich ja auch davongemacht – mit dem Becher.«

Ich bin der Becher des Wulstan. Da musste also eine Art Becher gewesen sein.

»Ich möchte mit ihm reden.«

Der Gendarm schüttelte den Kopf. »Kann das nicht tun, Sir. Er ist in der Grube. Würde meine Anstellung verlieren.«

»Nun hört mal zu, Gendarm«, sagte Straccan ernst. »Havloc

wurde überfallen, als er nach Ludlow kam. Er war bewusstlos, als ich ihn fand. Als er wieder zu sich kam, konnte er sich an nichts erinnern – nicht daran, wer er war oder woher er kam –, an nichts! Der Wundarzt in der Burg behandelte ihn, und er wird Euch das Gleiche sagen. Ich werde Euch alle Kosten erstatten, wenn Ihr ihn aus der Kerkergrube holt und stattdessen in eine Zelle bringt.«

Der Mann schaute ihn zweifelnd an. »Ich weiß nicht, Sir. Das ist nicht üblich.«

Straccan legte einen Geldbeutel auf den Brief, der vor dem Gendarm lag. Dessen Augen leuchteten auf, und der Beutel verschwand in seiner Hosentasche – mit einer Geschwindigkeit, die ein Taschenspieler bewundert hätte.

»Aber wie Ihr meint, Herr. Ich werde sehen, was ich tun kann.«

»Nicht in den Gemeinschaftskerker«, sagte Straccan. »Gebt ihm Wasser zum Waschen und eine Zelle für sich allein. Ich werde für Bettzeug und Essen aus der Garküche zahlen. Ach ja – keine Eisenfesseln.«

»Müssen eiserne sein, Sir, auch für einen bevorzugten Gefangenen. Treuebruch wiegt viel schlimmer als ein einfacher, guter alter Mord.«

»Dann aber nicht Eure Scharfeisen. Einfache Eisenfesseln, die nicht einschneiden und eine Kettenlänge zum Gehen haben. Es ist noch ein Beutel Geld für Euch drin, wenn ich mich auf Euch verlassen kann.«

»Werde mich höchstpersönlich darum kümmern, mein Herr.«

Der Koch hatte die Bevölkerung des Taubenschlags dezimiert, und die Küche war voller Federn, von denen einige immer noch im Innen- und sogar im Außenhof umherschwebten und an den Kleidern und Schuhen des Bedienungspersonals der Abendmahlzeit haften blieben. An der hohen Tafel pickte Straccan eine Feder aus seiner Mandelsüßspeise heraus und führte sein Gespräch mit dem Polizeivorsteher fort, während unterhalb des Podiums ein Paar Springakrobaten, denen die Speisenden ohnehin keine Beachtung schenkten, ohne besondere Begeisterung ihre Vorführungen machten.

»Er ist zwar beschuldigt, Mylord, aber es scheint weder Beweise noch Zeugen zu geben.«

»Doch, es gibt einen Zeugen«, entgegnete Cigony. Seine Frau hatte darauf bestanden, ihm die Brust mit einer von ihr selbst hergestellten Mixtur einzureiben, die stark nach Immergrün roch, aber einen gewissen Erfolg zeigte: Während des ganzen Abendessens nieste er kaum.

Straccans Augenbrauen schnellten nach oben. »Wer ist denn das, Mylord?«

»Drogo.«

»Aber der ist doch ...«

»Macht nichts. Sie brachten die Leiche von Devilstone her zu einer Anhörung. War die Idee des Leichenbeschauers – nicht meine!«

Straccan hatte keinen Appetit mehr auf den Pudding und schob ihn von sich. »Wann soll diese Anhörung denn stattfinden?«

Der Polizeivorsteher spuckte eine kleine Feder aus, die seiner Aufmerksamkeit entgangen war. »Morgen.«

Morgen schon! Gut, er würde sowieso nicht abreisen können, bis die Überschwemmungen zurückgegangen waren. In den nächsten zwei bis drei Tagen würde nichts nach Ludlow kommen oder hinausgehen. Leominster und Meilen der Umgebung standen unter Wasser. Sogar der König konnte von ihm nicht erwarten, nach Avonmouth *zu schwimmen.*

Cigony lehnte sich im Stuhl zurück und wies die Schale mit Süßigkeiten zurück, die ein Diener ihm anbot. Die Springakrobaten hatten ihr Programm beendet und hielten schwitzend ihre Kappen hin, um nach Münzen zu betteln. Keine einzige wurde geworfen, und nach einem peinlichen Moment zogen die beiden sich grummelnd zurück.

»Die junge Frau, die ich herbrachte, Mylord ...«

»Ach, die«, erwiderte der Polizeivorsteher finster. »Die Alis. Die will nicht nach Hause zurück. Sie sagt, der Gefangene könne nicht der Mörder ihres Vaters sein.«

»Ist sie Drogos Tochter?«

»Ja, und das Liebchen des Gefangenen.« Cigony seufzte tief. Wenn es sich um junge Frauen handelte, wurde er unsicher. Alis konnte natürlich nicht zum Gefangenen vorgelassen werden, und so musste sie entweder nach Hause zurückgeschickt werden – was sie entschieden ablehnte –, oder man musste sie irgendwo in der Stadt unterbringen. Der Polizeivorsteher hatte sie resigniert in Augenschein genommen – noch nicht völlig trocken, voller Schlamm und dickköpfig. Er erkannte Entschlossenheit, wenn er solcher begegnete. Also übergab er sie seiner Frau.

»Warum wollt Ihr Euch denn mit dieser Angelegenheit belasten?« Cigony leerte seinen Becher. »Er gehört doch nicht zu Euren Leuten.«

»Ich habe ihn gefunden, Mylord, und fühle mich deshalb für ihn verantwortlich.«

Straccan stützte die Ellbogen auf den Tisch und beobachtete die nächste Aufführung, einen Jongleur, der noch unerfahren und nervös war. Der junge Bursche begann, ein paar farbige Bälle in die Luft zu schleudern, von denen einige zu Boden und andere in die Puddings der Speisenden fielen. Als er dann zum Jonglieren von Dolchen überging, zog Straccan es vor, zu verschwinden, bevor es zu Blutvergießen kam.

14

Beim Geräusch des Schlüssels in der Zellentür sprang Havloc mit Kettenklirren auf die Füße und ließ sich erleichtert wieder fallen, als er sah, wer seine Besucher waren.

»Wie geht es Euch?«, fragte Straccan und schaute ihn aufmerksam auf der Suche nach sichtbaren Schnitten oder Beulen an. Der junge Mann war blass, unrasiert und auffällig dünner geworden. Er war an einem Bein an eine Krampe in der Zellenwand gekettet, und seine Handgelenke wiesen schorfige Wunden von den Fesseln auf, obwohl der Kerkermeister sein Versprechen gehalten und diese Ketten entfernt hatte. Abgesehen davon waren aber keine weiteren Verletzungen sichtbar.

»Es geht mir gut, und ich bin dankbar, aus der Grube heraus zu sein. Sir Richard, was wird aus mir? Wisst Ihr das? Sie sagen … Sie sagen, dass ich einen Mann umgebracht habe.« Die Knöchel an seinen zu Fäusten geballten Händen stachen weiß ab. »Ich kann mich aber nicht erinnern«, rief er verzweifelt. »Ich kann es einfach nicht! Was werden sie jetzt wohl mit mir tun?«

»Es ist eine Anhörung angesetzt«, erwiderte Straccan. »Der Leichenbeschauer wird seine Gründe vortragen, weshalb er Euch beschuldigt.«

»Und dann, Sir?«

»Das hängt von den Geschworenen ab. Wenn die sagen, dass Ihr unschuldig seid, werdet Ihr freigelassen.«

»Und wenn nicht?«

»Dann wird der Polizeivorsteher entscheiden, was mit Euch geschehen soll.«

Havloc fröstelte und schlang die Arme um seinen Körper. »Bin ich denn ein Mörder?«, flüsterte er. »Gott hilf mir – ich weiß es nicht! Ich kann mich nicht erinnern. Einer der Wächter riet mir, zu Sankt Leonard zu beten, den Schutzheiligen aller Gefangenen.« Er sah Straccan mit verzweifelten Blicken an. »Ich bete ja auch, Sir, Tag und Nacht, aber es hat sich nichts geändert.«

»Auf jeden Fall seid Ihr nicht mehr in der Grube«, bemerkte Bane.

»Vergebt mir«, sprach Havloc zerknirscht, »ich will ja nicht undankbar sein, aber ich habe schreckliche Angst!«

»Dann will ich Euch etwas mitteilen, das Euch Mut machen wird«, meinte Straccan. »Auf unserem Weg zurück nach Ludlow begegneten wir einer jungen Frau, die hergekommen ist, um für Euch zu sprechen. Sie sagte, Drogo sei noch am Leben gewesen, *nachdem* Ihr Devilstone verlassen hattet, denn sie habe ihn zu der Zeit gesehen und gesprochen.«

»Wer ist sie?«

»Alis of Devilstone. Wenn ihr Name Euch nichts sagt, werdet Ihr eine schöne Überraschung erleben. Sie sagte nämlich, dass sie Eure Liebste sei. Also schaut nicht so verängstigt drein, Bursche. Sie ist auf Eurer Seite!«

Die Frau des Polizeivorstehers nahm sich ihres neuen Schützlings wie eine Mutterglucke an, lamentierte über ihr ruiniertes Gewand und durchwühlte Truhen und Kisten, um Alis mit dem Notwendigsten zu versorgen. Sie war eine matronenhafte Frau, deren eigene Töchter seit langem erwachsen waren und mit ihren Ehemännern das Haus verlassen hatten. So nahm sie Alis unter ihre Fittiche und redete an jenem Abend im Schlafzimmer zugunsten des Mädchens auf ihren Gatten ein, sehr zum Missfallen von dessen Knappen, der auf einem Strohsack am Fuß des großen Bettes schlief.

Kein bisschen Rücksicht nehmen diese hochherrschaftlichen Leute, dachte er erbost, als Lady Margerys kräftige und weit tragende Stimme nicht verstummen wollte. Er wünschte sich sehnlich, sie würde endlich den Mund halten und ihn einschlafen lassen. Den gleichen Wunsch hatte auch sein Herr.

»Ich kann ihre Mutter in ihr erkennen«, dachte die Lady laut nach. »Sie hat Eloises Augen und das gleiche feste Kinn. Arme Eloise. Ich kannte sie gut, bevor sie dieses Schwein Drogo heiratete. Von *ihm* steckt nichts in dem Mädchen – Gott sei Dank! Es ist ein Jammer, dass sie sich mit deinem Mörder eingelassen hat.«

»Meine Liebe«, protestierte der Polizeivorsteher, der durch diese Ungerechtigkeit aus den ersten flockigen Schichten des Schlafs gerissen wurde. »Er ist noch nicht für schuldig befunden worden. Und nach der Aussage dieses Mädchens … dieser …«

»Alis.«

»Alis, ja. Also, sie muss angehört und ihre Aussage beurteilt werden. Havloc habe ihren Vater nicht töten *können*, sagt sie. Er sei nämlich die ganze Nacht, bevor er Devilstone verließ, bei ihr gewesen, und Drogo habe noch gelebt, nachdem Hacloc gegangen war.«

»Oh!«

Während Lady Margery noch die Folgerungen dieser Mitteilung verdaute und der Knappe plötzlich Interesse an diesem Aspekt der Geschichte bekam, nahm Cigony wieder seinen unterbrochenen Abstieg in den sanften Brunnen des

Schlummers auf – nur um durch durch Knüffe und Püffe seiner Frau jäh wieder aufgescheucht zu werden.

»Cigony, *Cigony!*«

»Hmmm? Was denn? Also wirklich, Margery ...«

»Wenn sie keine Jungfrau mehr ist, werden wir sagen müssen, dass sie verlobt sind.«

Der Polizeivorsteher klopfte auf sein Kissen. Einige Minuten zuvor schien es noch weich genug gewesen zu sein, aber jetzt fühlte es sich nicht mehr bequem an. Er drehte sich mit einem Seufzer auf die Seite. Sein Ohr fühlte sich an, als würde er auf einem Baumstamm liegen.

»*Sind* sie denn verlobt?«, fragte er.

»Ich hoffe es für sie«, murmelte Lady Margery drohend. »Vater Ambrose wird sie trauen müssen, sobald du diesen Havloc freilässt.«

»Ich *kann* ihn doch nicht freilassen, Frau! Er wird beschuldigt, sodass eine Anhörung anberaumt ist. O Gott«, fügte er hinzu, als ihm ein unangenehmer Gedanke kam. »Ich hoffe, dass es morgen nicht heiß wird.«

»Nach dem vielen Regen hoffe *ich*, dass es heiß wird«, entgegnete seine Frau. »So einen Sommer habe ich noch nicht erlebt. Heute Morgen habe ich Schimmel auf Euren sauberen Unterhosen in der Wäschetruhe gefunden. Was ist das eigentlich für eine Anhörung?«

»Habe ich dir das nicht erzählt?«, fragte er zurück, wohl wissend, dass er es nicht getan hatte. »Die Leiche soll Zeugnis gegen den Mörder ablegen.« Es war dunkel, aber er konnte den angewiderten Blick seiner Frau regelrecht *fühlen*. »Das ist Paulets Einfall, nicht meiner.«

»Paulet – der ist doch ein Narr!« Lady Margerys Stimme strotzte vor Verachtung. Des Königs Leichenbeschauer, Sir Brian Paulet, war aus Aquitanien und betrachtete sich als dem Rest der Menschheit überlegen. Lady Margery konnte ihn nicht ausstehen. »Jedenfalls, wenn Havloc bei Alis war ...«

»*Wenn!* Das ist der springende Punkt, Madge. Es gibt dafür nur ihr Wort. Haaa-*tschieee*! O Gott!« Im Bett wurde seine Erkältung für gewöhnlich besser, aber all dieses Reden musste auch sie wieder aufgeweckt haben. »Das Wort eines verliebten Mädchens«, fuhr er fort und wischte seine Nase mit dem Handrücken ab. »Möglicherweise ist sie schwanger. Hast du daran schon gedacht?« Sein Knappe war jetzt ganz Ohr und grinste im Dunkeln. »Ihr Wort allein wird nicht viel Gewicht haben.«

»Sie ist doch ein wahrheitsliebendes Mädchen.«

»Du bist doch gerade erst mit ihr zusammen!«

»Ich habe schließlich ihre Mutter gekannt.«

»Ach ja? Das wird sich bei der Verhandlung wirklich gut machen: ›Ihre Worte müssen wahr sein, Mylords, weil ich ihre Mutter kannte!‹«

»Sei nicht sarkastisch, Cigony!«

»Entschuldigung«, murmelte der Polizeivorsteher. Er rammte seine Faust ins Kissen, setzte sich auf und lehnte sich dagegen. Gesegneter, willkommener Schlaf hatte schon gewinkt, war aber verscheucht worden und geflohen. Nun konnte er die ganze Nacht lang reden, wenn es das war, was seine Frau wollte.

»Kann Paulet den Mann denn nicht freilassen, wenn Alis schwört, dass er unschuldig ist?«

»Auch wenn die Leiche Havloc nicht beschuldigt, kann ich mir nicht vorstellen, dass Paulet ihr glauben wird, Madge.«

»Dann sag ihm eben, dass *du* ihr glaubst!«

»Tue ich das denn?«

»Sir Richard tut's.«

»Straccan?«

»Hat er dir denn nicht erzählt, wie er sie fand?« Lady Margery erzählte lang und breit von der Rettung von der zerbrochenen Brücke. »Siehst du?«, beendete sie die Geschichte. »Sie wollte sich nicht ohne ihr Pferd in Sicherheit bringen lassen, wollte noch nicht einmal diesen elenden Aussätzigen verlassen.«

»Nun ja, ich gebe zu, dass es bewundernswert war.« Dumm, dachte er bei sich, aber – musste er zugeben – trotzdem bewundernswert.

»Wenn sie ein Mann wäre, würdest du und dieser elende Paulet ihr Wort ohne den geringsten Zweifel als glaubwürdig ansehen.«

»Wahrscheinlich hast du Recht, Madge.« Er hantierte wieder mit seinen Kissen und schob seine Füße in eine andere Lage. Das ganze Bett erschien ihm klumpig, heiß und unbehaglich. Jetzt konnte er einen Becher Wein gebrauchen. Er machte eine Handbewegung nach unten zu seinem Knappen hin, der sich aufrappelte, um ihm zu Diensten zu stehen. Cigony schwang seine Beine aus dem Bett, tappte zum Servierschrank und schenkte sich ein. »Möchtest du eine Waffel?«

Dieser kleine Versuch einer Ablenkung wurde ignoriert. Es brauchte mehr als eine Waffel, um Lady Magery von ihrem Vorsatz abzubringen.

»Also wirst du mit Paulet reden?«

Wieder im Bett bemühte er sich, seine kalten Füße sorgsam von den warmen seiner Frau fern zu halten. Der Polizeivorsteher seufzte und fand sich mit seinem Geschick ab. »Ja, ich werde mit ihm reden.«

»Cigony!«

»Was?«

»Du hast schon wieder Krümel im Bett!«

15

Es gab nur einen Zeugen, und der war schon tot, aber das machte nichts: Er konnte immer noch Zeugnis ablegen.

Sehr viele Leute waren zu dieser Unterhaltung gekommen, sodass es nicht mal mehr genug Platz gab, eine Katze unterzubringen. Einige hatten schon am Tag zuvor Sitzplätze belegt, hatten Essen und Trinken mitgebracht und auf dem von ihnen eroberten Platz geschlafen. Für die mit weniger Voraussicht hatte ein Pastetenverkäufer seinen Stand aufgebaut und machte gute Geschäfte, trotz des Gestanks, der durch die Einfriedung drang und mit zunehmender Sonne stärker wurde.

Die Leiche war wie eine Fuhre Rüben auf einem Lastkarren nach Ludlow gebracht worden und lag nun auf einem von Böcken gestützten Brett an einer Stelle, wo die Brise den Geruch von der nahen Küche fern halten würde. Leider gab es keine Brise, und die Leiche lag unter einem glänzenden Überzug aus summenden Fliegen. Eine Kohlenpfanne brannte neben der Bahre, doch die über die Holzkohlen gestreuten Duftkräuter hatten keine Chance in dieser Schlacht der Gerüche.

Drinnen, in dem großen Saal, wartete die Liebste des Gefangenen. Aber erst einmal war die Leiche an der Reihe. Wenn diese den Angeklagten für schuldig befand, brauchte das Mädchen erst gar nicht angehört zu werden. Der fröhliche Lärm der Erwartung erstarb, als der Polizeivorsteher und seine Helfer erschienen, um dann wieder zu einer Flut von

Buhrufen und Zischlauten anzuschwellen, als der Gefangene gebracht wurde.

»Ein bisschen schneller, bitte«, rief der Polizeivorsteher. »Ich kann nicht den ganzen Tag dafür opfern.«

Der Protokollschreiber kritzelte in Bürokratenlatein auf seine Pergamentrolle:

> *Drogo, Lord von Devilstone, bösartig ermordet mitten im Frieden des Königs, wird nach Brauch und Gottesgesetz hierher gebracht, um Zeugnis abzulegen. Darauf wird Havloc, ein Gefolgsmann Drogos, arretiert wegen dieses Mordes, hereingeführt, und der Leiche wird die Frage gestellt: »Ist dieser Mann schuldig?«*

Vater Ambrose ergriff Havlocs rechte Hand, hielt sie wie eine Trophäe für alle sichtbar hoch und stieß sie heftig auf die Brust der Leiche.

Ein blasiges Rülpsen quoll aus den dunklen, aufgedunsenen Lippen, und eine schwangere Frau, die sich ihren Weg mit den Ellbogen nach vorn gebahnt hatte, um auch ja nichts zu verpassen, fiel in Ohnmacht.

Es trat ein Moment der Stille ein; dann folgte ein allgemeines Stöhnen der Enttäuschung, als die Leiche sich weder zu wundersamer Anklage aufrichtete noch stumm blutete, noch mit dem verwesenden Finger auf den Angeklagten zeigte. Einige versuchten zu argumentieren, dass das Rülpsen beweiskräftig sei, doch Vater Ambrose entgegnete, das Rülpsen zähle nicht.

Der Polizeivorsteher winkte zum Leichenbeschauer hinüber, der sich so weit wie möglich von diesen Vorgängen entfernt gehalten hatte und die Nase prophylaktisch in einen Blumenstrauß hielt. »Also, Paulet? Was nun?«

Der Leichenbeschauer blickte auf die unkooperative Leiche. »Es könnte sein, dass die Leiche zu alt ist, um wahres Zeugnis abzulegen, weil sie kein flüssiges Blut mehr hat«, meinte er.

»Unsinn«, fauchte Cigony. »Gott kann Blut wieder flüssig machen, wenn es nötig ist, nicht wahr, Vater Ambrose? Also! Ihr wolltet dieses eklige Ritual, Paulet. Sagt nun ja nicht, dass Ihr Euch nicht an das Ergebnis halten wollt!«

Der Leichenbeschauer machte eine ausladende Geste mit seinem Blumenstrauß, und der Polizeivorsteher nieste heftig, wie zur Bekräftigung. »Da ist noch der Diebstahl zu behandeln«, sagte Paulet. »Da handelt es sich doch um Hängen – obwohl das nicht in meinen Händen liegt.«

Die Feder des Schreibers kratzte geschwind aufs Papier:

Die Leiche legte kein Zeugnis ab wider
Havloc, und er wird …

Er blickte zum Polizeivorsteher hinüber. »Also ist er unschuldig, Mylord?«

»Ja«, erklärte der Polizeivorsteher, und gleichzeitig mit ihm der Leichenbeschauer: »Nein.« Der Schreiber machte einen Klecks und fluchte vor sich hin.

Cigony drehte sich abrupt zu den zitternden Geschworenen herum und rief: »Gut. Ihr da, raus damit!«

Köpfe wurden zusammengesteckt; es wurde besorgt geflüstert, und schließlich schob sich ein Mann als widerwilliger Sprecher für alle und blass von der Last der Verantwortung vor, zog die Mütze vom Kopf und stammelte: »Bitte … Mylord, Verzeihung, aber … wir haben uns gedacht, dass man doch anhören sollte, was die … die junge Frau zu sagen hat.«

»Ihr habt mir mit Eurem stinkenden Mummenschanz einen

schönen Jagdmorgen verdorben«, sagte Cigony zum Leichenbeschauer. »Entweder ist er schuldig oder nicht! So geht das nicht, Paulet. Das Mädchen *muss* jetzt angehört werden. Wir treffen uns im Saal.« Er verschwand schnell in der feuchten Kühle drinnen, rief aber noch über die Schulter: »Bringt den Gefangenen in seine Zelle zurück, bis ich beschließe, was mit ihm geschehen soll. Die anderen sollen im Saal warten.«

»Nun?«, fragte seine Frau, als ihr Mann glänzend vor Schweiß und keuchend von den Treppen ihr Frauengemach betrat. »Setz dich doch, Mylord, hier. Pfui! Wie der Gestank noch an dir haftet. Und, wie steht es?«

»Eine Farce«, antwortete Cigony und ließ sich auf einen niedrigen Schemel an der Seite seiner Frau fallen. Er atmete schwer, und sein Gesicht und Nacken zeigten eine Besorgnis erregende Farbe.

Lady Margery knöpfte seine Tunika am Hals auf und legte ihre kühlen Finger auf die hervorgetretenen Adern an seiner Stirn. Sie stieß eine Dienerin an. »Bring Bier«, befahl sie, »und eine Schüssel mit Wasser, damit mein Lord sich waschen kann.« Und zu ihrem Gatten gewandt: »Ich meine doch nicht diese gottlose Scharade da draußen. Hast du mit Paulet gesprochen? Hat er Alis angehört?«

Eine der Dienerinnen kam mit einem Korb voller frisch gepflückter Kräuter herein und verstreute sie über den Boden. Cigony ließ ein heftiges Niesen erschallen. Solange er da draußen gewesen war, hatte er kein einziges Mal geniest. Wie kam das eigentlich? Konnte es etwas mit dem Gestank zu tun haben? Würde ein anderer Gestank die gleiche Wirkung haben? Wenn man so darüber nachdachte – er nieste nie auf dem Abort.

»Cigony!«

Die scharfe Stimme seiner Frau riss ihn aus den Gefilden der alternativen Medizin. »Sie warten im Saal auf dich.«

Der Leichenbeschauer ließ sich nicht von seiner Meinung abbringen. Er hatte einen unangenehmen Morgen verlebt, war verängstigt, angewidert und nicht in der Stimmung, vernünftig zu sein. »Havloc ist ohne jeden Zweifel schuldig«, beharrte er. »Er brachte seinen Herrn um, stahl dessen Becher und floh. Sein Ring wurde bei der Leiche gefunden.« Er holte ihn als Beweisstück hervor – ein schlichtes, billiges Silberband mit einem Kristallstück. »Die Lady und der Priester in Devilstone erkannten ihn als den seinen.«

Die Geschworenen murmelten untereinander, doch Straccan flüsterte dem Polizeivorsteher etwas zu, worauf Cigony laut fragte: »Wo genau wurde der Ring gefunden?«

Der Leichenbeschauer blickte mürrisch auf. »Wie ich schon sagte, in der Nähe der Leiche. Der Mörder verlor ihn im Handgemenge, als er seinen Herrn tötete.«

Straccan sagte wieder etwas zu dem Polizeivorsteher, und dieser fragte laut: »Wer hat ihn gefunden?«

Aus der Schar der Zuschauer schob sich eine Frau vor. »Ich, Mylord.«

»Wer seid Ihr?«, wollte Cigony wissen.

»Ceridwen von Devilstone.« Der Gerichtsschreiber schrieb hastig den Namen auf. »Ich war es auch, die meines Herrn Leiche wusch und für das Begräbnis ankleidete.«

»Wo habt Ihr den Ring gefunden?«

»In seiner Tasche«, sagte sie.

Daraufhin ertönte Murmeln, und Straccan sagte laut: »Wie kam er denn dahin? Ein Mann, der um sein Leben kämpft, zieht doch seinem Angreifer nicht den Ring ab und steckt ihn in seine Tasche. Und wenn Havloc Drogo getötet hat, würde er den Ring doch nicht dorthin getan haben.«

»Was macht das schon?«, meinte Paulet verärgert.

»Seht Ihr das denn nicht? Der Ring ist doch kein Beweis. Drogo kann ihn sonst wo gefunden haben, oder jemand *an-*

ders hat ihn dort hineingesteckt. Das beweist überhaupt nichts!«

»Er hat Recht«, bekräftigte Cigony. »Die Geschworenen müssen den Ring außer Acht lassen.« Er wandte sich ihnen zu. »Hört ihr, Leute? Vergesst den verflixten Ring. Er ist kein Beweis. Nun zu Euch, junge Frau.« Er blicke auf Alis. »Jetzt seid Ihr an der Reihe. *Haaatschiiie*!« Er wischte sich die Nase am Hemdsärmel ab.

Da er nun schon in Sachen Ring überstimmt worden war, beharrte der Leichenbeschauer fest darauf, Alis die Aussage zu verweigern. Er habe ihre Geschichte früher am gleichen Vormittag gehört, auf die Bitte des Polizeivorstehers hin, und glaube kein Wort davon.

»Sie darf hier nicht angehört werden. Frauen haben kein Anhörungsrecht nach dem Gesetz«, fügte er hochmütig hinzu.

»Sie wird unter Eid aussagen, dass sie ihren Vater sah und mit ihm sprach, nachdem Havloc gegangen war«, erklärte der Polizeivorsteher.

»Sie ist die Buhle des Beschuldigten! Ihr Eid wäre ungültig.«

Cigony presste die Lippen zusammen. »Sie kann den Eid auf Reliquien ablegen! Ich habe ein Schulterblatt des heiligen David und einen Fingernagel der heiligen Winifred dabei. Das müsste wohl reichen. Wenn nicht, kann Vater Ambrose noch mehr aus der Kirche holen lassen.«

»Auch auf Reliquien hat der Eid einer Frau keine Gültigkeit«, entgegnete Paulet in einem Tonfall, der keinen Widerspruch erlaubte.

Straccan entschloss sich dennoch dazu. »Ich bin nicht einverstanden. Der Eid einer christlichen Frau ist so gut wie der eines Mannes.«

Sir Brian warf ihm einen unfreundlichen Blick zu. Sein Gesicht war wie für unfreundliche Blicke gemacht – verschlossen, mit herunterhängenden Lidern und verkniffenen Lippen, denen die Worte nur widerwillig entfliehen wollten. Er war nicht gut in seinem Beruf, hatte sich nicht danach gedrängt. Man konnte von diesem Amt nicht profitieren, und es hatte ihn sogar schon eigenes Geld gekostet. Die Erstattung seiner Auslagen war immer überfällig, und jeder Penny wurde bestritten. Aber er hatte keine Wahl gehabt. Der König ernannte die Leichenbeschauer. »Ihr, Ihr und Ihr«, hatte Seine Hoheit gesagt – und das war es denn gewesen.

»Nach dem Gesetz kann ich den Eid jedes *Mannes* akzeptieren«, sagte er, »auch wenn er nach seinen Gebräuchen den Eid eines Juden ablegt. Aber keine Frau. Das wäre, als ob man den Eid eines Hundes anerkennt!«

So also weht bei uns der Wind, dachte Straccan. Er stand auf dem Podium neben dem Stuhl des Polizeivorstehers. Der Leichenbeschauer stand auf der anderen Seite und sah ihn an. Alis stand unterhalb des Podiums und blickte ängstlich von einem autoritären Gesicht zum anderen.

Eine kleine Menschenmenge war ihnen in den Saal gefolgt – zwei Priester von Amts wegen, ein Mönch, einige hoffnungsvolle Arbeitssuchende, zwei von Cigonys Knappen, der Hauptmann der Burgwachmannschaft und ein Mann, der hoffte, ein Pferd verkaufen zu können. Die Nachricht von dieser Angelegenheit hatte die Runde gemacht, sodass einige Leute aus der Stadt, Rechtsanwälte in beruflichem Interesse mit ihren Schreibern und schlicht Neugierige zum Zuhören hinzugekommen waren.

Sie alle fanden die Angelegenheit spannend. Havlocs missliche Lage war wohl bekannt, und die meisten Leute hatten Mitleid mit ihm wegen seiner hübschen Liebsten, ob er nun schuldig war oder nicht. Die Geschichte ihrer Rettung von der Brücke hatte sich von der Burg zur Stadt verbreitet und durch das Weitererzählen nichts an Dramatik verloren. Während niemand wollte, dass ein Mörder der Gerechtigkeit entging – und es gab welche, die wären entzückt gewesen, *irgendjemanden* hängen zu sehen –, so wünschten doch viele Alis Glück.

Straccan versuchte es wieder: »Wenn der *König* Eide von Frauen annähme, würde das Eure Entscheidung ändern?«

Der Leichenbeschauer schnaubte: »Ich bin sicher, dass Seine Hoheit das nicht tun wird. Seine Majestät hat ein tiefes Interesse an der Ausübung der Justiz und der Einhaltung des Gesetzes.« Mit einem giftigen Blick auf Straccan fügte er höhnisch hinzu: »Aber ich höre, Ihr seid ein Freund des Königs. Zweifellos werdet Ihr seine Ansichten kennen.«

»Das würde ich mir nicht anmaßen.« Straccan lächelte. »Dennoch weiß ich, dass er solche Eide akzeptiert.«

»Dann nennt mir nur *einen* Präzedenzfall!«

»Es gibt viele. Er akzeptiert den Treueeid, den wichtigsten überhaupt, von Mann und Frau.«

In der Stille, die darauf folgte, hob der Polizeivorsteher seinen Becher, um sein Grinsen zu verbergen, und sprach: »Ihr habt die rechte Sau beim Ohr, Sir Richard!« Und zum Leichenbeschauer gewandt: »Da habt Ihr Eure Präzedenzfälle, Paulet. Es gibt keinen Grund, warum Ihr den Eid dieser Frau nicht annehmen solltet. *Haaatschiiie*!«

»Sehr schlau«, entgegnete Paulet sauer. So etwas war nicht geschehen, als William de Breos hier noch Lord war. Aber dieser Emporkömmling, dieser niesende Niemand, dieser *Söldner*, hatte keinen Respekt vor dem Gesetz. »Ihr mögt ja Recht haben«, sagte er widerwillig, »aber ich habe große Zweifel. Jedenfalls muss Eure so genannte *Zeugin*«, er lachte spöttisch, »Beweise guten Glaubens liefern.«

Plötzlich erhob sich Lärm auf den Stufen vor dem Saal – ein scharfer Anruf, gefolgt von Rufen des Ärgers, Schreien der Entrüstung, und – laut aus dem Wirrwarr heraus schallend – eine mächtige raue Stimme: »Wer will es wagen, Hand an mich zu legen?«

Sie wichen zur Seite, starrend und schwatzend, und ließen den Aussätzigen durch. Mit ihm kam der Geruch und die Drohung seiner Krankheit unter sie, der leibhaftige Tod zu Fuß, kein gütiger Linderer von Qualen oder Ruhebringer, sondern der Schrecken sich bewegender, atmender Verwesung. Jemand begann zu beten; die anderen taten es ihm nach, und wie von ihren Gebeten und der Panik geschoben, stürmte der Aussätzige die Stufen hinauf in den Saal.

Die Leute drängten sich zusammen, traten auf Zehen und stießen Ellbogen in Rippen, als sie versuchten, sich vor dem Leprakranken zurückzuziehen. Er hielt vor dem Podium an und lehnte sich auf seinen Stab. Hinter ihm hüpfte der Türhüter in regelrechtem Fieber der Angst von einem Fuß auf den anderen.

»Sir! Mylord! Ich konnte ihn nicht aufhalten!«

»Schon in Ordnung«, erwiderte der Polizeivorsteher, und an den Aussätzigen gewandt: »Und was mögt Ihr wohl hier wollen?«

Bevor er antworten konnte, kreischte der Leichenbeschauer, der sich aus Furcht vor Ansteckung den Schoß seines Mantels über Nase und Mund hielt: »Wie könnt Ihr es wagen, hier einzudringen! Das Gesetz verbietet das! Ich werde Euch mit Steinwürfen aus dem Stadttor jagen lassen!«

Cigony legte seine Rechte auf Paulets Handgelenk. »Lass uns doch hören, was er will.«

Der Leprakranke atmete schwer. Sein Mantel trug Flecke von frisch geworfenem Schmutz und Kot. Als sein Blick den von Straccan traf, verbeugte er sich – eine nicht zu einer solchen Gestalt passende höfliche Geste. »Meine Herren«, rasselte seine Stimme, »vergebt mir mein Eindringen.«

»Was wollt Ihr also?«, fragte der Polizeivorsteher noch einmal.

»Es handelt sich um dieses junge Edelfräulein«, schnarrte der Aussätzige weiter.

»Hinaus mit Euch!« Paulet zitterte vor Wut und Furcht. »Ihr dürft Euch nicht unter gesunde Leute mischen!«

Der Aussätzige beachtete ihn nicht, verlagerte den Griff an seinem Stab und schwankte. »Ich weiß, dass es Widerstand geben wird, sie als Zeugin anzuhören, und ihr Eid wird ohne Unterstützung nicht annehmbar sein.«

»Was wisst *Ihr* denn schon davon?« Paulet war außer sich vor Wut. »Herr Polizeivorsteher, lasst Eure Männer ihn mit ihren Lanzen umringen und hinausbefördern! Der ganze Saal muss ausgeräuchert werden!«

»Wartet«, rief Straccan. »Hört ihn doch erst an!«

»Aber wenn mindestens zwei Männer für ihre Zuverlässigkeit und ihren guten Charakter bürgen«, fuhr der Aussätzige fort, als hätte es gar keine Unterbrechung gegeben, »ändert das die Sachlage.«

Cigony nickte. »Jawohl. Wart Ihr ein Mann des Gesetzes?«

»Nein, aber meine Bürgschaft, auch in meinem jetzigen Zustand, sollte für eine der beiden gelten, wenn ein anderer auch *seine* Bürgschaft für sie ablegt.« Er schaute dabei Straccan an, und dieser nickte.

»Euer Wort ist doch nichts!«, rief der Leichenbeschauer. »Ihr könnt doch gar nicht mehr Zeugnis ablegen! Ihr seid doch schon ein toter Mann!«

»Nicht so tot wie der da draußen«, erwiderte Straccan. »Und *den* hattet Ihr anhören wollen.«

Rufe brandeten auf: »Eben! Das ist wahr!«

»Gut gesprochen, Straccan!« Cigony genoss jetzt das Spektakel. Er hatte sogar vergessen zu niesen. »Das könnt Ihr nicht bestreiten, Paulet.«

Ein verkrustetes, raschelndes Geräusch drang aus der Maske hervor. Der Aussätzige lachte.

Paulet wandte sich mit einer heftigen Drehung wieder zu ihm hin. »Verflucht sollt Ihr sein – wer seid Ihr denn?«

»Habt Ihr noch die kleine Jagdhündin, die ich Euch einmal schenkte, Brian? Atropos nanntet Ihr sie.«

»Um Gottes willen!« Paulets Gesicht hatte eine hässliche Farbe angenommen.

»Ihr? Ihr *seid* doch tot! Man erzählte mir, Ihr wärt gestorben!«

»Wer ist er denn?«, wollte Cigony wissen. »Wer seid Ihr, Sir?«

Tränen liefen aus den wunden Augen des Aussätzigen und verursachten Flecke auf seiner Maske. »Vor dieser Heimsuchung war ich Bischof von Bordeville. Mein Name war Garnier Paulet.«

»Oh, er hat den gleichen Namen wie Ihr«, sagte der Polizeivorsteher zu Paulet. »Kennt Ihr ihn?«

»Um Gottes willen«, sagte der Leichenbeschauer wieder, »er ist mein Bruder.«

Der Saal leerte sich schnell, nachdem die Schau vorüber war, und Straccan schaute Alis prüfend an. Sie war leichenblass.

»Ich werde Euch zu Lady Margery bringen. Wollen wir aber zuerst in den Lustgarten gehen? Etwas frische Luft wird Euch gut tun.«

Der Lustgarten war praktisch und schlicht wie die Frau des Polizeivorstehers. Sträucher und Büsche standen in Töpfen wie Soldaten in Reihen. Kräuterbeete waren mit Flusskieseln abgegrenzt und in strenger Regelmäßigkeit angeordnet. Am hinteren Ende spielten die Mündel des Polizeivorstehers, drei kleine Mädchen, komplizierte Singspiele. Als sie die Erwachsenen erblickten, knicksten und kicherten sie, aber bald waren sie wieder vom Spiel gefesselt, sodass sie nicht mehr auf Straccan und Alis achteten. Ein erfrischender Duft von Rosmarin lag in der Luft. In Alis' Wangen kam wieder etwas Farbe.

»Fräulein Alis«, sagte er sanft, »Ihr traut mir doch, hoffe ich?« Sie nickte. »Dann erzählt mir, was in Devilstone geschah. Irgendjemand *hat* Euren Vater ermordet. Wenn es nicht Havloc war, muss der Mörder gefunden werden. Ich weiß, dass Ihr mit Eurem Vater gesprochen habt, nachdem Havloc gegangen war, aber Ihr habt den Geschworenen nicht alles erzählt ...« Er fühlte, wie sie schuldbewusst zusammenzuckte. »Wie kam der Ring in die Tasche Eures Vaters?«

16

Vater hatte mich zu seiner Schwester in Bristol geschickt«, erwiderte Alis. »Sie sollte einen Ehemann für mich finden. Ich habe keine Mitgift, müsst Ihr wissen. Wir sind sechs Mädchen zu Hause. Ich war drei Jahre in Bristol«, sie errötete, »und wurde schließlich zu einer Last, sodass Tante Emma mich letzte Weihnachten nach Hause schickte.«

Dort wurde sie wenig freundlich empfangen. Ihr Vater machte sie für ihren Misserfolg verantwortlich. »Du bist schon wieder zurück?«, maulte er. Alles hatte sich verändert. Ihre Mutter war fort – in ein Nonnenkloster verbannt. An ihrer Stelle war da eine Stiefmutter, ein schüchternes Mädchen, jünger als Alis. Von all ihren Schwestern war nur die nächstältere, Petronella, froh, sie wieder zu sehen. Das Rittergut war heruntergekommener, als Alis sich entsinnen konnte, und der alte Verwalter war während ihrer Abwesenheit gestorben. Ein neuer Mann, Havloc, hatte seinen Platz eingenommen.

Sie konnte nicht sagen, wann sie sich in ihn verliebte. Eine Zeit lang weigerte sie sich, es einzugestehen – sogar sich selbst. Die Töchter von Rittern, so arm sie auch sein mochten, konnten doch keinen Bürgerlichen heiraten – besonders nicht einen mittellosen! Sie hatte Angst, ihre schuldhafte Leidenschaft würde ihm auffallen, doch Havloc schien ihr eher auszuweichen. Er sprach nur mit ihr, wenn es nötig war, und schaute ihr nie in die Augen.

Auf den Winter folgte der Frühling, und eines Tages hörte sie Havloc Pater Alkmund bitten, ihm etwas über die ausländischen Städte zu erzählen, die der alte Priester in seiner Jugend bereist hatte: Rom, Paris, Köln. Da wusste sie mit herzzerreißender Gewissheit, dass er fortgehen wollte.

An jenem Abend, als alle beim Abendessen waren, wartete sie im Stall, bis Havloc sein Pferd hineinführte, und stellte sich ihm in den Weg.

»Fräulein Alis! Was gibt es denn?«

Diesmal schaute er ihr in die Augen. Sie starrten sich gegenseitig an. Seine Augen waren braun, mit goldenen Flecken. Das hatte sie bisher noch nicht bemerkt.

»Havloc«, sagte sie atemlos. Und weil sie seinen Namen noch nie laut ausgesprochen hatte und den Klang liebte, sagte sie noch einmal: »Havloc« und fügte dann hinzu: »Bitte, geht nicht fort!«

»Ich muss«, sagte er heiser. »Ich kann es nicht mehr aushalten!«

»Was denn?«

»In Eurer – des Lords Tochter – Nähe zu sein, Euch jeden Tag zu sehen, Euch zu begehren und zu wissen, dass ich niemals ...«

Sie fiel ihm in die Arme und brachte seinen Mund mit dem ihren zum Schweigen.

Sie trafen sich, so oft sie konnten – sehr vorsichtig, denn überall waren Augen. Ihre Liebe hatte keine Zukunft. Früher oder später würde Alis' Vater einen Ehemann für sie finden, irgendeinen kindischen Greis, der auf eine Mitgift verzichtete, um eine junge Jungfrau in sein Bett zu bekommen. Sie betete, dass dieser Tag nie kommen würde, aber er kam dennoch: mit dem frisch verwitweten Sir William Redvers, sechzig Jahre alt, fett, gichtig, lüstern. Kaum lag Lady Redvers im Sarg, als Drogo ihn auch schon noch Devilstone einlud und ihm den hübschen jungfräulichen Köder vorhielt.

Drogo hatte ihn richtig eingeschätzt. Redvers starrte Alis an, atmete schwer und protestierte nicht, weil sie keine Mitgift hatte. Er zwickte ihr vor aller Augen in die Brüste, lauerte ihr in Ecken auf, küsste sie, als ob er sie fressen wollte, stieß seine Zunge in ihren zurückweichenden Mund und schob seine harten, kratzenden Hände unter ihre Röcke.

»Eine Jungfrau, eh?«, fragte er ihren Vater in dem von Leuten gefüllten Saal. »Seid Ihr sicher? Ich möchte nichts, was ein anderer Mann übrig gelassen hat. Wenn sie keine Jungfrau ist, schneide ich ihr die Nase ab.«

Er ritt weg, aber er würde zurückkommen.

Danach ging alles sehr schnell. Havloc hatte etwas für Alis' Vater in Ludlow zu erledigen. Bis er zurück war, würde der Heiratsvertrag besiegelt sein – wenn Redvers sich nicht davon zurückziehen würde.

Er würde sie nicht heiraten, wenn sie keine Jungfrau mehr wäre.

In jener Nacht lag sie mit Havloc in dessen engem Bett. Er gab ihr seinen Ring. Der saß so lose an ihrem Finger, dass sie die Hand zu einer Faust ballen musste, um ihn nicht zu verlieren. In Gottes Augen waren sie nun Ehemann und Ehefrau. Wenn der Tattergreis zurückkam, würden sie nach Frankreich fliehen. Havloc gab ihr seine Ersparnisse zum Aufbewahren, genug für ihre Reise und für einen Anfang in ihrem neuen Leben.

Im ersten Morgengrauen gingen sie durch das schlafende Dorf. Havloc führte sein Pferd am Zügel. Wo die Landstraße begann, küssten sie sich und blieben einen Moment lang eng umschlungen stehen. Dann ritt er davon.

Am Rand des Dorfes befand sich ein alter Schrein für die Gesegnete Jungfrau. Dort kniete sie nieder, drehte Havlocs losen Ring an ihrem Finger und hielt ihn an ihre Lippen.

»Gesegnete Jungfrau, schütze Havloc, meinen Ehemann,

auf seiner Reise, und bringe ihn sicher zurück. Heilige Mutter, gütige Frau, hab Mitleid mit uns armen Liebenden ...«

Plötzlich, als wäre er vom Himmel gefallen, stand ihr Vater vor ihr. Sie schrie auf. Er schwang seine Faust und schlug sie nieder, sodass sie halb besinnungslos war. Dann beugte er sich über sie und riss den Ring von ihrem Finger.

»Schlampe, Hure! *Ehemann*, bei Gott! *Liebende*, zum Teufel! Ich werd ihm die Eier abreißen!« Damit steckte er den Ring in seine Jackentasche. »Wenn Redvers dich jetzt nicht mehr nimmt, schneide ich dir persönlich die Nase ab, und dann kannst du zu deiner verdammten Mutter ins Kloster gehen!«

Er zog seinen Dolch. Sie richtete sich mühsam auf. Er schlug sie noch einmal nieder und zielte mit dem Fuß nach ihr, verfehlte sie aber, verlor das Gleichgewicht und fiel seinerseits. Sie versuchte wegzulaufen, aber er schlang seine Arme um ihre Knie, zog sie hinunter, ergriff ihre Haare, wickelte sie um seine Hände und zerrte so heftig daran, dass Strähnen ausrissen. Alis schrie, als er seinen Griff zum Kragen ihres Kleides verlagerte und es bis zur Hüfte zerfetzte.

»Vater, bitte! Lasst ab!«

Sie versuchte aufzustehen, aber er zog sie wieder hinunter. Sie kroch davon, doch er packte ihren Fuß, riss sie nach hinten, warf sich über sie, Obszönitäten ausstoßend, und wurde von ihrem Körper, ihrer Angst, ihrer Hilflosigkeit erregt. Voll panischer Angst erkannte sie, was er vorhatte.

»Herr Jesus! Heilige Jungfrau! Helft mir!«

Einer von ihnen – vielleicht beide – mussten Alis' Flehen gehört haben, denn Talfryn der Vogelfänger kam aus den Bäumen und sah die beiden auf dem Boden: eine Frau, die sich wand und schrie, und einen Mann über ihr.

»Er wusste nicht, dass es mein Vater war. Er sah nur seinen Rücken«, erklärte Alis.

Die große Faust des Vogelfängers traf den Vergewaltiger an der Schläfe. Er brach auf Alis zusammen, die sich mühte, sich von seinem schweren Körper zu befreien.

Erst dann sah Talfryn ihr Gesicht.

»Fräulein Alis? Wer … oh, Herr im Himmel!« Er zog sie zu sich herauf. Zu ihren Füßen stöhnte Drogo und bewegte sich. »Lauft, Fräulein! Er kommt wieder zu sich! Lauft!«

»Also hat der Vogelfänger ihn getötet«, sagte Straccan.

»Nein! O nein! Er hatte viel zu große Furcht! Es bedeutet doch den Tod, seinen Herrn zu schlagen!«

Welch guter Grund, ihn zu töten!, dachte Straccan. Niemand würde es erfahren.

»Er … wir liefen davon«, sagte Alis.

Der Vogelfänger hatte ihre Hand ergriffen, und so rannten sie durch den Wald, ohne sich umzublicken. Drogo stapfte ihnen hinterher. Als ihre Beine und Lungen nicht mehr konnten, krochen Talfryn und die Tochter seines Herrn tief zwischen den alten Bäumen in ein Stechginstergebüsch. Dort kauerten sie und saugten Luft in ihre pfeifenden Lungen, während ihre Herzen hämmerten. Voller Furcht lauschten sie den tapsenden Geräuschen des näher kommenden Verfolgers.

Aber Drogo jagte sie gar nicht mehr. Jetzt, so schien es, jagte *ihn* jemand oder etwas.

Da fiel ihnen ein, was es war. Jeder wusste, dass der *Brenin Lwyd* umging, der Graue König, der die Wilde Jagd anführte. Seine Hunde und sein Horn wurden oft nachts gehört. Kluge Leute steckten dann die Köpfe unter die Bettdecken und beteten. Jeder, der sich erdreistete, einen Blick zu riskieren, würde von der Wilden Jagd mitgerissen und nie wieder lebend gesehen. In beinahe wahnsinniger Angst hörten Alis und der Vogelfänger auch den unheimlichen Klang des Horns näher kommen und das überirdische Bellen der Hunde auf den Fersen ihrer Beute. Von ihrem Versteck aus sahen sie, wie Drogo durch die Bäume stolperte, den Dolch in der Hand, blutend, wo er sich an Dornen verletzt hatte, und schnaufend wie ein verfolgter Hirsch.

Nahe bei ihrem Versteck wandte er sich um, wollte sich dem stellen, was ihn verfolgte. Er hackte mit seinem Dolch in die leere Luft. Dann hörten sie ein Geräusch wie das Surren eines Pfeils. Drogo schrie auf, warf sich die Hände vors Gesicht, und Blut rann zwischen seinen Fingern hindurch.

Nichts Sichtbares folgte seinen taumelnden, verzweifelten Schritten, außer vielleicht ein Schatten, der an ihnen vorüberzog wie der Schatten einer Wolke und ihnen einen kalten Schauder über den Rücken jagte.

Ihre wild pochenden Herzen schlugen leiser. Nicht weit von ihnen schrie Drogo noch einmal auf, und sie hörten das triumphierende Tuten des Horns – dann war alles still.

Sie waren zu erschreckt, um sich zu bewegen oder auch nur miteinander zu sprechen. So kauerten sie dort, bis die Sonne aufgegangen war, worauf Talfryn Alis zur Kate der Ceridwen brachte.

»Sie war freundlich, säuberte mich, kühlte meine blauen Flecke und gab mir eines ihrer Kleider, weil meine Sachen ja zerrissen waren. Sie redete mir gut zu, ich brauche keine Angst mehr zu haben, weil mein Vater nun gewiss tot sei, denn niemand sei je dem *Brenin Lwyd* entflohen. Ich solle nach Hause gehen und vergessen.«

Davon hat die Ceridwen bei der Anhörung nichts erzählt, überlegte Straccan. Sie hat also Alis' Geheimnis bewahrt.

»Vater war tot«, erzählte Alis weiter, »denn Talfryn fand ihn. Es war eine Falle.«

Zwei Tage vergingen, bis der Vogelfänger es wagte, den Weg ihrer Flucht zurückzuverfolgen. Spritzer getrockneten Bluts führten ihn zur Leiche seines Herrn, der da mit dem

Kopf nach unten hing – schwarz, aufgedunsen, furchtbar anzusehen. Drogos Beine waren von der Falle erfasst und von der Sprungfeder nach oben in die belaubten Zweige geschleudert worden. Das abgebrochene Ende eines Zweiges war ihm durch ein Auge bis ins Hirn gedrungen.

Talfryn holte ihn herunter, entfernte alle Spuren der Falle, fand den Dolch, steckte ihn in seine Scheide zurück und trug den Leichnam zu einer entfernten Lichtung, damit er dort gefunden würde. Die Krähen flogen bald in Scharen zu diesem Festmahl.

Am nächsten Tag, als der Vogt die Leiche fand, musste Talfryn helfen, sie auf einer Bahre zurück in den Rittersaal zu tragen. Bei jedem Schritt hatte er Angst, der Tote würde sich erheben und ihn anklagen.

»Aber Talfryn hat ihn *wirklich nicht* getötet«, erklärte Alis.

»Nachdem er Euch bei Ceridwen gelassen hatte, hätte er doch zurückgehen und Drogo den Garaus machen können.«

»Nein. Etwas anderes verfolgte meinen Vater«, entgegnete Alis. »Wir hörten es, *ich* hörte es.« Trotz der Wärme am frühen Nachmittag in Lady Margerys Garten fröstelte sie, als sie an das Horn und das Bellen der Hunde dachte.

Straccan legte seinen Mantel über ihre Schultern. »Wir sollten lieber hineingehen.«

Die kleinen Mädchen hatten ihr Singspiel beendet und spielten jetzt Fangen mit einem roten Stoffball. Die Größte der drei hatte den Ball, warf ihn hoch, fing ihn auf und lachte, als sie ihn den anderen hinhielt. Die sprangen nun ihrerseits hoch und reckten sich, und die Kleinste rief: »Meg, gib ihn mir!«

Im Vorübergehen schnappte Straccan sich den Ball aus Megs Hand und warf ihn in die Höhe. Das kleinste Mädchen fing ihn und lief lachend davon, verfolgt von den beiden anderen. Ihre Stimmen, hell und klar wie die von Vögeln, folgten Straccan und Alis, als sie den Garten verließen.

Auf den Stufen fragte er sie: »Warum habt Ihr das nicht dem Leichenbeschauer in Devilstone erzählt?«

»Wie konnte ich? Dann hätte er doch Talfryn beschuldigt! Aber als er Havloc anklagte … Ich dachte, wenn ich hingehen und ihm von Vater erzählte, würde er Havloc freilassen.«

»Nun, sie warten auf uns. Bringen wir es hinter uns«, meinte Straccan. »Habt keine Angst …«, er hatte gemerkt, wie sie zusammenzuckte, »ich bleibe bei Euch.«

»Und was wird aus Talfryn?«

Es war am wahrscheinlichsten, dass der Vogelfänger Drogo getötet hatte, aber das war nicht seine, Straccans, Angelegenheit. »Erzählt ihnen nur, was wirklich geschah – dass Euer Vater Euch angriff, und dass Ihr davongelaufen wart und Euch im Gebüsch versteckt hattet, bis er fort war. Mehr braucht Ihr nicht zu sagen.«

Havloc sprang auf, als seine Zellentür aufschwang.

»Sie haben beschlossen, die Mordanklage gegen Euch fallen zu lassen, aber der Leichenbeschauer besteht darauf, dass ich die Verantwortlichkeit für Euch übernehme«, erklärte ihm Straccan. Paulet würde ihm nie vergeben, dass er ihn gezwungen hatte zuzugeben, den falschen Mann beschuldigt zu haben. »Die Diebstahlsanklage ist immer noch nicht aus der Welt geschafft, und bis dahin seid Ihr in meiner Obhut. Ich habe geschworen, Euch vorzuführen, falls notwendig.«

Er winkte Havlocs gestammelte Dankesbezeugungen ab und betrachtete es nicht als erforderlich, ihn daran zu erinnern, dass er immer noch hängen würde, wenn man den Becher nicht fand. Er hatte keine Ahnung, was er mit dieser unerwünschten Belastung anfangen sollte. Als hätte er nicht schon genug am Hals!

»Der Polizeivorsteher unterzeichnet gerade Euren Freilassungsbefehl. Inzwischen werden sie Euch die Fesseln abnehmen, und Bane wird Euch saubere Kleidung bringen. Bis Ihr wieder vorzeigbar seid, werden wir den Freilassungsbefehl haben.« Er musterte den jungen Mann mit kritischen Blicken. »Ihr solltet Euch rasieren. Bane wird Euch sein Rasiermesser leihen. Alis wartet nämlich auf Euch.«

»Was er auch sein mag, jedenfalls hat er gute Umgangsformen«, sagte Lady Margery zu ihrem Gatten in der Privatsphäre ihres Schlafzimmers. »Alis sollte ihn heiraten, so schnell das arrangiert werden kann. Es wäre schön, die Hochzeit hier stattfinden zu lassen, aber natürlich könnte sie zu Hause bei ihren Schwestern und Ehrenjungfern getraut werden wollen. Wenn er erst einmal sein Gedächtnis wiedergefunden hat und dieser Unsinn von Diebstahl aufgeklärt worden ist, wird sie wahrscheinlich recht gut mit ihm fahren – was immer auch der Stand seiner Geburt gewesen sein mag.«

»Ich nehme an, das geht in Ordnung, dass die beiden heiraten«, bemerkte Cigony mit einer nachdenklichen Stirnfalte. »Sie ist keine Erbin, sodass der König sich nicht einmischen wird – äh«, er hustete und warf einen schnellen Blick auf die Tür, um sicherzugehen, dass niemand die Bemerkung gehört hatte. »Ich meine, er wird sich nicht mit ihrer Heirat *beschäftigen*. Alles in allem«, fügte er nachdenklich hinzu, »hat sie Glück gehabt, überhaupt einen Ehemann gefunden zu haben, auch wenn es nur ein Gutsverwalter ist. Sie mag ja hübsch sein, aber sie bringt nichts mit.«

»Das würde ich nicht sagen, Cigony«, entgegnete seine Lady. »Sie brachte ihm schließlich ihr Leben mit.«

17

Bane fand Havloc im Saal, wo er wie ein Mann frühstückte, der fürchtete, nie mehr eine weitere Gelegenheit dazu zu haben – was er ganz und gar verstehen konnte.

Er setzte sich neben ihn. »Nun, wie fühlt Ihr Euch?«

»Ganz gut«, antwortete Havloc, »aber ich kann mich immer noch nicht erinnern – an keine einzige verflixte Sache! Nicht einmal an Alis! Ich kann einfach nicht glauben, dass wir ... dass ich ... dass sie ...« Er schob er sein Essensbrett ungeduldig von sich.

»Glaubt nur daran, Ihr Glückspilz! Wollt Ihr das da nicht mehr essen? Dann schiebt es mir herüber.« Bane beendete das Frühstück an Havlocs Stelle.

»Meister Bane, was meint Ihr? Vielleicht sollte ich eine Belohnung für die Rückgabe des Bechers aussetzen? Alis hat mir meine Ersparnisse gebracht.« Er zog an einer Schnur um seinen Hals, sodass ein Geldbeutel sichtbar wurde, in dem es klingelte, als er ihn schüttelte. »Würde ein Dieb nicht lieber Geld haben?«

Bane spitzte anerkennend die Lippen. »Das ist eine Idee. Könnte auch funktionieren, wenn er ihn noch hat und wenn er noch da ist. Da müsst Ihr aber auch den Stadtausrufer bezahlen.«

»Außerdem, Meister Bane, möchte ich dem heiligen Leonhard ein Dankopfer bringen.«

Bane nickte. »Es ist nie verkehrt, seinen Dank auszudrücken. Lasst uns also zum Heiligenschrein gehen. Woran habt Ihr denn gedacht?«

»Eine Votivabbildung aus Wachs.«

»Gut. Dann wollen wir mal einen Kerzenzieher suchen.«

Der Nieselregen in der Nacht hatte das Kopfsteinpflaster schlüpfrig gemacht. Hier und da verteilten Ladenbesitzer Stroh über die gefährliche Straßenoberfläche. Nichts durfte Kunden abhalten. Ein paar Haushalte gossen und warfen ihre Abfälle hinaus auf die Straße. Ladenbesitzer und die Lehrlinge der wohlhabenderen unter ihnen nahmen die Ladenfensterverkleidungen ab und kehrten den Abfall der Nacht in die breite Gosse, die in der Mitte der Straße dampfte und stank. Ein roter Milan ließ sich auf dem Geschäftsschild des Kerzenziehers nieder, das quietschte und schwankte. Der Milan sperrte den Schnabel auf, streckte einen Flügel aus und nahm keine Notiz von dem geschäftigen Treiben unten, als der Kerzenzieher sich für die Arbeit des Tages vorbereitete.

Obwohl es noch früh war, standen schon Kunden vor ihnen da – einer draußen am Stand, ein anderer drinnen im Laden. Letzterer diskutierte mit dem Meister-Kerzenzieher. Während ein Lehrling die Schaufensterverkleidungen hineintrug, ließ ein anderer einen Federwisch über die Wachsvotivabbildungen gleiten, die auf dem kleinen Stand vor dem Gebäude ausgestellt waren. Ein in einer warmen, gefütterten Jacke gekleideter Mann redete mit dem fröstelnden Lehrling, der nur Hose und Hemd trug.

»Wie viel für einen Arm?«

»Lebensgröße, mein Herr, oder Miniatur?«

»Lebensgröße.«

»Sechs Pennys.«

»Oh. Und nur der Ellbogen?«

»Viel Wachs im Ellbogen – vier Pennys.«

Der Interessent stand unentschlossen da und starrte die

Waren an, die auf dem Stand ausgelegt waren – Reihen von Händen und Füßen, Armen und Beinen, Brüsten und Köpfen, Herzen und Lebern mit grellen Farben bemalt, Ohren, Augen, Zungen, Zähne und Geschlechtsteile.

»Dann nehme ich einen«, sagte der Kunde schließlich und zählte sein Silbergeld sorgfältig ab: zwei ganze Pennys, drei halbe und zwei kleine, abgegriffene Viertelpenny-Münzen. Er legte den wächsernen Ellbogen vorsichtig in das Stroh in seinem Korb und ging achtsam davon, um ja nicht auszurutschen.

Im Kerzenzieherladen ertönte eine erhitzte Stimme: »Sechs Pennys ist zu viel!«

»Das ist Eure Meinung. Ihr könnt's ja lassen.«

»Ich gebe Euch drei Pennys!«

»Für drei Pennys werdet Ihr solche Qualität nicht bekommen. Da ist einmal die Arbeitszeit und dann das Wachs, das teurer geworden ist, müsst Ihr wissen. Denkt an das Interdikt! Alles wird heutzutage teurer, Meister. Dann kommt noch die Farbe hinzu. Ihr wolltet sie ja farbig. Das kostet extra für die künstlerische Arbeit.«

»Künstlerische Arbeit! Dass ich nicht lache! Das ist doch regelrechter Raub!«

»Keiner zwingt Euch zu kaufen, Meister. Ihr könnt mit Eurem Silber im Beutel hier rausgehen. Ich bin doch nicht zu Euch gekommen und habe Euch gebeten zu kaufen! Nein, *Ihr* kamt zu *mir*, und jetzt sitzt Ihr hier in meinem Laden und beschimpft mich wegen meiner Preise. Denkt doch mal: In der letzten Woche konntet Ihr Euch noch gar nicht hinsetzen! Das kann man doch ein Wunder nennen! Ich freue mich für Euch. Aber nun, Meister, entschuldigt mich. Ich muss hier weitermachen. Ein paar Formen warten darauf, gefüllt zu werden, und das Wachs ist bald fertig …«

»Vier Pennys!«

Der Kerzenzieher grinste und klopfte mit den Fingern auf den Ladentisch.

»Also gut, verdammt noch mal, dann sechs Pennys! Aber wickelt sie ein. Ich will sie nicht so durch die Straßen tragen!«

Der Kerzenzieher schnippte mit den Fingern nach einem Lehrling, der die seltsame, grell bemalte Wachsmasse in Schafswolle wickelte. Der Kunde schlug noch seinen Rockschoß darüber.

»Ihr werdet keinen schöneren Satz von Hämos im Schrein finden, Meister«, sagte der Kerzenzieher, während er seine sechs Pennys einsteckte. »Seht Euch gründlich um, wenn Ihr da seid. Da sind ein paar kläglich aussehende, miserabel blasse Hämos, für die ich mich schämen würde, wenn sie meine wären. Ihr könnt wirklich stolz auf diese Hämos sein!«

Der Lehrling am Stand sah die neuen Kunden warten und lächelte sie gewinnend an.

»Wie kann ich Euch helfen, meine Herren?«

»Wir möchten mit dem Meister-Kerzenzieher reden«, antwortete Bane.

Der Knabe schlängelte sich aus dem hinteren Teil des Stands heraus, um den ersten Kunden hinauszubegleiten, der seine sechs Pennys teuren wächsernen Hämorrhoiden so zärtlich wie ein neugeborenes Kind trug. Der Lehrling geleitete die neuen Kunden mit Verbeugungen in den Laden, wo der Meister-Kerzenzieher hinter seinem Ladentisch auftauchte, Fröhlichkeit ausstrahlend, wozu er ja auch allen Grund hatte bei solch einem guten Anfang zu so früher Stunde.

»Womit kann ich Euch dienen, meine Herren?«

»Mit einem Kopf«, sagte Havloc, der von Bane vorgeschoben wurde. »Ich wollte mal fragen, wie viel ein Kopf kostet – in Lebensgröße.«

»Viel Wachs in einem Kopf, Sir.« Der Kerzenzieher beäugte die anständige Kleidung seines Kunden, das Schwert und die guten Stiefel seines Begleiters, und schätzte ab, was die wohl wert wären.

»Wie viel also?«

»Der Rohkopf vier Pennys. Schaut mal, so was.« Er bückte sich wieder unter den Ladentisch, holte eine rötlichgelbe Kugel hervor und reichte sie Havloc, der sie nervös in den Handen hielt und wieder zurückgab.

»Habt Ihr auch einen fertigen?«

»O ja, Sir, kommt einmal nach hinten, ja, hier ...« Er zog einen Vorhang zur Seite und winkte sie in einen Lagerraum. Auf einem Tisch in der Mitte strich ein Lehrling überstehendes warmes Wachs von einem gut modellierten, lebensgroßen Fuß ab. Mehrere andere anatomische Teile lagen auf einem Tisch in Erwartung von Kundenaufmerksamkeit: ein Unterarm mit Hand, ein Herz, ein paar Zähne. Auf einem anderen Tisch bemalte ein von Farbtöpfen und Pinseln umgebener Knabe kleine männliche und weibliche Figuren. Der Kerzenzieher wies mit ausladender Geste auf die Regale, die an allen vier Wänden standen und mit Reihen von Wachserzeugnissen gefüllt waren. Es gab da Tiere – Falken, Pferde, Stiere, Schweine, Hunde – und auch Miniaturlastkarren und -boote. Daneben, blass und glänzend, menschliche *disjecta membra* – Füße, Unterschenkel, ganze Beine, Hände und Arme, Herzen und Hämorrhoiden, Ohren, Nasen, Augen – und Köpfe, die einen mit Haar, andere kahl, einige mit aufgemalten blauen, andere mit braunen Augen. Alle starrten glasig.

Bane hob eine Augenbraue bei ihrem Anblick. »Ist das alles?«

»Wenn Ihr hier nicht seht, was Ihr wollt, meine Herren, werden wir es speziell für Euch anfertigen. Was für einen Kopf sucht Ihr denn? Kind? Dame?«

»Mann«, erwiderte Havloc.

»Ihr selbst, Sir?« Und auf Havlocs Nicken: »Um welches Leiden handelt es sich denn? Eine Wunde? Kopfschmerzen? Einen Tumor?«

»Mir wurde auf den Kopf geschlagen. Hab das Gedächtnis verloren.«

Die Lehrlinge schauten interessiert auf, und der Kerzenzieher spitzte die Lippen nachdenklich zwischen Zeigefinger und Daumen und überdachte das Problem. »Kann kein Votiv-*Gedächtnis* machen«, sagte er und fügte hinzu: »Wer weiß denn, wie *das* aussieht? Es ist doch nur *hier drin.*« Er tippte sich dabei an den Kopf und sah Havloc an wie ein Sammler ein seltenes Exemplar.

»Nur einen Kopf«, sagte Havloc, aber nun war der Künstler in dem Kerzenzieher erwacht und schob den bloßen Geschäftsmann beiseite. Die Herausforderung, das Gedächtnis in Wachs darzustellen, brachte ein kreatives Glänzen in seine Augen und legte seine Stirn in Falten.

»Ben«, sagte er zu einem der Jungen, »hol Bier und Zwieback für diese beiden Herren.« Dann wieder zu den beiden Kunden gewandt, wies er auf eine Bank am Tisch des Malenden und sagte: »Gewährt mir die Ehre, dass Ihr Euch in meinem ärmlichen Laden niedersetzt und Euch erfrischt, während ich über dieses Problem nachdenke.«

»Nur einen Kopf«, wiederholte Havloc, doch Bane drückte ihn sanft nieder, und so saßen sie da und schauten zu, wie der Knabe die Augen blau bemalte und einen Schuss Weiß dazugab, sodass sie lebendig aussahen. Darüber vergaß Havloc seinen Zwieback, den Bane dann aß.

»Ich hab's!«, rief der Kerzenzieher triumphierend. »Wie wär's, wenn wir einen Kopf machen, hohl wie gewöhnlich, aber etwas *darin einsetzen?* Ich meine, Euer Kopf ist jetzt leer, nicht wahr, Sir, mit Verlaub, es ist doch keine Erinnerung darin ... Nun, das Gedächtnis könnte doch eine Art

Netz sein – es fängt und hält Dinge fest … also ein Netz aus Wachs, das in dem Kopf ist …«

Die Lehrlinge nickten voller Bewunderung. Der Kerzenzieher schaute selbstgefällig drein. »Nun, Sir, was haltet Ihr davon?«

»Wie viel?«, wollte Havloc wissen.

Sie einigten sich auf sieben Pennys und versprachen, am nächsten Morgen nach dem Meisterstück zu fragen.

18

Ein Pastetenverkäufer hatte sich an der Tür der Kapelle des heiligen Leonard in der Corve Street niedergelassen und trieb einen schwunghaften Handel. Noch waren nicht viele Kerzen in der Kapelle angezündet worden – es waren erst wenige Leute drinnen. Trotz der frühen Stunde verhandelten zwei junge Männer mit einer Hure über den Preis, während unmittelbar hinter der Tür, vom Wind geschützt, ein Hausierer Nadeln und Tand feilbot, wobei er seine Waren mit einem Singsang anpries. Einige Leute waren zum Schwatzen gekommen, andere, um sich mit Geliebten zu treffen. Ein paar waren sogar zum Beten erschienen.

Jemand kroch am Boden auf Händen und Knien unter einer Statue der Gesegneten Jungfrau. Nur seine nackten Hacken und das schwarz gewandete klerikale Hinterteil waren zu sehen. Neben ihm am Boden lag eine Kehrichtschaufel mit Staubhäufchen, einem Stück Speckschwarte und zwei Pennys darin. Nach kurzem Zögern bückte sich Havloc und klopfte auf das hervorstehende Hinterteil. Der Körper zuckte zusammen, ein dumpfer Aufschlag ertönte, begleitet von einem unterdrückten »Au!«, ein junger Priester kroch rückwärts heraus, richtete sich auf den Knien auf und rieb seine Tonsur.

»Habt Ihr Euch wehgetan, Pater?«, fragte Bane.

»Nur eine Beule«, erwiderte der Priester wohlgemut und ließ eine dritte gefundene Münze in seine Kehrichtschaufel fallen. »Das ist es wert für drei Pennys.« Er stellte sich auf die

Füße und klopfte sich hastig seine staubige Kutte ab. »Also, meine Herren, ich bin Vater Peter, der Kaplan hier. Was kann ich für Euch tun? Natürlich hängt es davon ab, was Ihr wünscht. Es besteht ja schließlich ein Interdikt, wie Ihr wohl wisst. Ich darf keine Messe lesen, keine Sakramente erteilen, noch nicht einmal die Glocke läuten! Es gibt aber kein Gesetz, das besagt, ich darf nicht für Euch beten oder für irgendjemanden sonst. Auch für den König«, fügte er mit einer meuterischen Grimasse hinzu.

»Dürft Ihr Opfergaben annehmen?«, fragte Havloc.

Der Kaplan strahlte. »Nie waren sie willkommener! Das Interdikt macht uns arm, und der König – Gott vergib ihm – blutet uns aus. Was möchtet Ihr denn geben?«

»Ich habe das hier für den heiligen Leonard gebracht.«

Havloc wickelte den Kopf aus und verspürte plötzlich Enttäuschung. Er sah kleiner und weniger eindrucksvoll aus als im Laden, doch der Kaplan betrachtete ihn mit Bewunderung.

»Ein schönes Stück«, bemerkte er dazu. »Ich habe nie etwas Besseres gesehen. Kommt mit, mein Sohn. Ich werde Euch zeigen, wohin er gestellt wird.«

Havloc folgte dem Kaplan, und Bane schlenderte zur Tür und dem Pastenverkäufer, während Straccan sich an einen Sarkophag lehnte und die Pilger beobachtete, wie sie mit ihren Kerzen und Münzen hereinschlurften.

Ein Mann, der schlimm hinkte, hatte als Votivabbildung einen wächsernen Fuß gebracht. Ein Vater trug seine kleine kranke Tochter zum Heiligen, um sie messen zu lassen, und ein Diakon kam geschäftig mit einer Schnur herbei, um die genaue Größe des Mädchens zu markieren, damit ihr Vater für eine Kerze von dieser Länge zahlte. Der Mann hielt die Tochter an seiner Brust, ihren Kopf auf seiner Schulter. Ihr helles Haar – wie das von Gilla – fiel über seinen Arm.

Münzen klapperten in der Sammelbüchse. Einige Leute beteten, andere weinten, und immer neue kamen hinzu.

Straccan hoffte, der heilige Leonard würde sich dazu bewegen lassen, Havlocs Gebet anzuhören und ihm sein Gedächtnis zurückzugeben. Wenn Hacloc sich erinnern könnte, was mit dem Becher geschehen war, wenn dessen Verbleib zurückverfolgt werden könnte, würde er nach Hause gehen und seine Liebste heiraten können, sodass Straccan sich nicht mehr mit ihm belasten müsste.

Bane sagte plötzlich: »Seht mal.«

Straccan drehte sich um und erblickte Starling Larktwist.

Bane hielt den kleineren Mann fest am Arm, und von Larktwists Miene zu urteilen, war der Griff nicht gerade sanft.

»Was macht *Ihr* denn hier, Larktwist?« Als ob er das nicht genau wüsste! »Wieder beim Spionieren?«

»Pssst! Bitte, Sir Richard, seid vorsichtig mit Euren Worten. Es gibt hier überall Ohren! Ich hab nämlich nach Euch gesucht. Ja, wirklich!« Er kreischte, als Banes Hand ihn noch fester drückte.

»Lasst ihn los, Hawkan«, befahl Straccan.

Larktwist zog seine Kleider zurecht und schaute Bane finster an. Zwischen den beiden herrschte keine Zuneigung. Im letzten Sommer, als er dabei ertappt wurde, wie er Straccan und Bane folgte, war Larktwist – einer von der Legion der bezahlten Informanten des Königs – gezwungen worden, an ihrer Jagd nach Straccans Tochter teilzunehmen. Seitdem waren er und Bane nie gut miteinander ausgekommen.

»Was wollt Ihr denn?«, wollte Straccan wissen.

Larktwist schaute sich vorsichtig um. »Ich hörte den öffentlichen Ausrufer. Was diesen Becher betrifft, nach dem Ihr da sucht – ich könnte Euch dabei helfen.« Er zog seine Kapuze nach vorn, um sein Gesicht zu beschatten. »Nicht hier. Zu viele Augen, zu viele Ohren. Kommt zur Sext zum ersten Meilenstein an der Straße nach Shrewsbury.« Dann glitt er davon und verlor sich unter den Pilgern.

»Den werden wir nicht mehrwieder sehen«, sagte Bane.

»Das bezweifle ich«, entgegnete Straccan. »Wo habt Ihr ihn gefunden?«

»Er hing an der Tür herum und beobachtete die hereinkommenden Leute. Ihr werdet Euch doch nicht etwa mit ihm treffen?«

»Er könnte etwas über Havlocs Becher wissen.«

»Wahrscheinlich war *er* es, der ihn gestohlen hat.«

Havloc hatte sein Geschäft mit dem heiligen Leonard abgeschlossen und einen halben Penny bezahlt, um ein Stück einer Rippe des heiligen Thomas sehen zu dürfen, das der Kaplan auf Ratenzahlung von Canterbury gekauft hatte. Ein dicker Ritter mit braunrotem Gesicht hatte ebenfalls dafür geblecht, sich die Reliquie anschauen zu dürfen. Auf seinen Arm gestützt war seine gleichfalls dicke, aber blasse und keuchende Schwester. Abgesehen von der Gesichtsfarbe ähnelten sie sich wie zwei Erbsen in einem Topf. Auf der anderen Faust des Ritters saß ein Falke mit Kopfhaube. Der Dicke begrüßte Straccan freudig.

»Auch zu einer Heilung hier, Sir? Wunderbar, der heilige Thomas, einfach wunderbar! Ich versprach Ermengardes Gewicht in Wachs, wenn sie geheilt wird.«

»Eure Schwester, Sir?« Straccan verbeugte sich vor der Dame.

»Was? Nein, die nicht! Mein Falkenweibchen hier, Mann! Herrliche Kreatur, nicht wahr? Es brach einem das Herz, wenn man mit ansehen musste, in welchem Zustand sie war! Fraß nicht mehr, verlor die Federn, die Augen ganz trübe, die Scheiße ganz grün. Jetzt geht's dir aber besser, Schätzchen, nicht wahr?« Er küsste die goldene Spitze auf der Haube des Vogels, und der bedankte sich dafür mit einem reichlichen kremfarbenen Schuss aus dem Hinterteil über den ganzen Samtärmel des Ritters. Der strahlte. »Seht Ihr? Prächtig!«

»Gott sei gelobt«, erwiderte Straccan. »Ich freue mich für Euch, Sir.« Dann wandte er sich zu Havloc: »Alles fertig? Gut. Ich muss mich mit jemandem treffen.«

Vor der Kapelle hatten sich mehrere Bettler eingefunden, um ihr Glück zu versuchen. Leute, die in guter Stimmung herauskamen, waren oft großzügig und wogen diejenigen mehr als auf, die die Kapelle in schlechter Laune verließen und einen Bettler schon mal mit dem Fuß die Stufen hinunterstießen. Am Fuße dieser Stufen, wo man wenigstens nicht mehr weit fallen konnte, wenn man gestoßen wurde, fiel Havloc eine jammervolle Gestalt ins Auge. Als der Bettler sich beobachtet fühlte, musterte er den Betrachter von oben bis unten – eine durch und durch professionelle Abschätzung: gut genährt, gut gekleidet, gut beschuht, gutmütig und vor allem gutgläubig. Also begann er mit seiner üblichen Masche.

»Habt Erbarmen, guter Herr, um unseres Herrn im Himmel willen, der Erbarmen mit der ganzen Welt hat! Oh, habt Erbarmen mit mir, Herr, und lasst mich an Eurer Güte teilhaben!«

Havloc blieb wie erstarrt stehen, sodass Bane, der ihm dicht folgte, ihn fast ungewollt die Stufen hinunterstieß.

»Zum Donnerwetter noch mal, Mann, passt doch auf! Was gibt es denn?«

»Dieser Bettler! Diese Stimme! Ich hörte sie an dem Abend, an dem ich verletzt wurde! Es war beinahe schon dunkel, und – da war ein Engel!«

Bane schaute ihn skeptisch an. »Ein Engel?«

»Ja, ich sah einen«, beharrte Havloc.

Das geübte Jammern des Bettlers erklang wieder. »Oh, habt Erbarmen mit mir, Ihr gnädigen Herren, mit einem armen Krüppel, einem von Gottes ärmsten Geschöpfen! Kann nicht arbeiten, kann nicht gehen! Oh, Erbarmen ...« Er war jetzt schwer in Fahrt. Auf seinem kleinen Karren liegend zeigte er seine grausam verdrehten Glieder, ausgerenkte Hüften und Schultern, Füße, die nach hinten zeigten, den Hals schief, einen fleckigen Verband über einem Auge.

Der Ritter mit dem Falken, gefolgt von seiner ungesund aussehenden Schwester, kam ebenfalls die Treppe herunter.

»Arme Seele«, sagte der dicke Mann mitfühlend und ließ eine Münze in den Becher des Bettlers fallen.

»Gott segne Euch, Mylord!« Der Bettler griff nach der Kante der untersten Stufe und zog seinen Karren daran zu Havloc hin. »Habt doch auch Mitleid mit mir, Sir, um dessen willen, der ...«

Ungeachtet seiner guten neuen Hosen kniete sich Havloc neben dem Karren nieder. »Erinnert Ihr Euch an mich?«

Des Bettlers Gesicht nahm einen erschreckten Ausdruck ob dieses ungewöhnlichen Verhaltens an. Gewöhnlich kamen die Angebettelten einer Kreatur wie ihm nicht zu nahe und warfen ihre Münzen aus ein paar Fuß Entfernung. Er war sehr geschickt geworden beim Auffangen solcher Münzen mit seinem Becher, denn wenn er nicht schnell genug war, nahm ihm bestimmt eine andere klägliche Gestalt die Gabe weg.

»Ihr *müsst* Euch doch erinnern!«, rief Havloc heftig. »Es war neben der Taverne, unterhalb der Burg!«

»Der ›Gabriel‹. Ich kenne die Taverne, Euer Ehren«, antwortete der Bettler vorsichtig. »Dort steigen die besseren Leute ab, gute, mitleidige Leute wie Ihr. Habt Erbarmen und ...«

»Der erinnert sich nicht«, meinte Straccan und streckte die Hand aus, um Havloc wieder auf die Füße zu helfen. »Es ist wirklich schade. Wäre einen Penny wert gewesen – vielleicht auch zwei.«

Das eine klare Auge des Bettlers starrte zu ihnen hinauf. »Was ist denn zwei Pennys wert?«

»Dieser Mann sah Euch in der Nähe der Taverne am Abend der Sankt-Audrey-Messe, unmittelbar bevor er geschlagen und ausgeraubt wurde«, erklärte ihm Bane und stieg hinunter, um dem kleinen Karren den Weg zu versperren.

Der Bettler kreischte und schlug die Hände vors Gesicht. »Nicht von mir, meine Herren! Ich bin doch nur ein armer Krüppel!« Durch die Finger beobachtete der arme Krüppel sie misstrauisch.

»Ihr wart dort, als es geschah«, sagte Havloc. »Ihr *müsst* es gesehen haben, denn Ihr könnt Euch nicht schnell genug auf diesem kleinen Ding da bewegen. Ihr müsst alles gesehen haben!«

»Ich? Nein, niemals!«, winselte der Bettler. »Hab sie nie gesehen – ich meine, *Euch*. Hab doch nur ein Auge, nicht wahr – und das sieht auch noch *schlecht*.«

»Er lügt. Wollen wir ihn doch mal zur Burg rollen«, schlug Bane vor und ergriff den Karren. »Die Gesetzeshüter werden die Wahrheit schon aus ihm herausbekommen.«

Die Muskeln des Bettlers spannten und bewegten sich dann überraschend geschmeidig unter der Haut, während der missgestalte Körper seine Haltung veränderte und die Gelenke wieder an ihren richtigen Platz glitten. Er krabbelte von seinem Karren herunter und versuchte, zwischen ihren Beinen zu entwischen, doch Bane packte ihn am Kragen und riss ihn zurück, wobei er den Stoff so zusammendrehte, dass er den Bettler im Würgegriff hatte.

»Was habt Ihr gesehen?«

Der Mann krächzte und wand sich, doch Bane behielt ihn im Griff.

»Ich … kann nicht … sprechen …«, keuchte der Bettler.

»Dann quietsch meinetwegen«, entgegnete Bane. »Du kannst immer noch die zwei Pennys bekommen oder es den Ordnungshütern erzählen. Und die sind nicht so sanft wie ich.«

»Es waren zwei Männer …«, würgte der Bettler hervor.

»Na, das ist doch schon etwas. Weiter.«

»Ich war auf dem Wege nach Hause. Es war schon spät.« Er deutete mit dem Daumen auf Havloc. »Der da taumelte vom Fluss her – betrunken, wie ich dachte. Dann fiel er in die Gosse. Da stürzten sie sich auf ihn. Sie hatten hinter den Stufen unter dem Engel gewartet.«

»Engel?«, fragte Straccan.

»Das Gabriel-Tavernenschild.«

»Da habt Ihr's!«, rief Havloc. »Ich sagte es doch.«

»Du wusstest, dass sie dort waren, nicht wahr?«, fauchte Bane und schüttelte den Bettler. »Du hast mit ihnen unter einer Decke gesteckt.«

»Aber nein! Ich hatte sie ja gar nicht gesehen, bis sie sich auf ihn stürzten.«

»Wer waren die?«

»Wie, zum Teufel, soll ich das wissen?« Er kreischte, als Bane ihn wieder schüttelte. »Ich weiß es nicht, ehrlich! Der eine war groß und wie ein Mönch gekleidet. Sein Gesicht habe ich nicht gesehen. Der andere war klein und kahl. Er hatte eine Jacke aus bunten Flicken an wie ein Schauspieler.«

»Hast du sie seitdem noch einmal gesehen?«

»Nein.«

»Habt Ihr gesehen, was sie mir abnahmen?«, fragte Havloc.

»Geldbeutel, Schuhe und etwas, das Ihr an einer Schnur um den Hals hattet«, antwortete der Bettler. »Einen kleinen Beutel.« Er machte eine Faust, um die Größe anzudeuten.

Straccan bückte sich, nahm den umgefallenen Becher des Bettlers und die Münzen, die aus diesem herausgefallen waren, und reichte sie dem Mann zurück, wobei er noch zwei Pennys von seinem eigenen Geld hinzufügte. Der Bettler war erleichtert und entspannte sich, nur um wieder unangenehm überrascht zu werden, als Bane ihn in Richtung Burg stieß.

»He!«, protestierte er, wand sich und zerrte. »Ihr habt doch versprochen …«

»Ich habe Euch zwei Pennys versprochen – und die liegen ja da«, erwiderte Straccan. »Aber Ihr müsst dem Leichenbeschauer sagen, was Ihr saht. Ihr seid nämlich ein wertvoller Zeuge. Wir können nicht riskieren, dass Euch etwas zustößt.«

»Aber mein Herr«, jammerte der Bettler verzweifelt zappelnd. »Die sperren Zeugen ein!«

»Ja, das machen sie«, bekräftigte Straccan. »Aber ich werde dafür sorgen, dass Ihr Essen bekommt, und wenn Ihr Eure Aussage gemacht habt, werdet Ihr wieder ein freier Mann sein. Havloc, nehmt mal den Karren mit. Der ist doch sein Lebensunterhalt.«

19

Ohne das Läuten der Kirchenglocken – das Interdikt untersagte es – hatte man Schwierigkeiten, die Zeit zu bestimmen, und so schätzte Straccan die Stunde der Sext. Als sie den Meilenstein erreichten, sah er niemanden warten, doch aus den Sträuchern in einiger Entfernung von der Landstraße vernahm er das Schnauben und Stampfen eines verborgenen Pferdes, sodass er sein Schwert zog.

»Kommt heraus!«

Es war Larktwist, der hervorkam, doch Straccan steckte sein Schwert trotzdem nicht in die Scheide zurück. »Seid Ihr allein?«

»Natürlich, ich arbeite immer allein.«

»Ah«, entgegnete Straccan, »also spioniert Ihr doch wieder?«

»Gott bewahre, Sir!« Larktwist schaute beleidigt drein. »Es hat sich ergeben, dass ich gerade zwischen zwei Aufträgen eine Art Ruhepause habe. Ist ein geschäftiges Jahr gewesen.« Und tatsächlich, der kleine Spitzel sah wohlhabender aus als damals, als sie sich nach den Abenteuern des letzten Sommers verabschiedet hatten. Er hatte sogar ein Pferd, eine nicht gerade eindrucksvolle, aber zuverlässig aussehende Kreatur, und obwohl Sattel und Zaumzeug alt waren, so waren sie doch in gutem Zustand. Er trug eine anständige Jacke und passable Schuhe, und sein Mantel, der nach hinten geschoben war, ließ einen langen Dolch griffbereit neben seiner Hand erkennen. Larktwist hatte sich gemausert.

Straccan schob das Schwert schließlich in die Scheide, stieg vom Pferd, reichte Bane die Zügel und überquerte die Landstraße.

Über Straccans Schulter hinweg betrachteten Larktwists helle, wissende Augen Havloc. »Sieht nicht wie ein Mörder aus, nicht wahr? Aber das kann man nie so genau sagen. Gerade die Stillen muss man im Auge behalten.«

»Ich bin ein sehr beschäftigter Mann. Wollt Ihr jetzt mit Eurem Wissen herausrücken, Spitzel, oder muss ich jeden Tropfen aus Eurer wieseligen Kehle herauspressen?«

»Schon wieder dieses Wort«, sagte Larktwist beleidigt. »*Spitzel* hört sich schäbig an und führt zu Missverständnissen. Ich ziehe es vor, mich als *Agent* zu bezeichnen. Klingt viel berufsmäßiger. Und überhaupt – spricht man so mit einem alten Freund?«

»Freund?«

»Na, dann eben *ehemaliger Reisegenosse*. Seid gerecht! Ihr hattet doch keinen Grund, Euch im letzten Jahr über mich zu beschweren.«

»Das ist wohl wahr, aber es kann doch kein Mann in eine Ecke pissen, ohne dass Ihr berichtet, wie lang sein Schwanz ist!«

Der Spitzel grinste. »Das ist nun mal mein Arbeit, Sir. Wenn Ihr pissen wollt, tut Euch keinen Zwang an. Ich guck auch nicht hin.«

»Zur Sache, Larktwist!«

»Ihr sucht einen gestohlenen Becher oder denjenigen, der ihn entwendet hat. Es steht eine Belohnung darauf, ja?«

Anscheinend freundlich legte Straccan dem anderen eine Hand auf die Schulter, doch seine Finger packten sie wie eine Stahlzwinge.

»Au!«

»Ich habe keine Zeit, Wortspielchen mit Euch zu machen«,

sagte Straccan und schüttelte ihn. »Wenn Ihr etwas wisst, Spitzel, erzählt es mir endlich!«

»Schon gut! Schon *gut!*« Larktwist ordnete seine verrutschte Kleidung und warf Straccan einen vorwurfsvollen Blick zu. »Dann stimmt es also, das mit der Belohnung?«

Straccan nickte.

Larktwist blickte zufrieden drein. »In diesem Fall ... Habt Ihr schon mal mit dem *Abt* gesprochen?«

»Ich habe schon mit einem Haufen Äbte gesprochen. Welchen meint Ihr denn?«

»Den *Bettlerabt*, den *Diebesabt.*« Larktwist kicherte über Straccans verständnislosen Blick. »So einen gibt's in jeder Stadt. Alle Bettler und Diebe unterstehen ihm wie Mönche einem richtigen Abt, müsst Ihr wissen. Sie geben ihm einen Teil von ihren Einnahmen oder von dem, was sie so abgestaubt haben, und er beschafft einen Käufer und zahlt ihnen etwas von dem, was *er* dafür bekommt. Jeder Dieb in der Stadt muss diesem *Abt* erst von seinen Absichten erzählen, bevor er irgendwas tut – es sei denn, er muss eine günstige Gelegenheit sofort ergreifen. Der *Abt* ist Gesetz und Ordnung für die Diebe.«

»Das ist ja ungeheuerlich!«, meinte Straccan.

»Nein, ist es nicht. Es ist vernünftig«, widersprach Larktwist. »Wo wären Diebe ohne Gesetz und Ordnung? Wie könnten sie sich ihren Lebensunterhalt verdienen? Wem könnten sie trauen, damit alles sauber vonstatten geht und Messer in den Scheiden bleiben, statt in Bäuche gesteckt zu werden?«

»Ihr wollt mir erzählen, dass Diebe organisiert sind?«

»Es gäbe ein heilloses Durcheinander, wenn sie es nicht wären! Über dem *Abt* steht ein *Bischof.* Der ist verantwortlich für ein ganzes Gebiet, eine Diözese, wenn man so will, und alle *Äbte* müssen ihm wiederum einen Teil *ihrer* Einnahmen geben.«

»Wer ist denn der *Bischof* für dieses Gebiet hier?«

»Das weiß keiner, außer dem *Abt.*«

»Und wer ist der *Abt?*«

»Nun, da könnte ich Euch behilflich sein.«

Ludlows Bettler und Diebe hatten eine Hüttensiedlung in einem verlassenen Steinbruch außerhalb der Stadt errichtet. Einige dieser Hütten waren aus gestohlenem Nutzholz oder Treibholz, das den ganzen Weg vom Fluss herbeigeschleppt worden war, solide gebaut, aber die meisten waren bloß schäbige Katen. Einige Bewohner zwängten sich gar in die engen Räume zwischen den Behausungen und schätzten sich glücklich, wenigstens von zwei Seiten geschützt zu sein, auch wenn sie kein Dach über dem Kopf hatten.

Die Bürger der Stadt betrachteten die Ansiedlung als abträglich für die Gegend und hatten den Bischof von Gloucester gebeten – denn ihm gehörte das Gelände –, die Bettler vertreiben zu lassen. Doch der Bischof war vorsichtigerweise mit fast sämtlichen englischen Bischöfen nach Frankreich geflohen – nur einer hielt sich noch in der Heimat auf – und musste sich um wichtigere Dinge kümmern. Die erbosten Bürger wollten, dass die Ansiedlung niedergerissen und verbrannt wurde. Sie nannten sie Bettlerstadt, doch die Bettler bezeichneten sie als Heimat.

Es war kein Zufluchtsort, an dem schlimme Verbrecher wie Mörder und Vergewaltiger eine Zeit lang vor der Hand des Gesetzes geschützt blieben. Sie waren auch keine Asylsuchenden, sondern freie Leute und stolz darauf. In der Bettlerstadt selbst wurde nicht gestohlen – der *Abt* würde keine Gnade walten lassen. Wer in der Bettlerstadt einen Diebstahl beging, wurde gefesselt und geknebelt in den Fluss Teme geworfen. Schließlich gab es Ludlow, wo man stehlen konnte; die Bettlerstadt selbst war in der Hinsicht unantastbar.

»Wo hält dieser *Abt* sich denn auf?«, wollte Straccan wissen.

»Am Feuer.«

Wie verabredet hatte Larktwist sich mit ihnen nach Einbruch der Dunkelheit getroffen und sie auf Schleichwegen hierher gebracht. Er hatte seine respektable Kleidung gegen Bettlerlumpen getauscht und roch so abstoßend wie die anderen.

Eine große Gestalt in einem Mantel saß vornübergebeugt auf einem Fass beim Feuer und stützte sich dabei auf einen langen Knüttel. Der Mann trug einen Lederhut mit breiter Krempe und hatte eine Klappe über einem Auge, sodass er wie Wodan aussah. Es fehlten nur noch die Raben. Ein kleiner Junge lehnte sich an seine Knie.

Die Flammen warfen ein festliches, anheimelndes Licht über die Menge von Männern, Frauen und Kindern, beleuchteten eingesunkene Wangen und zahnloses Grinsen, Hasenscharten, fehlende Ohren, Verbände, Krücken und die Stümpfe von Armen und Beinen. Sie verliehen hageren Körpern in ihren zerlumpten Kleidern einen theatralischen Pomp – hier ein aufleuchtender roter Stofffetzen, dort der Glanz von schmutziger gelber Seide in einem Flickenkittel.

Sie waren eine erstaunlich lustige Bande von Vagabunden, denn des Tages Arbeit war vorbei, und nun war es Zeit fürs Abendessen. Mit Schüsseln und Bechern in den Händen stellten sie sich in einer Schlange beim Feuer an. Schmackhafte Düfte stiegen aus einem Kessel auf, der an einem Dreibein über den Flammen hing, und eine magere alte Frau goss mit einer Kelle ein Eintopfgericht in die zu ihr hochgehaltenen Schüsseln. Neben ihr stand ein dünner Mann mit einer Wachstafel, der bei jeder gefüllten Schüssel ein Zeichen mit einem Griffel machte.

»Was tut der da?«, wollte Bane wissen.

»Jeder zahlt«, flüsterte Larktwist. »Es wird alles eingetragen. Wir … sie … rechnen jede Woche ab.«

Am Ende der Schlange, in respektvoller Entfernung, standen ein halbes Dutzend Männer, deren überwältigender Gestank Larktwists Ausdünstungen zur kaum wahrnehmbaren Geringfügigkeit machte.

Es würgte Bane in der Kehle. »Jesus! Wer sind *die* denn?«

Larktwist zuckte mit den Achseln. »Kloakenentleerer.«

»Igitt.«

»Irgendwer *muss* das doch machen«, meinte Larktwist.

»Waschen die sich denn nie?«

»Doch, natürlich«, erwiderte der Spitzel entrüstet. »Nach der Arbeit springen die erst einmal in den Fluss, auch wenn sie das Eis erst aufbrechen müssen. Das hilft aber nicht. Der Gestank hat sich in sie eingefressen.«

Die stinkende Schar trug ihre vollen Mahlzeitschüsseln rücksichtsvoll an das entfernteste Ende der Bettlerstadt, doch Windstöße brachten den Gestank zurück.

»Stellt uns mal dem *Abt* vor.« Straccan drehte den Spitzel mit der Hand auf der Schulter um und schob ihn zum Feuer.

Die *Äbte* wurden gewählt. Bettlerstädte und ähnliche Ansiedlungen bei jeder großen Stadt hatten eine wechselnde Bevölkerung mit einem kleinen Kern von mehr oder weniger ständigen Einwohnern, die alle an die Demokratie glaubten. Als der vorherige *Abt* gestorben war, hatten sie den jetzigen, Dimittis, zum Nachfolger gewählt. Es war eine ernste Angelegenheit, den Oberherrn zu wählen. Er musste ein Mann sein, den alle respektierten und dem sie – innerhalb gewisser Grenzen – vertrauten; ein Mann, der Drangsalierer und Kameradenbestehler unter Kontrolle halten konnte, einer, der die Interessen der Schwächeren unter ihnen wahren konnte, die der Kinder und der Verkrüppelten. Er musste umsichtig und stark genug sein, seine Führung durchzusetzen und die Tributentrichtung zu erzwingen, und zuverlässig genug, einen angemessenen Teil davon zum Nutzen aller zu verwenden. Überdies musste er in allen Täuschungen und Tricks seiner Zunft erfahren sein und völlig rücksichtslos in der Verteidigung des gemeinsamen Wohls.

Jahre zuvor, als Dimittis noch ein Knabe war und auf den Namen Edward hörte, war er Novize in einem armen Zisterzienserkloster gewesen. Er hatte keine innere Berufung fürs Mönchsamt, war nur eine bemitleidenswerte Kreatur. Ein von Geburt an verkrüppelter Arm hinderte ihn daran, sich in den Dienst irgendeines Fürsten oder Hauptmanns zu begeben, obwohl er mit seinem gesunden Arm sehr gut mit dem Kampfstock und der Axt umgehen konnte und durchaus in der Lage war, sich zu verteidigen. Sein älterer Bruder würde den elterlichen Landbesitz erben, und sein Vater stiftete den Zisterziensern einen Obstgarten, damit sie seinen wertlosen zweiten Sohn aufnahmen.

Er verabscheute das Kloster, das mönchische Leben und seine Mitbrüder. Die schwere körperliche Arbeit, die von den Brüdern verlangt wurde – und ihm wurde keine Erleichterung gewährt, obwohl er nur eine gesunde Hand besaß –, beanspruchte viel mehr Nahrung, als man erhielt. Die magere Kost war für alle gleich: für vogelartige Kreaturen wie Bruder Bernard, einen winzigen Mann, als auch für einen Riesen wie Edward, in dessen Bauch Tag und Nacht der Hunger wütete. Das überflüssige Fleisch, das er ins Kloster mitgebracht hatte, schrumpfte ihm auf den Knochen zusammen, und was einst ein kräftiger Körper gewesen war, wurde eine hagere Vogelscheuche in einer schäbigen, ehemals weißen Kutte – und auch die war zu kurz, denn niemand hatte einen Novizen von mehr als sechs Fuß Größe erwartet.

Für ihn gab es nur die Wahl, ins Kloster oder auf die Straßen zu gehen und zu betteln, wie sein Vater ihm erklärt hatte. Letzteres wäre die bessere Wahl gewesen, ging es ihm durch den Kopf, als er nach sechs Monaten Haferschleim, Zwiebelsuppe, Schwarzbrot, harter Arbeit und Durchfall beschloss, aus dem Kloster zu verschwinden.

Nunc dimittis sangen sie im Chor, als er sich gestohlenes Brot unter die Kutte stopfte, sich über die Mauer hievte und davonlief. *O Herr, nun lassest Du Deinen Diener in Frieden dahinziehen,* war der Sinn dieses Gesangs. Dimittis lachte still vor sich hin, als er da so lief, in der Deckung von Hecken und Gräben – sicher, dass man ihn verfolgen würde, aber auch in der Gewissheit, dass er bald zu weit weg war, um noch von jemandem gefunden zu werden.

Er hackte Holz für eine Frau, die ihn mit einer guten Mahlzeit bezahlte – der besten, die er seit einem halben Jahr zu sich genommen hatte.

»Wie ist denn dein Name, Bursche?«, fragte sie.

Er kaute und schluckte. »Dimittis«, antwortete er.

Seitdem hatte er nie mehr gehungert.

Nun saß er auf seinem Fass beim Feuer, den eisenbeschlagenen Knüppel unter der Achsel seines nutzlosen Glieds, und beobachtete, wie Straccan auf ihn zukam, gefolgt von Bane, Havloc und dem unglücklichen Larktwist, der zwischen den beiden eingekeilt war. Alle Augen waren auf sie gerichtet – fett verschmierte Gesichter; misstrauisch starrende, hungrige Blicke von Männern, Frauen und Kindern. Die Frau, die beim Austeilen der zweiten Portion war, hielt mit erhobener Kelle inne, und der Mahlzeitzähler stierte sie finster an.

Der *Abt* flüsterte dem Jungen etwas zu, der sofort in den Schatten hinter dem Feuer verschwand. Nach einem Moment kehrte er mit einem hölzernen Eimer zurück.

»Setzt Euch, Sir.« Die Stimme des *Abts* war ein tiefes Dröhnen. Straccan setzte sich auf den umgestülpten Eimer. Larktwist trat von einem Fuß auf den anderen; er fühlte sich unbehaglich im Mittelpunkt der Aufmerksamkeit.

»Nun, Meister«, sagte der *Abt* zu Larktwist, »Ihr habt uns also Gäste gebracht. Zweifellos habt Ihr einen guten Grund dafür.«

»Den besten aller Gründe«, erwiderte Straccan schnell, »nämlich mein Messer an seiner Leber.«

»Ah.« Der *Abt* lächelte. »Das ist freilich ein allgemein überzeugendes Mittel. Nun, Meister, dann sei Euch gedankt. Nehmt jetzt in Frieden Euer Abendbrot, während ich mit diesen Herren hier rede.«

Bane und Havloc ließen ihn frei. Mit einem tiefen Seufzer der Erleichterung zog Larktwist eine hölzerne Schüssel aus seinen Lumpen hervor und stellte sich hinten an der Schlange an.

»Wenn ich mich nicht irre, wart Ihr es, Sir«, sagte der *Abt* mit dröhnender Stimme zu Straccan, »der veranlasst hat, dass ›Habt Erbarmen‹ eingesperrt wurde.«

»Der Bettler? Ist das sein Name? Er ist ein Zeuge und wird freigelassen, sobald er seine Aussage gemacht hat. Ich verspreche, dass er bis dahin gut genährt wird und keiner ihm Schaden zufügt.«

»Das mag wohl sein, aber er ist immerhin im Gefängnis.«

»Das tut mir Leid«, entgegnete Straccan, »aber so wird nun mal verfahren. Man muss dafür sorgen, dass Zeugen ihre Aussage machen können. Wir wollten ja nicht riskieren, ihn zu verlieren.«

»Was hat er denn beobachtet, der Arme?«

»Er sah, wie zwei Diebe diesen Mann hier überfielen und ausraubten.« Er berührte Havloc am Arm. »Sie haben seinen Geldbeutel, seine Schuhe, seinen Gürtel und einen kleinen goldenen Becher gestohlen, der sich in einem Beutel befand. Den Beutel trug er an einer Schnur um den Hals.«

»Und warum seid Ihr zu mir gekommen?«

Havloc meinte: »Der Dieb könnte den Becher noch haben. Ich werde eine Belohnung zahlen, um ihn zurückzubekommen.«

»Wie viel?«

»Fünf Shilling.«

»Habt Ihr die bei Euch?«

»Hier? Ich werde mich hüten!«

»Wenigstens hat Euer Pech Euch Vorsicht gelehrt«, meinte Dimittis lächelnd.

»Habt Ihr etwas über den Becher gehört?«, fragte Straccan.

»Wenn einer von meinen Leuten ihn genommen hätte, würde er ihn mir bringen, aber keiner hat's getan. Keiner hier würde so was vor mir verbergen. Das wäre nämlich Verrat, und wir haben so unsere Art, mit Verrätern umzugehen. Eure Diebe waren nicht von meiner Herde.«

»›Habt Erbarmen‹ sagte mir, dass einer ein großer, starker Kerl in einer mönchähnlichen Kutte war; der andere war klein, kahl und mit einer Flickenjacke«, sagte Havloc.

Der *Abt* schüttelte den Kopf. »Ich kenne sie nicht. Ihr seid vergebens gekommen, meine Herren.«

»Werdet Ihr wenigstens Eure Leute fragen?«, wollte Straccan wissen. »Jemand könnte sie doch gesehen haben und wissen, wo sie jetzt sind.«

Der *Abt* winkte seinen Mahlzeitzähler und Buchhalter herbei. »Mark, frag einmal herum.«

Der dünne Mann starrte die beiden Fremden durchdringend an, bevor er davonschritt, um mit den Leuten zu sprechen. Sie hörten Ausrufe der Überraschung, verächtliches Schnauben, Gelächter und das Zischen von geflüsterten Worten. Schließlich erschien der Buchhalter wieder im Kreis des

Feuerlichts, beugte sich zum Ohr des *Abts* hinunter und murmelte etwas in dessen Ohr.

»Es tut mir Leid«, sagte Dimittis darauf. »Niemand hat auf Euer Angebot angebissen. Ihr solltet jetzt gehen, meine Herren. Ich habe bemerkt, wie einige meiner Leute sich davongeschlichen haben – zweifellos in der Hoffnung, Euch auflauern zu können. Ich möchte nicht, dass ein Gast von mir zu Schaden kommt. Deshalb werde ich Euch mit einer Eskorte zurückgeleiten lassen.« Er schnippte mit den Fingern, und der kleine Junge sprang aus dem Schatten heraus an seine Seite. Der *Abt* flüsterte ihm etwas zu, worauf der Junge an der Hüttenreihe entlang in die Dunkelheit rannte.

Gleich darauf kam er mit einem halben Dutzend Männern zurück, die fröhlich grinsend einhertrampelten und einen gewaltigen Gestank mit sich brachten. Es waren die Kloakenreiniger.

20

Bei der Templer-Komturei hob Straccan genügend Geld für seine Reise ab.

»Wartet einen Augenblick«, sagte der Komtureimeister und wühlte dabei in Stapeln von Akten, Dokumenten und anderen Schriftstücken auf seinem Tisch. »Ich hab einen Brief für Euch – muss irgendwo hier liegen –, ein Bursche von Eurem Gut brachte ihn, während Ihr weg wart. Ah, da ist er ja!« Der Komtureimeister reichte ihm ein schmieriges Päckchen, in Wachstuch eingewickelt, versiegelt und verschnürt. Straccan konnte das verwischte Siegel nicht erkennen. Er steckte das Päckchen in seine Rocktasche.

»Was hört man denn so vom irischen Feldzug?«, fragte er dann.

»Segelten endlich am Tag von Sankt Markus und Marcellinus ab und landeten am Tag von Sankt Alban«, erwiderte der Meister. »Marschierten geradewegs nach Kilkenny, aber der Vogel war ausgeflogen.«

»Breos?«

»Verfehlten ihn um Haaresbreite. Ist ungeschoren davongekommen. Noch weiß keiner, wohin er geflohen ist – könnte Philip von Frankreich oder auch der Fürst von Gwynedd sein. Der Bote mit den neuesten Nachrichten ist wohl irgendwo von den Überschwemmungen aufgehalten worden, nehme ich an.«

»Wettet Ihr gerne?«, fragte Straccan.

Der Meister spreizte die Finger einer Hand und schwenkte sie hin und her. »Wenn ich mir sicher bin.«

»Dann setzt mal Euer Geld auf Wales.«

In der Privatkapelle des Fürsten Llywelyn kniete Lord William de Breos im Gebet.

Er war nämlich ein frommer Mann.

Diese Frömmigkeit hatte seine Hand jedoch nie davon abgehalten, Unschuldige abzuschlachten: Geiseln, Gäste, Herolde, sogar Frauen und Kinder – ein berüchtigtes Massaker hatte ihm den Beinamen »Der Schlächter von Abergavenny« eingebracht. Man erzählte, dass er nach dieser Schändlichkeit mit blutbeschmierten Händen zur Messe gegangen war. Es war nämlich seine Gewohnheit, jeden Tag die Messe zu hören, und er konnte nie an einem Kirchlein am Wegesrand vorbeireiten, ohne anzuhalten und zu beten. Er hatte der heiligen Mutter Kirche stets großzügig gespendet und erwartete daher, dass Gott die Dinge so sah wie er – was immer er auch tat.

Nur eine Stunde vor König Johns Verfolgungstrupp war er in einem Fischerboot von Irland geflohen, dank Lady Julitta, in deren Warnungen und Versprechen er jetzt sein Vertrauen setzte. Freunde in der Bretagne hatten sie zu ihm geschickt. Hör auf sie, hatten sie gesagt. Er hatte es getan und war froh darüber.

Nur mit den Kleidern, die er am Leibe trug, mit drei Dienern, seinem Knappen, seinem Medikus und seiner Zauberin war er in Aberffraw gelandet. Einer der größten Lords im Reich war dazu verdammt worden, um Mildtätigkeit zu bitten.

Die Gastfreundschaft war den Wallisern eine heilige Pflicht, und so hatte der Fürst von Gwynedd sie aufgenommen, wenngleich anfangs kühl – Lord William würde dieses stolze, kalte Gesicht und die frostige Begrüßung so schnell nicht vergessen.

Doch als seine treuen Ritter und die auf ihn eingeschworenen Männer erst einzeln, dann zu zweit und schließlich zu fünft und zu zehnt eintrafen, um sich ihm anzuschließen, wurde Llywelyns Haltung ihm gegenüber freundlicher. Dies war also kein besiegter Rebell, kein armer Flüchtling auf der Flucht vor König Johns Vergeltung, sondern der Führer einer kleinen, aber sehr schlagkräftigen Schar von Kämpfern – eine wertvolle Figur auf dem Schachbrett, auf dem der Fürst von Wales und der König von England einander stets auszuspielen versuchten.

In den Kleidern, die der Fürst ihm gegeben hatte, sah Breos noch jeder Zoll wie ein mächtiger Mann aus, doch seine Zuversicht hatte einen harten Schlag erlitten. Das Ausmaß seines Sturzes hatte ihn regelrecht betäubt. Es lag ja in der Natur königlicher Favoriten, dass sie aufstiegen und gestürzt wurden. Er hatte andere fallen sehen und sich daran beteiligt, sie zu Fall zu bringen, und sich dem Gerangel um ihre Besitztümer mit Eifer angeschlossen. Dabei wäre es ihm nicht im Traum eingefallen, dass dies auch ihm geschehen könnte, dem großen William de Breos, Lord von Brecknock, Abergavenny, Builth und Radnor, Hay und Gover und Kington, Herrscher über Glamorgan, Monmouth und Gwynllwyg, Whitecastle, Grosmont und Sken-frith, Lord of Limerick in Irland, Lord of Sussex in England, und innerhalb seiner Grenzen niemandem verantwortlich – unangreifbar.

So hatte er jedenfalls geglaubt.

Er war ja nicht der Einzige, der den König falsch eingeschätzt hatte. Vielleicht weil John seine Annehmlichkeiten liebte: gutes Essen und erlesene Weine, kostbare Kleidung und Juwelen, sein Bad, sein Bett, seine Geliebten, seine Ehefrau. Es gab manche, die ihn abfällig mit seinem Vater König Henry verglichen, der bewundernswert unempfindlich für Luxus gewesen war, und mit seinem Bruder König Richard, dessen Heiligenschein von Kreuzfahrerglorie vergessen ließ, dass er auch schöne Kleidung, Musik, Dichtkunst, Juwelen und nicht nur hübsche Frauen, sondern auch hübsche Knaben geliebt hatte. Wenigstens Letzteres wurde John nie nachgesagt! In der Schlacht war er so wild wie sein Vater oder Löwenherz – und als Feind noch erbitterter.

Lord William hatte sich nie die Mühe gemacht, die tausende von Goldmark zu zählen, die er dem König schuldete – riesige Summen, die er leichtfertig für Vergünstigungen, Burgen, Gouverneursposten und Gerichtsbarkeiten versprochen hatte in der beruhigenden Gewissheit, dass er nie zur Zahlung aufgefordert werden würde. Denn er war die rechte Hand des Königs, hatte tiefen Einblick in dessen Angelegenheiten und hütete seine Geheimnisse – besonders eines.

Er, der schon so viel bekommen hatte, wollte noch mehr. Alles, was er schon hatte, war nichts im Vergleich zu dem von ihm heiß ersehnten Komitalrang. Lord von diesem, Baron von jenem konnte er sein, doch nur der König allein konnte einen Earl ernennen, wie er es schon im Fall William Marshal getan hatte – warum also nicht auch für William de Breos?

Nie kam ihm in den Sinn, der König könne ihm dies verweigern, und vor Verwirrung und Verwunderung machte Lord William einen Fehler. Er wagte es, John an eine Sache zu erinnern, die dieser am liebsten vergessen hätte.

Diese Torheit, diese Unvorsichtigkeit kostete ihn alles. All seinen Grundbesitz: schöne Rittergüter und viele Bauernhöfe, große Burgen, reiche Abteien, wohlhabende Städte. König John ergriff die Gelegenheit, die er schon lange herbeigesehnt hatte, seinen ehrgeizigen und bereits viel zu mächtigen Vasallen zu stürzen. Er besiegelte dessen Ruin, indem er die Zahlung der Schwindel erregenden Summen forderte, die Breos ihm schuldete. Als Lord William protestierte, er habe nichts, um seine Schulden zu begleichen, verlangte der König seine Enkel als Geiseln.

Habgier hatte den Sturz des Hauses Breos herbeigeführt, doch der Trotz seiner Ehefrau vollendete sein Unglück. Als des Königs Marschall erschien, um die Geiseln mitzunehmen, ließ Lady Mahaut die Tore schließen und weigerte sich, ihre Enkel herauszugeben. Ihre infamen Worte, die sie von den Zinnen herunterschleuderte und die alle Angehörigen ihres Haushalts und Dutzende anderer Personen hörten, wurden entsetzt und flüsternd von einem Ende des Landes zum anderen wiederholt, überquerten den Kanal und sandten Schockwellen durch die Bretagne und Frankreich.

»Nie werde ich meine Enkelsöhne diesem Ungeheuer ausliefern!«, hatte sie zu dem Marschall hinuntergeschrien. »Jeder weiß doch, dass er seines eigenen Bruders Sohn ermordet hat!«

So dachte alle Welt seit nunmehr sieben Jahren, seit dem Verschwinden des jungen Herzogs der Bretagne, Johns Neffen Arthur. Doch Lady Mahaut hatte es *ausgesprochen* – und auch noch gegenüber dem Marschall des Königs, und so laut sie gekonnt hatte. Von diesem Augenblick an waren sie nicht nur in die Armut gestoßen – sie waren auch verdammt.

Doch Lord William konnte nicht glauben, dass seine Sache verloren war. John konnte es sich nicht leisten, ihn zum Feind zu haben – er wusste doch zu viel! Besser war es für John, ihn im Zelt nach außen pissend zu haben, als draußen und *ins* Zelt pissend. Schließlich würde es zu einer Versöhnung kommen, mit stolzer Herablassung vonseiten des Königs und unterwürfiger Dankbarkeit vonseiten Williams. Er kannte den Ablauf. Er hatte es bei anderen gesehen, welche die königliche Gunst verloren und sie sich zurückerkauft hatten. Es würde demütigend sein und ihn eine riesige Summe Geld kosten, das er irgendwie auftreiben musste, doch John würde sich wieder mit dem König versöhnen.

Wenn es ihm gelänge, diese Reliquie aufzuspüren, der die Bretonen so große Bedeutung beimaßen, dieses Banner von König Artus, würde die Vergebung des Königs – und schließlich auch der König selbst – keine Rolle mehr spielen.

21

Die Leute von Shawl trauerten um Lady Alienor. Die Frau des Gutsverwalters, Sybilla, hatte ihre Herrin an der Schlafzimmertür gefunden, am Boden liegend, blau im Gesicht und unfähig zu sprechen. Ein Diener hatte die Lady aufgehoben, erstaunt über das geringe Gewicht des Körpers, und sie auf das Bett gelegt.

Ihre Augen suchten Janiva. Gehorsam schluckte sie den Heiltrank, der ihr an die Lippen gehalten wurde, doch er half nichts. Von Kissen gestützt, rang sie die ganze Nacht, den nächsten Tag und auch die darauf folgende Nacht um Luft, während ihr Herz von der Anstrengung stolperte.

Vater Osric, von Tränen geblendet, erteilte ihr die Sterbesakramente. Seine Hände zitterten, als er sie mit dem Öl einrieb. Janiva hakte den Fensterladen auf, damit Alienors Seele ungehindert zu Gott fliegen konnte. Ihre beiden ältlichen Kammerfrauen, arme Cousinen, mussten sich mit dem nun unvermeidlichen Klosterleben abfinden und brachen in Tränen aus.

Vater Osric, der das Gefäß mit dem heiligen Öl umklammert hielt, schaute Janiva hilflos an. »Was soll ich tun? Ich darf doch die Glocke für sie nicht läuten lassen, aber ich *müsste* es tun.« Das Interdikt hatte sämtliche Kirchenglocken Englands zum Schweigen gebracht.

»Es ist nicht Eure Schuld«, entgegnete Janiva.

Aber er *hatte* das Gefühl, schuldig zu sein, und stolperte

müde aus dem Sterbezimmer. »Wirklich, die Glocke sollte für sie geläutet werden«, murmelte er unglücklich, während er die ausgetretenen Stufen zum Saal hinunterstieg. »Wie soll der heilige Petrus denn erfahren, dass sie kommt?«

Wie Eiswasser sickerte die Neuigkeit vom Sterbezimmer in den Saal, die Küche, die Ställe, die Falkenkäfige, das Backhaus und von dort zu den Hütten und Katen des Dorfes. Die Leute des Ritterguts ließen ihre Arbeit stehen und liegen und liefen zum Herrenhaus in der Hoffnung, dass es sich vielleicht nur um einen Irrtum handelte – und drängten sich zu stillen, kummervollen Gruppen zusammen, als sie erfuhren, dass es die Wahrheit war.

Pater Osric schrieb Briefe: einen an Sir Roger, der beim König in Irland war – obwohl Gott allein wusste, wann er das Schreiben bekam –, den anderen an Lady Richildis, die sich auf dem Gut ihrer Eltern bei Shaxoe aufhielt.

Janiva und Sybilla wuschen die Leiche, kleideten sie liebevoll an, legten sie auf das große Bett und bedeckten sie mit einem schwarzen Samttuch. Es war abgenutzt und stellenweise dünn geworden, denn es hatte schon seine Schuldigkeit für Sir Guy, dessen Eltern und Großeltern getan. Lady Alienors Leiche hob sich kaum hervor, als läge ein Kind darunter. Zu ihren Lebzeiten hatte keiner bemerkt, wie klein sie war.

Der Gutszimmermann, dessen Tränen auf die Leiche tropften, maß den Körper seiner Herrin ab und sägte, hämmerte und schmirgelte an ihrem Sarg. Es war nur ein vorläufiger Sarg, bis das erforderliche Blei geformt werden konnte. Die Angehörigen des Haushalts der Lady wechselten sich zur Totenwache in ihrem Zimmer ab.

Am Kopfende des Bettes betete Pater Osric. Sein leises, fortwährendes Murmeln und das Klicken der Rosenkranzperlen, wenn sie durch seine Finger glitten, waren ein tröstendes und beruhigendes Geräusch. Janiva kniete an der anderen Seite des Bettes, wo ihre Tränen das schwarze Samttuch benetzten. »Lady«, flüsterte sie, »ich werde Euch sehr vermissen.«

Sie weinte für Sir Guy und seine Frau gleichermaßen in Erinnerung an die Jahre der Zuwendung, an das warme Herz und die sanften Hände der Lady, die Janiva ihr Leben lang eine zweite Mutter gewesen war. Auch in Erinnerung an Sir Guy, als er jung war – stark, frohgemut, großzügig und gütig. Es erschien ihr wie vor kurzer Zeit, doch die dahineilenden Jahre hatten ihn zu einem alten Mann gemacht, atemlos, müde und krank. Sein Herz, wie das seiner Frau, hatte schließlich versagt. Sein Knappe war auf das Schreien der Falken hin herbeigeeilt und hatte Sir Guy tot im Käfig gefunden.

Was bewirkt wohl, dass Herzen sich abnutzen?, fragte sich Janiva. Sie schlagen von der Geburt an fünfzig und mehr Lebensjahre lang. Wie viele Schläge waren das wohl? Tausende um tausende. Es gab jedoch ältere Menschen, deren Herzen standhielten. Warum?

All ihre Sorgen und Kümmernisse, große und kleine, überwältigten Janiva, und sie weinte auch um ihren Vater, an den sie sich nicht erinnern konnte; um ihre Mutter, die jung gestorben war; um Guy und Alienor; um Richard, der nicht zurückgekehrt war, obwohl er es versprochen hatte – und um ihre zerbrochene Hellsehschale.

Seit die Schale zerbrochen war, hatte das Schicksal sich gegen Janiva verschworen.

Wie der Schimmer eines Fisches im Fluss blitzte ein Erinnerungsfetzen traumgleich auf und war dann sofort wieder verschwunden – grüne Augen, kalt, erbarmungslos, die in Janivas Gesicht starrten. Eine Stimme, entfernt wie ein Echo in ihrer Seele: *»Alles, was du liebst, sollst du verlieren!«* Sie versuchte, dieses Stück Erinnerung zurückzuhalten, es zu enträtseln, doch die Kerzen flackerten in einem plötzlichen Luftzug auf, und hinter ihr ertönte ein Geräusch.

Sie wandte sich um. Richildis stand in der Türöffnung; Benet Finacre war neben ihr. Sein Blick schweifte von Janiva zu Pater Osric, und seine wulstigen Lippen pressten sich zusammen.

»Oh, Lady Richildis«, sagte Janiva und stand auf.

Das Mädchen schritt vorwärts, eine Hand wie schützend auf dem Leib, während Finacre ihr mit besorgter Miene folgte. Richildis zog das Leichentuch zurück und starrte auf das stille Gesicht ihrer Schwiegermutter. Sich bekreuzigend, kniete sie dann neben dem Bett nieder und zog einen Rosenkranz aus ihrer Beuteltasche. Ihre Finger bewegten sich über die Perlen. Hinter ihr kniete auch Finacre nieder und beugte den Kopf über seine gefalteten Hände.

Plötzlich schaute Richildis auf und blickte geradewegs Janiva an.

»Geh weg!«, sagte sie.

»An Richard Straccan, Ritter, in Stirrup bei Dieulacresse, von Osric, Priester in Shawl.«

Straccan ging mit dem Brief zum Fenster. Er war nicht leicht zu lesen. Die Handschrift war zittrig, und der Schreiber hatte eine ungeschickt zugeschnittene, spritzende Feder sowie selbst gemachte graue, blasse Tinte benutzt.

»Hiermit tue ich Euch kund, dass Lady Alienor, Witwe unseres guten Lord Guy, am Tage des heiligen Hubertus gestorben ist. Möge Gott ihr Absolution erteilen und sie in die ewige Seligkeit aufnehmen.«

»Amen«, sagte Straccan bestürzt und traurig, während er sich bekreuzigte.

»Da Lord Roger über See beim König ist, hält seine Lady in

der Zeit seiner Abwesenheit die Domäne in der Hand. Nehmt es mir nicht übel, dass ich hier über Janiva schreibe. Fürchtet nicht, dass sie krank ist – so ist es nicht –, aber die Dinge stehen nicht gut für sie. Wenn Ihr Janiva als Freund beistehen wollt, dann kommt, denn sie braucht Euch.«

Er starrte auf die blassen, wellenförmigen Zeilen. Was meinte denn der alte Mann? Warum sagte er nicht, was da nicht stimmte? Sie war nicht krank, das nicht, doch in irgendeiner Notlage … Sein Herz verkrampfte sich wegen ihres Kummers. Welchen Trost könnte er ihr spenden?

Er las den Brief wieder: »*… hält seine Lady in der Zeit seiner Abwesenheit die Domäne in der Hand.*« Warum hatte er das wohl geschrieben? Sir Roger war in Irland. Wahrscheinlich hatte er die Nachricht vom Tod seiner Mutter noch gar nicht erhalten, und in seiner Abwesenheit würde seine Frau – Straccan hatte deren Namen vergessen, und Osric hatte ihn nicht geschrieben – seine Stelle einnehmen. Das war doch üblich so! Warum hatte Osric es ihm dann mitgeteilt?

Irgendetwas stimmte da nicht. Janiva brauchte ihn – und er musste zu ihr. Die Gewässer standen noch hoch, aber es gab ja Boote und Flöße …

Da ertönte Banes Stimme an der Tür: »Jemand fragt nach Euch.«

Hinter Bane erblickte Straccan einen kleinen Mann mit kleinen Händen und Füßen, adrett gekleidet, glatt rasiert, das ergrauende Haar in ordentliche Wellen gelegt, der Leinenkragen fleckenlos, die Hose glatt und die Schnallen seiner Schuhe glänzend wie Silber. Er betrat das Gemach in einer Wolke von Parfüm. Es war des Königs Sekretär – wie war doch gleich sein Name? Mace? Race? Was wollte John nun schon wieder von ihm?

»Sir Richard! Ich fürchtete schon, dass Ihr bereits fort wäret, aber die Überschwemmungen, nicht wahr? Furchtbar! Ich hatte große Mühen, bis hierher zu kommen, und man erzählte mir, dass es weiter südlich noch schlimmer ist. Das halbe Land steht unter Wasser. Ihr werdet wohl gehört haben, dass Breos jetzt in Wales ist?«

»Nein.« *Wace,* ja, das war sein Name, und wahrscheinlich waren seine Schuhschnallen *wirklich* aus Silber. Königliche Schreiber wurden gut bezahlt. »Wir sind abgeschnitten, seitdem ich hierher zurückkam.«

»Ungefähr vierzig Mann haben sich ihm angeschlossen. Einige sind seine eigenen Ritter, aber er hat auch Gesetzlose willkommen geheißen sowie schreckliche Rohlinge, die für Geld kämpfen. Sie haben eine Schneise durch Südwales geschlagen, von Brecon bis zum Severn, indem sie Städte, Prioreien, Abteien ausplündern – sie haben sogar ein Schiff, eine Galeere, um an der Küste entlangzustreifen!« Er seufzte. »Es ist schon eine schlimme Sache, wenn ein großer Lord zum Rebellen wird.«

»Den Streit zwischen Breos und dem König«, sagte Straccan und wich vor dem aufdringlichen Veilchenduft zurück, »habe ich nie verstanden.«

»Das ist eine lange Geschichte. Lord William beging über die Jahre hinweg viele Straftaten. Schließlich verlor Seine Gnaden die Geduld.« Wace schaut verlegen drein. »Und dann war da noch Lady Mahauts ... äh, Indiskretion.«

»Davon habe ich gehört.«

»Die ganze Christenheit hat davon gehört! Eine äußerst unglückliche Angelegenheit. Sie weigerte sich, ihre Enkelsöhne dem König auszuhändigen.« Er schaute auf die Schnallen seiner Schuhe hinunter, dann zu Straccan auf und schließlich wieder nach unten. »Der König hat viele Kinder in seiner Obhut.«

Straccan fragte sich, warum dieser Tor so viel faselte, bevor er noch seinen Mantel abgelegt hatte. Natürlich hatte der

König Töchter und Söhne von Männern, denen er misstraute, als Garant für den Gehorsam ihrer Väter als Geiseln. Aber was hatte das mit ihm zu tun?

Wace redete weiter: »Sie werden gut versorgt und aufgezogen, Sir Richard. Die Knaben erhalten eine militärische Ausbildung, und der König schlägt oft junge Männer in seiner Obhut zu Rittern. Die Mädchen werden vor unliebsamen Einflüssen geschützt und in hauswirtschaftlichen Kenntnissen und der Verwaltung der großen Güter unterrichtet, die ihnen eines Tages unterstehen werden. Es werden gute Ehemänner für sie gefunden – Männer, die treu zum König stehen und seine Gunst besitzen. Natürlich sind nicht alle Geiseln. Doch es ist eine Ehre für den Sohn – oder die Tochter – eines Mannes, vom König in Obhut aufgenommen zu werden. Ihr ... äh, habt doch auch eine Tochter, glaube ich.«

Der Schock traf Straccan wie eine Lanze, wie ein Stoß unterhalb des Herzens, der ihm den Atem nahm.

»Was?«, stieß er hervor. *Das kann doch nicht sein* – und dann, blass vor Furcht und Wut, verstand er nur zu gut. *Oh, lieber Gott, es kann sehr wohl sein! So etwas tut der König! So beeinflusst er Leute nach seinem Willen. Gilla! O Gott, Gilla!*

»Wann meint Ihr, können wir abreisen?« Waces Augen schweiften umher wie Quallen durchs Meer. Keine Einzelheit im Raum entging ihm, und wenn er Mordlust in Straccans Augen sah, ließ er es sich nicht anmerken.

»Was meint Ihr mit ›wir‹?«

»Natürlich muss ich Euch begleiten, Sir Richard. Der König nimmt an, Ihr könntet mich ... äh, nützlich finden, und ich soll ihm bei jeder sich bietenden Gelegenheit berichten.«

Das Verlangen, den kleinen Mann zu Boden zu schlagen, ihn zu töten, wenn er ihm in die Quere kommen sollte, war beinahe übermächtig, doch Straccan bekämpfte es. »Berichte.«

»Was Euren Auftrag betrifft? Gewiss. Der König möchte jede Einzelheit Eurer Bemühungen erfahren, und dass Ihr dieser Angelegenheit Eure *ausschließliche* Aufmerksamkeit widmet. Vielleicht kann mir Euer Mann einen Platz finden, wo ich meinen ersten Bericht schreibe, in dem ich Seiner Gnaden versichere, dass Ihr tun werdet, wie Euch geheißen in, äh, jeder Hinsicht. So ist es doch, Sir Richard, nicht wahr ...?«

Zum Teufel mit John und seinem verdammten Banner, dachte Straccan, rasend vor Wut. Er wird meine Gilla nicht bekommen! Bane muss sie zu Janiva bringen! Keiner wird wissen, dass sie dort ist ... Da fiel ihm Osrics Brief ein, den er noch in der Hand hatte, und er ballte sie zur Faust. *Herrgott, nein! Ich weiß nicht, was da vorgeht – irgendetwas ist dort nicht in Ordnung*. Mit Bitterkeit dachte er dann: Wären Havloc und sein verfluchter Becher nicht gewesen, würde ich schon weg gewesen sein, bevor dieser parfümierte Wurm hereingekrochen kam. Herrgott im Himmel, gibt es keinen Ausweg? Was geht in Shawl vor?

22

Die erste Rittergut-Gerichtssitzung unter Vorsitz des neuen Lords, die in seiner Abwesenheit von seiner Gattin in Shawl abgehalten wurde, hatte sich durch einen langen, feuchten Tag hingezogen und war nun vorüber.

Richildis saß im Sessel ihres Ehemannes auf dem Podest und nippte gewürzten Wein. Sie sah müde und kränklich aus. Benet Finacre, der als Gerichtsschreiber fungierte, beendete die Eintragungen in seinem Buch, stand auf, verbeugte sich und verließ den Saal, während Leibeigene, die Strafen zu zahlen hatten, sich vor dem Tisch anstellten, an dem Robert, der Verwalter, mit Hauptbuch, Federn, Tinte und Sand saß. Der Verwalter schrieb sorgfältig, aber langsam, und die Schlange der Wartenden schob sich nur zollweise voran. Die Leute murmelten miteinander und umklammerten ihre Münzen.

»Nun, das war ja nicht so schlimm«, flüsterte die Frau des Kuhhirten der des Schafhirten zu.

»Ja, hätte schlimmer sein können.«

»Sie ist aber ziemlich hart mit der alten Avice umgesprungen.«

»Ist doch ihre eigene Schuld.« Und so war es auch. Das Alter – sie war schon fast siebzig – hatte die scharfe Zunge Avices nicht stumpfer gemacht, und sie war schon mehrere Male wegen Unverschämtheit zu Geldbußen verurteilt worden. Diesmal hatte sie ihr Schmutzwasser an den Saum von

Benet Finacres schönen Wollkittel gegossen. Es sei ein Missgeschick gewesen, hatte sie erklärt, doch als er sie deshalb schalt, machte sie die Sache noch schlimmer, viel schlimmer, indem sie ihn einen kleinen, schleimigen Scheißkerl nannte – eine Meinung, der das Gutspersonal von ganzem Herzen zustimmte.

»Ja, wirklich, wie ich sagte, es hätte schlimmer kommen können.«

Keiner hatte gewusst, was von der neuen Gutsherrschaft zu erwarten war, da Sir Roger ja nicht anwesend sein konnte und die neue Lady Shawl seine Gewohnheiten nicht kannte. Jetzt, wo diese Prüfung vorüber und nicht so schlimm ausgefallen war, wie alle befürchtet hatten, wurden die Leibeigenen gesprächig vor Erleichterung, trieben Späße, stießen sich mit den Ellbogen an und scherzten sogar mit dem Verwalter, als Lady Richildis aufstand, um das Gemach zu verlassen.

Robert las aus seinem Hauptbuch vor: »Barnabas erhält eine Geldstrafe von zwei Pennys.« Erwartungsvoll schaute er auf den Nächsten in der Schlange. Barnabas tat unter allgemeinem Gelächter so, als ob er zitterte, kehrte seinen Geldbeutel um und klopfte auf seine Taschen. »Haltet die Klappe, ihr da«, sagte der Verwalter resigniert. *Nach* einer Gerichtssitzung waren sie immer so. »Also weiter, wenn ihr nicht die ganze Nacht hier verbringen wollt. Ich will es jedenfalls nicht!«

Barnabas fand zwei Pennys, drückte sie dem Verwalter in die Hand und drehte sich zu seinen lachenden Gefährten um, die sich gegenseitig spielerisch zu schubsen begannen, während sie sich zur Tür hin bewegten, wo die alte Avice weinend auf der Bettlerbank bei der Abschirmung saß, in der Erwartung, zum Pranger geführt zu werden.

Im Gewirr waren Stimmen außerhalb der Abschirmung

zu vernehmen, und alle blieben stumm stehen, als Janiva sich an dem erregten Türhüter vorbei, dem aufgetragen worden war, sie nicht einzulassen, ins Gemach drängte.

»Lady Richildis!«, rief sie.

»Die Gerichtssitzung ist vorüber«, sprach der Verwalter mürrisch. Als er dann erkannte, um wen es sich handelte, stand er auf und eilte zu ihr. »Ihr solltet doch nicht hier sein!«

Richildis hielt an der Hinterseite des Podests inne, eine Hand am Vorhang, den sie gerade zur Seite gezogen hatte. »Ich gab doch Anweisung, diese Frau nicht hereinzulassen«, sagte sie und umklammerte schützend ihren Bauch. Sie hatte in der letzten Nacht wieder von Janiva geträumt – sah die Schlampe in Rogers Armen liegen und beide über sie lachen.

Diesen Traum hatte sie oft, und andere folgten. Manchmal wurde sie von Janiva mit einem Kissen erstickt, während Roger lächelnd zuschaute. Manchmal träumte Richildis auch, dass sie in ihrem offenen Grabe lag, unfähig, sich zu bewegen, während Janiva und Roger Hände voll Erde auf sie hinunterwarfen. Sie fühlte, wie kleine Steine ihr Gesicht stachen, und am Morgen, wenn sie aufwachte, waren tatsächlich kleine Schrammen da, und Schorf auf ihren Wangen und der Stirn. Sie wusste, dass es Hexerei war, und Vater Benet pflichtete ihr bei, aber es gab keine Beweise. Wartet, hatte Vater Benet gesagt, gebt der Hexe genug Strick, dass sie sich daran aufhängen kann.

»Werft sie raus!«

Während der Verwalter noch zögerte, hatte Janiva das Podest erreicht, und alle ringsherum wichen zurück, doch nur ein paar Schritte, weil sie zwar dem Zorn der neuen Lady entgehen, ihn aber dennoch riskieren wollten, um dieses Schauspiel gut beobachten zu können.

Janiva rief: »Madame, ich bitte Euch, gebt mir die Erlaubnis, den kranken Knaben Alaric zu pflegen.«

Richildis warf dem Verwalter einen finsteren Blick zu: »Alaric?«

»Der Sohn des Schmieds, Mylady«, sagte Robert hastig. »Vier Jahre alt.«

»Was hat er denn?«

»Anfälle«, antwortete Janiva. »Da sind Kräuter in der Vorratskammer, die ihm helfen werden. Bitte, Mylady, lasst mich sie anwenden.«

»Nein.«

»Ihr habt einen guten Vorrat an Kräutern und anderen Heilmitteln, Mylady. Die meisten davon habe ich selbst zubereitet. Lady Alienor gab jedem, der sie brauchte, großzügig davon.«

»Kräuter wachsen doch von selbst. Also können die Leute sie zum eigenen Gebrauch pflücken.«

»Aber sie kennen sich nicht mit ihnen aus.«

»Aber du, ja? Das behauptest du doch, nicht wahr? Tränke, Tropfen, Salben. Wer weiß, was du da hineingetan hast! Vielleicht hast du dafür gesorgt, dass der Junge Anfälle bekommt, damit du ihn gesund machen kannst und für seine Heilung belohnt wirst! Was für ein grässliches Gebräu hast du der Mutter meines Lords gegeben, bevor sie starb?«

Die Leute waren mucksmäuschenstill gewesen und hatten begierig zugehört, aber jetzt ging ein Murmeln durch die Menge.

Entsetzt starrte Janiva Richildis an. »Ihr glaubt doch wohl nicht, dass …«

»Hat man dir nicht gesagt, dass du nicht in mein Haus kommen sollst?«

»Ja, aber, Mylady, der Knabe ist doch so krank …«

»Kinder sind immer krank. Oft sterben sie. Das ist Gottes

Wille. Du darfst ihm nichts geben.« Sie ließ den Türvorhang hinunterfallen und kam zur Vorderseite des Podests. »Ihr Leute hier, hört zu! Ich verbiete euch, euch allen, irgendeine Medizin von dieser Frau anzunehmen. Das ist ein Befehl! Jeder, der diesem Befehl zuwiderhandelt, wird ausgepeitscht. Betet für den Jungen, wie ich es auch tun werde. Wenn es Gottes Wille ist, wird es ihm besser gehen.«

Erschreckte Blicke wurden getauscht, doch niemand wagte zu protestieren. Richildis wandte ihnen den Rücken zu und hob den Türvorhang wieder.

»Mylady, in Gottes Namen, habt Erbarmen! Ihr tragt doch selbst ein Kind in Euch.«

Richildis wurde weiß. »Willst du etwa meinem Kind drohen, Hexe?«

»Nein, Mylady! Vor Gott – *nein!*«

»Hüte deine Zunge, oder ich lasse sie dir abschneiden! Halte dich fern von meinen Leuten, und lass mich dein Gesicht nicht mehr sehen! Werft sie raus!«

Niemand rührte sich. Janiva schritt durch die entsetzte Menge zur Tür. Auf dem Podest stieß Richildis plötzlich einen Laut wie ein tierisches Grunzen aus – *öööh* – und griff sich mit beiden Händen an den Bauch.

»Das tut weh«, stieß sie mit vor Erstaunen weit aufgerissenen Augen hervor.

Die Frau des Verwalters, Sybilla, lief die Stufen des Podests hinauf, legte ihre Hände auf den Leib des Mädchens und fühlte, wie die eisenharten Muskeln sich verkrampften.

»Es hat begonnen«, sagte sie. »Es ist aber zu früh. Es dürfte doch erst in einem Monat kommen.«

»Das hat *sie* getan«, keuchte Richildis durch die zusammengebissenen Zähne. »Lasst sie nicht an mich heran!«

Sybilla zog den Türvorhang zurück und rief zur darüber

liegenden Kammer hinauf: »Mavis! Lilliana! Kommt und helft eurer Lady! Schnell!«

Richildis' Kammerfrauen kamen die Stufen hinuntergetrampelt, und mit Sybillas Hilfe trugen sie ihre Herrin zu deren Bett.

23

Mehr als dreißig Stunden waren vergangen, seit Lady Richildis' Wehen eingesetzt hatten, und es sah nicht gut aus. Sybilla hatte ein altes Schwert von Sir Guy unter die Matratze gelegt, um die Schmerzen zu zerschneiden, und jeder Knoten, jede Schnalle, jede andere Befestigung dieser Art in dem Zimmer war geöffnet worden. Die Frauen legten sogar ihre Gürtel ab und lösten ihre Schuhe, doch wenngleich der Beginn der Wehen ungewöhnlich heftig gewesen war, trat das Fruchtwasser nicht aus. Das Mädchen schrie und warf sich mit jedem schneidenden Schmerz zurück, doch es wurde nicht besser.

Die Hebamme war am Tag zuvor von ihrer Käsezubereitung geholt worden. Sie war müde und voller Angst, dass die Lady, das Kind – oder beide, wie es aussah – starben, und sie dafür verantwortlich gemacht würde. Zwischen Krämpfen schlief Richildis vor Erschöpfung kurz ein, und immer, wenn die heiseren Schreie des Mädchens leiser wurden, döste auch die Hebamme.

Von ihren beiden Kammerfrauen auf dem Gebärstuhl gehalten, hing Richildis wie ein Sack. Wenn sie ihre Arme losließen, würde sie zu Boden fallen.

»Wie lange noch?«, fragte Sybilla.

»So geht das nicht weiter«, sagte die Hebamme finster. »Besser wär's, das Fruchtwasser ablaufen zu lassen. Hol uns etwas Schweinefett, Mädchen. So schafft sie's nicht. Da klemmt was.«

Sybilla hob eine Hand zu einer der Dienerinnen. »Schweinefett«, zischte sie. Die Frau lief aus dem Zimmer, und man hörte ihre eiligen Schritte auf der Treppe.

Die Hebamme wischte sich mit dem Ärmel über ihr schwitzendes Gesicht. »Lasst sie mal für eine Weile liegen. Wir werden gleich wieder einen Versuch machen, ja, Liebchen?«

Sie zogen Richildis zum Bett und legten sie wie eine schlappe, widerstandslose Puppe darauf. Ihre Augen waren in Falten von blau angelaufenem Fleisch eingesunken. Ihr großer Bauch ragte wie ein weißer Hügel auf und ließ ihre Arme und Beine unverhältnismäßig klein erscheinen. Nur der Bauch schien lebendig, wenn das Kind seine Lage veränderte, bis eine weitere Wehe Richildis ins Bewusstsein zurückriss, wo sie vergebens stöhnte und sich wand.

Die Dienerin kam mit dem Schweinefett zurück. Die Hebamme bestricht ihre Hände damit und spreizte die Schenkel der Gebärenden. Richildis schrie heiser. Ein Schwall von blutiger Flüssigkeit trat mit üblem Geruch aus. Die Hebamme wischte ihre fettigen Händen an ihrer schmutzigen Schürze ab und schüttelte den Kopf.

»Hat kein Zweck. Es liegt falsch. Es war sein Rückgrat, was ich da gefühlt hab. Sie könnt bis zum Jüngsten Tag drücken, es käm trotzdem nich' raus.«

»Könnt Ihr das Kind denn nicht drehen?«, fragte Sybilla.

Die Hebamme wich zurück und schüttelte den Kopf. »Wage ich nich'.«

»Sie wird sterben, wenn Ihr es nicht tut.«

»Wenn ich's *tue*, wird sie wohl sterben, und dann macht man *mich* verantwortlich.«

Sybilla ging hinaus, um Janiva zu holen.

»Ich kann ihr nicht helfen«, sagte Janiva. »Sie wird mich nicht an sich heranlassen.«

»Ich weiß. Aber könnt Ihr uns sagen, was wir machen sollen?«

»Ich bin keine Hebamme. Bei einer Normalgeburt könnte ich helfen, aber nicht bei so etwas.«

»Das Kind sitzt quer«, sagte Sybilla. »Lieber Gott, das geschieht bei Schafen, aber ich habe das nie von Menschen gehört.«

»Schafe«, sagte Janiva. »Natürlich! Schnell!« Sie lief los, und Sybilla eilte keuchend hinter ihr her, an den Hütten und Gärten vorbei zu einem umzäunten Pferch, wo ein starker Geruch nach Schafen und ein mehrstimmiges Blöken verkündete, dass Tyrrel, der Schäfer, irgendetwas – wahrscheinlich Unangenehmes – mit den Schafen anstellte.

Er schaute von einem geschorenen Schafsrücken auf und fuchtelte mit seiner Schere in Richtung der beiden Frauen. »Was wollt ihr?«, rief er grob. »Ich hab zu tun!«

Je mehr Janiva erklärte, umso unwilliger wurde Tyrrel.

»Es liegt quer«, drängte sie. »Man kann es nicht drehen!«

»Verflixt nu mal«, entgegnete der Schäfer und spuckte aus. »Ich wuiß nix vun Bebbys vunne *Lädys.*« Und so war es auch. Er nahm an, die kamen fertig – sauber und gewickelt – auf Bestellung.

»Ihr habt doch schon Lämmer im Bauch ihrer Mütter umgedreht«, sagte Janiva. »Auch bei Eurer *Tochter* letztes Jahr, als ihr Junge nicht kommen wollte.«

»Red kein Unsinn, Mädchen. Die sinn doch nich' gleich.«

»Was?«, stieß Sybilla hervor. »Was meinst du denn?«

»Na *die.* Die *Lädys.* Die sinn doch nich' wie *Frauen.*«

Die beiden Frauen starrten ihn und dann einander an.

»Natürlich sind sie das, du Narr«, entgegnete Sybilla. »Wie, glaubst du denn, dass *die* geboren werden? Die legen doch keine *Eier.*«

»Das hab ich nich' gesacht. Bin doch nich blöd. Aber datt

ist doch klar. Lädys sinn nich' wie *richtige* Leut'. Gebärren is' schmutzich Angelegenheit – Blut und Schreien. Feine Leut' ham doch annere Arten, datt zu machen.«

»Gütiger Jesus, gib mir Geduld«, zischte Sybilla. »Das ist doch das Gleiche bei uns allen! Ich half Lady Alienor bei ihren Entbindungen, und ich hatte vier eigene. Bin ich eine Lady?«

Der Schäfer schnaubte. »Nä, nich' wohrscheinlich! Ich hab deinen Vatter gekannt.« Er lehnte sich gesprächig zu Janiva hinüber. »Der worr so 'n richtiger alter ... uh!«

Sybilla ergriff ihn beim Ärmel und zog ihn auf die Füße. »Schwing deinen Hintern hoch und komm mit mir!«

Janiva schaute zu, wie Sybilla ihn aus dem Haus schob. Als sie die offene Tür erreichten, rief sie: »Sybilla! Er muss sich erst waschen!«

Das Kind war klein und ein bisschen schwächlich, aber es war ein Junge und atmete, was mehr war, als alle erwartet hatten. Er lag nun eingewickelt und schlaff in der Wiege, die Janiva siebzehn Jahre zuvor mit seinem Vater geteilt hatte.

Richildis schlief.

Gott sei Dank, dachte Sybilla, es hat geklappt! Sie hatte Tyrrel, der immer noch nach Schafen stank und sprachlos vor Entrüstung war, dass man ihn gezwungen hatte, sich zu waschen, ins Zimmer der Gebärenden gezerrt. Aber seine Hände waren so weich wie die einer Frau, und als er sich erst einmal an die Aufgabe gemacht hatte, führte er sie meisterhaft aus. Die Lady war glücklicherweise so von Sinnen, dass sie nicht merkte, was vor sich ging, und sobald das Kind auf das Tuch rutschte, das die Hebamme aufhielt, drängte Sybilla Tyrrel aus dem Zimmer, bevor Richildis ihn erkennen konnte.

»Nu«, sagte er verärgert in der Tür, »kriech ich nich' wenichstens watt zu trinken?«

»Gott schütze dich, Tyrrel, aber verschwinde jetzt hier, ja? Ich komme morgen zu dir.«

In der Wiege miaute das Kindchen schwach. Nur mit Glück werden wir den da aufziehen können, dachte Sybilla, als sie ihn aufhob und zu seiner Mutter trug.

»Wacht auf, Mylady«, sagte sie leise. »Euer neuer kleiner Sohn ist hungrig!«

24

Der Brandgeruch wurde vom Wind meilenweit getragen.

Llangrwys war eine Wollstadt – war es gewesen; geschäftig und wohlhabend, wie ein Ei in seinem Nest in eine Aushöhlung der Monmouthshire-Hügel gekuschelt; ein angenehmer Anblick für jeden, der auf seine Häuser, Geschäfte und Kirchen hinunterschaute. Nun bestand es aus geschwärzten Ruinen, Asche und rauchenden Balken.

Die Wolle war aufgeflammt wie … nun, eben wie Wolle. Die Fackel hatte sie kaum berührt, als auch die Flammen schon wie Wasser dahinschossen, über die Ballen leckten, blass im Sonnenlicht, aber sengend heiß. Als die Scheunen dann ebenfalls brannten und die Dächer einstürzten, loderten die öligen Flammen röhrend auf, und hier und da schossen Flammenfetzen empor und schnappten und prasselten himmelwärts.

Das Feuer breitete sich rasch aus. Bald war die ganze Stadt ein Flammenmeer – Wohnhäuser, Geschäfte, Tavernen und Ställe, Lagerhäuser, sogar Kirchen. Der Lärm der Zerstörung, das Krachen fallender Steine, das Schreien von Menschen und Pferden und das Brüllen des Brandes waren auf weite Entfernung zu hören.

Lord William hatte den Kirchenmännern angeboten, dass sie unbeschadet davonkommen würden, wenn sie ihre Schätze – Kerzenhalter, Kelche, Münzen, alles aus Gold oder Silber – herausrückten, bevor das Brennen begann, doch die

Bürger der Stadt, die schon ihr Geld und ihre Wertsachen abgegeben hatten in der Hoffnung, dass er ihre Stadt verschonen würde, mussten sehen, wie sie davonkamen. Die Überlebenden – viele starben beim törichten Widerstand oder bei dem Versuch, ihre Heimstätten und Familien zu retten – mussten zu wandernden Bettlern werden oder dem Hungertod ins Auge sehen.

Breos rief seine Leute zusammen und ritt weiter. Da es nicht mehr seine eigene Stadt war, sollte sie auch kein anderer mehr haben.

Später am Tag kamen sie zu einer kleiner Kirche an einer Landstraßenkreuzung in der Mitte von nirgendwo, einem Ort, wo Reisende Gott für seinen Schutz dankten und seinen Segen für die noch vor ihnen liegenden Meilen erbitten konnten. An der Kreuzung standen auch die Priesterkate, ein Schweinestall und ein Pferch. Der Priester melkte seine Ziege bei der Kirchentür. Als er die Krieger erblickte, sprang er vor Entsetzen auf, kippte dabei den Eimer um, rannte davon, stolperte und fiel der Länge nach vor Lord Williams Pferd.

Breos stieg ab, zog seine Panzerhandschuhe aus und half dem Priester auf die Füße. »Steht auf. Ich möchte, dass Ihr die Messe für mich lest.« Er nahm den verängstigten Mann beim Ellbogen und schob ihn durch die Kirche. Seine Krieger warteten draußen und ließen ihre Pferde den Gemüsegarten des Priesters abfressen.

Im Schiff der winzigen Kirche erschien Lord William in seiner Rüstung dreimal so groß wie ein gewöhnlicher Mann. Der erschreckte Priester, der angesichts der Bedrohung durch die Schwertspitze und trotz des päpstlichen Verbots soeben die Messe für ihn gelesen hatte, wich rückwärts zum Altar zurück, als er sein Latein beendet hatte, und stand dort zitternd, doch sein Sohn, der als Messdiener fungiert hatte, hoffte auf einen Penny von dem großen Herrn und lächelte ihn an.

Es war schon lange her, dass jemand William de Breos angelächelt hatte.

»Gott sei mit dir, Sohn«, sagte er.

»Gott sei auch mit Euch, Mylord.«

Das war bei ihm eh und je eine Gewohnheit gewesen. Denn Jungen und Unschuldigen wünschte er stets Gottes Segen, sodass sie ihm diesen zurückgaben. Gott erhörte die Gebete von Kindern. Sowohl Lord William als auch Mahaut, seine Ehefrau, schaufelten so Segenswünsche auf wie schlippfischende Seevögel. Jeder Brief, den Lord William jemals gesandt hatte, endete mit einem Wunsch um Gottes Gnade. Er gab seinen Schreibern Extrageld, um sicherzugehen, dass sie die Floskel nie ausließen. Fast jedes Mal, wenn er den Mund öffnete, fiel Gottes Name daraus. *»So Gott will ...«* oder *»Im Namen Gottes ...«* oder *»Wenn es Gott gefällt ...«* und *»Mit Gottes Gnade ...«*

In der letzten Zeit aber war er von dieser Gewohnheit abgekommen, aus verschiedenen Gründen, die sich ergeben hatten. Nun aber fühlte er sich wieder mehr wie er selbst. Schwermut und Zweifel waren aus seinem Hirn vertrieben. Die Plünderungen füllten seine Truhen. Lady Julitta hatte ihm versprochen, dass er die Macht wiedererlangte – und endlich, in diesem vom Interdikt heimgesuchten Land, war es ihm gelungen, eine Messe zu hören, auch wenn es nur eine unbeholfene Version dieses ungebildeten, unwissenden Tors von einem Priester gewesen war. Er hatte gebeichtet, ihm war Absolution erteilt worden, und die Wünsche des Kindes hatten ihn gesegnet. Er hatte keinen Zweifel, dass der Gott, den er sein ganzes Leben lang geehrt und dessen guten Willen er mit Kirchen, Heiligenschreinen und Klöstern erkauft hatte, ihm beistehen würde, so wie er seinen Rittern beistand, die ihm gedient hatten. Das war schließlich die Pflicht eines Feudalherrn.

Er ließ eine Hand voll Silbergeld auf den Boden vor dem Altar fallen und schritt aus der Kirche in das heiße Sonnenlicht des Morgens. Vor ihm stieg eine Reihe dunkler Hügel an, von denen die Sonne den leichten Nebel noch nicht weggebrannt hatte.

»Wohin reiten wir, Mylord?«, fragte sein Knappe.

»Nach der Abtei von Maesyronen«, erwiderte Lord William. Der Abt dort stand in seiner Schuld, denn Breos hatte diese Institution jahrelang unterstützt. »Wir werden dort bis auf weiteres lagern. Schickt vier Männer als Eskorte für Lady Julitta hierher. Sagt ihnen, dass sie mit ihren Augen und Händen bezahlen, sollte die Lady zu Schaden kommen.«

Maesyronen hatte seit Harolds Tagen schon Könige empfangen, bevor der normannische Bastard das Königreich von seinem rechtmäßigen Herrn bekam. Königinnen hatten in dem Bett geschlafen, in dem Julitta de Beauris die kommende Nacht verbringen würde.

Abt Hyacinth hatte Lord William mit äußerlicher Höflichkeit und innerer Verzweiflung begrüßt. *Lieber Gott im Himmel, warum hast Du ihn hierher kommen lassen? Wenn ich ihn abweise, wird er uns verderben – wenn ich ihm aber Unterkunft gewähre, wird der König mich vernichten!* Der König jedoch war weit weg in Irland, und Lord William mit seinen Rittern stand an der Türschwelle, das Schwert in der Hand.

Der Abt vertraute im Stillen seine Seele Gott an und hieß die ungebetenen Gäste mit einem gequälten Lächeln willkommen. Gehärtet in den Feuern der Diplomatie, gelang es ihm sogar, sein Entsetzen darüber verbergen, auch Lord Williams Hure willkommen heißen zu müssen, doch der Gästemeister, der Julitta zu ihrer Kammer führte, zitterte vor beleidigter Sittsamkeit und ließ sich seine Missbilligung nur zu deutlich anmerken. Julitta dankte ihm liebenswürdig an der

Tür, und er hatte keine Ahnung, wie es kam, dass er auf dem Rückweg zu seiner Zelle auf der Treppe stolperte und bis zu deren Fuß fiel, sodass beide Fußgelenke wie trockene Äste brachen.

Julitta betrachtete ihr Gesicht in ihrem silbernen Spiegel, während sie darauf wartete, von Lord William gerufen lassen zu werden – nicht um mit ihm zu schlafen, wie alle seine Männer glaubten, sondern damit sie ihm wieder die Sterne lesen und durch die Schleier blicken würde, welche die Zukunft verbargen, um ihm zu sagen, was vor ihm lag.

Sie war immer noch schön, erkannte sie zufrieden. Sie legte den Spiegel beiseite und wählte ein Kleid aus cremefarbener Seide mit einem Überziehteil aus blauer Wolle. Die goldenen Tressen lose über den Schultern und unter einem blauen Seidenschleier sah sie wie die leibhaftige Heilige Jungfrau aus –, und sie wusste es.

An ihrem Gürtel befestigte sie eine Kette, von der ein eiförmiges Gehäuse baumelte, das geschickt aus schwarzen und silbernen Metallstreifen geflochten war, sodass es aussah wie ein Gewebe. Stets hielt sie diesen Gegenstand bei sich, schlief nachts sogar damit unter ihrem Kopfkissen. Sie hatte ihn vom bretonischen Zauberer Benoic gestohlen, dem Hofastrologen der Herzogin Alix. Glücklicherweise war Benoic gestorben, bevor er sie beschuldigen konnte.

Es klopfte an der Tür. Ein junger Mönch erschien offenen Mundes, verwirrt von dieser lieblichen Vision, und stammelte: »M-Mylady, Lord W-W-William bennötigt Eure G-G-Gegenwart.«

Sie nickte. »Na, dann führt mich mal zu ihm, Bruder.«

Sie würde wieder einmal vortäuschen, die Zukunft aus den Sternen lesen zu können und diesem Narren erzählen, was er zu hören wünschte und was er sowieso schon glaubte. Einiges davon stimmte sogar. Er *würde* das Banner finden, denn ihr Dämon hatte es ihr erzählt – und wenn das geschah, würde er von der Bretagne erwarten, dass sie ihre Dankbarkeit zeigt.

Bei diesem Gedanken lächelte sie. Da würde er eine gehörige Überraschung erleben.

25

Es war die kurze dunkle Zeit zwischen Kerzen- und Tageslicht, als Straccan und seine ungewollten Begleiter ihre Pferde Ludlows Breite Straße hinaufritten. Bane hatte sich schon vorher vom anderen Tor der Stadt auf den Weg gemacht und ritt in nördliche Richtung nach Shawl. Bisher hatte Meister Wace keine Bemerkung über seine Abwesenheit fallen lassen, doch Straccan zweifelte nicht daran, dass er in seinem nächsten Bericht darüber schreiben würde.

Gähnend wünschte sich Havloc, er würde Zeit haben zu frühstücken, und er fragte sich, ob Alis wohl schon wach war oder noch schlief, rosig und warm in ihrem Bett. Sie hatte gesagt, dass sie ein Liebespaar seien. Mein Gott, man sollte doch meinen, dass ein Mannn sich *daran* erinnerte! Er fühlte sich einsam und bemitleidete sich, und Sir Richard, der finster einherritt, schien einen heftigen Anfall von schlechter Morgenlaune zu haben. Seit dem Auftauchen von diesem Wace war Straccan ungewöhnlich reizbar.

Ein Hahn krähte, was sofort von Artgenossen aus sämtlichen Richtungen beantwortet wurde, und ein Hund ließ ein ständiges, zorniges und tiefes Wau-Wau-Wau erschallen. Fensterläden schwangen quietschend auf. Jemand goss Schmutzwasser aus, sodass es die Hinterbeine Zingivers bespritzte. Das Pferd schnaubte.

»Ruhig, ruhig«, besänftigte ihn Straccan.

Jetzt gingen auch Lichter an. Ein weiterer Hund, mit höherem Tonfall, schloss sich dem ersten an. Die beiden bellten wie in einem Chor – eine tiefe Note folgte einer schrillen: Wau-Jipp! Wau-Jipp! Wau-Jipp! Ein Fluch und ein Wurfgeschoss beendeten das *Jipp*, das tiefe *Wau* ging weiter.

Aus der Mündung einer Gasse rief jemand: »Sir!« Es war Larktwist, immer noch in seiner Bettlerverkleidung. Er zog eine Gestalt in Lumpen hinter sich her.

»Ich hatte gehofft, wir würden Euch abpassen können, bevor Ihr wegreitet.« Dann stieß er die Lumpengestalt nach vorn. »Das hier ist Arletta. Der *Abt* hat sie angewiesen, mit Euch zu reden.«

Arletta war spindeldürr mit großen braunen Augen und eingefallenen Wangen. Sie war barfuß, und von den zwei Kleidern, die sie trug, deckte das eine die Löcher im anderen ab. Mit zwanzig sah sie wie fünfzig aus.

»Ist schon eine Garküche geöffnet?«, fragte Straccan.

»Mamma Pfannkuchens Küche hat immer offen, gleich hier um die Ecke.« Larktwist ging voraus und hielt dabei das stockgleiche Handgelenk der Frau fest umklammert.

Mamma Pfannkuchen, die ihren richtigen Namen fast schon vergessen hatte, war eine ungemein fette Frau, die ständig über einem Kessel mit brodelnder Suppe und Klößen präsidierte. Vom Morgengrauen bis zur Sperrstunde trieb sie ein schwunghaftes Geschäft, sodass ihre vier Töchter und ihr Ehemann so fett waren wie sie selbst.

Da war eine Bank für Kunden, die es vorzogen, im Laden zu essen. Viele aber brachten ihre eigenen Schüsseln und Näpfe, die sie vorsichtig davontrugen. Trotz der frühen Stunde siedete der Kessel schon, und die Klöße schwammen oben auf einer graufarbenen glänzenden Masse.

Arletta starrte begierig auf den Suppenkessel, bis Larktwist sie sanft auf die Bank schob. Mamma Pfannkuchen, deren riesige Brüste über einen vorstehenden Bauch quollen, schöpfte Suppe und Klöße in eine Schüssel, die Straccan dann Arletta in die Hände drückte.

»Und für Euch, meine Herren?«, fragte Mamma Pfannkuchen strahlend, die Kelle in Bereitschaft.

Als er Havlocs hungrigen Blick sah, fühlte Straccan einen Gewissenbiss. Er war zu dem armen Kerl nicht sehr höflich gewesen, seit Wace gekommen war, und hatte ihm – so ungerecht es auch war – die Schuld für seine eigene missliche Lage gegeben.

»Na gut, noch mal zwei Portionen.« Als er Waces hoffnungsvollen Blick sah, fügte er hinzu: »Wenn *Ihr* auch was davon wollt, könnt Ihr's Euch ja selbst kaufen.« Wace zuckte mit den Achseln und reichte eine Münze hinüber.

Die Mahlzeit schmeckte überraschend gut. Als Arletta ihre Schüssel leer gegessen hatte, leckte sie sie wie ein Hund aus.

»Erzähl ihnen, was du dem *Abt* erzählt hast, Mädchen«, sagte Larktwist. »Du brauchst keine Angst zu haben.«

Ihre Augen wanderten von Straccan zu den anderen und wieder zurück zu Straccan. »Ihr happt mein Mann ins Gefängnis gesteckt«, stieß sie schließlich hervor.

»Euren Mann?«

»Sie ist die Frau von ›Habt Erbarmen‹«, erklärte Larktwist.

»Der hat doch nix getann«, sagte sie. In dem warmen kleinen, dunstigen Raum fing ihre Nase zu laufen an, und sie wischte sie an den Ärmeln ab. Rote Flecke erschienen auf ihren Wangen.

»Er ist ein Zeuge«, sagte Havloc, »weil er den Mann sah, der mich beraubte.«

»Er hat doch nix getann«, winselte sie weiter. »Leute sterben im Gefängnis. Watt wirt dann aus mich?«

»Euer Gatte wird nicht sterben«, beruhigte sie Straccan. »Er bekommt auch Essen, das verspreche ich, und wenn die

Richter ihn angehört haben, werden sie ihn wieder freilassen.«

»Abber ich werd verhunkern!« Verzweifelt rang sie die schmutzigen Hände.

»Nein«, entgegnete Straccan. »Auch Ihr werdet zu essen bekommen.« Er schaute Mamma Pfannkuchen an. Von appetitlich riechendem Dunst umgeben, schüttete sie frische Klöße in den Kessel. »Wenn Ihr jeden Tag herkommt, bis Euer Mann freigelassen wird, kriegt Ihr auch zu essen. Dafür zahle ich. Das heißt, wenn Ihr mir etwas Nützliches zu erzählen habt.«

»Jeden Tach watt zu essen?«

»Bis ›Habt Erbarmen‹ freigelassen wird. Und Ihr könnt auch jetzt noch eine Schüssel voll Brot bekommen.«

Arletta wartete, bis sie die Schüssel bekommen hatte, um sicherzugehen, bevor sie wieder etwas sagte. »Die Leut, die Ihr sucht, der Mönch, wurden mit durchgeschnittene Kehl ausse Teme gefischt. Ausgeleget aufn Wagen beim Burgtor wurd er, abber keiner hatt 'n Name gesacht.«

»Und der andere Mann?«, wollte Havloc wissen.

»Kleiner Wicht mit wennig Haare in Flickenjacke. Der Mönch hat Tom zu ihn gesacht. Hab sie ein paar Male zusammen gesehn.«

»Hat er den Mönch getötet?«

Ihr Blick glitt unbehaglich über jeden in dem dampfenden Raum. »Weiß nich', könnt sein. Is' ja weggelaufe, nich'?«

»Wisst Ihr, wohin er ging?«

»Na, wo se alle hingehn – inne Wald. Kann ich was mehr ham?«

Straccan winkte Mamma Pfannkuchen und wandte sich dann Wace zu: »Wartet hier. Auch Ihr, Havloc. Das muss Cigony hören. Ich werde nicht lange fort sein.« Das war ein schwacher Schössling der Hoffnung, der wahrscheinlich gleich wieder absterben würde, den man aber dennoch pflegen musste.

Arletta achtete kaum darauf, dass er den Raum verließ. Sie streckte die Hände nach der wieder gefüllten Schüssel aus und fragte sich, wie lange man ihren Ernährer wohl im Gefängnis behalten würde. Mindestens einen Monat – mit etwas Glück.

Das Land dampfte unter der heißen Sonne, und Schwärme von stechenden, beißenden Fliegen wurden durch die Wärme aus dem Schlamm ausgebrütet und stürzten sich schwirrend und surrend auf Mensch und Tier, sodass die schlammigen Landstraßen mit Reisenden zu Fuß und zu Pferde gefüllt waren, die aus der Ferne den Eindruck von Verrückten machten, weil sie die Arme schwenkten und nach unsichtbaren Quälgeistern schlugen. Viele Leute, die durch die Überschwemmungen in Ludlow aufgehalten worden waren, verließen nun den Ort – Pilger, Händler und Schreiber, Boten und Soldaten, Mönche und Nonnen; alle, deren Reise unterbrochen und deren Pläne durch den nassesten Sommer seit Menschengedenken umgeworfen worden waren.

Unter ihnen befand sich auch Garnier, der Aussätzige. Die Mönche von Maudleys – dem Lepraasyl der Heiligen Maria Magdalena – hatten ihn angefleht, doch bei ihnen zu bleiben; als er nicht wollte, wurde er mit neuen Kleidern, Schuhwerk und Lebensmitteln für seine weitere Reise ausgestattet. Aber das Beste von allem war, dass sie ihm einen Wegführer mitgegeben hatten, einen Leprakranken wie er, aber jung und noch kräftig, einen sehnigen Waliser mit Namen Illtud, der den Weg zum Verborgenen Tal kannte, einen Waffenstock trug und sich sehnlichst wünschte, endlich mal eine Gelegenheit zu finden, ihn anzuwenden.

26

Richildis' Sohn wurde Hugues getauft, der Name ihres Vaters. Shawl schmollte, weil er nicht Guy genannt worden war und weil Benet Finacre, den die Einwohner »Alter Griesgram« nannten, die Taufe vorgenommen hatte und nicht Vater Osric. Seitdem Richildis ihnen verboten hatte, auch nur einen Gedanken an Janiva zu verschwenden, befanden sich die Leute des Ritterguts in einem argen Zwiespalt. Dennoch hießen sie die Ankunft des Sohnes ihres jungen Lords willkommen und machten sich die gleichen Sorgen über seine Verdauung, seine Koliken, sein Erbrechen, seinen Stuhl, sein Schreien in der Nacht und seinen Ausschlag wie seine Mutter.

Schließlich war er der Enkel ihres alten Lords und, so Gott wollte, ihr künftiger Herr. Es sah so aus, als ob Gott es wirklich wollte, denn obwohl das Kind klein und zu früh geboren war, begann es doch nach den ersten beiden sorgenvollen Tagen kräftig zu saugen. Da seine Mutter zu der Zeit vom Fieber befallen war, wurde eine Amme herangezogen, sodass wieder zwei Babys in der alten Wiege lagen, diesmal nur Knaben – der eine adlig, blass und leicht reizbar, der andere von niederer Geburt, rosig vor Gesundheit und ruhig wie eine Schlafmaus.

Als die Amme eines Nachts noch vor dem Morgengrauen ohne Haube und barfüßig in ihrem Nachthemd ins Haus des Gutsverwalters hineinstürzte und Robert und seine Frau mit einer wilden Geschichte von Hexerei und Mord aufweckte, dachten diese, die Amme habe den Verstand verloren.

»Kannst du sie nicht beruhigen?«, zischte Robert seiner Frau zu, als er auf der Bettkante saß, sich sein zerknittertes Hemd anzog, in die Hosen schlüpfte und die Klappe seines Hosenlatzes zuband, während die Amme namens Bretta weiter aufgeregt schnatterte. »Was will die verrückte Kuh denn hier? Sie sollte doch bei den Säuglingen sein. Lady Richildis wird ihre Därme zu Strumpfbändern verarbeiten lassen, wenn sie aufwacht und merkt, dass die weg ist!«

Sybilla schaute ihn finster an, wegen der »verrückten Kuh«, während sie die weinende und stotternde junge Frau in den Armen hielt und ihr besänftigend auf den Rücken klopfte.

»Um Gottes willen, Mädchen, was ist denn los? Wer ist ermordet worden? Jesus, Bretta, nimm dich zusammen. So ist's besser. Jetzt mal schön langsam – was ist geschehen?«

»Der alte Griesgram sagt, Frau Janiva hat Lady Alienor und auch den alten Lord durch Hexerei erm-m-mordet und auch versucht, die Lady und den S-s-säugling umzubr-br-bringen!«

»Unsinn!«, sagte der Verwalter, tauchte sein Gesicht in eine Schüssel mit Wasser und trocknete sich an seinem Hemd ab.

»Er hat zwei von den Shaxoe-Schindern ge-ge-geschickt, um sie zum He-He-Herrenhaus zu holen. Könnt Ihr denn da nichts machen, Verwalter? Sie war doch gut zu mir, die Frau Jani-ni-niva.«

»Geh und schau nach, was da geschieht«, meinte Sybilla und reichte ihrem Mann Gürtel und Wams. »Ich komme nach, sobald ich angezogen bin.«

Die Nachricht hatte sich schon verbreitet, und als Sybilla sich ihr Kleid übergestreift, die Haube aufgesetzt hatte und keuchend das Herrenhaus erreichte, hatte sich schon mehr als ein Dutzend entsetzter und faszinierter Dorfbewohner im

Saal versammelt. Benet Finacre stand neben Sir Rogers leerem Hochsessel; vor dem Podest kauerte Janiva, nur mit ihrem Nachhemd bekleidet, beide Handgelenke auf dem Rücken zusammengebunden. Neben ihr stand einer der Shaxoe-Männer in lümmelhafter Haltung.

Es war noch dunkel im Saal. Ein paar soeben angezündete Fackeln flackerten und knisterten an den Wandhaltern hinter dem Podest, und die Barriere war von einer Reihe von Kerzen beleuchtet, die über ihre ganze Länge Wachstränen weinten. Unter einem plötzlichen Luftzug duckten sich die Kerzenflammen, als eine von Richildis' Dienerinnen den Vorhang an der Hinterseite des Podests zurückzog, um ihre Herrin einzulassen. Gähnend setzte Richildis sich in den Sessel ihres Gatten. Ihre vorstehenden blauen Augen fixierten Janiva kalt.

»Ich habe dieser Dirne doch befohlen, sich von meinem Hause fern zu halten.«

»Das habt Ihr, Mylady«, sprach Finacre. »Aber sie muss vor Euer Angesicht treten, um angeklagt werden zu können.«

»Angeklagt? Welchen Vergehens?«

»Hexerei, Mylady – und Mord.«

Die Zuschauer schnappten nach Luft und tuschelten.

»Ruhe!«, rief Finacre. In der nun eintretenden Stille war das dünne Winseln des Babys von der Kammer oben zu hören. Finacre wandte sich wieder Richildis zu. »Gott hat Euch in Eurer Abneigung gegen sie geleitet. Sie vergiftete den Vater Eures Gatten, den Lord dieses Ortes, der ihr kein Leid zugefügt hatte, und auch Lady Alienor, diese gute Seele.« Trotz seiner Anweisung begann das Murmeln wieder, sodass er seine Stimme erheben musste, um gehört zu werden. »Sie ist eine Hexe, eine Buhlerin des Satans«, sprach er laut. »In ihrer Bösartigkeit versuchte sie auch, *Euch* zu töten, Mylady, und Euer Kind, und als Ihr wegen Eurer Tugend und mit dem

Schutz unserer Lieben Frau nicht zu besiegen wart, hexte sie Euch Fieber an und ließ Eure Milch versiegen.«

Aus seiner Tunika holte er etwas hervor, das in einen Lappen gewickelt war, und warf es auf die Barriere.

»Hier ist der Beweis.«

Richildis streckte die Hand aus und ergriff es. Der Lappen fiel ab, und etwas Dunkles, Vertrocknetes und Eingeschrumpeltes, das Arme, Beine und vielleicht einen Kopf zu haben schien – wie ein kleiner mumifizierter Affe – fiel auf das Barrierenbrett. »Igitt!«, rief sie aus. »Da sind ja Nägel drin.«

»In der Tat, Mylady. Schaut, wo sie stecken – hier, hier und da.« Er berührte sich selbst leicht an Brust und Bauch. »Ich fand das in ihrem Haus, zusammen mit anderen schmutzigen, teuflischen Dingen. Bringt sie hier herauf!«

Janiva wurde grob die Stufen hinaufgestoßen, sodass sie vor der Barriere, hinter der die Lady saß, zu stehen kam. Ihr Gesicht war voller blauer Flecke und angeschwollen, und ein Blutstropfen war an ihrer Lippe getrocknet, wo diese von einem Schlag auf den Mund aufgeplatzt war.

»Bindet ihr die Hände los«, sagte der Kaplan; dann zu Janiva: »Nimm es auf!«

»Es ist eine Alraune«, sagte sie. »Eine Wurzel, die auf den Feldern wächst. Sie wird zur Schmerzlinderung verwendet. Jeder Kräuterkundige wird das bestätigen.« Sie drehte die Wurzel in ihren Händen. »Wer hat denn die Nägel dort hineingeschlagen?«

»Sie kann auch zum Töten verwendet werden«, entgegnete Finacre, an die anwachsende Menge gewandt. »Diese Männchenwurzel ist ganz und gar ein Ding des Teufels! Schreit sie nicht, wenn sie aus dem Boden gezogen wird? Ein Schrei so schrecklich, dass jeder, der ihn hört, tot zu Boden fällt, jawohl! Die Hexe, welche die Alraune herauszieht, muss sich die Ohren mit Lehm aus einem frischen Grab, gemischt mit dem Fett eines ungetauften Säuglings in die Ohren stopfen.«

Allgemeines Stöhnen des Entsetzens und der Abscheu kam von den Zuschauern. Richildis bekreuzigte sich und umklammerte den kleinen Reliquienbehälter, der an ihrem Hals hing.

»Da waren auch noch andere Dinge«, sagte Finacre. »Widerliche Pulver und Tränke aus Unkraut und Giftpilzen, böse Zauber, welche die Wollust der Männer anregen und Ehemänner aus den Betten ihrer Gattinnen stehlen ...« Das Murmeln im Saal wurde lauter. »Zaubermittel, die Krankheiten hervorrufen und ehrliche Leute blind machen gegen die Schlechtigkeit der Welt. Ich warf sie ins Feuer, und sie stanken wie die Hölle!«

Richildis wimmerte und fuhr zurück. Wieder bekreuzigte sie sich. Furcht spiegelte sich auf ihrem Gesicht. Von den Zuschauern kamen Schreie und Stöhnen. Die Einwohner von Shaxoe schlugen das Kreuzzeichen und krümmten ihre gegen Janiva gerichteten Finger, um das Übel abzuwehren. Einige zischten: »Hexe«, andere schrien: »Mörderin!«

»Sie *ist* eine Hexe, jawohl!«, rief Finacre. »Und sie weiß, dass ich ihr Feind bin! Gestern Abend sprang sie in Gestalt eines Hasen unter meinen Fuß, um mich zu Fall zu bringen, aber ich rief Christus und den heiligen Antonius an, und sie flüchtete vor diesen heiligen Namen. Ich folgte ihr bis zu ihrem Haus.«

»Mylady«, rief Janiva Richildis zu, »nichts davon ist wahr. Er lügt!«

»Es ist keine Lüge!«, donnerte der Kaplan und schüttelte die Alraune. »Damit, Mylady, hat sie versucht, Euer Kind schon in der Gebärmutter zu töten! Seht her!« Er zog einen langen Nagel aus der Stelle, an der man den Bauch der Figur vermuten konnte. Richildis stieß ein lang gezogenes Stöhnen aus, als wäre der Nagel aus ihrem Fleisch gezogen worden.

»Als dies fehlschlug, versuchte sie aus Trotz und Eifersucht, Eure Milch zum Versiegen zu bringen.« Er zeigte auf die anderen beiden Nägel.

Mehrere Frauen schrien. Richildis raffte sich von ihrem Sessel auf und wich rückwärts zum Vorhang, wobei ihre Dienerinnen sie zu beiden Seiten stützten. Finacre schüttelte die Alraune in Janivas Richtung. Sie riss sie ihm aus der Hand, schleuderte sie zu Boden und spuckte ihm ins Gesicht. Er schlug sie mit aller Kraft, sodass sie vom Podest fiel. Ihr Kopf schlug hart auf dem Steinboden auf, und sie blieb reglos liegen.

»Bringt sie weg«, fauchte er, »und sperrt sie ein!«

Im Saal entstand Getöse.

Später an diesem Vormittag nahm Lady Richildis ihren Sohn, seine Amme und deren Säugling mit zu ihrem Heimatort Shaxoe, was die Leute von Shawl erfreute, bis sie erfuhren, dass sie Finacre mit der Stellvertretung der Lordschaft von Shawl und vier ihrer Männer von Shaxoe zur Durchsetzung seiner Befehle beauftragt hatte.

»Es kommt noch schlimmer. Ich weiß es, und *du* weißt es auch. Rob, *musst* du jetzt wirklich gehen?« Sybilla schnitt Brot und Käse für ihren Mann als Wegzehrung. Der Verwalter musste einen Auftrag für Pater Finacre erledigen und würde für ein paar Tage fort sein. Er zappelte nervös, als seine Frau sein Wams glättete, den Proviant in seine Reisetasche packte und auf ihren Zeigefinger spuckte, um ihm einen Fleck vom Kinn zu wischen. »Komm schnell wieder, Rob. Nicht auszudenken, was der alte Griesgram inzwischen alles anstellen wird.«

Er wusste es, aber was konnte er tun? Der Kaplan hatte das Siegel, und dagegen gab es kein Argument. Sobald Lady Richildis' Gefolge außer Sicht gewesen war, hatte der »Alte Griesgram« die Dokumententruhe des Ritterguts verlangt und seine Nase in alle geschäftlichen Angelegenheiten von Shawl gesteckt. Nach einer Weile hatte er den Verwalter kommen lassen und gefragt, welche Dienste Janiva für das Gut verrichtet hatte, worauf Robert erstaunt antwortete, dass es keine Dienste gewesen seien; schließlich sei Janiva eine freie Frau.

Finacre, der in einen Berg Pergamentrollen vertieft war, hob skeptisch eine Augenbraue. »Wurde sie denn als Freie geboren?«

»Nein. Ihre Mutter wurde freigesprochen, weil sie Sir Roger genährt hatte, als Janiva ein Säugling war.«

Finacre trommelte mit den Fingern auf den Tisch. »Dann muss es doch auch ein Schriftstück geben, auf dem ihre Befreiung von der Leibeigenschaft bewiesen wird.«

Der Verwalter zögerte. »Ich nehme es an. Das war ja alles vor meiner Zeit.«

»Geht wieder an Eure Geschäfte.«

Der Kaplan war mit der Arbeit des Tages zufrieden. Die Hexe war gefangen, und sie *war* eine Hexe, natürlich, denn wie sonst hätte sie ihm in seinen Träumen begegnen können – schmutzigen Träumen, die ihn besudeln sollten? Nacht um Nacht, seitdem er sie zum ersten Mal gesehen hatte, erschien sie ihm im Schlaf, mit Bildern der Lust und Versprechungen fleischlicher Freuden. Und sie hatte Macht! Sogar in Gottes hellem Tageslicht quälte sie ihn mit abscheulichen Wünschen. Trotz des härenen Hemds, das er trug, um sein sündhaftes Fleisch zu kasteien, wurden seine obszönen Sehnsüchte kein bisschen schwächer.

Oh, sie war klug! Die törichten Leute hier hielten viel von ihr, weil sie Leiden linderte, die sie ihnen gewiss vorher angehext hatte. So hatte sie das Vertrauen der Menschen erschlichen. Er musste dafür sorgen, dass die Leute diese Frau so sahen wie er, um sie zu verabscheuen und zu fürchten. Die

Alraune hatte die Menschen schon erschreckt – ein großer Erfolg. Die Nägel waren ganz *sein* Werk gewesen.

Der Teufel musste eben mit allen Waffen bekämpft werden, die einem in die Hände fielen.

Am Abend ließ er wieder Robert kommen und teilte ihm mit, dass nichts über eine Freisprechung der Frau Audrey, Witwe von Adam, und ihrer Nachkommen aus der Leibeigenschaft in den Akten stand. Wann, wo und mit welchen Zeugen, fragte er, habe dieser angebliche Vorgang denn stattgefunden?

Robert hatte keine Ahnung. Vor siebzehn Jahren war er ja selbst noch ein Kind gewesen. »Lord Roger wird es wissen, und er wird bestimmt kommen, sobald er den König verlassen kann.« Sein trauriges Gesicht hellte sich auf. »Vater Osric müsste Zeuge gewesen sein.«

»Ach ja«, entgegnete Finacre und spitzte die Lippen. »Ich werde mit ihm sprechen. Dennoch, es gibt kein Schriftstück darüber.«

»Aber Sir, jeder weiß doch, dass sie eine Freie ist!«

»War ihr Vater denn frei?«

»Nein.«

»Da habt Ihr's. Das Kind eines unfreien Vaters ist ebenfalls unfrei. So besagt es das Gesetz. Da es kein Schriftstück oder einen lebenden Zeugen für ihre Freisprechung gibt, erkläre ich hiermit, dass die Frau Janiva unfrei ist, Eigentum des Gutes wie alles andere Vieh.« Die kleine Rolle aus Tierhaut, welche die Frau Audrey und ihre neugeborene Tochter von der Leibeigenschaft freisprach, befand sich sicher in der Innentasche seines Rocks und war schon für die Kohlenpfanne in seinem Zimmer bestimmt. »Was nun die Anklage auf Mord und versuchten Mord durch Verhexung von Lady Richildis betrifft, muss diese Person dem Gottesurteil unterzogen werden, falls sie nicht gesteht.«

Robert starrte ihn offenen Mundes an. »Gottesurteil? Es sind hier doch schon seit Jahren keine Gottesurteile mehr durchgeführt worden!«

»Wenn sie unschuldig ist«, erwiderte Finacre, »wird Feuer ihr nichts anhaben können. Oder zweifelt Ihr etwa an Gottes Gerechtigkeit?«

»O nein, Sir, ich nicht, nein, niemals!«

Robert wollte es seiner Frau nicht erzählen, aber sie bekam es doch aus ihm heraus. Nun folgte sie ihm zum Stall und schaute zu, wie er aufs Pferd stieg.

»Jemand muss etwas tun«, sagte sie.

»Also, *ich* kann da nichts machen«, entgegnete der Gutsverwalter. »Der alte Griesgram hat das Siegel, sodass er hier jetzt das Gesetz ist. Er kann *alles* machen – wegen Ungehorsams Hände und Füße abhacken, Ohren abschneiden und Augen ausstechen lassen, wie in den schlimmen alten Zeiten.« Er zitterte. »Möchtest du, dass so etwas hier geschieht? Wenn sie unschuldig ist, wird sie das Gottesurteil unbeschadet überstehen – sagte er jedenfalls.«

»Gottesurteil! Du liebe Zeit! Wohin führt das alles? Rob, siehst du denn nicht, was geschehen wird? Man wird eine große, schwere Eisenstange erhitzen, bis sie weiß glüht, und Janiva muss sie dann tragen!«

»Nur drei Schritte weit«, entgegnete der Verwalter. Als er den Gesichtsausdruck seiner Frau sah, fügte er eilig hinzu: »Wenn sie unschuldig ist, wird Gott ihr keine Schmerzen zufügen!«

»Sei kein Narr! Das ist *grausam!* Um Gottes willen, Rob, du glaubst doch nicht all diesen Unsinn über Janiva, nicht wahr?«

»'türlich nicht!« Aber er schaute zur Seite, um ihr nicht in die Augen blicken zu müssen, und ging.

Sybilla rief ihm nach: »Jemand *muss* ihr helfen!«

27

»Gewiss erinnere ich mich an sie, Sir Richard«, sprach die Priorin. Sie konnte es auch nicht gut leugnen. »Wir haben Lady Ragnhild und die Hallgerd nie vergessen.«

Ihre Augen besaßen die Farbe und Kälte von schmutzigem Eis. Ihre und Straccans Blicke kreuzten sich wie Klingen. Die Nachricht von seiner Ankunft in Begleitung eines königlichen Schreibers und im Auftrag des Königs selbst hatte jeden Winkel des Klosters der Bußfertigen Schwestern erreicht, als er und Wace ins Sprechzimmer geleitet wurden, und die Nonnen hatten die Reihen geschlossen. Weshalb sie auch gekommen waren – diese Spione des Königs würden hier nichts erfahren. Die Nonnen waren an plötzliche Besuche der Regionalinspektoren des Bischofs gewöhnt, und alles, was sie Fremde nicht sehen lassen wollten – Haushunde und -vögel, die Holzkohlenpfanne im Schlafsaal sowie private Andenken und Briefe – wurden mit dem geschwinden Geschick langer Übung versteckt. Alle Fragen prallten an einer Wand des Widerstands ab, die durch einen Vorhang guter Manieren diskret verborgen wurde.

Wenn sie es bewerkstelligen konnte, ohne dass sie festgenommen und ihr Kloster aufgelöst wurde, war Priorin Heloise de St. Valéry entschlossen, sich den Agenten des Königs zu widersetzen. Schließlich war es ja der König gewesen, der die volle Last des päpstlichen Zorns über das Königreich gebracht, den Unschuldigen das Interdikt auferlegt und die mageren Einnahmen der Priorei konfisziert hatte. Und es war auch der König gewesen, der Lord William de Breos abgesetzt hatte und dadurch all das Unglück der Priorei heraufbeschworen hatte. Denn Priorin Heloise war die Cousine der Gattin von Lord William.

Dies hatte sich zu ihrem Vorteil ausgewirkt, als Lord William de Breos noch hoch in der königlichen Gunst gestanden hatte. Damals war Lady Mahaut großzügig gewesen, und die Priorei blühte. Doch nach dem Sturz des Hauses Breos war der Strom von Geschenken, Vermächtnissen und Novizinnen mit hoher Mitgift versiegt. Das neue Refektorium blieb halb fertig, die Maurer drängten auf Bezahlung, und die Priorei hatte große Schwierigkeiten, sich über Wasser zu halten.

Um die Dinge noch schlimmer zu machen, waren diese beiden Schnüffler gerade zu der Zeit eingetroffen, als die Priorin zum zwanzigsten Male die Konten überprüfte in dem Versuch, noch mehr Einsparungen vorzunehmen; wäre sie nicht eine fromme Frau gewesen, hätte sie den beiden ob dieser Unterbrechung den Teufel an den Hals gewünscht. Stattdessen trug sie Schwester Eglantine auf, Wein einzuschenken in der Hoffnung, sie würden die billigen Zinnbecher, die gestopften Löcher an ihren Ärmeln oder den unverwechselbaren Geruch des Schweinestalls nicht bemerken, der an Schwester Eglantines geflickten Stiefeln hing.

Die Störenfriede würden nichts aus Mutter Heloise herausbekommen. Sie schob die Hände in die Ärmel und reckte kampfbereit ihr Respekt einflößendes Kinn. Sie würde zwar nicht lügen, würde jedoch alle Fragen ausweichend und verschwommen beantworten. Dass diese Leute kein Interesse an den wenigen verbliebenen Mitteln der Priorei zeigten, sondern nur nach demWrack eines vor zehn Jahren untergegangenen dänischen Schiffes und dem Schicksal der geretteten Mädchen fragten, war eine Erleichterung, wenn auch rätselhaft.

Es schien, als könnte niemand sich daran erinnern, wer die Maiden zur Prioreitür gebracht hatte. Raue Burschen waren es gewesen, Fischer. Aber Namen – nach so langer Zeit? Die Priorin spreizte die Hände in einer Geste der Hilflosigkeit und schaute Straccan unbewegt in die Augen. Er hatte schon kältere Augen gesehen, aber selten bei Lebenden.

»Wir übernahmen die armen Kreaturen nur von ihnen und brachten sie gleich zu Bett«, erklärte Schwester Eglantine und häufte eine Menge nutzloser Belanglosigkeiten auf, um den Mangel an handfesten Tatsachen aufzuwiegen. »Arme Dinger. Sie waren völlig durchgeweicht, erschöpft und zitterten. Wir brachten sie geradewegs zur Krankenstation, zogen sie aus und legten sie in ein warmes Bett mit heißen Steinen darum herum. Sie schliefen einen Tag und eine Nacht lang. Lady Winifred oder ich waren stets an ihrem Bett. Hallgerd war sehr krank. Wir dachten, sie würde sterben, aber unsere Gesegnete Frau erhörte unsere Gebete.«

»Was geschah denn mit ihren Sachen?«

»Ihre Kleidungsstücke, meint Ihr?« Schwester Eglantine machte bei dieser Frage ein erstauntes Gesicht. »Die waren natürlich hin. Wir machten Aufwischlappen daraus.«

»Hatten sie denn nichts bei sich – Beutel, Taschen oder so etwas?«

»Lady Ragnhild hatte viele Ringe«, erinnerte sich Schwester Eglantine.

»Ja«, bestätigte die Priorin. Dies war sicherer Boden. »Sie gab zwei dieser Ringe der Pirorei – bei ihrer Hochzeit.« Die Ringe waren schon vor langer Zeit verkauft worden, um den Wolf von der Tür fern zu halten, zusammen mit dem Silberkelch der Priorei, ihren Reliquien und dem Weinberg, doch trotz aller Anstrengungen war der Wolf jetzt schon auf halbem Weg durch das Anwesen, und sein Atem wehte der Priorin heiß in den Nacken.

»Es müssen doch auch noch andere Dinge aus dem Wrack gerettet worden sein«, sagte Straccan.

»Da war ihre Mitgifttruhe. Sie verschloss sie, als das Schiff auflief, und warf den Schlüssel über Bord. Der Flussaufseher Lord Maurice beschlagnahmte die Truhe für den König.« Die Lippen der Priorin wurden einen Augenblick schmaler vor Missbilligung. Sie wusste sehr gut, was Maurice de Lacy damals getan hatte: Auf dem Weg zurück zum Wachturm – die Truhe hinten am Sattel festgebunden – war er geritten, als wäre der Teufel hinter ihm her; er hatte seinem Pferd so wild die Sporen gegeben, dass dem armen Tier das Blut den Bauch hinunterlief. Bei seiner Ankunft hatte er sofort den Schlosser kommen lassen, die Truhe zu öffnen. Die Priorin sah eine Chance, einen Hasen laufen zu lassen, der diese Kerle von der Priorei wegführen könnte, und eine glorreiche Gelegenheit, endlich Lord Maurice darin zu verwickeln. Mit Freuden ergriff sie die Gelegenheit beim Schopf.

»Fünfhundert Markmünzen aus reinem Silber waren in der Truhe, wie Lady Ragnhild mir erzählte.« *Das* sollte Lord Maurice doch den Garaus machen! »Alles andere war verloren gegangen – ihre Brautkleidung, ihre Hunde, sämtliche anderen Sachen, die sie für ihr neues Heim mitgebracht hatte.« Und bald darauf, erinnerte sie sich bitter, stolzierte Lord Maurice umher wie ein Lude (die Priorin hatte vier Brüder und kannte ihr Vokabular recht gut) in neuen Pelzen und Seidengewändern und ritt einen neuen spanischen Hengst.

Straccan seufzte. Er war sich immer sicherer, dass die Nonnen nichts davon wussten, falls das Banner hier verborgen war. Hätten sie das kostbare Stück – oder wüssten sie, wo es war –, würden sie nicht geflickte Kleider und ausgebesserte Schuhe tragen, und diese Hinterwald-Priorei wäre in der ganzen Christenheit berühmt. Geschickt gehandhabt – und Straccan hatte keinen Zweifel am Geschick der Priorin Heloise – würde eine Reliquie wie das Pendragon-Banner allemal Canterburys Macht den Wind aus den Segeln nehmen können.

Er verschwendete hier seine Zeit. Gedanken krabbelten wie Ameisen durch sein müdes Hirn. Was hatte der König noch gesagt? Ragnhild hatte das Banner aus der Truhe genommen und es sich um den Hals geschlungen. Aber wenn es doch nicht so war? Wenn es sich noch in der Truhe befand? Wer hatte denn die Gelegenheit gehabt, diese Truhe zu plündern, bevor sie augenscheinlich ungeöffnet an den König weitergeleitet worden war?

Wace mischte sich ein. Er hatte genug von all diesen weiblichen Unklarheiten und dem Gerede über Aufwischlappen und Ringe – obwohl er die Sache mit den fünfhundert Markmünzen in seinen nächsten Bericht einfügen würde. Es war jetzt an der Zeit, diese beiden Frauen daran zu erinnern, mit wem sie es zu tun hatten.

»Ehrenwerte Priorin, es wäre zu Eurem Vorteil, wenn Ihr uns helfen würdet. Offenbar«, und er starrte dabei auffällig auf Schwester Eglantines geflickte Schürze und setzte den Becher, aus dem er nicht getrunken hatte, mit einem stumpfen *Plong* des minderwertigen Metalls auf den Tisch, »mangelt es Euch an ... hm, vielen Dingen. Der König kann äußerst großzügig sein ...«

Straccan hätte den Kerl erwürgen können.

Die Wangen der Priorin röteten sich leicht, und sie presste die Lippen zusammen, um die Worte zurückzuhalten, die sich ihr aufdrängten. Dann lächelte sie. Es war, als würde plötzlich ein verborgener Dolch gezogen.

»Ich danke Euch, Herr Schreiber, uns an die Tugend der Armut zu erinnern«, sagte sie mit giftiger Liebenswürdigkeit. »Wie leicht es doch ist, von den Freuden und Behaglichkeiten der Welt verführt zu werden! Es würde uns schlecht anstehen, Gunstbeweise des Herrn König anzunehmen, während überall in seinem Reich die Armen an Hunger leiden. Wenn Hoheit großzügig ist, bittet ihn doch in unserem Namen, seine Gaben nicht an uns zu verschwenden, sondern Gottes Arme außerhalb dieser Mauern damit zu beglücken.«

Trotz seiner miesen Laune war Straccan versucht, ihr Beifall zu spenden.

Wace entgegnete ungeduldig: »Ist es denn möglich, werte Dame, dass Lady Ragnhild so eine Art Reliquie bei sich hatte – eine Fahne, die ihrem Vater gehört hatte?«

Die Nonnen tauschten verblüffte Blicke. »Da war keine Fahne«, antwortete die Priorin mit Bestimmtheit, und Schwester Eglantine schüttelte den Kopf.

Nein, dachte Straccan. Dieses arme junge Ding war nicht in dem Zustand, ein sicheres Versteck für ihren Schatz zu finden, als sie hierher kam. Die Nonnen entkleideten die Mädchen doch und wachten an ihrem Bett. Wenn es ein solches Banner gab, war es nie hierher gekommen.

Aber wohin dann?

War es in der Truhe? Ging es im Fluss verloren, oder wurde es von den Männern genommen, die die Mädchen vom Wrack hierher gebracht hatten?

»Ehrenwerte Priorin«, sagte er. »Die Fischer, die diese Mädchen retteten – woher kamen die?«

Die Priorin hob fragend die Augenbrauen und wandte sich Schwester Eglantine zu, die ihre eigenen Brauen grübelnd zusammenzog. »Von einem der Flussdörfer, nehme ich an«, erwiderte sie. »Aber von welchem …«

»Die Priorei führt doch eine Chronik, nicht wahr, ehrenwerte Dame?« Er wusste nur zu gut, dass dem so war, denn Wace hatte es ihm gesagt. Alles, was die Nonnen als bemerkenswert betrachteten, wurde aufgeschrieben – von Seuchen und Sternschnuppen bis hin zur Krönung von Königen und dem jährlichen Wollgewicht der Priorei-Schafschur.

Die Priorin Heloise nickte. »Ihr seid gut unterrichtet, mein Herr. Seit den Zeiten des alten König Henry wird hier eine Chronik geführt.«

»Ich würde gerne den Bericht über diese Vorfälle lesen, wenn ich darf.«

Darauf hätte sie gewettet! Dieser lesekundige Plagegeist! Nur gut, dass sie darauf vorbereitet war. »Unglücklicherweise wurde unser Schreibzimmer bei den letzten Stürmen überflutet«, entgegnete sie, ohne zu stocken. »Die meisten unserer Bücher wurden dabei vernichtet. So muss ich Euch leider sagen, dass es diese Chronik nicht mehr gibt.«

Täusche den Feind mit der Wahrheit, dachte sie und senkte den Blick, um sich nicht durch ein Glänzen des Triumphs in den Augen zu verraten. Das Schreibzimmer war tatsächlich überflutet worden, und die meisten Bücher waren wirklich nicht mehr darin; sie waren verkauft worden, um die kleine Gemeinde zu ernähren und zu kleiden. Was jedoch die Chronik betraf, so saß die Priorin gerade darauf.

Wace, der Bücher leidenschaftlich liebte, war ehrlich bestürzt. »Welch ein Verlust«, murmelte er. »Es tut mir sehr Leid, das hören zu müssen.«

»Es sieht so aus, als hättet Ihr Eure Reise vergebens gemacht«, sprach die Priorin. *Und jetzt, lieber Gott, lass sie bitte abziehen, damit ich mich wieder meinen Konten widmen kann.* Ihre Gedanken kehrten schon zu dem unterbrochenen Ringen um Lösungen für ihre missliche Haushaltslage zurück. Nicht nur die Nonnen mussten ja ernährt werden, sondern auch die Armen und Verzweifelten. Die Bettlergabe musste auf Bitten am Tor ausgehändigt werden, auch wenn die Insassen des Klosters dafür hungern mussten. Man könnte an Kerzen sparen, und im Speiseraum könnte man Binsenfackeln verwenden. Die knisterten zwar und flackerten und rochen nach dem Schafsfett, mit dem sie bestrichen wurden, sodass die Schwestern sich beschweren würden, aber es ging nun mal nicht anders. Die Priorin nahm ihre Feder wieder auf.

An der Tür drehte Straccan sich um.

Was war denn nun schon wieder? *Verdammt sei dieser Kerl! Lieber Gott, vergib mir das Fluchen!*

»Lord Maurice de Lacy, ehrenwerte Dame, wo können wir den finden?«

Die Priorin schaute mit müder Höflichkeit von ihrem Papier auf. »Heute Morgen kam die Nachricht, dass Piraten am Unterlauf des Flusses erschienen sind. Ich glaube, der Flussaufseher wollte dorthin, aber man wird Euch im Turm mehr sagen können.«

»In welchem Turm?«

»Im Wachturm von Trevel. Der ist fünf Meilen im Süden, am Flussufer.« Sie ergriff ihr Federmesser und begann, den Federkiel zu trimmen. »Ihr könnt ihn gar nicht verfehlen.«

Sie verbeugten sich und verließen den Raum. Priorin Heloise und Schwester Eglantine nickten einander grinsend zu.

»Ich frage mich, was die *wirklich* wollten«, sagte Schwester Eglantine. »Ob sie wohl zurückkommen, Mutter?«

Priorin Heloise seufzte tief. Da kam ein verd… ein *verflixtes* Ding nach dem anderen. »Ich fürchte ja. Aber sagt den Schwestern, dass sie sich keine Sorgen zu machen brauchen. Ich werde schon mit denen fertig.«

Beruhigt ging Schwester Eglantine zurück zu ihren Schweinen und ließ ihre Oberin stirnrunzelnd über Zahlenkolonnen zurück, die sich – so sehr sie es auch versuchte – einfach nicht ausgleichen wollten. Vielleicht konnten die Schwestern dazu überredet werden, im kommenden Winter

Sackleinen zu tragen. Das würde zwar kratzen, aber die Kasteiung des Fleisches war ja gut für die Seele.

Schließlich schob sie das Hauptbuch für einen Moment zur Seite und nahm ein neues Blatt Velinpapier. In Gunst wie auch in Ungnade war Lord William de Breos ihr Beschützer gewesen. Immerhin war er ja auch durch Heirat mit ihr verwandt. So war es ihre Pflicht, ihm davon zu berichten.

Den Rest des Tages und den nächsten verbrachte Straccan vergebens mit dem Versuch, Antworten von der Bevölkerung der drei Flussufersiedlungen zu erhalten – »Dörfer« wäre zu viel gesagt für die Ansammlungen von Hütten, aus denen Groß-, Klein- und Kleiner-Pinchel bestanden. Die Einwohner dieser Weiler spielten »Ich weiß von nichts« und waren so widerspenstig wie störrische Esel.

Sturm? Welcher Sturm? Sie räumten doch noch die Trümmer des letzten Sturms auf, der selten stark gewesen war. Ach, dieser Sturm ist gar nicht gemeint? Na ja, zur Jahreswende war da noch ein Mordssturm gewesen. Halb Klein-Pinchel war davongeschwemmt worden und … der ist's *auch* nicht? Was denn, vor vielen Jahren?

Nasen wurden gedankenvoll gerieben, Lippen pessimistisch gespitzt.

»Vor *zehn* Jahren? Mann, Ihr macht wohl Witze?«

Es hatte viele, sehr viele Stürme gegeben. Frühlingsstürme, Herbststürme, Winterstürme, ganz abgesehen von den Sommerschwingern wie dem, den man gerade erlitten hatte. Was Wracks anging, da gab's eins oder zwei bei jedem solcher Schläge.

Zwei junge Frauen?

Hände, die beim Flicken von Netzen waren, hielten nie inne. Köpfe wurden geschüttelt, Schultern gezuckt.

»Kann Euch nich' helfen, Moister!«

Straccan wünschte sich Bane her; der hätte dieses Volk irgendwie zum Reden gebracht – und sich wahrscheinlich auch etwas zu essen beschafft. Er müsste jetzt eigentlich Shawl erreicht haben, falls ihm unterwegs nichts dazwischen gekommen war …

Straccan riss seine Gedanken von Vater Osrics Brief los, von Janiva und der Bedrohung für Gilla. Daran zu denken, konnte ihn rasend machen. Er starrte Waces Rücken an. Wie leicht es doch wäre, den dürren Hals des Schreibers umzudrehen, seine Leiche in den Fluss zu werfen, Havloc zu verlassen und holterdipolter zu reiten nach … *Gott und Jesus, vergebt mir!* Wace gehorchte ja auch nur dem König, so wie er selbst, so, wie jeder es musste – oder die Folgen zu erleiden hatte.

Würde John *wirklich* Gilla als Geisel nehmen? Der einzige Weg, dafür zu sorgen, dass sie in der Priorei von Holystone in Frieden gelassen wurde, bestand darin, dass er dem König gehorchte und dieses verdammte Banner fand.

»Was nun?«, fragte Wace, als sie aus dem dritten Dörfchen ritten, ohne eine Spur gefunden zu haben.

»Maurice de Lacy«, antwortete Straccan. »Das heißt, wenn der schon zurück ist. Wir werden mal sehen, ob *der* weiß, wer die dänischen Jungfern gerettet hat.« Und wenn nicht, dachte er sich. Was dann? Wo fange ich dann wieder an? Das Nonnenkloster Stein für Stein auseinander nehmen? John hat mich doch bei den Eiern! Ihr Heiligen, wenn ihr mir zuhört – helft mir!

Der Wachturm des Flussaufsehers war zweihundert Jahre zuvor von einem irischen Piraten gebaut worden, der zum Plündern gekommen war, jedoch Gefallen an der Gegend gefunden hatte und blieb. Die eine Seite war durch den Fluss geschützt, und auf der Landseite war ringsherum ein tiefer Graben angelegt worden, durch den das Wasser floss. Der gegenwärtige Flussaufseher hatte den ursprünglichen Turm durch ein Stockwerk vergrößert und ihn ochsenblutrot anstreichen lassen. Er glühte in der Sonne wie ein riesiges Geschwür. Kein Wunder, dass die Priorin gesagt hatte, sie könnten den Turm nicht übersehen.

Die Zugbrücke war oben, und als sie näher kamen, sahen sie, wie sich Armbrüste von den Zinnen auf sie richteten. Sie hielten, und eine Stimme von oben verlangte von ihnen Namen und Begehr zu wissen.

Wace drängte sein Pferd ein paar Schritte nach vorn und rief: »Ich bin Robert Wace, Schreiber des Königs, mit Sir Richard Straccan und seinem Diener. Wir wollen mit Maurice de Lacy sprechen.«

»Werft Eure Waffen ab!«

Die Wachposten behielten sie weiter im Anschlag, während die Zugbrücke quietschend nach unten polterte, und ein fetter Küchenjunge, dessen Verlust man offensichtlich am leichtesten verschmerzen konnte, stürzte heraus, raffte ihre Schwerter auf, klemmte sie sich unter den Arm und flitzte wieder ins Gebäude. Die Stimme von oben wies sie an, hineinzureiten.

»Weshalb seid Ihr so misstrauisch?«, fragte Straccan den sehr jungen stellvertretenden Wachhauptmann, der die Treppe hinunterkeuchte.

»Plünderer. Sie haben die Priorei überfallen. Der Priester der Nonnen kam letzte Nacht her, um Hilfe zu holen, aber der Flussaufseher war weg – auf der Jagd nach Piraten. Als er zurückkam, ritt er gleich wieder hinaus, ohne sich aufzuhalten. Wollt Ihr hier bleiben, Sir?«, fragte er dann und schätzte die Ankömmlinge hoffnungsvoll ab. Der Schreiber würde nutzlos sein, aber der Diener sah stark aus und könnte sicherlich gut einen Bogen ziehen, und der Ritter *musste* ja im Kampf erfahren sein. Der junge, Dienst tuende Hauptmann, der ungeheuer stolz auf seinen zeitweiligen Rang war, hatte nur fünf Armbrustschützen, und keiner von ihnen war älter als er selbst.

»Tut mir Leid, Hauptmann. Ich kann nicht«, entgegnete Straccan, während er sich wieder seinen Schwertgürtel umschnallte. »Wann geschah denn das?«

»Gestern, zwischen dem Mittagsoffizium und dem Abendgottesdienst.«

28

Robert der Gutsverwalter fand bei seiner Rückkehr Shawls Einwohner ganz aufgeregt vor; sie eilten umher wie Hühner, denen man gerade den Kopf abgeschlagen hat. Sehr wenig Arbeit war verrichtet worden. Die Männer von Shaxoe machten sich wichtig; Mistress Janiva war immer noch wie eine Verbrecherin eingesperrt, und der Pfarrer des Guts lag im Sterben.

Oh, lieber Gott, und er war doch nur ein paar Tage fort gewesen!

Nachdem er sich heiser geschrien und ein paar der schwersten Fälle fehlerhafter Arbeit in Ordnung gebracht hatte, machte Robert sich auf die Suche nach seiner Frau. In Vater Osrics Hütte fand er nur Mag, ein etwas beschränktes Mädchen (offiziell die Nichte des alten Pfarrers, in Wirklichkeit seine Tochter), wie sie versuchte, ihren bewusstlosen Vater mit Suppe zu füttern. Da er nicht schlucken konnte, rann das Zeug so schnell wieder heraus, wie sie es hineingelöffelt hatte. Auch seine Ohren waren schon voll davon.

»Um Gottes willen, Mädchen, hör auf! Du erstickst den armen alten Mann ja!«, rief der entsetzte Robert.

»Ick abbe Angst«, jammerte sie. »Er will nix essen. Dann sterbet er doch.«

Der stirbt sowieso, dachte Robert, als er die hinuntergelaufene Suppe aufwischte. Aber jemand würde sich um ihn kümmern müssen, *bis* er tot war.

»Was ist denn mit ihm geschehen?«

»Datt war, als se Mistress Janiva eingesperret abben«, stieß Mag schluchzend hervor. »Da isser wüttend geworden und ging zum olten Grissgramm. ›Da muss ich mal 'n Hühnchen mit dem rubfen‹, hat Dad gesacht. Dann abben se sich angeschrien, und er is' hingefalle und so kommisch geworde, so wie jetzo.« Sie hob ihr rundes, einfältiges, tränenüberströmtes Gesicht zu Robert auf. »Ich möcht, dass Pappa nich' sterbt.«

»Dann gib ihm nichts mehr«, empfahl ihr Robert. »Nicht mal Wasser. Lauf und such Pog. Sag ihm, er soll sofort seine Frau hierher schicken.«

Pogs Frau Joan, eine mitfühlende Seele, wurde als Krankenschwester in der Hütte des Pfarrers einquartiert, und der Verwalter fand seine eigene Frau schließlich in der Küche, wo sie die Köchin antrieb, eine Art Mahlzeit zuzubereiten. Zu seinem Ärger wandte sie sich gegen ihn, als wäre alles seine Schuld.

Männer und Frauen, aufgerüttelt durch des Gutsverwalters Zorn, begaben sich wieder in ihre Heime. Schließlich stieg Rauch von dreißig Herden auf.

»Was ist denn mit dem Pfarrer passiert?«, fragte Robert, als er endlich an seinem eigenen Tisch saß. Er zuckte zusammen, als Sybilla seine Schüssel vor ihn hinknallte.

»Sie hatten Streit, er und der alte Griesgram, wegen Janiva. Der Pfarrer sagte, solche so genannten Gottesurteile sind ungesetzlich, und sie ist schließlich frei – kein Gutseigentum. Er hat sich sehr aufgeregt und schrie. Dann fiel er hin, als wäre er geschlagen worden.«

»Wenn er tot ist, wird der alte Griesgram wahrscheinlich auch seinen Posten übernehmen«, sagte Robert bitter.

Seine Frau riss die Schüssel von ihm weg.

»Aber, ich bin doch noch nicht fertig!«, rief er erbost, doch Sybilla tat, als hätte sie nichts gehört.

Als er am Abend im Bett versuchte, einen Arm liebevoll um sie zu legen, drehte sie sich weg. »Ich hab Kopfschmerzen«, sagte sie.

Am nächsten Morgen stand Sybilla an einem oberen Fenster des Gutshauses und fragte sich, was zu tun sei. Von dort konnte sie das ganze Dorf, die Leute auf den Feldern, das Vieh, die Gärten und die Menschen bei ihren gewöhnlichen Beschäftigungen zwischen den Katen beobachten. Alles sah aus wie immer, aber man hörte kein Lachen, kein Singen – und wenn es nur ein unmusikalisches gewesen wäre –, keine Scherzrufe, wenn Nachbarn sich begegneten, kein Pfeifen, keine Kinderrufe beim Spielen – es waren überhaupt keine Kinder zu sehen.

Sie konnte die Tür zu dem unterirdischen Gewölbe erkennen, abgeschlossen und mit einem der Männer aus Shaxoe davor, der sich gelangweilt an der Nase zupfte. Er rief etwas und machte eine unflätige Geste, als Joan auf dem Weg zu Vater Osrics schon recht zusammengesunkener Hütte vorbeiging. Sir Guy hatte vor einigen Jahren ein solides kleines Haus für den alten Priester bauen lassen, mit Aufenthaltsraum und Schlafkammer, reetgedeckt und schmuck, doch Vater Osric war an seine alte Hütte gewöhnt. Sie passte ihm wie seine Haut, und das schmucke Haus stand immer noch leer. Finacre wird schon ein Auge darauf geworfen haben, dachte sich Sybilla. Die Pest möge ihn befallen!

Joan trug saubere Decken für das Bett des alten Priesters. Zu jedermanns Erstaunen war Vater Osric noch am Leben, nachdem ihn der Schlaganfall in der letzten Woche niedergestreckt hatte. Na ja, er atmete nur noch – das war aber auch alles. Doch solange seine Brust sich noch hob und senkte, konnten sie ihn ja nicht begraben.

Sir Guy und Lady Alienor konnten natürlich auch nicht begraben werden. In Blei eingehüllt, lag die Leiche des alten

Lords neben der seiner Frau, doch Lady Alienor befand sich noch in einem provisorischen Sarg, bis der aus Blei fertig gestellt war. Beide waren im Mauserkäfig der Falken abgestellt worden, bis sie ordnungsgemäß in der Kirche beigesetzt werden konnten, wenn entweder der König oder der Papst nachgab. Gott allein wusste, wann das sein würde! Das Interdikt, das König John binnen sechs Monaten auf die Knie hatte zwingen sollen, war nun schon zwei Jahre in Kraft, sodass die Leute sich daran gewöhnt hatten.

Alfred der Falkner hatte Säcke über die Särge gelegt, aber er wusste, wo sie standen. Er mochte das nicht; es gehörte sich nicht, und er fürchtete, dass es Unglück bringen würde. Auch die Falken waren nicht glücklich. Sie fraßen kaum und sahen nach einer Weile elend und zerrupft aus, mit glanzlosen Augen und stumpfen Federn. Alfred schlief gewöhnlich in diesem Käfig mit seinen geliebten Falken, aber nicht, seitdem die Särge dorthin gebracht worden waren – Gott behüte! Sybilla sah ihn jetzt wieder zum Käfig gehen, mit schleppenden Schritten. Er zögerte, bevor er die Tür öffnete, und blieb in der Tür stehen – mit offensichtlichem Widerwillen, den Käfig zu betreten.

Der Verwalter Robert kam gerade aus dem Stall. An seiner Haltung, wie er dahinschritt – den Kopf ein wenig gesenkt und nach vorn geschoben, als wollte er wie ein Stier auf irgendetwas losgehen – sah man, dass er verärgert und besorgt war. Kein Wunder.

Der Betrieb auf dem Rittergut ging weiter wie gewohnt, wenngleich ein wenig schleppend. Die Leute arbeiteten mürrisch. Es war viel Gemurmel zu hören, das auch dann nicht gänzlich erstarb, wenn der Verwalter in Hörweite kam. Die Leute wollten ihn wissen lassen, dass sie unglücklich waren. Auch der Verwalter war unglücklich; er litt unter der schlechten Laune seiner Frau. Ständig nörgelte sie an ihm herum, was er als äußerst ungerecht empfand. Es war doch nicht *seine* Schuld, dass Janiva eingesperrt worden war und die Tür Tag und Nacht bewacht wurde. Was, zum Teufel, konnte er daran ändern? Der Kaplan hatte Sir Rogers Siegel, er besaß die Befehlsgewalt, doch Sybilla schien das nicht zu verstehen.

»Jemand *muss* doch etwas tun«, hatte sie letzte Nacht im Bett gesagt und Roberts Schultern mit ihren harten Fäusten bearbeitet. Es hatte wehgetan. »Was wird geschehen, wenn Sir Roger nach Hause kommt? Glaubst du, er wird zulassen, dass dieser verdammte Kaplan Janiva etwas antut?«

»Was soll ich denn machen?«, hatte Robert gemurmelt.

»Schick Sir Roger eine Nachricht! Geh zum Sheriff! Es ist ungesetzlich, was der Kerl tut! Gutsgerichte dürfen keine Gottesurteile mehr durchführen. Das hat Vater Osric gesagt, bevor er durch den Anfall niedergestreckt wurde. Der Sheriff wird dem Einhalt gebieten.«

»Das kann ich nicht. Befehle sind Befehle.«

»Befehle!« Sie ergriff seine Hände und starrte ihm ins besorgte Gesicht. »Du solltest dich schämen! Als Edric dir mit der Heugabel in den Fuß stieß und der schlimm wurde, legte Janiva dir einen Breiumschlag darauf. Du hättest den Fuß verlieren können!«

»Ich weiß ja!« Er wich ihrem Blick aus.

»Als ich und unsere Alis das Fleckfieber hatten und du glaubtest, wir würden sterben, pflegte Janiva uns Tag und Nacht.«

»Sybbie, halt den Mund!«

»Wir müssen ihr helfen! Müssen sie wegbringen, bevor der alte Griesgram das Gottesurteil durchführt.«

»Das können wir nicht! Wir können es nicht *wagen*!« Er zitterte. »Wenn sie unschuldig ist, wird ihr dabei nichts geschehen! Der Kaplan sagt doch, dass Gott ihr Zeuge sein wird.«

»Rob, bitte! Lass doch nur den Sheriff holen!«

»Kein Mann darf das Gut verlassen«, entgegnete Robert. Als er den aufsässigen Zug um den Mund seiner Frau sah, fügte er hinzu: »Auch keine Frau! So sind die Befehle. Hörst du? Wage es ja nicht, sonst sitzen wir so richtig in der Scheiße!«

Seine Panik war heftig und verständlich. Als sie ihn nun so von oben beobachtete, wie er über den Hof ging und unter ihr ins Haus verschwand, hatte seine Frau Mitleid, aber das minderte ihren Zorn nicht.

Ein kleiner Junge kam aus der Küchentür gelaufen und verschwand geschickt aus der Sicht zwischen Käfigen und Stall, denn seine Mutter folgte ihm und rief ihm zornig etwas hinterher. Es war Peter, Claras Sohn. Er hatte einen Zungenfehler gehabt und nicht richtig sprechen können, sodass er zum Gespött der anderen Gören geworden war, bis Janiva die Membrane durchschnitt, die seine Zunge behindert hatte.

Clara gab den Versuch auf, ihren Sohn zu fangen, und ging wieder ins Haus. Sybilla konnte Peter nicht sehen, aber sie sah einen Klumpen feuchten Pferdemist durch die Luft segeln und dem Wachposten aus Shaxoe ans Ohr klatschen. Wenigstens Peter trug sein Scherflein dazu bei, Solidarität mit der Gefangenen zu zeigen.

29

Die Priorei war vollkommen zerstört worden. Geschwärzte Mauerteile ragten gespenstisch auf wie verkohlte, verkrümmte Glieder. Blasse Flammenzungen, fast unsichtbar im Sonnenlicht, leckten noch an den verkohlten Dachbalken. Von Zeit zu Zeit verschoben sich Steine und fielen herunter, wenn das unter ihnen noch brennende Feuer sich durch die zerschmetterten Balken gefressen hatte.

Nichts war stehen geblieben. Jedes Haus – viele waren ganz aus Holz gebaut – war systematisch geplündert und dann mit Fackeln angezündet worden. Auch das Lagerhaus war ausgebrannt, sein Inhalt verstreut. Ballen von Wollstoff waren aufgerissen und zerfetzt, Fässer voller Nägel aufgespalten, Häute und Schaffelle rauchten und stanken. Sogar die Küche war nicht verschont geblieben. Kübel mit Schmalz und Öl hatten lichterloh gebrannt. Roggen-, Weizen- und Hafermehl lag verschüttet am Boden, getrocknete Bohnen knirschten unter den Schuhen, und es herrschte ein solcher Gestank von verbranntem Essig, dass einem die Augen tränten.

Der Flussaufseher war zu spät gekommen, sodass er nur noch die bis zu den Fundamenten verwüstete Priorei und die Priorin vorfand, die im Sterben lag. Er konnte nichts mehr tun, sodass er nach dem nächsten Dorf um Hilfe sandte und dann mit seinen Männern die Verfolgung der Banditen aufnahm. Als Straccan dort eintraf, war Heloise de St. Valéry schon tot.

Sie lag auf dem nackten Boden, den Kopf in Schwester Eglantines Schoß – eine stumme *Pieta*. Ihr Gesicht hatte die Farbe von Kerzenwachs, und ihre Lippen waren aschgrau, doch ihre blassen Augen, die den Himmel widerspiegelten, sahen jetzt wärmer aus, als Straccan sie lebend gesehen hatte.

Er erkannte die andere Nonne kaum, die voller Ruß und Asche war, das Gesicht von Blut und Tränen beschmiert. Mit zitternden Fingern schloss Eglantine die Augen der toten Frau und wischte sich die Tränen von den Wangen.

»Wo sind die anderen Nonnen?«, fragte Straccan.

»Sie haben sie mitgenommen. Sie sagten, wenn jemand ihnen folgt, würden sie ihnen die Kehlen durchschneiden. Aber der Lord Flussaufseher ist ihnen trotzdem hinterher.«

Wace stieß Straccan mit dem Ellbogen an und zeigte auf den Klosterpriester, der einer Dohle gleich in den aschenen Trümmern seines Hauses stocherte, eine seltsame Sammlung von Gegenständen daraus hervorholte – einen geschwärzten Kerzenständer, einen Löffel, eine Bratpfanne – und sie in seiner aufgehaltenen Kutte davontrug. Seine mit Brandblasen bedeckten Hände war mit Stoffstreifen umwickelt, die er von seinem Hemd abgerissen hatte. Als Wace ihn ansprach und sogar seine Schulter berührte, nahm der Priester gar keine Notiz davon – zu tief saß der Schock.

Den ganzen Tag, als die Nachricht von der Schandtat sich verbreitete, kamen Leute von den Flussufer- und Inlanddörfern in kleinen Gruppen herbei, um zu sehen, ob es stimmte, was da erzählt wurde. Sie blieben, als sie feststellten, dass dem so war, obwohl sie nichts tun konnten. Einige Frauen hatten Proviant mitgebracht und versuchten, Schwester Eglantine zum Essen zu überreden.

»Ihr müsst bei Kräften bleiben, Schwester. Es gibt so viel

zu tun. Mutter Heloise würde sich doch auch nicht geschlagen geben, nicht wahr?«

Straccan schickte zwei Männer zu ihrem Dorf zurück, um eine Bahre zu holen, auf der die Leiche der Priorin zur Burg getragen werden konnte.

»Havloc, holt den Mantel aus meiner Satteltasche. Wir werden sie darin einhüllen. Schwester, wir bringen Euch nach Trevel, wo Ihr sicher seid.« Sein Blick fiel auf Vater Petroc, der geistesabwesend mit seinem Kuttenschoß voller geborgener Gegenstände dastand. »Wo ist denn Euer Mutterhaus? Ihr müsst Euren Priester dorthin schicken, damit er berichtet, was hier geschehen ist.«

»Bristol«, sagte die Nonne. Sie machte sich an den Nadeln zu schaffen, mit denen ihre dicken wollenen Überärmel angesteckt waren, zog sie ab und faltete sie zu einem Polster zusammen, das sie auf den Boden legte. Vorsichtig hob sie den Kopf der Priorin aus ihrem Schoß und legte ihn auf dieses behelfsmäßige Kissen. Ihr Rock und der Schleier der Priorin waren dunkel von Blut, und die Ärmel ihres Hemds, die von ihren Handgelenken fielen, ließen dunkle Flecke an ihren Armen erkennen.

»Seid ihr verletzt, Schwester?«

»Nein. Es ist *ihr* Blut.«

Straccan streckte die Hand aus, um ihr auf die Füße zu helfen, aber sie stieß die helfende Hand wütend beiseite.

»Rührt mich nicht an! Ihr habt Schuld an dem!«

»Ich? Warum denn?«

»Mutter hatte Recht. Sie sagte, dass Ihr uns Unheil bringt. Des Königs Leute, sagte sie, sind keine Freunde unseres Hauses! Sie teilte Lord William Eure Ankunft mit.«

»Dem *Breos*? Um Gottes willen, warum denn?«

Einen Moment zuckte Schwester Eglantines Mund unkontrolliert, bis sie sich auf die Lippe biss, um dem Einhalt zu gebieten. Weitere Tränen bahnten sich einen Weg über ihr schmutziges Gesicht.

»Er ist ihr Cousin und war uns immer ein guter Lord. Sie meinte, er müsse es erfahren, dann würde er uns helfen und uns sagen, was zu tun sei. Gott habe Erbarmen, sie hieß ihn willkommen! Er stieß mich aus ihrer Kammer und schlug die Tür zu. Ich versuchte, wieder hineinzugehen, aber zwei der Rohlinge hielten mich fest.« Sie rieb sich die Arme, die voller blauer Flecke waren. »Ich hörte ihn schreien. Es sei eine Reliquie hier, sagte er – etwas von großem Wert. Sie entgegnete, dass wir nichts mehr von Wert hätten … wenn es so wäre, würden wir's ihm gern geben. Aber er glaubte ihr nicht. Er befahl seinen Männern zu suchen. Wir versuchten sie daran zu hindern, aber sie schüttelten uns ab wie Fliegen.«

Ihre von den schrecklichen Bildern heimgesuchten Augen starrten durch Straccan hindurch, erlebten alles noch einmal in furchtbarer Erinnerung: Lord Williams dunkles, wütendes Gesicht, vor rasendem Ärger angeschwollen; die Priorin auf den Knien, wie sie ihn anflehte, mit den Zerstörungen aufzuhören und erst seinen Überrock, dann seine Beine flehend umklammerte. Lord William setzte seinen Stiefel auf ihre Brust und stieß sie brutal von sich. Seine Männer grinsten darüber und lachten, während sie Wandbehänge herunterrissen und Truhen und Schränke aufbrachen, Paneele zerhackten und Bodenbretter aufrissen.

»Fanden sie denn etwas?«, wollte Straccan wissen.

»Was sollten sie denn finden? Was konnten wir denn versteckt haben? Wir hatten doch nicht einmal mehr einen silbernen Kerzenständer. Was wollte er überhaupt? Was wollt Ihr überhaupt? Oh, lieber Gott im Himmel, warum musstet Ihr hierher kommen? Wenn Ihr nicht gekommen wärt …«

Havloc breitete den Mantel auf dem Boden aus, und er

und Straccan legten die Leiche darauf. Mit Entsetzen erkannte Straccan, dass nur noch die Haube der Priorin ihren zerschmetterten Schädel zusammenhielt.

»Wie starb sie?«, fragte Wace.

»Diese Teufel legten Feuer an den Stall, obwohl die Pferde noch darin waren. Wir holten sie heraus, aber das Dach fiel ein, und ein Balken traf sie.« Sie verbarg ihr Gesicht in den Händen. »Wie konnte er das nur tun? Er muss wahnsinnig sein!«

»Nein«, entgegnete Wace. »So was hat er immer schon getan – plündern, brandschatzen. Es ist noch gar nicht so lange her, da brannte er die Stadt Leominster bis zu den Grundmauern nieder. Das liegt in der Familie. Sein Vater war auch so.«

»Der Flussaufseher war weg«, sagte die Nonne dumpf. »Er kam zu spät.«

»Ich glaube, es gab einen falschen Alarm, um ihn wegzulocken«, sagte Straccan.

Die Männer waren mit der Bahre zurückgekommen, die Priorin wurde darauf gelegt und in Straccans Mantel gehüllt.

»Gehen wir, Schwester«, sagte einer.

»Ja.« Sie rappelte sich mühsam auf und stolperte zur Bahre.

»Wartet, Schwester«, sagte Straccan eindringlich. »Sagt mir, wer diese Mädchen aus dem Wrack mitnahm! Wer brachte sie her?«

»Was macht das schon aus? Das ist doch zehn Jahre her!«

»Der Breos hat auch danach gefragt, nicht wahr? Schwester, um Gottes und der Sache Eurer Leute willen, sagt mir, wer die Maiden herbrachte! Wer hatte sie aus dem Wrack herausgeholt?«

Sie schüttelte den Kopf. »Nein.«

»Wenn Ihr es mir vorher gesagt hättet, wäre nichts von alledem passiert.« Das war nicht gerecht, und er wusste es, aber es kümmerte ihn nicht mehr.

Mit einem Schrei der Verzweiflung drehte die Nonne ihm den Rücken zu, während ihre dünnen Schultern bebten.

»Ich kann nicht!«, sagte sie schluchzend. »Ich werde die Mutter Oberin nicht verlassen! Ich werde mit ihr gehen.«

»Schwester, wer immer sie auch sind, sie werden *mir* nichts erzählen. Ihr wisst das! Mutter Heloise warnte Eure Dorfbewohner, dass ich vom König geschickt worden bin, nicht wahr? Sie sagte ihnen, sie sollten den Mund halten.«

»Sie hatte keinen Grund, den König zu mögen.«

»Ich auch nicht«, sagte Straccan grimmig. Wace konnte das in seinen verdammten Bericht aufnehmen, wenn er wollte, ihm war es gleich. »Auch Lord William nicht, und der wird nicht aufhören. Wollt Ihr, dass auch noch die Dörfer niedergebrannt werden? Er wird nicht aufhören, bis er findet, was er sucht – die Reliquie, Ragnhilds Fahne. Ich *muss* sie vor ihm finden. Helft mir!«

»Ich muss die Totenwache halten! Es ist doch keiner sonst da, der es tun könnte.«

Ein halbes Dutzend Dorffrauen stand in einiger Entfernung in ehrfürchtigem Schweigen. Jetzt kam Bewegung in die Gruppe; die Frauen murmelten miteinander und traten dann gemeinsam vor.

»Wir werden uns um sie kümmern, Schwester. Sie hat sich ja auch um uns gekümmet, die Mutter Heloise.«

Kopfnicken und zustimmendes Gemurmel von den anderen.

»Sie gab unseren Kindern zu essen und hungerte selbst …«

»Suchte Arbeit für uns …«

»Half bei der Geburt unseres Säuglings …«

»Bereitete unsere Toten für das Begräbnis vor …«

»Wir werden uns ihrer annehmen, da braucht Ihr Euch keine Sorgen zu machen. Geht nur mit ihm. Wir bleiben bei ihr, bis Ihr wiederkommt.«

Schwester Eglantine schaute in die schmutzigen, entschlossenen Gesichter. Sie holte tief und schaudernd Atem und stieß die Luft zitternd aus. »Ich danke euch«, sagte sie. »Ich danke euch sehr.«

Sie beugte sich über die Leiche der Priorin, zog den Mantel vorsichtig zur Seite und berührte das tote Gesicht zärtlich mit einer Fingerspitze – einer Geste voller Liebe und Trauer.

Straccan nickte den Bahrenträgern zu. Sie setzten sich langsam in Bewegung; die Frauen schritten an den Seiten. Er starrte ihnen einen Moment nach und rief dann: »Wartet!« Zur Nonne gewandt sagte er: »Er wird dafür bezahlen, Schwester! Das verspreche ich Euch. Lasst Ihr mich ihren Ring nehmen?«

»Die Rache ist mein, sagt der Herr. Ich werde alles vergelten«, murmelte Eglantine. Und wer war sie, zu sagen, wie Er es tun würde? Könnte Er nicht die Hände dieses Mannes zur Durchsetzung Seines Willens benutzen? Sie kam aus einer kriegerischen Familie. Ihr ganzes Inneres war vom Gedanken an Rache erfüllt. Sollte der König doch sein Pfand haben. Sie neigte zustimmend den Kopf, worauf Straccan der Toten den schlichten Silberring vom Finger zog, einen dünnen Streifen von ihrem Schleier abschnitt und diesen um den Ring knotete.

Schwester Eglantine schaute der Bahre nach, die sich langsam entfernte. Dann, mit erhobenem Kinn, genau wie die Priorin, sagte sie: »Also gut, Sir Richard. Ich werde tun, worum Ihr mich bittet.«

Straccan seufzte erleichtert. »Wohin geht's also?«

»Nach Kleiner-Pinchel.«

Havloc setzte sie auf sein Pferd und führte das Tier. Straccan und Wace ritten zu beiden Seiten. Unterwegs erzählte Schwester Eglantine den Männern alles von den dänischen Mädchen, woran sie sich erinnern konnte.

Ragnhild und ihre Dienerin waren von zwei Brüdern aus dem Wrack geholt worden. Diese beiden, Stigan und Peter, brachten sie zur Priorei. Die durch die Glocke zum Tor gerufene Pförtnerin rief andere Nonnen herbei, und die beiden Mädchen – zusammen mit einer gleichfalls aus dem Wrack geborgenen Truhe – wurden umgehend zur Krankenstation gebracht.

Priorin Heloise sandte sofort Nachricht von dem Vorfall zur Burg, und Maurice de Lacy selbst kam, um die Truhe zu übernehmen. Es wäre seine Pflicht gewesen, sie mitsamt Inhalt zum König zu schicken, aber er ließ die Truhe wohl vorher von seinem Schlosser öffnen, um nachzuschauen, ob er nicht etwas für seine Mühen abzweigen konnte.

Stigan und sein Bruder erhielten je einen Silberpenny, und das Leben ging weiter wie zuvor, bis Peter in einem Sturm ertrank, während Stigan über Bord geschwemmt und zwischen zwei Bootsrümpfe gequetscht wurde, dass eines seiner Beine nur noch an einem Hautfetzen hing.

Trotz aufmerksamer Pflege konnten die Nonnen sein Bein nicht retten, wohl aber sein Leben. Im Laufe der Zeit wurde er das Faktotum des Klosters und verrichtete allerlei gröbere Arbeiten. Er war kein Meister der Handwerkskunst, und er war mürrisch, leicht reizbar und noch dazu faul, doch dieses Kreuz musste nun einmal getragen werden, und die Nonnen trugen es tapfer.

Am Abend erreichten sie Kleiner-Pinchel, das Straccan schon Tags zuvor ohne Erfolg aufgesucht hatte. Aber da die Bewohner jetzt sahen, dass er die Nonne mitgebracht hatte, kamen sie dieses Mal aus ihren Hütten und umringten die Reiter. Jeder hatte irgendein Werkzeug in der Hand, als Waffe für den Notfall – Aalgabel, Bootshaken, Segelmachernadel. Wie Straccan bemerkte, hatten sich auch die Frauen mit Haushaltsgegenständen ausgerüstet, die zu ebenso tödlicher Verwendung geeignet waren.

»Seid doch nicht töricht!«, rief Schwester Eglantine ihnen zu. »Es ist alles in Ordnung. Ihr könnt die Sachen niederlegen und wieder an die Arbeit gehen. Wo ist Stigan?«

»Der schmiert Boote ein.« Der Dorfvorsteher gab seinem kleinen Sohn einen leichten Schubs, und das Kind lief zu einer Gruppe von Coracles – Booten aus Weidengeflecht, mit Häuten überzogen –, die umgedreht an Land lagen wie riesige schwarze Käfer. Das aufgeregte helle Stimmchen des Knaben wurde von einem tiefen Brummen beantwortet, und ein Mann tauchte hinter einem der seltsamen kleinen Wassergefährte auf und blickte die Gruppe finster an.

»Das ist er«, sagte Schwester Eglantine und winkte dem Mann. »He, Stigan! Komm einmal her!«

Dieser schob sich unbeholfen auf einem gesunden und einem hölzernen Bein heran. Er war dunkel, stämmig, mit Fett beschmiert und roch stark nach Schafen. Hier wäre Waces Veilchenparfüm angebracht gewesen.

»Wo hast du denn deine Manieren gelassen?«, schimpfte die Nonne. »Nimm gefälligst die Mütze ab! Sir Richard hier möchte dir ein paar Fragen stellen. Du musst ihm ehrlich antworten, verstehst du? Keine von deinen Flunkereien und Frechheiten!« Sie drehte sich zu den Dorfbewohnern um, die sich neugierig hinter sie geschart hatten, und herrschte sie an: »Habe ich euch nicht gesagt, ihr sollt wieder an die Arbeit gehen?«

Widerwillig schlurften sie davon und nahmen ihre Tätigkeiten wieder auf, ließen die Hüttentüren jedoch weit offen stehen und nahmen die Fellverkleidungen von den Fenstern, damit ihnen ja nichts entging.

»Also, was gibt's?«, fragte Stigan feindselig.

Straccan stieg vom Pferd und reichte Havloc die Zügel. »Lass uns da drüben reden«, sagte er und zeigte auf die Boote, wo sie außer Hörweite der neugierigen Nachbarn waren. Auch Wace glitt vom Sattel und folgte. Einen Moment lang machte Stigan den Eindruck, als wollte er Reißaus nehmen, doch ein Blick zurück auf die aufgerichtete Gestalt von Schwester Eglantine ließ ihn seine Meinung ändern.

»Ist's denn wahr, das mit Mutter Heloise?«, fragte er.

»Leider ja.«

Stigan spuckte aus und bekreuzigte sich. »Zum Deubel mit dene Hunde«, murmelte er.

Straccan ergriff wieder das Wort. »Stigan, vor zehn Jahren lief hier ein Schiff auf Grund. Du und dein Bruder brachten damals zwei Frauen in Sicherheit. Erinnerst du dich?«

Stigan grunzte vor Überraschung. Das Wrack? Die Mädchen? Die Erinnerung spulte in diesen wenigen Momenten, nachdem Straccan gesprochen hatte, in seinem Hirn ab: eine Reihe von Bildern, heller und lebhafter, als sie in Wirklichkeit gewesen waren. Der Fremde, der Ritter, dieser Sir Soundso beobachtete ihn und wartete.

Schließlich antwortete Stigan: »Datt war mein Brudder, der se gefunde hat.«

30

Sie waren mit ihrem Boot wie gewohnt auf den Fluss hinausgefahren, er und Peter, zur Einsiedelei, was eine wöchentliche Pflicht war, um dem Heiligen seinen Proviant zu bringen, seine Gebete für irgendjemanden zu erbitten, der sie brauchte, und an diesem besonderen Morgen nachzusehen, wie es ihm nach dem Sturm der Nacht zuvor erging.

Vier Meilen flussabwärts fanden sie das Wrack.

Nur das Heck ragte noch aus dem Wasser hervor, umgeben von einem dahinschwimmenden Gewirr: der abgebrochene Mast, die Rahe, zerfetzte Segel und gerissene Taue. Die nächste Flut würde es sicherlich ganz hinunterdrücken.

Der Heilige würde also ein wenig warten müssen, aber das machte ihm ja nichts. In der Hoffnung, etwas bergen zu können, was zu gebrauchen oder zu verkaufen war, kletterten die Brüder aufs Wrack, und gerade als Stigan auf eine kleine verschlossene Truhe stieß, die vielversprechend aussah, rief sein Bruder Peter, der in die verwüstete Kabine schaute: »Gott sei gepriesen! Bruder, hier ist noch eine Frau am Leben!«

Am Leben!

Was Peter nie erfuhr, was niemand jemals wusste, außer Stigan und seinem Beichtvater, und woran Stigan sich immer mit bitterer Scham erinnerte: Obwohl das Leben der Frau in diesem Moment am seidenen Faden hing, war sein erster Gedanke, als er seines Bruders freudigen Ausruf hörte: *So 'n Mist! Das kann auch nur mir passieren!*

Am Leben! Jetzt mussten sie die Frau in Sicherheit bringen und *peng*! – alle Hoffnung, die Truhe zu behalten, war dahin! Sie war schwer. Vielleicht war Geld darin. Das konnte die Chance seines Lebens sein …

Einen gefährlichen, seelenzerreißenden Moment lang dachte Stigan an Mord. *Die verdammte Frau einfach ins Wasser stoßen und von der Flut wegtreiben lassen.* Das Gewicht der Truhe zog an seinen Muskeln und an seinen Hoffnungen. Er würde nie wieder eine solche Gelegenheit bekommen. Doch das Gewicht der Todsünde wog schwerer, sodass er die Truhe schließlich mit einem heißen Aufwallen von Scham absetzte, sich bekreuzigte und an die Stelle platschte, wo Peter auf den Knien versuchte, den Gürtel aufzuschnallen, der um die Körper von *zwei* jungen Frauen geschlungen war.

Brust an Brust lagen sie aneinander geklammert, und ihre Haare, dunkle und helle, trieben wie fedriger Seetang im fließenden Wasser.

»Die eine ist tot«, sagte Peter und richtete tränenglänzende Augen auf seinen Bruder. Weichherzig, der Peter; immer weinte er, wenn welche verletzt oder tot waren.

Stigan schaute auf die beiden stillen Körper hinunter. »Sind noch Mädchen«, sagte er voller Mitleid und Staunen. »Biste sicher, dass eine noch lebt?« Aber er konnte ja selbst sehen, wie die Brust der Dunklen sich hob und senkte.

Er zog sein Messer, beugte sich über sie und schnitt das zähe Leder des Gürtels durch. »Bring sie raus«, sagte er. »Ich bring dann die Tote.«

Sie legten sie in ihr Boot, und Stigan platschte zurück, um die Truhe zu holen. Unter seinen Füßen brachen dabei die Deckplanken, und er fiel in den saugenden Schacht darunter und konnte sich nur retten, indem er rasch die Arme ausbreitete.

Gott war gnädig. Er tadelte ihn für seine böse Absicht, erlaubte ihm aber, sich zu retten, auf dass er bereue. Diesen Schnüfflern da brauchte er *das* aber nicht auf die Nase zu binden.

»Wir brachten se zu de Nonnen«, beendete er seinen Bericht. »Wir dachten zuerst, eine war tot, aber die kam dann doch wieder zu sich.«

»In welchem Zustand waren sie denn?«

Stigan blinzelte. »Watt?«

»Konnten sie gehen?«, fragte Straccan geduldig.

»Nee. Ein paar Laienschwestern kamen zum Tor und trugen se auf Fensterabdeckungen rein.«

»Was wurde sonst noch geborgen?«

»Watt?«

»Habt ihr etwas aus dem Schiff herausgeholt?«

»Ach ja, de Truhe.« Er hatte die Truhe allerdings nie vergessen – und auch nicht die Buße, die sie ihn gekostet hatte. »Lord Maurice bekam die.«

»War da noch etwas – vielleicht eine Tasche oder ein Beutel?«

Stigan schüttelte den Kopf.

»Nichts?«

»Die Blonde hatte Ringe. Sonst habe ich nichts gesehen. Und wenn Ihr denkt, dass ich oder mein Bruder etwas genommen haben …«, fügte er aggressiv hinzu.

»Nein, das glaube ich nicht.« Und so war es auch. Die Mädchen waren beide lebend gefunden worden. Wenn etwas von ihnen gestohlen worden wäre, besonders die Reliquie, hätten sie sich beschwert, sobald sie es bemerkt hätten.

Allmählich glaubte er, dass er von Anfang an Recht gehabt hatte. Das Pendragon-Banner war nichts als eine Fantasie, aus dem Delirium geboren.

31

An diesem Abend kam der Flussaufseher nach Trevel zurück – müde, hungrig und enttäuscht darüber, dass er die Plünderer nicht hatte fangen können, doch mit einer Schar von acht Nonnen als Trostpreis.

»Die Bastarde haben sie ein paar Meilen weit mitgenommen und dann einfach stehen lassen«, sagte er, zog seinen Helm ab und warf ihm seinem Knappen zu, der ihn geschickt auffing und auf den Waffenpfahl steckte. Die Augenschlitze ließen zwei Schmutzstreifen auf Maurice de Lacys schwitzendem rotem Gesicht zurück, und seine kleinen, verärgerten, rot geränderten Augen schauten daraus hervor wie die eines wütenden Wildebers. Er schnallte seinen Schwertgurt auf, warf ihn dem Helm nach und streckte sich mit einem lauten und langen Gähnen, während sein Knappe sein Kettenhemd löste und es ebenfalls an den Waffenpfahl hängte, sodass Lord Maurice in feuchtem, rostfleckigem Wams und Braehosen dastand. Der Geruch seines Schweißes hätte ein Pferd umgeworfen.

Der Flussaufseher kratzte sich heftig. »Bei Gottes Fingernägeln, tut das gut! Hab schon Stunden danach gelechzt.«

»Sind die Schwestern – hm, Ihr wisst schon – in *gutem Zustand?*«, fragte Wace diskret.

»Die Gesegnete Jungfrau hat sie geschützt, sagen sie. Meine Frau macht sich jetzt mit ihnen zu schaffen – Bäder, Kleider, Betten und all das. Hol mir doch mal jemand was zu trinken!« Er warf sich in den Sessel und streckte die Hand nach einem Humpen Bier aus, den er mit drei Schlucken leerte und zum Nachgießen wieder hinhielt. Unter dem Staub nahm sein Gesicht wieder eine normale Farbe an. Er blickte Wace mürrisch an. »Wer, zum Teufel, seid *Ihr* denn?«

»Er ist mein Begleiter«, erklärte Straccan und trat vor, noch bevor Wace antworten konnte.

Überraschung fegte Lord Maurices finstere Miene davon; ein Grinsen legte sich auf sein Gesicht.

»Straccan? Gottes Blut, was macht *Ihr* denn hier? Habt Ihr letztens ein paar gute Knochen gefunden? Gottes Augäpfel, ich habe Euch nicht mehr gesehen seit dem Turnier in … wo war das gleich?«

»Rouen«, erwiderte Straccan.

»Ach ja!« Lord Maurice kicherte. »Da hattet Ihr verloren.«

»Ich hatte gewonnen. Ihr schuldet mir noch ein Pferd und eine Rüstung.«

»Gottes Lichter, seid Ihr deshalb gekommen?«

»Wenn ich gedacht hätte, dass es einen Gaul wert wäre, den Ihr in Euren Ställen habt, dann ja, aber einen klägliche-ren Haufen alter Schindmähren hab ich selten gesehen. Meins ist das einzige anständige Tier da drinnen. Habt Ihr kein Anzeichen gefunden, wo Breos und seine Halsabschnei-der jetzt sein könnten?«

Der Flussaufseher schnaubte. »Schön wär's! Die waren schon längst weg gewesen, als wir dort ankamen. Wie vom Erdboden verschluckt, in Luft aufgelöst! Fanden die Nonnen am Waldrand – die marschierten da lang wie Soldaten und sangen Psalmen, könnt Ihr Euch das vorstellen? Tapfer, die Weiber! Sie gingen allerdings in die falsche Richtung.«

»Es wird Schwester Eglantine freuen, dass sie zurück sind.«

»Ah, seid *Ihr* es gewesen, der sie hergebracht hat? Schlim-me Sache das, ganz schlimme Sache! Gottes Nüsse, ich hab diesen Hurensohn Breos nie gemocht! Klöster niederbrennen, Nonnen ermorden …«

»Er hat die Priorin nicht getötet«, entgegnete Straccan. »Ein herabstürzender Dachbalken hat ihr den Schädel zerschmettert. Aber der Mann ist trotzdem verantwortlich für ihren Tod.«

»Ich hab eine Nachricht an ihr Mutterhaus in Bristol geschickt«, sagte de Lacy. Er hielt inne, schnüffelte die Luft einen Moment lang, zuckte mit den Achseln und fuhr fort: »Also hab ich jetzt einen Haufen Nonnen am Hals! Na ja – Gesellschaft für meine Frau, kann ich mir vorstellen. Die hat ja nicht viele Weiber, mit denen sie schwatzen kann. Nonnen sind doch auch Weiber auf eine Art, nicht wahr?« Er schnüffelte wieder, misstrauisch. »Was ist denn das für ein ekelhafter Gestank? Bin doch nicht etwa ich?« Er hob eine nicht nach Rosen riechende Achsel und schnüffelte wieder. »Nein.« Sein anklagender Blick schweifte über Straccan und blieb an Wace haften. »*Ihr* seid das!« Und zu Straccan gewandt: »Gottes Augäpfel, er ist das! Was, zum Teufel, stinkt denn da so?«

»Veilchen, glaube ich«, antwortete Straccan.

»*Veilchen*? Gottes Zähne! Ich dachte, der wäre irgendwo reingetreten.«

»Seine Hoheit, der König, gab mir dieses Parfüm«, entgegnete Wace entrüstet.

»Ach?« De Lacy hob die Augenbrauen. »Der macht gerne Witze, der alte John, was?« Er wandte sich wieder Straccan zu: »Also, was wollt Ihr hier?«

»Hoffen, dass Ihr mir ein Abendessen spendiert.«

Der Flussaufseher brach in Gelächter aus. »Gottes Backenbart! Setzt Euch! Ihr und dieser riechende Bursche da. Wie ist eigentlich Euer Name?«

»Ich bin Robert Wace«, sagte Wace, der sich beleidigt fühlte, und richtete sich zu seiner vollen Höhe von knapp eins sechzig auf. »Privatschreiber seiner Hoheit, König John.«

Lord Maurice schnaubte: »Setzt Euch mal ans andere Tischende, ja? Gut so, brav.« Dann erhob er seine Stimme zu einem Brüllen, das von den steinernen Wänden widerhallte: »Wie steht's denn hier mit Essen? Gottes Bauch, ich bin ausgehungert!« Dann lehnte er sich im Sessel zurück und sagte gut gelaunt: »Wenn Ihr Euch voll gestopft habt, Straccan, könnt Ihr mir ja mal erzählen, warum Ihr gekommen seid. Ich hab gehört, dass Ihr da in Schottland umhergegaukelt seid. Ist es wahr, dass der König Euch ein Pferd gegeben hat?«

De Lacy wich anfangs aus. (»Truhe? Welche *Truhe?* Ach, die Truhe!«); aber schließlich gab er in einer vorsichtig umständlichen Art zu, dass er *zufällig* in die Truhe geschaut hatte, »nur um sicherzugehen, dass ich dem König nicht eine Kiste alte Schuhe schicke«, und dass Geld im Wert von zweihundert Silbermarkmünzen darin gewesen sei. Bei der Erwähnung dieser Summe schnellte Waces Kopf hoch wie der eines witternden Bluthunds, doch der Flussaufseher bemerkte es nicht. »Nein«, sagte de Lacy, »sonst war nichts drin. Nur all diese lieben kleinen Beutel voller Münzen.«

»Meint Ihr, dass de Lacy es genommen hat?«, fragte Wace, als er und Straccan sich in das ihnen zugewiesene Zimmer und das Bett, das sie sich notgedrungen teilen mussten, zurückgezogen hatten.

»Ich würde es ihm zutrauen«, sprach Straccan. »Allerdings …«

»Was?«

»Als das Schiff sank, hängte sich Ragnhild die Reliquie um den Hals, nicht wahr?« Wace nickte. »Sie fesselte sich mit ihrer Dienerin zusammen und vertraute darauf, dass sie beide gerettet würden. Also hatte *sie* es – sie *muss* es gehabt haben, als Stigan und sein Bruder sie fanden, aber sie hatte es *nicht*, als sie die Priorei erreichten.«

»Die Brüder haben es genommen!«

»Ragnhild hätte protestiert, hätten die Brüder sie beraubt. Nein, wenn diese Geschichte überhaupt wahr ist, dann verbarg sie es irgendwo. Aber wo? Was geschah in der Zwischenzeit?«

»In welcher Zwischenzeit?«

»Zwischen dem Wrack und dem Kloster. Es fehlt etwas. Wir müssen am Morgen noch mal mit Stigan sprechen. Ich gehe jetzt mal auf die Zinnen hinauf. In der frischen Luft kann ich besser denken.«

Eine oder zwei Stunden später wurde Wace nicht allzu sanft wachgerüttelt. Straccan beugte sich über ihn, eine Kerze in der Hand.

»Na, na!«, stieß der Schreiber verärgert hervor. »Es ist doch noch dunkel! Wie spät ist es denn?«

»Zeit für Euch zum Reden, Meister Wace.«

»Eh?«

»Ihr wisst mehr, als Ihr mir erzählt habt. Ich habe da Fragen, auf die ich Antworten brauche. Ich fragte den König, wie er das mit dem Banner erfahren hatte. Erinnert Ihr Euch? Er wollte es nicht sagen. Stattdessen fing er an, über meine bretonischen Vorfahren zu reden. Und dann seid *Ihr* aufgetaucht und habt meine Tochter bedroht.« Er nahm keine Notiz von Waces Protesten. »Der König befahl mir, dieses Banner zu finden, *falls es existiert*. Falls nicht, verschwende ich meine Zeit, denn ich habe Besseres zu tun. Also wenn Ihr mir nicht den Rest erzählt, jede kleinste Einzelheit, reite ich nach Hause, Master Wace, um mich um meine Tochter zu kümmern, und Ihr könnt das in Euren Bericht schreiben und ihn Euch dann meinethalben in den Arsch stecken.«

»Sir Richard, Ihr braucht doch nicht ...«

»Wie hat der König vom Banner erfahren?«

»Nun, ich ...«

Straccan legte seine Hand auf den Knauf seines Dolches.

Waces hervorstehender Adamsapfel hüpfte, als er schluckte. Er erschauderte und zog die Decke um seine magere Brust zusammen. »Es war ein Brief«, sagte er dann mürrisch.

»Weiter!«

»Ein Brief aus dem Verborgenen Tal, von Sulien.«

»Sulien hat an den König geschrieben?«

»Äh ... eigentlich nicht ...«

»Was denn nun?«

»Sir Richard, ich bin der Privatschreiber des Königs, wie Ihr wisst, und muss seine Geheimnisse bewahren ...«

»Dieses nicht«, sagte Straccan und spielte mit dem Dolchgriff.

Wace machte einen tiefen Atemzug. »Sulien schrieb an einen Mann mit Namen Michael Scot. Der Brief ... äh ... geriet durch Zufall in die Hände des Königs.«

»So, so. Weiter!«

»Lady Ragnhild – Hallgerd, meine ich – erzählte Sulien von dem Banner, bevor sie starb. In der Tat gab sie es ihm, oder besser ... sie *hätte* es ihm gegeben, wenn sie es gehabt hätte.«

»Das macht keinen Sinn.«

»Sie wusste nicht, wohin die wirkliche Ragnhild es gebracht hatte, aber sie wollte, dass Sulien es findet, sodass er sein Hospital behalten konnte.«

Straccan zog seinen Dolch und achtete nicht darauf, dass Wace hochfuhr und ein Kreischen des Entsetzens ausstieß, sondern reinigte seine Fingernägel mit der Spitze. »Sein Hospital behalten konnte?«

»Das Verborgene Tal gehörte William de Breos«, sagte Wace

hastig. »Vor sieben Jahren gab er es Sulien, der das Hospital errichtete. Er stellte auch Steine, Bauholz, Maurer und Zimmerleute zur Verfügung, und jedes Jahr nach dem Bau des Hospitals schickte Lord William Geld und Geschenke: Lebensmittel, Wein, Stoff. Er war ihnen ein guter Herr, aber ...«

»Natürlich ist da ein ›aber‹.«

»Er kam nie dazu, etwas schriftlich niederzulegen. Es gab keine Schenkungsurkunde. Und jetzt, wo alle Ländereien de Breos beschlagnahmt und den anderen zurückgegeben wurden, glaube ich, dass der neue Herr von Cwm Cuddfan sein Tal wiederhaben will – oder den Preis dafür.«

»Und mit dem Banner könnte er das Tal kaufen.«

»Das Tal? Für das echte Pendragon-Banner könnte man ein halbes Königreich kaufen! Michael Scot dient König Friedrich von Sizilien, und König Friedrich würde mehr dafür zahlen, als Ihr Euch vorstellen könnt.«

»Also möchte König John auch seinen Profit damit machen.«

»Ja, aber es steckt noch mehr dahinter. Irgendwie – ich weiß nicht wie, aber der König ist ja nicht der Einzige, der Spione hat – also, irgendwie hörten die Bretonen davon. Der König will auf jeden Fall verhindern, dass sie das Banner in die Hände bekommen. Sie hassen nämlich den König, denn sie glauben, dass er ihren Herzog ermordete, Prinz Arthur, und dass Arthur der rechtmäßige König von England gewesen sei. Da England unter dem Interdikt steht und der König wahrscheinlich exkommuniziert wird ...«, er hielt inne, erschreckt über diesen Ausrutscher. »Ihr müsst vergessen, dass ich das gesagt habe, Sir Richard! Aber genau *darum* haben die Feinde des Königs gebetet! Wenn John exkommuniziert wird, werden seine Barone von ihrem Treueeid entbunden. Sie werden sich gegen John wenden, sodass er dann Frankreich, die Bretagne *und* seine eigenen Lords an der Kehle hat!«

»Warum will die Bretagne das Banner?«

»Da gibt es zwei Parteien. Die eine sagt, dass Prinzessin Eleanor, Herzog Arthurs Schwester, Königin von England und Herzogin der Bretagne werden sollte. John hält sie unter Bewachung. Sie ist sein ... äh, Gast seit sieben Jahren. Die andere Partei tritt für die Herzogin Alix ein. Beide Seiten wollen das Banner. Wer immer es hat, der hat Gott auf seiner Seite. Und wer würde es wagen, die Waffen gegen das Blut Christi zu erheben?«

»Also ist es wahr mit den bretonischen Verschwörungen?«

»Natürlich! Dann gibt es auch noch die französischen Verschwörungen, die schottischen, die irischen und die walisischen, ganz zu schweigen von denen der englischen Barone. Aber die Bretagne steckt hinter Breos' Suche nach dieser Reliquie. Die Bretonen haben ihm nämlich versprochen, ihn wieder in seinen Ländereien einzusetzen, und diese Hexe, wie ist doch ihr Name ...«

»Julitta de Beauris.«

»Ja, Lady Julitta. Die Bretagne ist ein gefährliches Land, voller Hexereien und Verzauberungen. Die Herzogin Alix hat sogar ihren eigenen Hexenmeister! Natürlich nennen sie ihn nicht so. Offiziell ist er der Hofastrologe. Julitta machte eine Menge Eindruck am bretonischen Hof. Sie halten viel von ihren ... äh, Fähigkeiten, und dann ist sie auch noch sehr schön, wie man mir erzählt hat. Jedenfalls hat man sie geschickt, um sich des Banners zu bemächtigen.«

»Und der König wollte mir das nicht erzählen, weil meine Vorfahren aus der Bretagne kamen, und er denkt, meine Sympathien könnten bei Eleanor oder Alix liegen.«

Wace zuckte mit den Achseln. »Es ist schwer zu sagen, wo die Loyalitäten eines Menschen liegen.«

»Ich werde Euch sagen, wo *meine* liegen, Meister Privatschreiber. Bei meiner Tochter! Ich werde selbst die Hölle stürmen, wenn sie in Gefahr ist, und glaubt mir«, er steckte den Dolch mit einem scharfen »Klick« in die Scheide, sodass Wace erneut hochfuhr, »*glaubt mir,* ich werde jeden töten, *jeden,* der sie bedroht. Was stand sonst in Suliens Brief?«

»Nichts von Wichtigkeit. Er schrieb vom Tod der Lady und was sie über das Banner gesagt hatte. Michael Scot ist ein berühmter Gelehrter, und Sulien fragte ihn, was er über diese Reliquie weiß.«

»Ich nehme an, der König sah auch ›zufällig‹ Scots Antwort?«

»Hm, ja, aber die war keine Hilfe. Meister Scot sandte Kopien von allem, das mit dem Banner zu tun hat, in König Friedrichs Bibliothek. Gildas, Nennius, Beda – ich hatte schon ihre Schriften studiert. Da war aber eine Sache ... «

»Und welche?«

»Ein vom heiligen Kentigern geschriebener Brief. Darin berichtete er, dass Königin Guinevere selbst das Banner bestickt und als goldenen Faden ihr eigenes goldenes Haar verwendet hatte. Das echte Banner würde daran zu erkennen sein – und natürlich an der kostbaren Reliquie, das blutgetränkte Stück Stoff, das zwischen den beiden Seidenteilen eingenäht ist.«

»War es des Königs Idee, nach mir zu schicken?«

»O ja. Zuerst schickte er mich aber aus, um festzustellen, was Sulien sonst noch wusste.«

»Habt Ihr mit Sulien gesprochen?«

»Nun, ich ... äh, erzählte ihm von des Königs Interesse daran. Er hat sehr bereitwillig geholfen.«

»Das kann ich mir lebhaft vorstellen.«

»Aber er wusste nichts über das Banner. Die Lady war schon von Sinnen vor Fieber, als sie ins Hospital gebracht worden war. Ihr Geist war verwirrt. Manchmal glaubte sie, auf dem sinkenden Schiff zu sein, manchmal bei ihrer sterbenden Begleiterin, verloren im Schnee mit heulenden Wölfen ringsum. Sie wurde für kurze Zeit klar, als sie Sulien von der Reliquie erzählte, und bat ihn, danach zu suchen. Wenn er sie fände, solle er sie verkaufen, um das Tal zu erstehen und das Hospital zu retten. Dann kam wieder wirres Zeug. Sie fantasierte über König Artus und Guinevere. Schließlich, wie Sulien mir berichtete, sagte sie immer wieder: ›Erzählt es ihm, Ihr müsst es ihm erzählen, Guinevere.‹ Immer und immer wieder. Und er fragte sie: ›Wem denn erzählen – und was?‹ Aber sie sprach nicht mehr.«

Blass und stumm blickte der fast volle Mond gleichgültig auf die Welt, die sich unter seinem opalen Auge drehte.

Auf der staubigen Landstraße nach Talgarth war sein Licht hell genug, um Schatten auf die beiden Leprakranken zu werfen, die nachts zu reisen vorzogen, wenn weder Hunde noch gute Christen an ihnen Anstoß nahmen.

Bei Shawl schauten sie auf das schlafende Dorf hinunter, konnten Janiva aber nicht sehen, denn die Tür zu dem unterirdischen Gewölbe, in dem sie gefangen gehalten wurde, war verschlossen und besaß kein Fenster. Wach, allein und verängstigt lag Janiva da und starrte in die Dunkelheit. Sie wusste nicht, wie viele Tage schon vergangen waren, denn in ihrem Kerker waren Tag und Nacht gleich. Sie wusste nicht, dass Benet Finacre befohlen hatte, ihre Kate niederzubrennen, doch der Mond hielt sich einen Moment dort auf, um die Asche silbern zu färben.

In Ludlow liebkoste sein blasser Strahl das Gesicht von Alis, die auf ihrem Strohsack zwischen Lady Marjorys Frauen lag und träumte.

Mondlicht warf auch einen fahlen Schein auf den Steinfußboden in Holystone, auf dem Gilla barfüßig und schweigend zum Schrein der Gesegneten Jungfrau schritt. Dort kniete sie nieder – wie jede Nacht, wenn die anderen Mädchen schliefen –, um für die sichere Rückkehr ihres Vaters zu beten, wo immer er auch sein mochte. Die Votivlampe brannte mit beständiger Flamme, und wenn sie in ihr goldenes Herz starrte und sich wünschte, ihn zu sehen, würde die Flamme sich wie eine Tür öffnen und sie dort hineinschauen lassen, wo ihr Vater sich befand. Jetzt öffnete sie sich. Sie sah ihn deutlich, aber farblos, in Schatten von Grau. Er kniete betend vor einem Kruzifix.

Sie stieß einen leisen Seufzer der Erleichterung aus. Es ging ihm also gut, er war sicher – aber dann hob er das Gesicht zu dem kerzenbeleuchteten Christus, und sie sah Tränen auf seinen Wangen.

Durch das Kapellenfenster in Trevel beobachtete das gleichgültige Auge des Mondes eine Zeit lang einen Mann, der vor dem Altar kniete.

Da er nicht schlafen und auch nicht Waces krächzendes Schnarchen ertragen konnte, war Straccan zur Kapelle geschlichen. Es war keiner dort, Gott sei Dank. Es roch schwach nach Honig von den Kerzen auf dem Altar vor dem verschleierten Kreuz. Er starrte auf die durch eine Abdeckung undeutliche Gestalt des lebensgroßen Christus und bemerkte die Stellen, wo das gebeugte Haupt, die Rippen und die Knie sich unter dem Tuch abhoben. Dann griff er nach oben und zog den schweren, mit Gold durchwirkten Seidenstoff ab.

Das Kerzenlicht beleuchtete das gequälte Gesicht, die Nase und die starrenden Augen des Heilands. Ein großer Eisennagel war mit erschreckender Wirklichkeitsnähe durch die Füße des Abbilds geschlagen.

Straccan wagte es nicht, die geschnitzten Füße zu berühren, griff stattdessen an den Nagel und betete, wie er nie zuvor gebetet hatte – dass Gilla kein Leid zugefügt werde, dass Janiva sicher sei und dass er – wenn es Gottes Wille war –

das Pendragonbanner finden und dies das Ende dieses Albtraums von Ungewissheit und Furcht sein möge.

Er wusste nicht, wie lange er so den Nagel ergriffen hatte, gleich einem Ertrinkenden, der sich an ein Seil klammert, doch als er schließlich versuchte, seine Hand zu lösen, waren seine Finger steif und kalt und ließen Blut auf dem Nagel zurück.

Auf der Altarstufe sank er auf die Knie und weinte, mit langem, tiefem Schluchzen, das an seiner Brust und Kehle zerrte. Als er sich beruhigt hatte, war der Mond unbeeindruckt weitergezogen, und die Kerze war fast abgebrannt. Es musste lange nach Mitternacht sein, aber er wollte nicht zu dem parfümierten Gemach oben zurückkehren. Fröstelnd hüllte er sich in die Abdeckung des Kruzifixes, kauerte sich erschöpft auf den Boden vor dem Altar und schlief sogar für kurze Zeit ein, träumte flüchtig von Schiffswracks und einer von einem Drachen bewachten Schatztruhe, von Kindern, die mit einem Ball spielten, und von einer sterbenden Frau, die flüsterte: »Erzählt es ihm, Guinevere.«

Als er steif, verkrampft und durchgefroren aufwachte, fragte er sich: *Wem erzählen, was erzählen?* Etwas so Dringendes, dass eine sterbende Frau mit ihren letzten Atemzügen sich gemüht hatte, es weiterzugeben.

»Erzählt es ihm. Ihr müsst es ihm erzählen, Guinevere.«

Er blieb dort und betete bis zum Morgengrauen.

32

Als sie in der Dunkelheit erwachte, hatte Janiva einen verwirrenden Moment lang keine Ahnung, wo sie sich befand, bis der Geruch von Schafen sie in die Wirklichkeit zurückbrachte. Sie war in dem alten Gewölbe und lag auf Ballen ungewaschener Wolle. Behutsam betastete sie die Seite ihres Kopfes, wo getrocknetes Blut ihr Haar verfilzte. Die mit Schorf bedeckte Beule war noch sehr empfindlich bei Berührung, doch fühlte sich nicht mehr so groß an, wie sie gewesen war, und die sengenden Kopfschmerzen sowie das durch die Dunkelheit verstärkte, heftige Schwindelgefühl schienen endlich vorüber zu sein.

Der Schlüssel klapperte im Schloss, die Tür öffnete sich quietschend, und Tageslicht stürzte wie eine Flut auf sie ein. Sie drückte die Augenlider zu, als ein schmerzhafter Stich ihren Kopf durchfuhr, und hörte das nun schon bekannte Geräusch, als ihr der Wächter einen Krug Wasser und einen Teller mit Brotstücken hinstellte und das leere Geschirr des gestrigen Tages wegnahm.

Mit tränenden und gegen das blendende Licht halb geschlossenen Augen, konnte Janiva die Gestalt des Mannes undeutlich in der Tür erkennen.

»Welchen Tag haben wir?«, rief sie, doch ihr Wächter schlug ohne ein Wort die Tür zu, und wieder hüllte Dunkelheit Janiva ein.

Es war ein schöner, trockener Tag mit einer warmen Brise, wie geschaffen, um das Bettzeug zu lüften, das große Zimmer zu reinigen, die alten Binsen zu verbrennen und den Fußboden zu fegen und zu schrubben, bevor Arme voll frischer, duftender Binsen und Streukräuter mit viel Flohkraut ausgelegt wurden. Den ganzen Morgen hatte Sybilla die Mägde beaufsichtigt, wie sie die Betten abzogen, die Laken zum Waschhaus trugen, die Decken und Oberbetten auf den Hecken ausbreiteten und Matratzen und Kissen nach unten zum Ausklopfen, Ausschütteln und Auslüften in die Sonne trugen. Sie hatte Esswaren und Bier für alle hingestellt, und als die grobe Arbeit endlich getan war, kamen die Feldarbeiter, um an der Mahlzeit teilzunehmen, und alle saßen auf der Wiese beim Essen und Trinken. Früher hatte es bei solchen Anlässen stets Jubel und Trubel gegeben, Plaudern und Lachen, während die Kinder Ringelreihen spielten, junge Mädchen barfuß im Gras tanzten und ältere Frauen schwatzten und klagten. In diesem Jahre aber gab es kein Tanzen. Die Kinder spielten wie üblich, doch die Stimmen der Erwachsenen waren gedämpft und ihre Augen besorgt. Alle wussten von Vater Osrics Krankheit und von der Gefangenen im unterirdischen Gewölbe.

Es war Banes Gewohnheit – sie hatte ihm schon mehr als einmal das Leben gerettet –, das Land auszuspähen, bevor er offen in irgendeinen Ort ritt. Als er die verbrannten Reste von Janivas Kate fand, zog er sich zurück und suchte einen geeigneten Punkt, von dem aus er das Dorf beobachten konnte. Es sah alles so aus wie immer. Die Feldarbeit ging vonstatten wie üblich, und die Hausbediensteten hantierten geschäftig mit Decken, Matratzen und Binsenbündeln. Als schließlich alle eine Pause einlegten, um sich auf die Wiese zu setzen, schlich Bane sich an den verlassenen Katen vorbei durch den Obstgarten und hinter das Gutshaus zum Falkenkäfig. Die Tür war nicht verschlossen, der Falkner abwesend und der Käfig voller mausernder Falken – und zweier Särge, der eine aus Blei, der andere hölzern.

Der hölzerne Sarg war viel kleiner als der andere. Banes Kehle zog sich vor plötzlicher Angst zusammen. *Bitte, Gott, lass es nicht Janiva sein!*

Jemand kam über den Hof. Bane verschmolz mit den Schatten des mit Laden abgedunkelten Mauserkäfigs.

Sybilla war auf dem Weg zum Brauhaus, um die Krüge wieder zu füllen, und ließ sie beinahe fallen, als sie jemand ihren Namen rufen hörte. Die Stimme kam aus dem Falkenkäfig, in dem an diesem Nachmittag niemand sein sollte. Sie hatte Alfred, den Falkner, mit den anderen auf der Wiese gesehen.

»Mistress Sybilla!«

Die Tür stand ein wenig geöffnet. Sie konnte eine dunkle Gestalt gleich dahinter erkennen. Vorsichtig setzte sie die Krüge ab und lockerte ihr Essmesser in seiner Scheide am Gürtel.

»Wer ist da?«

»Mistress Sybilla, erinnert Ihr Euch an mich? Ich bin Hawkan Bane.«

33

Wie ein glücklicher Zufall es wollte, erschien Stigan am Morgen unaufgefordert am Wachturm, als Havloc gerade die Pferde sattelte, weil sie Stigan im Dorf aufsuchen wollten. Er schlurfte auf seiner Krücke in einer Wolke von gewohntem ländlichem Gestank hinter einem Dutzend fetter, dickborstiger, quiekender Schweine her.

»Schöne Viecher«, sagte Havloc und presste sich an die Stallmauer, um die Herde durchzulassen.

»Sie waren die von Schwester Eg...«, antwortete Stigan und holte geschickt mit der Krücke aus, um einen schweinernen Flüchtling am Ausbruch in die Freiheit zu hindern, was er mit den Worten begleitete: »Haste dir wohl so gedacht, Freundchen, wat? ... Dat sind alle, die übrig blieben. Waren beim Überfall weggerannt«, erklärte er dann. »Das Räuberpack hat die annern aufgespießt, aber sie liegen da noch frisch.«

Frisches Schweinefleisch, ungeachtet seiner Herkunft, war eine Kostbarkeit, und kaum hatte der Koch das gehört, wurden zwei kräftige Burschen mit einem Karren ausgeschickt, um die borstigen Leichen zur Garnisonsküche zu holen.

Als Stigan dann aus der Küche kam und unzufrieden auf seinen Auskunftslohn in Form einiger kleiner, grob geprägter Kupfermünzen auf seiner Handfläche schaute, warteten Straccan und Wace bereits auf ihn. Finster blickend, hielt er inne. *Wieder die – was denn jetzt noch?* »Hab zu tun«, sagte er.

»Ach ja? Nun, macht ja nichts. Ich sehe, dass du heute Morgen ein reicher Mann geworden bist. Da wird dich ein ganzer Silberpenny wohl nicht mehr interessieren«, entgegnete Straccan und wandte sich ab.

»Hab ich doch nich' gesagt«, erwiderte Stigan entrüstet. »Ein Penny? Wofür denn?«

»Zahlt ihm den Penny, Meister Wace.« Mit einem Zungenschnalzen des Widerwillens wühlte Wace in seiner Geldbörse. »Wo hattet Ihr das Wrack gefunden? Kann man die Stelle von hier sehen?«

Der breite, schmutzig braune Fluss unter ihnen erschien träge und harmlos. Zwei kleine Jungen zankten sich am Ufer. Der eine hatte ein Spielzeugboot – nur ein ausgehöhltes Stück Holz –, und der andere versuchte, es ihm wegzunehmen. Sein Ruf: »Gib es mir!«, erregte für einen Augenblick Straccans Aufmerksamkeit, da es ihn an irgendetwas erinnerte, ohne dass er sagen konnte, was es war.

»'s war fünf, sechs Meilen von hier«, erwiderte Stigan. »Unten bei der Insel des Heiligen.«

»Heiliger? Welcher Heilige?«

Stigan schaute überrascht drein ob ihrer Unwissenheit. »*Unser* Heiliger, unser gesegneter Mann. Den kennt doch jeder.«

»Ein Einsiedler?«

Stigan nickte. »Immer schon ein heiliger Mann auf Sankt Winnocs Insel gewesen. War vor langer Zeit 'n alter Wachturm. Unser Heiliger is' dort sicher. Wenn 'ne Überschwemmung kommt, geht er eben nach oben. Wir kümmern uns um ihn, abwechselnd. Bringen Proviant und anderes hin. Deshalb waren wir auch dort, ich und mein Bruder, an dem Morgen, als wir 's Wrack fanden.«

Wace wollte etwas sagen, doch Straccans plötzlicher schmerzhafter Griff an seinem Arm hielt ihn auf.

»Wir war'n ganz durchgeweicht«, erinnerte sich Stigan mit einem entrückten Blick. »Er hat uns Suppe gegeben.«

Straccans Herz schlug ihm gegen die Rippen. »Ihr wart zu der Insel gefahren, *bevor* ihr die Mädchen zur Priorei brachtet?«

Stigan nickte wieder.

»Was geschah da? Du *musst* dich daran erinnern!«

Natürlich erinnerte er sich, während er auf den Fluss hinunterstarrte, aber nicht das Wasser sah, sondern das zerbrochene Schiff, die Truhe, die Mädchen, Möwen, die im Sturzflug herunterkamen und um sie herum schrien, ein ohrenbetäubendes Kreischen, das alles andere übertönte, sogar das heftige Schluchzen des dunkelhaarigen Mädchens, das über dem Körper ihrer toten Gefährtin weinte.

Er war an Land gesprungen, um das Boot zu vertäuen, und dann wieder an Bord gekommen, um den Sack mit den Vorräten für den Einsiedler zu holen.

»Ich werd' dem Heiligen davon erzählen«, hatte er sich vorgenommen, aber das hatte Gott schon selbst getan, denn der alte Mann kam so behände wie ein Knabe über den hohen Uferwall aus Seetang geklettert.

»Bringt sie herein«, sagte er keuchend, als er sie erreichte. »Ich habe Suppe auf dem Feuer, und da sind auch trockene Decken, um sie einzuwickeln.«

»Die hier ist tot«, sagte Peter traurig.

Der alte Mann beugte sich nieder und berührte die blauweiße eisige Wange des blonden Mädchens. »Nein, ist sie nicht«, sprach er schließlich.

Das tote Mädchen – und sie war *tot* gewesen, denn Stigan hatte schon genügend Wasserleichen aus dem Fluss gezogen, um es zu wissen – spuckte eine Menge Wasser aus und schlug die Augen auf.

Er erinnerte sich gut daran. *So etwas* vergaß man schließlich nicht.

»Wo kann ich mir ein Boot leihen?«, fragte Straccan.

»Ich werd euch rudern«, bot Stigan an. *Das* wollte er sich nicht für einen Monat voller Sonntage entgehen lassen, doch um die Männer nicht misstrauisch zu machen, fügte er hinzu: »Ihr müsst mich natürlich dafür bezahlen.«

Das Inselchen – ein Karbunkel voller Seetang, umgeben vom Ebbeschlamm – lag näher am walisischen Strand als am englischen und war sehr klein, kaum einen Morgen groß. Möwen stolzierten über den hoch aufgeschichteten Tang und stachen mit ihren Schnäbeln in die von Fliegen umschwärmten Massen auf der Suche nach Muscheln und Krebsen. Hier und dort an den hohen Ufern voller Unkraut konnte Straccan die Reste einer Steinmauer erkennen, die einstmals um die kleine Insel verlaufen sein musste. Die einzigen Geräusche waren das Klatschen des Wassers und das unablässige Kreischen der Seevögel – unter dem alles durchdringenden Gestank von verfaulendem Fisch. Straccan konnte sich keinen elenderen Ort vorstellen. Wenn einer hier freiwillig allein lebte, um sich näher bei Gott zu fühlen, musste er wirklich ein heiliger Mann sein.

Die fortschreitende Ebbe hatte eine vermodernde hölzerne Mole und mehrere Pfähle freigelegt. Stigan warf das Haltetau über einen davon.

Ein heiserer Schrei vom höher liegenden Ufer, der noch lauter war als das Kreischen der Möwen, ließ diese lärmend davonfliegen. Dort oben erschien eine Vision mit wild zerzausten langen Haaren und dürren Beinen, ein formloses Bündel aus Sackleinen, die in Fetzen hingen – ähnlich einem zerfledderten Storch.

»Ach wie schön! Der Heilige kommt zu unserer Begrüßung«, bemerkte Wace. Dann erhob er die Stimme und rief: »Wir wünschen Euch einen guten Morgen, Einsiedler! Möge Gott mit Euch sein.«

»Verpisst Euch!«, kam die Antwort.

34

Wenngleich Ludlow ein kleiner Ort war, wie etliche andere hier, konnte man ihn als blühend bezeichnen. Die Burg, die mehr als ein Jahrhundert zuvor von einem vergessenen de Lacy erbaut worden war, ragte schützend über der Stadt auf; dahinter lagen Wiesen und Obstgärten, begrenzt von einem breiten Stück des Flusses Teme. Die Straßen waren in gutem Zustand, und rings um den Ort herum waren die mit Schafen gesprenkelten Hügel saftig grün.

Da war Wohlstand: gut besuchte Läden und Stände, ein munteres Treiben auf dem Markt, der Käufer von weit her anlockte. Obwohl die Bürger aus Prinzip die Einsetzung des Landsknechtshauptmanns Cigony als Burgkommandanten und Polizeivorsteher anstelle von William de Breos ablehnten – besser einen Teufel, den man kennt –, konnten sie sich nicht beschweren, dass Cigony ihre Freiheiten einschränkte oder mehr an Steuern, Abgaben und Strafen aus ihnen herauspresste, als sie ohne Not bezahlen konnten. Im Gegenteil, da er ein Fremder war und ihre Sitten nicht kannte, konnten sie ihn manchmal mit mehr Aussicht auf Erfolg zu überlisten versuchen als ihren gewohnten Herrn. Lord William könnte immerhin auch noch seinen Frieden mit dem König machen, um sein übliches Regime wieder aufzunehmen.

Auch musste man Cigony lassen, dass er sich dem Problem der Gesetzlosen mit Eifer gewidmet hatte. Es verging keine

Woche, ohne dass eine Gruppe von Strolchen an den Galgen der Stadt hing. Die Einwohner von Ludlow waren es zufrieden. Es war jetzt wieder sicherer, auf den Landstraßen zu reisen, solange man sich von Wales fern hielt – und das brachte mehr Geschäfte in die Stadt. Wann immer Cigony und seine Truppe die Burgstraße hinunterritt, winkten die Leute ihnen zu, und wenn die Jäger wieder einmal mit ein paar erbärmlichen Gefangenen zurückkehrten, jubelten sie laut. Die Dinge hätten schlechter stehen können.

Die Schatten waren schon lang im Shropshire-Wald, als die Jagd vorüber war und Cigony sein Horn blies, um die Nachzügler herbeizurufen. Die Gejagten waren schnell gelaufen, doch als sie dann der Atem verließ, wurden sie auch vom Glück verlassen: Man stellte sie schließlich in einem großen Schlehdorndickicht, wo sie sich zur Wut und Trauer ihrer Verfolger so verbissen verteidigten, dass zwei von den Hunden getötet wurden. Jetzt wurden die Hunde zurückgehalten. Sie zerrten an ihren Leinen und knurrten wild in dem geschlossenen Ring der Jäger. Jemand würde hineingehen und die Kerle herausjagen müssen.

Keuchend und rot vor Anstrengung wartete Cigony. Ein heftiges Zittern schüttelte seinen Körper, als er versuchte, ein Niesen zu unterdrücken, was ihm aber nicht gelang: Haaatschiii! Wie auf Kommando schwenkten die Hundeköpfe zu ihm herum und blickten ihn vorwurfsvoll an.

Geschützt durch ihre dicken Lederpanzer, zwängten sich Treiber durch das Geflecht spitzer Dornen und zogen die Verbrecher heraus – zwei atemlose, blutende, zitternde menschliche Wesen.

Menschliche Wesen? Nun, technisch gesehen waren sie es, doch keiner betrachtete sie als solche. Dies waren Gesetzlose, Halunken, »Wolfsköpfe«. Bestimmt waren sie Diebe, Vergewaltiger, Totschläger – oder alles zusammen, und ohnehin schon so gut wie tot. Die meisten Gauner wurden am nächsten starken Ast aufgeknüpft – und in der Tat löste Alun der Förster schon die Seilrolle von seinem Sattel und richtete den Blick auf einen passenden Baum. Aber ein paar wurden immer lebend nach Ludlow gebracht, zur Unterhaltung der Einwohner, wenn sie die Halunken am nächsten Vormittag am Ende eines Seils zappeln sahen.

Die Jäger schrien enttäuscht auf.

»Sind das alle?«

»War die Mühe nicht wert!«

»Werft sie wieder rein!«

Von seinem Pferd aus blickte Cigony auf die abstoßenden Wesen hinunter, die dort lagen, wo die Treiber sie hingeworfen hatten. Der eine hatte vorher schon vor Gericht gestanden, und mehr als einmal, denn ihm fehlten sowohl seine Ohren als auch eine Hand, und er trug ein Brandzeichen zwischen den Augen.

»An dem ist nicht mehr viel dran zum Aufhängen«, bemerkte der Polizeivorsteher belustigt. »Trotzdem«, er nieste wieder, aber jetzt weniger explosionsartig, und wischte sich die Augen am Ärmel ab, »knüpft ihn auf!« Er schaute auf den anderen »Wolfskopf« – klein, kahl und blutig, wo die Dornen in sein Fleisch gedrungen waren. Der ohr- und glücklose Verbrecher würgte bereits am Ende des Seils. Schon wollte er auch den anderen diesem gleichen Schicksal überantworten, als Cigony innehielt und sich den Mann anschaute, diesmal genauer.

Blasses, schmutziges Fleisch schimmerte durch die Risse in seinem Hemd und der fast völlig zerfetzten Hose, doch sein gefütterter ärmelloser Rock, obwohl ebenfalls zerrissen und schmutzig, zeigte bemerkenswerterweise einen blauen, einen roten und einen gelben Fleck.

»Flicken!«, sagte der Polizeivorsteher voller Befriedigung.

»So, wie ich hier bin und atme – ein Flickenrock! Zieht ihn aus!«

Der Gesetzlose kreischte, als Rock und Hemd von seinem mageren Körper gerissen wurden. An einer Lederschnur um seinen Hals hing ein schmutziger Beutel aus Hirschkuhleder, nicht größer als eine Kinderfaust. Cigony nickte einem Knappen zu, der seinen Dolch zog und sich aus dem Sattel lehnte. Der Gefangene, von einem der Treiber festgehalten, stieß einen schrillen Schrei des Entsetzens aus, schloss die Augen, fiel auf die Knie – wobei er seinen Bewacher fast aus dem Gleichgewicht riss – und begann zu beten.

Mit einem Grinsen zerschnitt der Knappe die Lederschnur und reichte seinem Herrn den Beutel.

»So, so, so.« Etwas Kleines, Glänzendes und unmissverständlich Goldenes glitt auf Cigonys breite Handfläche. »Was haben wir denn hier?«

»Sieht aus wie ein Becher, Mylord«, sagte der Knappe diensteifrig.

»Bisschen klein für 'nen Becher«, entgegnete Cigony. Er drehte den Gegenstand um und fuhr die grobe Inschrift mit seinem schwieligen Zeigefinger entlang. »Da geht nicht mehr als ein Mund voll rein, nicht?« Er legte ihn in den Beutel zurück und verstaute diesen in seiner Satteltasche. »In Ordnung. Nehmt ihn mit den schon vorher Gefangenen mit. Hängt sie dann, aber den hier werft ins Diebesloch. Ich möchte nicht, dass er jetzt schon gehängt wird. *Haaatschiii!*«

Zwei langsame Ochsen zogen den Karren, einen einfachen Bauernkarren, der zu einem Käfig umgebaut war, groß genug für ein Dutzend »Wolfsköpfe«. Alle zusammen, die Lebenden und die Gehängten, rumpelten die sieben oder acht Meilen zurück nach Ludlow. Dort schluckte der ausgedehnte Kerker die Lebendigen für den Galgen vom nächsten Tag, und die Toten wurden identifiziert, was Cigony einen Shilling pro Kopf einbrachte, indem man sie mit einer Liste von Gesuchten verglich. Dann wurden sie ohne jegliche Umstände im Stadtgraben verbuddelt.

Der Dieb wurde ins Diebesloch geworfen, einer scheußlichen Grube mit einem Gitter darüber; der Boden war mit zwei Handbreit voll unbeschreiblichem Dreck und Unrat bedeckt. Der Gesetzlose mit Namen Tom war darüber hinweg, als dass es ihn noch gekümmert hätte; er kauerte sich in eine Ecke, sehr wohl in der Lage, an einem solchen Ort und in einer solchen Lage zu schlafen. Wenigstens regnete es nicht auf ihn, und vielleicht, jetzt, wo sie seinen Becher hatten, würde der verdammte Geist ihn endlich in Ruhe lassen.

35

Mit einem Fuß im Schlamm, den anderen noch im Boot, stand Straccan wie vom Blitz getroffen da und starrte ungläubig auf die Erscheinung oben am Ufer. Die biblische Vogelscheuche umklammerte mit beiden Händen einen langen, knotigen Stab. Sie schaute so aus, als ob sie damit umzugehen wusste und sehnlichst auf eine Gelegenheit wartete, dies beweisen zu können.

»Ihr könnt hier nicht landen! Zieht ab!«

Straccan hörte ein gedämpftes vergnügtes Schnauben Stigans und fluchte innerlich. *Wieder mal eine Sackgasse! Der Alte hier ist verrückt.*

Wace rappelte sich auf die Füße, sodass das kleine Boot schwankte. »Ihr bietet aber eine miserable Begrüßung als heiliger Mann!«, rief er.

»Nichts Heiliges an mir. Ich kratze mich und furze wie jeder andere. Also zischt ab!«

»Wir sind von weit her gekommen. Wollt Ihr uns nicht Euren Segen erteilen?«

»Das würde Euch nichts nützen! Bin ein Sünder wie Ihr.«

»Dann heißt uns doch als Mitsünder willkommen«, rief Wace. »Gebt uns *Euren* Sündersegen, und wir werden Euch unseren geben.« Er lächelte verschmitzt. »Schließlich könntet Ihr doch den Besuch von Engeln ablehnen, ohne Euch dessen gewahr zu sein. Wollt Ihr das riskieren?«

Der Einsiedler stieß ein »Hmpf« aus, spuckte auf den Boden, drehte sich um und stieg den Wall auf der anderen Seite hinunter, sodass er aus ihrem Blickfeld verschwand. Seine rissige Stimme drang aber noch zu ihnen: »Kommt Ihr nun, oder was?«

»Ha, gut gemacht!« Straccan schlug Wace anerkennend auf den Rücken, wodurch dieser ins Schwanken geriet. Dann kletterte er in Richtung Einsiedler nach oben und hielt auf halber Höhe, um zur Hilfe für Wace nach unten zu reichen und Stigan einen Blick zuzuwerfen, der eine spätere Belohnung versprach. »Ihr bleibt hier«, sagte er dann zu ihm. Immer noch grinsend, machte Stigan es sich im Boot bequem.

Sie kletterten mit einigen Schwierigkeiten hinauf und glitten auf der anderen Seite des Seetangwalls wieder hinunter, der – fest auf seinem steinernen Fundament ruhend – mehr als vier Meter hoch sein mochte. Innerhalb dieser schlammigen Einfriedung voller Pfützen erblickten sie die Reste alter Gebäude, nur noch Erhebungen im Boden, sowie die Steinfundamente von Lagerräumen; in der Mitte befand sich etwas, das wahrscheinlich mal ein römischer Wachturm gewesen war, jetzt aber die Behausung des Heiligen darstellte.

Von dem Turm war nur noch ein Steinstumpf übrig geblieben – das Erdgeschoss und der erste Stock. Die anderen, hölzernen Stockwerke mussten schon lange verrottet gewesen sein. Das Erdgeschoss war je nach Bedürfnissen und dem gefundenen Material mit angeschwemmtem Treibholz, Sackleinenfetzen, zerrissenen Körben, geborstenen Tonnen und Schiffsplanken erweitert worden. Die Tür zu dieser Behausung, die einem Elsternnest glich, stand offen, und als sie dem Heiligen nach innen folgten, fanden sie darin eine Bank, einen Tisch und ein enges Kastenbett, alles aus Treibholz gezimmert. Ein gemauerter Brunnenschacht mit einem Holzdeckel darauf nahm eine Ecke ein, und ein prasselndes Feuer aus angeschwemmten Zweigen schleuderte blaue, grüne und gelbe Flammen aus einem Herd in der Mitte. Ein beträchtlicher Haufen solcher Treibholzstücke ließ erkennen, womit der Heilige einen Teil seiner Zeit verbrachte. Eine Schnur mit Fischen, zum Trocknen im Rauch aufgehängt, zeugte von weiteren Beschäftigungen des heiligen Mannes.

An der hinteren Wand stand eine Reihe von Käfigen aus Korbgeflecht – einige leer, andere besetzt mit verletzten Vögeln in verschiedenen Stadien der Genesung. Der größte Käfig war mit einem Stück Sackleinen abgedeckt. Ein kreischendes *Kraaak* kam aus der dunkelsten Käfigecke.

»Ruhig, ruhig, Mickey«, sagte der Heilige. Er hob das Sackleinenstück, sodass der Käfiginsasse zu erkennen war – ein großer, zerfledderter, stark riechender Kormoran mit einem geschienten Flügel. Mickey starrte die Fremden mit einem unfreundlichen Smaragdauge an und hackte nach ihnen.

»Na, wo bleiben denn deine Manieren?«, sagte der Heilige tadelnd. Der Vogel gähnte, schloss die Augen, drehte den Kopf, bis der gefährlich aussehende Schnabel auf seinem Rücken lag, und nahm keine weitere Notiz von den Anwesenden.

»Nun, was wollt ihr?«, fragte der alte Mann und schaute sie finster unter buschigen weißen Brauen an. »Ich bin sehr beschäftigt, und wenn ihr Engel seid, bin ich der Onkel vom Papst!«

»Vor zehn Jahren lief hier ein Schiff auf Grund,«, sagte Straccan, ohne sich mit einleitenden Höflichkeiten aufzuhalten. »Zwei junge Frauen wurden aus diesem Schiff gerettet. Stigan und sein Bruder brachten sie her.«

Der alte Mann kratzte sich nachdenklich am Hosenboden. »Da waren eine Menge Wracks.«

»Es war ein dänisches Schiff. Alle an Bord ertranken, außer diesen beiden. Der Name der Lady war Ragnhild. Ihr gabt ihnen Suppe, und sie sprach allein mit Euch.«

»Mein Gedächtnis ist nicht mehr das, was es mal war.« Das Weiße der Augen des Einsiedlers stach deutlich von der dunklen Iris ab, sodass er wie eine wütende Eule aussah.

»Ich glaube, sie bat Euch, etwas für sie aufzubewahren.«

»So? Was soll das denn gewesen sein?«

»Eine Fahne«, sagte Wace eifrig. »Ein Schwalbenschwanzwimpel!«

Der Heilige starrte von einem zum anderen, als ob er noch mehr erwartete. Als keiner der beiden noch etwas hinzufügte, verlor er das Interesse, wandte sich dem Kormorankäfig zu, öffnete ihn, hob seinen piratischen Bewohner heraus und wiegte ihn sanft an der Brust. »Ich kann Euch nicht helfen«, sagte er dann über die Schulter. »Geht weg.«

Straccan ballte die Fäuste und unterdrückte das sinnlose Verlangen, den Heiligen bei der Kehle zu packen und die Wahrheit aus ihm herauszuschütteln. Wut wallte in ihm auf. Das Banner musste hier sein – und es war auch hier. Er wusste es, er konnte es fühlen, und dieser verrückte Alte wusste ganz genau, weshalb er gekommen war. Die Suche nach dem Banner war überall vereitelt worden, im Kloster und dann in den Dörfern am Flussufer. Sogar Wace, der ja hier war, um dafür zu sorgen, dass er die Reliquie fand, wusste mehr, als er gesagt hatte.

Der Heilige löste den als Schiene dienenden Stock vom Flügel des Kormorans. Als er damit fertig war, setzte er den Vogel zurück in den Käfig und trug diesen nach draußen zu einer moosüberwachsenen Mauer in einiger Entfernung von der Tür seiner Behausung. Der Vogel knirschte aufgeregt mit dem Schnabel, da er die Freiheit fühlte. Der Heilige hob ihn heraus, hielt ihn einen Moment lang hoch, flüsterte ihm etwas zu – die Augen bedrohlich nahe an dem gefährlichen

Schnabel –, und warf ihn dann in die Luft, wo er einen Moment schwebte, die großen Schwingen ausgebreitet, bevor er mit einem heiseren Schrei davonflog.

Von der anderen Seite des hohen Uferwalls kam ein anderer Schrei. Es war Stigans Stimme, drängend und erschreckt.

»Plünderer!«

Der Heilige hastete auf den Wall wie ein schlaksiger Reiher, Straccan auf den Fersen. Dort, um die Flusskurve, kam eine Plündererggaleere, schlank und tödlich, die Segel schon zusammengerollt. Ruderer trieben sie schnell auf die Mole zu.

»Zu spät«, sprach der Heilige. »Ihr hättet gehen sollen, als ich es euch sagte, ihr Narren.«

Es waren fünf Ruder auf jeder Seite, also zwölf Mann mit dem Steuermann und dem Kapitän, welcher der Mann am Bug sein musste – eine breitschultrige Gestalt im vollständigen Kettenpanzer eines Ritters mit einem schlichten Überrock. Obwohl Straccan ihn nur einmal zuvor und dann auch noch aus einiger Entfernung gesehen hatte, wusste er, dass es sich um Lord William de Breos handelte.

»Wir können sie nicht am Landen hindern, Stigan«, rief er. »Komm herauf und stell dich mit dem Rücken zum Turm!« Dort würde er wenigstens eine Steinwand hinter sich haben. Der Heilige hüpfte auf und nieder, schrie und schwenkte die Fäuste. Straccan sah, wie Breos nach einem Speer langte, ergriff eine Hand voll Lumpen und Fetzen, riss den Alten von den Füßen und trug ihn zum Haus zurück, wobei der Heilige sich wie eine Sardine wand.

»Lasst mich los, Ihr Hurensohn!«

Straccan schüttelte ihn. »Wenn Ihr Euch irgendwo verstecken könnt, dann tut es, in Gottes Namen!« Er schaute sich nach Stigan um, aber der war nicht gekommen. Von der anderen Seite des Walls kam ein Gewirr schreiender Stimmen, das Klappern von eingezogenen Rudern und über allem das schrille Pfeifen eines »Bullroarers«, eines an einer Schnur geschwungenen Holzstücks.

Sie müssen Stigan erwischt haben, dachte Straccan erschreckt. Es war seine Schuld! *O Gott, habe Erbarmen mit seiner Seele. Christus, empfange ihn gnädig in Deinem Reich!*

Der Heilige zog sich seine Lumpen mit beleidigtem Stolz an seinem mageren Körper glatt. »Ich werde mich nicht vor dem Übel verstecken! Wenn Gott will, wird Er mich schützen. Und Euch auch«, fügte er hinzu.

»Dann kniet Euch auf Eure Betknochen und betet für die Seele dieses Mannes«, sagte Straccan grob.

»Haben sie Stigan?« Aber der alte Mann hatte keine Zeit für Schock und Kummer, denn schon kam der erste Plünderer über den Wall und schwang seinen Bullroarer. Zu Straccans Überraschung traf ein vom Heiligen mit erstaunlicher Treffsicherheit geworfener Stein den Räuber an der Schläfe. Der Bullroarer flog aus der Hand des Ganoven, als er schwankend innehielt, den Mund vor Überraschung offen; dann kippte er nach hinten. Ein Heulen der Wut kam von den anderen, und der Heilige hüpfte vor Vergnügen.

»Da kommen sie!«, rief er und schüttelte die Faust in ihre Richtung.

Warum sind sie gekommen?, fragte sich Straccan. Was war an diesem elenden Ort, diesem kahlen, windgepeitschten, trostlosen Stück Land mit nichts als einer Ruine und einem alten Mann? Das konnte nur eins sein – und wie hatte Breos erfahren, wo es verborgen war?

Auf dem Wallkamm sprossen Köpfe wie Pilze hervor, einige mit zerzausten Haaren, andere mit Helmen, und schon kam der heulende Haufen der Plünderer hinunter und auf sie zugerannt.

Wace erschien in der Türöffnung, das blasse Gesicht vor Angst verzerrt. Straccan hatte nur noch Zeit, ihn zurück nach drinnen zu stoßen, den alten Mann hinterher, und zu rufen: »Verriegelt die Tür!«, bevor er sich umdrehte, um den Schwerthieb des ersten Räubers zu parieren. Den langen Dolch in der Linken stach er dann nach oben, drehte die Klinge, um sie aus dem toten Fleisch zu lösen, und stieß den Körper mit dem Knie zurück. Ein Mann mit erhobener Axt fiel über die Leiche in Straccans Schwert hinein.

Der Heilige, der ja keinen Riegel an seiner Tür hatte, hörte das Schwirren von Straccans mit Wucht geschwungenem Schwert, vernahm das Grunzen und Fluchen der Plünderer und kam wieder heraus, gerade rechtzeitig, um zu sehen, wie Straccan einem Schwertstreich und dann einem Axthieb auswich, der seinen Kopf vom Hals bis zum Rückgrat gespaltet hätte. Eine Klinge jedoch hatte seinen rechten Unterarm getroffen; das Blut rann in seine Hand, sodass sein Griff um den Dolch sich lockerte.

Jetzt waren sie alle um ihn herum, eine quirlende Masse von Männern, und sein Schwert wurde ihm von einem wuchtigen Axthieb aus der Hand geschlagen. Er wechselte den Dolch in seine Schwerthand und stach ihn nach oben unters Kinn eines Angreifers, wo die Klinge sich so festklemmte, dass er sie nicht mehr herausziehen konnte. Kräftige Arme packten ihn. Ein übel aussehender Kerl mit nur einem Ohr kroch zu seinen Füßen, den Dolch erhoben, um ihm die Knieflechsen durchzuschneiden, doch Straccan stieß ihm den Fuß an die Kehle, sodass er sich hilflos wälzte, würgend krächzte und nach Atem rang.

Da trat Lord William vor ihn hin. Seine Eisenhaube umrahmte ein dunkles Gesicht mit dicken Brauen, gelblichen Augen und einem Schnurrbart, der sich zu einem triumphierenden Lächeln hob und einen fehlenden Vorderzahn erkennen ließ. Er war stark, dickbeinig, mit schweren Schultern und einem Hals wie ein Bulle.

»Es gibt doch hier nichts für Euch«, keuchte Straccan. »Keine Nonnen, die man umbringen könnte!«

Das Lächeln wurde zu einem Fauchen. »Ihr habt mich fünf Männer gekostet, Straccan, wenn Ihr der seid. Wo ist das Banner?«

»Welches Banner?«

Breos schlug ihm mit einem seiner Kettenhandschuhe ins Gesicht, sodass Straccans Wange aufriss. Er fühlte das eisige Brennen der Luft auf rohem Fleisch.

»Spielt hier nicht den Narren. Der König sandte Euch doch aus, das Banner zu holen. Also, wo ist es?«

Der einohrige Gesetzlose, der sich von Straccans Fußtritt ein wenig erholt hatte, aber noch angeschlagen aussah, packte den Heiligen bei seinem langen weißen Haar und riss ihn auf die Füße. »Hat die Katze deine Zunge verschluckt, Großvater?«, rief er heiser.

»Hurensohn«, entgegnete der Heilige mit tränenden Augen. »Gott sieht dich.«

»Dann wollen wir ihm etwas zum Lachen geben.« Der Gesetzlose schlug dem alten Mann so heftig auf den Mund, dass es sich anhörte, als bräche ein verfaultes Stück Holz.

»Vorsicht«, sagte Breos mit gespielter Besorgnis. »Er wird nicht mehr sprechen können, wenn du ihm den Kiefer brichst. Wo ist das Banner, alter Mann?«

Der Heilige spuckte Blut und Zähne. »Jemand hat Euch einen Bären aufgebunden – Euch und den anderen Eitereimern hier.«

»Der Meinung bin ich nicht«, entgegnete Breos, zog ein kleines Messer, ein Abhäutemesser, aus seinem Gürtel und warf es dem Einohrigen mit den Worten zu: »Schäl den alten Narren ab, bis er redet.«

»Nein!« Straccan stemmte sich gegen die Hände, die ihn hielten.

Breos schob seine Kettenhaube zurück und wischte sich die schwitzende Stirn. »Dann sagt *Ihr* es mir eben.«

»Ich weiß nicht, wovon Ihr redet – uuuff!« Er sackte keuchend zusammen, als Breos' Faust seinen Bauch traf.

»Warum seid Ihr überhaupt hier? Ihr wart doch auch in der Priorei und habt Fragen über eine *Fahne* gestellt. *Dort* habt ihr nichts gefunden, und nun seid Ihr *hier*. Ich schulde Euch Dank dafür. Ihr habt mich gut geführt.«

Da kam ein schriller Schrei von dem Heiligen: »Hurensöhne! Scheißbeutel! Aaaah!«

Straccan warf sich nach vorn und brachte dadurch die ihn Haltenden aus dem Gleichgewicht, aber nur für einen Moment. Schon war Breos' Dolch unter seinem Kinn.

»Lasst ihn gehen«, rief Straccan. »Hier ist nichts. Wir kamen, um seinen Segen zu empfangen. Das ist alles!«

Der alte Mann schrie wieder, und Breos lachte.

»Feigling!«, brüllte Straccan. »Mörder von Nonnen und alten Männern!«

Breos führte die Spitze seines Dolches behutsam in Straccans rechtes Nasenloch ein und schnitt das Fleisch mit einem Schlenker seiner Hand durch. Dann wischte er die Klinge an Straccans Ärmel ab. Blut – eine beträchtliche Menge für eine so kleine Wunde – und Tränen rannen Straccans Gesicht hinunter. Er schüttelte den Kopf wie ein Hund und spritzte dabei Blutstropfen umher. Beos beugte sich über den Einohrigen, der nun beim Körper des Heiligen kauerte. »Du verlierst wohl deine Geschicklichkeit, Brun? Er ist ganz still.«

»Der is' tot«, klagte Brun. »Hab kaum angefangen, un' jetzt isser tot!«

»Ungeschickter Trampel!« Mit einem Knurren zog Breos seinen Dolch über die Kehle des Einohrigen und trat schnell zur Seite, um dem Blutschwall auszuweichen. Der Gesetzlose fiel über den Körper des Heiligen.

Breos wandte sich wieder Straccan zu. »Also bleibt nur noch Ihr. Glücklicherweise habe ich Euch nicht die Zunge abgeschnitten. Also, wo ist nun das Banner?« Er deutete mit dem Kinn zum Turm des Heiligen. »Da drin? Natürlich, wo denn sonst!«

Straccan konnte hören, wie die Plünderer das Innere des Turmes durchwühlten. Jemand warf einen Schemel aus einem der oberen Fenster. Breos stapfte in die verwüstete Kammer, und Straccans Bewacher zogen ihn mit dahin. Das kärgliche Mobiliar war zu Splittern zerschlagen, die Käfige zerschmettert, wie auch ihre Insassen, und der knappe Vorrat des Einsiedlers war zu einem Gemisch aus Mehl, Körnern, Blut, Federn und getrockneten Bohnen zertrampelt.

»Hier is' noch einer, mein Lord!«

Breos hielt inne, als einer seiner Männer Wace mit schmerzlich auf dem Rücken verdrehtem Arm nach vorn schob.

»Na, was haben wir denn da?« Breos musterte den Schreiber. »Euch kenne ich doch, nicht wahr? O ja! Ihr seid einer von Johns verdammten Schreiberlingen. Lasst ihn los, der ist bloß eine haarspaltende Schreiberseele.« Er winkte Wace zu sich, ergriff ihn bei der Schulter und stieß ihn nach draußen, wobei er auf die blutigen Körper deutete, die dort lagen, und mit dem Dolch unter Waces Nase fuchtelte. »Siehst du das, Schreiberling? Das wird auch mit dir geschehen, wenn du mir nicht sagst, wo das Banner ist.«

Wace stieß einen Schrei des Entsetzens aus. »Ihr habt den Einsiedler ermordet!« Sein Gesicht war maskengleich, erstarrt vor Furcht. Er griff sich an die Kehle, als ob er sie vor dem Messerschnitt schützen wollte, und dann – so schnell, dass Breos es nicht kommen sah – zog der Schreiber ein Stilett an einer Schnur unter seinem Hemd hervor und warf sich auf den Banditenfürsten. Breos wurde überrumpelt, und wenngleich Waces Klinge harmlos an seinem Kettenpanzer abglitt, stolperte er nach hinten über die Leichen und fiel – Wace über ihm, der mit dem Stilett kreischend nach Breos' ungeschütztem Gesicht stieß.

Breos brüllte, bäumte sich auf und warf den kleinen Mann ab. Blut strömte über sein Gesicht. Waces Waffe hatte knapp sein Auge verfehlt, als es am harten Knochen abprallte, doch es hatte des Rebellen Wange einen langen, klaffenden Schnitt beigebracht. Er tupfte mit den Fingern daran und starrte ungläubig auf das Blut.

Zwei Männer ergriffen Wace, jeder an einem Arm. Breos rappelte sich auf, rot vor Blut und Wut, und stieß seinen Dolch in Waces Bauch. Mit einem erstaunten »Oooh!« zuckte der Schreiber zusammen und hing dann schlaff in den Armen seiner Häscher. Sie ließen ihn fallen. Er stürzte auf die Knie und griff sich an den Bauch, wo Blut zwischen seinen Finger hervorquoll. Dann kippte er nach einer Seite und blieb mit angezogenen Beinen stöhnend liegen.

Rasend vor Wut, mit blutigem Harnisch, wandte Breos sich wieder dem Turm zu. Hinter sich hörte er ein seltsames Geräusch, sodass er innehielt und danach schaute. Die Augen des Schreibers waren auf ihn gerichtet, und – unglaublich – er grinste.

»Ihr verdammter Narr!«, keuchte Wace, kaum lauter als ein Flüstern. »Ihr habt ihn getötet. Das geschieht Euch recht. Jetzt werdet Ihr es nie finden!«

»Was?« Breos starrte den Schreiber an, der nun still dalag – ob schon tot oder nahe daran, machte keinen Unterschied mehr, denn er war jetzt über das Sprechen hinaus. Breos stürmte ins Turmzimmer und stellte sich vor Straccan auf.

»Es ist hier, ja? Dieser alte Narr hat es irgendwo hier versteckt.«

»Jesus, ich weiß es nicht«, antwortete Straccan mit schwerer Zunge. Sein Gesicht und seine Nase, die immer noch blutete, fühlten sich wie gebrandmarkt an, und er spuckte Blut, als es ihm in den Mund rann. »Er hat es uns nicht gesagt, und jetzt kann er es nicht mehr!«

Ein Horn erschallte. Das war der Ausguck der Galeere. Einer von Breos' Männern lief zum Uferwall, um nachzusehen.

»Ein Schiff!«, rief er. »Der Flussaufseher!«

»Zum Teufel mit dem Kerl! Wie konnte der Wind von uns bekommen?« Breos stieß mit dem Fuß nach den Resten vom Feuer des Heiligen und verstreute die Glut über den Fußboden, wo sie zu schwelen anfing.

»Was soll mit dem hier geschehen?«, fragte einer der Männer, die Straccan hielten.

Breos' Blick fiel auf den Brunnenschacht. Auf eine Geste von ihm hoben zwei Männer den Deckel ab. Der Brunnen klaffte wie ein schrecklicher Mund und atmete kalte, stinkende Luft aus.

»Ich habe keinen Gebrauch mehr für ihn. Also werft ihn runter und legt den Deckel wieder drauf. Jetzt erst mal weg hier. Wir werden später zurückkommen und diesen Turm auseinander nehmen.«

De Lacys schwerfälliges Schiff hatte keine Chance, die Galeere der Räuber einzuholen. Sie würde binnen eines *Paternoster* außer Sicht und in einer Bucht versteckt sein. So konnten Breos und seine Plünderer warten, bis der Flussaufseher vorübergezogen war, um wiederzukommen und die Insel abzusuchen.

Straccan wand sich und keilte verzweifelt mit den Füßen aus, hatte aber keine Chance. Er wurde zur Brunnenmauer gezogen, dagegen gedrückt und mit dem Kopf zuerst hineingeworfen.

36

Lady Julitta verriegelte die Tür zu ihrem Zimmer, bevor sie das eiförmige Gehäuse aus Eisen und Silber aufschloss, das an ihrer Hüfte hing, und einen wolkigen grauen Kristall von der Größe und Form eines Hühnereis herausnahm.

Während sie den Stein in der Linken hielt, malte sie mit dem rechten Zeigefinger die Runen für Anrufung und Befehl darauf. Einen Moment lang schien der Kristall in einem schwach glühenden, feinmaschigen Netz eingehüllt zu sein. Dann verblassten die verflochtenen Stränge und verschwanden. Im Kristall wallte ein dunkler Schatten auf, verfestigte sich und wartete.

Julitta sprach den Namen des im Stein gefangenen Dämons: »Agarel!«

Trotz des Feuers wurde die Luft im Gemach so kalt, dass sie ihren Atem sehen konnte. Das schattige Herz des Kristalls klärte sich auf, und ein reptilienähnliches Gesicht schaute sie mürrisch an, menschlich in der Form, doch ohne Lippen und mit Schuppenhaut wie die Füße eines Huhns. Die Schlitzaugen, ganz gelb und ohne Pupillen, schimmerten vor Boshaftigkeit.

»Agarel, ich befehle dir!« Die gelben Augen nahmen eine rötliche Tönung an, und obwohl kein Laut zu hören war, wusste sie, dass er vor Wut zischte und sie und ihre Macht über ihn hasste. Er war ihr Gefangener und musste ihre Befehle befolgen, solange er im Stein gefangen war.

»Zeig mir den Herzog Gaillard«, sagte sie mit rauer Stimme.

Der Kristall wurde neblig, klärte sich dann aber wieder auf. Klein, aber deutlich sah sie einen Mann neben einem Bett knien, in dem eine Frau lag, so still wie auf einem Wandgemälde, bis die Lippen der Frau sich bewegten, der Mann ihre Hand nahm, sie umdrehte und zärtlich die Handfläche küsste. Licht fing sich in den Tränen, die in den Augen der Frau schimmerten.

Julitta lächelte. Die Herzogin Urraca lebte also noch. Doch bald, schon bald würde der Herzog eine andere Ehefrau nehmen müssen – sosehr er seine erste auch geliebt hatte. Er *musste* eine andere nehmen, weil er keinen Erben hatte. Seine Ratgeber hatten wohl schon eine neue Ehefrau ausgesucht, denn die Herzogin lag schon lange Zeit im Sterben, doch sie würden von der Wahl enttäuscht sein. Der Herzog würde wieder heiraten – und sein Volk würde entsetzt reagieren und sagen: »Er ist verhext!«

Und sie würden Recht haben.

Wieder strich sie mit der Hand über den Kristall. »Zeig mir den großen Lord William.« *Eigentlich ein großer Tor, ein großes Scheusal …* aber er würde ihrem Zweck dienen. Durch ihn würde sie das Banner bekommen.

Da erschien er auch schon, am Bug seiner Galeere, mit Blut auf dem Gesicht und dem Überrock. Sie konnte seinen Zorn und seine Enttäuschung wie Dampf aus ihm herausströmen sehen.

Der Stein wurde wieder neblig und klärte sich dann auf, um Agarel unverschämt grinsend zu zeigen, wie er an einer ekligen vielbeinigen Kreatur kaute und geiferte. Sie zog die Rune des Schmerzes über den Kristall und schaute ungerührt zu, wie er sich wand und zuckte; das fangzähnige Maul war in einem stummen Schrei aufgerissen. Benoic der Bretone hatte sie gelehrt, solche niederen Dämonen anzurufen und zu fangen – neben anderen nützlichen Kenntnissen. Die Höllenbrut musste in Schach gehalten werden. Wenn Agarel sich aus seinem Käfig befreien könnte, würde er sich gegen seine Beherrscherin wenden, ihren Geist und alle Macht aus ihr reißen und sie in eine leere Hülle verwandeln. Doch sie hatte keine Furcht davor. Auch Benoic hatte sich eingebildet, *ihr* Beherrscher zu sein, wo er doch wie Wachs in ihren Händen gewesen war. Sie hatte vieles von ihm gelernt; auch vieles, das er sie nicht hatte lehren wollen – bevor sie ihn vergiftete.

Sie befreite den stumm schreienden Dämonen aus seiner Agonie. »Zeig mir Mahaut de Breos!«

Im Kristall war eine wilde Landschaft zu sehen; Berge ragten über anderen Bergen auf; Regen fiel in Strömen – und dazu ein Mann und eine Frau auf einem Wagen. Auf jeder Seite des Wagens ritt eine Reihe bewaffneter Männer. Der Wagen schwankte und rumpelte, sodass seine Insassen entweder gegeneinander oder auf die Bodenbretter geschleudert wurden, wo sie sich mühsam wieder aufrichteten und an den Wagenseiten festhielten. Sie trugen den üblichen braunen Wadmalstoff der Pilger, zerfetzt und durchnässt. Das lange graue Haar der Frau hing ihr nass über die Schultern, und beide waren mit schweren Ketten gefesselt. Gefangene.

Dies waren keine Pilger. Es waren Lord Williams Ehefrau und ihr ältester Sohn – zerschunden, blutig und voller Angst.

Julitta biss sich auf die Unterlippe. Wie lange konnte dies vor Lord William verborgen gehalten werden? Wie lange, bis die Gefangennahme seiner Ehefrau sich überall herumgesprochen hatte? Und doch – sie könnte dies zu ihrem Vorteil nutzen. Denn wenn Breos überhaupt etwas liebte, war es seine Ehefrau. Er würde alles tun, um sie zu retten.

Des Dämons schuppiges Gesicht erschien wieder, hohnlächelnd, voller Schadenfreude. Wieder beschrieb sie die Schmerzrune mit dem Finger in der Luft, und Agarel wand sich stumm kreischend. In ihrem Hirn konnte sie den seltsamen, geräuschlosen Druck seines Heulens spüren. »Wurm!« Wütend schob sie den Stein in sein Futteral aus Eisen und Silber zurück und ließ den Dämon in Schmerz und Qualen, bis sie ihn wieder rufen würde.

Straccans Kopf stieß beim Sturz an die Brunnenschachtmauer, sodass er betäubt wurde. Ein kleiner Teil seines Geistes jedoch krallte sich am Bewusstsein fest. Er kämpfte gegen die Flut von Dunkelheit an, die ihn zu überschwemmen drohte – aber es hatte ja doch keinen Zweck. Er würde in diesem schrecklichen Loch sterben. Gilla!, dachte er hoffnungslos – Janiva!

Schwach, weit weg schien er die Stimme einer Frau zu hören, die wiederholt sprach: »Sag es ihm, sag es ihm, Guinevere!«, und dann, wie eigenartig, hörte er Kinder lachen, die kleinen Jungen am Fluss, die kleinen Mädchen im Lustgarten von Ludlow – hohe liebliche Stimmen, die riefen: »Gib es mir!«

Er konnte Rauch riechen. War das die Hölle? Seine Wange und Nase pochten vor Schmerz. Er öffnete die Augen und erkannte zu seinem Erstaunen, dass er noch lebte.

37

Wenn sie Brot zu backen oder Fleisch zu braten hatten, mussten die Einwohner von Shawl die Öfen des Lords benutzen, wofür sie zahlen mussten. Also begnügten sie sich mit flachem Bratblechbrot, Suppen und Eintopfgerichten oder anderen Dingen, die man daheim in einem Topf kochen oder in einer Bratpfanne schmoren konnte. An diesem Morgen jedoch boten die Gemeindeöfen den einzigen Zusammenkunftsort, an dem nicht damit zu rechnen war, dass der Kaplan oder irgendjemand anders seine Nase hineinsteckte. Auf Drängen von Sybilla hatte sich eine Gruppe von Dorffrauen getroffen, vorgeblich, um ein bisschen zu schwatzen.

Der Gutsbäcker zählte die Brotlaibe: drei an der Zahl, und die Köpfe: acht, und hob skeptisch eine Augenbraue. Aber das war ja nicht seine Sache, sodass er sich mit diplomatischen Bauchschmerzen aus der Affäre zog und ins Bett legte. Wenn da etwas »am Kochen« war, wollte er nichts damit zu tun haben.

Sobald er gegangen war, kam Sybilla zur Sache. Sie hatte ihre Mannschaft sorgfältig ausgewählt. Als sie den anderen ihren Plan erklärt hatte, wartete sie auf Gegenargumente.

Es kamen keine.

Hawkan Bane hatte versprochen zu helfen und war weggeritten, um seinen Herrn zu holen, doch der Ritter war nicht erschienen. In Zeiten der Not, dachte Sybilla mit grimmiger Befriedigung, muss man wissen, auf wen man sich verlassen kann – aber das waren keine Männer.

Die Ratten waren kaum zu ertragen. Janiva konnte hören, wie sie irgendwo hinter den Ballen kratzten und raschelten, und sie zog ihre Füße vom Boden hoch, umschlang ihre Knie und fröstelte.

Das Kratzen ging weiter. Aber seltsam, es war eine gewisse Regelmäßigkeit darin. Sie hörte aufmerksamer zu. *Kratz-kratz, kratz-kratz* – eine Pause – dann wieder *kratz-kratz, kratz-kratz*. Das war keine Ratte.

Das Geräusch kam von der Mauer gegenüber der Vordertür. Sie kletterte über die aufgestapelten Ballen, um näher heranzukommen. Das Gewölbe wurde jetzt zur Lagerung der Scherwolle benutzt, weil es zu klein und unbequem war, um darin Wein und Bier, Korn und Mehl, Salzfleisch und Salzfisch, Schinken, Speck, Essig, Felle, Kerzen, Binsentunke, Honig, Butter, Käse und all die anderen notwendigen Vorräte für das Gutshaus aufzuheben. Lady Alienor hatte hinter der Küche einen neuen Lagerraum bauen lassen.

Es gab zwei *Türen* zu dem unterirdischen Gewölbe.

Die ausladenden Ballen waren zu groß, um die Arme darumschlingen zu können, und so fest zusammengeschnürt, dass Janiva die Finger nicht zwischen die Schnüre und die Sackleinenhüllen zwängen konnte, um einen festen Griff zu bekommen. Ihre Fingernägel brachen bis zur Wurzel ab, als sie versuchte, die großen haarigen Bündel wegzuziehen und dadurch einen Durchgang bis zur Hinterwand und der zweiten Tür zu schaffen. Doch mit verzweifeltem Eifer mühte sie sich weiter.

Nach einer Zeitspanne, die ihr lang erschien – und es

auch war –, bildeten sich Blasen auf ihren Handflächen, die dann aufplatzten, sodass rohes Fleisch zum Vorschein kam. Überdies wurde die weiche Haut ihrer Unterarme vom groben Sackleinen abgeschmirgelt, doch es gelang ihr, die Lage so vieler Ballen zu verändern, dass sie an die obere Hälfte der niedrigen Tür herankommen konnte. Nachdem sie über die Ballen gekrochen war, kniete sie sich keuchend dorthin und presste ihr heißes Gesicht an die dicken Eichenbretter.

Kratz-kratz, kratz-kratz.

Sie ballte mit schmerzverzogenem Gesicht eine Hand zur Faust und schlug an die Tür. Das Kratzen hörte auf, und sie vernahm eine Stimme, gedämpft durch zwei Zoll dickes Eichenholz. Wieder schlug sie dagegen, und die Stimme sagte erneut etwas. Doch es hatte keinen Zweck – sie konnte nichts verstehen.

Eifrig machte sie sich wieder daran, Ballen zur Seite zu ziehen. Endlich war mehr Raum vor der Tür frei, und erneut schlug sie dagegen.

Jetzt war die Stimme schon deutlicher – es war die einer Frau und schien aus Hüfhöhe zu kommen. Natürlich – das Schlüsselloch! Janiva tastete die Tür ab, bis sie es fand, und kauerte sich daran.

»Janiva! Ich bin's, Sybilla.«

»Kannst du mich hier herauslassen?«

»Es gibt keinen Schlüssel! Diese Tür ist schon seit Jahren nicht benutzt worden.«

Janivas Hoffnungen fielen zusammen. Doch Sybilla redete weiter.

»Der alte Griesgram lässt niemanden zu dir, und immer steht ein Wachposten vor der Haupttür. Aber hör zu: Heute Abend, wenn das Hornsignal zum Abendbrot erschallt, halte dich bereit! Wir werden dich dann herausholen.«

»Wie denn?«

»Kümmere dich nicht darum. Halte dich nur bereit. Wir müssen schnell handeln. Geht es dir wirklich erträglich?«

»Sybilla ...«

»Was? Ich muss jetzt gehen.«

»Bringt euch nicht in Gefahr, um mir zu helfen.«

»Mach du nur deine Sache. Wir hier werden gut zurechtkommen!«

Sybilla eilte zurück zu ihrer wartenden Truppe. Es bestand natürlich ein Risiko, aber mit etwas Glück, wenn ihr Plan Erfolg hatte, könnte kein Verdacht gegen eine bestimmte Person bewiesen werden – gewiss nicht gegen irgendeinen Mann oder irgendeine Frau von Shawl.

Als das Hornsignal zum Abendbrot erklang und Vater Finacre sich im Saal des Gutshauses aufstellte, um das Tischgebet zu sprechen, half Joan ihrer Tochter Ellen, durch eines der Stallfenster zu klettern.

Im Stall stieg Ellen die Leiter zum Heuboden empor, kauerte sich nieder, schlug Stahl an Feuerstein und erzeugte dadurch gefährliche Funken, bis ein Rauchschwaden vom Heu emporstieg. Sie blies vorsichtig darauf, bis eine kleine gelbe Flamme zu ihrem Gesicht heraufleckte. Dann lief sie rasch bis zum entfernten Ende des Heubodens, wo sie aus dem Durchreicheloch herausschlüpfte und sich an den Händen herunterließ, bis sie sich fallen lassen konnte.

Die Flammen dröhnten schon, die Stallknechte schrien, führten die Pferde hinaus, suchten nach Gefäßen, rannten mit Ledereimern zu und von den Regentonnen und schleuderten Wasser über die Flammen.

Im Gutshaussaal stolperte eine Magd über einen Hund und stürzte, wobei ihr Tablett mit Spiegeleiern auf den Boden klapperte. Sie versuchte, sich an dem grauen Leinentuch des hohen Tisches festzuhalten und zog es mit sich, sodass eine

Kaskade aus Messern, Löffeln, gebratenen Enten und Tauben, gebackenem Fisch, Bechern voll Bier und Wein, Soßenschüsseln, Servietten, Fingerschalen und Flüchen um sie herum niederprasselte. Der Verwalter, rot vor Scham und Entschuldigungen hervorsprudelnd, zog die Frau auf die Füße und gab ihr eine schallende Ohrfeige, während der Hund die Gelegenheit und eine gebratene Taube ergriff und sich unter den Tisch verzog.

Die Speisenden sprangen auf, schimpften und wischten sich den Schoß ab. Die Dienstboten gerieten einander in den Weg, als sie Servietten aufnahmen, damit die beschmutzten Kleider der Tischgäste abtupften, das Geschirr aufnahmen, die Trümmer wegfegten, saubere Tischtücher holten und retteten, was noch zu retten war – einmal darüber gewischt, und schon wurde es wieder auf den Tisch gestellt.

Der Wachposten an der Tür des unterirdischen Gewölbes hörte den entfernten Lärm, roch den Rauch aus dem Stall und rätselte, was da wohl geschah. Sein Magen knurrte, er wollte sein Abendbrot. Es war an diesem Abend schon spät, und er fragte sich, wer ihm etwas bringen würde. Vielleicht die kleine, appetitliche, kokette Ellen – oder die mit den großen Titten, wie war doch ihr Name? Clara! Sie spielte »Rühr mich nicht an«, aber er wusste, was sie brauchte, und er würde es ihr bei der ersten Gelegenheit besorgen.

Und, bei Gott, es sah so aus, als ob jetzt die Chance kam, auf die er gewartet hatte, denn wer kam da mit seinem Abendbrot – die Clara!

Er nahm das Tablett. »Na, was ist denn da los?«

»Heuboden in Brand.«

Ihn interessierte dieses Feuer jedoch nicht, denn ein anderes Feuer war in ihm entzündet, sodass er auch nicht einmal mehr ans Abendbrot dachte, denn Claras bewundernswerter Busen war in seiner Reichweite. Er starrte lüstern darauf und griff danach. Sie schlug ihm auf die Hand, doch er ließ sich nicht entmutigen – das was erst Schritt eins.

Sein vergessenes Abendbrot dampfte auf der Türstufe, als er zu Schritt zwei überging.

»Nicht hier«, sagte Clara atemlos, mitten in Schritt drei.

Heute war sein Glückstag! »Wo denn?«

Sie zeigte mit dem Daumen auf Vater Osrics Gartenschuppen, der wie eine Warze an der Seite seiner Hütte klebte. Eng umschlungen schwankten sie dorthin. Drinnen war Gartengerät und – eigenartigerweise – ein Strohsack. Nun war sein Geist schon völlig unterhalb der Gürtellinie, sodass keine Warnglocke in seinem Innern anschlug. Sie fielen auf die Lagerstätte. Schritt drei ging in Schritt vier über.

Vielleicht hörte er die hinter ihnen quietschende Tür, doch Sybilla hatte schon einen Spaten ergriffen und schlug ihm damit auf den Schädel, dass er niedergestreckt wurde, bevor er sich noch umdrehen konnte.

Clara wand sich unter ihm hervor. »Pfff, das war im letzten Moment!«

Sybilla ließ den Spaten fallen. »Ach … du wärst auch allein zurechtgekommen.«

Die beiden Frauen drehten den schweren Körper um.

»Du hast ihn umgebracht!«

»Nee, leider nicht. Sein Schädel ist zu dick. Such nach dem Schlüssel.«

Clara tastete seinen Gürtel ab, fand und löste den Schlüssel.

»Bist du sicher, dass es der richtige ist?«

»Er hat nur den.«

»Dann los!«

Als Janiva durch die halb geöffnete Tür gehuscht war, schloss und verriegelte Sybilla diese wieder und gab Clara den Schlüssel zurück.

»Schnell, mach ihn wieder an seinem Gürtel fest, und dann hol in der Küche Hilfe.«

Der Wachposten würde bald wieder zu sich kommen, zur Vordertür des Kellergewölbes zurücklaufen und erleichtert sein, dass der Schlüssel noch an seinem Gürtel hing und die Tür noch geschlossen war. Er würde sich einen Narren und Clara eine Schlampe schelten, doch wenn man Janivas Flucht entdeckte, würde er niemals zugeben, dass er seinen Posten verlassen hatte.

Finacre glaubte, Janiva sei eine Hexe, also sollte er denken, dass sie durch Zauberei herausgekommen war.

Sybilla reichte Janiva eine gepackte Umhängetasche. »Was zu essen. Komm jetzt.«

Sie schlichen hinter den Lagerhäusern und der Küche entlang und um den Falkenkäfig herum, wo der Weg zu einem Bach hin abfiel. Auf der anderen Seite des Wassers befand sich der Apfelgarten und dahinter der Wald.

Im Garten tauchte eine dunkle Gestalt auf und bewegte sich mit einer geübten Geräuschlosigkeit vorwärts, die schon so manchem Wilderer beim Dösen zum Verhängnis geworden war.

»Tostig! Was macht Ihr denn hier?«

Janiva ergriff die Hände des Försters und verzog das Gesicht, als er die ihre kraftvoll drückte. Er nahm die Umhängetasche und schlang sie sich über die Schulter.

»Der Knabe Peter kam, mich zu holen. Sybilla hatte ihn geschickt. Und der Mann Eures Ritters, Bane, hat mir auch Einiges gesagt, bevor er wieder wegritt. Kommt jetzt – wir müssen uns beeilen!«

Janiva wandte sich zu Sybilla um. »Bane war also hier?«

»Er sagte, er würde seinen Herrn holen, aber wir wagten es nicht, zu warten. Gott sei mit dir, Janiva!« Sie umarmten sich einen Moment lang innig, wobei Sybilla fühlte, wie Janivas Tränen auf ihre Wange rannen. »Weine nicht, Liebchen. Du wirst bald außerhalb der Reichweite vom alten Griesgram sein. Der wird noch mal übel enden – denk an meine Worte.« Zu Tostig sagte sie: »Passt gut auf sie auf!«

»Sie hat mein Leben gerettet, als ich schwer verwundet war. Ich würde meins für ihres geben! Ich werde sie in Sicherheit bringen.«

»Wo bringt Ihr sie denn hin?«

»Besser, wenn Ihr es nicht wisst. Wenn man herausfindet, dass sie weg ist, wird es Fragen geben. Ihr könnt dann schwören, dass Ihr keine Ahnung habt. Ich werde ihrem Ritter Bescheid sagen, wenn er kommt.« Er führte Janiva in den Schutz der Bäume. »Jetzt geht's erst mal eine Weile zu Fuß. Bleibt dicht hinter mir. Ich habe ein Pferd, das in Willowford wartet.«

»Und wohin geht es dann?«

»Zur Einsiedlerin von Pouncey. Niemand wird dort nach Euch suchen, Mädchen. Das sind nicht mehr Sir Rogers Ländereien.«

Die große Granitbergkette Pouncey Edge verlief fast fünf Meilen von Ost nach West. Über dem Dorf Pouncey fiel sie in drei großen Stufen ab; die zwei unteren waren dicht bewaldet und wurden von schmalen Wasserfällen bewässert, die von Stufe zu Stufe zum Fluss hinuntersprangen. In der Klippenkontur nahe der Kammkante hatte die Witterung eine breite, verzweigte Ader milchigen Quarzes freigelegt, die schon von weitem sichtbar war. Die Leute von Pouncey betrachteten dies als einen Glücksbringer und glaubten, dass ihr Vieh unter diesem Schutz gut gedieh – und wer konnte bestreiten, dass sie Recht hatten?

Man konnte leicht vom Dorf zur ersten Stufe hinaufsteigen, aber danach wurde es schwieriger. Nur die Behänden und Verzweifelten konnten zur dritten Stufe gelangen, wo Osyth, die Einsiedlerin, schon siebzehn Jahre lang in ihrer selbst gewählten Abgeschiedenheit lebte.

Ein Spalt im Felsen hatte ihr Schutz gewährt, als sie gekommen war. Die Einsiedlerinnen, die zuvor hier lebten, hatten in einer mit Rasen bedeckten Hütte gehaust, die schon sehr hinfällig war, aber die Leute von Pouncey hatten unter großen Mühen Holz und Steine hinaufgetragen und für die neue Einsiedlerin eine Kammer in den Felsspalt gebaut und eine niedrige Steinmauer um dieses kleine Haus und seinen Garten errichtet. Sie versorgten sie auch mit Proviant und anderen notwendigen Dingen. Dafür betete die Einsiedlerin für die Leute und heilte ihre Krankheiten und Verletzungen, so gut sie konnte. Die Dorfbewohner waren der Ansicht, dass sie von dieser Einteilung den größten Nutzen hatten.

Keiner wusste, woher sie gekommen oder wie alt sie war, doch ihr Haar war schon weiß gewesen, als sie nach Pouncey kam. In den Jahren zuvor pflegte sie durch die Wälder zu streifen, welche die unteren Stufen der Bergkette bedeckten, und Kräuter, Pilze, Beeren und Nüsse zu sammeln – sie aß nie Fleisch –, doch siebzehn Winter hatten in ihre Knochen gebissen, sodass sie jetzt an einem Stock humpelte und ihre Einsiedelei nie mehr verließ.

Seit das Häuschen gebaut wurde, war niemand mehr über dessen Schwelle getreten, und jetzt, mit den beiden Gästen – die sie begrüßte, als wäre sie von ihrem Kommen unterrichtet worden, was wohl auch der Fall war – war die kleine Kammer voll.

Sie waren einen langen Weg gekommen, diese beiden, eine Reise von vier Tagen, und Osyth hieß sie willkommen, brachte ihnen Wasser zum Waschen und stellte Brot, Käse und kleine süße Äpfel aus ihrem Vorrat vor sie hin. Sie fachte das Feuer an – der Felsspalt stellte einen natürlichen Kamin dar –, denn es war kalt hier im steinernen Herzen des Edge-Kamms. Osyth war daran gewöhnt, doch sie sah die junge Frau, Janiva, frösteln. Das lag aber nicht nur an der Kälte, erkannte die Einsiedlerin. Die Blässe und die umränderten, angstvollen Augen zeigten Schock, Kummer oder beides, und da war noch die Spur eines großen blauen Flecks auf einer Seite ihres Gesichts.

»Seid vorsichtig!«, sagte Osyth zu dem Förster, als er sich zur Rückkehr aufmachte.

»Ich werde schon gut durchkommen.«

»Da lauert Gefahr im Wald.«

»Wölfe?«

»Zweibeinige Wölfe.«

»Sorgt Ihr man für meine Lady hier«, entgegnete Tostig, »ich werde für mich selbst Sorge tragen.«

Nachdem der Förster gegangen war, führte Osyth Janiva zum Bett und legte sich neben sie, als die Nacht kam. Sie war sich des Schattens bewusst, der das Mädchen umgab, und erkannte ihn als etwas anderes als Kummer. Da war etwas Dunkles, Altes und Böses, das dieses gute Kind in seinen Fängen hielt.

38

Der Brunnen war schon seit einem Jahrhundert ausgetrocknet, und eine lange Reihe von örtlichen Einsiedler-Heiligen hatten ihren Abfall dort hineingeworfen, statt sich die Mühe zu machen, bis zum Fluss hinunterzusteigen. Deshalb ertrank Straccan nicht, sondern landete auf einer tiefen, platschenden, schwabbernden Masse aus Gräten, Federn, verfaulenden Fellen und anderem stinkendem Abfall. Ganz oben, unglaublich weit entfernt, erblickte er einen kleinen Spalt trübes Tageslicht, wo der Deckel ein wenig schräg lag.

Alles musste mit normaler Geschwindigkeit abgelaufen sein, doch sein Zeitempfinden hatte sich geändert, sodass die von Gewalt erfüllten Ereignisse des Tages mit außerordentlicher Schnelligkeit abgelaufen zu sein schienen – in Sekunden, nicht in Stunden. Die gleiche Verzerrung hatte er schon in Schlachten erlebt. Jetzt, wo sein Zeitgefühl sich wieder zu einem normalen Ablauf zurückverschoben hatte, stellte er fest, dass er völlig erschöpft war und schwankte, als er sich zuerst auf Hände und Knie aufrichtete und dann vorsichtig auf die Füße stellte. Ihm war speiübel. Der Abfallhaufen unter ihm verschob sich unter seinem Gewicht, und fauliges Wasser spülte über seine Füße. Er wankte gegen die Wand. Nase und Wange hatten zu bluten aufgehört, brannten jedoch wie frische Brandmale, und sein Kopf pochte zum Zerspringen.

Nichts schien gebrochen zu sein, doch sein Verstand arbeitete nicht mehr richtig. Die Einzelheiten des Überfalls und des Kampfes waren verwischt, doch Stigan, Wace und der Heilige waren tot – daran konnte er sich erinnern, und es erfüllte ihn mit tiefem Kummer. Er hätte sie nicht retten können, das wusste er, doch er hatte das Gefühl, dass er es getan haben müsste. Als er ein Gebet für ihre Seelen murmelte, überkamen ihn wieder Schwindel und Übelkeit, sodass er auf die Knie fiel und sich übergab.

Danach fühlte er sich ein wenig besser und rappelte sich vorsichtig wieder auf. Hoch oben unter dem Deckel hing ein dünner Rauchschleier wie Spinnweben. Wenn die Behausung des Einsiedlers da oben brannte, war er hier wenigstens sicher vor den Flammen. Er streckte die Hand aus, um nach der Schachtwand zu fühlen. Sie schien aus dünnen, rohen Ziegeln gemauert zu sein. Als er weiter nach oben tastete, fühlte seine Hand einen vorstehenden Ziegel und umklammerte diesen. Mit der anderen Hand suchte er nach einem weiteren Halt.

Ja! Dort!

Wenn er sich nur auf *diesen* Griffpunkt hochziehen und einen Fuß auf *jenen* da stellen könnte, wäre das schon ein Anfang. Grunzend, als wieder eine Schmerzwelle durch seinen Kopf raste, versuchte er es.

Als er sein ganzes Gewicht auf den vorstehenden Ziegel stellte, zerbröckelte dieser, sodass er wieder auf den Abfall hinunterfiel. Er kämpfte gegen die Verzweiflung an, die ihn zu überkommen drohte. Wenn er hier nicht herauskäme, würde er Gilla nie wieder sehen, und auch Janiva nicht. *Lieber Herr Jesus, hilf mir!*

Als er sich auf ein Knie aufgerichtet und dann wieder auf die Füße gestellt hatte, drückte irgendetwas an seine Wade. Sein Schwert und sein Dolch waren verschwunden, doch sie hatten sich nicht die Mühe gemacht, ihn zu durchsuchen, sodass die mit einer Tasche versehene Innenseite eines Stiefels noch barg, was Bane seine »Lebensversicherung« nannte – ein kurzes Messer mit breiter Klinge für den Notfall.

Um einen solchen handelte es sich hier gewiss.

O lieber Herr Jesus, ich danke Dir!

Sein Wams würde bei seinen Anstrengungen nur hinderlich sein, sodass er es zusammen mit seinem Hemd auszog. Dann bearbeitete er den bröckelnden Ziegelstein mit seinem Messer, sodass ein flaches Loch darin entstand, und tastete an der Schachtwand nach anderen verrotteten Ziegelsteinen. *Da war wieder einer.* Nach einer Weile hatte er ein paar Stellen gefunden, an denen er mit den Händen greifen oder die Füße aufsetzen konnte, um seinen Aufstieg zu beginnen, sodass er langsam und unter großen Mühen den Schacht hinaufkletterte.

Als er keine weiteren verrottenden Ziegel mehr fand, nahm er die Messerklinge zwischen die Zähne und reckte sich über die Breite des Brunnenschachts. Mit den Füßen drückte er auf der einen Seite, während er sich den Rücken und die Ellbogen an der anderen Seite aufscheuerte. So schob er sich langsam empor. Immer wieder hielt er inne, um mit dem Messer nach weichen Ziegelsteinen zu tasten.

Die gewaltigen Anstrengungen und die Belastung seiner Schulter- und Brustmuskeln erschöpften rasch seine Kräfte, zumal er schon vom Schlag auf den Kopf geschwächt war.

Christus in Deiner Güte, lass mich nicht die Sinne verlieren und stürzen …

Zoll für Zoll krallte er sich qualvoll weiter nach oben, wobei er an seine Tochter dachte und betete, dass er sie wieder in den Armen halten dürfe und zu Janiva zurückkehren könne. Und dann, als er sich mit ausgestreckten Gliedern auf halber Höhe in den Brunnenschacht klemmte, kam es ihm wieder so vor, als höre er die Stimmen der Knaben, die er an jenem Morgen am Flussufer gesehen hatte, und die der kleinen Mädchen in Ludlow, die lachten und riefen: »Gib es mir!«

Warum tauchte das immer wieder vor ihm auf?

Eine andere Erinnerung regte sich, nahm Gestalt an: Er selbst als kleiner Junge. Sein Kindermädchen neckte ihn, hielt ihm etwas vor die Nase – ein Spielzeug oder eine Orange –, doch außerhalb seiner Reichweite …

»Gib es mir!«

»Also, Meister Richard, wie ist das Zauberwort?«

O Gott! O Jesus! Das Zauberwort!

Zu spät!

Er stieß ein kurzes, bitteres Lachen aus und wäre beinahe gefallen, konnte sich aber irgendwie doch noch festklammern und schließlich weiterklettern. Beim Hinaufschieben wurde die Haut auf seinem Rücken immer mehr von den rauen Steinen abgeschürft. Zoll um Zoll schob er sich nach oben. Seine Beine wurden von Krämpfen befallen.

Es hatte keinen Zweck. Er würde es nicht schaffen. Sein Rücken war nun schlüpfrig von Blut, seine Schultermuskeln brannten wie Feuer. Noch ein Zoll … und noch einer. Der Rauchgeruch wurde stärker.

Er hustete und öffnete die Augen – er konnte sich gar nicht erinnern, sie geschlossen zu haben –, und zu seinem Erstaunen war das obere Ende schon sehr nahe, noch vier oder fünf Fuß entfernt, mehr nicht. Doch er konnte keine weitere Höhe mehr gewinnen, rutschte bei jedem Versuch wieder zurück. Die Muskeln seiner Füße zuckten und brannten wie glühende Drähte in seinem Fleisch, und seine Hose hatte das Blut von seinem Rücken aufgesogen.

Ich werde nicht fallen, ich werde nicht sterben, ich will hier heraus – und wenn ich diesen Hurensohn Breos erwische, werde ich ihm die Augen mit einem kurzen Stock ausstechen!

»Straccan!«

»Sir Richard!«

Er hörte wieder Stimmen. Als Nächstes würde der himmlische Chor erklingen – jede Minute.

In Deine Hände gebe ich mich, Gott …

»Sir Richard!«

»Gottes Licht, was soll das? Er ist tot, muss einfach tot sein. Wir sollten wieder gehen.«

»Nein! Er ist nicht unter den Leichen. Er lebt. Er muss hier irgendwo sein!«

Havloc? Das war Havlocs Stimme – laut und verzweifelt! Und die andere war die von Maurice de Lacy gewesen.

Dieser Bastard. Tut alles, um sich davor zu drücken, eine Schuld zu begleichen …

»Hier!« Doch statt eines Schreis kam nur ein schwaches Krächzen aus seiner Kehle. Er versuchte, seine trockenen Lippen zu lecken, aber auch seine Zunge war trocken. Er grub seine Zähne in die aufgeplatzte Lippe, feuchtete seinen Mund mit dem Blut an und versuchte es wieder.

»Havloc! Havloc, hier! Im Brunnen!«

»Kommt«, erklang es von oben. »Wir vergeuden hier unsere Zeit. Nehmen wir die Leichen und reiten zurück.« De Lacys Stimme war jetzt weiter weg.

Sie hatten ihn nicht gehört! Sie zogen ab! *Bastarde!*

»Havloc!« Der Rauch war jetzt dick und ließ ihn husten. Er fühlte, wie er abglitt; er war am Ende seiner Kraft.

Plötzlich war ein Geräusch über ihm, und dann fiel helles Licht in den Schacht, als der Deckel weggezogen wurde und Havlocs Stimme erklang: »Hier! Im Brunnen!«

Straccan spannte seinen Körper krampfhaft noch einmal an und schaute nach oben, wo er die dunklen Umrisse von Köpfen und Schultern erblickte, die sich über den Brunnenrand lehnten, nicht mehr als ein oder zwei Fuß über ihm.

39

Bis auf die Knochen durchgefroren, öffnete Straccan die Augen und sah die Gesichter von Havloc und dem Flussaufseher, die sich über ihn beugten. Hinter ihnen ragten die Steinmauern des Einsiedlerturms auf, voller Rußstreifen und in Rauch gehüllt. Straccan zitterte fröstelnd.

»Was …«, begann er heiser; dann noch einmal, lauter: »Was ist geschehen?«

»Ihr habt die Besinnung verloren«, antwortete de Lacy. »Wir holten Euch heraus, und Ihr seid zusammengebrochen. Kein Wunder!«

Havloc legte einen Arm um Straccans Schultern, um ihm beim Aufrichten zu helfen, und der Flussaufseher schaute auf sein verletztes Gesicht.

»Sieht böse aus! Sie haben Eure Schönheit lädiert, fürchte ich. Wie Ihr aus diesem stinkenden Brunnenschacht hochgekommen seid, werde ich nie begreifen! Gottes Füße, ich hätte hundert Markmünzen gewettet, dass es unmöglich ist!«

Er schaute sich um. Der Mast und die Rah des Flussaufseherschiffes, das unterhalb des Uferwalls vertäut war, schwankten leicht; de Lacys Männer waren damit beschäftigt, die Kleidung der toten Räuber nach Wertsachen zu durchsuchen.

»Wo ist denn der Einsiedler?«

»Da drüben«, antwortete de Lacy und zeigt auf die Stelle. »Wie durch ein Wunder! Zäher alter Vogel!«

»Er lebt noch?«

»Ja, aber fragt mich nicht, wie das möglich ist!«

Er stellte sich auf die Füße und fragte sich, welcher Teil von ihm wohl am meisten schmerzte. Er fühlte sich schwindlig und orientierungslos und hatte die nagende Empfindung, dass da irgendetwas war, an das er sich erinnern sollte, aber nicht konnte. Dann sah er den Heiligen, eine blutige Vogelscheuche, die von Leiche zu Leiche schwankte und bei jeder auf die Knie fiel, wobei ihm Tränen übers Gesicht strömten.

»Was tut er da?«

»Er betet für die Bastarde!« Die gebrochene Stimme des Heiligen stieg an und fiel, als er in leidenschaftlichem Flehen zu Gott um Erbarmen für die Seelen dieser Verlorenen betete. »Ich sagte ihm noch, er solle sich um die keine Mühe geben«, murmelte de Lacy, »aber er antwortete mir nur, ich solle verschwinden.«

Straccan zählte sechs Leichen – fünf, die auf sein Konto gingen, und der einohrige Gesetzlose, den Breos selbst umgebracht hatte.

»Wo ist Wace?«

Der Flussaufseher schaute grimmig drein. »Wir haben ihn da drüben hingetragen, wo der Wind nicht so sehr weht.« Er deutete auf die niedrigen Mauerreste, wo der Heilige den Kormoran freigelassen hatte.

»Tot?«

»Noch nicht. Wird's aber nicht mehr lange machen. Bauchwunde – keine Chance. Ich werde den König benachrichtigen.«

Straccan stolperte zu Wace hinüber. Der Schreiber war mit dem eigenen prächtigen roten Mantel des Flussaufseher-Lords bedeckt, unter dem sein Körper sich wie der eines Kindes abzeichnete. Sein Gesicht war pergamentweiß, seine Augen in bräunliche Höhlen eingesunken.

Straccan kniete neben ihm nieder. »Meister Wace – Robert …« Die Augenlider flatterten. Die trockenen, blassen Lippen bewegten sich.

»Es tut mir Leid …«

»Jesus, Mann, weshalb denn?«

»Dass ich … ihn nicht getötet habe.«

»Aber das war ein verdammt guter Versuch! Er wird immer davon gezeichnet bleiben.«

Zu Straccans Erstaunen verzogen sich Waces Lippen zu einem schwachen Lächeln. »Nicht schlecht … für einen … kleinen Schreiberling.«

Unter dem Mantel bewegte sich seine Hand. Straccan nahm sie – sie war feucht und kalt wie ein Fisch –, und umklammerte sie mit der eigenen. »Das war eine tapfere Tat.«

»Im … Dienste Seiner Hoheit … muss man … auf alles vorbereitet sein. Nur schade …«

»Was?«

»Dass wir … das Banner nicht gefunden haben.«

Das Banner! *Jetzt* erinnerte er sich! Behutsam legte er die Hand des Schreibers nieder und zog den Mantel wieder darüber. »Haltet Euch weiter so gut, Robert«, sagte er. »Ich bin gleich wieder da.«

Der Einsiedler kniete noch bei den Toten, doch entweder hatte er seine leidenschaftlichen Gebete beendet, oder er machte eine Pause, um Atem zu schöpfen. Straccan kauerte sich steif neben ihn, bis die irren, verblassten Augen sich auf ihn hefteten.

»Ihr seid immer noch hier?«

»Wie Ihr seht.«

Plötzlich kicherte der Heilige. »Ich auch! Trotz der Hurenbrut! Warum denn all das Sterben? Was wollte er denn? Sagt es mir!«

»Das Gleiche wie ich – Lady Ragnhilds Banner.«

Ein verschlagener Ausdruck huschte über das Gesicht des alten Mannes. »Ich sagte Euch doch, ich habe ein schlechtes Erinnerungsvermögen.«

»Ich weiß ein Wort, das es auffrischen könnte«, entgegnete Straccan. Dann will ich's mal versuchen, dachte er sich, ob es nun richtig oder falsch ist. Der Heilige wartete und beobachtete ihn mit seltsamer Intensität. Straccan zögerte und wagte es dann: »Guinevere.«

In der kleinen Pause, die darauf folgte, konnte er die Möwen über sich hören, das Saugen und Klatschen des Flusses am Ufer und das Pochen seines eigenen Herzens.

»Na, dann helft mir mal aufstehen«, sagte der Heilige.

Straccan schlang den Arm um die Taille des alten Mannes und half ihm auf. Blut strömte aus Wunden an seiner Brust, die nur aus Haut und Rippen zu bestehen schien, doch er kümmerte sich nicht darum.

»Zehn Jahre«, sagte er angewidert. »Ihr habt Euch Zeit gelassen. Geht es Lady Ragnhild gut?«

»Sie ist tot.«

Der Heilige bekreuzigte sich, murmelte ein Gebet und schritt dann flink zu dem moosigen Damm, wo Wace lag. Was wollte er jetzt tun? Wollte er ihm die Sterbesakramente erteilen? Nein – er trat über ihn hinweg auf geradem Wege zu einem leeren Käfig, öffnete ihn, schob eine Platte an der Rückwand zur Seite und holte eine lange flache Ledertasche hervor.

»Hier«, sagte er barsch und drückte sie Straccan in die Hände. »Nehmt sie und zieht ab.«

Ohne sich dessen bewusst zu sein, hatte Straccan den Atem angehalten. »Wisst Ihr, was es ist?«

»Nein.«

»Habt Ihr nie hineingeschaut?«

»Nein.« Und ohne ein weiteres Wort kehrte der alte Mann

zu den Toten zurück und schlug das Kreuzzeichen über jeder Leiche, als die Männer des Flussaufsehers begannen, sie einen nach dem anderen zum Schiff zu tragen.

Das Leder war salzverkrustet, trocken und aufgesprungen, und seine Verschnürung zerbröckelte, als Straccan sie berührte. Im Innern war eine weiche, nachgebende Rolle, eingewickelt in Öltuch und mit Riemen verschnürt. Auch diese waren trocken und steif, und er musste sie mit Speichel anfeuchten und einige Zeit mit den Fingern bearbeiten, bevor er die Knoten lösen konnte.

Er sah sich schnell um. Niemand schaute ihm zu. De Lacy und seine Männer waren schon auf der anderen Seite des Uferwalls, und auch Havloc war bei ihnen. Er konnte sie nörgeln hören, als sie die Leichen an Deck verstauten.

Vorsichtig wickelte er das Öltuch ab.

Das Banner war aus steifem, schwerem Zindel-Seidentaft, ursprünglich weiß, nun jedoch schmutzig und dunkel vom Alter. Seine Hände zitterten, als er es aufrollte.

Des Drachens drohender Kopf leuchtete ihn an, so lebendig wie frisch vergossenes Blut in dieser farblosen Landschaft aus Dreck und Stein. Seine Augen waren mit Granatsteinen gestickt, seine flammende Mähne und die ausgestreckte Zunge bestanden aus Goldfäden, und seine furchtbaren Kiefer waren mit Elfenbeinstücken besetzt, welche die Zähne darstellten. Die doppelt gelegte Seide war aufgeschnitten, sodass man einen anderen Stoff erkennen konnte, eingeheftet zwischen den Lagen: fein gewebtes Leinen, braun vom Alter und mit dunklen Flecken …

Wahrscheinlich Blut – angeblich das Blut Christi …

Das Herz schlug Straccan bis zum Hals, als er sich wieder neben Wace kniete. Das Gesicht des kleinen Schreibers war eingefallen; der Schädel zeichnete sich unter der Haut ab. Er atmete noch, aber das Ende konnte nicht mehr weit sein.

Straccan berührte sanft seine Wange. »Robert, schaut. Wir haben es. Das Pendragon-Banner!«

Die eingesunkenen Augen öffneten sich. Straccan hielt den halb ausgerollten Wimpel hoch, sodass der sterbende Mann ihn sehen konnte, und führte dann den fleckigen Stoff behutsam an seine Lippen.

Fast lautlos flüsterte Wace: »Ist das wirklich wahr?«

Straccan schaute sich die Goldarbeit noch einmal genau an und erkannte zwischen den metallenen Fäden ein paar Strähnen, die menschliches Haar von einem seltenen, tiefgoldenen Farbton waren.

»Ja! Schaut mal!«

»Guinevere!« Ein Lächeln kindlichen Staunens legte sich auf das Gesicht des Schreibers. »Nach … all dem … ist es nun … endlich wahr.«

Plötzlich ertönte donnernder Lärm. Straccan drehte sich um. Steine fielen aus der Turmwand. Mit entsetzten Blicken beobachtete er, wie das ganze Gebäude in sich zusammenfiel und eine große Wolke aus Staub und Rauch in die Luft schoss.

40

Der neue Aussätzigenmeister besuchte Tag für Tag jeden seiner ihm Anvertrauten. Mit ihm und Iltud, der mit ihm von Ludlow gekommen war, gab es dreizehn Leprakranke in Cwm Cuddfan in diesem Sommer: sieben Männer außer ihnen beiden, vier Frauen und – Gott sei Dank – keine Kinder.

Hier in dem Verborgenen Tal hatten sie ein Eiland für sich selbst, Ynys Gwydion, das wie ein grünes Schmuckstück in dem See lag, der Llyn Gwydion genannt wurde und von einem tiefen Blau war; von den Klippen über dem Tal war die jadegrüne Insel in ihrer azurblauen Einfassung gut zu erkennen.

Manchmal stieg Garnier, gefolgt von Illtud, der sich selbst zu seinem Leibwächter ernannt hatte, den beschwerlichen Pfad zum Schrein der heiligen Nonna empor, der wie eine Schneckenschale an einem Felssims klebte, um zu beten, nachzudenken und auf die Schönheit tief unter ihm zu schauen, wobei er sich fragte, warum Gott sich die Mühe gemacht hatte, solche Vollkommenheit von Form und Farbe zu schaffen, und ob Er auch von weit oben seine Freude daran fand.

Der Schrein war ein kleiner, umkleideter Unterstand auf einem Felssims, wohin die Heilige vor dem Zorn ihres Vaters geflohen war. Dort wurde ständig ein Feuer unterhalten; man sagte, dass es nicht mehr erloschen sei, seit die Heilige dort gewohnt hatte. Es war eine tägliche Pflicht, das Brennholz zum Heiligtum hinaufzutragen, doch diese Pflicht wurde eifrig erfüllt; Büßer und Pilger stritten sich sogar um die Ehre, sie übernehmen zu dürfen.

Aus dem gleichen Fensterloch hatte die Heilige die Sonne aufgehen sehen, so wie Garnier jetzt. Von diesem gefährlichen Ort aus hatte sie gedroht, sich in den Tod zu stürzen, nachdem ihr Sohn geboren war, wenn ihr rasender Vater nicht seine Absicht aufgab, sie zu einer ungewollten Heirat zu zwingen. Sie, die nun Witwe war, wollte nur noch für Gottes Geheiß leben und wurde Nonne.

Von hier konnte Garnier seinen neuen Wirkungsbereich in seiner Gesamtheit überblicken – eine unter ihm ausgebreitete Miniaturlandschaft. In den meisten Aussätzigenhospizen wohnten die Kranken in Schlafsälen, Männer und Frauen streng voneinander getrennt, oft mit Härte überwacht, denn war die Leprakrankheit nicht Gottes Strafe für eine verborgene Sünde? Doch auf Ynys Gwydion hatten die beiden Ehepaare Hütten für sich; die zwei unverheirateten Frauen teilten sich eine Hütte, und die vier ledigen Männer eine andere. Der fünfte, der Schweigende, dessen Name im Register als Geoffrey eingetragen war, wohnte abseits und allein.

Er hatte sich schon immer abgesondert. Keiner hatte ihn je sprechen hören, und jetzt, im letzten Stadium seiner Krankheit, war er zu schwach, um das Bett zu verlassen. Garnier besuchte den Schweigenden immer zuletzt, sodass der Meister den ganzen restlichen Tag zuhören könnte, wenn Geoffrey endlich sprechen, seine Beichte ablegen, etwas fragen oder auch nur über das Essen, das Wetter oder sein Schicksal klagen würde. Doch der Schweigende sprach nie. Vielleicht konnte er es nicht mehr. Keiner wusste etwas über ihn – Sulien nicht mehr als alle anderen.

»Kann er denn nicht reden? Ist er stumm?«, hatte Garnier kurz nach seiner Ankunft gefragt.

»Ich weiß es nicht«, hatte Sulien erwidert. »Ich rede mit ihm, aber er sagt nichts. Doch er kann schreiben. Von Zeit zu Zeit schickt er mir kurze Notizen in sehr gutem Französisch.«

»So?« Garniers Interesse wuchs. »Worüber denn?«

»Bitten – um mehr Holzkohle, um eine weitere Decke ... Einmal bat er sogar um Parfüm.«

»Parfüm!«

»Er schrieb, er wollte etwas anderes riechen als immer nur den Tod.«

»Wie alt ist er denn?«

»Er war noch recht jung, als er hierher kam. Er kann jetzt nicht älter als fünfundzwanzig sein.«

Er war schon sieben Jahre dort gewesen, der erste Leprakranke, der aus dem Tal kam – ein Schützling von Breos, der auch von Breos' Bediensteten gebracht worden war und für den Breos mit Silbergeld für den Unterhalt und zusätzliche Annehmlichkeiten zahlte.

»Ein junger Bursche meines Haushalts«, hatte Lord William de Breos gesagt, und seine Befehle waren klar: Geoffrey sollte das Essen bekommen, das er wünschte, nicht nur die Hospitalration. Er sollte Holz für ein eigenes Feuer bekommen, sodass er keines mit anderen teilen musste, und statt des groben Wadmalstoffs aus ungeschorener Wolle, den die anderen trugen, wurde Kleidung aus feinem Leinen und weicher Wolle für ihn gestellt.

Er hatte einen Becher und einen Teller aus Silber, eine Bettüberdecke aus Pelz, einen mit Otterfellen gefütterten Mantel, pelzgefütterte Pantoffeln und sogar Bücher! Im Leben draußen musste er ein reicher junger Mann gewesen sein, mit Familie, Freunden, einer Geliebten oder sogar einer Ehefrau – aber niemand kam ihn jemals besuchen. Einmal im Jahr kam ein Breosbediensteter, um sich zu erkundigen, ob er noch lebte, und ihm eine Geldbörse mit Silbermünzen »für seine Bedürfnisse« zu überreichen.

Es war viel mehr Geld, als der Schweigende jemals benötigte – und Sulien sagte das auch. Man entgegnete ihm darauf, dass es keine Rolle spiele. Sulien solle damit tun, was er für richtig halte, solange es dem Schützling an nichts mangelte.

Lord William war der Gründer von Cwm Cuddfan und sein Schutzpatron, denn der Schweigende musste ein Mitglied der zahlreichen Breossippe sein, weggeschlossen, als die Krankheit ausgebrochen war. So wurde es gewöhnlich gehandhabt: Ein Aussätziger, das unmissverständliche Zeichen von Gottes Missfallen, war peinlich für seine Angehörigen.

Das Hospital war auch insofern einzigartig, als es nicht von einem religiösen Orden, sondern von einem Arzt, Sulien, betrieben wurde. Zuerst war es nur eine aus Flechtwerk und Lehm gebaute Hütte, doch in den vergangenen acht Jahren hatte sich vieles verändert. Männer und Frauen wurden jetzt getrennt in zwei großen, luftigen Sälen gepflegt, jeder mit zwölf Betten, sodass es bei zwei Kranken pro Bett eine Pflegekapazität von zwei Dutzend Patienten gab – sogar drei in Spitzenzeiten der Krankheit. Zusätzlich zu den Pflegesälen gab es die Einraumkaten, in denen Patienten von ihren Familien gepflegt werden konnten, wenn sie es wünschten, mit der Unterstützung von Suliens Studenten. Für die Wohlgeborenen gab es zwei bescheidene Herrenhäuser, wo sie und ihre eigenen Haushaltsbediensteten so lange wie nötig bleiben konnten.

Die Studenten, die sowohl aus Männern als auch Frauen bestanden, kamen aus allen Teilen des Königreichs, um hier die Künste des Heilens zu lernen. Nicht nur Leprakranke wurden willkommen geheißen; es wurden auch Findlingskinder aufgenommen, Kranke und Verletzte fanden Hilfe und

Verzweifelte, die den Verlust eines lieben Menschen beklagten, fanden Trost.

Und jetzt, ohne Lord Williams Geld, ohne einen wohlhabenden Gönner, ohne ein *Wunder,* würde diese Zuflucht im Verborgenen Tal nicht länger bestehen.

41

Zwei staubige Gestalten, von Anstrengungen stark gezeichnet, humpelten schmerzgepeinigt durch den Außenhof der Burg Ludlow bis zum Wachhaus der Innenburg. Auf Anruf krächzte der Größere und Ältere der beiden seinen Namen aus einer vom Staub trockenen Kehle und wartete, dass der Wachposten zur Seite trat.

Der Mann musterte ihn von oben bis unten, lachte und sagte ungerührt: »Das könnt Ihr einem anderen erzählen! Packt Euch fort!«

Der jüngere Mann trat erzürnt vor, aber der andere hielt ihn zurück und wandte sich wieder an den Wachposten: »Ich bin wirklich Straccan. Und wenn Ihr nicht Eure Hacken in Eurem eigenen Kerker kühlen wollt, dann lasst mich entweder ein oder teilt Lord Engelard mit, dass ich hier bin!«

Mit einem ungläubigen Hohnlächeln rief der Soldat einem vorbeikommenden Diener zu: »Geh zum Verwalter und sag ihm, dass ein Bursche hier ist, der den Polizeivorsteher sprechen will. Sag ihm, sein Name sei Straccan.«

Straccan lehnte sich an die Wand und schaute verzagt auf seine Stiefel. Er war es nicht gewöhnt, zu Fuß zu gehen, und diese Stiefel waren nie dafür bestimmt gewesen. Die Sohle von einem hatte schon heruntergehangen, sodass er sie mit einem Riemen angebunden hatte, mit dem vorher sein Hemd verschnürt gewesen war. Der andere Stiefel war so abgenutzt und armselig, dass ihn selbst ein Bettler nicht genommen hätte. Havlocs Schuhe hatten noch schlimmer ausgesehen, sodass er sie fünf Meilen vor Ludlow weggeworfen hatte.

»Haaatschiii!« Der Steinbogen des Torbogens hallte von dem Echo wider.

»Mylord!«, rief Straccan, erstaunt darüber, dass der Polizeivorsteher persönlich erschien, doch Cigony war augenscheinlich gerade von seinen geliebten Falken gekommen, denn da war eine kleine ausgefallene Feder in seinem Haar und Vogeldreck auf seinen Stiefeln. Er ließ ein weiteres heftiges Niesen los, wischte sich die Augen und starrte Straccan an.

»Gottes Zähne, Ihr seid es wirklich!«, sagte er. »Was ist denn geschehen? Wo sind Eure Pferde?«

»Wir wurden überfallen«, erwiderte Straccan und folgte ihm in die feuchte, dunkle Kühle des Hauptgebäudes mit Havloc in seinem Kielwasser.

»Waren wohl Gesetzlose?«, fragte der Polizeivorsteher, während er die Treppen voran hinaufstieg.

»Breos' Leute. Ein Plündererertrupp im Wald, zehn Meilen von hier. Sie haben uns alles genommen«, sagte Straccan voller Bitterkeit. *Das* würde er sich *nie* verzeihen.

Cigony hielt inne und drehte sich erstaunt zu ihm um. »Und warum haben sie Euch nicht getötet?«

Straccan zuckte die Achseln. »War wohl Glück.« Glück! Das war ein Witz. Sein Glück hatte Judas mit ihm gespielt. Immerhin, er war noch am Leben und konnte also etwas dagegen tun. »Ist Bane hier?«

»Ich habe ihn nicht gesehen.«

Als sie den Saal durchquerten, gefolgt von neugierig starrenden Leuten, die sich anstießen und sich Kommentare zuflüsterten, kam Alis die Treppe hinuntergerannt und warf sich in Havlocs Arme. Die beiden standen in enger Umarmung da, ohne sich um ihre Umgebung zu kümmern, während

Straccan Cigony hinauf zum Privatgemach des Polizeivorstehers folgte.

Ungeduldig winkte Cigony ihn auf einen Schemel. »Setzt Euch, Mann. Sieht so aus, als hättet Ihr einen langen Marsch hinter Euch.« Er schenkte Bier in Becher und reichte Straccan einen. »Also, was ist geschehen?«

»Wir hielten an einer Furt, um die Pferde saufen zu lassen. Das war gestern Abend …«

Als die durstigen Tiere ihre Schnauzen eintunkten, hatte Havloc zögernd gesagt: »Was wird nun aus mir, wenn wir nach Ludlow kommen?«

Mit einem Stich der Beschämung erkannte Straccan, dass er seit dem Brand der Priorei kein einziges Mal an Havloc oder den fehlenden Becher gedacht hatte, der immer noch eine Schlinge um Havlocs Hals legen konnte. Was mit ihm geschehen würde? Wenn nicht ein Wunder geschah, war es unwahrscheinlich, dass der Dieb, oder der Becher selbst, jemals gefunden würden, und die Feindseligkeit des Leichenbeschauers könnte die Dinge schwierig gestalten. Zur Hölle mit Paulet, sagte er sich. Wir werden uns erst dann überlegen, wie wir über die Brücke kommen, wenn wir dort sind.

»Macht Euch mal keine Sorgen. Ich werde mich darum kümmern«, antwortete er also. Und das würde er auch – irgendwie. Hätte er Maurice de Lacy alles überlassen, wäre er jetzt noch in dem verdammten Brunnen auf der Insel des Heiligen. Schließlich aber war es Havloc gewesen, der ihn gefunden hatte und den er ursprünglich gar nicht hatte mitnehmen wollen. »Havloc …«, begann er.

Die Köpfe der Pferde schwangen hoch, tropfend, mit alarmiert nach vorn gerichteten Ohren. Havloc starrte an ihm vorbei, blass vor Schreck, und was immer Straccan hatte sagen wollen, erstarb ihm auf den Lippen.

Es war seine Schuld. Er war nicht wachsam genug gewesen. Doch seine Erschöpfung und das Schwindelgefühl, das ihn noch immer plagte, waren keine Entschuldigung. Er hatte sich *verbrecherisch* dumm verhalten; wäre unter seinem Kommando jemand je so tölpelhaft gewesen, sich auf diese Weise überraschen zu lassen, hätte er ihn auspeitschen lassen.

Da standen ein halbes Dutzend Armbrustschützen, die Bolzen auf ihre Herzen gerichtet. Wie, zum Teufel, konnten sie plötzlich dort aufgetaucht sein, ohne ein Geräusch? Zwei weitere erschienen wie durch Zauberei aus den Schatten unter den Bäumen und nahmen ihnen die Waffen sowie ihre Pferde ab. Alles ging schnell und reibungslos vor sich.

Jetzt brauchten die anderen auch nicht mehr leise zu sein. Zweige bewegten sich und raschelten, als zwei weitere Männer die Pferde des Trupps aus dem Versteck holten. Es waren mehrere, mit Säcken und Tonnen beladen. Die Männer waren Plünderer. Sie waren zu gut ausgerüstet, um Gesetzlose zu sein – also waren sie Breos Leute, natürlich. Straccan stöhnte. Darauf hätte er vorbereitet sein müssen. Er hätte so etwas *erwarten* müssen!

Zwei der Armbrustschützen stiegen auf ihre Pferde, während die anderen ihre Schusswaffen auf Straccan und Havloc gerichtet hielten. Der ganze Vorgang dauerte vielleicht zehn Minuten. KeinWort wurde gesprochen, bis sich der Hauptmann der Bande auf Straccans Pferd schwang, sich kurz verbeugte und sagte: »Wir brauchen Eure Pferde, Sir. Es tut mir Leid, Euch diese Unannehmlichkeit bereiten zu müssen.«

»Es tut Euch Leid? Zum Teufel! Ihr seid nicht besser als Gesetzlose. Wie der Herr, so 's Gescherr.«

Der letzte Armbrustschütze, der noch nicht auf ein Pferd gestiegen war, fragte zornig: »Soll ich sie töten?«

»Lass sie gehen«, antwortete der Hauptmann. Straccan würde nie die alten, tief enttäuschten, ja verzweifelten Augen in diesem jungen Gesicht vergessen. »Wir haben doch die Pferde.«

Sie hatten die Pferde und alles, was diese trugen: Satteltaschen, Mäntel, Bettrollen, Wasserflaschen, Proviant, Waffen – und die Tasche, welche das Banner enthielt.

»Hmmm«, brummte der Polizeivorsteher, als Straccan geendet hatte. »Und wo ist Meister Wace?«

»Tot.« Straccan erzählte ihm, wie es dazu gekommen war. Cigony drehte seinen Becher in den Händen und starrte hinein, als würde er etwas Hässliches am Boden erblicken. »Das wird dem König gar nicht gefallen.«

»Meint Ihr, mir gefällt das?«, fauchte Straccan. »Robert Wace war ein tapferer Mann.«

»Was für ein verfluchter Schlamassel«, stellte der Polizeivorsteher grimmig fest. »Die Priorei niedergebrannt, die Priorin tot, ein königlicher Schreiber tot und auch der Ortsheilige …«

»Nein«, unterbrach ihn Straccan, der sich daran erinnerte, wie ungläubig erstaunt er gewesen war, als er erfuhr, dass die blutige Vogelscheuche noch lebte. »Der ist noch heil.«

»Wirklich?«, entgegnete Cigony und bekreuzigte sich. »Dann muss er tatsächlich ein heiliger Mann sein.«

Straccan würde nie die boshafte Zielgenauigkeit des »tatsächlich heiligen Mannes« mit einem Stein, sein schadenfrohes Hüpfen, wenn er einen Treffer erzielt hatte und die ätzenden Flüche vergessen, mit denen er seine Peiniger überhäuft hatte – aber auch nicht die heftige Leidenschaft seiner Gebete für die getöteten Räuber, die Tränen, die ihm übers Gesicht liefen, als er Gottes und Christus' Erbarmen sowie die Fürsprache jedes Heiligen, den er nennen konnte, für die Errettung ihrer Seelen erfleht hatte.

»Eine ganz schlimme Geschichte«, fuhr Cigony fort. »Ich nehme an, der arme alte Maurice de Lacy wird dafür getadelt.« Er hielt inne, blinzelte und verzog das Gesicht in der Erwartung eines Niesanfalls – aber diesmal kam keiner. »Allerdings tut's einem auch gut zu hören, dass noch ein Lacy in der Scheiße steckt, nicht wahr? Da gibt's zu viele Lacys, wenn Ihr mich fragt, mit zu vielen Fingern in zu vielen Spielchen. Ich kann mich nicht mal umdrehen, ohne auf einen verdammten Lacy zu stoßen! Der König hat jetzt *Roger* de Lacy gegen Breos ausgeschickt – und keinen Tag zu früh. D'Athée ist abberufen worden. Der war vollkommen nutzlos. Wir sind ständig auf seine Streifen gestoßen. Ich sagte ihm gleich, dass er am falschen Ort sucht, aber er wollte es sich nicht ausreden lassen.«

»Habt Ihr gehört, wo Breos jetzt ist?«

»Eh? Na, das ist doch kein Geheimnis.«

»So?« Straccans Augen funkelten gefährlich. »Wo denn?«

»Verschanzt im Verborgenen Tal. Nicht einmal des Königs Leute können dort an ihn herankommen.«

»Warum nicht?«

»Das ist ein heiliger Schutzort – habt Ihr das nicht gewusst? Da gibt es so einen alten walisischen Schrein. Vierzig Tage lang ist man dort unangreifbar. Der arme alte Roger wird den Ort belagern müssen und Breos ergreifen, wenn er herauskommt.«

»Seid Ihr sicher, dass er überhaupt da ist?«

»Kein Zweifel. Wir haben hier einen Hausierer, der jammerte, dass sie ihn beraubten, als er dort Halt gemacht hatte. Dabei hatte der Bursche noch großes Glück gehabt! Irgendwo anders als in dem Verborgenen Tal, und er wäre ein toter Hausierer gewesen. Ich stecke bis zum Hals in Entschädigungsklagen«, beschwerte sich der Polizeivorsteher. »Die Bürger von Leominster *und* Hereford bitten um Truppen zum Schutz ihrer Städte. Sogar die *Gesetzlosen* machen sich in die Hosen – oder würden es tun, wenn sie welche hätten. Aber das erinnert mich an etwas!« Cigony schloss eine Truhe in der Ecke auf und holte einen schmierigen Beutel heraus, den er Straccan zuwarf. »Da ist der gestohlene Becher aus der Geschichte von Eurem Mann«, bemerkte er mit selbstgefälliger Miene.

Mit angehaltenem Atem öffnete Straccan den Beutel und schüttete einen sehr kleinen flachen Becher mit zwei Ohrhenkeln heraus. Ein Streifen unregelmäßig eingeprägter Buchstaben verlief um den Rand. Er fuhr mit dem Daumen darüber. *»Cymbium Vulstani sum«*, las er.

»Gehört jetzt rechtmäßig Drogos Tochter, natürlich«, sagte Cigony. »Die Alis bat mich, ihn aufzuheben, bis sie nach Hause geht.«

Straccan seufzte vor Erleichterung. Wenigstens *etwas* kam in Ordnung. Havloc war also außer Gefahr, ein freier Mann. Er und Alis konnten nach Hause gehen, heiraten und glücklich weiterleben, so Gott wollte.

Er steckte den Becher in den Beutel zurück. »Wie habt Ihr den gefunden?«

»Wir haben den Dieb«, erwiderte Cigony und wurde bei der Erinnernung lebhaft. »Ich erkannte den Flickenrock, von dem Ihr mir erzählt hattet. Der Kerl ist verrückt wie ein Märzhase! Brabbelt immer wieder, dass der Becher verhext ist!«

»Ihr habt ihn also noch nicht aufgehängt?«

»Nein, nein. Hab den Kerl für Euch aufgehoben. Er ist in der Grube.«

»Kann ich mit ihm sprechen? Es könnte hilfreich sein, wenn der Mann uns erzählt, was geschehen ist.«

42

Tom wurde aus der Verbrechergrube herausgezogen. Man goss ein paar Eimer Wasser über ihn, um den schlimmsten Dreck abzuspülen. So stand er stinkend zwischen zwei Wachposten mit angewiderten Mienen und zitterte und tropfte heftig in die Pfütze, die sich unter ihm gebildet hatte.

»Er wird eher zum Reden bereit sein, wenn er sich ein wenig aufgewärmt hat«, sagte Straccan. »Können wir ihn nicht zum Feuer im Wachhaus bringen und in eine Decke oder sonst was einhüllen? Ich kann ja von hier aus hören, wie seine Zähne klappern!«

Auf ein Nicken des Polizeivorstehers wurde ein Mann ausgeschickt, einen Becher heißes Bier zu holen. Die Zuschauer warteten ungeduldig, bis die elende Gestalt alles geschluckt und ihr krampfhaftes Zittern ein wenig nachgelassen hatte.

»Das ist schon besser. Gebt ihm etwas Brot, Fleisch und noch einen Trunk«, sagte Straccan, während er Tom kritisch musterte. »Er ist noch ein bisschen blau von der Kälte.«

Die Wärme von der Kohlenpfanne der Wachposten, das Essen, das ungewohnte Bier und sogar die ungewohnte Freundlichkeit ließen Tränen in Toms Augen treten. Er wischte Augen und Nase an Ärmeln und Handrücken ab und brauchte nun nicht mehr gedrängt zu werden, mit seiner Geschichte loszulegen.

Er und sein Kumpan Paul waren für die Nacht unter die

Außenstufen der Schänke Gabriel gekrochen. Es war schon nach dem Zapfenstreich, die Straßen waren leer, und sie waren beinahe schon eingeschlafen, als so ein Narr, ein Opfer für Gesetzlose, vom Fluss her in ihre Richtung gestolpert kam.

Paul warf sich auf den Mann, der mit einem Schrei der Überraschung zu Boden fiel. Gleich war Paul mit hämmernden Fäusten über ihm. Begierig zu helfen, gesellte Tom sich dazu und stieß den dahingestreckten Körper mit den Füßen. Dann zog er dem Mann die Stiefel aus und schnallte ihm den Gurt ab, während Paul die Riemen des Beutels durchschnitt, der an dem Gurt hing; dann durchwühlte er den Rock und entdeckte einen weiteren Beutel an einer Schnur um den Hals des Mannes.

Sie hörten Hufschlag. Zwei Reiter kamen, und sie ergriffen die Flucht.

»Gold, nicht wahr?«, fragte Tom und starrte auf den kleinen Becher ohne Fuß, der im Licht des frühen Morgens glänzte.

Es sah zwar wie Gold aus, doch Paul sagte: »Nee, is' Messing, aber wir werden schon 'n paar Pennys dafür kriegen.«

Nach ein, zwei Tagen erinnerte Tom sich wieder daran. »Na, hast du den Messingbecher schon verscherbeln können?«, fragte er seinen Kumpan.

»Noch nicht. Er gefällt mir selbst.«

Nach einer Weile vergaß Tom den Becher, bis Paul eines Abends sagte: »Muss jemand treffen. Der könnt den Becher kaufen. Aber ich trau ihm nich'. Hier is' er.« Er reichte Tom den gestohlenen Beutel mit dem Becher darin. »Nimm den und bleib außer Sicht, bis ich sehe, ob der Mann das Geld hat.«

Tom wartete, hinter ein Wasserfass gekauert. Er hörte, wie Paul und der Fremde zu streiten anfingen. Dann sagte Paul scharf: »Nein!«, und wandte sich ab. Der Mann zog an seinem

Ärmel. Pauls Hand zuckte zum Dolch, doch der andere war schneller. Langsam ging Paul in die Knie und stürzte hin, wobei er ein schreckliches pfeifendes und gurgelndes Geräusch ausstieß.

An das Fass gedrückt, beobachtete Tom, wie der Mörder Pauls Kleidung durchwühlte, nichts finden konnte und den Körper dann mehrmals trat, bevor er davonlief.

Tom begann vor Angst zu winseln. Er versuchte aufzustehen, doch seine zitternden Beine gehorchten ihm nicht mehr, sodass er an der zusammengekrümmten Gestalt, die sein Freund gewesen war, vorbeikroch und sich bis zum Morgengrauen hinter einem Abfallhaufen versteckte. Dann bettelte er darum, auf einem Dungwagen mitgenommen zu werden und machte sich schließlich auf den Weg in den Wald, wie alle Gesetzlosen.

Es war nicht viel später, als der Spuk zum ersten Mal auftrat.

(»Seht Ihr?«, zischte Cigony und stieß Straccan schmerzhaft in die Rippen. »Was habe ich Euch gesagt? Der ist verrückt!«)

Tom beachtete die Unterbrechung gar nicht und fuhr fort.

Ein Geist war erschienen, erzählte er, der genau so aussah wie einer der Heiligen, die auf die Kirchenwände gemalt waren, umgeben von einem Lichtschein, groß und starr, eine Hand zum Segnen oder zum Schlagen erhoben. Doch die Erscheinung sprach wie ein gewöhnlicher Mensch und ließ Tom nicht mehr in Ruhe. Nacht für Nacht tauchte sie auf, wenn Tom gerade eingeschlummert war, und faselte ständig von ihrem Becher.

(»Ein Traum«, sagte der Leichenbeschauer ätzend, wozu der Polizeivorsteher nickte. Natürlich ein Traum. Was sollte es sonst sein?)

Nach mehreren dieser nächtlichen Heimsuchungen hatte Tom Angst, überhaupt noch die Augen zu schließen, konnte es aber vor Müdigkeit nicht verhindern. Er legte sogar Kieselsteine unter seinen Hintern, um sich wach zu halten, aber es hatte keinen Zweck – der Geist erschien trotzdem. Tom tat so, als würde er ihn nicht sehen, doch wer oder was die Gestalt auch war, sie stieß ihm mit einem harten Knöchel in die Rippen, um seine Aufmerksamkeit auf sich zu lenken. Was für ein Traum kann denn *so etwas* gewesen sein?

»Ich war mal ein vernünftiger Mensch«, erzählte der Geist Tom. »Jetzt bin ich ein vernünftiger Geist. Ich weiß, dass auch ein Dieb leben muss. Unser Erlöser hat Mitgefühl mit denen ganz unten auf der Schicksalsleiter. Aber das nur nebenbei. Was nun meinen Becher angeht …«

Tom zog sich den Mantel über den Kopf und presste die Augenlider zusammen. Er krümmte sich zusammen und wiegte sich stöhnend hin und her.

»Ich sehe, du bist nicht in der richtigen Stimmung«, sagte der Geist freundlich. »Also lasse ich dich jetzt allein, damit du darüber nachdenken kannst. Wir werden noch einmal über die Sache reden.« Und er entschwand wie der Funke an einem Kerzendocht.

Tom schloss sich einer Gruppe von Gesetzesbrechern an, einem halben Dutzend verschiedener Mörder, Diebe und Vergewaltiger auf der Flucht vor den Patrouillen dieses verdammten Polizeivorstehers. Die anderen waren fast so elend dran wie Tom.

Dann kam die letzte Nacht, bevor sie erwischt wurden.

Tom lag zwischen zwei der Gesetzlosen – einer hatte nach dem weisen Ratschluss der Justiz einen Fuß verloren, und der andere grinste sogar im Schlaf wie ein Totenschädel, weil man ihm wegen des Ausstoßens von Gotteslästerungen die Lippen abgeschnitten hatte. Während sie ihre Läuse und die Decke teilten und trotzdem fröstelten, dachte Tom sehnsüchtig an die Stadt, wo wohlgenährte Leute bequem in ihren Betten lagen. Fette nutzlose Saukerle, alle wohlig eingemummelt, während er, Tom, der einen goldenen Becher besaß, verhungernd in der Kälte lag.

»Das schlag dir mal aus dem Kopf!«, ertönte die Stimme des Geistes direkt in seinem Ohr. »Der Becher gehört mir. Es steht mein Name drauf.«

Tom heulte und sprang auf, wobei er über seine Bettgenossen stolperte und zwischen die Bäume schwankte, bis er mit voller Wucht an einen niedrigen Ast stieß und halb betäubt zu Boden fiel.

»Da wirst du eine schlimme Beule bekommen«, sagte der Geist mitfühlend. »An deiner Stelle würde ich Salbe darauf tun. Jetzt aber zu meinem Becher.« Er setzte sich mit überkreuzten Beinen neben Tom. »Das ist deine letzte Chance. Beherzige meinen Rat! Geh zurück in die Stadt, suche einen Priester, erzähle ihm die Geschichte und gib ihm den Becher. Dann wirst du sicher sein – nun ja, wenigstens für eine Weile. Tust du es nicht, kann ich nicht aufhalten, was auf dich zukommt.«

Winselnd drückte Tom die Hände an die Ohren, aber der Geist hatte eine alles durchdringende Stimme. Wurde er verrückt? Nur *Wahnsinnige* sahen doch so ungewöhnliche Dinge und hörten solche Stimmen. Vor ein paar Jahren in York hatte Tom viele Verrückte gesehen. Alle waren mit Stricken an den Gürtel eines mageren kleinen Mönchs gebunden gewesen. Damals fand Tom das lustig. Wie er gelacht hatte, als die Leute die Verrückten mit Kot bewarfen und sie zum Weinen brachten! Aber jetzt, wo er selbst ein Wahnsinniger war, konnte er nichts Lustiges daran sehen.

»Ich wollte ja nie einen *goldenen* Becher«, fuhr der Geist verärgert fort. »Das ist doch nur angeberische Eitelkeit. Schlichter Ton war gut genug für Christus und seine Jünger. Es war auch gut genug für Gott, daraus den ersten Menschen zu machen. Aber es war ein Geschenk des Königs, und ich wollte seine Gefühle nicht verletzen. Du hast keine Ahnung, wie empfindlich Harold Godwinsson sein konnte! Aber ich habe das vertrackte Ding nie benutzt. Mein Diener packte es zwar ein, wenn wir reisten – aber dann hat der Narr es verloren.«

»Geht weg!«

»Sag nicht, ich hätte dich nicht gewarnt«, sprach der Geist, doch seine Stimme klang nun schwach und entfernt, und seine Gestalt wurde an den Rändern verschwommen. »Du kannst nicht sagen, ich hätte es nicht versucht! Ich habe nicht viel von dir gehalten, aber auf meine Meinung kommt es nicht an, denn auch du bist kostbar für Gott. *Der* ist nicht so wählerisch. Der wird alles, was noch wertvoll in dir ist, herausholen und wieder verwenden.«

»Eh?«

Doch der Geist sagte nichts mehr. Wie ein Atemzug in Frostluft hing die Erscheinung noch einen Moment vor ihm und war dann verschwunden.

Unmittelbar vor dem Morgengrauen hörten sie dann das Schmettern der Jagdhörner und begannen den langen, nutzlosen Lauf um ihr Leben.

»Werden se mich nu aufknüpfen?«, fragte Tom, als er seine Geschichte beendet hatte. Straccan nickte. »Kann ich dann 'nen Priester haben, der mir Absolution erteilt? Ich möcht nich' in die Hölle gehn wie die armen Kerle, die der Lord im Wald uffgehängt hat – ohne Priester oder sonst was – sodass dieser Geist mir in alle Ewigkeit zusetzt.«

Straccan wartete und sah zu, wie Tom aufgehängt wurde. Dieb oder nicht, es erschien ihm nicht recht, den Mann völlig allein sterben zu lassen, verhöhnt von der Menge ehrbarer – oder wenigstens noch nicht ruchbar gewordener – Händler und Besitzbürger, die solche Schauspiele unterhaltsam fanden. Ein freundliches Gesicht, nur ein einziges, konnte da helfen. Zum Glück für Tom brach sein Genick sofort, ohne Zappeln und Würgen. Als er abgeschnitten wurde, versprach Straccan dem Kaplan einen Shilling, damit die Leiche nicht in den Stadtgraben geworfen wurde, zusammen mit dem Rest des Abfalls der Burg am Ende des Tages.

Er hob Geld von den Templern ab, bezahlte den Kaplan und sorgte dafür, dass der Bettler »Habt Erbarmen« freigelassen und belohnt wurde. Dann kehrte er zur Burg zurück und bat den Polizeivorsteher, die Nacht dort verbringen zu dürfen. Am nächsten Tag würde er sich eine neue Ausrüstung und ein anderes Pferd kaufen. Wo wohl Bane war? Er hätte jetzt eigentlich schon zurück sein müssen. Was geschah in Shawl? Ob es Janiva gut ging? War Gilla in Sicherheit?

Er konnte immer noch nicht nach Shawl reiten, sondern musste zum Verborgenen Tal. Der junge Hauptmann, der sein Pferd gestohlen hatte, hatte nicht gewusst, was Zingiber da trug. Es war immerhin möglich, dass er es immer noch nicht wusste und dass Breos keine Ahnung hatte, dass das Banner sich im Verborgenen Tal befand.

Alle dies stritt in seinem Innern um Aufmerksamkeit, und die ganze Zeit zogen die Worte auf dem Becher wie eine sich ständig wiederholende Melodie durch sein Hirn:

Cymbium Vulstani sum – Ich bin Wulstans Becher.

Was hatte der Geist, der dem Dieb erschienen war, noch gesagt? *»Es steht mein Name darauf.«*

Das konnte nicht sein! Und doch – es war gewiss, dass Tom nicht lesen konnte und nicht wusste, was die Inschrift bedeutete. Was hatte er noch gesagt? *»Es war ein Geschenk des Königs«*, und dann etwas über Harold Godwinsson.

Könnte es der Becher des *heiligen* Wulstan sein?

Als er die Wendeltreppe hinaufstieg, hörte er Schritte auf den Stufen hinter sich, und jemand rief seinen Namen, als er sich daraufhin umdrehte. »Hauptmann von Köln!«

Des jungen Deutschen ernste Augen schauten zu ihm hinauf. »Sir Richard, Ihr müsst mit mir kommen.«

»Aber noch nicht gleich …«

»Doch, jetzt!« Der Hauptmann hatte plötzlich sein Schwert in der Hand und hielt die Spitze auf Straccans Bauch gerichtet. »Geht nur weiter die Treppe zum Zimmer des Polizeivorstehers hinauf. Versucht ja nicht, mich hereinzulegen, sonst durchbohre ich Euch.«

»Was, zum Teufel, soll denn das bedeuten?«, wollte Straccan wissen, während er weiter hinaufstieg. »Was wollt Ihr denn?« Er betrat das Gemach, den Hauptmann von Köln auf den Fersen. Cigony war schon drinnen und blickte grimmig drein.

Der Hauptmann schloss die Tür. »Wo ist Meister Wace?«

»Tot.«

»Wie starb er?«

»Breos hat ihn ermordet.«

»Habt Ihr das Banner gefunden?«

»Ja, aber …«

»Wo ist es?«

»Ich habe es nicht. Auf dem Weg hierher geriet ich in einen Hinterhalt. Breos' Leute haben es genommen.« Es hörte sich wie eine erfundene Geschichte an, und des Deutschen Gesichtsausdruck besagte, dass er ihm kein Wort glaubte.

»Hoheit wird sehr ungehalten sein.«

»Ich lache ja auch nicht gerade, nicht wahr? In Gottes Namen, nehmt das Schwert weg!«

»Ich habe meine Befehle, Sir Richard. Ihr müsst das verstehen. Ihr seid verhaftet.«

»Was? Warum?«

»Ihr habt des Königs Vertrauen missbraucht und Euch mit Breos verbündet.«

»Was? Das ist unglaublich!«

»Ihr wolltet Meister Wace aus dem Weg haben, damit Ihr Breos die Reliquie bringen konntet. Also musste er getötet werden. Der so genannte Hinterhalt wurde geplant, damit Ihr einen Zeugen hattet, nämlich den Havloc.«

Straccan schaute den Polizeivorsteher an. Cigonys für gewöhnlich freundliches Gesicht war jetzt entschlossen und kalt.

»Mylord ...«

»Ich kann Euch nicht helfen, Straccan. Ihr wisst, dass Verschwörung ein Kapitalverbrechen ist.« Cigony wandte sich ab und schaute aus dem Fenster.

Die eisenbeschlagene Tür knallte mit einem widerhallenden Schlag hinter Straccan zu. In übel riechender Dunkelheit fiel er einige schmale Steintreppen auf etwas Weiches hinunter.

»Au!«

»Tut mir Leid.«

»Verdammt!«

Der Körper unter ihm erhob sich und warf ihn zur Seite. Bevor er sich aufrappeln konnte, war der andere Gefangene mit einem Rasseln von Ketten schon auf ihm. Knochige Knie auf seiner Brust pressten ihn zu Boden, und kräftige Hände drückten einen Teil der Kette an seine Kehle – alles in undurchdringlicher Dunkelheit.

»Wer seid Ihr?«, knurrte sein Angreifer, und Straccan, der sich gerade angeschickt hatte, dem anderen mit seinen Zeigefingern die Trommelfelle zu durchbohren, konnte noch innehalten.

»Bane!«

Sie saßen auf der untersten Stufe, kameradschaftlich Seite an Seite in der stinkenden Dunkelheit.

»Wo seid Ihr gewesen? Habt Ihr Janiva gesehen?«

Als Bane nicht antwortete, fühlte Straccan, wie sein Herz zu einem Bleiklumpen wurde, einem schweren Gewicht hinter seinen Rippen. »Was ist denn? Ist etwas geschehen?«

Bane seufzte. »Etwas Schlimmes. Da gibt es einen neuen Priester in Shawl, der hat Janiva der Hexerei angeklagt. Sie wurde in dem unterirdischen Gewölbe eingeschlossen. Man sagt, sie würde dem Gottesurteil unterzogen.«

»O Jesus!« So schnell er es in der Dunkelheit konnte, flitzte Straccan die Stufen hinauf und hämmerte an die Tür. »Von Köln, lasst mich raus!«

»Hat keinen Zweck«, sagte Bane. »Der Wachraum ist weit weg. Keiner wird Euch hören.«

Straccan sank niedergeschlagen auf der obersten Stufe zusammen, den Kopf auf den Knien. Die völlige Dunkelheit hüllte ihn ein, nahm ihm den Atem, erdrückte ihn. Er fühlte sich hilflos und hatte schreckliche Angst. Das Furchtbare, das Janiva bedrohte, war mehr, als er ertragen konnte, und es gab nichts, *gar nichts*, das er tun konnte, um ihr zu helfen. Er sehnte sich nach einem Schwert in der Hand und einem Feind am spitzen Ende der Waffe. Tränen der ohnmächtigen Wut liefen ihm über die Wangen.

Bane drückte ihm irgendetwas in die Hand – eine weiche, klebrige Kugel. »Iii! Was ist denn das?«

»Rosinen«, antwortete Bane. »Ich hatte welche in meiner Hosentasche. Ess schon einige Zeit davon. Man muss sie lutschen, dann hat man länger was davon.«

»Danke.« Beschämt riss Straccan sich zusammen. »Warum hat man *Euch* denn hier eingeschlossen?«

»Verdammt soll ich sein, wenn ich das weiß. Ich kam, um nach Euch zu suchen. Dachte, Ihr würdet schon zurück sein, und bevor ich mich noch umsehen konnte, warf mich dieser verfluchte Deutsche schon hier rein. Der hat mir nie gefallen, der Kerl.«

»Wie lange seid Ihr denn schon hier?«

Bane dachte kurz nach. »Seit dem Tag des heiligen Ethelwold.«

»Wir haben jetzt den Abend des heiligen Sixtus.« Straccan zählte an den Fingern ab. »Fünf Tage also. Hat man Euch geschlagen?«

»Nicht viel. Was geht denn eigentlich vor?«

»Von Köln glaubt, ich hätte den Schreiber des Königs umgebracht.«

»Wace? Was ist denn mit dem geschehen?«

»Breos.«

Sie saßen einen Moment lang still da; dann erkannte Straccan an leisen Pfeiflauten, dass Bane eingeschlafen war. Er wünschte sich, ebenfalls schlafen zu können. Dann würde er wenigstens für kurze Zeit alles vergessen. Er wünschte überdies, der Kerkerraum hätte ein Fenster, aber die Zelle musste tief unter der Erde liegen. Wie lange würde von Köln sie wohl hier eingesperrt lassen?

Er war schon einmal Gefangener gewesen – ein Galeerensklave, nachdem er den Mauren in die Hände gefallen war. Da hatten die Dinge auch ziemlich hoffnungslos ausgesehen – angekettet auf der Ruderbank unter der Peitsche des Aufsehers. Aber er hatte damals die Hoffnung nicht verloren. Unter der mörderischen Sonne, als seine Kameraden an seiner Seite in ihren Ketten starben, hatte er inbrünstig daran geglaubt, dass er eines Tages, irgendwie, wieder zu Hause sein und seine Tochter in den Armen halten würde.

Gilla … Er holte tief Luft und hob den Kopf. Er würde hier herauskommen – natürlich! Einmal *mussten* sie doch die Tür öffnen, und er war ja nicht angekettet. Aber was dann? Wenn ihm die Flucht gelänge und er zu Janiva ging, würde Gilla als Geisel genommen werden. Sie war nur zwölf Jahre alt, aber das zarte Alter und die Unschuld würden sie nicht schützen, wenn der König ihn als Verräter betrachtete, im Bunde mit den Rebellen. Ein Kapitalverbrechen bedeutete den Verrätertod. Das Eigentum von Verrätern wurde von der Krone beschlagnahmt. Seine Tochter würde also mittellos dastehen, ausgestoßen, nirgendwo willkommen – die Göre eines Verräters.

Er stöhnte. Als Sklave hatte er nur Eisenfesseln an Hand- und Fußgelenken getragen – die Narben hatte er immer noch –, aber die unsichtbare Kette, die ihn nun festhielt, war stärker als Eisenfesseln: seine Liebe und Furcht um Gilla.

43

Auf der Burg Carrickfergus, am Morgen des Tages des heiligen Samson, saß der König mit dem Bischof von Winchester beim Schachspiel, während ein blinder Harfenist zu ihrer Erbauung spielte.

John war guter Laune. Bei dem Feldzug hatte er alles erreicht, was er sich gewünscht hatte – und sogar noch mehr. Er war gen Ulster marschiert und hatte die Menschen dort zu Tode erschreckt; er hatte die Grafschaft Meath dem Rebellenlord entrissen und war triumphierend durchs Land gestürmt, hatte überall Kapitulationen und Ergebenheitsbezeugungen entgegengenommen, und hatte sich auch der Burg von Carlingford bemächtigt.

Angloirische Lords mit schwankender Lehenstreue mussten eines Morgens feststellen, dass des Königs Heerscharen vor den Burgmauern standen. Sie kapitulierten und erniedrigten sich vor ihm, zahlten bereitwillig hohe Geldsummen und lieferten mit zitternder Beflissenheit Geiseln aus. Er war nun so weit, sich auf den Weg nach Hause zu machen und dieses ärgerliche Land endlich zu verlassen – in besserer Ordnung, als es bisher jedem gelungen war, sogar seinem mächtigen Vater.

Des Bischofs Hand schwebte über einer Schachfigur, zögerte und verschob stattdessen eine andere. Der König gluckste.

»Nicht Euer Tag, Peter. Schachmatt in zwei Zügen. Schaut

her. So … und so. Habt Ihr das denn nicht gesehen? Ihr braucht mehr Übung.« Er nahm eine der Figuren und drehte sie in der Hand, wobei er das kleine, in Elfenbein geschnitzte Gesicht bewunderte.

Unten, im Burghof, riefen Wachposten einen Reiter an. Der Mann antwortete, zog die Zügel seines schaumbespritzten Pferdes an und schwang sich mit steifen Gliedern aus dem Sattel. Dann klirrte er, jeweils zwei Stufen auf einmal nehmend, die Treppe hinauf und stürmte in den Saal. Er roch durchdringend nach Schweiß, Pferd und Knoblauch und war so mit Staub bedeckt, dass er aussah, als hätte man ihn in Mehl getaucht.

»Mylord«, stieß er hervor, »Mahaut de Breos wurde gefangen genommen!«

Der König ließ seine Faust aufs Schachbrett krachen, dass die Figuren hochflogen und auf den Fußboden rollten.

»Sie allein? Was ist mit Hugh de Lacy?«

»Der Graf konnte entkommen, Sire – auch Breos' Sohn, Bischof Reginald. Aber der andere, der Älteste, William, wurde zusammen mit seiner Mutter gefangen.«

John stieß einen langen, zischenden Atemzug der Befriedigung aus. »Wo sind sie?«

»Auf dem Weg hierher, Sire. Sie sind nach Schottland geflüchtet, doch König William hat sie zu Euch zurückgeschickt. Bei Einbruch der Dunkelheit werden sie hier sein.«

John lächelte. Bischof Peter, der ihn von der Seite beobachtete, schaute hastig weg. Das war ein böses Lächeln. Der König krümmte einen Finger und winkte damit den Majordomus der in Bereitschaft stehenden Bedienstetengruppe zu sich. »Bereitet ein Willkommen vor.«

Der Majordomus sah besorgt aus. »Wo sollen sie untergebracht werden, Hoheit?«

»Im Kerker. Sorgt dafür, dass William sich dort recht unbehaglich fühlt. Was Mahaut betrifft …«, er fauchte den Namen durch die Zähne wie ein unanständiges Wort, »so lasst sie in Ketten legen und in einer kleinen Kammer bewachen. Sie soll ständig beobachtet werden. Keinen Moment darf sie allein bleiben, Tag oder Nacht, bis ich gehört habe, was sie zu sagen hat.«

Bei dem Gedanken daran, was Mahaut de Breos schon gesagt hatte, heizte wilder Zorn sein Blut auf. Er konnte es durch seinen Kopf pulsieren fühlen, bis es ihm vorkam, als müsse ihm der Schädel zerspringen bei der Anstrengung, seine Wut zu unterdrücken.

»Lasst uns allein!« Als alle hastig zur Tür eilten, fügte er hinzu: »Der Harfenist kann bleiben.«

Nur Musik, so wusste er aus Erfahrung, konnte ihm helfen, wenn diese heiße Wut ihn überkam. Es war gut, dass der Harfenist blind war, denn als alle anderen gegangen waren, stand der König da und starrte mit gebleckten Zähnen wie ein Tier auf den Musikanten, das Gesicht dunkel verfärbt, angeschwollen und verzerrt von der unbezähmbaren Raserei der Angeviner, die sein Vater allen seinen Söhnen vererbt hatte. Schweigend, begleitet von den flüssigen Noten der Harfe, kämpfte John mit sich selbst, bis es ihm schließlich gelang, den Anfall zu unterdrücken. Er war solche Kämpfe ja schon gewöhnt. Niemals wieder würde er sich von dieser wahnsinnigen Wut überwältigen lassen wie damals in Rouen!

Rouen … seltsam, dass er sich an alles erinnern konnte, was vorher geschehen war, und an jeden Augenblick voller Selbstverachtung und quälender Schuld, der ihn danach peinigte. Aber er wusste nicht mehr, wie er Arthur getötet hatte.

Das hatte er nie beabsichtigt.

Als Verräter und Eidbrecher, bei bewaffneter Rebellion gegen seinen rechtmäßigen Herrn ertappt, war der junge Herzog der Bretagne Johns Gefangener gewesen. Niemand hätte auch nur mit der Wimper gezuckt, wäre er hingerichtet worden – oder zumindest geblendet und kastriert, wie es üblich war, um einen Herd zu entfernen, um den sich die Infektion des Verrats sammeln konnte. Selbst der Papst hatte darauf gedrängt, Arthur hinrichten zu lassen, zum Wohle des Reiches und für den Frieden der Christenheit. Doch John hatte seinen Neffen in der Burg von Rouen einsperren lassen, denn er war eine wertvolle Geisel, mit der man die störenden Bretonen zur Ruhe zwingen konnte.

Als Arthur erfuhr, dass der König, sein Onkel, nach Rouen gekommen und in der Burg war, erlitt auch er solch einen klassischen angevinischen Wutanfall. Er zerschmetterte die Möbel seiner Zelle, zerriss sein Bettzeug, zerfetzte seine Kleider, bis sie in Lumpen an ihm herabhingen, schleuderte den Inhalt seines Nachttopfs dem unglücklichen Wärter ins Gesicht und griff den armen Mann mit einem Bein seines Bettgestells an. Dann biss er Hubert de Burgh, schlug William de Breos und stieß fürchterliche Flüche aus, bis seine wunde Kehle nur noch krächzen konnte, als sie versuchten, ihn zurückzuhalten.

»Ihr solltet lieber nicht zu ihm gehen, Hoheit«, sagte Hubert de Burgh, der das Amt des Burghüters innehatte. Hinter Johns Rücken warf er William de Breos einen warnenden Blick zu. »Er ist ein wenig aufgeregt.«

Doch John hatte gut zu Abend gegessen. Das Mahl war ausgezeichnet gewesen, und danach hatte es edlen gebrannten Wein gegeben, eine Neuheit. Er hatte viel davon getrunken; es gab ihm ein Gefühl des Großmuts, sogar der Sentimentalität, und er beschloss, doch seinen Neffen aufzusuchen.

»Ich habe daran gedacht, ihn zu seiner Schwester bringen zu lassen, wenn er verspricht, sich gut zu verhalten.«

Prinzessin Eleanor, die als die Perle der Bretagne bekannt war, befand sich in der angenehmsten Gefangenschaft. John war großzügig. Eleanor hatte Kleider entsprechend ihrem Rang, und Kammerzofen, Falken, Pferde mit vergoldeten Sätteln und eine Laute sowie eine Zither, um die traurigen Lieder der Bretagne zu spielen. John schickte sogar gelegentliche Geschenke, Edelsteinschmuck zu ihrem Geburtstag und zu Weihnachten sowie Wildbret, wenn er in der Nähe gejagt hatte. Gelangweilt, einsam und wohlgenährt, wurde die Perle der Bretagne langsam fett.

»Der und sich gut verhalten?«, sagte Breos, bevor Hubert noch sprechen konnte. »Arthur? Gottes Zähne, Ihr hättet ihn vorhin sehen sollen!«

»Aber er hat sich jetzt doch wohl beruhigt?«

»Eigentlich nicht«, antwortete Hubert, machte ein ernstes Gesicht und stieß Breos unter dem Tisch mit dem Fuß an. »Wir mussten ihn in Ketten legen, um ihn hinausbringen zu können, damit das Zimmer aufgeräumt werden konnte.«

»Wo ist er jetzt?«

»In der ›Tasche‹«, sagte Breos und warf dem Burghüter einen vielsagenden Blick zu.

John zog eine Grimasse. Diese »Tasche« war einer der schäbigsten Räume für Gefangene – eine schmutzige kleine Zelle, die über den Fluss ragte.

»Ich werde … *hick* … mal mit ihm reden. 's tut ihm wahrscheinlich … *hick* … schon wieder Leid.«

»Lasst ihn jetzt lieber in Ruhe, Hoheit«, sagte Hubert de Burgh unklugerweise. »Es ist schon spät, und wir alle sind müde.«

»Ich nicht«, entgegnete der König.

In einem kleinen kalten, feuchten Raum, den er nie zuvor gesehen hatte, kam er zu sich. Er konnte sich entsinnen, dass er auf seinem Umhang auf dem nackten Steinfußboden gelegen, sich übergeben und wieder hingelegt hatte.

Da kam William de Breos herein.

Der ungewohnte Brandy des letzten Abends hatte John die schlimmsten Kopfschmerzen bereitet, von denen er jemals geplagt worden war. »Was 'n los?«, fragte er schwach und wünschte sich, die Wände würden aufhören, sich um ihn herum zu drehen.

Breos half dem König auf die Füße und stützte ihn. Sie zitterten beide – John vor Schwäche und Breos vor Spannung und Aufregung.

»In Gottes Namen, Hoheit, erinnert Ihr Euch denn nicht?«

»Erinnern? An was? Gebt mir Wein. Jesus, mein Mund schmeckt wie eine Jauchegrube!«

»Hoheit, nehmt Euch jetzt zusammen. Ihr werdet etwas hören, was Euch gar nicht gefallen wird.«

»Und was?« John hustete und wünschte sich, er hätte es nicht getan, fasste mit beiden Händen an seinen von grässlichen Schmerzen durchfurchten Kopf und stöhnte. »O Christus!« Dann musste er sich wieder übergeben. Danach fühlte er sich besser. »Holt mir endlich was zu trinken!«

»Gleich, Hoheit.«

»Jetzt, verdammt noch mal!« Er konnte mit den Kopfschmerzen fertig werden, aber was er nun brauchte, war irgendetwas, um den ekelhaften Geschmack aus seinem Mund zu vertreiben, dann ein Bad und frische Kleider, denn die Sachen, die er trug, waren schmutzig. Sein Ärmel war feucht und klebrig. Er befühlte ihn – war das Blut?

Während der König darauf starrte, verwirrt über die rötliche, klebrige Flüssigkeit an seinen Fingern, sagte Breos eindringlich: »Hoheit, hört zu. Der Herzog ist tot. Möge Gott sich seiner erbarmen.«

»Tot?«

Er konnte es nicht glauben, bis er die Leiche sah – ein schmutziges Bündel Lumpen in einer dunklen Ecke der stinkenden Zelle. Eine ausgestreckte, steif gewordene Hand trug den Rubinring der Bretagne. Es war eine Knabenhand mit Schrammen, Narben und abgeknabberten schmutzigen Fingernägeln. Der Kopf hing auf der Brust. John überwand sich und griff in das fettige blonde Haar, um den Kopf zu heben, doch die Totenstarre hielt ihn in seiner Lage fest, sodass John das Gesicht nicht erkennen konnte. Alles, was er sah, war eine fahle, geschwollene Wange und geronnenes Blut auf dem flaumigen Kinn.

Er stand auf, fröstelnd, zitternd, plötzlich nüchtern. »Er sieht kleiner aus als sonst.« Was für ein idiotischer Ausspruch in dieser Situation! »Was ist denn passiert?«

»Gottes Zähne, Hoheit, erinnert Ihr Euch denn gar nicht? Ihr habt ihn erdrosselt! Ihr habt versucht, mit ihm zu reden, aber er wollte nicht zuhören, sondern schwang seine Ketten gegen Euch und sprang Euch an. Da habt Ihr ihn mit einem Kinnhaken niedergeschlagen. Er verfluchte Euch, beleidigte Eure Mutter, die Königin, nannte sie eine Hure und Euch einen Bastard. Hoheit, ich konnte Euch nicht zurückhalten! Vier Mann hätten Euch nicht zurückhalten können! Ihr wurdet rasend, genau wie Euer Vater, und habt ihn mit seinen eigenen Ketten erdrosselt. Ich konnte Euch nicht von ihm zurückreißen. Ihr zogt dann Euren Dolch und habt immer wieder auf ihn eingestochen. Aber er war ja schon tot, noch bevor die Klinge in ihn eindrang.«

John drückte seine Handballen in die Augen und stöhnte.

Es war kein Albtraum. Arthur war wirklich tot, und er hatte ihn getötet, hatte den überheblichen, lasterhaften, verräterischen, hinterlistigen, eidbrecherischen kleinen Bastard *ermordet* – nur dass Arthur kein Bastard war, kein unehelicher Sohn. Wäre er es gewesen, hätte es kein Problem gegeben. Doch er war der Herzog der Bretagne, der legitime und einzige Sohn von Johns verstorbenem älteren Bruder Geoffrey, und wenn nicht William Marshal ihn unterstützt hätte als Löwenherz starb, wäre Arthur zum König von England gekrönt worden – nicht John.

Nur für einen Moment überwand der Verstand in ihm den Schrecken. »Ich brauchte seinen Tod doch gar nicht. Lebend war er für mich doch viel mehr wert – eine Geisel, um mir den Rücken von den Bretonen freizuhalten. Warum sollte ich ihn töten? Ihr lügt!« Und seine Hand fuhr zum Dolch. Doch der war nicht mehr da.

Breos betastete den zusammengesunkenen Körper und zog mit Anstrengung und einem Grunzen der Abscheu einen Dolch aus ihm heraus. Wortlos hielt er dem König die Waffe hin – es war seine eigene.

Die Hinrichtung eines reuelosen Verräters war gesetzmäßig und lobenswert, aber dies – dies war Mord! John zitterte heftig. »Jesus! William, was soll ich tun?«

Breos nahm den Arm des Königs. »Kommt weg von hier, Hoheit, zurück in Euer Gemach. Ich werde Euch säubern lassen.« Er zögerte und fuhr dann fort: »Wenn wir vorsichtig sind, wenn wir die gleiche Geschichte erzählen, braucht niemand jemals zu erfahren, was hier vor sich ging.«

»Aber ...« John wies auf die Leiche.

Breos nutzte den Moment.

»Ich werde schon für alles sorgen, mein König. Macht Euch keine Gedanken. Ich werde es niemandem erzählen. Das schwöre ich! In Gottes Namen, traut mir.«

John kehrte in die Gegenwart zurück, in diesen lieblichen Tag Ende Juli, innerlich durchgefroren und mit Übelkeit im Bauch. Draußen riefen Männer, und Pferde stampften und schnaubten. Eine zögernde Stimme an der Tür sagte: »Hoheit, mit Verlaub, die Gefangenen sind jetzt hier.«

»Gut, ich habe mir immer schon gewünscht, Mahaut de Breos in Ketten zu sehen.«

Er öffnete die Hände. Die eine war blutig, wo die scharfe Kante des abgebrochenen Halses der kleinen Schachkönigin in seine Handfläche geschnitten hatte.

44

Noch nie im Leben hatte Straccan ein Bad so sehr genossen, ein schwelgerisches Vergnügen. Kein Wunder, dass die Kirche gegen das Baden wetterte. Er rekelte sich in der Behaglichkeit und der eingeseiften Reinlichkeit seines Körpers. Seine blauen Flecke wurden allmählich blasser, und die abgeschürfte Haut auf seinem Rücken heilte schnell, überraschenderweise ohne zu eitern. Sogar die Wunden auf seiner Nase und Wange hatten sich sauber geschlossen. Allerdings würde er die Narben bis ins Grab tragen.

In einem anderen dampfenden Fass neben dem seinen waren nur Banes Kopf und die Inseln seiner knochigen Knie über dem Wasser zu sehen. Seine Augen waren geschlossen, und es sah aus, als würde er schlafen, obwohl Straccan nicht darauf gewettet hätte. Zwei Wächter lungerten an der Badehaustür herum, an die Wand gelehnt. Sie sahen schwerfällig und nachlässig aus – aber auch darauf hätte Straccan nicht gewettet.

Hauptmann von Köln hatte ihm einen Vorschlag gemacht. Er hatte zugestimmt und sein Wort gegeben, denn er hatte ja keine andere Wahl. Die andere Wahl war dieses schwarze Loch unter dem Wachraum, wobei der einzige Weg nach draußen an den Galgen führte. Welche Wahl gab es da schon?

Der Deutsche war an der Tür ihrer Zelle erschienen, eine flammende Fackel in der Hand und von vier Soldaten gefolgt.

»Ich soll Breos aufspüren und das Banner zurückholen?«, hatte Straccan gefragt.

»Genau das.«

Das passte ihm; er hatte es ja sowieso beabsichtigt. »Und es wird nicht mehr über Verrat geredet?«

Von Köln nickte. »Ich muss natürlich mit Euch reiten.«

»Oh, natürlich!«

»Wenn Ihr das Banner habt, werden wir es dem König bringen. Er ist auf dem Weg zurück von Irland.«

»Und dann?«

»Das ist dann alles, Sir Richard. Wenn nur Hoheit das Banner bekommt.«

»In Ordnung. Ich werde es tun. Aber erst einmal möchte ich ein Bad.« In der Dunkelheit hinter ihm, wohin der Fackelschein des Hauptmanns nicht reichte, hustete Bane. »*Bane* möchte auch ein Bad und saubere Kleider für uns beide.« Bane hustete wieder. »Und ein gutes Abendessen«, fügte Straccan hinzu.

Er hatte auch seine Waffen zurückverlangt, aber das war ihm verweigert worden. Sein Schwert, das er im Schlamm auf der Insel des Heiligen wiedergefunden hatte, war zusammen mit den Pferden, dem Banner und allem anderen von Breos' Leuten genommen worden, als sie in den Hinterhalt geraten waren. Am Morgen aber würden er und Bane, eskortiert von Bruno von Köln und zwölf Soldaten, sich auf den Weg zum Verborgenen Tal machen, sodass er seine Chance bekommen würde, das Banner und vielleicht auch sein Pferd und das Schwert zurückzuholen.

Da Devilstone auf ihrem Weg lag, würden Havloc und Alis ein Stück mit ihnen reiten, froh über den Schutz der Eskorte auf dem Heimweg. »Mörderland« wurde das Grenzgebiet genannt – und Straccan hoffte, einem bestimmten Mörder zu begegnen. Unterwegs würde er schon eine Möglichkeit finden, sich ein Schwert zu besorgen, obwohl es auch ein Dolch tun würde oder sogar nur seine bloßen Hände, vorausgesetzt, er könnte sie um den Hals von William de Breos legen.

Der Aussätzigenmeister ließ die Felltür der dunklen Hütte des Schweigenden Mannes hinter sich zufallen und stand im walisischen Regen, entsetzt und ergriffen bis in seine Seele.

Konnte es denn wahr sein? Es war verrucht, schändlich! Konnte ein menschliches Hirn, wie verdorben es auch sein mochte, sich einen solch teuflischen Plan ausdenken? Nein, es *konnte* einfach nicht wahr sein. Und doch ...

Der Schweigende Mann hatte endlich gesprochen, und die bittere Geschichte, die er langsam und mit etlichen Pausen erzählte, war unvorstellbar – oder würde es sein, wenn da nicht der Ring wäre.

Garnier öffnete seine behandschuhte Faust. In ihr lag ein schwerer Goldring antiker Machart, mit einem großen Rubin besetzt. Er hatte ihn sofort erkannt, als der Schweigende Mann ihm den Ring zeigte. Er hatte ihn nämlich schon einmal gesehen, fünfundzwanzig Jahre zuvor, im Lager am Turnierfeld in Paris. Als junger Priester hatte er sich damals unter den Zuschauern befunden, zur Unterhaltung, und war stattdessen gerufen worden, einem Sterbenden die Letzte Ölung zu geben. Er war in dem Zelt gewesen, wo der König von Frankreich weinend den Ring der Bretagne vom Daumen Herzog Geoffreys zog und ihn der Frau gab, die soeben zur Witwe geworden war – der Herzogin Constance. Es war der gleiche Ring, da hatte er nicht den leisesten Zweifel.

Wie eine Schachfigur, von der sein Name »Garnier« abgeleitet wurde, war er von der wunderbaren Hand Gottes auf dem Schachfeld des Lebens an diesen Ort geschoben worden – und jetzt wusste er auch, warum. Wenn der Schweigende Mann die Wahrheit sprach – und warum sollte er angesichts seines nahen Todes lügen –, so war ihm ein ungeheuerliches Unrecht widerfahren. Er, Garnier, musste dies ans Tageslicht bringen und den Schuldigen einer gerechten Strafe zuführen.

45

Als der Plünderungstrupp in der Abenddämmerung zurückkehrte, erblickte Lord William als Erstes den zimtfarbenen Hengst, der den Rest der Pferde, die sie erbeutet hatten, wie Esel aussehen ließ. Was für eine Schönheit!

»Wo habt Ihr Euch *den* schnappen können, Thibaut?«

»Auf der Landstraße nach Ludlow, Mylord, im Wald.« Sein Lächeln war ein wenig verkrampft, und an einer Hand trug er einen Verband. »Zwei Männer waren das – mit diesem Hengst und dem braunen Wallach da hinten.«

Breos runzelte die Stirn beim Anblick des Maulkorbs und des straff angezogenen Sprungriemens, der das Tier daran hinderte, den Kopf zu heben. »Ist denn das notwendig?«

»Besser sicher als sauer, Mylord.« Nachdem er sich des Tieres bemächtigt hatte, versuchte Thibaut nämlich, sich auf dessen Rücken zu schwingen, wurde aber wie ein Wäschebündel in einen Holunderbusch geschleudert. Seine Leute hatten sich vor Lachen gar nicht halten können, diese Narren, und lachten noch mehr, als er es noch einmal versuchte und das Biest ihn biss. Alle Versuche, auf den Rücken des Hengstes zu gelangen, wurden mit dem Repertoire eines zum Kämpfen ausgebildeten Pferdes begegnet: Schnauben, Auskeilen, Beißen. Das Hufeisen seines Vorderlaufs zerschmetterte die Schulter eines Armbrustschützen. Ein anderer wurde so stark gegen eine Mauer gedrückt, dass ihm die Rippen brachen. Der Mann hustete Blut und war bei Anbruch der Nacht tot.

Alle Männer des Trupps mussten sich an das Tier hängen, damit ihm Maulkorb und Sprungriemen angelegt werden konnten – und auch dann ging es nicht ohne Knochenbrüche ab. Sulien kümmerte sich jetzt um die Verletzten und hatte auch schon Thibauts Hand gesalbt und verbunden.

»Was ist denn mit Eurer Hand passiert?«

»Ach, nichts, Mylord.« Er hatte gehofft, dass Lord William der Verband nicht auffallen würde. »War nur ’ne Schramme.« In Wirklichkeit hatte er Glück gehabt, nicht seinen Daumen zu verlieren; außerdem – und das war noch schmerzhafter als sein beleidigter Stolz – hatte sich der Biss entzündet und pochte mit jedem Pulsschlag. Ein roter Streifen verlief von der Daumenwurzel den Unterarm hinauf, und das übel riechende Zeug, das Sulien darauf geschmiert hatte, zog schmerzhaft an der Wunde.

Breos strich mit der Hand über die Flanke des Hengstes. Das Fell des Tieres zuckte, und es rollte mit den Augen. Thibaut spannte sich wieder, auf irgendeine Bosheit gefasst, doch das Pferd war in seiner Bewegungsfreiheit so sehr eingeschränkt, dass es mehr nicht tun konnte.

»Auch ein schöner Sattel«, bemerkte Lord William. »Was für ein Mann war das eigentlich?«

»Ein Ritter mit seinem Diener. Wir nahmen ihre Waffen .... He, Girard! Bring doch mal das Schwert her, das wir dem Mann im Wald abnahmen!«

Breos befingerte die schlichte, zerkratzte und abgenutzte Lederscheide, zog die Klinge heraus und schaute sich Knauf und Griff genau an. »Altmodisch«, murmelte er, »aber guter Stahl. He, was ist denn das?« Unmittelbar unter dem Handschutz war ein Silberkreuz innerhalb eines Kreises in die Klinge eingelegt. Darunter standen die lateinischen Worte: *Advocato Sancti Sepulchri.*

»Was heißt denn das, Mylord?«

»Das bedeutet: ›Ich verteidige das Heilige Grab.‹« Lord William ließ den Daumen über die silbernen Lettern gleiten. »Ein altes Kreuzfahrerschwert, bei Gott! Wer war das?«

Thibaut schüttelte den Kopf. Er hatte nicht den Befehl erhalten, nach den Namen derjenigen zu fragen, die auszurauben er ausgeschickt worden war, aber er hütete sich, das zu sagen.

Breos ließ die Klinge zurück in die Scheide schnappen. Seine eigene trug die Inschrift *Homo Die,* Mann Gottes, worin er keinen Widerspruch sah. »Ihr hättet ihm dieses Schwert lassen sollen. Ein alter Kreuzfahrer … immerhin, das konntet Ihr ja nicht wissen. Ich werde es behalten. Was habt Ihr denn noch erbeutet?« Durch Plünderung wurden die meisten Bedürfnisse seiner Bande befriedigt, und wenn dann doch noch etwas fehlte, konnte es den Vorräten von Cwm Cuddfan entnommen werden. Da er sieben Jahre lang für sämtliche Bedürfnisse des Hospitals gesorgt hatte, hatte Lord William jetzt keinerlei Hemmungen, sich aus diesen Vorräten zu nehmen, was er brauchte.

»Eine gute Beute, Mylord. Mehl, Wein, Käse, Decken, fünf weitere Pferde – und natürlich das persönliche Gepäck. Wir haben es noch nicht durchsucht.«

»Legt die Vorräte ins Lagerhaus und verteilt den Rest.« Breos klemmte sich das Schwert unter den Arm und ging wieder ins Gebäude hinein. Wie viel länger würde er sich hier noch verstecken müssen? Seine Frau sollte eigentlich schon zu ihm gestoßen sein, doch es kamen keine Nachrichten von ihr, wenngleich er jeden Tag darauf wartete.

Die Straße begann sanft, wand sich durch die niedrigen Hügel und verlief an dunklen Wäldern vorbei. Hin und wieder erblickten sie in Lumpen gehüllte, humpelnde Gestalten, die zwischen den Bäumen verschwanden, aber Gesetzlose hatten nicht die Absicht, sich mit bewaffneten Männer einzulassen, sodass Bruno von Kölns Trupp nichts zu befürchten hatte. Der zweite Tag brachte sie in eine Gegend wilder Gebirgsausläufer, weit weg von den Grenzlandpatrouillen und dem, was man in Wales Städte nannte. Am Abend erreichten sie den kleinen *Pentref* Maeslyn, wo sie hofften, für die Nacht einen Schutz für Alis zu finden – aber sie mussten feststellen, dass William de Breos vor ihnen da gewesen war. Die Hütten standen noch, verkohlt und dachlos, denn sie waren vom Regen gerettet worden. Die Dorfbewohner hatte der Regen jedoch nicht retten können. Sie waren wie Schafe abgeschlachtet worden. Das Gleiche war in Llantali geschehen, wo sie am Mittag des nächsten Tages eintrafen, und als sie sich am Abend der kleinen Stadt Tresaint näherten, wussten sie schon von dem Gestank, was sie zu erwarten hatten. Krähen und Raben flogen mit lautem Protest auf, und Ratten und Hunde rannten davon, als sie erschienen.

Die kleine Kirche stand noch, da sie aus Stein war. Mit mehreren Armbrustbolzen war der gefolterte nackte Körper eines alten Mannes an die Tür geheftet. Nach der Tonsur zu urteilen, war es der Priester des Ortes. Von der Eibe im Kirchhof hingen drei aufgedunsene Leichen, ausgenommen wie Heringe. Sie drehten sich langsam am Ende der Stricke, den Kopf auf einer Seite, als wären sie über diese Wendung der Ereignisse maßlos erstaunt.

»Warum nur?«, fragte Havloc sich laut. »Das waren doch *seine* Leute, *seine* Dörfer. Er war doch ihr Lord.«

»War«, entgegnete Straccan. »Er verwüstet lieber alles, als dass er es einem anderen überlässt.«

Als sie die Straßenkreuzung erreichten, wo Havloc und Alis den Weg nach Devilstone einschlagen sollten, trat Havloc mit einem Vorschlag an Straccan heran.

»Ihr wisst, dass Breos wachsam sein wird«, sagte er. »Seine Leute werden alles beobachten, was da kommt, schon aus Furcht vor irgendeiner Falle. Ein einzelner Mann oder zwei werden ihnen auffallen, aber nicht ein kranker Mann mit seiner Frau.«

»Frau?«

»Ich«, sagte Alis.

Lord Williams Medikus hatte ihn gerade zur Ader gelassen und war dabei, seine Lanzette und die Schüsseln einzupacken, als Thibaut das Zimmer betrat.

»Mylord, Sulien bittet, mit Euch reden zu dürfen.«

Lord William hatte sich angenehm matt gefühlt, doch auf diese Ankündigung hin sprang er eilig auf und stieß dabei fast seinen Stärkungswein um. Ein Ärmel hing noch lose, sodass er Thibaut den Arm hinhielt, damit dieser die Manschette zuknöpfe.

»Er muss Neuigkeiten haben! Lasst ihn herein!« Er stand auf und wandte sich zur Tür, um das Gesicht des Eintretenden zu sehen. Doch Sulien machte einen finsteren Eindruck – nicht wie ein Mann mit guten Nachrichten. Lord William verließ der Mut.

»Nun, was gibt es?«, fragte er und fürchtete sich schon vor der Antwort.

»Mylord, ich muss Euch sagen, dass jemand aus Eurer Verwandtschaft im Sterben liegt.«

Verwandtschaft? Also nicht Mahaut – oder sein Sohn? Erleichterung fuhr ihm in die Knie, sodass er sich mit einem dumpfen Laut auf einen Sessel fallen ließ. »Was denn für Verwandtschaft?«

»Der junge Mann, den Ihr vor sieben Jahren hierher schicktet, Mylord – Geoffrey.«

»Geoffrey?« Einen Moment lang machte Lord William einen verwirrten Eindruck. Dann wischten die Erinnerung und noch etwas – es sah überraschend nach Furcht aus – die Verwirrung aus seinem Gesicht. Er setzte sich gerade auf und stieß seinen Weinpokal zu Boden, wo er klappernd wegrollte. Thibaut bückte sich hastig danach. Der Pokal war aus Gold. Sollte er eingebeult werden, würde Lord William ihn dafür tadeln.

»Im Sterben? Seid Ihr sicher?«

»Es ist eine Erlösung«, antwortete Sulien. »Mylord, der Mann, der ihn pflegt, hat gebeten, mit Euch sprechen zu dürfen. Werdet Ihr ihn empfangen?«

Lord William war jetzt sehr still, aber ein Nerv zuckte in seiner Wange, immer wieder, wollte gar nicht aufhören. »Bringt ihn her.«

»Er kann nicht hereinkommen, weil er ein Aussätziger ist. Werdet Ihr ihn dennoch anhören, Mylord? Er wartet beim Weg zum See.«

Unter den Weiden, die dicht bis zum Ufer des Llyn Gwydion hinunterwuchsen, trat Lord William eine Gestalt entgegen.

William griff an sein Schwert. »Was wollt Ihr von mir?«

Der metallene Klang einer kleinen Glocke antwortete ihm, und der Schatten hob den Kopf, der unter einer Kapuze verborgen war. Obwohl man ihm gesagt hatte, dass es sich bei diesem Mann um einen Aussätzigen handelte, wurde William de Breos von Entsetzen gepackt. Seit seiner Kindheit hatte er von allen Schrecken Aussätzige am meisten verabscheut. Es gab Menschen, die sich vor Spinnen fürchteten, andere vor Schlangen, aber für ihn war der darmzerfressende Schrecken eines Albtraums schon immer ein Aussätziger gewesen.

»Haltet Euch zurück«, rief er laut. »Haltet Euch zurück!«

»Gott schütze Euch, Mylord!« Zwei schwarze, dreieckige Augenlöcher blickten ihn ohne einen Funken von Leben an, doch die Maske blies sich auf und zog sich zusammen mit dem Atem des Aussätzigen, als dieser sprach. Es war eine schnarrende, rostige Stimme, und zu Breos' Überraschung die eines wohlgeborenen Mannes, der in der eleganten Weise der Langue d'Oc sprach – wie König Richard damals. Seit dem Tod von Richard Löwenherz hörte man dies selten, denn sein Bruder zog die Poiteviner den Leuten aus Aquitanien vor.

Weiter hinten, unter den Bäumen, erblickte William eine Bewegung. Jesus, war da noch einer von denen? Da trat die Gestalt auch schon vor – groß, stämmig, auf einen Kampfstab gelehnt. Lord Williams Hand klammerte sich um seinen Schwertgriff und zog ein oder zwei Zoll Stahl der Klinge heraus.

»Noch einen Schritt, und ich fälle Euch mit dem Schwert!«

Der erste Aussätzige legte eine behandschuhte Hand auf den Arm des anderen. »Wartet am Boot, Illtud.« Dann sagte er, zu Breos gewandt: »Ich bin keine Bedrohung für Euch, Mylord. Seht her.« Und dabei bückte er sich, um seinen eigenen Stab auf den Boden zu legen.

Lord William warf schwitzend seine Geldbörse der Kreatur zu Füßen. »Da! Für das Begräbnis meines Verwandten.«

Doch der Aussätzige hob die Geldbörse nicht auf, sondern entgegnete: »Deshalb bin ich nicht hier, Mylord. Ich muss Euch etwas fragen.«

»In Gottes Namen, fragt und entfernt Euch von hier!«

»Wer ist er, Mylord, dieser junge Mann, den Ihr vor sieben Jahren hierher schicktet?«

Die Frage traf Lord William wie ein Lanzenstoß beim Turnier. Er blinzelte und wiegte sich auf den Absätzen. »Der arme Geoffrey? Einer meiner Patensöhne.«

»Ach? Ihr habt Euren … *Patensohn* aber nie besucht.« Bei der Betonung des Wortes *Patensohn* spannte sich Lord William de Breos. »Ihr habt ihm auch keinerlei Nachricht gesandt, seitdem Ihr hier mit ihm erschienen wart.«

»Was, in Gottes Namen, hat Euch das zu kümmern?«

»Er ist mein Pflegebefohlener – und er liegt im Sterben.«

Dann war es also wahr. Breos bekreuzigte sich und murmelte ein Gebet, teilweise für des sterbenden Mannes Seele und teilweise als Dank, dass er endlich starb. Es hatte weiß Gott lange genug gedauert.

Des Aussätzigen schreckliche Stimme sprach immer weiter: »Die letzten Nächte habe ich bei ihm gesessen, damit er nicht allein stirbt, obwohl er nicht darum gebeten hatte. In all diesen elenden Jahren hatte er kein Wort gesprochen. Habt Ihr das gewusst, Mylord? Er sonderte sich ab – sogar von uns, seinen Schicksalsgenossen. Vor sieben Jahren war er hierher gekommen, stumm wie ein Bild, und stumm war er seitdem geblieben. Keiner von uns wusste, ob er überhaupt sprechen konnte, aber schließlich tat er es doch – und ich habe zugehört.«

Breos atmete tief. Der Gedanke, diesen Aussätzigen zu töten, stieg in ihm auf, verflüchtigte sich aber wieder. Garnier konnte es in Breos' Augen erkennen.

»Tut Euch keinen Zwang an!«, rief der Aussätzige Sir William zu. »Was ist schon ein Mensch mehr unter so vielen, die vor Gott Zeugnis gegen Euch ablegen können!« Seine kratzige Stimme besaß eine schreckliche Autorität. »Der heilige Name Gottes, den Ihr so oft im Munde führt, wird besudelt, wenn Ihr ihn sprecht.«

»Wie könnt Ihr es wagen?« Lord Williams beleidigter Stolz schwoll an. So herabgesetzt zu werden von solch einer Kreatur! »Ihr seid zu weit gegangen, bei Gott! Ein stinkender Aussätziger! Wer glaubt Ihr denn, dass Ihr seid?«

»Wie ich in Euren Nasenlöchern stinke«, erwiderte Garnier, »so stinkt Eure Seele in denen Gottes. Seht, Mylord de Breos, seht selbst, wie Gott *Euch* sieht!« Dann zog er seine Kapuze herunter und trat aus dem Schatten heraus.

Lord William stieß einen Schrei des Abscheus aus. Dort im Sonnenlicht stand das zum Schrecken gewordene Fleisch: ohne Gesichtszüge, eiternd, verfaulend – wie ein schon vor langer Zeit ertrunkener Mensch. Er wandte sich schnell ab, sodass er sich gerade noch in die Büsche statt über seine eigenen Füße erbrechen konnte.

»Nein!«, winselte er, fiel auf die Knie und übergab sich, bis sein Magen nichts mehr hergab. »Gott hilf mir! Nein!«

»Wer ist Geoffrey?«, fuhr der Aussätzige hartnäckig fort.

Breos wischte sich den Mund ab und murmelte etwas.

»Was war das, Mylord?«

»Sein Name ist Arthur!« Er versuchte, auf die Füße zu kommen, fand es dann aber leichter, auf ein Knie gestützt zu verharren, wenigstens für den Augenblick. Natürlich war es das Aderlassen gewesen. Der Medikus hatte ihm zu viel Blut abgenommen. Dafür würde er ihn auspeitschen lassen.

»Der Prinz?«, fragte der Aussätzige. »Der Herzog der Bretagne?«

»Was hat er Euch denn erzählt? Im Namen Gottes, möchte er mich sehen? Ich aber möchte nicht … kann nicht …«

»Er könnte es nicht, auch wenn er es wollte. Er ist nämlich seit zwei Jahren blind.«

»Das hat mir niemand gesagt«, flüsterte Breos und wischte sich die Nase an seinem Ärmel ab.

»Ich kannte seine Mutter, die Herzogin Constance«, sagte Garnier. »Ich diente in ihrem Haushalt, nachdem ihr Gatte gestorben war. Als Arthur ein Kind war, kannte ich ihn gut. Aber hier, jetzt, bis ich mit ihm sprach, hatte ich keine Ahnung, wer er war. Die ganze Christenheit glaubt, dass der Prinz in

Rouen von seinem Onkel, König John, ermordet wurde. Eure eigene Frau beschuldigte ihn dieser Tat. Hat der König ihn denn hierher schicken lassen?«

Breos schüttelte den Kopf.

»Wie kam er her? Was geschah wirklich in Rouen?«

Lord William begann zu erzählen – zuerst mühsam, als ob jedes Wort aus ihm herausgepresst würde, doch als er erst begonnen hatte, konnte er nicht mehr aufhören, und oft schlich sich ein Klang des Selbstmitleids und manchmal auch der Prahlerei in seine Stimme.

Es war die Idee seiner Frau gewesen – der klugen, ehrgeizigen Mahaut de Breos, die nach einer ruhelosen Nacht ihren spitzen Ellenbogen in die Seite ihres Lords stieß und ihm von ihrem gewagten Plan erzählte.

»Stell dich gut mit ihm«, sagte sie.

Noch halb im Schlaf fragte er: »Mit wem?«

»Arthur.«

Der Prinz war Johns Gefangener und demnach machtlos, nutzlos. Warum also Zeit damit verschwenden, sich bei ihm einzuschmeicheln?

»Arthur? Warum denn, in Gottes Namen?«

Sie erklärte es ihm: »Gewinne das Vertrauen des Jungen, freunde dich mit ihm an – und hilf ihm zu fliehen.«

»Was?«

»Sei still und hör zu!«

Es war schrecklich. Das war doch Verrat – den König zu stürzen und Arthur als den rechtmäßigen Herrscher auszurufen! John war unbeliebt. Frankreich und die Bretagne würden sich Arthurs Sache anschließen. Dann, mit der Krone auf dem Haupt durch die Macht des Hauses Breos, würde der junge König ihm nichts verweigern. Wenn Arthur noch dazu mit einer Breostochter und seine Schwester Eleanor mit einem Breossohn verheiratet wäre …

»Verstehst du nun?«, flüsterte Mahaut in sein Ohr, sodass weder der Page am Bettende noch die Dienerinnen auf ihren Strohsäcken etwas hören konnten. »Eines Tages könnte einer unserer Enkel die Krone von England auf seinem Haupte tragen.«

»Das wird nie funktionieren!«, protestierte er, worauf sie entgegnete: »Vertraue mir nur, es wird gut gehen.« Er hatte ihr schon immer vertraut.

So pflegte er die Samen und die ersten Triebe von Mahauts Plan, indem er das Vertrauen des Knaben erwarb, ihn bemitleidete, ihm zuhörte, wie er wütend über seinen Onkel redete, den König, und Arthur schmeichelte – davon konnte dieser nie genug bekommen; es gab keine eitlere Kreatur –, während er versuchte, sich eine Möglichkeit auszudenken, ihn aus der Burg herauszubringen. Und dann kam John nach Rouen …

Lord Williams Stimme leierte weiter, während die ausdruckslose Maske immerfort starrte. Arthurs Wut, Johns rührseliges Beharren, mit ihm zu sprechen, die stinkende Zelle, der schreiende Knabe, des Königs Zusammenbruch infolge seiner Trunkenheit, der zusammengekrümmte Körper mit Johns Dolch darin …

»Und wer war der tote Knabe?«

»Niemand – ein Dieb aus der Verbrechergrube, der das richtige Alter hatte und blond wie der Prinz war. Ein wenig kleiner zwar, aber John hatte Arthur einige Zeit lang schon nicht mehr gesehen.« Das war auch Mahauts Idee. *Ihm* wäre das nie eingefallen.

»Bring ihn in deinem Gefolge aus der Burg hinaus«, hatte sie gesagt. »Niemand wird jetzt noch nach ihm schauen, denn offiziell ist er tot. Bringe ihn aus Frankreich hinaus. Wir werden ihn verborgen halten, bis John gestürzt ist.«

»Was habt Ihr dort getan?«, bohrte Garnier weiter.

»Brachte ihn nach Wales, zu meiner Festung Grosmont«, fuhr Lord William fort, dessen Gesicht bei der Erinnerung finster wurde. »Der war aber nicht im Mindesten dankbar! Ich hatte ihn doch davor bewahrt, von seinem Onkel ermordet zu werden – nun, wenigstens dachte er das –, sodass man annehmen könnte, er würde Dankbarkeit zeigen. Aber nein! Ich bot ihm meine Tochter zur Heirat an. Er lehnte ab! Der überhebliche kleine Angeber *lachte mich aus!*« Seine Stimme wurde lauter. »Sagte, er habe die Absicht, eine Tochter des Königs von Frankreich zu ehelichen. Ich hätte ihn umbringen können! Er muss schon krank gewesen sein. Ich glaubte nicht, dass *wirklich* etwas mit ihm nicht in Ordnung war. Das erwartet man ja auch nicht! Aussätzigkeit – doch nicht bei Prinzen!«

»Seine Mutter war daran gestorben.«

»Constance?«, fragte William fassungslos. »Wirklich? Das haben die aber geschickt verschwiegen! Also *daher* hatte er es! Hatte mich oft gewundert. Zuerst erkannte ich nicht, was es war. Er bekam Flecke auf der Haut wie so mancher Knabe. Aber man glaubt doch nicht bei jedem Fleck auf dem Gesicht eines Jungen, dass das die Lepra ist. Er wollte dann sein Zimmer nicht mehr verlassen, denn er war ja schon immer eitel gewesen und konnte es nicht ertragen, dass jemand ihn so sah. Ich sagte ihm, es würde sich bald bessern, aber es wurde schlimmer. Noch immer dachte ich nicht …

Er schoss rasch in die Höhe – dünn, drahtig. *Hustete* oft. Konnte es nicht abschütteln. Er jammerte auch oft. Seine *Beine* taten ihm weh, und ich sagte ihm, das seien Wachstumsschmerzen. Seine *Finger* und *Daumen prickelten*. Er war immer *müde*. Auch seine *Füße* schmerzten dann, und seine *Haut* fühlte sich wie Feuer an. Seine *Augen* entzündeten sich! Erbärmliche kleine Kreatur. Bereitete mir auch Übelkeit – Übelkeit, ihn anzuschauen!

Als ich mit meinem Haushalt nach Whitecastle umzog, wollte er nicht mitkommen. Ich konnte ihn ja nicht gut fesseln und mitschleppen lassen. Also ließ ich ein halbes Dutzend Leute zurück, damit sie sich um ihn kümmerten – und Gott weiß, dass ich froh war, ihn dort zu lassen! Eines Tages sah sein Barbier den Ausschlag. Er warf Schüssel und Rasiermesser hin, rannte, was er konnte, und ließ Arthur blutend von der Rasiermesserwunde zurück, schreiend vor Wut und Angst. Er schlug und trat die Diener und verlangte, dass der Barbier zurückgeholt und ausgepeitscht würde.

Dann verriegelte er die Tür und ließ keinen Diener hinein. Die baten, ich solle doch kommen. Ich konnte ihn da drinnen hören, wie er Gegenstände zerbrach, sich gegen die Wände warf und heulte. Ich schickte alle weg und holte einen Arzt. Wir mussten die Tür einschlagen.«

Er hielt inne.

»Es war ein Schock«, fuhr er dann mit klagender Stimme fort. »Ich hatte ihn seit Wochen nicht mehr gesehen. Sein Gesicht – da waren überall Knötchen. Er weinte und schüttelte die Hände, als wollte er etwas abschütteln. Das Zimmer war schmutzig. Er hatte die Wandbehänge abgerissen und das Bettzeug zerfetzt. Blut und Haut klebten an den Steinen, wo er mit den Händen an die Wand geschlagen hatte.

Aussatz, sagte der Arzt. Ich zahlte ihm sein Honorar und ließ ihn gehen. Er wusste ja nicht, wer sein Patient war. Dennoch konnte ich es nicht riskieren. Ich sandte ihm einen Mann hinterher – einen, dem ich vertrauen konnte – und ›kümmerte‹ mich selbst um den Barbier und die Diener ...

Ich wusste aber nicht, was ich mit *ihm* anfangen sollte. Ich konnte ihn doch nicht dort lassen oder ihn zu einer meiner Burgen bringen. Er flehte mich an, ihn zu verstecken. Er war halb wahnsinnig vor Angst, dass jemand ihn in diesem Zustand des Verfaulens sehen könnte – ich hatte ja schon erwähnt, dass er eitel war. ›Jagt mich nicht weg!‹, bettelte er. Als ob ich das tun würde, als ob ich das tun *könnte!* ›Ich werde mich umbringen, wenn jemand mich so sieht‹, sagte er – und war auch entschlossen dazu. Ich wollte sein Blut nicht an den Händen haben.«

»Welchen Unterschied hätte das gemacht«, fragte Garnier, »wo Ihr doch schon das Blut von so vielen anderen an den Händen hattet!«

In der Erinnerung verloren, hörte Lord William diese Worte gar nicht. »Ich versprach, einen sicheren Ort zu suchen, an dem niemand ihn sehen würde. Sulien war gerade hergekommen, wie von Gott gesandt. Ich gab ihm das Tal, gab ihm Steine und Holz, um das Hospital bauen zu können. Ich schickte ihm alles, was er brauchte: Lebensmittel, Wein, Stoffe, Leibeigene als Helfer. Dorthin ließ ich Arthur dann bringen.«

»Hört auf zu starren, verdammt noch mal!« Lord William wandte sich von diesen anklagenden schwarzen Löchern ab. »Das wollte er doch. Er war dankbar, o ja, *dann* war er mir dankbar, aber mir nützte das nichts mehr! Als ich ihm von diesem Asyl erzählte, schwor er, jeden Tag, den er noch leben würde, für meine Seele zu beten – solange niemand ihn fände.«

»Er hielt sein Wort«, sagte der Aussätzigenmeister sanft. »Jeden Tag betete er für Eure Verdammung, wie er mir erzählte.«

Auch das hörte Lord William nicht.

»Ich sagte zu Sulien, er sei jemand von meinem Haushalt. Er fragte mich daraufhin: ›Wie heißt er denn?‹ Ich hätte beinahe ›Arthur‹ geantwortet. Gerade noch rechtzeitig hielt ich mich im Zaum und sagte: ›Geoffrey.‹ Das war der Name seines Vaters.«

46

In der Nacht hing der Einsiedlerunterschlupf am Bergkamm wie zwischen Himmel und Erde aufgehängt. Es waren so viele Sterne, so hell und so nahe, dass es schien, Osyth brauche nur die Hand auszustrecken, um sie berühren zu können. Weit unten schienen weiche Lichter in den niedrigen schwarzen Katen, und Fäden von blaufarbenem Rauch, die man deutlich im Mondlicht sehen konnte, stiegen in gerader Linie weit auf, bevor vagabundierende Luftströmungen sie spielerisch zerfaserten.

Die Einsiedlerin hatte ein Wolfsfell auf dem Boden ausgebreitet und saß darauf, die Arme um die Knie geschlungen. Sie hatte um Erleuchtung gebetet und wartete nun darauf. In der Nähe kreischte ein Ziegenmelker. Aus einiger Entfernung erhielt er Antwort von einem anderen, unterbrochen von noch entfernteren Eulenrufen.

Osyth atmete schwer und dachte an die Aufgabe, die vor ihr lag. Sie musste Janiva helfen, das Übel zu bekämpfen, das dabei war, alles und jeden zu zerstören, der ihr teuer war, bevor es das Mädchen selbst zerstören konnte. War Janiva diejenige, auf deren Kommen sie gewartet hatte? Diejenige, die einst – in gar nicht ferner Zeit – ihren Platz einnehmen würde? Es gab keinen Zweifel an ihrer Kraft. Der Schein ihres Geistes umgab ihr Fleisch und würde rein und golden glänzen, würde ihn nicht der Schatten des Übels trüben.

Eine Igelin schnüffelte am Fuß der kleinen Einfriedungsmauer, und irgendwo in der Nähe, versteckt, aber voller Angst, pfiffen klagend ihre Jungen. Die Igelin hielt inne, um einen Käfer zu kauen, sah dann den stillen Schatten von Osyth und trippelte davon, wobei sie erstaunlich lange Beine zeigte, als ob sie ihre Röcke raffte, um besser laufen zu können.

Tief in Gedanken versunken fühlte Osyth, wie ihr Geist sich allmählich von ihrem Fleisch entfernte und aufstieg, um unter den Sternen zu wandeln.

Die sich ankündigende Sonne beleuchtete den östlichen Horizont, während im Nordwesten Sternschnuppen fielen. Die Einsiedlerin zählte vier, eine nach der anderen, dann noch drei und schließlich zwei weitere.

Neun – das war die heilige Zahl. Mit steifen Gliedern stand sie auf. Jedes Mal, wenn sie ihren Körper verlassen hatte, fiel es ihr schwerer, zurückzukehren zu den Beschränkungen von schmerzendem Fleisch und Knochen. Doch als sie so zum Haus humpelte, war sie zufrieden. Sie hatte auf ein Zeichen gewartet – und die Große Mutter hatte ihr eines gegeben.

»Was seht Ihr da?«

Janiva sprang schuldbewusst auf. Sie hatte in den kleinen Felsenteich neben dem kleinen, rauschenden Wasserfall gestarrt, und das Geräusch hatte die Schritte der näher kommenden Osyth übertönt. Trotz ihrer massigen Gestalt bewegte die Einsiedlerin sich ziemlich leise. Sie war eine dicke Frau mit erdigen Füßen und Händen, die von den Säften der Kräuter und Beeren gefärbt waren.

»Beruhigt Euch, Mädchen. Ihr habt nichts zu befürchten.« Osyth kniete sich nieder und grunzte, als die arthritischen Knie ihr Gewicht aufnehmen mussten. Sie blickte selbst in den kleinen Teich und rührte ihn dann mit dem Zeigefinger um. »Glaubt nicht alles, was er Euch zeigt«, sagte sie. »Wasser kann nur zeigen, was sein *könnte,* und das ist nicht immer, was auch sein *wird*.«

Aus ihrem Gürtelbeutel nahm sie einen grünen Stein – eine grobe Halbkugel. Die gebogene Oberfläche war knotig und gekräuselt, die flache Seite jedoch glatt wie Glas.

»Das hier wird Euch bessere Dienste leisten als Wasser«, sagte sie und legte den Stein in Janivas Hand.

Janiva hielt ihn gegen die Sonne, die grüne Punkte aus seinen Tiefen schlug. »Was ist das?«

»Es gibt einen Ort, wo diese Dinge am Boden umherliegen. Die Leuten sagen, es wären Teile eines Sterns, der auf die Erde fiel.«

»Oh!«, rief Janiva entzückt aus. »Eine Sternschnuppe!«

»So sagt man. Nun, erzählt mir, was Ihr im Wasser gesehen habt.«

Janiva ballte die Faust um den Stein. »Flammen«, sagte sie widerwillig, »und ich mitten darin, Haar und Hände brennend.«

Die Einsiedlerin nickte. »Fürchtet es nicht. Es ist nicht, was es zu sein scheint. Helft mir mal auf.« Sie stellte sich mühevoll auf die Füße und wandte sich dem Haus zu. »Ich muss mal nach dem Feuer sehen – kommt.«

Janiva folgte ihr nach drinnen. »Ihr seid auch nicht, was Ihr zu sein scheint«, sagte sie und schaute zu, wie Osyth das Feuer anschürte. »Warum hat Tostig mich eigentlich *hierher* gebracht?«

Über das Feuer gebeugt, blickte Osyth sie von der Seite an. »Pouncey-Leute sind gute Christen«, erwiderte sie. »Sie gehen zur Kirche und halten die Feiertage ein, aber dies ist vor allem ein Ort der Großen Mutter, und wir alle hier sind ihre Diener.«

Sie sah, wie Janivas Augen sich in plötzlichem Verstehen weiteten. Dies also war ein Schrein der Muttergöttin, die in diesem Land verehrt worden war, bevor Mönche ihre Christuslehren über das Wasser herbrachten. Ein paar hundert Jahre erzwungener Christlichkeit waren über viele solcher kleinen Enklaven hinweggeglitten, wo der alte Glaube immer noch geblieben war, geheim und stark.

Die Einsiedlerin stand auf. »Wir hören auf ihre Stimme und führen ihre Weisungen aus. Tostig wurde hier geboren. Hat er Euch das nicht gesagt? Die Große Mutter wies ihn an, Euch hierher zu bringen, damit wir diesen Fluch brechen können, der auf Euch lastet.«

»Fluch?« Aber ja, das war es! Natürlich! Warum hatte sie das nicht schon erkannt? Kummer über Kummer, Verlust über Verlust – alles, was sie gehabt hatte, alles, was sie geliebt hatte, war ihr genommen worden. Was sonst konnte es also sein? Verständnis durchflutete sie und ließ sie vor Schock frieren. »Ich bin eine Närrin gewesen! Ich hätte es wissen müssen!«

»Macht Euch keine Vorwürfe. So geht das nämlich – es macht Euch blind dagegen. Ihr hättet es bald gemerkt, wenn es nicht Euch selbst betroffen hätte.« Die Einsiedlerin setzte sich und legte die Ellenbogen auf den Tisch. »Wer könnte das getan haben?«

»Ich weiß es nicht.«

»Ihr müsst. Denkt nach! Wer hasst Euch?«

Wer hasste sie so sehr? Richildis? Nein. Das Mädchen war voller Eifersucht und Trotz gegen sie, aber es war keine Macht in ihr. Benet Finacre, dieses blasse Bündel von Böswilligkeit und Ehrgeiz? Nein – auch er nicht. Wer dann?

Grüne Schimmer wie glänzend nasse Blätter, wie zerbrochenes Glas. Grüne Augen …

Augen, die sie schon einmal gesehen hatte, aber wo? Wann? Grüne Augen, die den ihren standhielten, hart und boshaft, und eine Stimme, die sie in ihrem Kopf hörte: *»Alles, was du hast, alles, was du liebst, all das sollst du verlieren …«*

Sie versuchte, die Erinnerung daran festzuhalten, aber sie entglitt ihr wie Wasser. Sie schloss die Augen und versuchte mit äußerster Konzentration, sie noch einmal heraufzubeschwören. Die Hände der Osyth, kühl und stark, schlossen sich über den ihren.

Grüne Augen und die Ausstrahlung übler Magie … grausames Lachen … ein Hirn voller Boshaftigkeit …

Ein Frauenhirn, selbstsüchtig, voller Verachtung, gierig und schadenfroh. Und sie kannte es, kannte es durch die verpestete Atmosphäre, der sie schon einmal begegnet war. Die Frau, die Richard verhext hatte, indem sie ihm einen Inkubus sandte, der ihn in den Wahnsinn und die Vernichtung treiben sollte; die seine Tochter entführt, für ihre schändlichen Zwecke benutzt und versucht hatte, sie zu ermorden, um mit ihrem Blut größere Macht zu erlangen …

Die Kreatur des Rainard de Soulis – Julitta de Beauris!

Hell, heiß, begann ein Kern des Zornes in ihr zu glühen. »Ich kenne sie! Was soll ich tun?«

»Dreht den Fluch um, kehrt ihn gegen sie!«

Natürlich. Ihre Mutter hatte ihr schon das Gleiche gesagt. Es gab nur eine Möglichkeit, sich von einem Fluch zu befreien – ihn gegen den zu richten, der ihn gesandt hatte. Und um das zu tun, musste sie sie von Angesicht zu Angesicht bekämpfen.

47

Ihr lügt, bei Gott!« Lord William hatte einen Bierkrug zum Mund gehoben, doch auf die Worte seines Knappen schmetterte er ihn auf den Tisch zurück, sodass er zerbrach. Das Bier lief über den Tisch und tropfte auf den Boden.

Thibaut schluckte. »Vor den Augen Gottes, Mylord, es ist die reine Wahrheit! Sulien hat es vom Prior von Abergavenny erfahren. Der Bote ist noch dort, Ihr könnt ihn selbst befragen. Lady Mahaut ist gefangen – auch William, Euer Sohn. Sie flohen nach Schottland, aber der schottische König sandte sie zurück zu König John – in Ketten.«

Ein hässlicher Laut war zu hören. Lord William knirschte mit den Zähnen. »Und was ist mit Hugh de Lacy? Sie stand doch unter seinem Schutz!«

»Er entkam. Niemand weiß, wo er jetzt ist.«

»Der Teufel soll diesen Verräter holen!« Lord William biss sich auf die Unterlippe, bis Blut und Schaum auf sein Kinn liefen, aber – was bei ihm noch ungewöhnlicher war – auch Tränen liefen ihm aus den Augen und strömten über seine Wangen. Sein verlegener Knappe wusste nicht, wo er hinschauen sollte.

»Sir …«, begann er und gab unwillkürlich einen Schmerzenslaut von sich, als sein Herr seinen wunden Arm packte.

»Meine Frau, meine Lady!«, stöhnte Breos. »In Ketten! O Gott, sie hat dich doch ihr Leben lang geehrt! Wie konntest du das geschehen lassen?« Seine Stimme stieg hysterisch an. »Johns Gefangene! Er wird sie töten, denn er hasst sie. Ihr wisst doch, was sie über ihn sagte – dass er seinen Neffen erschlug. Er wird ihr das nie verzeihen, nie …« Dann ließ er Thibaut los, der von ihm wegtaumelte und beinahe stürzte. »Gott im Himmel! In *Ketten!*«

Er konnte es nicht ertragen. Seine Frau, so stolz, in Ketten! Das kleine Zimmer fiel über ihm zusammen. Die Wände erdrückten ihn. Er musste hinaus an die frische Luft, oder er würde ersticken! Dann stieß er Thibaut rücksichtslos zur Seite und wankte aus dem Zimmer wie ein Betrunkener, dann durch den Hauptraum, wo seine beim Abendbrot sitzenden Ritter erschreckt innehielten, und hinaus unter den freien Himmel, wo er die Fäuste ballte und *schrie* – ein furchtbares Geräusch, das nicht enden wollte, bis seine Stimme heiser wurde und brach. Speichel rann sein Kinn hinunter und tropfte auf sein Hemd. Die Adern an seinem Hals traten hervor wie gespannte Seile, und sein Gesicht verdunkelte sich zur Farbe von Schlehen.

Ein Schlaganfall, dachte Thibaut, von Panik ergriffen und zittrig von dem Gift, das in seinem Blutkreislauf zirkulierte. Jeden Moment konnte sein Herr wie eine gefällte Eiche zu Boden stürzen …

Doch das geschah nicht. Er schwankte zwar weiterhin, aber riss sich dann zusammen. Langsam verblich die dunkelrote Farbe seines Gesichts zu einem todesähnlichen Grau, mit Ausnahme des entzündeten Schnitts auf seiner Wange, die der mörderische kleine Schreiber statt seines Auges getroffen hatte. Auf sein Heulen kamen, wie Thibaut befürchtet hatte, Leute gelaufen, um zu sehen, was geschehen war: Breos' eigene Männer, Hospitalhelfer, Pilger und sogar zwei Aussätzige. Sie schauten wie gebannt, voller Begierde, sich ja nichts von diesem ungewöhnlichen Schauspiel entgehen zu lassen. Lord William nahm keine Notiz von ihnen. Durch zusammengebissene Zähne murmelte er irgendetwas Undeutliches.

Thibaut fröstelte. »Mylord?«

»Gott«, flüsterte Lord William, »Gott hat mich verraten. Also will ich Sein Mann nicht mehr sein!« Er riss sich die Halskette mit Reliquien und heiligen Medaillen ab und warf sie auf den Boden. »So viel zu Gott«, fauchte er. »Und nun zu den Heiligen, diesen nutzlosen Bastarden!« Er trampelte auf dem glänzenden Gewirr zu seinen Füßen herum und trat es in die Erde. »Wie konnten sie das nur tun? Nach allem, was ich für *sie* getan habe!«

Die Zuschauer murmelten und wichen ein Stück zurück, sodass sie zwar noch alles sehen und hören konnten, aber nicht mehr so nahe standen, wenn Gottes Blitzschlag den Lästerer treffen sollte.

»Mein Leben lang habe ich Gott den Herrn und Seinen Sohn geehrt! Ich habe Gold ausgeschüttet, um beide zu lobpreisen. Bin ich jemals kleinlich gewesen? Ich habe Kirchen und Klöster gebaut, einen meiner Söhne der Kirche gegeben, für Gott im Heiligen Land gekämpft – und wofür? *Dafür?* Ist das mein Lohn für alles? Ich hätte besser daran getan, dem Teufel zu dienen! Satan!«, heulte er und richtete das Gesicht zum Himmel, als ob er sich an Gott wandte; dann aber fiel ihm ein, dass der Teufel ja woanders hauste, und stampfte stattdessen wütend auf den Boden, um die Aufmerksamkeit des Herrn der Hölle zu erregen. »Satan, hör mich an! Rette meine Lady, und ich gelobe, ich schwöre vor Gott, dass ich dein Mann sein will!«

Thibaut und die anderen schnappten nach Luft. Der Knappe schaute auf ihre begierigen Gesichter und fragte sich, wie, in Gottes Namen, er seinen Herrn zum Schweigen bringen konnte.

»Dem König fehlt immer Geld«, meinte er zögernd. »Er wird

sicherlich Lösegeld für Lady Mahaut nehmen. In den letzten Wochen habt Ihr doch viele Schätze erbeutet ...«

Lord William stieß ein wütendes Bellen aus. Er sah furchtbar aus. Neue Falten waren in sein Gesicht gemeißelt, und das graue Fleisch spannte sich über seinem Schädel wie bei einem Toten.

»Sei nicht ein so verdammter Narr. Glaubst du denn, dass es genug Schätze auf der Welt gibt, um John die Rache an meiner Lady abzukaufen? Halt dein verfluchtes Maul, wenn du nichts zu sagen hast, was der Rede wert ist. Bring mir Wein, verdammt noch mal! Und hole auch Lady Julitta.«

Als er Julitta zu seinem Lord eskortierte, nahe genug, um sich ihres Duftes und der Wärme ihres Körpers bewusst zu sein, klammerte Thibaut seine unverletzte Hand um die heilige Reliquie im Knauf seines Dolches und biss sich auf die Zunge, um dieses unwillkommene Aufwallen von Begehren zu unterdrücken, das sie stets in ihm auslöste. Trotz ihrer Schönheit fühlte er sich in ihrer Gegenwart unbehaglich, und er wusste, dass es auch anderen so erging. Bevis de Rennes, der rangälteste von Lord Williams Rittern, schwor, dass sie böse Träume gesandt hatte, um ihn zu quälen, und Thibaut, der ebenfalls beunruhigende Träume gehabt hatte, von denen er aber nichts erzählte, glaubte ihm.

An der Tür wartete eine Frau mit einem Kleinkind in den Armen. Als sie sich ihr näherten, hielt sie die Hand nach einem Almosen auf und jammerte mit der Zungenfertigkeit der berufsmäßigen Bettlerin: »Penny, me Lord, me Lady? Halbpenny? Hab kein' Milch für den Kleinen hier. Grad gestern geborn. Ach, nur 'n Viertelpenny, schöne Dame ...«

»Geh zur Herbergsküche«, antwortete ihr Thibaut. »Hier braucht keiner zu verhungern. Dort wird man dir zu essen und Milch für das Kind geben.«

Doch Julitta ließ mit einem engelsgleichen Lächeln eine

Münze in die ausgestreckte Hand fallen. Die Frau sprudelte Dankesworte hervor, grinste Thibaut mit einem Blick an, der ausdrückte: »Siehst du, es ist mir *doch* gelungen!«, und schlurfte davon.

Er sah Julitta nicht an, doch als er die Tür zu Lord Williams kleinem Seitenzimmer für sie aufhielt, fühlte er den spöttischen Blick ihrer grünen Augen, spürbar wie ein Kuss.

Im Hauptraum des Lagerhauses, den sie für ihr Quartier gewählt hatten, da sie sich dort an Ballen und Fässern gütlich tun konnten, hielten Lord Williams Ritter in ihrem Gespräch und ihrem Treiben inne, um sich zu bekreuzigen und das Gabelzeichen gegen den bösen Blick zu machen, als die Tür sich hinter ihr schloss.

»Habt Ihr schon gehört? John hat sie – meine Frau und meinen Sohn!« Bevor Julitta antworten konnte, ergriff Lord William sie beim Arm und zog sie zum Tisch, wo er sie auf seinen Stuhl schob. »Was soll ich tun? Was *kann* ich tun? Er wird sie töten! Ihr wisst, dass er das tun wird. Ihr kennt doch seine Rachsucht!« Sie wusste es, ganz sicher. Wer sollte es besser wissen als sie, deren Ehemann auf Johns Befehl getötet worden war, indem man ihm das Gold, das er genommen hatte, damit er seinen König verriet, geschmolzen in die Kehle goss.

»Was wollt Ihr von mir, Mylord?« Sie stand von dem Stuhl auf und legte ihm zärtlich die Hand auf die Schulter. »Setzt Euch doch, Ihr zittert ja. Man hat Euch zur Ader gelassen, und dann dieser Schock …«

»Ja, ja«, murmelte er und sank auf einen Stuhl. »Er hat mich zur Ader gelassen, dieser Narr von einem Medikus …« Dabei wurde seine Miene noch finsterer, denn der Mann war geflohen, bevor er ausgepeitscht werden konnte. Er war nicht der Einzige: Vier seiner Ritter waren desertiert. Nur Bevis de Rennes und Ralph de Morwenni hielten noch zu ihm – und Thibaut natürlich.

»Lasst mich Euch Wein eingießen, Mylord. Vielleicht können wir irgendetwas tun.«

Sie nahm seinen Pokal vom Tisch – er war eingebeult, was ihm in seiner Aufregung entgangen sein musste – und ging zur Kredenz hinüber, um Wein einzuschenken. Dabei hielt sie ihm den Rücken zugekehrt, ließ eine kleine Flasche aus ihrem Ärmel gleiten, öffnete die Versiegelung aus Wachs mit ihrem Zeigefingernagel und ließ drei Tropfen in den Pokal fallen.

»Hier, Mylord. Trinkt, das wird Euch beruhigen, und wir werden sehen, was getan werden kann.«

Er schaute begierig auf. »Es gibt ... Es gibt also etwas, das man tun kann? Das *Ihr* tun könnt?« Seine Hände zitterten, als er den Pokal nahm, und als er ihn an den Mund setzte, klapperte er an seinen Zähnen. Er leerte ihn, hielt ihn wieder hin. Sie lächelte und wandte sich ein zweites Mal ab, um den Pokal zu füllen. Nachdem er ihn wieder geleert hatte, sah sie ihm scharf in die Augen – und schätzte ihn als bereit ein.

»Es könnte eine Möglichkeit geben, Eure Lady zu befreien«, sagte sie zögernd. »Es ist aber nicht leicht ...«

»Alles«, entgegnete er eifrig, »was immer Ihr braucht, was immer Ihr wollt ...«

»Ich will nichts von Euch, Lord William. Herzogin Alix wird uns beide belohnen, wenn wir das Banner in ihre Hände legen.«

»Ich habe das verdammte Ding doch nicht!«, rief er verzweifelt. »Und Alix von der Bretagne kann mir meine Frau nicht zurückgeben!«

»Ihr *werdet* es haben, Mylord. Ich verspreche es Euch.«

»Haben Euch das die Sterne erzählt?«, fragte er mit belegter Stimme, wobei er wünschte, es zu glauben.

»Natürlich, die Sterne.« Agarel hatte ihr das erzählt, aber wie sie ihn auch quälte, er konnte – oder wollte – ihr nicht sagen, wie es geschehen würde. Immerhin, als ihr Gefangener konnte er sie auch nicht anlügen. Also würde Lord William das Banner bestimmt finden, und dann wollte Julitta sich dieses kostbaren Stücks Stoff bemächtigen – nicht für die Bretagne, sondern für sich selbst.

Er starrte sie an. Seine Pupillen waren nur noch Punkte, sein Mund schlaff. Er sah zwanzig Jahre älter aus als am Morgen dieses Tages. »Ihr … seid eine … Hexe«, sagte er stockend. »Deshalb hat man Euch zu mir geschickt, nicht wahr?« Er vergaß seinen neuen Herrn, den er sich gewählt hatte, und bekreuzigte sich.

»So sagt man«, murmelte Julitta. »Hört zu, Mylord. Es gibt da einen Zauber – aber nein, was sag ich? Ihr seid ein gottesfürchtiger Mann. Ihr könnt Eure Hand nicht für Zauberei hergeben, nicht einmal, um Eure Ehefrau zu befreien.«

»Gott hat nicht gut an mir gehandelt«, entgegnete Lord William mürrisch. »Wie wisst Ihr denn, dass derjenige, dem *Ihr* dient, mir treu bleiben wird?«

»Er ist der Herr dieser Welt und weiß einen guten Diener zu belohnen. Er will Euer Silber nicht. Ihr braucht keine Kathedralen zu seiner Verherrlichung zu bauen. Auch erteilt er keine Bußen und Strafen – nur die Kirche tut das. Aber überlegt es Euch gut, Mylord: Wenn Ihr Eure Füße auf diesen Pfad setzt, müsst Ihr ihn bis zum Ende gehen.«

»Was das betrifft …«, begann er und hörte dann abrupt auf. Beinahe hätte er gesagt: »Es ist doch nie zu spät, Absolution zu kaufen.« Er stand auf und schritt in dem kleinen Gemach auf und ab. »Ich muss einen Beweis seiner Gnade für mich haben.« Es war unerhört, so etwas vom Teufel zu fordern, doch so waren seine Bedingungen.

»Es ist noch nicht zu spät, Euch zurückzuziehen«, sagte sie achselzuckend. »Ihr habt viel für Euren Gott getan. Vielleicht wird er den König zu Barmherzigkeit veranlassen.«

Sie setzte sich wieder, nahm einen Apfel und schälte ihn, als hätte sie das Interesse an dieser Angelegenheit verloren. Das beunruhigte ihn, sodass er versuchte, sie zu überzeugen, indem er abwechselnd schrie und schluchzte. Sie antwortete mit beruhigender Stimme. Die ganze Zeit beobachtete sie ihn, bemerkte das leichte Zittern seiner Hände und roch seinen Schweiß.

Auf dem Tisch lag ein Schwert in seiner Scheide. Zuerst glitt ihr Blick darüber hinweg, aber jetzt kam er zurück und richtete sich auf die Waffe.

»Wo habt Ihr denn *dieses* Schwert her?«

»Was? Ach, das – das Kreuzfahrerschwert. Thibaut brachte es mit.«

Sie berührte die Lederscheide behutsam, als könnte sie zu brennen anfangen – und zog die Finger mit einem Aufschrei zurück, als wäre das wirklich geschehen.

»Ihr sagtet mir doch, Straccan sei tot!«

»Was?« Lord William blieb stehen. »Straccan? Er *ist* tot.«

»Habt Ihr ihn wirklich tot gesehen, als Ihr dorthin zurückkamt? Habt Ihr seine Leiche heraufgeholt, um sicher zu sein?«

»Das war nicht nötig. Der Turm fiel ein und begrub ihn. Es gab keine Möglichkeit für ihn, dort herauszukommen.« *Wirklich nicht?* Plötzlich schnürten Zweifel seine Kehle ein. Am nächsten Tag war er zu der verlassenen Einsiedelei zurückgeritten, um den Turm nötigenfalls Stein für Stein auseinander zu nehmen und die kleine Insel von einem Ende zum anderen durchzukämmen, doch er fand nur noch einen Schutthaufen vor. Eine Durchsuchung der Reste dieses stinkenden Schlammlochs ergab nichts als zusammengefallene Mauern und einen leeren Vogelkäfig.

»Das ist sein Schwert«, stellte Julitta fest. Sie ließ ihre Finger die Scheide entlanggleiten, nahm dann den Griff in die Rechte und schloss die Augen, um die Bilder zu betrachten, die sich in ihre innere Sicht drängten. Sie sah ihn deutlich – Richard Straccan, diesen verfluchten Knochenhausierer, die Ursache für all ihre Missgeschicke, den Tod ihres Mannes, das Fehlschlagen ihres Plans, den König zu töten, und ihrer eigenen Verbannung. Hass versengte ihr Inneres wie Säure.

»Er war lebendig, als Euer Knappe dies von ihm nahm. Ich kann es im Geiste sehen ...« Sie runzelte die Stirn, mit geschlossenen Augen. »Da waren Straccan und ein anderer bei ihm, ein Diener. Ihre Pferde soffen, als Eure Männer sie überraschten.«

»Merde!« Breos nahm einen Schemel auf und schleuderte ihn gegen die Tür. »Er hatte es! Er wusste die ganze Zeit, wo es war, und ist damit entkommen!« Der Schemel traf den Türrahmen, und ein Bein brach ab. Thibaut stürzte mit gezogenem Schwert herein, bereit, sich allem zu stellen, was seinen Herrn bedrohen könnte.

»Der Mann, der dieses Schwert hatte – trug er Wunden im Gesicht?« Breos berührte seine eigene verschorfte Wange, wo Wace ihn gezeichnet hatte.

Als er keine Gefahr im Zimmer entdecken konnte, senkte Thibaut seine Klinge und dachte zurück an die Begegnung an der Furt. »In seinem Gesicht ... ja, hier zum Beispiel«, wobei er an die Seite seiner Nase tippte.

»Gottes Name, Gottes Mutter – er war es also wirklich! Ich hätte ihm die Kehle durchschneiden sollen!« Breos schaute sich um nach etwas, ganz gleich was, und stach schließlich wie rasend seinen Dolch in den Tisch.

Julitta berührte Thibauts Ärmel, worauf der Knappe aufsprang, als wäre er verbrüht worden. »Was sonst nahmt Ihr von ihm?«

»Die Pferde und alles, war darauf war.« Thibaut wich ihrem Blick aus und wandte sich stattdessen an seinen Herrn. »Zusammengerolltes Bettzeug, Proviant, Waffen, sonstiges Gepäck. Ich ließ es von einem Mann bewachen, als die anderen weggingen. Nichts davon wurde bis jetzt angerührt.«

»Bringt alles her!«, fuhr Julitta ihn an. »Mylord, Straccan hatte es bei sich. Er hatte das Banner!«

Breos schob seinen Dolch heftig in die Scheide zurück. »Tut, was sie sagt«, befahl er seinem Knappen. »Holt alles her! Jedes kleinste Geschreibsel und Bündel! Wenn etwas fehlt, lasse ich Euch auspeitschen. *Nun schnell*, verdammt noch mal!«

An der Tür spürte Thibaut plötzlich einen kalten Hauch an seinem Nacken, worauf er nach hinten schaute. Lord Williams Hexe hatte einen glasigen, eiförmigen Stein aus dem Futteral an ihrem Gürtel genommen und starrte hinein. Die Nackenhaare sträubten sich ihm, und er fröstelte.

»Ich hätte ihn töten sollen«, sagte Breos wieder.

»Ihr könnt es ja immer noch tun«, hörte Thibaut sie mit einem kehligen Lachen sagen. »Ihr hattet einen Beweis der Gnade verlangt, Mylord. Hier habt Ihr ihn! Straccan ist auf dem Weg hierher.«

48

Lord Williams Zimmer roch nach schalem Feuerrauch und Räucherwerk. Thibaut setzte die Kanne mit heißem Wasser ab und riss die Fensterläden auf, um die klare Morgenluft einzulassen. Was hatten sie bloß die ganze Nacht hier getan, sein Lord und die Hexe, nachdem sie das Banner gefunden hatten?

Nachdem sie durch ganz Wales, Severn und wieder zurück nach dem Banner gesucht hatten, war es nun wie durch Magie in die Hände von Lord William gefallen. Es war unter dem Wirrwarr von Waffen, Kästen, Tonnen und Ballen, Satteltaschen und Bündeln, dem vielgestaltigen Eigentum von zahlreichen glücklosen Reisenden gewesen – eine alte Tasche, schäbig und fleckig.

Sie waren erst spät darauf gestoßen, nachdem sie schon Dutzende von Taschen und Bündeln durchsucht und ihren Inhalt zur Seite geschleudert hatten. Thibaut war es gewesen, der diese Tasche hochnahm, aber bevor er sie noch öffnen konnte, hatte Julitta sie ihm schon mit einem Triumphschrei aus der Hand gerissen. Als sie das Banner entfaltete, konnte er nur noch einen ganz kurzen Blick auf das aufgerissene Maul des Drachen und dessen Augen werfen, die wie Rubine aussahen – was sie vielleicht auch waren –, bevor sein Herr ihn grob aus dem Zimmer stieß und sich mit seiner Hexe einschloss. Thibaut wickelte sich dann in eine Decke auf seinem Strohsack in der Halle, aber er konnte nicht schlafen.

Um Mitternacht kam die Hexe heraus, in ihren Umhang gehüllt, und schritt geräuschlos durch die Halle, um die schlafenden Männer nicht zu wecken. Bald darauf kehrte sie aber auch schon zurück, und er hörte wieder, wie sich der Schlüssel im Türschloss drehte. Dann ertönten Geräusche, Stöße, dumpfe Aufschläge und ein dünnes Winseln wic das von einer jungen Katze oder einem anderen kleinen Tier. Thibaut hörte die Hexe beschwörend singen; es hörte sich wie Gebete an, und sein Lord gab die Antworten dazu, doch die Sprache war nicht Latein. Ein Rauchschleier drang unter der Tür hervor, dazu der Gestank von Verbranntem. Er konnte sich auch noch an andere Geräusche entsinnen, die in dieser Nacht aus dem Zimmer kamen, aber vielleicht war er doch kurz eingeschlafen und hatte bloß geträumt.

Kurz vor Morgengrauen war sie gähnend zu ihrem eigenen Gemach gegangen. Der übliche Lärm seiner aufstehenden Leute hatte Lord William nicht geweckt. Er war noch vollständig angekleidet und schlief an seinem Tisch, die Arme auf die Tasche gelegt, in der sich das Banner befand.

»Mylord.«

Lord William öffnete blutunterlaufene Augen und wartete, bis die beiden schwankenden Bilder seines Knappen sich zu einem einzigen vereinten. »Was denn?«

»Es ist Morgen, Mylord, schon spät.«

»Eh?« Der Verstand kämpfte sich durch die Schwaden von mit Drogen vermischtem Wein und Rauch und versuchte, Verbindungen herzustellen. »Jesus! Bringt mir Wasser zum Waschen. Hier«, er hielt dem Knappen die Tasche hin, »schließt das in die Truhe ein und gebt mir den Schlüssel.«

Thibaut war entsetzt über Breos' Aussehen. Mit den grauen Bartstoppeln, dem wirren Haar und dem von den Emotionen zerfurchten Gesicht sah er wie ein Kirchentor-Bettler aus.

»Seid Ihr krank, Mylord?«

»Krank? Aber nein! Zu viel Wein! Das hilft aber nicht. Er hat meine Frau, wie Ihr wisst – der König. Er hält sie in Ketten gefangen.«

»Ich weiß, Mylord. Es tut mir Leid.«

»Den Teufel tut es Euch.« Er presste die Fingerknöchel an die Augen, starrte dann auf seine Hände, drehte sie um und spreizte die Finger.

»Ist etwas nicht in Ordnung?«

»Nein!« Breos legte die Hände auf den Rücken wie ein Kind, das etwas versteckt. Einen Moment dachte Thibaut, dass er wie ein Mann aussah, der schreckliche Angst hatte.

Als sein Herr hinausgegangen war, allein – zu dem alten Schrein, wie er sagte, dieser kleinen Klippenhöhle an einem Felsenvorsprung, wo die heilige Nonna sich vor ihrem grausamen Vater versteckt und ihren heiligen Sohn geboren hatte –, machte Thibaut sich daran, das kleine Zimmer aufzuräumen. Er trug all das weggeworfene Sammelsurium der Suche vom letzten Abend in die Halle, wo die Sergeanten sich darauf stürzten und jeder sich griff, was er als seinen Anteil betrachtete.

Thibaut fand den eingebeulten Pokal auf dem Fußboden und spülte ihn aus, wobei er sich fragte, was Lord William wohl getrunken hatte, denn der klebrige Bodensatz roch abstoßend. Die Kerzen waren ganz heruntergebrannt, sodass er das Wachs aus den Haltern kratzte. Auch das war seltsam: grau, fettig und unangenehm riechend.

Die Kohlenpfanne war ganz kalt. Er nahm sie auf, um Asche und Kohlenreste draußen auszuschütten – und hielt für einen Moment unsicher inne. Dann aber war er sich nur zu sicher, was er da sah, halb verdeckt von den Ascheflocken: Knochen – kleine, zarte, verkohlte Knochen, zerbrochen und zermalmt.

Sein widerstrebender Verstand verwarf, was seine Augen erkannten. Das waren natürlich nur Knochen irgendeines kleinen Tieres – was denn sonst?

Es war ein steiler Anstieg zum Schrein. Lord William war durchgeschwitzt und völlig außer Atem, als sie dort angekommen waren. Der Pfad setzte sich noch ein kurzes Stück fort, verlor sich dann aber in Stechginster und Basaltbrocken. Der Klippenrand oben war unsicher, sodass es häufig Steinschlag gab. Ein Schutz aus Weidengeflecht war über dem Felssims angebracht worden, wo die Heilige gehaust hatte. Dieser konnte leicht ersetzt werden, wenn er beschädigt worden war. Darunter stand eine aus Holz geschnitzte Figur in Lebensgröße, welche vielleicht die Nonna mit ihrem kleinen Sohn darstellte, oder die Heilige Jungfrau mit dem ihren.

Ein Holzfeuer brannte dort, das niemals verlosch. Außerhalb des Schreins lag ein großer Stapel Feuerholz, der von Pilgern immer wieder aufgestockt wurde. Niemand kletterte den Pfad hinauf, ohne einen Arm voll Holz mitzubringen. Vielleicht war der leicht vorwurfsvolle Gesichtsausdruck der Heiligenfigur dem Umstand zuzuschreiben, dass Lord William kein Holz gebracht hatte. Es gab dort weder eine Bank noch einen Schemel. Pilger stiegen nicht den ganzen Weg hinauf, um sich dann behaglich hinzusetzen. Sie kamen, um Dank zu erflehen oder abzustatten, und sie taten es demütig: kniend oder liegend, das Gesicht auf dem bloßen Felsboden. Einige kasteiten ihr sündhaftes Fleisch, indem sie Kieselsteine in ihre Schuhe legten, bevor sie sich den Pfad hinaufschleppten. Eine Tonne mit solchen Kieseln stand am Fuße des Pfads für diejenigen, die diese Buße wählten; im Schrein selbst lag ein großer Haufen der Kiesel, die Bittsteller dort gelassen hatten.

Von hier konnte Lord William das ganze Tal überblicken. Doch seine Schönheit berührte ihn nicht; Schönheit hatte ihn nie berührt. Er sah Bewegungen am Tor zum Tal. Zelte wurde abgebaut und Männer ritten davon. Wurde die Belagerung aufgegeben? Nein – eine andere Kompanie schlug ein neues Lager auf. Der fette Olier war abgelöst worden. Ein Nachteil, aber der neue Kommandeur könnte immerhin genauso gefällig sein.

Was soll ich tun?

Wen fragte er denn da? Wer hörte zu? Der Gott, mit dem er sein Leben lang gefeilscht und Bestechungsversuche gemacht hatte, oder derjenige, den Julitta den Herrn dieser Welt nannte? Wie konnte Satan mächtiger sein als der Gott, der ihn aus dem Himmel verstoßen hatte?

Die Erinnerung an letzte Nacht wallte Übelkeit erregend in seinem Hirn auf. Er war ja nicht gerade zart besaitet, aber wie dieses Ungeheuer, was immer es war, dieses Ding, gefressen, sich schmatzend voll geschlagen hatte – die ekelhaften Geräusche, die fahlen Augen ... Auf dem Weg herauf hatte er sich einzureden versucht, dass alles nur ein Albtraum gewesen war, doch heute Morgen war Blut unter seinen Fingernägeln gewesen.

Gott, was habe ich getan? Das wollte ich nicht! Das war Wahnsinn!

Wahnsinn – natürlich! Er wälzte das Wort in seinem Hirn herum und verspürte eine riesige Erleichterung. Er war wahnsinning gewesen, und die Wahnsinnigen wurden für ihre Taten nicht verantwortlich gemacht. Die Angst um Mahaut und seinen Sohn hatten ihn um den Verstand gebracht, und in diesem Wahnsinn hatte diese Hexe versucht, seine Seele mit Versprechungen zu fangen, seine Frau und seinen Sohn zu befreien.

Ich war verhext!

Verhext, verzaubert, auf einen Irrweg geführt wie Adam!

Die Frau brachte mich in Versuchung ...

Sie hatte gelogen und ihn getäuscht. Es war nicht ihr dunkler Herr, der ihm das Banner gebracht hatte. Das war *Gottes* Tat gewesen.

Und *Gott* hatte ihm geantwortet. Er wusste nun, was er zu tun hatte. Er brauchte die Bretonen nicht, dieses elende Pack von Hexenmeistern und Zauberern, und er brauchte auch die Hexe Julitta nicht. Er würde sich von ihr und ihrem höllischen Verbündeten lösen und John das Banner für die Freilassung von Frau und Sohn anbieten. Der König würde nicht ablehnen. Es war Gottes Wille.

Er lehnte sich aus dem Fenster und stieß einen jubelnden Ruf aus, der von der gegenüberliegenden Klippe widerhallte, immer wieder, jedes Mal schwächer, bis er ganz erstarb. *»Deus vult!«*

Der alte Aussätzige hatte Recht gehabt. Seine Seele war eine Scheußlichkeit, doch Gott würde ihm vergeben. Was immer auch die Kosten wären – und sie würden hoch sein –, er würde seinen Frieden mit Gott machen, Buße tun, nach Rom pilgern, einen Sack als Kleidung tragen und barfuß gehen, wenn es nicht anders ging, und wenn der Papst ihm die Teilnahme an einem Kreuzzug befahl, um sich von seinen Sünden reinzuwaschen: Er hatte es schon vorher getan und würde es wieder tun. Dann war da noch dieser Aussätzige. Er durfte kein Risiko eingehen, dass der seine Geschichte einem anderen erzählte.

»Ich nehme Euer Wort«, hatte Oliver der Dicke zu Sulien gesagt. »Wenn Ihr mir jeden Morgen berichtet, dass der Kerl noch da drin ist, will ich Euch glauben.«

Eine Woche war vergangen, sieben von Lord Williams vierzig Tagen, und der Kerl war immer noch da drin.

Roger de Lacy hatte seinem fetten Schwiegersohn das Kommando übergeben und war zurück zu seiner Domäne geeilt, damit nicht jemand im Sonnenschein seiner Abwesenheit Heu machte. Die Belagerer von Cwm Cuddfan hatten sich am Flaschenhalseingang des Tales niedergelassen. Das war auch der einzige Ausgang. Die Seiten der Klippen waren zu hoch, zu steil und viel zu bröcklig, um sie zu erklimmen. Wenn Breos hinauswollte, dann hier. Sie würden nicht hineingehen und ihn herausholen, denn durch den Schrein war das ganze Tal ein Zufluchtsort, in dem ein Flüchtling vierzig Gnadentage hatte, da nicht einmal des Königs Leute diesen Ort betreten durften. Aber wenn er sich nach vierzig Tagen nicht ergeben hatte, würden sie ihn holen.

Inzwischen räkelte sich die Belagerertruppe mit ihrem feisten Kommandeur behaglich, denn niemand schoss auf sie, und die Belagerten verkauften den Belagerern sogar entgegenkommend frische Lebensmittel – Eier, Milch, Fleisch und Gemüse, jeden Tag. Für einen bestimmten Preis wuschen sie auch ihre Wäsche.

Pilger und die Kranken wurden wie gewöhnlich eingelassen, doch die Ankunft von einem der Hauptleute des Königs mit einem Dutzend Soldaten und einer Hand voll Zivilisten im Schlepptau bewirkte, dass Oliver sich von seinem Mittagsmahl erhob und nachschaute, was sie wollten. Von Köln nahm einen Brief aus der Tasche und reichte ihn Oliver »im Namen des Königs«.

Oliver schaute verärgert auf das königliche Siegel, und sein Zorn nahm noch zu, als er erfuhr, dass er von seinem mühelosen Ruheposten abgelöst wurde und – schlimmer noch – dass William de Breos anderen als ihm, Oliver, Bestechungssummen gezahlt hatte, um Briefe senden und empfangen zu können.

»Ihr seid also Straccan«, sagte er schneidend zu dem verschleierten Aussätzigen, der mit Hauptmann von Köln gekommen war. »Hab schon von Euch gehört. Handel mit alten Knochen, nicht wahr? Ha!« Er machte auf dem Absatz kehrt, brüllte seinen Leuten zu: »Lager abbrechen!«, und marschierte wutschnaubend zu seinem Zelt zurück.

Die Truppe des Bruno von Köln errichtete ein eigenes Lager, während der verschleierte Kranke, der von seiner hübschen, tränenreichen jungen Frau gestützt wurde, gefolgt von zwei Dienern, nahezu unbemerkt das Tor ins Tal hinein passierte. Nur ein Aussätziger mehr – armer Kerl.

Cwm Cuddfan war eine tief eingeschnittene Schlucht, eine Sackgasse, am Eingang eng, jedoch breit in der Mitte, wo sich der See mit der Insel der Aussätzigen befand. Am ausgangslosen Ende, wo ein Wasserfall aus der Felsenwand herunterrauschte, verengte sie sich wieder. Der Talgrund war dicht bewaldet, und die Hospitalgebäude standen in kleinen Lichtungen inmitten der Bäume.

Der neue Patient und seine Frau setzten sich zum Warten nieder, während die Diener alles für die Aufnahme und Behandlung ihres Herrn vorbereiteten.

Es lebten und arbeiteten ungefähr hundert Menschen in dem Tal, die Patienten und Pilger, die oft auch ihre Familien mitbrachten, nicht eingerechnet. Bei einer solchen Anzahl waren Unfälle und Verletzungen nicht zu vermeiden, und die Bank, auf der sich Straccan und Alis niedergelassen hatten, bot eine gute Sicht auf das offene Zelt, in dem Suliens Helfer sich um Verletzungen kümmerten. Patienten lagen oder saßen auf Stroh, stöhnten und jammerten oder schwiegen eisern, je nach Temperament, während die Helfer – Alis stellte erstaunt fest, dass einige davon Frauen waren – sich um sie kümmerten.

Heute waren zwei Männer da, die Stich- oder Schnittwunden von Dolchen davongetragen hatten, sowie eine Frau, die bei einem Streit von einer Freundin mit einer Packnadel gestochen worden war, und ein vom Hund gebissener Mann sowie ein weiterer, der von seiner Frau gebissen worden war, und einer der Köche des Hospitals, den man mit kochendem Fett begossen hatte, und schließlich sein Lehrling, der Übeltäter, dem der Koch den Kiefer gebrochen hatte.

»Ich fürchte, das Gästehaus ist reichlich voll«, sagte der Almosenpfleger, als Bane und Havloc ihn aufsuchten. »Eure Leute müssen sich ein Bett mit einem anderen teilen. Frauen im Erdgeschoss, Männer oben. Wenn Euer Herr nicht aussätzig ist, kann er in den Männersaal gehen, aber auch nur für ein Bett zu zweit.«

»Mein Herr möchte mit Sulien sprechen«, entgegnete Bane.

»Jeder möchte mit Sulien sprechen. Gut, ich werd's ihm sagen. Wird jedoch lange dauern, bis er an der Reihe ist.«

Es war schon später Nachmittag, als sie endlich zu Suliens Kate geführt wurden. Als Straccans Schatten auf den Tisch fiel, an dem Sulien saß, schaute dieser von seiner Schreibarbeit auf – ein junger Mann, kaum dreißig, mit üppigen Locken und freundlichen Augen. Zu seinen Füßen lag in einem Korb eine mitgenommen aussehende Katze, die sich schützend um ein rötlich braunes Kätzchen schmiegte. Sie maunzte, und Sulien nahm einen Krug von dem Regal hinter ihm und schüttete Milch in eine Schüssel, die er neben den Korb stellte. Nach einer vorsichtigen Erkundigung mit erhobenem Kopf stand die Katze auf und begann die Milch zu schlecken.

»Hab sie in einem Sack aus dem Fluss gefischt«, bemerkte Sulien, als ob er ein Gespräch weiterführte. »Nur ein Junges ist geblieben.« Er nahm das pummelige Stückchen rötlich braunes Fell auf, das ein hellrosa Maul öffnete und überraschend laut miaute. Die Mutter sprang auf den Tisch und warf aufgeregt die Pfoten hoch.

»Ja, ja, Mieze, verzeih.« Sulien legte das Kätzchen wieder an seinen Platz. »Der heilige Gregor hatte auch eine Katze, wisst Ihr?«, fuhr er fort. »Als er sich zurückgezogen hatte. Jacobus Diaconus schrieb, dass er sie vorne an der Bust in seiner Kutte trug und streichelte – seinen einzigen Gefährten. Aber setzt Euch doch. Es tut mir Leid, dass Ihr so lange warten musstet. Bitte legt Euren Schleier ab, Meister ...«, er schaute auf seine Notizen, »... Richard von Nottingham?« Er lächelte Alis beruhigend an. »Macht Euch keine Sorgen, meine Dame. Ich werde Eurem Gatten nicht wehtun, muss ihn aber untersuchen. Es gibt Anzeichen, die werden mit Lepra verwechselt. Wir müssen uns vergewissern.«

»Ich bin kerngesund«, entgegnete Straccan und wand sich dabei die fleckige Binde von Kopf und Hals, unter der ekelhaft eiternde Wunden zu sehen waren. »Das hier ist nur Farbe und Leim – werd's gleich abwaschen. Verzeiht mir diese Täuschung, Sulien. Ich bin in Wirklichkeit Richard Straccan, und dies wird Euch erklären, warum ich hier bin.« Er reichte Sulien den Brief, den Bruno von Köln auch schon Oliver dem Dicken gezeigt hatte.

Sulien las ihn, schaute Straccan ungläubig an und las ihn noch einmal. »Das Pendragonbanner – Ihr habt es gefunden? Das Banner gibt es *wirklich?*«

»Ja, ich fand es, und William de Breos hat es mir gestohlen. Der König befahl mir, es zurückzuholen.«

»Also habt Ihr es gesehen?«, sagte Sulien aufgeregt. »Ihr habt es in Händen gehalten? Wie, in Gottes Namen, habt Ihr es denn gefunden? Oh, wenn das Lady Hallgard wüsste!«

Er hörte gebannt zu, als Straccan ihm alles erzählte, von dem Moment an, da der König nach ihm geschickt hatte, bis zu dem blutigen Debakel auf der Insel des Heiligen und dem Hinterhalt an der Furt.

»Um Gottes Gnaden, ist es wirklich wahr? Lord William hat es *hier?*«

»Es ist jedenfalls hergekommen. Da bin ich sicher.«

»Oh, wie ich mir wünsche, es einmal zu sehen!«

»Das werdet Ihr – wenn ich es zurückbekomme.«

Suliens Gesicht verfinsterte sich. »Wie denn? Sir Richard, dies hier ist ein heiliger Zufluchtsort. Ihr dürft ihn hier nicht herausfordern. Außerdem ist William de Breos unser guter Lord gewesen.«

»Nicht jeder hat so viel Glück gehabt. Ich folgte seiner blutigen Spur von Maselyn bis hier«, erwiderte Straccan grimmig. »Über Llantali und Tresaint. Und davor«, fügte er hinzu, während Wut in ihm aufstieg, die er kaum zügeln konnte, »vom Kloster der Bußfertigen Schwestern, wo Mutter Heloise starb, und von Sankt Winnocs Insel, wo Euer guter Lord Robert Wace ermordete. Und das ist nur ein kleiner Teil seiner üblen Werke. Erzählt mir nicht, Ihr hättet nichts davon gehört!«

Suliens Gesicht verzog sich vor Kummer. »Was er auch getan hat, Ihr könnt ihn hier nicht herausholen, bevor seine vierzig Tage abgelaufen sind.«

»Ich habe auch nicht die Absicht«, entgegnete Straccan. Und das stimmte. Er wollte ihn herausfordern, töten und das Banner zurückholen – aber Gott allein wusste, wie.

»Wo ist er einquartiert, und wie viele Männer hat er bei sich?«

»Sie haben eines der Steinhäuser mit Beschlag belegt, das neben dem Stall. Einige seiner Männer sind desertiert, andere hat er entlassen, aber er hat noch – lasst mich überlegen – fünf Ritter seines eigenen Haushalts, fünf Sergeanten und seinen Knappen.«

»Wir brauchen eine Kate für uns.« Sulien nickte. »Dann brauche ich einen Umhang, wie Eure Aussätzigen ihn tragen, sodass ich mich frei bewegen kann, ohne dass jemand weiß, dass ich hier bin.«

»Ich muss aber den Aussätzigenmeister benachrichtigen«, entgegnete Sulien.

»Warum?«

»Es wird ihm kaum entgehen, dass seine Herde um ein Lamm gewachsen ist.«

49

Von der Küste bei Fishguard sah ein Wächter am Morgen des Tages von Sankt Ninian das Segel der königlichen Galeere Esnecca, der Schnecke, prall vom Westwind und mit dem königlichen Banner am Mast. Der Wächter blies ins Signalhorn, um allen die bevorstehende Ankunft des Königs zu melden.

Reiter schwärmten nach Norden, Osten und Süden, zu königlichen Gutshäusern und Burgen, um unverzüglich Vorbereitungen treffen zu lassen. Burgvögte schnauzten ihre Garnisonen an, die Frauen von Verwaltern prüften ihre Vorräte und ließen Betten herrichten. Königliche Beamte warfen kritische Blicke auf alles und jeden, und hoffnungsvolle Bittsteller sammelten sich an verschiedenen Punkten, an denen der König auf seinem Weg nach Bristol vorbeikommen musste.

John hatte guten Grund, zufrieden zu sein. Sogar sein Vater, der große HenryFitz-Empress, hatte es nie fertig gebracht, Irland so zu bändigen, wie er es getan hatte, und zur Krönung des Ganzen war Mahaut de Breos seine Gefangene, zusammen mit ihrem ältesten Sohn. Sie befanden sich in Ketten unter Deck.

Er stand mit dem Bischof von Winchester am Bug, beobachtete, wie die walisische Küste immer näher kam, und pfiff eine fröhliche Melodie – zum Entsetzen der Ruderer, die fürchteten, dass das Pfeifen einen Gegenwind heraufbeschwören könnte, sogar jetzt noch, im letzten Moment, denn bald konnte man die am Kai versammelte Menschenmenge und den Rauch von Küchenherden sehen.

Der Kapitän der Ruderer, der sich der vorwurfsvollen Blicke seiner Männer wohl bewusst war und ihre Furcht teilte, schlug König und Bischof taktvoll vor, einen Pokal guten Anjou-Weines in der Deckkabine zu sich zu nehmen als Toast für die schnelle und angenehme Überfahrt. Gut gelaunt erklärte John sich bereit, sodass sein gefährliches Pfeifen verstummte.

John trank und setzte den Pokal ab. Irland war sehr lohnend, sehr ergeben, sehr grün gewesen, aber jetzt war es gut, wieder nach Hause zu kommen, wo Vergnügungen auf ihn warteten. Die irischen Damen waren mehr als freundlich und John nicht der Mann gewesen, sie zu enttäuschen, doch er hing an seiner Frau und war begierig, seinen jungen Sohn zu sehen. Doch bevor er sie in Windsor wieder sah, würde er die Befriedigung haben, William de Breos zu erleben, wie er ihn auf den Knien um die Freiheit seiner Frau anflehte und dafür die enorme Beute anbot, die er in den letzten Wochen gemacht hatte.

John lächelte. Das würde ihm *wirklich* gelegen kommen! Er brauchte jeden Penny für die Zurschaustellung der Macht, die erforderlich war, um seinen Baronen und Lords den Marsch zu blasen, die sich an seine Abwesenheit gewöhnt hatten und zu ihrem altgewohnten Ränkeschmieden und Unruhestiften übergegangen waren. Der König lachte.

»Denen werd ich's zeigen«, sagte er.

Bischof Peter des Roches sah erstaunt auf. »Hoheit?«

»Meine weltlichen Würdenträger meine ich«, klärte John ihn auf, wobei sein Mund sich verzog, als hätte der gute Wein sauer geschmeckt. »Die sind keck geworden, während ich fort war. Welcher andere König war jemals mit solchen Untertanen gestraft?«

»In der Tat, Hoheit«, stimmte der Bischof zu. Er war die ganze Fahrt schrecklich seekrank gewesen und konnte nicht mehr richtig denken, was bei John immer recht gefährlich war. »Ihr seid geplagt, wie Hiob es war.«

»Erwähnt mir Hiob nicht. Der hatte nur Beulen – ich habe Barone.« Dabei schaute John des Roches listig an. »Besorgt, Peter? Seht Ihr meinen Thron schon zerbröckeln, ja?« Seine Stimme knallte wie eine Peitsche, sodass der Bischof aufsprang. »Der Feldzug war ein großer Erfolg, und wir sind fast zu Hause.« Er hob das Haupt, als vom Ufer ein undeutliches *Hurra* herüberwehte. »Ah, sie jubeln! Wie schön! Oder ist es das Stöhnen meines Reiches unter der päpstlichen Faust? Seid ehrlich, Peter. *Hasst mein Volk mich?*«

Des Roches blinzelte. Die Launen des Königs wechselten schnell, und er fühlte sich nicht wohl in seiner Haut. »Äh … nein, mein König«, erwiderte er. »Das Volk hasst Euch nicht.«

»Nun«, sprach der König selbstgefällig, »das kommt wohl daher, dass es Ausländer, ausländische Einmischung und römische Eingriffe mehr hasst als alles andere.« Er legte dem Bischof kameradschaftlich einen Arm um die Schultern, was den frommen Mann jedoch nicht im Geringsten beruhigte.

»Das ist das Geheimnis, wisst Ihr?«, vertraute John ihm an. »Sie betrachten sich – *und* mich – als Opfer eines geizigen Blutsaugers mit einem komischen Hut, der in Rom zu Hause ist. Was hat der mit England und meinem Erzbischof zu schaffen? Er aber rammt uns seine Nase in den Arsch, entschlossen, uns zu drangsalieren, bis wir nachgeben! Nun, ich werde es *nicht* tun, und das Volk auch nicht. Und das hält es bei der Stange.«

Er winkte der Menge zu, die schon so nahe war, dass man einzelne Gesichter erkennen konnte. »Meine Engländer«, sagte er liebevoll. »Sie sind schon ein komischer Haufen. Niemand hat sie je so verstanden wie ich. Vater jedenfalls nicht – Friede seiner Seele –, und der brave Bruder Löwenherz hätte nicht einmal auf England gepisst, wäre es in Brand geraten. Aber *ich* verstehe sie, und *sie* verstehen mich – und sie sind auf meiner Seite!«

Das waren sie wirklich, jedenfalls die meisten, wie der Bischof wusste.

Das gemeine Volk, die Edelmänner vom Lande und besonders die Stadtbewohner, denn John war großzügig in Sachen Freibriefen und Privilegien. Die Städte wussten, auf welcher Seite ihr Brot mit Butter beschmiert war – und Rom beschmierte es nie. Doch das gemeine Volk hatte weder Silber noch Einnahmen durch Abgaben und dergleichen, und die meisten vermögenden Lords waren nicht auf des Königs Seite.

Die Ruderer hoben ihre Ruder, und die königliche Galeere küsste die Mole.

Vielstimmige Beifallsrufe erschallten, als die Laufplanke heruntergelassen wurde. Der König schnippte mit den Fingern, worauf ein Page in die Kabine stürmte und mit einem Geldbeutel wieder herauskam. John schleuderte eine Hand voll Münzen in die Menge. Die Sonne verwandelte die Pennys in einen silbern funkelnden Schauer, als sie sich drehten. Die Beifallsrufe steigerten sich zu doppelter Lautstärke.

Ein Bote in königlicher Livree wartete mit Briefen auf der Mole. Ein Schreiber nahm sie und trottete dem König hinterdrein, während er die Siegel brach und ausrief: »Eine Nachricht vom Polizeivorsteher in Ludlow, Hoheit! Er schreibt, dass Wace getötet wurde und Straccan ohne das

Banner zurückgekehrt ist und erklärt hat, er sei von Breos' Leuten beraubt worden.«

Der König blickte bestürzt drein. »Straccan!«, sagte er. »Und diesem Mann glaubte ich trauen zu können.«

50

Mit dem Daumen zeichnete Osyth die Runen der Wachsamkeit und Abwehr auf Janivas Brauen und Brust, wobei sie jene Zaubersprüche murmelte, die Macht aus dem Felsen des Grates, den Bäumen und Wasserfällen und dem zunehmenden Mond ziehen würden.

»Trinkt das. Dann wird es Euch leichter fallen, Euren Körper zu verlassen«, erklärte Osyth. Der Trank roch muffig und schmeckte nach Fäulnis. Janiva schluckte ihn gehorsam, doch die dicke, klumpige Brühe verursachte ihr Brechreiz. »Ihr müsst ihn im Magen behalten!«, warnte Osyth. Es gelang Janiva, wenngleich es ein ziemlicher Kampf für sie war.

Während der letzten paar Tage, als sie auf den zunehmenden Mond warteten, hatten sie sich stundenlang unterhalten. »Sie ist ein dunkles Herz, die da«, bemerkte Osyth, als Janiva von Julitta erzählte, von der Entführung der Tochter Straccans und von dem unschuldigen Kind, das der Zauberer Rainard de Soulis ermordet hatte, um seinen Dämonen zu füttern. »Dunkel durch und durch. Wir werden mit Kraft in unserem Blut und unseren Knochen geboren, und die ist weder gut noch schlecht – es kommt darauf an, wozu wir sie verwenden. Sie bekämpft Euch unter Anwendung von Furcht und Verzweiflung. Sie wird Trugbilder zur Hilfe nehmen, um Euch zu täuschen und Euren Willen zu brechen. Glaubt ihnen nicht! Es sind Lügen!«

Das Feuer in der Felsspalte loderte höher als Janivas Kopf.

Sie atmete tief ein, ballte die Hände zu Fäusten und lief ins Feuer hinein.

Überall waren Flammen um sie herum, auch unter ihren Füßen, und leckten an ihren Beinen. Ihre Haut wurde vom Feuer umzüngelt. Für einen Moment erbebte sie vor Furcht, fühlte die Hitze, roch ihr sengendes Haar ... dann atmete sie aus und schritt vorwärts, trat mitten in die Flammen hinein. Sie waren jetzt kühl und flüsterten seidig über ihre Haut. Sie selbst war nun ein Wesen aus Flammen und brannte, blieb jedoch unversehrt. Ihr Haar war eine Fackel, ihr Atem Feuer, und die Finger loderten wie Kerzen. Noch einen Moment blieb sie so stehen, zerteilte dann die Flammen mit den Händen und schritt unverletzt in die Höhle hinter dem Feuer.

Die Runen, die Osyth auf sie gezeichnet hatte, fühlten sich kühl auf der Haut an, als wären sie mit Eis gemalt. Das einzige Geräusch war jetzt noch ihr Atem. Die Höhle war voller schwankender Schatten, die vom Feuer draußen stammten.

In den letzten Tagen des abnehmenden Mondes hatte auch ihr Mut abgenommen. Sie wusste, was Furcht war. Julittas Fluch hatte sie so sehr zerrüttet, dass sie nicht die Kraft hatte, ihre Feindin zu besiegen, nicht einmal mit Osyths Hilfe. Nun aber, in der Nacht des Neumonds, war diese Furcht verschwunden. Sie verspürte ein wildes Verlangen. Vielleicht hatte der Trank ihr Mut verliehen.

Die beiden Frauen hatten Zweige und Blätter geholt und ein Lager daraus bereitet – Eiche für Mut und Kraft, Eberesche für Schutz gegen Zauberei. Nachdem sie sich darauf gelegt hatte, verlangsamte Janiva ihren Atem. Sie merkte, wie sich auch das Pulsieren ihres Blutes verlangsamte. Die Worte der Anrufung klangen noch in ihren Ohren und schienen von den Wänden der Höhle widerzuhallen, als würden sie von ungezählten Stimmen wiederholt, bis die ganze Höhle wie vom Nachklang einer Glocke erfüllt war.

Ein Geruch von Kräutern stieg auf – von Eisenkraut für Stärke, Waldmeister für Mut und dem Holzrauch des Feuers, das den Eingang zu diesem geheimen, heiligen Ort verbarg und bewachte. *Cranna ca mar*, nannte ihn Osath, Schoß der Großen Mutter, Platz der Frauen, diese Höhle im Felsen, in die Bittsteller der Göttin schon vor undenklichen Zeiten gekommen waren, um in Träumen Antworten auf ihre Fragen zu suchen.

Wie viele, fragte sich Janiva, über wie viele hundert Jahre hinweg? Und obgleich sie noch wach war, löste sich der Griff ihrer Körperlichkeit, und ihr inneres Auge sah sie alle – viele Gesichter, von denen jeweils eines mit dem nächsten verschwamm; viele Frauen, jung, alt, voller Kummer, voller Freude; zahllos wie die Sterne, einige in Felle gekleidet, andere in Leinen, Wolle oder Seide; all jene, die zuvor gekommen waren, um Rat in diesem ältesten Schrein zu erbitten.

Hier musste sie schlafen und ihren Körper verlassen, um ihre Feindin in der Welt zu finden – einer Welt, an die sich die meisten Menschen nur aus Träumen erinnerten, während Osyth das Feuer der Großen Mutter aufrechterhielt; eine Leuchtbake, die Janiva den Weg zurück zeigen würde, falls sie die Orientierung verlor.

Die Anrufung würde Julitta aus ihrem schlafenden Körper ziehen. »Sie wird nicht damit rechnen«, sagte Osyth. »Ihr werdet sie überraschen. Sie glaubt nämlich schon, dass Ihr vernichtet seid, aber Ihr wart stärker, als sie dachte.«

»Und wenn sie doch nicht kommt?«

»Sie kommt«, erwiderte Osyth. »Sie *muss* kommen.«

In Cwm Cuddfan schlief Julitta, bewegte sich jedoch ruhelos. Ihre Hand tastete unter ihr Kopfkissen, bis sie sich um das ovale Etui schloss. Hinter ihren geschlossenen Lidern bewegten ihre Augen sich schnell, huschten von einer Seite zur anderen, und sie murmelte im Schlaf. Das Etui in ihrer Hand wurde warm.

Niemand kam auf Suliens Klopfen. Schließlich stieß er die Tür auf und rief gedämpft: »Sir Richard!« Er konnte die Strohsäcke am Boden sehen, auf jedem die Umrisse eines schlafenden Körpers, doch er hörte keine Geräusche, wie Schlafende sie machen – kein Schnarchen, kein Seufzen, kein Murmeln. Er stieß den nächsten Schläfer leicht mit dem Fuß an. Keine Reaktion. Verdutzt beugte Sulien sich hinunter, um die Schulter des Schläfers zu schütteln – und fand nichts unter der Decke als knisterndes Stroh.

Eine Stimme hinter ihm schreckte ihn auf: »Solltet Ihr nicht schon im Bett sein?«

Sulien drehte sich um und erkannte Straccan in der offenen Tür. »Das könnte ich auch Euch fragen, Sir Richard. Könnt Ihr nicht schlafen? Wo sind Eure Gefährten?«

»Jetzt ist die beste Zeit zum Kundschaften«, erwiderte Straccan. »Der Neumond ist hell genug, und es sind keine Wolken am Himmel. Wir haben uns leise umgeschaut.« Auf einen leisen Pfiff hin erschienen zwei weitere Gestalten hinter Straccan, die Sulien als dessen Diener erkannte. »Jetzt wollten wir uns eigentlich schlafen legen, falls Ihr nicht etwas Besonderes im Sinn habt.«

»Doch, habe ich. Würdet Ihr mit mir kommen, Sir Richard? Es dauert nicht lange, das verspreche ich. Aber Ihr müsst allein mitkommen.«

»Wohin?«

»Zur Insel – nach Llyn Gwydion.«

Straccan folgte Sulien durch einen dichten Gürtel aus Weiden, aus dem sie am Seeufer wieder hervorkamen, wo drei Coracles am Sand lagen. Das Wasser erschien im Mondlicht schwarz und völlig still. Mond und Sterne spiegelten sich darin wie der Himmel einer anderen Welt unter dem See, wo Wasserelfen hausen könnten.

»Warum gehen wir dorthin?«, wollte Straccan wissen.

»Da gibt's etwas, das Ihr sehen müsst, das Ihr wissen müsst, bevor Ihr Lord William bekämpft.«

»Ich habe doch gar nicht gesagt, dass ich ihn bekämpfen werde.«

»Aber deshalb seid Ihr doch in diesem Tal.«

Sulien drehte eines der Boote um und stieg ein. Straccan folgte ihm.

»Ja, da habt Ihr Recht. Aber wenn Ihr versuchen solltet, mich davon abzuhalten, spart Euch den Atem, Sulien. Ich werde ihn auf jeden Fall zum Kampf herausfordern.«

»Auch wenn dies hier ein heiliger Zufluchtsort ist? Ihr kennt die Folgen einer solchen Tat.«

Natürlich kannte er die Folgen. Einen heiligen Zufluchtsort zu verletzen war ein Sakrileg. Durch Kämpfen, Blutvergießen auf heiligem Boden würde er den Kirchenbann heraufbeschwören.

»Selbst wenn dies hier Gottes Wohnstube wäre, ich würde ihn dennoch herausfordern«, antwortete er unnachgiebig. »Versucht nicht, mich daran zu hindern.«

Das Boot bewegte sich seltsam. Sulien schien nur das Wasser aufzurühren, statt zu paddeln, aber es nahm dennoch mit bewundernswerter Geschwindigkeit einen gewundenen Weg über den See. Als sie sich der Insel näherten, flammte ein Licht auf, und Straccan sah eine dunkle Gestalt mit einer Laterne aus dem Schatten treten.

Als Sulien anlegte, kam der Mann mit der Laterne näher.

Er trug den Umhang und die Kapuze eines Aussätzigen. »Geht mit ihm«, sagte Sulien. »Ich warte hier auf Euch.«

»Gott segne Euch, Sir Richard.«

Straccan stand still. Er kannte diese qualvoll ausgestoßenen Kratzlaute – alles, was von der Stimme eines Menschen noch übrig war …

»Garnier? Was tut *Ihr* denn hier?«

»Ich bin der Aussätzigenmeister auf der Insel.«

»Ich hätte nicht gedacht, Euch je wieder zu sehen.«

»Ich auch nicht«, entgegnete Garnier. »Doch Gott, so scheint's, hat andere Pläne.«

»Warum hat Sulien mich hierher gebracht?«

»Würdet Ihr mit mir kommen? Ich muss Euch etwas zeigen.«

»Hat es mit Breos zu tun?«

»Kommt und seht selbst.«

Sie gingen an ein paar Hütten vorbei, deren Türen und Fenster fest gegen die Gefahren der Nacht geschlossen waren, gegen Elfen, Kobolde und was die Leute sonst in diesem Teil des Landes fürchteten. Bodenwellen verdeckten jetzt den See, und es war dunkel hier, da überall Bäume standen. Eine Eule bewegte sich geisterhaft in den Zweigen, und nicht weit entfernt kläffte eine Füchsin.

»Wohin gehen wir?«

»Wir sind schon am Ziel.« Es war eine weitere Hütte, ein wenig größer als die anderen und ein gutes Stück entfernt. »Ihr braucht nicht hineinzugehen«, erklärte der Aussätzige. »Von der Tür aus könnt Ihr bei diesem Licht schon genug sehen.« Er schob die Tür auf und trat ein.

Von dort, wo Straccan stand, konnte er ein Bett und darauf einen Körper sehen. Garnier hielt die Laterne hoch. Der Körper war klein und dünn. Das unbedeckte, von langem, schlaffem weißem Haar umrahmte Gesicht war durch die

Lepraknötchen so schrecklich entstellt, dass es unmöglich zu erkennen war, ob es sich um einen alten Mann oder eine alte Frau handelte.

»Schaut genau hin«, sagte Garnier.

»Wer ist das?«

Garnier kam wieder heraus und schloss die Tür. »Was wisst Ihr von Prinz Arthur?«

Erstaunt über den plötzlichen Wechsel des Themas, erwiderte Straccan: »Der Herzog der Bretagne? Der ist doch tot.«

»Das glauben alle. Er starb vor acht Jahren in Rouen, ermordet von seinem verbrecherischen Onkel, dem König, so heißt es.«

Der See kam wieder in Sicht, und Straccan erblickte mit einem Gefühl der Erleichterung das Coracle am Ufer und Sulien darin.

»Ich habe die Geschichte gehört«, sagte er und fragte sich, wohin dieses Mysterium führte und wie viel länger es dauern würde, bis er die Lösung erfahren würde.

»Das ist es nämlich – eine Geschichte. Eine tragische Geschichte wie ein Minnesängerlied.« Der Aussätzige hustete kratzig. »Eine überzeugende Geschichte, nicht wahr? Muss es ja sein, denn selbst der König glaubt sie.«

»Ja, und?«, entgegnete Straccan, der wie der Rest der Christenheit glaubte, König John habe den Herzog getötet.

»Er hat diese Blutschuld all die Jahre getragen«, sprach Garnier weiter. »Aber es ist nicht die Wahrheit, mein Freund. John hat Arthur nicht getötet.«

»Woher wisst Ihr das? Und was hat das mit dem alten Mann zu tun? Wer ist er überhaupt?«

Sie hatten das Boot erreicht. »Habt Ihr es ihm erzählt?«, fragte Sulien.

»Nicht alles, noch nicht. Wenn Ihr Euch ein wenig länger

geduldet, Sir Richard, werde ich Euch erzählen, was wirklich geschah – so, wie Lord de Breos es mir berichtet hat.«

Mit wachsendem Unglauben hörte Straccan, wie Garnier von den Ereignissen in Rouen acht Jahre zuvor erzählte. »Breos täuschte sie beide«, endete der Aussätzige. »John hält sich selbst für einen Mörder, der einen Verwandten getötet hat und glaubt, dass Breos sich des Leichnams des Herzogs auf eine Weise entledigt hatte, dass niemand beweisen könne, was jeder vermutete. Doch für Arthur war Breos vor allem sein Beschützer, der ihn nicht nur vor der trunkenen Wut seines Onkels rettete, sondern ihn auch aus dem Gefängnis bringen konnte und versprach, ihn zum König zu machen.«

»Ich hätte niemals gedacht, dass Breos so schlau ist«, bemerkte Straccan.

»Ist er auch nicht. Das alles war der Plan seiner Frau, Lady Mahaut.«

»Dieser Plan wäre niemals aufgegangen.«

»Nein? Könige sind früher schon gestürzt worden, und für viele hatte Arthur ein größeres Anrecht auf den Thron. Und wenn Breos Arthur zum König gemacht hätte …«

»Wäre er der mächtigste Fürst in diesem Reich gewesen«, beendete Straccan den Satz. Allmählich erschien es ihm glaubhaft. »Die Macht hinter dem Thron.«

»Und das ist noch nicht alles«, krächzte Garnier und hustete wieder, denn er war es nicht gewöhnt, so viel zu reden. »Wenn eine Breostochter dann mit dem jungen König Arthur verheiratet gewesen wäre und ein Breossohn mit der Prinzessin Eleanor …«

»Wäre es eine Breosdynastie geworden, bei Gott!« Jetzt glaubte Straccan es wirklich – und es war erschreckend.

»Das war der Plan von Lady Mahaut.«

»Aber das alles kam nicht zustande. Warum spielte Breos denn *seinen* König nicht aus?«

»Versteht Ihr denn nicht?«, erwiderte Sulien. »Ihr habt seinen Königsanwärter doch gesehen.«

»*Was?* Das war doch ein alter Mann!«

»Er war erst fünfzehn, als John ihn zu seinem Gefangenen in Mirebeau machte«, erklärte Garnier, »und erst dreiundzwanzig, als er heute starb. Mehr als sieben Jahre war er hier versteckt.«

»Gott vergib mir«, sagte Sulien. »Ich hatte keine Ahnung!«

Garnier fuhr fort: »Sir Richard, ich habe einen Auftrag, von dem ich hoffe, dass Ihr ihn annehmt.«

»Was für ein Auftrag?«

»König John einen Brief zu bringen – Sulien wird ihn schreiben – und ihm zu berichten, was Ihr hier gesehen habt.«

»Ich sah einen Toten. Wie kann ich wissen, dass es Arthur ist?«

Garnier nahm einen Geldbeutel aus seiner Rocktasche und stülpte ihn um, sodass etwas Kleines, Glänzendes auf seine behandschuhte Hand fiel. Es war ein Männerring.

»Schaut.« Da lag er auf seiner Handfläche – ein großer geschliffener Rubin, in Gold gefasst. Er hielt ihn dicht an die Laterne. In den Edelstein war das Siegel der Bretagne graviert.

Straccan schaute auf den Ring und dann zurück zu der einsamen Hütte mit ihrem schrecklichen Geheimnis. Er bekreuzigte sich.

Garnier legte den Ring in den Geldbeutel zurück. »Lord William hatte keinen König mehr, den er hätte ausspielen können.«

»Bittet jemand anderen um diesen Gefallen«, sagte Straccan. »Ich habe schon genug Ärger mit dem König.«

»Ich glaube, Gott hat Euch für diese Aufgabe auserwählt. Warum sonst hat er uns wieder zusammengebracht, hier und jetzt?«

»Nicht dazu! Sucht Euch einen anderen Boten.«

»Euch vertraue ich, Sir Richard. Und Ihr habt auch des Königs Ohr.«

Straccan lachte. »Wie seid Ihr denn auf *diese* Idee gekommen?«

»Mein Bruder sagte es – in Ludlow.«

»Paulet? Der hat sich geirrt.«

»Der König hat Euch ein Pferd geschenkt, sagte er.«

»Das war nur eine Laune, wie Könige sie bisweilen haben. Seitdem habe ich mir nur seinen Unmut zugezogen.«

»Aber Ihr habt Zugang zu ihm.«

»Den kann jeder haben!«

»Ich nicht.«

»Nun, ja … Ihr nicht.« Straccan hielt inne, während diese unleugbare Wahrheit seinen Widerstand überwand und in ihn eindrang. »Er wird es nie glauben.«

»Es ist aber die Wahrheit, und er wird sie glauben.«

»Was macht das schon noch aus, nach so langer Zeit?«

»Es wird die Last der Schuld von seinem Gewissen nehmen.«

»Man sagt, er habe gar kein Gewissen.« Ein seltsames Krächzen drang aus der Kapuze des Aussätzigen. »Lacht Ihr mich etwa aus, Garnier?«

»Nein, Sir Richard. Ich lache über Gott, aber der ist das gewöhnt. Also, werdet Ihr diesen Auftrag übernehmen?«

Straccan seufzte tief. »Falls ich am Leben bleibe, um wieder mit dem König sprechen zu können – also gut, dann werde ich es ihm berichten.«

»Was meint Ihr damit – falls Ihr am Leben bleibt?«, warf Sulien ein. »Ihr wollt doch jetzt gewiss nicht mit Breos kämpfen!«

»O doch!«

»Er muss vor des Königs Gericht gestellt werden! Er hat

Hochverrat begangen, und noch andere Verbrechen! Ihr dürft nicht mit ihm kämpfen! Wenn Ihr ihn tötet, wird der König *Euch* töten lassen!«

»Er hat Recht, Sir Richard«, sagte Garnier. »Diese Sache ist zu groß, als dass Ihr sie in die eigenen Hände nehmen könntet. Tötet ihn, und des Königs Zorn wird Euch vernichten.«

51

Im Schoß der Großen Mutter weckte der Feuerschein eine Million Quarzpunkte zu silbernem Glanz, sodass die Höhle voller Sterne zu sein schien. Die edelsteingleichen Punkte funkelten im Felsgestein, rot und golden, grün und purpurrot, und drehten sich langsam um Janiva, dann immer schneller, bis sie sich im Mittelpunkt eines Wirbels von Diamantenfeuer befand.

Der Nachgeschmack des Tranks lag ihr noch auf der Zunge; aber nun war er nicht mehr faulig, sondern erwärmte sie von Kopf bis Fuß und erfüllte sie mit Energie. Plötzlich schreckte sie auf, hob den Kopf und horchte. Was war das? Ein Geräusch? Ja … und ein Geruch …

Aus den Schatten hörte sie ein Frauenlachen und roch Parfüm – Zimt und einen zu Kopf steigenden Rosenduft –, Wässerchen, die von den Kreuzfahrern zum Entzücken ihrer treu wartenden Damen aus Damaskus mitgebracht wurden. Der Duft war aufdringlich süß, aber darunter lag ein Geruch von Fäulnis, von verfaultem Fleisch, Jauchegruben, den Abwassergräben der Gassen und stinkenden Gasen, die mit Blasen aus Morast aufsteigen.

Ohne Vorwarnung überfiel Janiva ein Ansturm aus Hass und Gift, doch auch als diese Flut sie davonzuschwemmen drohte, fand sie die Kraft, im Schoß der Großen Mutter diesem Ansturm zu widerstehen, sodass sich die erste Welle der Wut ihrer Feindin am Felsen von Janivas Willen zerbrach, ihre Kraft verlor und zersprengt wurde. Sie wappnete sich für den nächsten Ansturm.

Er kam als Bilder von Tod und Verderben, das die Menschen traf, die Janiva liebte – Bilder von Qual und Entsetzen, von Vergewaltigung und Folter, Verbrennen bei lebendigem Leibe, Blut und Verzweiflung: Richard leblos daliegend, sein Körper mit Pfeilen gespickt, Gilla vergewaltigt, Sybilla im Kerker verhungernd, Osyth als verzerrtes, zerfetztes Bündel in Todesqualen, Roger in der Klinge eines Feindes, gefallen auf dem Feld, und Krähen pickten ihm die Augen aus …

Alles Lügen … gesandt vom Willen ihrer Feindin, die nach ihrer Vernichtung trachtete.

Da war ein prickelndes Gefühl an ihrem Fußknöchel, und Janiva rieb darüber. Dann verspürte sie das Kribbeln an einer Wade, dann am Handrücken – und plötzlich wurde der Juckreiz unerträglich. Voller Abscheu sah sie, dass ihre Füße und Arme voller ameisenähnlicher, kriechender Kreaturen waren. Sie schwärmten ihre Beine, ihre Schenkel und ihren Bauch hinauf, über den ganzen Körper. Janiva wand sich, schlug um sich, wischte Hände voller Insekten von Armen, Händen und Gesicht. Sie krochen in ihre Augen und Nasenlöcher, schlüpften zwischen ihre zusammengepressten Lippen und drohten, sie zu ersticken.

Sie wankte. Julitta war stärker. Sie hatte sich den Flammen umsonst ausgesetzt … aber sie hatte ihnen widerstanden. Sie erinnerte sich an die feurige Verzückung, als die Flammen aus ihren Fingerspitzen loderten.

Sie hustete, würgte, schmeckte Fäulnis.

»Nein!« Diese Insekten waren ja nur – wie hatte Osyth es genannt? – ein Trugbild, eine Waffe, die auch *sie* benutzen konnte …

Feuer schlug aus ihrem Mund. Sie atmete Flammen aus wie ein Drache auf einem Wandgemälde und versengte die kriechenden Schrecken. Sie flammten auf wie Sägespäne und hinterließen keine Spur, keinen Geruch oder Geschmack. Flammen schossen aus Janivas Fingern. Sie wusch sich die Hände in Feuer und zog die Flammen wie einen Umhang um sich herum. Die Insekten knackten, zischten, barsten, fielen herunter als aufleuchtende Funken und waren verschwunden, ohne Asche zu hinterlassen.

Rein und unversehrt stand sie da, in Flammen gehüllt von Kopf bis Fuß, und hörte den enttäuschten und zornigen Schrei ihrer Feindin.

Dann ertönte ein hohes Summen wie von wütenden Bienen, immer lauter und näher, bis der hässliche Lärm die Höhle füllte und Schwärme von fliegenden, stechenden Dingern, schwarze und gelbe Streifen giftiger Bösartigkeit, sich wie Nadeln auf sie stürzten. Sie fühlte, wie das Gift ihr Blut so sehr verdickte, dass jeder Pulsschlag zu einer Qual wurde.

Maden und Käfer, dachte Janiva voll Abscheu. Das sind ihre Waffen. Und die Antwort darauf war wieder Feuer. Sie wurde ein Wesen aus Feuer mit einem Kern aus flammenden Knochen, und ihr Blut floss wie geschmolzenes Metall durch ihr feuriges Fleisch. Die stechenden Plagegeister flammten auf und wurden zu Asche.

Dann waren da nur noch Dunkelheit, Stille und lähmende Kälte.

»Zeigt Euch!«, schrie sie.

Aus den Schatten erklang ein heiseres, kehliges Kichern, das Janiva eine Gänsehaut verursachte. Irgendetwas bildete sich dort, nahm menschliche Gestalt an … aber es war nicht menschlich. Was hatte sie nur zu dem Glauben verleitet, Julitta würde *ehrlich* mit ihr kämpfen, von Angesicht zu Angesicht? Der Dämon nahm ihre Gestalt an, doch seine Haut war schuppig wie die einer Eidechse, seine Augen hatten die Farbe von Eiter, und er besaß Zähne und Klauen wie ein Vielfraß. Diese Kreatur sprang Janiva an, stieß ihre Zähne in ihre Schulter und zerkratzte ihren Rücken mit zolllangen Klauen.

Sie schrie auf und fiel unter dem Gewicht des Dämons auf die Knie. Ihr Traumkörper hatte kein Fleisch und Blut in der wirklichen Welt, doch in dieser Welt hier fühlte er Schmerz, und seine tiefen, grässlichen Wunden bluteten. Ihre Hände ergriffen schwach des Dämons Arme und versuchten, die grausamen Klauen und die Zähne wegzuziehen, die ihre Knochen zernagten.

Sie fror jämmerlich. Ihre Kraft strömte aus ihr heraus. Sie konnte nicht mehr Feuer heraufbeschwören, hatte keine Waffe mehr, mit der sie diese Höllenbrut bekämpfen konnte. Wenn sie jetzt das Bewusstsein verlor, in dieser Welt, würde sie niemals mehr in ihrer eigenen aufwachen.

Richard, dachte sie. Ich liebe dich.

Der Dämon pickte den Gedanken aus ihrem Hirn und kreischte vor Lachen, ahmte ihre Stimme in höhnischem Echo nach: »Ooooh, Richard … Ich liebe dich … Ich liiiiiebe dich …«

Wer liebt dich denn, du schwarzherzige Hexe? Ich werde wirklich geliebt. Richard liebt mich, Gilla … meine Mutter liebte mich … und Lady Alienor und Sir Guy … die Leute zu Hause …

Sie rief sich die Gesichter jener Menschen ins Gedächtnis, mit denen sie in Shawl aufgewachsen war. Deren Liebe zu ihr war eine Quelle, aus der Janiva Kraft schöpfen konnte: Vater Osric, Roger, Tostig, Sybilla, der Knabe Peter und das Baby, das man sie nicht hatte sehen lassen, das sie jedoch liebte, weil es Rogers neugeborener Sohn war.

Neue Kraft erfüllte sie. Der Dämon winselte. Sie packte ihn an der Kehle und riss seine Klauen aus ihrem Fleisch, seine

Zähne aus ihrer Schulter. Er wand sich und kreischte, als sie den Würgegriff verstärkte. Daraufhin nahm er die Gestalt einer riesigen Schlange an, mit einer Kehle so dick wie ihr Schenkel; der sich windende Leib des Ungeheuers drohte, Janiva zu umfassen. *Trugbilder,* sagte sie sich. *Lügen,* als er sich wieder verwandelte, diesmal in ein Wesen mit Federn und einem Schnabel, das nach Abfall an einem heißen Tag stank und mit den Krallen Janivas Beine zerfleischte. *Lügen, alles Lügen ...*

»Janiva! Nicht!« Das war Gillas Stimme. Ihre Hände würgten die Kehle des Kindes, und der leichte warme Körper wehrte sich schwächlich gegen sie. Kleine Hände umklammerten ihre Handgelenke. »Janiva, du tust mir weh!«

»Gilla!« Sie ließ los und umarmte das Kind. Gilla schmiegte sich schluchzend an ihre Brust. Als sie die hellen, weichen Haare streichelte, hob das Mädchen sein tränenfeuchtes Gesicht, lächelte Janiva an – und biss ihr in die Brust.

Närrin! Täuschungen, Lügen! Schmerz lähmte sie, während der Dämon – jetzt ein eidechsenähnliches Ding mit ledrigen Flügeln und kratzenden Krallen – von ihrer Brust hing und grunzte, während er an ihrem Fleisch nagte, das Herz suchte und kleine krallenbewehrte Hände obszön ihre Brust kneteten.

Die Eibenrune Eihwaz – Schutz vor böser Magie –, die Osyth auf ihre Stirn markiert hatte, wurde glühend heiß, und auf ihrer Brust sengte die Rune Mauthiz, die zur Entmachtung von Gegnern diente, wie ein Brandmal. Janiva packte den Hals des schuppigen Ungeheuers, der sich an ihrem Fleisch gütlich tat, doch die scharfen Ränder der Schuppen schnitten sie in Finger und Handflächen.

Sie fühlte den Zug, den Gezeitensog ihres schlafenden Körpers, ein verzweifeltes Verlangen zu erwachen. Doch wenn sie den Kampf jetzt aufgab, würde sie nie mehr erwachen. Julitta und ihr Dämon hätten gesiegt. »Jesus Christus, hilf mir!«, rief sie. »Mutter Gottes, hilf!«

Schlüpfrig vom eigenen Blut schlossen ihre Hände sich um den schmalen Schädel des Dämons – und drückten mit aller Kraft zu, die sie aufbringen konnte. Die Kreatur winselte und wand sich, biss nach ihr. Sie drückte ihre blutenden Finger zusammen und grub die Daumen in die Augen des Dämons, während sie sich verzweifelt bemühte, in ihrem Griff nicht nachzulassen. Ihr Blut, das wie Öl war, hatte den kahlen, schuppigen Kopf so glatt werden lassen wie ein gepelltes Ei.

Dann erschien es ihr, als ob viele Stimmen, viele Gesichter, all die Anbeterinnen der Großen Mutter, die sich jemals an diesem gesegneten Platz aufgehalten hatten, ihre Gebete wiederholten. Die Höhle erschallte von ihren Rufen, als Janiva mit einem lauten Schrei des Dämonen Zähne aus ihrem Fleisch riss und mit letzter Kraft zudrückte. Der Schädel des Dämonen zerplatzte. Janiva hörte die Knochen knacken, fühlte sie unter ihren Händen zerbrechen. Säfte aus den Augen spritzten schleimig über ihre Daumen, als Janiva sie immer tiefer in den Schädel grub. Die Kreatur quiekte wie ein Schwein, und dann – was noch schrecklicher war – wimmerte sie wie ein tödlich verletztes Kind und hing leblos und zuckend in dem Griff, den sie nicht mehr lösen konnte.

Von weitem hörte Janiva wilde Schreie, die schließlich in ein verzweifeltes Jammern übergingen.

Ihre verkrampften Finger wegzureißen war wie das Aufbrechen eines Klumpens uralter Wurzeln, die immer wieder in sich hindurch und um sich herum zu einem gordischen Knoten gewachsen waren. Aber endlich konnte sie den ledrigen Kadaver abschütteln, der jetzt nicht größer war als eine Henne und bereits verschrumpelte. Das Fleisch – oder was immer das Skelett bedeckt hatte – hing trocken wie Pergamentpapier über den dünnen, kindähnlichen Knochen.

»Da waren Geräusche, Mylord, und sie schrie auf. Sie könnte krank sein oder verletzt. Die Tür ist verriegelt.«

Thibaut hatte seinen Herrn aus dem Bett geholt, und das unsichere Dämmerlicht des Morgens zeigte den ungewaschenen und ungekämmten Lord William. Zum ersten Mal sah Thibaut Streifen von Weiß im grauen Haar seines Herrn.

»Und, Mylord, das ist noch nicht alles. Da ist ein Mann draußen, der schwört, dass die He... dass Lady Julitta seinen kleinen Sohn gestohlen hat ...«

Lord William ließ seine Geldbörse aufschnappen. »Gebt ihm das, damit er das Maul hält. Dann jagt ihn weg.« Darauf hämmerte er mit der Faust an Julittas Tür.

Seine Leute – alle bis auf Bevis de Rennes, der nichts damit zu tun haben wollte und betont schnarchte, um zu zeigen, dass er nichts gehört hatte –, die gerade von ihren Strohsäcken aufgestanden waren, halb wach und halb angezogen, wichen seinen Blicken aus. Jeder von ihnen hätte die Tür einschlagen können, aber sie wollten es nicht – nicht nach dem, was sie gehört hatten. Sie hatten in ungezählten Schlachten und Scharmützeln gekämpft. Standen sie einem Feind aus Fleisch und Blut gegenüber, waren sie glücklich, doch die Geräusche aus Lady Julittas Zimmer hatten ihnen die heilige Furcht eingejagt.

Lord William trat schließlich selbst die Tür ein.

Thibaut reckte den Hals und sah über die Schulter seines Herrn Julittas Körper auf dem Bett hingestreckt. Tot, dachte er – aber nein, sie atmete. Ihr Nachthemd war aufgerissen und ihre Kehle dunkelrot von Würgemalen. Lord William hatte solche Male schon gesehen und sie selber Menschen zugefügt; er wusste, dass Julitta das nicht selbst getan haben konnte. Es war aber niemand sonst im Gemach. Und es hätte auch keiner herauskommen können, wenn nicht durchs

Schlitzfenster – und nur eine junge Katze könnte sich da hindurchzwängen.

»Wer war hier drin?«, fragte Breos.

»Niemand, Mylord«, antwortete Thibaut. »Wir wollten gerade aufstehen, als sie zu schreien anfing. Wir alle haben es gehört.«

Lord Williams Fuß stieß gegen irgendetwas, das auf dem Fußboden rollte: Julittas kleines Gehäuse aus Eisen und Silber. Ein Nerv an Williams Unterkiefer begann zu zucken. Mit dem Hacken schlug er die Tür vor Thibauts Gesicht zu und trat auf das Gehäuse. Ein Schwall kalter, faulig riechender Luft stieg auf, und ihm schien, als höre er ein heiseres, schadenfrohes Kichern, das ihm die Haare zu Berge stehen ließ.

Er hob den Fuß. Der Kristall war in zwei Hälften zerbrochen – und noch während er die Bruchstücke anschaute, lösten sie sich in Luft auf.

Julitta hustete schwach und öffnete die Augen. Irgendetwas stimmte nicht. Ihre Glieder fühlten sich bleiern an, ihr Kopf und ihre Kehle schmerzten. Sie hatte geträumt … einen furchtbaren Traum voller wirrer Bilder … Flammen, kriechende Kreaturen … Stimmen, die in einer Höhle widerhallten. Auch Agarel war da gewesen … in diesem Traum.

Agarel …

Es kostete sie große Mühe, die Hand unter ihr Kopfpolster zu schieben und nach dem Gehäuse zu tasten, seine beruhigende Festigkeit zu spüren. Es war nicht da! Sie setzte sich auf, stöhnte vor Schmerz und schob das Kopfpolster ganz zur Seite. Das Gehäuse war verschwunden. Am Boden …

Sie glitt aus dem Bett, doch ihre Beine versagten ihr den Dienst, und sie schwankte, fiel zu Boden. Was war nur mit ihr? Eine Krankheit? Nie im Leben war sie krank gewesen. Neben dem Bett kauernd starrte sie darunter. Sie streckte ihre Hand in die Dunkelheit unter der Schlafstatt, fühlte aber nur Staub und eine wie zu Stein vertrocknete Brotkruste – sonst nichts.

»Sucht Ihr *danach*?«

Lord William stand in der Türöffnung und ließ das Gehäuse an seiner Kette vor ihr baumeln – zerbrochen, zerdrückt.

»Der Stein ...« Sie griff sich an die Kehle und krächzte wie eine alte Frau. »Was habt ihr damit getan?« Sie packte den Bettpfosten, zog sich daran hoch und stand schwankend da.

»Der Stein zerbrach. Gestank kam heraus, und er zerfiel zu Staub.«

In ihren Augen stand Entsetzen; ihr Gesicht und die Lippen waren blutleer. Zitternd zog sie eines der Laken vom Bett und wickelte sich darin ein wie in einen Mantel.

»Was habt Ihr angerichtet?«

»Was habt *Ihr* angerichtet, Hexe, Ihr und Euer Teufel in einem Käfig? Ihr habt mich benutzt, um das Banner zu bekommen! Ihr habt versprochen, meine Frau zu retten und habt mich die ganze Zeit mit Euren schmutzigen Hexereien und den Tränken, die Ihr mir in den Wein gabt, in den Wahnsinn getrieben! Gott vernichte alle Zauberer! Man redet über Euch da draußen – ein Säugling wird vermisst«, sagte er. »Ein Mann schwört, dass Ihr ihn gestohlen habt. Könnt Ihr ihn vorzeigen, Lady, lebendig?«

»Was meint Ihr denn? Ihr wart doch auch da und wisst, was wir getan haben!«

»Ich weiß, was *Ihr* getan habt.«

»Für *Euch!* Und auf *Euren* Befehl! Ich werde aussagen ...«

»Wer wird Euch glauben? Ihr seid doch schon zum Tode verurteilt, erinnert Ihr Euch? Der König war ungehalten über Euch, weil Ihr des Teufels Kunst an *ihm* angewandt habt.« Er schritt auf sie zu, und sie wich zurück.

»Rührt mich nicht an! Ich schwöre, ich werde ...«

»Was werdet Ihr?«, höhnte er. »Mich blind machen? Das könnt Ihr gar nicht mehr! Ihr habt Eure Kräfte verloren!« Er schaute voller Abscheu auf das zerdrückte Gehäuse und schleuderte es aufs Bett.

Julitta versuchte krampfhaft, sich an die einfachsten Zaubersprüche zu erinnern, um diesen Albtraum aufzuhalten, doch ihre Gedanken bewegten sich so langsam, als müssten sie durch Leim kriechen, und die ganze Zeit murmelte eine Stimme im Hintergrund ihres Bewusstseins: *»Alles, was du hast, alles, was du liebst, das alles sollst du verlieren!«* Es klang wie ihre eigene Stimme.

Lord William riss einen Streifen Leinen aus dem Laken, stieß Julitta auf das Bett und drehte sie auf den Bauch, um ihre Hände auf dem Rücken zu fesseln. Im Laken verwickelt, sträubte sie sich nur schwach. Mit einem weiteren Stoffstreifen stopfte er ihr den Mund, rammte den Stoff tief in den Schlund. Die Enden band er straff um ihren Mund und verknotete sie fest.

»Ich wollte Euch meinen Männern zum Vergnügen überlassen«, sagte er. »Aber Ihr seid zu abscheulich für ihren Geschmack. Außerdem habe ich eine bessere Idee.«

Er riss sie nach draußen, während seine Männer schweigend vom Torweg aus zuschauten. Niemand protestierte oder folgte, als er sie halb zu den Weiden in Richtung zum See zog und halb trug. Sir Bevis, der schließlich auch aufgestanden war, bekreuzigte sich und ging wieder hinein zu seinem Frühstück. Die anderen taten es ihm gleich.

Ein Boot mit zwei Gestalten in Kapuzenumhängen wand sich in seinem unregelmäßigen Kurs von Ynys Gwydion heran, um den Tagesproviant zu holen. Als es sich dem Ufer näherte, begann Julitta zu zappeln, und eine schreckliche Erkenntnis erschien in ihren Augen. Die Aussätzigen sprangen heraus und zogen ihr Fahrzeug auf den Strand.

»Guten Morgen«, sagte Lord William. Sie verbeugten sich linkisch, und einer grunzte etwas zur Antwort.

»Ihr armen Burschen«, fuhr Breos lächelnd fort. »Ein solch einsames Leben – keine Familie, keine Freunde, keine Frauen.« Zu Julitta gewandt, fügte er wie beiläufig hinzu: »So ist es mit Aussätzigen. So lange sie noch die Geschlechtsteile von Männern besitzen, haben sie auch noch das Verlangen von Männern.« Dann wandte er sich wieder dem schweigenden Paar zu. »Nicht wahr, so ist es doch?« Darauf wieder zu Julitta: »Und um ihr Elend noch zu verschlimmern, ist ihr Verlangen stärker, *viel* stärker als das lebender Männer. Man sagte mir, dass sie gar nicht befriedigt werden können.«

Er hob sie auf wie ein Kind. Über dem Knebel flehten ihre weit aufgerissenen Augen ihn an, in denen wahnsinnige Angst stand. Sie wand sich heftig in seinen Armen wie ein großer, an Land gezogener Fisch, sodass er sie beinahe fallen ließ, dann aber doch mit ihr zu dem Boot wanken konnte und sie hineinwarf.

»Da«, sagte er zu den Aussätzigen. »Gefällt sie euch? Sie gehört euch. Ich bin sicher, dass ihr ein stilles Plätzchen findet, wo keiner euch stört. Sie ist hübsch, kann ich euch versichern, wenn sie keinen Knebel trägt, aber ihr solltet den wohl in ihrem Mund lassen, damit sie nicht nach Hilfe schreien kann.«

Die Kapuzenköpfe nickten eifrig. Ihr Auftrag war vergessen, und sie schoben das Boot zurück ins Wasser und kletterten hinein. Einer von ihnen warf die sich aufbäumende Frau nieder und drückte sie mit seinen Füßen an den Bootsboden, um sie ruhig zu halten, während der andere heftig paddelte. Statt nach Ynys Gwydion zurückzukehren, steuerte er das kleine Fahrzeug um das westliche Ende der Insel herum. Breos schaute zu, gegen die Sonne blinzelnd, bis sie außer Sicht waren.

Bevis de Rennes wartete bereits mit Neuigkeiten. »Da ist eine Nachricht aus Fishguard gekommen. Der König ist zurückgekehrt und schon auf dem Weg nach Bristol.«

»Was wird nun aus ihr?«, fragte Janiva, während sie ihre kalten Hände an der Tasse wärmte, die Osyth ihr gegeben hatte. Sie roch an dem heißen Gebräu. »Was ist da drin?«

»Rosmarin und Enzian zur Stärkung Eures Herzens, Baldrian zur Erleichterung Eures Geistes und auch Honig, der gut für alles ist. Ihr hattet einen harten Kampf. Was *die* betrifft – wenn sie am Leben bleibt, wird sie fortan machtlos sein. Sie ist gebrochen. Der Fluch, mit dem sie Euch belegte, ist ebenfalls nutzlos geworden, so wie alle anderen Flüche, die sie jemals ausgesprochen hat.«

Und tatsächlich, von den entfernten Bergen von Razes erklang Glockengeläut ob der wundersamen Genesung der Herzogin Urraca, die aus ihrem tödlichen Schlaf erwacht war. Und von dieser Stunde an hörte auch das geldliche und gesundheitliche Unglück vieler Leute auf, Männer wie Frauen – überall dort, wo Julitta de Beauris jemals geweilt hatte.

Janiva nippte an ihrem Trank. Sie war völlig erschöpft und sehnte sich nur noch nach Schlaf. Die Abdrücke der Zähne und Klauen des Dämons waren fast schon verschwunden. Sie verblassten auf ihrem Fleisch, als hätte es sie nie gegeben. Der Trank durchströmte wärmend und kräftigend ihren Körper.

»Das alles habe ich Euch zu verdanken«, sagte sie, setzte die Tasse ab, nahm Osyths abgearbeitete alte Hand, die eine Haut wie plissierte Seide hatte, und küsste sie. »Wie kann ich Euch jemals danken?«

»Den Kampf habt Ihr selbst bestanden, als Ihr erst einmal

wusstet, worauf es ankam. Jetzt könnt Ihr zurück zu Eurem Heim und Eurem Geliebten.«

»Er ist nicht mein Geliebter.«

»Nicht? Nun, *dann* eben … zu dem Mann, der Euch liebt und den Ihr nicht liebt.«

»Aber …«, begann Janiva, hielt dann jedoch inne. »Ihr habt Recht. Ich liebe ihn.«

»Er will Euch heiraten, nicht wahr? Wie lange wollt Ihr ihn noch davonschicken und sein Herz zerreißen, wie die schreckliche, von dieser Hexe geschickte Bestie an Eurem Fleisch riss? Ihr seid jung und solltet Ehefrau und Mutter sein. Ihr solltet Eure eigenen Töchter die alten Sitten lehren, während Ihr in Eurer Kraft wachst.«

»Es gibt noch so viel, das ich lernen möchte!«

Osyth schnaubte. »Es regnen lassen, wenn Felder trocken liegen, und Stürme aufhalten, um die Ernte zu retten, die Kranken gesund machen und den Schmerz von der Welt nehmen?«

»Ja!« Sie sehnte sich danach, all das zu tun – den Wind zu wenden, die Wolken zu treiben, sich zu verwandeln und als Hase durch dic Felder zu laufen oder auf Falkenschwingen über die Bäume zu segeln. Sie konnte sie beinahe fühlen, diese Macht, wie sie in ihren Händen prickelte und fast schon die ihre war – für den Preis, denn ein Preis musste immer gezahlt werden. Dieser plötzliche Hunger schüttelte ihren Körper und ihre Seele, und in diesem Augenblick verstand sie Julitta de Beauris und deren Gier nach Macht, die sich nicht darum scherte, was der Preis war oder wer ihn zahlte.

»Ich kann nicht beides haben«, sagte sie. »Liebe und Macht.«

»Wirklich nicht?«, fragte Osyth. »Ist Euer Herz denn *so* klein?«

52

»Packt zusammen!«, befahl Lord William.

Seine Männer schauten eifrig auf. »Wohin geht's, Mylord?«

»Ich reite nach Bristol«, antwortete Breos, »und bringe dem König das Pendragon-Banner.«

»Dem König? Aber, Mylord …«

»Er hat Streit mit *mir* – nicht mit *euch*. Eure vorrangige Treue galt mir, Männer, eurem Lord, und darin seid ihr fest gewesen. Ich werde es euch nicht übel nehmen, wenn ihr nun meint, ihr solltet euer Glück bei einem anderen Lord versuchen. Geht mit meinem Segen. Wer wird mit mir reiten?«

Sie schauten einander an; dann blickten sie auf William. »Ich – und ich – ich auch …«

Tränen traten in Lord Williams Augen. Mit den Fingerknöcheln wischte er sie weg. »Dann werden wir heute Nacht unseren Ausbruch machen. Sie werden nach Einbruch der Dunkelheit nicht damit rechnen. Also, worauf wartet ihr noch?« Er wandte sich an Thibaut, der sich die ganze Zeit nicht gerührt hatte. »Ihr habt es gehört! Packt zusammen!« Lord William gab dem jungen Mann einen Klaps auf die Wange – nicht fest, aber sie brannte trotzdem.

Thibaut war der jüngste von einem halben Dutzend hochwohlgeborener Knappen gewesen, deren Väter sie aber schnell aus dem Dienst von Lord William zurückgezogen hatten, als die ersten Gerüchte von seiner bevorstehenden Ungnade aufkamen. Nur Thibaut blieb, dessen Stiefvater froh war, ihn los zu sein, weil er nicht wusste, wohin sonst er gehen sollte.

Von seinem achten Lebensjahr an hatte er ohne jeglichen Zweifel seinem Herrn zur Seite gestanden. Als er dann vom Pagen zum Knappen befördert worden war, kämpfte er gegen die Feinde Lord Williams, für dessen Freunde, und diente unbeirrt seinem Herrn. In der letzten Zeit hatte er auf seinen Befehl Dörfer niedergebrannt, Städte geplündert, Kirchen verheert und Männer gehängt, die im Verdacht standen, ihre armseligen Schätze zu verbergen, und ihnen danach die Bäuche aufgeschlitzt, falls sie es als schlau erachtet hatten, ihre Ringe zu verschlucken. Es war erstaunlich, wie viele das getan hatten.

Die Verheerung der Priorei der Bußfertigen Schwestern hatte zum ersten Mal Zweifel in ihm erweckt, so wie der Klaps einer Hebamme ein widerwilliges Neugeborenes in quäkende Lebendigkeit versetzt. Reisende, von denen einige Pilger waren, wie ein gemeiner Dieb auszurauben, erfüllte ihn mit Scham, und die Folter und Ermordung des alten Priesters von Tresaint, der zu entsetzt gewesen war, um eine Messe für William de Brcos zu lesen, hatte ihn bis ins Innerste seiner Seele erschüttert. Der Mord an dem Säugling war der Tropfen, der das Fass schließlich überquellen ließ.

Als alles in Reisekörbe gepackt war, legte er Lord Williams Schwert auf den Tisch – neben das andere, das Kreuzfahrerschwert in seiner abgenutzten Scheide. Jetzt blieb nur noch, die große Truhe auszuräumen, doch allein Lord William besaß den Schlüssel dazu.

Nach langem Nachdenken war er zu einem düsteren Entschluss gelangt: Er würde nicht mit Lord William reiten. Und das führte zu einer zweiten und noch düsteren Konsequenz: Niemand würde ihn in seine Dienste nehmen.

Für die Ritter lag die Sache anders. Sie konnten den Dienst bei einem anderen Lord aufnehmen, ohne dass sich auch nur eine Augenbraue hob. Doch niemand würde einen Knappen in seine Dienste nehmen, der seinen Herrn verlassen hatte – auch wenn dieser Herr ein Verräter, Rebell und Mörder war und sich in der Gegenwart von mindestens einem Dutzend Zeugen dem Teufel verschworen hatte. Thibaut würde ein Ausgestoßener sein, würde niemals zum Ritter geschlagen werden, niemals Vermögen erlangen, niemals das Herz einer Dame oder den Dank eines Königs erringen. Seine Zukunft war plötzlich eine endlose Wüste von Dingen geworden, die unerreichbar für ihn blieben.

»Thibaut de Sens?«, würden die Leute sagen. »Ach, *der*. Das war doch der Bursche, der seinen Herrn verließ.« Niemand würde gut von ihm reden.

Wenn nicht …

Sein Blick kehrte zu der schäbigen Scheide zurück. Lord Williams Stimme hallte in seinem Geist wider: *»Ihr hättet ihm sein Schwert lassen sollen.«*

»Kommt her«, rief Bane. »Es gibt Rührei mit Speck, wenn Ihr Euch beeilt.«

Havloc nahm seine Schüssel und stellte sich an die Schlange der Wartenden. Hinter ihm kam noch jemand. Vorn rief der Koch: »Der Nächste!«, und die Schlange bewegte sich einen Schritt vorwärts.

»Haltet Euch ja ruhig!«, flüsterte eine Stimme heiß in Havlocs Ohr. Etwas – es musste ein Messer sein – wurde an seinen Rücken gesetzt, auf Höhe einer Niere.

Havloc erstarrte. »Ich habe kein Geld!«

»Ich will Euer Geld nicht. Ich will mit Eurem Meister sprechen.« Sie bewegten sich wieder einen Schritt vorwärts.

»Wer seid Ihr?«

»Nicht so laut! Versucht bloß keine Dummheiten. Ich bin Thibaut de Sens, Knappe von William de Breos. *Ich* war es, der Euch damals die Pferde im Wald nahm.«

»Ihr?« Ungeachtet des Messers wirbelte Havloc herum und kam sich wie ein Narr vor, als er erkannte, dass Thibaut nur einen Kamm in der Hand hielt. »Ich sollte Euch eine runterhauen«, sagte er wütend. »Ihr seid nicht besser als ein verdammter Gesetzloser! Ein Dieb seid Ihr!«

»Na wenn schon. Erzählt es nicht der ganzen Welt«, zischte Thibaut. »Ich muss unbedingt mit Eurem Meister sprechen.«

»Der Nächste!« Die Frau vor Havloc hielt ihre Schüssel zum Füllen hoch.

»Holt Euch Eure Mahlzeit«, flüsterte Thibaut ihm zu, »und dann geht zurück in Eure Hütte. Ich werde auch dorthin kommen. Sagt Sir Richard, dass ich nichts Böses will.« Er gab Havloc einen Schubs und ging in der entgegengesetzten Richtung davon.

»Der Nächste!«

Havloc starrte auf den sich entfernenden Rücken Thibauts und achtete nicht auf den Zuruf.

»Der Nächste!«, brüllte der Koch wieder. »Wohl verstopfte Ohren, wie?«, höhnte er, schwenkte seine Kelle und besprenkelte Havloc mit Rührei. »Es gibt viele arme Schweine, die sich ums Essen reißen, wenn Ihr keins haben wollt.«

»Ich kann mich an Euch entsinnen«, sagte Straccan und blickte den jungen Diebeshauptmann scharf an. »Wie habt Ihr erfahren, dass ich hier bin?«

Thibaut hatte ein langes Bündel mitgebracht, das lose in seinen Mantel eingewickelt war, den er nun auf die Bank legte. »Ich hab den da erkannt.« Thibaut deutete mit dem Kinn auf Havloc. »Die Hexe meines Herrn sagte auch, dass Ihr kommen würdet.«

»Hexe?«, wiederholte Straccan. »Ach ja. Wo ist denn diese Lady Julitta? Ich habe sie hier noch gar nicht gesehen.«

»Mein Herr nahm sie heute Morgen mit und kam allein zurück. Hat sie wohl getötet.«

»Die ist nicht leicht zu töten.«

»Sie hat ihn verhext«, erklärte Thibaut. »Hat irgendein Zeug in seinen Wein getan. Er war schon immer grob, aber jetzt ...« Er brach abrupt ab und beschäftigte seine zitternden Hände mit dem Bündel. Der Mantel fiel herunter, und er hielt Straccan das Kreuzfahrerschwert hin. »Sir, das gehört Euch.«

Überrascht nahm es Straccan, zog es aus der Scheide und war erleichtert und erfreut über das gewohnte, ausgewogene Gewicht des Schwerts in seiner Hand. »Gut«, sprach er, während er die Waffe wieder in die Scheide steckte und das Leder mit den Fingern streichelte. »Ihr habt mir auch die Pferde gestohlen und alles, was sie trugen.«

»Eure Pferde sind hier, und das Banner ...«

Straccans Hand erstarrte auf der Scheide. »Wo ist es?«

»In der Truhe im Zimmer meines Herrn eingeschlossen. Er trägt den Schlüssel an einer Schnur um den Hals.«

»Sehr vorsichtig«, bemerkte Bane.

Straccan hielt das Schwert hoch. »Warum gebt Ihr mir das jetzt zurück?«

Thibaut drückte die Hände so fest zusammen, dass die Knöchel weiß hervorstachen. »Ich kann Lord William nicht mehr dienen.«

»Dann werdet Ihr wohl gute Gründe haben.«

»Ja.« Es gab Dinge, von denen er nicht sprechen konnte, zum Beispiel von dem toten Säugling – und den Träumen. Würden sie aufhören, wenn die Hexe tot wäre? Er hoffte es sehr. »Sir Richard, ich bitte Euch um einen großen Gefallen.«

»Welchen?«

»Werdet Ihr ein gutes Wort für mich einlegen? Bei einem Eurer Freunde, damit ich einen Platz in dessen Gefolge bekomme? Nicht als Knappe natürlich – ich weiß, dass ich jetzt nie ein Ritter werden kann, aber irgendeine ehrliche Anstellung …«

»Für einen Knappen, der seinen Herrn verließ?«

Thibaut lief zuerst rot an und wurde dann leichenblass, als er seine Hoffnungen schwinden sah. »Nein«, sagte er und blickte betreten zu Boden. »Natürlich nicht. Ich hätte Euch nicht bitten sollen. Es tut mir Leid.«

»Werdet Ihr *mir* zur Seite stehen, wenn ich ihn herausfordere?«

Thibaut schaute noch kläglicher drein. »Nein, Sir. Ich kann keine Waffe gegen ihn erheben.«

»Auch nicht für eine Anstellung?«

Thibaut schüttelte den Kopf. »Als ich in seine Dienste trat, legte ich einen Eid ab, nie die Hand gegen ihn zu erheben.«

»Dann solltet Ihr diesen Eid auch nicht brechen. Wenn er das Banner hat, warum ist er dann noch hier?«

»Wir … er verlässt das Tal heute Nacht.«

Straccan fluchte. Bruno von Köln und seine Truppe würden es wahrscheinlich mit Breos und dessen Männer aufnehmen können, aber wenn es zu einem Kampf kam, gab es keine Sicherheit. Breos könnte immer noch entwischen. Irgendwo wartete eine Galeere auf ihn. Wenn er die erreichte, könnte nur noch Gott ihn davon abhalten, das Banner in die Bretagne zu bringen – und mit Gott gab es auch keine Sicherheiten.

»Wo ist mein Pferd?«

»Im Stall hinter unserem Haus.« Auch der war bewacht, von einem Mann an der Tür. »Es ist die vierte Box rechts. Der Hengst trägt einen Maulkorb und Fußfesseln.«

Trotz seines Zorns grinste Straccan. »Hat Euch ein wenig Ärger bereitet, ja? Gut für ihn.«

»Wir dachten, er würde die Stallmauer mit seinen Hufen einschlagen. Er tötete einen Mann und verletzte vier andere schwer. Die Stallknechte haben große Angst vor ihm.«

Straccan nickte, ohne überrascht zu sein. »Nun, Knabe, Euer Herr wird sich schon fragen, wo Ihr seid. Also geht jetzt besser und benehmt Euch wie immer.« Als Thibaut sich mit kläglicher Miene abwandte, fügte Straccan hinzu: »Wenn ich hier lebend rauskomme, werde ich ein Wort für Euch einlegen. Das verspreche ich.« Thibaut stammelte Dankesbezeugungen, doch Straccan hob eine Hand. »Ihr habt uns an der Furt leben lassen, und ich möchte nicht in Eurer Schuld bleiben.«

»In einer Truhe eingeschlossen«, sagte Bane nachdenklich, als Thibaut gegangen war. »Und nichts darum herum als Schlitzfenster. Wie kommen wir da rein?«

»Das können wir nicht. Wir müssen ihn herausholen – ihn und das Banner. Ich habe schon eine Idee. Fett werde ich brauchen, Schmalz aus der Küche, einen Eimer voll. Havloc, werdet Ihr das besorgen?« Havloc nickte und machte sich auf den Weg. Straccan rief ihm nach: »Am besten wären zwei Eimer!«

»Werdet Ihr ihn jetzt zum Kampf herausfordern?«, fragte Bane.

»Jetzt oder nie!« Verflucht sollte er sein, den Schurken entfliehen zu lassen. Das wäre zu viel von ihm verlangt!

»Aber seine Leute sind bei ihm.«

»Wenn ich ihn auf den Pfad bringen kann, der zum Schrein hinaufführt, werden sie keine große Hilfe für ihn sein. Ein einziger Mann kann dort eine ganze Armee aufhalten. Und dank dieses armen Knappen habe ich ja mein Schwert wieder.«

Er hob es an die Lippen und küsste den Handschutz. Suliens Warnung kam ihm wieder in den Sinn, wurde aber von seiner aufflammenden Wut hinweggefegt. »Dieser Mordbube hat alles getan, um mich zu töten. Er hatte seine blutigen Hände auf meinem Schwert und seinen fetten Arsch auf meinem Pferd. Wenn die glauben, ich würde demütig beiseite treten und ihn mit meiner Reliquie abziehen lassen, haben sie sich getäuscht!«

»Was?«, fragte Bane. »Wo?«

»Ach, nichts.«

Wenn er Breos getötet hatte, würde er geradewegs nach Holystone reiten, um seine Tochter zu holen, und dann nach Shawl zu Janiva, um beide in Sicherheit zu bringen. Wohin? Blaise d'Etranger würde ihnen Asyl gewähren, und in Schottland wären sie außerhalb von Johns Reichweite. Nach der Angelegenheit mit Rainard de Soulis im letzten Jahr hatte ihm der König von Schottland ein Gut in der Nähe von Coldinghame angeboten. Darauf würde er dann zurückkommen. Und was das Banner anging – Bruno könnte es dem König bringen.

Havloc stellte vorsichtig die Eimer ab.

»Und was nun?«, wollte Bane wissen.

»Eh?« Nein, es würde nie funktionieren! Johns Arm reichte zu weit. War es ihm nicht gelungen, Mahaut de Breos aus König Williams schwachen Händen zu bekommen? Es gab keinen Ausweg.

Er blickte finster vor sich hin. »Ich brauche Lumpen. Aber halt, da haben wir's ja!« Er zog sich die weite Aussätzigenrobe über den Kopf, zerrte die Nähte auseinander und riss den Stoff in lange Streifen. »Havloc, macht weiter. Reißt die Robe in Streifen und rollt diese dann zu Kugeln zusammen – etwa so groß und nicht zu fest. Lasst ein Ende herausragen.« Er zeigte ihm, wie er es meinte. »So, in dieser Art. Wenn Ihr fertig seid, lasst die Kugeln an der Rückseite von Breos' Haus liegen, zusammen mit dem Fett. Auch Eure Hilfe brauche ich, Hawkan. Könnt Ihr eine Hürde finden? Ich habe eine Idee, bei deren Ausführung ihr mir helfen könnt, bevor ich Zingiber da herausbekomme. Ihr müsst den Wächter ablenken, wenn ich mich in den Stall schleiche.«

Bane nickte. »Wird gemacht. Und weiter?«

»Lenkt ihn so lange ab, bis ich das Gebäude angezündet habe.«

»Ich weiß zwei sichere Methoden, eine Menschenansammlung zustande zu bringen«, sagte Bane, als er zwei Stunden später schmutzig und schwitzend zurückkehrte. »Die eine ist ein Paar kopulierender Hunde, die andere ein Kampf. Ich sehe hier aber keine Hunde.« Er musterte Havloc von oben bis unten, um seine Größe und Stärke abzuschätzen. »Wie wär's mit einem Ringkampf?«

»Mit mir?«

»Keine Angst, ich werde versuchen, Euch nicht wehzutun.«

Havloc runzelte die Stirn, als ihm eine alte Erinnerung kam. »Ich kann kämpfen, glaub ich – mit Stöcken.«

»Kampfstöcke? Das ist eine gute Idee! Die Aussätzigen verwenden doch Eschenstäbe. Da müssen ein paar herumstehen. Haltet Euch in der Nähe des Stalls auf. Ich bin gleich wieder da.«

Er kam mit zwei wuchtigen Eschenstäben von je mehr als zwei Metern Länge zurück.

»Hier. Ein wenig freundlicher Sport. Gebt Euer Bestes«, sagte Bane fröhlich. »Ich sorge schon dafür, dass es echt aussieht.«

Er ergriff einen der Stäbe mit beiden Händen und ging auf Havloc los, der den Kopf zur Seite geneigt hielt, als horche er auf eine Stimme, die nur er hören konnte, und hoffnungslos unvorbereitet erschien. Doch als Bane ausholte, sprang er instinktiv zurück, wich dem Schlag aus, wirbelte seinen eigenen Stab wie einen Strohhalm herum und hieb mit lautem Krachen auf Banes Waffe ein. Der gelangweilte und unruhige Wächter vor dem Stall stutzte; dann begann er, die Kämpfer anzufeuern.

Bane wankte zurück, und bevor er sich fangen konnte, hatte Havloc ihm schon den Stab zwischen die Fußknöchel gestoßen, dass er stürzte. Er prallte schwer zu Boden. Außer Atem blickte er erstaunt auf seinen Gegner. Lachend warf Havloc seinen Stab hoch in die Luft und fing ihn mit einer Hand wieder auf.

Als sie sich dann mit schwingenden Stäben an der Seitenwand des Stalls entlangbewegten, folgte ihnen der Wächter und äußerte laute Kritik. Das Klappern und Knallen der Stäbe zog auch andere an, sodass bald zehn oder ein Dutzend jubelten, höhnten und Ratschläge brüllten.

»Wo habt Ihr gelernt, so gut mit einem Stab umzugehen?«, keuchte Bane.

»Das hat mein Bruder mich gelehrt«, stieß Havloc ohne nachzudenken hervor. Daraufhin nahm sein Gesicht einen überraschten Ausdruck an. »Mein Bruder! Ich habe einen Bruder! Alaric! *Ich erinnere mich!*«

Diese Ablenkung machte Bane sich zunutze, stieß seinen Stab unter Havlocs Arm und drehte ihn heftig schwingend, um Havloc aus dem Gleichgewicht zu bringen. Daraufhin ließ er einen starken Ruck folgen, der Havloc in die applaudierende Menge schleuderte, die ihn mit Hohnrufen empfing und zurückwarf. Dennoch lachte Havloc wie ein Verrückter.

»Meister Bane! Ich erinnere mich wieder!«

Bane machte eine Finte links und schlug dann rechts zu, eine Taktik, die für gewöhnlich gute Ergebnisse brachte, doch Havloc war darauf vorbereitet, sodass Bane sich im

Staub sitzend wiederfand; über ihm stand sein Gegner, der wie ein Dorftrottel grinste.

»Woran erinnert Ihr Euch?«

»An alles! An meine Mutter, meinen Bruder, den alten Drogo, Alis ... Haltet Euch daran fest.«

Bane ergriff das Ende von Havlocs Stab, der ihm anscheinend freundlich hingestreckt wurde, um ihm auf die Beine zu helfen. Wieder ein Fehler. Der Stock wurde mit Havlocs kräftigen Muskeln so gestoßen, dass Bane sich zu seinem Ärger erneut auf dem Hinterteil sitzend wiederfand.

»Ihr seid ja ein Könner.«

»Ich weiß.«

Stoßend, schlagend, vorspringend und ausweichend bewegten sie sich bis zur Vorderseite von Breos' Haus, wo der Wachposten an der Tür sie mit Entzücken über diese Abwechslung begrüßte und seinen Kameraden zurief, herauszukommen und sich das Schauspiel anzuschauen.

»Und was ist mit dem Becher? *Uff!*« Ein wuchtiger Hieb in den Bauch nahm Bane die Luft.

»Ugil grub ihn im Zwiebelbeet aus.«

Bane konnte ein paar Schläge anbringen, doch bei diesem Kampf hatte er keine Aussichten auf einen Sieg. Obwohl es ein »Freundschaftskampf« war, würden seine Rippen braun und blau sein.

»Drogo schickte mich nach Ludlow, um ihn zu verkaufen«, keuchte Havloc, während die Stäbe wirbelten und aufeinander knallten. »Ich brachte ihn zu einem Goldschmied.«

Er konnte es noch gar nicht fassen, dass ihm jede kleine Einzelheit wieder einfiel – die verschlagenen Augen des Goldschmieds: *»Gold? Niemals. Messing ist das! Drei Pennys gebe ich dafür. Wenn's Euch nicht genug ist, könnt Ihr ihn ja wieder mitnehmen.«* Als Havloc ablehnte, wurde der Mann boshaft. *»Gestohlen, nicht wahr? Also, ich will ihn Euch mal* *abnehmen, zu einem Freundschaftspreis – 'nen Shilling. Ist allemal besser als der Galgen.«* Als Havloc dann verärgert aufstand, um doch zu gehen, wurde der Mann kriecherisch. *»Wollte Euch ja nicht beleidigen. Die Zeiten sind schwer. Bleibt, trinkt einen Becher Wein mit mir zum Zeichen, dass Ihr's mir nicht übel nehmt.«*

Als der Goldschmied den Raum verließ, um Wein zu holen, nahm Havloc eine Schreibfeder und ein Stück Pergamentpapier und schrieb die Worte ab, die auf dem Becher standen.

»Ich sollte sie einem Priester zeigen, um herauszufinden, was sie bedeuteten.« Er wich Banes Stab durch einen Seitenschritt aus und versetzte Bane einen so heftigen Schlag auf die Schulter, dass dessen Arm gefühllos wurde. »Ich verließ die Goldschmiedewerkstatt, aber er schickte mir zwei Schläger hinterher, schwere, kräftige Burschen – Au!« Bane grinste. Diesmal hatte *er* einen Schlag anbringen können.

»Ich versteckte mich dicht am Ufer«, keuchte Havloc, »aber die Böschung dort gab nach, sodass ich ins Wasser fiel. Ich kann nicht schwimmen.« Den Stab wie einen Windmühlenflügel kreisend, schritt er auf Bane zu. »Ich wäre beinahe ertrunken, aber irgendwie kam ich wieder aus dem Wasser heraus ...«, *krach, peng,* »und lief diesem diebischen Packzeug auf dem Weg zurück zum Gasthaus in die Arme.«

Pilger und Gäste aus dem Hospiz waren gekommen, um zu gaffen und zu brüllen, dazu einige Studenten und Krankenpfleger, sodass die Menge anschwoll. Unter ihnen war auch Alis.

Die Kämpfer vollführten Finten und sprangen mit wirbelnden Stäben. Auch im Innern des Stalles, der dicke Steinwände besaß, konnte Straccan das Brüllen und scharfe Knallen von Holz auf Holz hören. Die Pferde spitzen die Ohren und scharrten nervös mit den Hufen, als er still zwischen ihnen hindurch zur vierten Box schlich. Zingiber wieherte leicht und schnaubte einen Gruß, als Straccan ihm den Maulkorb abschnallte. Dann liebkoste er die samtene Nase und flüsterte ihm in ein steif nach vorn gerichtetes Ohr:

»Hast du mich vermisst, alter Pilger?« Als er die Fußfesseln löste, schnaubte Zingiber und warf den Kopf hoch, erfreut, das Zeug endlich loszuwerden. »Ruhig, ruhig jetzt«, flüsterte Straccan. »Lass uns gehen.«

Er führte den Hengst an die Tür, nahm dabei eine Laterne, die er zu seiner großen Freude dort erblickte, von einem Haken und steckte vorsichtig den Kopf hinaus. Niemand war zu sehen, doch befanden sich fünfzig Meter freies Gelände zwischen dem Stall und den nächsten Bäumen. Jeder könnte zum ungünstigsten Moment vorbeikommen oder aus einem Fenster in Lord Williams Quartier schauen. Mit einem schnellen Gebet – *Gott, lass sie weiter abgelenkt sein* – lief er, Zingiber am Zügel, bis in den Schutz der Bäume. Dabei erwartete er jeden Augenblick einen Anruf von hinten oder den Schmerz, wenn ein Pfeil zwischen seine Schulterblätter einschlagen würde.

Die Menge war auf mehr als vierzig lärmende Zuschauer angewachsen, die ihrer Begeisterung oder ihrem Zorn Luft machten und Wetten abschlossen. Auch der große Lord William war mit seinem Knappen gekommen. Zuerst war er über den Lärm erzürnt, ließ sich dann aber wie die anderen vom Kampfgeschehen packen.

Hinter dem Haus tunkte Straccan die Stoffkugeln ins Fett und hielt die vorstehenden Enden an die Flamme der Laterne. Als jeweils eine Kugel Feuer fing, steckte er sie durch die Schlitzfenster. Sie flammten auf, zischten in den trockenen Binsen, die drinnen am Boden lagen, und verströmten den Geruch von Bratenfett. Kein Alarmschrei erhob sich. Dann spießte er andere brutzelnde, lodernde Feuerkugeln auf sein

Schwert und streckte sich so weit er konnte, um sie fest in das Reetdach zu rammen. Es war trocken und brüchig, sodass nach ein paar Minuten Flammen am Dach hinaufzüngelten, blass im Sonnenlicht des Nachmittags. Sie knisterten hungrig, als sie sich ihren Weg zum Dachfirst fraßen.

An der anderen Seite sah Havloc Rauch über dem Dachfirst aufsteigen und wie eine Welle zu ihm hinunterwallen, während aus dem Reetgefüge ein Strom quiekender Ratten hervorbrach, die vor dem Rauch her rannten und sprangen, als sie die Dachkante erreicht hatten. Auch aus der Tür quoll plötzlich Rauch, und jemand schrie: »Feuer!«

Die Aufmerksamkeit der Menge richtete sich abrupt auf das Feuer und die zwischen ihren Füßen umherhuschenden Ratten. Die schreienden Frauen und stampfenden Männer warfen keinen Blick mehr auf Bane und Havloc, sodass diese sich außer Atem und schwitzend auf ihre Stäbe stützten und grinsend auf das Dach schauten, das nun von einem Ende bis zum anderen loderte.

Mit einem Schrei des Entsetzens stürzte Lord William zur Tür, wich zweien seiner Ritter aus, die versuchten, ihn aufzuhalten, und wurde vom Rauch verschluckt. Die anderen zögerten, sprangen jedoch zurück, als ein Teil des Dachs einfiel und der Torweg einen erstickenden Schwall Rauch und loderndes Schilfrohr ausspie.

Sulien kam herbeigerannt und rief: »Ist noch jemand da drinnen?«

»Lord William«, rief Thibaut.

Ein anderer rief: »Seht doch!«

Hustend, fluchend, Tränen in den Augen und mit einer Tunika, die schwarz war vor Ruß, stolperte Lord William heraus. Seine Hände umklammerten eine Ledertasche. Mit einem mächtigen Krach fiel der Rest des Daches ein; Flammen loderten auf, um zu verschlingen, was noch übrig war.

53

»William de Breos!«

Wo der Pfad zum Schrein seinen gewundenen Anstieg begann, stand ein Mann mit einem Schwert in der Hand, das noch halb in der Scheide steckte.

Breos hustete heiser und spuckte aus. »Straccan!« Dann grinste er, dass seine Zähne im geschwärzten Gesicht glänzten. »Julitta hatte ja prophezeit, dass Ihr kommt.«

»Ist sie tot?«

»Tot?« Er lachte. »Schlimmer als das – in der Hölle! Was wollt Ihr?«

»Euch zum Kampf fordern!«

Sulien rief: »Sir Richard, nein!«

»Holt die Pferde!«, befahl Breos, und seine Männer rannten los.

»Unter allen Anwesenden als Zeugen«, rief Straccan, »nenne ich Euch einen Dieb, Schänder und Mörder, und ich fordere Euch zum Kampf Mann gegen Mann heraus – jetzt und hier!« In der bestürzten Stille warf er statt eines Fehdehandschuhs einen Streifen abgenutzten Wollstoff, um zwei Ringe geknotet, vor sich auf den Boden.

Breos starrte finster darauf. »Was ist das?«

»Den einen Ring nahm ich von der toten Hand der Priorin Heloise.«

»Ich habe sie nicht getötet!«

»Aber so gut wie. Der andere gehörte Robert Wace – und

den habt Ihr ja nun *wirklich* getötet! Ich sehe da noch sein Zeichen auf Eurer Wange«, höhnte er. »Von einem Schreiberling!« Stahl zischte, als er sein Schwert zog und die Scheide fallen ließ. »Was sagt Ihr nun? Werdet Ihr kämpfen oder Euch ergeben?«

Breos erkannte das Schwert und knirschte vor Wut mit den Zähnen. Wer immer hier Judas gespielt hatte, würde es mit dem Leben bezahlen, sobald er diesen lästigen Niemand getötet hatte, der eigentlich schon tot sein sollte. Seine Männer hatten sich am entfernten Ende des Gebäudes zu einem dichten Haufen geschart. Die Hufe ihrer Pferde wirbelten Aschewolken auf. Bevis de Rennes gab seinem Ross die Sporen und preschte durch die Menge an die Seite seines Herrn, Breos' eigenen Hengst am Zügel.

»Stellt Euch und kämpft!«, rief Straccan wütend, als Lord William sich in seinen Sattel schwang und die gerettete Tasche über den Sattelknopf hakte. »Wollt Ihr etwa fliehen, Feigling, Schlächter von Nonnen und Priestern?«

»Lasst *mich* ihn erledigen, Mylord«, bat Bevis, doch Lord William schüttelte finster den Kopf.

»Nein! Er gehört mir!«

Auf seinen Steigbügeln stehend stieß er seinen Schlachtruf aus: *»Homo Dei!«* Die Adern an seinen Schläfen schwollen an – der Medikus würde nach seiner Lanzette gelangt haben, hätte er ihn so gesehen –, und sein Gesicht nahm die Farbe von Damazenerpflaumen an. Er rammte die Sporen in die Seiten seines Hengstes, sodass das Tier vor Schmerz schrill wieherte, sich aufbäumte und auf den Hinterbeinen tänzelte, während sein Reiter sich wie ein Affe festklammerte. Dann preschte er wie ein Rammbock auf Straccan zu, zog dabei die Klinge mit einem widerhallenden Pfeifton und warf die Scheide zur Seite.

Als das massige Pferd auf ihn zustürzte, wich Straccan in

den engen Pfad hinein aus. Die Steilheit konnte die Wucht des Hengstes kaum bremsen, jedoch das Fass voller Kiesel, das Straccan umstieß. Das Pferd rutschte auf den Steinen aus, die unter seine stahlbeschlagenen Hufe rollten. Nach Halt suchend krachte das Tier grell aufwiehernd auf eine Seite.

Für einen schweren Mann war Breos flink. Er stieß die Füße aus den Steigbügeln und sprang weg von dem schweren Körper mit den auskeilenden Beinen. Das Pferd rollte über, bevor es wieder auf die Beine kam, und schüttelte sich.

»Verflucht!«, brüllte Breos. »Ein mieser Trick!«

Straccan war nun mehrere Fuß über ihm auf dem ansteigenden Pfad. Wie ein Blasebalg schnaubend, stürmte Breos auf ihn zu, sein Schwert mit beiden Händen wie eine Axt schwingend. Er hätte Straccan von der Schulter zur Hüfte gespalten, hätte der den Schlag nicht mit der eigenen Klinge pariert. Schneide kreischte an Schneide entlang und glitt unblutig ab.

»Mylord! Sir Richard!«, rief Sulien. »Ihr müsst aufhören!« Doch sie nahmen so wenig Notiz von ihm wie von einer Motte.

Die Wucht von Breos' Schlag – er war der schwerere Mann –, erschütterte Straccans Handgelenke und zwang ihn zurückzuweichen und weiter hinaufzusteigen. Er wandte sich jedoch gleich wieder um und wehrte den nächsten Hieb ab. Wieder wurde er von der Wucht des gegnerischen Schlages zurückgetrieben.

Eine Kurve im Pfad brachte die beiden Kämpfer außer Sicht der unten stehenden Zuschauer. Sie hörten Grunzen, Keuchen und das Klirren von Stahl auf Stahl, doch es wurde immer schwächer, als sie sich den engen Weg hinaufkämpften. Bevis stieg ab und winkte zwei seiner Bogenschützen heran. Mit dem Schwert in der Hand und den beiden Schützen hinter ihm stieg er den Pfad zu seinem Lord hinauf.

Straccan hatte zuerst Blut fließen lassen, indem er Breos einen flachen Schwerthieb an die Rippen versetzte, der ihm den Garaus gemacht hätte, wäre er nicht im letzten Moment zurückgesprungen. Das Blut schoss aus der klaffenden Wunde und durchtränkte seine Tunika, doch die Wunde war nicht ernst genug, um ihn langsamer werden zu lassen. Breos' Schwertspitze drang in Straccans Schenkel, aber diese Wunde blutete nicht sehr. Sie verhöhnten sich nicht mehr gegenseitig, sondern sparten sich den Atem für den Kampf. Das Pfeifen und Klingen der Schwerter sowie ihr Keuchen füllte ihre Ohren, und jeder sah nur noch das Gesicht des anderen – beides Masken aus Fleisch, das sich zu einem Totenschädelgrinsen über den Knochen spannte.

Straccan hatte in vielen Schlachten und Scharmützeln Feinde getötet und auch bei einem Dutzend weniger offizieller Vorfälle um sein Leben gekämpft – bei Angriffen von Gesetzlosen, Piraten und sogar Kannibalen –, aber selten hatte er solche Abscheu gegen einen Feind empfunden. Die gefolterte Leiche des alten Priesters von Tresaint, die aufgesprungene Schädeldecke von Mutter Heloise und das stille Gesicht des königlichen Schreibers erschienen immer wieder vor seinem geistigen Auge. Er konnte diese Bilder nicht loswerden. Dieser Schlächter hatte sie getötet, und dafür musste er nun bezahlen. Er parierte einen weiteren gewaltigen Hieb und wich ein weiteres Stück den Hügel hinauf zurück. Breos folgte ihm.

Füße stampften den Pfad hinauf – Breos' Männer kamen; sie würden nicht untätig bleiben, während Straccan und ihr Herr miteinander fochten. Doch Straccan war darauf vorbereitet. Den Kopf gesenkt, rammte er Breos' Körper, sodass beide zu Boden fielen und Breos das Schwert aus der Hand geschlagen wurde. Lord William versuchte, es wieder zu ergreifen, doch Straccan erreichte es im gleichen Moment.

Breos stieß ihm seinen Ellenbogen ins Gesicht und bekam das Schwert wieder in die Hand.

Straccan nahm eine Hand voll Erde und Steinchen auf und schleuderte sie Breos ins Gesicht. Während dieser geblendet war, schlug Straccan auf die dichten Büsche, die entlang des Pfades wuchsen. Ein dicker Zweig peitschte heraus und traf Lord William, der nach hinten wankte, den Halt verlor und aufs Hinterteil fiel.

Als er sich fluchend aufrappelte, sah er Straccan um die nächste Kurve verschwinden. Sie konnten nun nicht mehr weit vom Schrein entfernt sein. Jetzt hatte er ihn! Der Bastard konnte nirgends mehr hinlaufen. Nun konnte er ihm den Garaus machen.

Plötzlich erschallte ein heranbrausendes Donnern, das Lord William an den Angriff einer Schlachtformation erinnerte – stampfende Hufe und das Brüllen von Männern, die kurz davor waren, zu töten oder getötet zu werden. Der Boden unter ihm bebte, und oben schrie jemand ... Straccan, wer sonst?

Mit Triumphgebrüll stürmte Breos um die letzte Biegung des Pfads, wo der Schrein seit sechshundert Jahren stand.

Er war nicht mehr da.

Der Felssims war leer gefegt. Nichts war mehr von dem Unterstand aus Weidengeflecht, der Heiligenstatue und dem ewigen Feuer vorhanden. Alles war verschwunden, von einer Lawine in die Schlucht gerissen – und Straccan mit darunter.

»Gottes Name!«, keuchte Breos, atemlos und völlig überrascht, als Bevis de Rennes und seine Bogenschützen außer Atem hinter ihm ankamen.

»Was ist geschehen, Mylord?«

»Ein Steinschlag ...« Gott sei Dank, dass er nicht schon heruntergekommen war, als er sich selbst dort befand, nur ein paar Stunden zuvor. Ein weiteres Anzeichen, dass Gott ihn nicht abgeschrieben hatte.

»Wurde er mit hinuntergerissen?«, fragte Bevis.

»Muss wohl.«

Vorsichtig bewegten sie sich zur Kante und spähten hinunter. Tief unten waberte und wirbelte ein dünner grauer Dunst. Die Trümmer des Steinschlags sahen winzig und unbedeutend aus.

»Könnt Ihr ihn sehen?«

»Ja! Links von dem großen Stein.«

Breos zwängte sich zwischen ihnen hindurch und starrte in die Schlucht. »Wo denn? Ich sehe ihn nicht.«

»Dort, Mylord!«

Etwas Blasses bewegte sich dort unten. Ein Schaf? Nein, zu lang – ein Mensch.

»Schießt!«, brüllte Breos.

Sie spannten ihre Bogen, zielten und ließen die Pfeile fliegen. Dunst wirbelte auf und zerteilte sich. Die blasse Gestalt zuckte zusammen, als sie von den Pfeilen getroffen wurde. Ihre Beine keilten aus. Dann lag sie still.

»Habt ihr ihn getroffen?«

»Er blutet, Herr«, antwortete einer der Schützen, der einen sich vergrößernden Fleck sah.

»Jesus, du hast gute Augen«, sagte Breos, während er finster nach unten blickte. »Schieß noch einmal.«

Zwei weitere Pfeile schwirrten nach unten – und diesmal rührte der Körper sich nicht mehr.

54

Bane erreichte den Ort des Schreins, außer Atem und mit heftigem Seitenstechen. Er hielt einen Moment auf dem Felsvorsprung inne, krümmte sich, um das Stechen zu lindern, und schaute mit freudiger Überraschung auf die Verwüstung. Er musste sich eingestehen, dass er nie erwartet hatte, es würde funktionieren.

Sobald er wieder genügend Atem hatte, pfiff er zwei deutliche Noten. Von weiter oben und offenbar aus dem Boden kam eine Antwort.

Straccans verletztes Knie war steif geworden; und andere Schnittwunden, die er im Kampf nicht einmal bemerkt hatte, fingen an zu brennen und zu pochen. Er saß zusammengekauert in einer Aushöhlung zwischen drahtigen Wurzeln, von einem Vorhang von überhängendem Heidekraut verdeckt. Erde lag auf ihm und vermischte sich mit dem Blut, das Hemd und Hose tränkte. Steif kroch er aus diesem Versteck heraus wie ein auferstandener Leichnam am Jüngsten Tag.

Bane half ihm auf. »Alles in Ordnung?«

»Wird schon werden. Helft mir den Abhang hinunter. Ist er weg?«

»Ja.«

Irgendetwas in seiner Stimme fiel Straccan auf. »Was ist?«, fragte er beunruhigt, und wieder, als Bane zögerte: »Was ist denn?«

»Er hat Alis mitgenommen!«

Straccan wankte und wäre gefallen, hätte er nicht an Banes knochiger Schulter einen Halt gefunden.

»Wie denn?«

»Ruhig, ruhig. Lehnt Euch auf mich, oder Ihr kippt wieder um.«

»Verdammt, Hawkan, *was ist geschehen?*«

»Dieser Deutsche hat ihn herausgefordert.« Bane erzählte die Geschichte, als sie den Pfad hinunterstiegen. Dabei sah er wieder im Geiste Bruno auf seinem Pferd am Torweg, ein einsamer Stopfen in dem Flaschenhals, in voller Rüstung und mit eingelegter Lanze. »Breos riss sie vor sich und sagte, er würde ihr die Kehle durchschneiden, wenn sie ihnen folgten. Havloc versuchte, ihn aufzuhalten, versetzte ihm einen gewaltigen Schlag mit seinem Stab – aber sie überrannten ihn mit den Pferden.« Auch das sah er noch im Geiste: Havlocs Körper wie eine zerbrochene Vogelscheuche unter den Pferdehufen.

»Ist er tot?«

»Nein, voller Quetschungen, aber – Ihr werdet sehen. Macht ein wenig langsamer, es ist steil hier.«

»Ich muss ihm nach und sie zurückholen!« All seine Tricks und der Mummenschanz waren nutzlos gewesen. Er hätte sich gar nicht zu bemühen brauchen. Jetzt musste er Breos doch töten.

»Gebt auf diese verdammten Kiesel Acht!«

Sie waren jetzt am Fuße des Pfads. Viele weitere Leute hatten die Menge anschwellen lassen. Sie starrten und zeigten auf Straccan. Da war auch Havloc, der wütend dreinblickte und aufgeregt gestikulierend mit Bruno von Köln sprach.

»Wir hörten den Steinschlag«, sagte Sulien. »Lord William sagte, Ihr seid mitgerissen worden.«

»Das war ein Trick, den Bane und ich uns ausgedacht hatten. Es hing alles davon ab, ob ich Breos hier heraufbringen konnte.«

»Aber sie haben doch Euren Körper gesehen und auf ihn geschossen. Ihr seid doch verletzt! Euer Bein ...«

»Mir geht es gut. Das war nur eine Puppe. Garnier sorgte dafür. – Havloc!«

Havlocs Gesicht war voller blauer Flecke, seine Kleidung voller Staub und sein Haar blutverkrustet, aber sonst schien er nicht verletzt zu sein. Er bahnte sich mit der Schulter einen Weg durch die Menge und ignorierte die Leute, die versuchten, ihn zu berühren, in der Hoffnung, dass dadurch auch ein bisschen Glück auf sie übergehen würde.

»Sir Richard, er hat Alis!«

»Wir werden sie zurückholen.«

»Er wird sie umbringen!«

»Nein! Durch sie ist er durchs Tor gekommen, aber von nun an verlangsamt sie seine Flucht. Er wird sie nach ein paar Meilen vom Pferd stoßen. Ganz bestimmt!« Er hoffte sehnlichst, dass er Recht haben würde. »Hawkan, holt die Pferde. Zingiber ist unten beim See, in der Nähe der Boote. Es tut mir Leid, Sulien. Ich habe mein Bestes getan, aber es sieht so aus, als ob ich ihn nun doch töten muss.«

Sulien hielt ihm eine Brieftasche hin. »Für den König«, sagte er. »Der Ring und der Brief.«

Straccan nahm die Tasche. »Ich habe eines Eurer Gebäude angezündet, zerstörte Euren Schrein und brach die Gesetze des heiligen Zufluchtsorts. Dafür erbitte ich Eure Verzeihung, Sulien. Wenn ich kann, werde ich es wieder gutmachen.«

»Ihr habt getan, was Ihr tun musstet, Sir Richard. Und dafür – bis auf den Bruch der heiligen Zuflucht – hattet Ihr die königliche Erlaubnis. Was das Anzünden des Gebäudes angeht, so spielt das kaum noch eine Rolle.« Er schaute sich traurig um und bemerkte dann: »Bald wird sowieso alles verschwunden sein«, und schritt davon.

Straccan sah den Aussätzigenmeister am Rande der Menge. »Garnier, Ihr habt gut gearbeitet.«

»Man braucht weder Kraft noch Verstand, ein paar Strippen zu ziehen, um eine Puppe zu bewegen«, erwiderte Garnier. »Und die Heiligenstatue ist unbeschädigt. Wenn sie wieder im Schrein ist, werden die Pilger ein neues Wunder haben, das sie bestaunen können. Geht Ihr, das Mädchen zu holen?«

»Ich hoffe, sie unverletzt zu finden. Er hat keinen Grund, sie weit mitzunehmen – und noch weniger, sie zu töten.«

Garnier betrachtete ihn skeptisch durch die Löcher in seiner Kapuze. »Ich bete, dass Ihr Recht habt, Sir Richard.«

Die Menge teilte sich wieder, um Bane durchzulassen, der die Pferde brachte.

Straccan nahm ein kleines Pergamentpäckchen aus der Innenseite seines Gürtels. »Garnier, würdet Ihr dies hier Sulien geben? Vielleicht kann es ihm helfen, seinen Ort zu retten.«

»Was ist das?«

»Ein Faden von einem Tuch, das mit dem Blut Christi getränkt ist. Er ist vom Pendragon-Banner.«

Schließlich hatte er zwischen dem Verlassen der Insel des Heiligen und dem Zusammentreffen mit Thibaut an der Furt das Banner zwei Nächte und einen Tag in seinem Besitz gehabt, und er war nicht der Mann, sich eine Gelegenheit entgehen zu lassen. Es war ihm gelungen, ein halbes Dutzend kostbarer Fäden aus der Reliquie zu ziehen, ohne dass es auffiel.

»Warum habt Ihr ihm das nicht selbst gegeben?«, fragte Garnier, als er das Päckchen in seinen Geldbeutel legte.

»Er ist ein wenig verärgert über mich.«

»Gott sei mit Euch, Sir Richard. Ich werde für Mistress Alis und für Euch beten.« Garnier verbeugte sich und schritt davon.

Hinter Straccans Rücken murmelte Bruno von Köln: »Der arme Kerl. Das ist doch die Hölle auf Erden.«

Ja, wirklich, die Hölle, sagte sich Straccan. Was könnte schlimmer sein? Doch als er zuschaute, wie die große, verhüllte Figur davonhumpelte, stieg ein ungeheuerlicher Verdacht in ihm auf. Was hatte Breos über Julitta gesagt? *»Schlimmer als tot – in der Hölle.«*

»O Gott!« Er wusste, was Lord William getan hatte, wusste, wo Julitta war. Er öffnete den Mund, um Garnier zuzurufen und es ihm zu erzählen, ließ es dann aber.

Hier war der Gerechtigkeit genüge getan worden.

Sie ritten die ersten zwei Meilen scharf über offene Heide, wo nichts verborgen bleiben konnte; danach aber waren junge Bäume und dichtes Unterholz bis an die Landstraße gewachsen. Alis konnte verletzt oder tot nur wenige Ellen entfernt liegen, ohne dass sie jemand sah.

Sie verlangsamten ihre Gangart. Straccan rief: »Alis! Alis!« Die anderen schlossen sich dem an und horchten dazwischen nach einer Antwort.

»Alis!«

»Ho, ho, ho – Alis!«

Immer wieder jagte Havloc sein Pferd ins Gebüsch, sodass Dornen blutige Kratzer an dessen Beinen und Bauch hinterließen.

»Alis!«

In Straccan stieg Verzweiflung auf.

Drei Meilen vom Verborgenen Tal entfernt stieß er auf einen Mann mit einem Maultier, der sich hinter einem Haselstrauch verstecken wollte, und zog ihn heraus. Seine

Augen waren vor Angst weit aufgerissen. Ja, er habe Lord William und seine Leute gesehen, habe die Landstraße vorsichtigerweise verlassen, als er sie kommen hörte, und sie dann ungefähr eine Meile von hier vorbeireiten sehen. Nun habe er sich wieder verstecken wollen, falls dieser neue Trupp auch nicht besser wäre.

»War eine Maid bei ihm?«, fragte Havloc. »Eine junge Frau in einem blauen Kleid?«

»Ich sah keine Frau.«

Sie ritten weiter, riefen wieder und horchten.

Herr Jesus, Heilige Jungfrau, betete Straccan. *Lasst sie in Sicherheit sein!* Doch sein Herz wurde kalt vor Angst und zog sich zusammen.

Bruno sah es zuerst – etwas Blaues, das vor ihnen an einem Ast hing. Er rief ihnen zu und deutete mit dem Zeigefinger darauf. Mit einem lauten Schrei raste Havloc darauf zu. Als die anderen ihn erreichten, hatte er es schon heruntergezogen und wiegte sich in tiefem Kummer hin und her. Es war Alis' blauer Überrock, den er an seine Brust presste. An seinen Händen und an dem Kleidungsstück war Blut.

Tränen strömten ihm übers Gesicht, als er zu Straccan aufschaute. »Er hat sie umgebracht! Alis, o Gott, Alis!« Schluchzend drückte er den Überrock an sein Gesicht.

»Lasst mich mal sehen.« Straccan zog das Kleidungsstück sanft aus Havlocs Griff. Blut hatte den Saum getränkt, aber er konnte keinen Schnitt von einem Messer oder Schwert finden. »Der ist noch ganz«, sagte er. »Und schaut doch mal ...« Er wies auf zwei blutige Abdrücke. »Seht, sie kniete – sie kniete in dem Blut. Alis!«, rief er und riss Zingiber hoch. »Das ist nicht ihr Blut!« Und wieder rief er: »Alis!«

Rechts von ihnen vernahmen sie einen Antwortruf.

Sie folgten einer Trampelspur und fanden sie am Boden sitzend, Thibauts Kopf in ihrem Schoß wiegend. Sein rechter

Arm war mit einem Stück vom Saum ihrer Tunika verbunden. Er sah wie tot aus, atmete aber.

»O Gott. Dem Himmel sei Dank!« Havloc sprang vom Pferd und umarmte sie.

»Ich wusste, dass du kommst.«

Bruno kniete sich zu dem Knappen. »Sein Arm – was ist geschehen?«

»Lord William hat ihm die Hand abgeschlagen. Ich habe meinen Gürtel darum gebunden. Dann zog ich meinen Überrock aus und band ihn an einen Zweig, wo ihr ihn sehen konntet. Wird er sterben?«

»Nicht, wenn wir ihn rechtzeitig zu Sulien bringen können«, meinte Havloc. »Das sind weniger als fünf Meilen. Hauptmann Bruno, Alis und ich werden ihn zurückbringen, wenn Ihr mir zwei Eurer Männer leiht.«

»Ralph, William, reitet mit ihnen. Kümmert euch um ihn.«

Thibaut öffnete die Augen und starrte Straccan an. »Mein Herr sagte … tot.«

»Ein Fehler, den er schon einmal gemacht hat«, erwiderte Straccan.

»Nicht leicht umzubringen«, flüsterte Thibaut, und seinen blassen Lippen gelang mit Mühe ein Lächeln.

»Was ist denn geschehen?«

»Sein Pferd … lahm. Er befahl mir abzusteigen … nahm meines. Judas, sagte er.« Thibaut hielt inne, um Kräfte zu sammeln. »Er zog … sein Schwert. Ich sah es kommen, warf meine Hände hoch … seltsam, fühlte nichts. Sah nur … Blut.«

»Sie sind weitergeritten«, erklärte Alis. »Lord Williams Pferd ist irgendwo hier.«

»Wohin wollen sie?«, fragte Bruno.

»Zu seiner Galeere«, antwortete Thibaut. »Irgendwo auf dem Usk – jenseits von Abergavenny.«

»Wenn er erst mal auf dem Schiff ist, haben wir ihn verloren. Wir können ihm nicht zur Bretagne folgen.«

»Nein«, sagte Thibaut. »Nicht Bretagne – Bristol.«

»Bristol? Warum?«, wollte Straccan wissen.

»Er bringt das Banner zum König.«

»Seid Ihr sicher?«

»Ja. Er will es für Lady Mahaut und seinen Sohn austauschen.«

»Bereit zum Abmarsch, Sir.« Brunos Männer, die wie in allen Dingen auch hier sehr tüchtig waren, hatten es geschafft, eine Bahre aus Baumschösslingen zu bauen, die sie zwischen ihren Pferden angebracht hatten. Nun hoben sie Thibaut darauf.

»Wo treffen wir wieder zusammen, Sir?«

Straccan warf ein: »Wenn wir schnell reiten, Bruno, können wir vor ihm in Bristol sein.«

»Er hat aber immer noch das Banner«, meinte der Deutsche.

»Ja, und er macht unsere Arbeit. Bringt es zum König. Wir werden ihn dort begrüßen.«

Bruno dachte einen Moment nach. »Also dann – Bristol«, sagte er schließlich.

Havloc und Alis sprachen miteinander, und als Straccan aufstieg, traten sie Hand in Hand an sein Pferd heran.

»Wir reiten nach Devilstone zurück, wenn wir Thibaut in sichere Obhut gebracht haben«, sagte Havloc. »Sir Richard, ich kann mich jetzt an alles erinnern. Ich tötete Alis' Vater nicht. Ich hatte Angst, weil ich nichts mehr wusste. Auch nach der Anhörung vor Gericht hatte ich noch Angst davor. Aber ich habe Sir Drogo nicht getötet.«

»Das habe ich auch nie angenommen.«

Alis nahm den goldenen Becher aus ihrem Geldbeutel. »Sir Richard, würdet Ihr den nehmen und für mich verkaufen?

Was immer Ihr dafür bekommt, werde ich mit meinen Schwestern teilen.«

»Das will ich gern tun, Mistress Alis. Sagt Thibaut, ich werde mein Versprechen nicht vergessen. Gott möge euch beide begleiten.«

55

Als sie durchs Burgtor ritten, mussten sie sich an eine Seite drängen, um für eine heranpreschende Gruppe von Reitern Platz zu machen – ein halbes Dutzend Ritter, geführt von einem starken, schweren Mann auf einem schwarzen Hengst. Sie ritten mit dem Kopf nach unten, als ob sie eine feindliche Formation angriffen, donnerten an ihnen vorbei und erregten Schreckensschreie bei den Leuten, die ihnen aus dem Weg springen mussten. Als Straccan ihre Wimpel im Licht flackernder Fackeln erkannt hatte, sagte er: »Das war der Graf von Derby, Breos' Neffe.«

»Ich frage mich, warum der hier ist«, entgegnete Bruno.

Sie fanden es bald heraus. Überall auf der Burg wurde davon geredet. Der Graf brachte einen Brief von Lord William. Niemand wusste, was darin stand, aber der König hatte sich einverstanden erklärt, Breos am nächsten Morgen zu empfangen.

»Ich muss sofort den König sprechen!«, verlangte Straccan. Aber der König sei schon zu Bett gegangen, und von *nichts* Geringerem als einer Invasion der Franzosen würde er sich bis zum Morgen aus den Armen seiner Bettgenossin reißen lassen, antwortete man ihm.

Burg und Stadt waren voller Menschen; Grafen und Barone, die aus Irland zurück waren, hatten die besten Betten, geringere Leute mussten auf den Fußbodenbinsen schlafen wie Knappen, die ihrerseits auf zugige Korridore und erbärmlich kalte Treppen verbannt wurden, wo Leute die ganze Nacht über sie hinwegtraten.

Straccan schlief schlecht und träumte noch schlechter.

»Wacht auf!«

Straccan verfluchte die Hand, die ihn schüttelte – nicht sehr sanft –, öffnete die Augen und erblickte Brunos sauber rasiertes, frisch gewaschenes Gesicht.

»Herrgott, ist denn schon Morgen?«

»Ja, kommt. Ihr müsst dem König Bericht erstatten.«

Straccan befeuchtete sich schnell Gesicht und Hände mit dem noch schaumigen Waschwasser vom letzten Abend. Er hatte in seiner Kleidung geschlafen und fühlte sich schäbig. Bruno war beneidenswert sauber und roch nach Seife.

Es war fünf Uhr in der Frühe, und der König war noch in seinem Schlafgemach, denn niemand wagte, ihn dort zu stören, bis die Dame gegangen war. Wachposten mit Langspießen in den Händen standen zu beiden Seiten der Tür. Von Zeit zu Zeit drückte des Königs Kammerdiener Petit ein Ohr an die Tür, und die Schlafzimmerritter, die mit des Königs Kleidern in den Armen warteten, spannten sich erwartungsvoll, doch jedes Mal schüttelte Petit den Kopf. Ein Schwarm verschlafen aussehender Pagenjungen, unnatürlich still unter den grimmigen Augen des Kammerherrn, wartete ebenfalls darauf, seine Morgenpflichten anzutreten. Zwei Schreiber, mit den Halteriemen die Schreibunterlagen um den Hals geschlungen, verbrachten ihre Zeit damit, ihre Federkiele anzuspitzen. Auf einem Holzkohleofen in einer Ecke dampfte ein Wasserkessel vor sich hin, bereit für die königlichen Waschungen.

Außerhalb des Vorzimmers, im Gang und auf den Treppen, warteten Bittsteller schon seit der Morgendämmerung. Anders als die Ritter und Pagen durften sie wenigstens auf dem Fußboden sitzen; wenngleich sie von der Umgebung beeindruckt und von der Nähe des Königs eingeschüchtert waren, schwatzten sie leise miteinander und teilten sich den Proviant, den sie mitgebracht hatten. Brot und appetitlich riechende Würste wurden von Hand zu Hand gereicht. Straccans Magen knurrte.

Petit legte wieder ein Ohr an die Tür und hob diesmal einen warnenden Finger. Die Ritter machten sich zum Einzug bereit, und eine Welle der Aufregung lief von der Schlafzimmertür durch den Warteraum bis zum Gang und die Treppen dahinter, wo sich die Leute den Rest ihres Frühstücks in den Mund stopften oder in ihre Körbe zurücklegten, sich ihre Argumente wieder ins Gedächtnis riefen und sich langsam nach vorn schoben.

Die Tür öffnete sich, und die glückliche Dame der Nacht, in einen mit Pelz ausgekleideten Seidenmantel gehüllt, attraktiv errötend, schlüpfte scheu heraus, ergriff den ihr von Petit hingehaltenen Geldbeutel und trippelte davon, um sich mit ihrem Abenteuer der Nacht zu brüsten.

Der Kammerdiener trat zuerst ein. Hinter ihm eilten die Ritter ins Gemach, gefolgt von den Schreibern und Pagen, von denen einer des Königs heißes Wasser trug. Straccan bildete das Ende und wartete darauf, dass der König Notiz von ihm nahm.

Der Septembertag versprach, schön zu werden, und der König war guter Laune, als seine Ritter ihn wuschen und ankleideten. Während seine Hose, der Umhang, der Waffenrock, Gürtel und Schuhe auf dem königlichen Körper ihren Platz fanden, fütterte Hoheit eigenhändig seine Hunde mit Leckerbissen und diktierte Briefe, wobei er Lateinisch und Französisch gleich fließend sprach. Die beiden Schreiber schrieben im Gleichtakt; sobald ein Brief beendet war, begann der König schon einen neuen.

»Ah! Straccan!«, unterbrach er sein Diktat. »Warum seid Ihr mit leeren Händen zu uns gekommen?«

»Bin ich nicht, Hoheit.« Alle Augen folgten Straccan, als er das Zimmer durchquerte und vor dem König niederkniete. »Hoheit, würdet Ihr dies hier lesen?« Er hielt ihm Suliens verschnürte Brieftasche hin.

Doch der König schenkte ihr keine Beachtung, wandte sich ab und ließ Straccan dort auf den Knien, während er die Bittsteller begrüßte, die den Geruch von Schweiß und Knoblauch in das parfümierte Gemach brachten. Das erste halbe Dutzend wurde abgefertigt und entlassen. Den anderen wurde mitgeteilt, sie sollten es am nächsten Tag noch einmal versuchen. Als sie unzufrieden und enttäuscht abzogen, kam der Bischof mit langen Schritten herein; er brachte jede Menge Neuigkeiten.

»Gott segne Eure Hoheit!« Er fiel auf ein Knie, küsste die beringte Hand und sprang wieder auf. »Mylord, William de Breos ist im Burghof, mit dem Grafen von Derby.«

»Packzeug findet zusammen«, bemerkte John mit verächtlicher Miene. »Stellt sie unter Bewachung.« Dann wandte er sich wieder Straccan zu, der immer noch vor ihm kniete. »Wir wundern uns, dass Ihr es wagt, Euer Gesicht hier zu zeigen, wo Ihr doch in allem versagt habt, worum wir Euch baten. Wo ist das Banner?«

»Ich habe es nicht, Hoheit.«

»Wirklich? Na, was für eine Überraschung! Ihr hattet den Auftrag, dieses Banner zu finden, und das habt Ihr auch getan, doch statt es mir zu bringen, habt Ihr es Breos überlassen.«

»Nicht freiwillig, Hoheit.«

»Nein? Na, das werden wir ja sehen. Er ist nämlich gekommen, um seinen Frieden mit mir zu machen. Ich habe schon einen Brief von ihm erhalten ...« Er schnippte mit den Fingern, worauf ein Schreiber den Brief von seiner Schreibunterlage nahm und ihm reichte. Der König rollte ihn auf und begann laut zu lesen: »William de Breos grüßt seinen Lehnsherrn John, König von England.« Der König schaute mit ironischem Ausdruck auf. »Ist das nicht nett? Er bittet darum, mich sprechen zu dürfen, fleht um meine Gnade, verspricht, mir seine Schulden zu zahlen und bla, bla, bla, und bietet schließlich an, mir das Pendragon-Banner zu übergeben.« Er ließ den Brief mit einem Schnapplaut zusammenrollen und richtete ihn wie einen Dolch auf Straccan. »Hat er ihn?«

»Ja, Hoheit.«

»Erklärt mir das!«

»Ich habe ihn zum Kampf gefordert, Hoheit, und wir fochten. Ich hätte ihn getötet, aber er war zu schlau für mich.« Wieder hielt er Suliens Brieftasche hoch. »Hoheit, sprecht nicht mit ihm, bevor Ihr dies hier gelesen habt!«

Wieder ignorierte der König die Brieftasche. »Wo ist Hauptmann von Köln?«

»Hier, Hoheit.«

»Ihr wart doch ebenfalls dort. Was ist geschehen?«

»Breos nahm eine Geisel, Hoheit, eine junge Edelfrau. Er drohte, ihr die Kehle durchzuschneiden. Deshalb mussten wir ihn passieren lassen ...« Dann erzählte er von der Verfolgung, und wie sie dabei Alis und Thibaut fanden und erfuhren, dass er sich doch nicht nach der Bretagne, sondern nach Bristol zum König auf den Weg gemacht hatte.

»Ihr habt ihn also gehen lassen.«

»Wir ließen ihn zu Euch kommen, Hoheit, damit er sich Eurem Urteil stellt. Bitte, Hoheit, lest dies!« Straccan hielt die Brieftasche abermals hin.

Diesmal ergriff John sie ungeduldig. »Steht auf, Mann. Was ist das denn?« Er hatte die Verpackungsschnüre durchgeschnitten und ließ den Ring auf seine Handfläche fallen.

Einen Moment schaute er ihn nur an. Sein Gesicht wurde

bleich unter der Bräune. »Beim Körper Gottes! Wo habt Ihr *das* denn her?«

»Suliens Brief erklärt Euch alles«, erwiderte Straccan.

»Lasst uns allein – alle!«, befahl der König, und als jeder sich zur Tür in Bewegung setzte, rief er: »Ihr bleibt hier, Straccan, und auch Ihr, Bischof!«

Er ging mit dem Brief zum Fenster und brach das Siegel mit zitternden Händen. Als er das Schreiben gelesen hatte, blieb er lange Zeit stumm und starrte in Gedanken verloren aus dem Fenster. Als er sich schließlich wieder umwandte, gefiel Straccan der fiebrige Glanz in seinen Augen ganz und gar nicht – und auch nicht die weiße Farbe seiner Handknöchel, als er Suliens Brief zusammendrückte.

»Wisst Ihr, was hier drin steht?«

»Ja, Hoheit.«

»Habt Ihr ihn selbst gesehen? Seinen Körper?«

»Ja, Mylord.«

»Verräter!« John schlug mit der Faust so heftig gegen die Steinwand, dass die Haut aufplatzte. »Die schlimmsten, die es je gab! Es ist nicht zu glauben! Gottes Füße, Gottes Körper! Lest das, Bischof!« Er warf dem Bischof des Roches den zusammengedrückten Brief zu. »Diese Hündin von Frau, die er hat – war das alles ihre Idee?«

»Ja, Hoheit«, antwortete Straccan und wünschte sich weit fort.

Der Bischof schaute vom Brief auf. »O Gott. Ist das wahr?«

Johns Stimme nahm einen hysterischen Tonfall an. »Gottes Füße, ich hätte es wissen sollen! Gottes heiliger Körper, ich hätte es wissen *müssen!* Sie haben einen Narren aus mir gemacht, diese beiden. *Aus mir!* Sie lachten hinter meinem Rücken über mich, während ich ihre Geldbeutel mit Silber voll stopfte. Nie hat es solch einen Verrat gegeben, seit Judas den Herrn Jesus küsste!«

Entsetzt sah Straccan des Königs Gesicht dunkel anlaufen, die Adern auf seiner Stirn wie Würmer anschwellen und das Weiße seiner Augen rot werden. Er begann, den Kopf gegen die Wand zu stoßen und gab Laute von sich wie ein Hund, der unter Schmerzen litt.

»Geht«, sagte der Bischof eindringlich zu Straccan. »Ich kann das allein bewältigen. Geht!« Dabei versetzte er Straccan einen leichten Stoß. »Jetzt gleich! Wartet draußen.«

Nachdem die Tür sich geschlossen hatte, wandte der Bischof sich wieder dem König zu. John stand da, als wäre er zu Stein geworden. Die dunkelrote Farbe war aus seinem Gesicht gewichen; es war jetzt lehmfarben, beinahe grau wie das einer Leiche. Blut rieselte von seiner Stirn, und er schien nicht mehr zu atmen.

»Hoheit ...«

Sir John nahm einen schaudernden Atemzug und warf die Arme hoch wie ein Ertrinkender. »Gott! O Gott!« Dann kehrte die Farbe in sein Gesicht zurück, und er zitterte.

Des Roches streckte zögernd eine Hand aus. »Mein König«, begann er, hielt dann aber inne. Schließlich versuchte er es wieder: »John«, sagte er sanft, »kommt, setzt Euch. Ihr seid sehr erschüttert.«

John starrte ihn an, als wäre er ein Fremder. So leise, dass der Bischof es kaum hören konnte, murmelte er: »Ich habe es nicht getan! Gottes Füße – all diese Jahre glaubte ich ...« Noch ein tiefer Atemzug. Sein Gesichtsausdruck verhärtete sich. »Über mich zu lachen, all diese Jahre – ich werde sie mit eigenen Händen töten, das schwöre ich! Sie machten mich zum Narren der ganzen Christenheit! So betrunken, so dumm, so leicht zu täuschen – wenn das die Öffentlichkeit erfährt!« Er hörte zu klagen und zu jammern auf und schaute auf die Tür, durch die Straccan verschwunden war. »Und was mache ich mit *ihm*? *Er* weiß doch Bescheid!«

Des Roches seufzte. »Was das angeht, so weiß ich es jetzt auch.«

»Ach, aber Ihr seid mein Bischof, Peter. Der Einzige, der treu zu mir hält. Wenn Ihr vor Gott und Seinem Sohn schwört, dass Ihr Schweigen darüber bewahrt, könnte ich Euch sogar glauben.«

Der Bischof lächelte bitter. »Hoheit, meine Feinde nennen mich einen weltlichen Mann, und ich bestreite das nicht. Ich war ein armer Ritter. Als ich mich Gott zuwandte, wurde ich ein armer Geistlicher. Ihr habt mich aus der Not errettet, gabt mir Winchester, habt mich zu einer Macht in diesem Reich gemacht. Alles verdanke ich Euch ... meine schönen Pferde, die Hunde, die Falken. Ich trage Seide, Pelze, Samt ...« Er hielt seine dickfingrigen, narbigen Fechterhände hoch. »Und diese Ringe sind auch nicht aus Glas. Wenn ich Eure Geschäfte erledige, Hoheit, verbeugen die Leute sich vor mir und beeilen sich, meine Befehle auszuführen. *Das gefällt mir*. Ich habe nicht die Absicht, irgendetwas davon aufs Spiel zu setzen. Glaubt mir oder glaubt mir nicht, Mylord – ich werde stets zu Euch halten, was auch geschieht, möge Hölle oder Hochwasser kommen. Und ich bin nicht der Einzige.«

»Ihr seid aber der einzige Bischof.« John grinste ein wenig sauer. Er schien jetzt ruhiger zu sein. »Fühlt Ihr Euch da nicht gefährdet, Peter? Alle anderen sind wie Ratten davongerannt. Nur Ihr steckt jetzt Eure Mitra über die Brustwehr.«

»Keiner hat etwas davon, mich abzuschießen.«

»Dass Ihr mein Freund seid, ist Grund genug. Gottes Körper«, fauchte er durch die Zähne, »welche Strafe ist denn für solch einen Verrat angemessen?« Die Adern auf Stirn und Hals verdunkelten sich wieder und schwollen an, als die Wut der Angeviner ihn zu überfallen drohte, doch er drängte sie zurück, was des Roches jedoch nicht ermutigte. John in seiner Wut war eine Sache – John, der sich beherrschte und irgendetwas Schlimmes plante, eine ganz andere. »Ich habe Mahaut de Breos nach Windsor schicken lassen«, sagte der König nachdenklich. »Dort hat Gerald d'Athées das Kommando. Sagt ihm … nein, kümmert Euch nicht darum. Ich werde ihm selbst schreiben.«

»Mein König …«

»Vorsicht, Peter!« John hielt warnend die Hand hoch. »Ich möchte ihre Namen nicht wieder von Euren Lippen hören.«

»Wenn ich nichts sage, werdet Ihr auch nicht besser schlafen, John.«

»Mag sein. Kann ich mich denn auf Euer Schweigen verlassen?«

»Werdet Ihr mich jetzt für den Rest Eures Lebens nur noch mit Zweifeln anschauen?«

John warf ihm einen scharfen Blick zu. »Nun, wir wissen doch beide, Bischof, dass ein Versprechen, das einem Exkommunizierten gegeben wurde, nicht gehalten zu werden braucht.«

»John …«, sagte des Roches ungeduldig, »ich kann Euch ja Schweigen versprechen, bis ich blau im Gesicht bin, und Ihr werdet mir immer noch nicht trauen. Dennoch habt Ihr mein Versprechen – nicht als das eines Bischofs gegenüber einem Exkommunizierten, sondern von Freund zu Freund. Und als Freund muss ich Euch an die folgenden Worte erinnern: ›*Die Rache ist mein, sprach der Herr. Ich werde alles vergelten.*‹«

John blickte ihn mit kalten, unversöhnlichen Augen an. »Ich warne Euch, bittet nicht für sie, Bischof!«

Des Roches verbeugte sich. »Wie Ihr befehlt, Hoheit.«

»Ich werde Breos im Saal empfangen. Sagt meinen Leuten, sie sollen ihn nach oben bringen, ihn aber noch nicht in den Saal einlassen, bis ich bereit bin – und sie sollen ihn Straccan nicht sehen lassen!« Er lachte. Es klang fast natürlich. »Ich habe ein paar Überraschungen für ihn.«

Lord William hatte darauf bestanden, dass Zeugen bei dem Zusammentreffen anwesend waren, einer von ihnen sein Neffe, der Graf von Derby – noch ein William. »Weiche nicht von meiner Seite, Will«, befahl Breos diesem. »Kleb an mir wie Scheiße unter einem Stiefel, und ich könnte aus dieser Sache noch mit dem Kopf auf den Schultern herauskommen.« Natürlich, wenn der König seine Festnahme befahl und ihn von den Wachen in einen Kerker schleppen ließe, könnte er nichts dagegen ausrichten, aber die Zeugen würden wenigstens wissen, dass er sich dann dort befand, dass er in Frieden gekommen war, um sich zu versöhnen, und was darauf mit ihm geschah. Er würde jedenfalls nicht einfach verschwinden wie Arthur.

Es gab etliche hochrangige Zeugen. Neben seinem eigenen Neffen sah er zum Beispiel die Grafen von Chester und Salisbury sowie den Justiziarius Geoffrey FitzPeter in der Menge, die den Saal füllte und sich hämisch über seine Demütigung freute.

Er bemerkte jedoch das überraschte Raunen nicht, das schnell zum Verstummen gebracht wurde, als sie den einst so mächtigen Lord William so verändert erblickten: ein alter Mann, weißhaarig und verhärmt, mit der neuen Gewohnheit, ständig nervös über die Schulter zu blicken, als wäre jemand hinter ihm her.

Der König räkelte sich auf seinen Kissen mit einem seiner verdammten Hunde im Schoß, einen Pokal Wein in der Hand und dem Bischof an seiner Seite. Breos war froh, Peter des Roches zu sehen, denn dieser war – innerhalb vernünftiger Einschränkungen – als frommer Mann bekannt.

John ließ William de Breos so lange auf den Knien warten, bis dieser sich unbehaglich fühlte, bevor er ihn mit einem Lächeln anschaute – das aber nicht notwendigerweise beruhigend war.

»Nun ja, William. Es ist eine traurige Sache, wenn Freunde in Streit geraten.«

»Niemand bedauert das mehr als ich, Hoheit.« Lord William verlagerte seine Knie ein wenig.

»Ihr seid ja ziemlich rege gewesen, während ich fort war.«

Jetzt geht es los, dachte Breos. Er kannte das ja. »Mylord, ich bitte demütig um Vergebung für alle Ärgernisse, die ich Euch bereitet habe, und flehe Euch an, wieder in Eure Gunst aufgenommen zu werden. Ich biete volle Bezahlung aller Schulden an, die ich bei der Krone habe.« *Uff, das hätten wir erst mal.*

»Wie viel ist es denn jetzt? Ich habe den Überblick verloren.«

»Zwanzigtausend Markmünzen, Mylord.«

»Wirklich?« John hob die Augenbrauen und ließ einen erstaunten Pfiff der Überraschung hören. »Habt Ihr denn so viel?«

»Ja, in Silbermünzen und kostbaren Gütern, Hoheit.« Das und noch mehr. Mit viel Glück könnte er es vielleicht schaffen, den Rest zu behalten. Das würde dann ein Grundstock sein, auf dem das Haus Breos wieder aufsteigen konnte.

»Wie schön. Wo ist es denn?«

»An einem sicheren Platz, Hoheit. Es kann Euch sofort gebracht werden. Ich muss nur das Losungswort und mein Siegel senden.«

»Dann schickt das mal gleich – aber nicht zwanzig, sondern vierzigtausend, William.«

Breos wurde blass. Sein Neffe an seiner Seite zuckte zusammen. Das waren all seine zusammengetragenen Werte, fast bis auf den Penny. Wie konnte der König das wissen? Er schluckte. »Mylord, vergebt Ihr mir dann?«

»Ihr verlangt eine Menge. Was meint Ihr denn, wie viel die Stadt Leominster wert war, die Ihr niedergebrannt habt? Und was ist mit all den Schäden, die Ihr in diesem Sommer angerichtet habt? Ihr habt viele Menschen geschädigt. Aus sämtlichen Grafschaften kommen Klagen: Räuberei, Brandstiftung, Mord …«

»Ich habe niemanden ermordet, Hoheit!« Er warf einen Blick nach hinten, wo er im Augenwinkel wieder eine Bewegung erhaschte, von einem kleinen, huschenden Ding, doch beim näheren Hinschauen war da nichts.

»Spielt nicht den Unschuldigen. Ihr wollt mir doch wohl nicht erzählen, dass Eure Hände rein sind.« Der König winkte einen Schreiber heran, einen kleinen blassen Mann, der einen Stapel Dokumente umklammerte. »Seht Ihr das hier? Das sind Entschädigungsforderungen und Klagen gegen Euch und Eure Leute.« Der König nahm die Dokumente. »Ich danke Euch, Robert. Ihr erinnert Euch doch wohl an Robert Wace, meinen Schreiber, William? Ihr habt ein Messer in seinem Bauch gelassen.«

»Hoheit …« Schweiß stand in Perlen auf seiner Stirn.

»Durch ein Wunder blieb er am Leben, um mir die Geschichte erzählen zu können. Also, wo ist Eure gehortete Beute? Sie gehört ja sowieso mir – nicht Euch. Ihr habt sie aus *meinen* Städten, *meinen* Abteien, von *meinen* Kaufleuten und *meinen* Bürgern geraubt, und Ihr werdet alles zurückgeben, jeden Penny, bevor wir über Vergebung reden. Hauptmann von Köln! William de Breos wird Euch sagen, wo meine Schätze sind. Geht und holt sie! Nehmt einen Wagen, einen großen.« John lehnte sich im Sessel zurück und streichelte den Kopf seines Hundes. Der Bischof beugte sich zu ihm nieder und flüsterte ihm etwas ins Ohr. Der König lachte, nickte und winkte jemandem in der Menge zu, als hätte er den Mann auf den Knien vor sich vergessen.

Als Bruno auf ihn zukam, schaute Breos sich verzweifelt um. Als er kein freundliches Gesicht erblicken konnte, zischte er seinem Neffen zu: »Sprich du für mich. Was meinst du, wozu du hier bist?« Doch der Graf, der sich schon so weit vorgewagt hatte, war nicht willens, auch noch diese letzte Strecke für seinen Onkel zu gehen, und hielt den Mund geschlossen. Widerwillig erklärte Breos dem Hauptmann des Königs, wo die Schätze lagen, und übergab ihm mürrisch sein Siegel. Gewiss würde der König ihn jetzt aufstehen lassen …? Seine Knie schmerzten so sehr, dass er fürchtete, er würde gar nicht mehr auf die Beine kommen, wenn er es versuchte. Das würde natürlich allen etwas zum Lachen geben.

»Ihr seid noch hier? Ist denn noch etwas?«, fragte der König.

Breos knirschte mit den Zähnen. John spielte mit ihm. Das hätte er erwarten müssen, denn er hatte es doch selbst schon hundertmal gesehen und über das Unbehagen der Opfer gegrinst. »Die Vergebung, Mylord …«

»Ich werde darüber nachdenken.«

»Hoheit, meine Frau …«

»Lady Mahaut? Was ist mit der?«

»Werdet Ihr sie freilassen, Mylord? Und meinen Sohn? Ich flehe Euch an …«

»Warum sollte ich?«

»Hoheit, ich kann sie auslösen. Ich habe nämlich das Pendragon-Banner …«

»Ja, so habt Ihr in Eurem Brief geschrieben. Ich glaube es aber nicht. Er fand es doch damals nicht auf der Insel, nicht wahr, Robert?« Der Schreiber schüttelte den Kopf. »Ein Ritter in meinen Diensten – wie ist noch sein Name? Ach ja, *Straccan. Der* fand es.«

»Mein Knappe nahm es ihm weg, Mylord, sodass ich es jetzt habe.«

»Eine Nachahmung.«

»Aber nein, Hoheit!«

»Dann zeigt es meinem Schreiber. Er wird das richtige Banner von einem falschen unterscheiden können. Das echte rettete sein Leben, sagte er. Ein Wunder!«

»Hoheit, bitte, nehmt das Banner und lasst die Meinen frei! Ich habe es hier, Hoheit, unter meinem Mantel. Darf ich jetzt aufstehen?«

»Nein. Lord von Derby, nehmt Eurem Onkel das Banner ab.«

Mit steinerner Miene zog Graf Breos den Mantel aus und nahm die Tasche vom Rücken.

»Robert?«, sagte John sanft. Wace nahm die Tasche, öffnete sie und zog eine lange, in Hirschleder gewickelte Rolle heraus. Mit unsicheren Händen löste er die Verschnürung und nahm die Umhüllung ab. Das Banner entrollte sich, als er es hochhob. Ein allgemeines Keuchen des Erstaunens und der Bewunderung war zu hören, als sich der rote Drache beim Abrollen bewegte, als wäre er lebendig. Granat-Edelsteine funkelten, Goldornamente glitzerten – und des Königs Augen glitzerten auch.

»Ist es wirklich das echte Banner?«

Waces Augen schwammen in Tränen, die überquollen und seine Wangen hinunterliefen. »O ja, Mylord. Dies ist das echte Pendragon-Banner.«

»Hoheit!«, rief Breos und fiel vornüber auf beide Hände, um den Schmerz in seinen Knien zu lindern. »Nehmt es, und lasst meine Gattin gehen! Mein Sohn …«

»*Die* bleiben in Gewahrsam, zu unserem Vergnügen«, antwortete John, stand abrupt auf und setzte den Hund auf den Boden. Dieser trottete hinüber zu dem Mann, der da auf Händen und Knien kroch, und pinkelte an seinen Stiefel. »Aber ich will Gnade mit Euch walten lassen, William, eingedenk der alten Zeiten. Ihr könnt unversehrt gehen.«

»Mein Lehen! Zählen denn all meine vorherigen treuen Dienste nichts? Einst wart Ihr froh darüber!«

»Ihr sprecht von Treue? *Ihr?* Kein schändlicherer Verräter atmet auf dieser Welt! Ich weiß, was Ihr getan habt – Ihr und dieses Weib, das Ihr geheiratet habt! Seht her!« Er hielt ihm die Hand hin, dass er sie anschaute. Diejenigen, die nahe genug standen, sahen den großen Rubinring und fragten sich, was der wohl zu bedeuten hatte.

Breos verbarg das Gesicht in den Händen und weinte.

»Ihr habt zwei Wochen, um Euch aus England zu entfernen. Wenn Ihr nur einmal wieder den Fuß auf englischen Boden setzt, werde ich Euch die Eingeweide herausreißen lassen. Wachen! Schafft mir diesen Verräter aus den Augen!«

Nach der Abendmahlzeit spielte der König mit seinen Hunden im Burggarten, in Anwesenheit von nur einer Hand voll von Bediensteten, und ließ Straccan holen.

»Da seid Ihr also, Sir Richard! Erinnert Ihr Euch an Meister Wace?«

Straccan traute seinen Augen nicht. »Mein Gott, Ihr lebt ja!« Er ergriff die Hand des kleinen Schreibers.

Wace errötete vor Freude. »Dank Euch, Sir Richard – und des Banners.«

»Was meint Ihr denn damit?«

»Ihr habt es doch an meine Lippen gehalten. Erinnert Ihr Euch? Ich lag schon im Sterben, starb dann aber doch nicht. Es war ein Wunder!«

»Robert hat mir alles darüber erzählt«, sagte der König, nahm Straccan beim Arm und führte ihn durch die Rosenbeete aus der Hörweite seiner Bediensteten. Ein kleines vierbeiniges Fellknäuel, das einem haarigen Frettchen ähnelte, schoss mit hoher Geschwindigkeit durchs Gras, sodass der König rasch zur Seite treten musste, um nicht darüber zu stolpern.

»Verdammtes Ding«, bemerkte er dazu und starrte auf die Ecke, um die das Tier vorsichtshalber verschwunden war. »Eine Art deutscher Hund. Mein Neffe Otto schenkte ihn mir. Er pisst überall hin. Und ich hatte immer gedacht, Otto mag mich. Also, Straccan, ich habe das Banner, und aus dem, was Wace und der Hauptmann von Köln mir erzählt haben, habe ich Euch vorschnell eingeschätzt.«

Von diesem König ausgesprochen, stellte das eine beachtliche Entschuldigung dar, sodass Straccan sich klugerweise verbeugte und schwieg.

»Nun – was wünscht Ihr?«

»Wünschen?«, fragte Straccan erstaunt. »Nichts, Hoheit.«

»Nichts?« Der König sah belustigt aus. »Ihr seid doch Witwer, nicht wahr? Wie wär's mit einer reichen Erbin, jung und hübsch und mit einem Gut in der Nähe von – was war noch Euer Wohnort? In der Nähe von Dieulacresse? Oder Ländereien nahe den Euren?«

Während der König noch sprach, dachte Straccan schnell nach, worauf er antwortete: »Nicht für mich selbst, ich habe alles, was ich brauche. Da ist aber etwas ...«

»Ha! Wusste ich's doch! Nun, was denn?«

»Suliens Hospital, Mylord. Breos gab ihm das Tal, aber er bestätigte die Schenkung nie. Der neue Lord von Brecknock will es nun wieder zurück. Hoheit, Eure Großzügigkeit gegenüber Aussätzigen und anderen Kranken ist überall im Reich bekannt – könntet Ihr Sulien dieses Tal nicht offiziell überschreiben?« Er hielt den Atem an, während er auf eine Antwort wartete.

Es kam aber keine. Während der König zwischen den Blumenbeeten dahinschritt, erhob sich ein ältlicher Wolfshund steif von dem Platz, wo er sich gesonnt hatte, und trottete an seine Seite.

»Ich mag Hunde«, sagte John. »Bei Menschen kann man

sich nicht sicher sein, aber man weiß, woran man mit Hunden ist. Dies hier ist Nazar.« Er zupfte sanft an den weichen Ohren des Tieres. »Mein Vater hatte einmal einen Bären. Nahm ihn überallhin mit, wohin er auch reiste. Liebte den Bären regelrecht. Der biss ihn auch, wie ich mich erinnere. Die meisten Dinge, die er liebte, bissen ihn – früher oder später. Besonders Menschen. Was ist eigentlich aus Julitta de Beauris geworden? Ihr habt sie damals gehen lassen, nicht wahr?«

Straccan atmete tief aus. Wenigstens hatte er es versucht. »Nein, Mylord, aber sie ist jenseits Eurer Rache – oder meiner.«

»Tot? Wie denn?«

»Nicht tot. Schlimmer als das.«

Die grünen Augen funkelten gefährlich. »Sprecht nicht in Rätseln! Wo ist sie?«

Straccan erzählte es ihm. Als er aus dem Garten ging, folgte ihm des Königs Gelächter durch die Rosen.

Er und Bane verließen Bristol eine Stunde später in Richtung Worcester, wo Bane sich nordöstlich nach Derby und dem Nonnenkloster Holystone wenden würde, um dort Gilla zu holen und nach Hause zu bringen, während Straccan nach Shawl ritt. Das waren hundertfünfzig Meilen, mehr oder weniger. Wenn er schnell ritt, konnte er in drei Tagen dort sein.

Von seinem Sonnenfenster aus beobachtete König John, wie sie davonritten, und winkte den Bischof von Winchester an seine Seite. »Was meint Ihr, Peter? Wird er den Mund halten?«

»Er wäre ein verdammter Narr, würde er es nicht tun – und so schätze ich ihn nicht ein.«

»Er interessiert mich«, murmelte John nachdenklich.

Armer Kerl, dachte der Bischof im Stillen.

»Alle anderen wollen etwas. Er aber ist zufrieden mit seinem kleinen Gut. Ich bot ihm eine reiche Frau an, und er wollte sie nicht. Geld hat er genug.«

»Ein glücklicher Mann«, meinte des Roches.

»Es gibt da eine alte Geschichte, die ich mal von Hodierna hörte, meinem Kindermädchen. Die Geschichte handelt von einem König, der von Sorgen schier erdrückt wurde. Er war in tiefe Verzweiflung versunken, als ein weiser Mann ihm sagte, dass es nur ein Heilmittel für sein Elend gäbe: Er müsse eine Nacht im Hemd eines glücklichen Mannes schlafen. Diese Geschichte habt Ihr doch wohl auch schon gehört, nicht wahr?«

»Nein, Hoheit. Und, hat der König sich erholt?«

»Er ließ sein Reich von innen nach außen kehren, um einen glücklichen Mann zu finden, sandte Reiter die Länge und Breite seines Landes aus. Endlich – inzwischen waren *Jahre* vergangen, muss man sich einmal vorstellen – brachten seine Sucher ihm einen Mann.«

»War der Mann glücklich?«

»O ja, er hatte keinen einzigen Kummer – er sang und pfiff und tanzte.« John deutete einen Tanzschritt an.

Der Bischof nickte. »Also bekam der König sein Hemd, und alle lebten glücklich bis an ihr seliges Ende.«

»Nicht ganz. Ihr müsst nämlich wissen, dass der Mann ein Bettler war. Der hatte gar kein Hemd.«

Des Roches hustete. »Hoheit, was Lady Mahaut betrifft ...«

Der König beugte den Kopf über den Wolfshund. Seine Hand glitt hoch, die Handfläche nach oben, womit er dem Bischof das Wort abschnitt. »Hat er doch wieder eine Zecke mitgebracht – schaut mal!« Er zerdrückte sie mit dem Daumennagel. »So ist's besser«, bemerkte er lächelnd.

Des Roches wagte es noch einmal: »Hoheit, die Lady und ihr Sohn …«

Die Hand streifte wieder nach unten. Das Lächeln war noch da, doch die Augen waren kalt wie Eis. »Gebt acht, Bischof! Ich will nichts mehr von dieser Angelegenheit hören. Sie ist für mich schon vergessen!«

56

Es war gar nicht nötig, Zingiber die Sporen zu geben. Das große Pferd reagierte auf den kleinsten Druck der Hacken seines Reiters, aber wie schnell auch die Meilen dahinflogen, es war doch noch zu langsam. Was würde er vorfinden, wenn er nach Shawl kam? Schreckliche Möglichkeiten drängten sich in Straccans Vorstellung, aber sich damit aufzuhalten war nutzlos und dumm. Er verschloss seinen Geist dagegen und machte sich stattdessen Sorgen um Gilla.

Wenigstens sie war sicher – Gott sei Dank! Die Erkenntnis, wie verwundbar sie alle waren, hatte ihn bis ins Mark aufgewühlt. Der König konnte Gilla jederzeit als Geisel nehmen, wenn es ihm so gefiel, um sich ihres Vaters Treue zu versichern. Es würde vielleicht nie mehr geschehen, aber schon die bloße Möglichkeit wäre genug. Wenn sie nicht …

Wenn sie nicht verheiratet wäre.

Er wusste, dass dies eines Tages geschehen würde. Für die Töchter von Rittern gab es nur zwei Bestimmungen: Heirat oder die Religion. Gilla war gewiss alt genug zu heiraten – am Tag des heiligen Brice würde sie zwölf sein. Die meisten Mädchen ihres Alters waren verlobt, manche schon verheiratet. Als der König seine schöne Königin, Isabelle von Angoulême, geheiratet hatte, war sie auch nicht mehr als zwölf Jahre alt gewesen.

Straccan war ein reicher Mann. Die Mitgift seiner Tochter

könnte sogar solche anziehen, die sich normalerweise bei höhereren Rängen nach Bräuten umsehen, und Gilla war obendrein schön. Aber sie hatte auch einen Nachteil – ihren Vater.

Er hatte schon Bemerkungen seiner Gleichgestellten gehört, ohne dass diese sich dessen gewahr waren, wenn sie über die Unverheirateten, die Witwen und Witwer sprachen. Das ging dann so:

»Wer ist denn das?«

»Straccan – Sir Richard Straccan.«

»Ach der!«

»Was ist denn mit dem los?«

»Der Bursche ist Händler, mein Lieber!«

»Was Ihr nicht sagt!«

»Hat aber Geld und ein Rittergut. Seine Frau ist tot.«

»Nun ja – aber würdet Ihr Eure Tochter ihn heiraten lassen?«

Er musste etwas tun, und zwar rasch. Doch der Sonnenaufgang des dritten Tages färbte den Himmel mit einem bunten Pinsel, als er den Rand des Dorfes Shawl erreichte und Zingiber in Richtung von Janivas Kate lenkte, immer noch, ohne eine Entscheidung getroffen zu haben.

Sir Roger von Shawl kam in der dunklen Stunde vor der Morgendämmerung an, ermüdet vom langen Ritt und – um die Wahrheit nicht zu verschweigen – erleichtert, seine Frau nicht anzutreffen, obwohl er sich darauf gefreut hatte, seinen neuen Sohn zu sehen.

Hunde bellten, und Hähne, die zu früh geweckt worden waren, krähten ohne Unterlass, als Rogers Diener – Roger hatte nicht das Recht auf einen Knappen, noch nicht – vorauseilte, um den Haushalt zu wecken. Pflicht und Zuneigung führten Roger zuerst zur Kirche, um dort für seine Eltern zu beten, und er war erstaunt und wütend, deren Särge dort nicht zu finden. Mit dieser Wut im Bauch, stapfte er in sein Herrenhaus, warf sich in den Sessel an der hohen Tafel und verlangte etwas zu essen.

Der Verwalter riss den Koch aus dem Schlaf und hetzte ihn los, Brot und Fleisch zu holen, was er dann mit einem Krug Bier in den Saal brachte und vor Roger hinstellte.

»Wo ist denn meine Frau, Robert?«

»In Shaxoe, Sir.«

»Schickt ihr Nachricht, dass ich wieder daheim bin. Sie soll sofort nach Shawl kommen und den Jungen mitbringen.«

Robert verbeugte sich. »Ich werde es Vater Finacre sagen, Sir.«

»Finacre? Was macht *der* denn hier?«

»Er hat doch das Kommando hier, wenn Lady Richildis fort ist.«

»Warum? Wo ist denn Vater Osric?«

»Krank im Bett, Sir – schon den ganzen Sommer.«

Roger aß, trank und befragte den Verwalter zwischen Bissen und Schlucken. »Wo sind denn die Särge?«

»In den Mauserkäfigen der Falken, Sir.«

»Was?«

»Vater Finacre sagte ...«

»Holt ihn her! Und bringt die Särge sofort da raus! Auf der Stelle!«

»Sollen wir sie dann in den Graben legen, Sir?«

»Was?«

»Das Interdikt, der Kirchenbann ...«

»Zum Teufel mit dem Interdikt! Nein, sie werden in keinen verdammten Graben gelegt! Sie kommen in die Kirche, wo sie hingehören. Das geht in Ordnung, denn das Gesetz wird nicht gebrochen, weil keine Messe gelesen wird, aber sie werden dort wenigstens in Frieden ruhen, bis dieses verfluchte Interdikt vorbei ist.«

»Das kann nicht sein, Sir Roger.« Der Kaplan trat in das Fackellicht und verbeugte sich. Roger musterte ihn mit Abscheu. Er hatte Richildis' Vorliebe für diesen Kerl nie verstanden.

»*Was* habt Ihr da gesagt?« Finacre sah, dass er sich verändert hatte. Das jungenhafte, eher pausbäckige und fröhliche Gesicht war härter geworden, und der Anflug eines Bartes war zu sehen, vielleicht um die neue Narbe zu verbergen, die noch rot und hell an einem Kiefer zu sehen war.

»Eure edlen Eltern können nicht in Frieden ruhen, Mylord, bis ihre Mörderin die gerechte Strafe erhalten hat.«

»Mörderin?«

Sir Rogers Schrei hallte von den Wänden wider, als er auf die Füße sprang und dabei den schweren Sessel mit einem gleichfalls widerhallenden Knall umwarf. Der leere Bierkrug fiel um, rollte vom Tisch und zerbrach am Boden.

»Es tut mir Leid, Euch solche Nachrichten bringen zu müssen, Sir Roger. Eure Frau und Euer Kind hätten beinahe ihr Leben verloren – und Lady Alienor wurde vergiftet!«

»Gottes Atem – Gift? Wer hat das getan?«

»Diese Frau, diese Janiva, Mylord.«

Roger war zu bestürzt, um sprechen zu können. Sein Mund öffnete sich, aber kein Laut kam heraus. Der hartgesichtige junge Veteran wurde plötzlich in einen unsicheren achtzehnjährigen Knaben zurückverwandelt. Er schaute sich hilflos um. »Das ist ja Wahnsinn! Wo ist Janiva jetzt?«

»Das möchte ich auch gern wissen.«

Niemand hatte Straccan hereinkommen sehen. Er stand bei der Bettlerbank, ein großer Mann in einem von der Reise befleckten Umhang, unter welchem sich das Schwert abhob und ihn als Ritter erkennen ließ.

Rogers Hand fuhr an seinen Schwertknauf. Er richtete sich steif auf. »Wer seid Ihr, Sir? Was wollt Ihr hier?«

»Straccan ist mein Name. Ich komme wegen Janiva.«

Roger geriet in Zorn. »Was ist sie denn für Euch?«

»Meine zukünftige Gattin.«

Die Anwesenden schnappten erstaunt nach Luft.

»Ich komme von ihrem Haus, habe es aber nicht mehr angetroffen. Da ist nur noch verkohltes Holz und Asche. Wo ist sie?«

Die Ereignisse kamen zu schnell für Roger. Er wusste nicht mehr weiter und tastete nach einem geistigen Halt.

»Wie, niedergebrannt? Gottes Gnade, ist sie tot?«

»*Ich* habe das angeordnet«, sprach Finacre kühn. »Diese Frau war eine Hexe. Sie schlief mit Dämonen, braute Gifte und heckte alle Arten von Unheil aus. Sir Roger, sie verursachte durch Hexerei, dass die Wehen Eurer Lady zu früh einsetzten, um Euren ungeborenen Sohn zu töten!«

Aus den Umstehenden erhob sich eine Stimme in Protest: »So 'n Unsinn! Wär se nich' gewese', wär er gar nich' gebore worde'!«

»Wer hat das gesagt?«, fragte Roger herrisch. »Tyrrel, *du* warst das doch, nicht wahr? Komm her!« Der Schäfer schlurfte herbei. »Erzähle weiter!«

Tyrrel saugte an seinen Zähnen, für ihn ein wichtiges Vorspiel zum Sprechen. Beinahe spuckte er auch noch auf den Boden, aber erinnerte sich gerade noch rechtzeitig daran, wo er sich befand.

»Na, sie is' gekomme'«, hub er dann an, »un sagte mir, ich soll den Balg in der Dame drehn. Ich sagte, ich kann das nich', abber sie sagte, ich musses versuche' – un ich tat's.« Die letzten Wörter kamen mit einem Schnauben des Triumphs heraus. »Ich hab's geschafft – sonst hätt er überhaupt nich' geatmet!«

»Wo ist sie, Finacre?«, fauchte Roger.

»Der Teufel hat sie mitgenommen«, antwortete der Kaplan. »Sie war bis zum Gottesurteil im Kellergewölbe eingesperrt und …«

»Gottesurteil?« Roger starrte ihn an. »Was geht hier eigentlich vor?«

Ein Dutzend oder mehr Stimmen versuchten, es ihm gleichzeitig mitzuteilen, doch Finacres Stimme übertönte sie alle.

»Sie wusste, dass ich ihre Machenschaften entdeckt hatte und sandte böse Träume aus, um mich abzuschrecken. Da waren teuflische Dinge in ihrem Haus, eine Alraune zum Beispiel, diese Teufelswurzel, ganz und gar mit bösen Nägeln durchbohrt, ein Abbild *Eurer Frau*, Sir Roger …«

»Hütet Eure Zunge, oder ich lasse sie Euch abschneiden, ob nun Priester oder nicht! Wo ist meine Schwester?«

»Der Teufel selbst hat sie davongetragen! Nur so kann sie herausgekommen sein. Die Tür war verschlossen, und der Mann dort auf Wache sah nichts.«

»Das war kein Teufel, Mylord!« Mit diesem Ruf schob Sybilla sich nach vorn an die Seite ihres Gatten. »Das war *ich*.« Sie fühlte, wie ein Schauer der Furcht Roberts Körper duchfuhr, griff nach seiner Hand und drückte sie so stark, dass er ein Gesicht schnitt. »*Ich* habe sie da herausgebracht, und Tostig hat sie mitgenommen. Robert hat nichts davon gewusst. Keiner hat's gewusst, außer mir und Tostig.«

Erstauntes Gemurmel wogte durch den Saal.

»Holt Tostig!«, befahl Roger. »Sir Richard, kommt herauf. Wir werden dieser Sache auf den Grund gehen.«

»Mistress Sybilla«, sagte Straccan, schwach vor Erleichterung. »Ich danke Euch von ganzem Herzen für Euren Mut und Eure Freundlichkeit zu meiner Dame. Wo hat Tostig sie denn hingebracht?«

Sie schaute ihn kläglich an. Tränen wallten in ihren Augen auf, um dann über ihre Wangen zu laufen. »Er wollte es mir nicht erzählen. Sagte, es wäre sicherer so. Er würde es sagen, wenn Ihr herkommt. Aber ... oh, Sir, es muss etwas mit ihm geschehen sein. Er ist nicht zurückgekommen!«

»Verschwindet von meinem Gut, bevor ich Euch auspeitschen lasse!«, befahl Roger, als er alle einzeln verhört hatte – eine Zeit raubende Arbeit, die den Rest des Vormittags in Anspruch nahm. Die Anschuldigungen richteten sich allesamt gegen Finacre, der nicht einmal leugnete, sondern überzeugt zu sein schien, dass er dafür noch eine Belohnung verdient habe. »Und wenn ich höre, dass Ihr irgendwo auf meinen Ländereien herumkriecht«, fuhr Roger ihn hasserfüllt an, »werde ich Euch Eure lügnerische Zunge abschneiden lassen, verstanden? Haltet Euch ja von meinem Besitz, meiner Frau und meinem Sohn fern! Und jetzt raus!«

Bis er seine Tasche gepackt hatte, war die Nachricht von der Entlassung des Kaplans bis zu den Arbeitern auf den entferntesten Feldern gedrungen, und sie waren alle herbeigerannt, um zu sehen, ob es auch wirklich stimmte, und wenn ja, ihm einen angemessenen Abschied zu bereiten.

Er sah sie am Ende des Dorfes auf ihn warten und wuchtete sich die Tasche auf die Schulter. Darin war eine Ersatzkutte, in die er seinen Kelch und Hostienteller sowie mehrere kleine Artikel aus Silber eingewickelt hatte, von denen er annahm, dass man sie nicht vermissen würde, bis er schon weit weg von Shawl wäre.

»Lasst mich durch«, rief er. »Jeder, der Hand an einen Priester legt, wird in der Hölle dafür brennen müssen! Denkt an Becket!« Obwohl er es mit aller Willensanstrengung verhindern wollte, zitterte seine Stimme.

»Werden keine Hand an Euch legen«, rief jemand.

»Würden Euch nicht mal mit 'ner Zehnfußstange anrühren«, fügte ein anderer unter schallendem Gelächter hinzu.

Ein paar Schritte weiter dachte er schon, sie würden ihn unversehrt passieren lassen, aber dann traf ihn der erste Stein. Er kreischte, ließ seine Tasche fallen und begann zu laufen.

»Köter!«

»Lügner!«

Der nächste Stein traf ihn am Ohr, das sofort taub wurde. Dennoch spürte er die Wärme seines Blutes, das den Hals herunterlief, und den brennenden Urin an seinen Schenkeln.

»Nein, tut das nicht! Ihr könnt das nicht tun, dürft das nicht tun! Nein, bitte!« Das konnte doch nicht geschehen – nicht ihm. Er schrie wie ein Kaninchen, wenn es von den Zähnen des Fuchses gepackt wird.

Der dritte Stein ließ seine Lippen aufplatzen und brach Zähne ab, sodass sein Mund sich mit Blut füllte. Danach flogen die Steine in solcher Anzahl und so schnell, dass man sie gar nicht mehr zählen konnte. Dann war er an ihnen vorbei und aus dem Dorf heraus. Sie verfolgten ihn nicht. Schluchzend, betend, fluchend stolperte er weiter und hinterließ Blutspuren. Die Straße hob und senkte sich, ließ das Dorf hinter ihm verschwinden. Er taumelte weiter und achtete nicht auf den Donner von Hufen, der hinter ihm erklang, bis ihm Staub in die Kehle drang, als der Ritter aus dem Saal, Straccan, an ihm vorüberpreschte.

Die Dorfbewohner scheuten Straßenkreuzungen; sie sagten, sie würden von Geistern heimgesucht, aber kein Geist störte ihn, als er an der Quelle niedersank, um sein zerschundenes Gesicht zu befeuchten. Das Wasser färbte sich blutig, und er spuckte Zahnstücke aus, wobei er vor Schmerz jaulte.

Das alles war ein Werk der Hexe. Sie war entkommen, aber

er würde ihr nachspüren. Er würde an den Bischof schreiben. Sogar im Exil in Frankreich würde der Bischof eine solche Beschuldigung zur Kenntnis nehmen. Wo immer sie auch war, man würde sie finden.

Aber jetzt – wohin konnte er sich wenden? Welche Straße sollte er nehmen? Diese hier, das wusste er, führte nach Shaxoe. Wenn er ihr folgte, würde er früher oder später Lady Richildis auf ihrem Weg nach Shawl begegnen. Sie würde ihm etwas Geld geben, und er war sich auch sicher, dass er sie dazu bewegen könnte, ihn an einen anderen Herrschaftshof zu empfehlen. Wimmernd und blutend stolperte er weiter.

57

Die Morgensonne war warm, doch die ersten Nachtfröste hatten Pouncey Edge schon gebissen, und der Herbst versprach ein Fülle von Nüssen und Beeren. Janiva saß ein paar Augenblicke tatenlos da, in Gedanken versunken, die Spindel im Schoß, und schaute mit einem Lächeln auf, als sie Osyths Schritte hörte.

»Tobias der Töpfer wird in ein bis zwei Tagen wieder auf Fahrt mit seinen Waren gehen«, sagte Osyth. »Bevor die Regentage kommen. Er wird eine Nachricht von Euch für Euren Ritter mitnehmen, wenn Ihr wollt.«

Janiva schüttelte den Kopf. »Nein. Es ist zu spät. Ich habe ihn weggeschickt. Er sagte, er würde zurückkommen, aber er kam nicht wieder.« Sie hatte ihn damals abgelehnt. Wie könnte sie sich ihm jetzt wieder zuwenden? Es wäre beschämend, in die Geborgenheit seiner Arme zu kriechen, in den Schutz seines Namens – jetzt, wo ihr alles genommen worden war.

»Also, wenn ihm so viel an Eurer Kate und Euren Ziegen gelegen ist«, sagte Osyth mit ihrer bestürzenden Gewohnheit, eher Gedanken als Worte zu beantworten, »und wenn Euer Stolz Euch so viel bedeutet ...«

»Es ist nicht Stolz«, erwiderte Janiva schnell.

»So?« Osyth starrte in die wolkenlose Ferne. Nach einer Weile fuhr sie fort: »Ihr könnt immer hier bleiben, wisst Ihr? Ich habe noch ein Jahr oder zwei. Möchtet Ihr meinen Platz einnehmen?«

Janiva ließ die Spindel fallen, die sich an ihrem wollenen Faden drehte. »Ich weiß nicht, Osyth. Ich weiß nicht, was ich tun soll.«

»Fragt die Große Mutter.«

»Wie denn, wenn ich nicht weiß, *was* ich fragen soll?«

»Gebt Euch in ihre Hände«, sagte die Einsiedlerin, »und vertraut ihr.«

Der Schrein bei Cwm Cuddfan war wieder errichtet worden. Ein helles neues Dach aus geflochtenen Weidenzweigen schützte die Statue der heiligen Nonna vor Wind und Regen, und wieder brannte das ewige Feuer hoch über dem Tal.

Garnier stieg jeden Tag zu dem Schrein hinauf. Der Tod des Schweigenden Mannes und alles, was darauf gefolgt war, würde ihm stets im Gedächtnis bleiben und ihn mit Schmerz erfüllen, aber jetzt musste er sich mit anderen Dingen befassen. Da war zum einen der tragische Tod von zwei Lämmern seiner »Herde«, Meurig und David, Freunde, die – trotz ihrer furchtbaren Krankheit – jung genug waren, um manchmal noch zu lachen, und auch erst seit verhältnismäßig kurzer Zeit von der Krankheit befallen, dass sie noch hofften … sie *alle* hofften, in den ersten Jahren.

Die zwei waren verschwunden, etwa um die Zeit des Kampfes zwischen Breos und Straccan. Jedenfalls konnte sich keiner daran entsinnen, sie danach gesehen zu haben. Meurigs Leiche, voller blauer Flecke, zerschmettert und mit seinem eigenen Messer erstochen, war auf der entfernten Seite der Insel gefunden worden, bei seinem Boot, das aufs Ufer gezogen war. Es war ein felsiges Ufer, wo niemand je an Land ging. Einige Tage später fanden Sucher mit Hunden David, mit Fäusten und einem Stein totgeschlagen, in einer Höhle hinter dem Wasserfall, einem feuchten, dunklen Loch in den Felsen. Die Reste eine Feuers und Fischgräten zeigten, dass die beiden Männer einige Zeit dort verbracht hatten. Der sandige Boden war voll von ihren Fußabdrücken und Spuren ihres Kampfes.

Es schien, dass sie sich gestritten und dann miteinander gekämpft hatten. Im Verlauf dieses Kampfes hatte Meurig David getötet und war dann geflohen, doch an seinen Verletzungen gestorben. Das war nichts Ungewöhnliches. Die Gemüter erhitzten sich schnell, und Männer, Nichtaussätzige wie Aussätzige, stritten sich häufig und töteten einander. Eine Tragödie, aber kein Mysterium.

Außer … da war ein einziger Abdruck eines bloßen Fußes unter den vielen in der Höhle – ein *makelloser* Fuß, klein und zierlich.

Sie hatten um eine Frau gekämpft, da war Garnier sicher. Aber wer sie auch gewesen sein mochte, sie war geflohen.

Dann war da noch ein Mysterium anderer Art. In seiner rechten Handfläche, genau an der Stelle, auf die Straccan den Faden vom Pendragon-Banner gelegt hatte, spürte er seit einiger Zeit Wärme, ein prickelndes Gefühl, das sich jetzt, an diesem Morgen, auf seinen Daumen und seine drei ihm noch verbliebenen Finger ausgedehnt hatte. Er zog seinen Handschuh aus, aber hielt die Hand zur Faust geballt und an die Brust gedrückt. Er wagte nicht, sie anzuschauen. Als er es dann doch tat, fuhr ein Schock durch seinen ganzen Körper.

In der Mitte seiner Handfläche war ein Fleck von rosafarbener, gesunder Haut, zweimal so groß wie ein Penny. Gestern war er nur halb so groß gewesen.

Er zitterte von Kopf bis Fuß, erschüttert, und wagte nicht zu glauben, was er da sah. Aber es *war* so. Vorsichtig berührte er den Fleck mit seiner anderen behandschuhten Hand und konnte ihn *fühlen*, den groben Stoff und den Druck der Berührung.

»O Herr, mein Gott, ich rief Dich an, und Du hast mich geheilt. O Herr, Du brachtest meine Seele aus dem Grab heraus. Du hast meine Trauer in Tanz verwandelt, mir das Sackleinen abgenommen und mich in Freude gehüllt …« Diese Worte des Psalms hallten von der anderen Seite des Tales wider und scheuchten einen Vogelschwarm auf, der über seinem Haupt kreiste.

»Meister Sulien.«

Das war der deutsche Hauptmann, der Straccan zum Ende des Sommers in das Tal gebracht hatte. Was könnte ein Hauptmann des Königs wohl von ihm wollen? Der Mann trug ein Dokumentenetui. Suliens Herz sank. Das musste die Anweisung sein, das Tal zu verlassen.

»Ich soll Euch dies hier überreichen.« Bruno öffnete das Etui und reichte Sulien eine Briefrolle, an der ein sehr großes, schwarzes Wachssiegel hing. Sulien schaute auf das Siegel, auf dem der Throninhaber abgebildet war, wie er das Schwert der Gerechtigkeit schwang. Auf der anderen Seite war der König zu Pferde zu sehen, wie er das Schwert des Krieges schwang.

»Vom König«, bemerkte Bruno unnötigerweise. »Wollt Ihr es nicht öffnen?« Er schaut mich beinahe fröhlich an, dachte sich Sulien mit elendem Gefühl. Wahrscheinlich würde der Mann sich daran ergötzen, sie alle hinaustreiben zu können.

Er rollte das Pergament auf und las laut: *»Wir, John, von Gottes Gnaden König von England, Lord von Irland, Herzog der Normandie und von Aquitanien sowie Graf von Anjou, gewähren hiermit …«* Die Stimme versagte ihm, sodass er stumm zu Ende las. Dann kehrte er wieder zum Anfang zurück und las den Text noch einmal, langsam und sorgfältig, um sicherzugehen, dass er keinen Fehler machte.

»Gott im Himmel! Das ist eine Landverleihung! Der König hat uns das Tal gegeben!« Seine Beine versagten ihm den Dienst, sodass er sich auf den Schemel setzen musste, der glücklicherweise dort stand. Er schaute zu dem strahlenden Bruno auf. »Ich muss sofort meinen Dank an seine Hoheit schreiben. Solche Großzügigkeit – wie hat er das wohl erfahren? Jemand muss sich bei ihm für uns eingesetzt haben – natürlich, Lord Breos ...«

»Straccan«, sagte Bruno.

»Was?«

»Sir Richard Straccan. Weil er das Banner fand, bot der König ihm eine reiche Frau an. Er bat stattdessen um das Tal für Euch.«

Lord William schleppte sich auf dem Kieselstrand von einem Boot zum anderen und hielt bei jedem kurz an. Die Schiffer musterten ihn misstrauisch – ein grauhaariger alter Mann, grimmig und hager. Der Stoff seines Mantels war gut, der Geldbeutel an seinem Gürtel schwer, aber einer nach dem anderen schüttelten sie den Kopf und wandten sich ab. Wenn der Mann weiterging, machten sie das Gabelzeichen mit dem Fingern in Richtung seines Rückens, um den bösen Blick abzuwehren.

Er sah unglücklich aus. Seefahrende Männer brauchen alles Glück, das sie bekommen können. Sie waren nicht bereit, das ihre für einen Judas zu riskieren, einen Unglücksraben, wie viel er ihnen auch für eine Überfahrt zur Normandie bieten mochte.

Ein Schiffer musste schon sehr verzweifelt sein, um diesen Fahrgast zu nehmen.

Er fand schließlich einen, natürlich – den gibt es eben immer wieder.

Lord William schaute zu, wie die Küste von Sussex hinter dem Horizont verschwand, und versuchte, für seine Frau zu beten, während die Tränen ihm über die Wangen liefen.

Sie sollte also in die Vergessenheit versinken.

Sie hatte immer schon schreckliche Angst vor kleinen verschlossenen Räumen gehabt. Natürlich hatte John das herausgefunden. Nach der ersten Nacht und dem ersten Tag wusste Mahaut de Breos, dass sie die Sonne oder den Mond nie mehr sehen würde – auch nicht ihren Ehemann oder ihre Kinder. Diese kalte, enge Zelle, in der sich nur ein Strohsack voller Ungeziefer und sie selbst befand, würde ihr Grab sein.

Ihr wurde kein Essen gebracht. Bald begriff sie, dass keines mehr kommen würde.

Wohin hatten sie ihren Sohn gebracht? War er hier in Windsor oder in Corfe? Vielleicht hatte John ihn gehen lassen. Schließlich hatte *sie* ja John diesen Kummer zugefügt. Sie betete für diesen Sohn, für alle ihre Kinder und für ihren Mann, flehte Gott um deren Leben an. Sie hatte jetzt nichts mehr, was sie für die Erfüllung ihrer Bitten anbieten konnte. Sie würde keine Kirchen mehr bauen, keine Heiligenschreine mehr ausschmücken und keine Bettler mehr speisen in der Hoffnung, sich Gottes guten Willen zu erhalten. Doch Gottes Gnade, das wusste sie, war nicht so unbeständig wie die des Königs. Ohne Priester zwischen ihnen, musste sie direkt mit Ihm sprechen, ihre Sünden bekennen und um Sein Erbarmen flehen – nicht für sich, sondern für ihre Familie.

Die Zelle war in die dicke Burgwand eingebaut. Ein Lichtstrahl drang durch ein Schlitzfenster weit über ihrem Kopf. Sie konnte durch dieses Licht die Nacht vom Tag unterscheiden und so die Stunden ihres Sterbens zählen.

Hunger war unangenehm, aber Durst wurde eine unbeschreibliche Qual, als ihre Zunge in ihrem ausgetrockneten Mund anschwoll. Sie biss sich in die Adern an ihren Händen, um ihre Lippen mit ihrem eigenen Blut anzufeuchten.

Im Fußboden befand sich ein Eisengitter, aber nicht groß genug, dass sich ein menschlicher Körper hindurchzwängen konnte. Gestank drang durch das Gitter herauf. Wenn die Sonne hoch stand, fiel ein Lichtstrahl darauf, sodass sie das ölige Schimmern von faulem Wasser tief unten sehen konnte. Am dritten Tag entdeckte sie einen rostigen Ring, der an dem Gitter angebracht war. Von diesem hing eine Kette hinunter. Als sie diese hochzog, sah sie einen kleinen, zerbeulten Eisenbecher an ihrem Ende.

Die Kette war aber zu kurz, um bis zum Wasser zu reichen.

58

Straccans Gut in Stirrup lag auf halbem Weg zwischen Dieulacresse und Nottingham, und seine Gebäude waren auf dem Grundriss der römischen Villa gebaut, die sich einst dort befunden hatte: ein Viereck von Häusern um einen offenen Platz. Der Haupteingang wurde von einem moderneren Wachturm geschützt. Dieser hatte eine alte, gesprungene Glocke, die zur Warnung erklang, wenn sich Unbekannte näherten. Verschiedene Türen führten vom Hof in Pferdeställe, Falkenkäfige, Speicherräume, die Küche, das Badehaus, die Bäckerei, die Brauerei und die Wohngemächer.

Von diesem Gebäudekomplex durch einen Bach getrennt lagen andere Wirtschaftsgebäude: die Schmiede, der Wagenschuppen, der Kuhstall, die Schafhürde und die Schweineställe, alle dicht neben den Katen der Landarbeiter. Die umliegenden Felder brachten neben Weidegrund und Heu auch Weizen und Gerste. Es war ein kleines Rittergut, aber vorzüglich bewirtschaftet, und – was damals ungewöhnlich war – es gab hier keine Leibeigenen. Die Gutsarbeiter, ihre Angehörigen und alle anderen Bediensteten waren freie Bürger.

Straccan hätte mehr Land kaufen können, aber er war mit Stirrup zufrieden. Es war nicht ratsam, zu offensichtlich reich zu sein. Reiche Leute erregten Aufmerksamkeit, und Aufmerksamkeit bedeutete Verdruss. Es war ihm bislang gelungen, beides zu vermeiden, jedoch nur bis zu den Ereignissen im letzten Sommer, die zuerst die Aufmerksamkeit des Königs auf ihn gelenkt hatten.

Als der blecherne Klang der Wachglocke sein Kommen ankündigte, raffte seine Tochter ihre Röcke und lief ihm entgegen. Er hob sie in die Arme, und seine Haushälterin, sein Verwalter, sein Schreiber Peter und Bane erschienen am Tor, um ihn zu begrüßen.

»Wo ist Janiva?«, fragte Gilla. »Du sagtest doch, du würdest sie herbringen.«

Straccan stieg vom Pferd und hob sie herunter. »Sie war nicht dort, Liebes. Ich habe keine Ahnung, wo sie ist, aber ich werde nicht aufhören, nach ihr zu suchen, bis ich sie gefunden habe.«

Später, in dem Zimmer, das ihnen als Schreibstube diente, hob sein Schreiber den kleinen Goldbecher auf und runzelte die Stirn, als er die Aufschrift las. *»Cymbium Wulstani sum* – was ist denn das?«

»Schließt ihn ein, Peter. Das ist der Kelch des heiligen Wulstan, den er von König Harold erhalten hat. Schreibt morgen an alle unsere Agenten und teilt ihnen mit, dass er zum Verkauf steht. Wenn sie Interesse daran haben, werden wir Angebote vergleichen.« Er gähnte. »Jetzt gehe ich erst mal zu Bett.«

Er warf noch einmal einen Blick auf den Becher – ohne Interesse, beinahe widerwillig. Da war nichts von der Erregung, die er gewöhnlich beim Anblick einer Reliquie empfand, besonders einer von dieser Bedeutung. Der Becher hatte zwei Menschen das Leben gekostet, wenn es auch Diebe waren, und auch Havloc hätte er beinahe den Tod gebracht. Aber er würde eine überraschend hohe Summe für Alis und ihre Schwestern bringen. Es bestand nämlich ein riesiger Unterschied zwischen einem kleinen goldenen Becher, der ein bis zwei Pfund Sterling wert war, und einer kostbaren Reliquie, deren Wert so hoch war, wie ein Liebhaber dafür zahlen wollte.

Er würde froh sein, ihn loszuwerden.

Er hatte nun schon Monate nicht in seinem eigenen Bett geschlafen, und jetzt, da er endlich darin lag, bekam er kein Auge zu. Er dachte nach, während die Stunden der Dunkelheit dahinkrochen. Wo sollte er seine Suche beginnen? Wohin könnte Tostig sie gebracht haben? Nach Norden, Süden, Osten oder Westen? Und wie weit? Im Geiste zog er einen Kreis von zehn Meilen um Shawl und stöhnte bei dem Gedanken an all die Ortschaften, die dieser Kreis enthielt. Würde Tostig sie an einen Ort gebracht haben, den er kannte? In ein Dorf oder eine Stadt, zum Beispiel York? Niemand in Shawl wusste etwas über diesen Mann, seine Herkunft, seine Familie. Straccan erinnerte sich daran, dass er den Dialekt der Gegend sprach – nicht genau den der Leute von Shawl, aber ziemlich ähnlich. Das war also keine Hilfe.

Er würde sie an einen Ort gebracht haben, den er als sicher vor diesem tobenden Priester betrachtete – einen Ort, an dem die Kirche sie wahrscheinlich nicht finden könnte. Dann war es wohl keine Stadt, und sicher auch kein Nonnenkloster.

Nun war die Morgendämmerung fast schon herangekommen.

»O Gott, heilige Maria, Mutter Gottes, helft mir, sie zu finden!«

Er boxte sein Kopfkissen zum hundertsten Male und nahm eine weitere Strähne seiner Angst wieder auf: was er mit Gillas Zukunft anfangen sollte.

»Vater?«

Er setzte sich im Bett auf. »Gilla?«

Sie hatte eine Kerze gebracht, die ihr Gesicht und ihr helles Haar beleuchtete, sie golden umrahmte, als sie da in der Schlafzimmertür stand.

»Was ist? Bist du krank?«

»Nein. Darf ich hereinkommen?«

»Ja, sicher.«

Sie setzte den Kerzenständer auf dem Nachttisch ab, kroch auf sein Bett und steckte ihre bloßen Füße unter ihren Körper. Er langte nach einem kleinen, schlanken Fuß. Er war kalt wie Stein.

»Wo sind denn deine Schuhe?«, fragte er und wickelte das Deckbett um sie herum.

»Ich habe sie vergessen. Vater, ich glaube, ich kann Janiva finden.«

»*Was?* Wie denn?«

»Ich kann durch Kristallwahrsagen nach ihr suchen.«

Er atmete tief ein und stieß Luft langsam wieder aus. *Sie konnte es.* Sie besaß diese Fähigkeit, genauso wie Janiva. Im letzten Jahr, als Gilla entführt worden war, hatte die Hexe Julitta de Beauris diese Kraft in ihr gespürt und sie gezwungen, sie gegen ihren Willen zu benutzen. Später hatte Janiva sie gelehrt, diese Gabe richtig anzuwenden – wenn es überhaupt eine Gabe war.

Unbehaglich erwiderte Straccan: »Ich weiß nicht, Liebes ...«

»Ich kann es wirklich.«

»Jetzt?«

»Ja, es ist leichter, wenn alles ruhig ist.«

Er langte nach seinem Nachthemd, das neben ihm lag, und wickelte sich darin ein. »Du brauchst eine Schüssel mit Wasser, nicht wahr?«

»Nein. Es geht besser mit der Kerze hier. Ich brauche nur in die Flamme zu schauen.«

Sie saß mit gekreuzten Beinen auf der Mitte des Bettes, und er beobachtete sie, während sie in die Flamme blickte.

»Janiva«, flüsterte sie. »Janiva, wo bist du?«

Die Flamme flackerte, wurde wieder beständig und wuchs, bis sie ihre ganze Sicht ausfüllte. Dabei dünnte sie sich so sehr aus, dass sie zu einem Kreis wurde, zu einem Feuerring, durch den sie sah …

… eine hohe Klippe, meilenbreit, mit einem weißen Streifen wie ein gegabelter Ast auf ihrer steinernen Vorderseite. Sie sah sie von oben aus großer Entfernung. Jetzt konnte sie auch Bäume, Büsche, einen schmalen Pfad, eine Einfriedung mit einer Mauer und eine Steinhütte erkennen, die an die Klippenwand gebaut war. Obwohl es Nacht war, sah sie alles ganz klar, wenn auch ohne Farbe.

»Was ist das für ein Ort?«, fragte sie und sah darauf wieder die große Narbe, oder was es sonst war, auf der Felsenwand. Sie schien so weiß, dass sie geradezu geblendet war.

Dann starrte sie nur noch in die Kerzenflamme und sah nicht anderes mehr.

»Zeichne es auf«, sagte Straccan, als sie versuchte, das Gesehene zu beschreiben, und während es noch vor ihrem inneren Auge strahlte, nahm sie das Stück Holzkohle, das er ihr reichte, und kritzelte das markante Erkennungszeichen auf das Bettlaken: ein Aufwärtsstrich mit zwei schrägen Abzweigungen nach rechts oben. Straccan kopierte dieses Skizze sorgfältig auf eine Wachstafel.

»Ich weiß nicht, wo das ist«, sagte Gilla. »Die Klippe ist aber sehr groß. Sie steigt in Stufen an, und da gibt es auch noch einen Wasserfall. Aber Janiva ist dort, in jenem Haus.«

»Ich werde es finden«, erwiderte Straccan und umarmte sie. Seine Tränen tropften in ihr Haar. »Zieh dich an, Liebling. Ich muss Peter wecken und eine Kopie von dieser Zeichnung an jeden meiner Agenten in jeder Stadt des Königreichs schicken lassen. Irgendjemand wird wissen, wo das ist. Wir werden sie finden, Liebling. Wir werden sie finden!«

Im Jahre 1209 stellen Reliquien ein einträgliches Geschäft dar: Sie werden gekauft, verkauft, getauscht, häufig gestohlen und finden Interesse bei Königen und Herzögen, Bischöfen und Äbten. Der ehemalige Kreuzfahrer Sir Richard Straccan gilt als Experte für die Wiederbeschaffung entwendeter Reliquien. Im Auftrag eines Bischofs macht er sich auf die Suche nach einer gestohlenen Ikone und begibt sich dabei in große Gefahr …

ISBN 3-404-14581-X

BASTEI LÜBBE

Peter Berling erzählt die fesselnde Geschichte der schönen Laurence, deren geheimer Wunsch es ist, ein Ritter zu werden. Unbeirrbar in ihrer Abenteuersucht, hält sie an dem Glauben fest, dass es einer wagemutigen Frau wie ihr gelingen müsste, in die Runde der Gralsritter aufgenommen zu werden.
Laurence lebt in einer der widersprüchlichsten, wildesten Epochen, die Menschen jemals geprägt haben: im Zeitalter der Kreuzzüge. Gläubige Inbrunst, Höllenangst und Abkehr von der Welt beherrschen diese Zeit. Die Geschichte schlägt einen Bogen um die ganze damals bekannte Welt: von den Pyrenäen bis zum Goldenen Horn, von den Wäldern der Ardennen bis zur Felsküste Siziliens.

3-404-14627-1

Nordwesteuropa im 14. Jh. v. Ch.: In einem kleinen Dorf an der Küste fristen die Bewohner ihr Leben mit dem Handel von Bernstein, welches zu jener Zeit von den Hochkulturen des südöstlichen Mittelmeerraumes geradezu mit Gold aufgewogen wurde. Tarkon, der älteste Sohn einer der angesehendsten Familien des Dorfes, begibt sich auf die abenteuerliche Reise in das Land der Pharaonen. Doch es sind nicht nur Handelsinteressen, die ihn antreiben: Er hofft auch, seinen Vater zu finden, der von der letzten Reise nicht nach Hause zurückgekehrt ist und seitdem als verschollen gilt …

ISBN 3–404–14570–4

BASTEI LÜBBE